Elia Barceló
Das Rätsel der Masken

Zu diesem Buch

Paris, 1991: In einer Novembernacht bereitet der bekannte argentinische Schriftsteller Raúl de la Torre seinem Leben gewaltsam ein Ende. Jahre später beschließt der junge französische Kritiker Ariel Lenormand, die Biographie des großen Mannes zu schreiben. Doch was als wissenschaftliche Studie gedacht war, wird schon nach kurzer Zeit zu einer verwirrend gefährlichen Ermittlung. Welches dunkle Geheimnis verbirgt sich hinter Raúls literarischem Werk? War der Tod seiner zweiten Frau wirklich ein Unfall? Wieso gestand er öffentlich seine spät erkannte Homosexualität? Und was trieb ihn in den Selbstmord? In einem Labyrinth aus Lügen und Verdächtigungen greift Ariel nach der Hand der Frau, die den Schriftsteller ein Leben lang begleitet hat: seiner ersten Ehefrau Amelia. Bis auch sie gesteht, welch verstörende Realität sie hinter ihrer Maske verbirgt ... »Eine mysteriöse, wunderbar verrückte Liebesgeschichte. Bewegend!« (Madame)

Elia Barceló, geboren 1957 in Elda bei Alicante, lebt seit vielen Jahren in Innsbruck, wo sie an der Universität spanische Literatur unterrichtet. Sie ist mit einem Österreicher verheiratet und hat zwei Kinder. In Spanien mit mehreren Literaturpreisen ausgezeichnet, wurden sowohl »Das Rätsel der Masken« wie auch ihr erster auf deutsch erschienener Roman, »Das Geheimnis des Goldschmieds«, hochgelobte Publikumserfolge.

Elia Barceló

Das Rätsel der Masken

Roman

Aus dem Spanischen von
Stefanie Gerhold

Piper München Zürich

Von Elia Barceló liegen bei Piper im Taschenbuch vor:
Das Geheimnis des Goldschmieds
Das Rätsel der Masken

Dieses Taschenbuch wurde auf FSC-zertifiziertem Papier gedruckt.
FSC (Forest Stewardship Council) ist eine nichtstaatliche, gemeinnützige
Organisation, die sich für eine ökologische und sozialverantwortliche
Nutzung der Wälder unserer Erde einsetzt (vgl. Logo auf der Umschlag-
rückseite).

Ungekürzte Taschenbuchausgabe
September 2007
© 2004 Elia Barceló
Titel der spanischen Originalausgabe:
»Disfraces terribles«, Ediciones Lengua de Trapo,
Madrid 2004
© der deutschsprachigen Ausgabe:
2006 Piper Verlag GmbH, München
Umschlag: Büro Hamburg, Heike Dehning, Stefanie Levers
Bildredaktion: Alke Bücking, Charlotte Wippermann, Daniel Barthmann
Umschlagabbildung: Karen Beard / Getty Images
Autorenfoto: Stefanie Graul
Satz: Satz für Satz. Barbara Reischmann, Leutkirch
Papier: Munken Print von Arctic Paper Munkedals AB, Schweden
Druck und Bindung: Clausen & Bosse, Leck
Printed in Germany   ISBN 978-3-492-25048-1

www.piper.de

Meinen Freunden Gertrut, Wolfram und Michael
und meinem Ehemann Klaus –
den besten Lesern, die man sich wünschen kann.
Danke!
Und natürlich für Nina und Ian.

*Time is just memory
Mixed with desire*
TOM WAITS

Alle Personen und Begebenheiten in diesem Roman sind frei erfunden. Jegliche Übereinstimmung mit realen Geschehnissen oder toten wie lebenden Personen ist rein zufällig.

E. B.

0

Gestern nacht bin ich im Traum in die Wohnung in der Rue de Belleville zurückgekehrt. Mir klopfte das Herz vor Freude, mein Atem überschlug sich, die Bilder jagten einander in meinem Kopf, und alle Gegenstände, auf die mein Blick fiel, leuchteten in bunten Farben auf, so daß mir schwindlig wurde, selbst im Traum – und daß ich träumte, wußte ich. Taumelnd bin ich noch einmal durch die weiten Räume gegangen, habe noch einmal die Fensterläden geöffnet, um dieses Licht hereinzulassen, wie ich es seitdem nicht wieder erlebt habe, ein jubelndes, goldenes Licht, das die Bücherregale, die auf dem Boden verstreuten Blätter, die auf dem Tisch herumstehenden Gläser und Flaschen in glänzende Juwelen verwandelte, in ein Fest warmer, betörender Farben: Farben des Glücks.

Aus allem sprach ein rauschhaftes Leben, eingefangen in einem Augenblick der Ruhe und doch greifbar und lebendig; lange Nächte mit Freunden bei Kerzenschein; ein gemeinsames Glas Rotwein im dichten Qualm des schwarzen Tabaks, endlose Gespräche über Literatur; Lachen und bissige Bemerkungen; glänzende Augen und feuchte Lippen; Menschen, die das Hier und Jetzt genießen und die Vergangenheit mißachten, die wissen, daß die Zukunft sich vor ihnen ausdehnt wie eine Autobahn am Meer.

Wie jung wir waren! Was konnten wir schon wissen?

Und ich war zurückgekehrt – in meinen Körper von damals,

mein Denken, meine Fröhlichkeit, meine Gewißheit, daß das Leben ein niemals endendes Fest ist. »Paris war ein Fest.« Das stimmte. Das Leben war für uns wie ein junges Pferd, das nur wir zu zähmen wußten, es war ein einziges Fest.

Während ich durch die Zimmer ging, blieb mein Blick immer wieder an Einzelheiten hängen, an kleinen alltäglichen Gegenständen, die vergessen in einer Ecke lagen und auf ihre Besitzer warteten: ein Hut mit blauen Stoffblumen, den Marita im Frühling vergessen hatte, er saß noch immer auf der entsetzlichen Mozartbüste neben dem Klavier, die wir an einem Sonntag auf dem Flohmarkt gekauft hatten; eine Meerschaumpfeife, die irgendeiner der vielen Leute, die in unserer Wohnung ein- und ausgingen, im Wohnzimmer zwischen den Büchern liegengelassen hatte; ein Gedichtbändchen mit Widmung des Autors, das aufgeschlagen auf dem Tisch lag, erdrückt unter einem von filterlosen Zigarettenstummeln überquellenden Aschenbecher.

Die Morgensonne fiel durch die leeren Flaschen aufs Parkett und zeichnete grüne Lichtseen, goldene Staubmotten tanzten darin, so daß es aussah, als regnete es Gold: Das war unser Reichtum, mehr besaßen wir damals nicht und mehr brauchten wir auch nicht für unser *vivre d'amour et d'air frais*.

Die Tür zu unserem Schlafzimmer stand offen; man sah eine Ecke des zerwühlten Betts, von dem der indische Überwurf, scharlachrot, grün und gold, auf den Parkettboden herabwallte und einen meiner türkischen Pantoffeln gefangen hatte, der wehrlos in den üppigen Falten lag. Raúl würde noch im Bett liegen und mit dem Arm das Licht von seinem Gesicht abschirmen. Wenn ich die Tür öffnen würde – sachte, ganz sachte, damit das Quietschen ihn nicht weckte –, könnte ich ihn sehen, wie er damals gewesen war, einen jungen heidnischen Gott in den Tiefen des Kaminspiegels, schlafend wie ein Faun von Debussy.

Meine Hand sank auf den Lesesessel, und ich spürte die Wolle unter meinen Fingern, nahm ihren Geruch wahr. Wie immer würde Raúl sich auf dem Weg ins Bett ausgezogen und seinen Pullover auf dem Sessel liegengelassen haben. Ich nahm ihn an mich wie ein schlafendes Kind und hielt ihn mir ans Gesicht, spürte seine Weichheit, seine Wärme, labte mich an dem satten Bordeauxrot – es war sein Lieblingspulli – und dem Geruch, den ich fast vergessen hatte, Raúls unverwechselbaren Geruch.

Unabsichtlich schmiegte ich mein Gesicht in die flauschige Wolle, rieb meine Haut an ihr, eine flüchtige, nur wenige Sekunden andauernde Liebkosung.

Als ich den Pullover wegnahm, war ich benommen vor Glück, aber als ich in den Spiegel links neben der Zimmertür schaute, sah ich, daß ich blutete, daß mein ganzes Gesicht mit kleinen Wunden übersät war, aus denen mein Blut quoll, rot wie Bordeaux. Ich blickte zurück auf den Pullover, den ich noch in der Hand hielt, er war nun braun, und in seinen Falten steckten Hunderte, Tausende winziger Glassplitter, wie Sternenstaub, die mir die Haut zerschnitten und sie in ein Schlachtfeld verwandelt hatten.

Da wußte ich, daß ich es schon wieder geträumt hatte; ich erwachte mit einem Schrei, schweißgebadet und gealtert, allein in meiner Wohnung, in der ich schon seit Jahren lebe, und der Gedanke, alles, was schon fast vergessen war, noch einmal durchleben zu müssen, erfüllte mich mit Grauen.

KAPITEL

I

*E*s war bereits zehn nach acht, als André sich einen Weg durch die Zuhörer bahnte und ihm ins Ohr flüsterte: »Ari, du mußt anfangen.«

Ari blickte noch einmal in den Saal, der viel voller war, als er zu hoffen gewagt hatte, dann sah er erneut zur Tür und seufzte.

»Ich habe gewartet, ob sie nicht vielleicht doch noch kommt.«

Er brauchte nicht zu sagen, wen er meinte, André wußte es ganz genau.

»Sie wird nicht kommen, Ari. Fangen wir an.«

»Hat sie dir gesagt, daß sie nicht kommt? Mir hat sie im Juli geschrieben, sie werde für zwei Monate unerreichbar sein und in einer amerikanischen Klinik eine Schönheitskur machen. Sie müßte längst zurück sein, aber sie hat seitdem keinen Brief mehr von mir beantwortet, noch nicht einmal ein paar Zeilen hat sie geschrieben, als ich ihr das fertige Buch geschickt habe; ich habe gehofft, daß sie vielleicht zu der Lesung kommen würde.«

André schüttelte ungeduldig den Kopf und blickte demonstrativ auf die Uhr. In den drei Monaten seit ihrer letzten Begegnung war André alt geworden. Zum ersten Mal war ihm anzusehen, daß er über sechzig war.

»Bist du dir sicher, daß sie nicht kommt?«

»Absolut sicher.«

»Was habe ich jetzt schon wieder falsch gemacht, André? Als wir uns verabschiedet haben, stand fest, daß es nur für zwei Monate sein würde. Sie hat mich doch Ende Juni zum Flughafen gebracht, weißt du noch? Alles war gut. Gestern, bevor ich losgefahren bin, habe ich bei ihr angerufen; das Signal klang so merkwürdig, als stimme mit der Nummer etwas nicht. Hast du eine Ahnung, was los ist?«

André zeigte ihm erneut seine Ungeduld.

»Sag mir endlich, was du weißt. Vorher fange ich nicht an.«

»Gut. Wie du willst«, sagte André und führte ihn am Arm zu dem Tisch auf dem Podium. »Es ist nicht gerade der passende Moment, aber wenn du darauf bestehst ...«

Sie setzten sich, und da die Leute sich auf die Lesung einstellten, wurde es langsam still im Saal.

»Amelia ist am 22. August gestorben. Darum weiß ich so sicher, daß sie nicht kommen wird«, sagte André und sah ihn durch seine randlose Brille durchdringend an. »Sie wollte nicht, daß ich es dir sage.«

Ari hatte plötzlich das Gefühl, daß der Saal verschwände und die Zuhörer sich in körperlose Gespenster auflösten.

»Ich habe von ihr irgendwelche Papiere für dich bekommen. Sie hat mich gebeten, sie dir nach der Lesung zu geben.«

Ari nickte stumm, er schluckte, als müßte er nachhelfen, daß diese Nachricht sackte.

»Woran ist sie gestorben?«

»An Leukämie. Als du sie kennengelernt hast, war sie bereits krank.«

»Sie hat mir nie etwas gesagt.«

André stieß ein kurzes Lachen aus.

»Ist dir nie aufgefallen, daß Amelia nur erzählt hat, was sie erzählen wollte? Amelia war wie eine Sphinx. Ich kenne sie seit Ewigkeiten, und trotzdem wird mir so einiges immer ein Rätsel bleiben. Und dabei habe ich mich nie gescheut, zu fragen!«

»Trotzdem hast du sie geliebt«, sagte Ari und suchte seinen Blick.

André antwortete, ohne ihn aus den Augen zu lassen: »Aus tiefstem Herzen.«

Bevor Ari noch eine Frage stellen konnte, stand André auf und begann mit der Einführung, ein Wortschwall, der an dem von der Nachricht betäubten Ari vorbeirauschte: »ein großes dokumentarisches Werk«, »mehr als vier Jahre Arbeit«, »Zeitungsarchive«, »Dutzende Interviews mit nahestehenden Personen«, »die Zusammenfügung eines schillernden Mosaiks«, »der Mensch, das Werk, die Gesellschaft seiner Zeit«, »eine außergewöhnliche Biographie«, »Raúl de la Torre, der Wortakrobat«.

Während die Lichter im Saal erloschen, schaltete er mechanisch die Leselampe an, blickte leer über das Publikum, das noch immer auf den Stühlen hin und her rutschte, dann räusperte er sich und begann zu lesen – nur für sie.

~

Sie waren um zehn Uhr morgens verabredet, doch um Viertel vor zehn stand Ariel Lenormand – Elsässer, zweiundvierzig Jahre alt, einsachtzig groß, sechsundsiebzig Kilo schwer, Lesebrille, geschieden und kinderlos, Hispanist, bedingungsloser Bewunderer des Werks von Raúl de la Torre – bereits vor der Tür des Hauses, an dessen Adresse er in den letzten Monaten so viele Briefe geschickt hatte.

Er bekam vor Nervosität kaum Luft, und um sich zu beruhigen, spazierte er noch einmal langsam zu der Straßenecke zurück, an der er glaubte, ein kleines Blumengeschäft gesehen zu haben. Er könnte ihr einen Blumenstrauß mitbringen, das wäre vielleicht eine nette Geste, und so die Zeit herumbringen, bis er sich in die Höhle der Löwin wagen durfte.

Die Informationen, die er über Raúls Witwe zusammengetragen hatte, waren widersprüchlich, doch in einem Punkt stimmten sie alle überein: Amelia Gayarre galt als unnahbar, und ihr beharrliches Schweigen auf alle seine Anfragen und Briefe bestätigten ihren Ruf. Ohne den glücklichen Zufall, daß André Terrasse, sein französischer Verleger und auch der erste französische Verleger Raúls, mit der Witwe eng befreundet war, hätte sie sich niemals auf ein Gespräch eingelassen.

Aber André hatte ihn gewarnt: »Sie hat sich bereiterklärt, dich dieses eine Mal zu empfangen. Von diesem Gespräch wird es abhängen, ob sie weiterhin deine Fragen beantworten will. Sieh selbst, wie du mit ihr klarkommst, Ari. Amelia ist eine Naturgewalt, wenn sie nein sagt, ist nichts zu machen.«

Während die Blumenverkäuferin den Strauß band, betrachtete Ari verstohlen sein Spiegelbild im Schaufenster. Neue Jeans, blaues Hemd ohne Krawatte, dunkles Sakko, geputzte Schuhe. Für einen Filmstar hätte es nicht gereicht, aber er konnte sich sehen lassen. Die Krawatte hatte er in der Tasche, denn als er vorhin von seinem Zimmer im Studentenwohnheim aus aufgebrochen war – dort hatte ihn die Universität untergebracht –, hatte er sich nicht entscheiden können, ob er sie umbinden sollte oder nicht. Aber schließlich ging er nicht zu einem Rendezvous. Er war einfach ein Akademiker, der eine Biographie über Raúl de la Torre schreiben wollte, und sie eine ältere Dame, von der er vielleicht viel Wissenswertes über ihn erfahren konnte. Ihr Treffen war also eher geschäftlich, mit der Einschränkung, daß er ihr im Tausch nichts zu bieten hatte außer diesem zukünftigen Buch, das in seinem Kopf schon Gestalt angenommen hatte und das er mit oder ohne Hilfe der Witwe schreiben würde.

Wären da nicht die vielen weißen Flecken ... Niemand wußte Näheres über Raúl de la Torres Kindheit; nur mit Mühe hatte Ari die genaueren Umstände seines Tods in Erfahrung bringen können; keiner seiner Gesprächspartner hatte ihm die Gründe nennen können, wieso es zu Raúls plötzlicher politischer Radikalisierung gekommen war und schließlich zu der überraschenden Enthüllung ...

»*Voilà, monsieur!*« – Die Stimme der Blumenverkäuferin riß ihn vorübergehend aus seinen Gedanken, und er lächelte sie anerkennend an, bezahlte und ging wieder auf die Straße.

Er wußte nicht, wieviel Zeit sie ihm für dieses vorerst einzige Gespräch geben würde, und dabei hatte er so viele Fragen an sie. Viele waren noch dazu heikel, ziemlich heikel sogar, und sie würde bestimmt nicht mit dem erstbesten Fremden offen über all das reden wollen. Wie, wußte er nicht, aber auf irgendeine Weise mußte er ihr Vertrauen gewinnen, sie davon überzeugen, daß ihn nicht krankhafte Neugierde oder Sensationslüsternheit trieben, sondern ein wissenschaftliches, akademisches Interesse, sein Bestreben, das Leben und Werk Raúl de la Torres, eines der brillantesten Erzähler, Romanciers und Dichter der zweiten Hälfte des zwanzigsten Jahrhunderts, endlich von allen Seiten zu beleuchten.

An der Haustür angekommen, band er sich die Krawatte um und fluchte dabei leise, daß er in keinem Spiegel den Knoten überprüfen konnte. Die Portiersloge war leer, und die großzügige und elegante, ebenfalls menschenleere Treppe verlor sich in der Dunkelheit der oberen Stockwerke. Obwohl es nicht nötig gewesen wäre, sah er in seinem Kalender noch einmal die Nummer der Wohnungstür nach und stieg, den altertümlichen Aufzug links liegen lassend, in den dritten Stock. Vor Tür Nummer sieben angekommen, verweilte er kurz, damit sein Atem zur Ruhe kam und der Zeiger seiner Uhr nach oben rückte, dann drückte er die Klingel, woraufhin ein schrilles Läuten aus dem Wohnungsinnern herausdrang.

Er wartete, trat von einem Fuß auf den anderen, aber auch nach über einer Minute konnte er sich nicht entschließen, noch einmal zu klingeln, schließlich reagieren ältere Leute nicht mehr so schnell und Pariser Nobelwohnungen sind weitläufig: Wenn sich die Dame in der Küche aufhielt, konnte es schon ein paar Minuten dauern, bis sie den Gang entlanggegangen sein würde.

Oder sie hatte ihre Ansicht geändert und wollte nicht öffnen.

Auf einmal hörte er das Klappern von Absätzen, das hinter der geschlossenen Tür näher kam. Er umklammerte haltsuchend den Blumenstrauß, und ihm schossen alle möglichen Bilder dieser Frau durch den Kopf, die er nur von über dreißig Jahre alten Fotos kannte und nun zum ersten Mal vor sich sehen würde.

Die Frau, die ihm die Tür öffnete, sah ganz anders aus, als er erwartet hatte, auch wenn er in dem düsteren Flur eigentlich nur ihre kleine, zerbrechliche Statur wahrnahm – und die halblangen silbrigen Haare, die zu beiden Seiten ihres Gesichts wie auf dem Negativ einer Kleopatraperücke herabfielen.

»*Ariel Lenormand, madame*« – sagte er und streckte ihr ungeschickt den Blumenstrauß hin, den er, wie er jetzt mit Schrecken feststellte, nicht ausgewickelt hatte. Die Frau machte keinerlei Anstalten, ihn anzunehmen.

»*Vous êtes bien Madame de la Torre, n'est-ce pas?*« fragte er vorsichtig nach.

»Ich bin Amelia Gayarre, und wenn Sie der Herr sind, auf den ich warte, gehe ich davon aus, daß Sie spanisch sprechen. Oder sind Sie einer dieser typischen Akademiker, die so vermessen sind, über die Literatur eines Landes zu forschen, ohne selbst einen geraden Satz in der entsprechenden Sprache herauszubekommen?«

»Aber nein, *señora*, ich meine, selbstverständlich spreche ich spanisch.«

»Mit argentinischem Akzent.«

»Ich war zwei Jahre in Buenos Aires. Um mich mit dem

Werk Raúl de la Torres vertraut zu machen«, fügte er hinzu und fühlte sich immer idiotischer, wie er mit dem eingewickelten Blumenstrauß in der Hand vor der Tür stand, den Namen des Blumenladens gut lesbar auf dem Seidenpapier.

»Sie vergeuden wohl gern Ihre Zeit. Raúl hat keine zwei Jahre in Argentinien gelebt.«

Ari bemühte sich, trotz Magenschmerzen zu lächeln.

»Ja. Jetzt weiß ich das.«

Die Frau drehte sich um, entfernte sich von der Tür, und er ging einen Schritt auf den Wohnungsflur zu.

»Würden Sie mir freundlicherweise sagen, wo Sie hinwollen?«

Ari war wie versteinert, zum Glück mußte er nicht antworten, denn sie hatte bereits ihre Jacke genommen und kam wieder an die Tür.

»Ich lasse keine Fremden in die Wohnung. Wir machen das Interview im *Café de Guy*.«

»Aber ...«, wagte er einzuwenden, »ich bin kein Fremder. Zumindest nicht ganz. Ich komme von André.«

»André ist ein Einfaltspinsel. Kennen Sie den Ausdruck?«

Ari nickte verwirrt und etwas gekränkt: »Ach, wissen Sie, ich ... ich hätte gern die Wohnung gesehen. Wenigstens den Salon«, schob er zaghaft nach.

»Raúl hat nie in dieser Wohnung gelebt. Hier wohne ich. Es gibt nichts zu sehen.«

Seine Augen hatten sich an das Halbdunkel gewöhnt, und so erspähte Ari im Weggehen im Flur ein Foto, über das er alles gute Benehmen vergaß.

»Kann ich das Foto sehen? Bitte ...«

Amelia trat schweigend zur Seite, und Ari ging zu dem Bild, um es sich eingehend anzusehen. Er kannte das Foto nicht; man sah darauf Raúl als jungen Mann auf einem Geländer sitzen und im Hintergrund Sacré-Cœur. Wie immer, wenn ein Fotograf sein Lächeln eingefangen hatte, schien dieses Lächeln die ganze Welt zu erhellen.

»Das Foto entstand kurz nach seiner Ankunft in Paris. Er muß damals achtundzwanzig, neunundzwanzig Jahre alt gewesen sein«, erklärte die Frau.

»Es gibt so wenige Fotos von ihm als jungem Mann!«

»Veröffentlichte kaum, das ist richtig. Damals war Raúl eben noch nicht bekannt.«

»Haben Sie noch mehr Fotos?«

»Sicher.«

»Zeigen Sie sie mir?«

»Vielleicht. Mal sehen. Gehen wir?«

Amelia schloß zweimal ab, steckte den Schlüssel ein und schritt leichtfüßig die Marmorstufen hinunter. Sie trat durch die Tür und ging, ohne sich nach ihm umzudrehen, nach rechts zu einem kleinen Café, von dem aus man die Seine wie einen Paillettenstoff in der Morgensonne glitzern sah. Ein unauffälliger kleiner Mann mit grüner Schürze trat lächelnd zu ihnen, fragte Ari, was er trinken wolle, und ging wieder. Kurz darauf stellte er einen *café crème* und einen Tee mit Zitrone auf den kleinen Tisch.

»Fangen Sie an«, sagte Amelia und blickte Ariel zum ersten Mal in die Augen, die Sonnenbrille, die sie seit dem Verlassen des Hauses getragen hatte, hatte sie abgenommen. Sie hatte große, graue Augen und lange, getuschte Wimpern. Vor vierzig Jahren mußten diese Augen jeden Mann betört haben.

Ari löste seinen Blick von ihr und suchte in seiner Mappe nach dem kleinen Dossier, das er ihr als Einstieg zeigen wollte: Raúl de la Torres *Curriculum vitae*, das er in zwei Jahren mühsamer Forschungsarbeit rekonstruiert hatte.

»Bitte seien Sie so gut und lesen Sie für den Anfang diesen Lebensabriß, eine reine Datensammlung, und sagen Sie mir, ob ein grober Fehler darin ist.«

Amelia holte eine Lesebrille aus ihrer Handtasche, seufzte, nahm einen Schluck Tee und überflog den Text; einige Wörter, an denen sie hängenblieb, wiederholte sie kurz vor sich hinmurmelnd:

Geboren am 2. August 1922 in Buenos Aires, Sohn von Leonardo de la Torre, Diplomat, und dessen Frau Alida Irigoyen, Pianistin. Frühe und mittlere Schuljahre in verschiedenen Ländern, in die sein Vater beruflich versetzt wurde. Studium der Rechtswissenschaften in London, ohne Abschluß. Diplomatenschule in Paris und Literaturstudium an der Sorbonne. Verschiedene Anstellungen in lateinamerikanischen Ländern. 1951 Umzug nach Paris als Botschaftssekretär. 1956 verläßt er den diplomatischen Dienst und beginnt als literaturwissenschaftlicher Assistent am Lehrstuhl für Hispanistik an der Sorbonne. Anfang 1957 Veröffentlichung seines ersten Gedichtbandes, Ins Wasser geschrieben, *dem wenig Beachtung geschenkt wird. Im Jahr darauf erscheint sein erster Band mit Erzählungen,* Opfer für einen unbekannten Gott. *Unter Pariser Hispanisten beginnt er sich einen Namen zu machen. Ende 1957 Bekanntschaft mit Amelia Gayarre, mit der er am 15. Mai 1959 die Ehe schließt. 1960 Veröffentlichung seines zweiten Buchs mit Erzählungen,* Gespenster der Stille. *Von 1961 bis 1963 Aufenthalt in Rom, wo seine Frau arbeitet; er bekommt für die Zeit eine Beurlaubung von seiner Stelle an der Universität und nutzt die beiden Jahre für die Übersetzung französischer Literatur ins Spanische und Skizzen für seinen ersten Roman. Seine Rückkehr nach Paris fällt mit dem Boom des lateinamerikanischen Romans zusammen, er veröffentlicht* Amor a Roma *und wird in nur einem Monat berühmt.*

Von 1964 bis 1970 bringt er zwei Gedichtzyklen, Das Leben, das uns tötet, *und* Das Rätsel der Masken, *heraus und einen dritten Erzählband,* Furchtbar süße Ungeheuer, *dessen erste*

Auflage in drei Wochen verkauft ist. Aktive Teilnahme an den Unruhen im Mai '68.

1973 erscheint sein zweiter Roman, De la Torre hoch zwei, *der bei Publikum wie Kritik ein voller Erfolg wird.*

Im Herbst 1976 zur Überraschung des ganzen Freundeskreises Scheidung von Amelia Gayarre, Anfang 1977 Heirat mit Amanda Simansky, Programmleiterin der lateinamerikanischen Reihe bei Éditions de l'Hiver, zeitgleich Beginn seines politischen Engagements mit Eintritt in die Sozialistische Partei. Erscheinen seines Buchs Leben auf kubanisch, *eine Sammlung von Gedichten, Kurzgeschichten und Tagebucheintragungen. 1979 kommt seine zweite Frau bei einem Autounfall ums Leben. Er heiratet nicht wieder.*

Von 1979 bis 1984 Veröffentlichung zweier Sammelbände mit Erzählungen, Alltagslügen *und* Der Mann im blauen Anzug.

1985 überraschende Erklärung seiner Homosexualität, beschließt, mit dem geliebten Mann, Hervé Daladier, zusammenzuleben; 1989 stirbt Daladier an Aids. Die Gegenwart der Körper, *seine vierte Gedichtsammlung, veröffentlicht 1987, entwickelt sich rasch zum Kultbuch der homosexuellen Community.*

Am 19. November 1991 Selbstmord durch einen Schuß in den Kopf. Beerdigung auf dem Friedhof Père-Lachaise.

Amelia sah von dem Blatt auf und nahm die Brille ab, die an einer Glasperlenkette hing.

»Ja und?« fragte sie. »Das steht ungefähr so in jedem Literaturlexikon des zwanzigsten Jahrhunderts.«

»Sie wissen ganz genau, daß ich die meisten dieser Daten mühsam aus alten Zeitungsartikeln zusammentragen mußte«, sagte er und lächelte.

»Für mich ist nichts Neues darunter.«

»Sie sind auch seine Witwe.«

Ihre Tasse, die sie gerade in die Hand genommen hatte, landete mit einem Klirren auf der Untertasse:

»Ich bin nicht, noch war ich jemals seine Witwe«, sagte sie zornig. »Wenn Sie mich unbedingt irgendwie nennen wollen, nennen Sie mich meinetwegen seine Ex-Frau oder seine erste Frau, aber bitte nicht seine Witwe. Bei seinem Tod waren Raúl und ich bereits fünfzehn Jahre geschieden. Ich hatte längst wieder geheiratet und war erneut geschieden. Ich bin von niemandem die Witwe« – sie setzte die Sonnenbrille wieder auf und betrachtete die Seine.

»Verzeihung«, murmelte Ari und fürchtete schon, daß nun alles vorbei wäre, daß sie nach diesem Fauxpas keine seiner Fragen mehr beantworten würde.

Die nun eintretende angespannte Stille kam Ari wie eine Ewigkeit vor. Sie verschanzte sich hinter ihrer Sonnenbrille und spielte mit dem unbenutzten Löffel. Die Blumen lagen noch immer in dem Seidenpapier auf dem Tisch. In seiner Verlegenheit wickelte Ari sie aus und reichte sie ihr schüchtern.

»Die sind für Sie«, sagte er versöhnlich.

»Es ist immer besser, jemandem zu Lebzeiten Blumen zu schenken; nach dem Tod würdigt man sie nicht mehr so recht.«

Ari hoffte, daß er richtig lag, wenn er das als Witz interpretierte, und lächelte. Sie lächelte zurück und hielt sich dabei die Blumen an die Nase.

»Hat Ihnen jemand erzählt, daß mein Brautstrauß aus Rosen und Fresien bestand, genau wie dieser?«

Ari schüttelte den Kopf: »Ich habe sie ausgesucht, weil es meine Lieblingsblumen sind. Darum.«

»Ich habe schon lange an keiner Fresie mehr gerochen. Los, fragen Sie. Dafür sind wir hier.«

Ari atmete tief durch, beugte sich über den Tisch zu ihr und wagte den Sprung ins kalte Wasser: »Erzählen Sie mir von Raúl. Sagen Sie mir, was er für ein Mensch war.«

Sie lachte auf, und ihr zunächst sanftes Lachen wurde immer schallender, bis eine Träne unter der Sonnenbrille zum Vorschein kam.

»Wie kann man nur so naiv sein!« sagte sie, in Lachen erstickt, und suchte nach einem Papiertaschentuch: »›Sagen Sie mir, was er für ein Mensch war.‹ Was soll ich Ihnen erzählen? Haben Sie seine Bücher nicht gelesen? In ihnen steckt alles, was er war. Zumindest soweit, wie es für Sie interessant ist.«

»Mich interessiert alles, Frau Gayarre. Natürlich habe ich alles gelesen, was er geschrieben hat und was andere über ihn geschrieben haben, ich kenne jeden Artikel, ich habe mit allen möglichen Menschen gesprochen, die ihn gekannt haben. Aber das ist nicht genug. Ich weiß noch immer nicht, was Raúl für ein Mensch war.«

»Das werden wir nie erfahren, Herr Lenormand. Auch ich nicht, obwohl ich mit ihm zusammengelebt habe. Ich kann Ihnen erzählen, wie ich ihn gesehen habe, was für ein Mensch er mir gegenüber war. Damit werden Sie sich zufriedengeben müssen.«

»Bitte.«

»Also gut.«

»Darf ich unser Gespräch aufnehmen?«

Amelia zögerte kurz, dann nickte sie. Er holte ein kleines Aufnahmegerät hervor, probierte aus, ob es funktionierte, und legte es vor sie.

»Ihnen muß klar sein, daß die Menschen sich mit der Zeit verändern, daß der Raúl, von dem ich Ihnen erzähle, nicht zu allen Zeiten seines Lebens derselbe Raúl war. Das gleiche gilt für mich. Sie werden sehen, es gibt Unstimmigkeiten, Handlungen ohne jede Logik, unerklärliche Verrücktheiten, aber das Leben ist eben kein Roman, in dem alle Stränge zusammengeführt werden und alles auf ein bedeutsames und vom Autor vorhergesehenes Ende zuläuft. Verstehen Sie?«

Ari nickte, ohne etwas zu sagen.

»Ob Sie es wollen oder nicht, Sie werden in Ihrem Buch versuchen, Raúls Leben wie einen Roman darzustellen. Klar, folgerichtig, nachvollziehbar. Das ist normal, Sie müssen an Ihre Leser denken. Aber Sie müssen sich darüber im klaren sein, daß Sie damit, ohne es zu wollen, lügen, denn kein Leben ist in Wirklichkeit so.«

Er bemühte sich, seine Ungeduld nicht zu zeigen; ihr Vorgeplänkel wurde ihm allmählich zu lang, auch wenn die Frau sich gut ausdrückte und ihm das, was sie sagte, einleuchtete. Von Anfang an hatte er sich genau das immer wieder gesagt; darum nervte es ihn, daß sie jetzt auch noch so hartnäckig darauf herumhacken mußte.

»Raúl war ...« – sie nahm die Brille ab und rieb sich die Schläfen, als wollte sie ihr Gedächtnis anregen oder würde nach prägnanten Worten suchen –, »ich habe oft darüber nachgedacht..., er war ... wie ein Feuerwerk: funkelnde Farbexplosionen, dann wieder absolute Dunkelheit, obwohl diese einem gar nicht so dunkel vorkam, weil das Funkeln sich auf der Netzhaut eingeprägt hatte.«

»Wollen Sie sagen, daß er unter extremen Stimmungsschwankungen litt? Daß er Depressionen hatte?«

Sie schüttelte leicht den Kopf.

»Nein. Oder zumindest nicht ganz. Die meisten Künstler haben Stimmungsschwankungen, das ist bekannt, aber das meine ich nicht. Raúl führte ein ganz normales Leben: Er bereitete seinen Unterricht vor, korrigierte Hausarbeiten, ging hin und wieder einen Kaffee trinken, mit einem seiner Studenten, Kollegen, Freunden ..., unsere Wohnung war immer voller Leute, bekannte wie unbekannte ..., immer herrschte Rummel, aber das gefiel uns ... Wo war ich gerade? ... Ach ja, daß er ein ganz normales Leben führte ..., und plötzlich kam ihm eine Idee, er stand auf, setzte sich an die Schreibmaschine, und dann hörte man für Stunden nichts anderes als Tastenklappern und das Durchziehen des Wagens ..., tack-tack-tack-tack-tack-raaack-tack-tack-tack-tack-tack-raaack.«

Als sie die alten mechanischen Schreibmaschinen nachahmte, mußte Ari lächeln.

»Irgendwann hörte man dann nichts mehr: Er las leise alles noch einmal durch, und anschließend kam er in die Küche oder ins Bad, wo ich eben gerade war, und drückte mir zehn, zwölf Blätter und einen roten Stift in die Hand. Dann ließ er mich allein und verschwand in sein Arbeitszimmer, unter dem Vorwand, er wolle ein Buch lesen, und ich verschlang seine Seiten. Wenn ich dann sein Arbeitszimmer betrat, sah er mich fest an, als wollte er von meinem Gesicht die Wirkung seines Textes ablesen, und wenn mein Urteil positiv ausfiel, sprang er mich an wie ein Bär, er stemmte mich hoch und schleifte mich tanzend durchs Zimmer und sang irgendein unverständliches Zeug mit seiner mächtigen Stimme, die noch die Nachbarn ein Stockwerk tiefer hörten. Anschließend gingen wir aus, um anzustoßen oder etwas zu Abend zu essen, meistens in ein Lokal, das gerade angesagt war, damit ich dort unseren Bekannten gleich sagen konnte, daß Raúl ein weiteres Meisterwerk geschrieben hatte.«

»Er mochte also, wenn man ihm schmeichelte?«

»Wer mag das nicht? Oh ja, Raúl hörte gern, daß er ein Genie war. Am besten gleich, nachdem er mit etwas fertig geworden war. Einen Tag darauf wollte er nichts mehr davon wissen, da war er schon wieder zu seinem gewohnten Tagesablauf zurückgekehrt, bis es bei ihm wieder zündete.«

»Was die Erzählungen oder Gedichte angeht, verstehe ich das. Aber wie lief es bei seinen Romanen? Kapitelweise? Szene für Szene?«

Amelia sah sich suchend nach dem Kellner um und bestellte per Handzeichen noch einen Tee.

»Bei den Romanen war es anders. Er hat sie mir nie gezeigt, erst ganz am Schluß. Gefallen Ihnen die Romane?«

»Sie sind das Beste, was er geschrieben hat«, sagte Ari, ohne auch nur eine Sekunde zu zögern. »Verstehen Sie mich nicht falsch: Mir gefallen seine Erzählungen, und seine Gedichte finde ich großartig, aber die Romane sind noch mal etwas ganz anderes.«

Amelia lächelte: »Sie brauchen keine Scheu zu haben. Ich finde auch, daß die Romane das Beste in seinem Werk sind. Welchen der beiden mögen Sie lieber?«

Langsam fühlte Ari sich in seinem Element: Er redete für sein Leben gern über Romane.

»*Amor a Roma* fasziniert mich. *De la Torre hoch zwei* ist auch ein großes Werk, noch mehr durchdacht und reifer, aber sein erster Roman ist genau das, was Sie vorhin gesagt haben: ein einziges Feuerwerk, ohne Unterbrechungen, in denen es ganz dunkel würde. Und der Aufbau erst...«

»Ja?« Amelia beugte sich zu ihm vor und hörte ihm zum ersten Mal gebannt zu.

»Ist Ihnen aufgefallen, daß der Aufbau des Romans ebenfalls ein Palindrom ist wie der Titel, den man vorwärts wie rückwärts lesen kann? Ich habe es erst vor kurzem entdeckt und für einen internationalen Kongreß in Santa Barbara einen Vortrag darüber geschrieben. Er ist sehr gut angekommen; offenbar hatte das noch niemand gesehen...« Er bemerkte ein verschmitztes Lächeln bei ihr. »Sie schon, oder?«

»Noch vor Raúl.«

»Dann war es also nicht geplant.«

»Auf einer unterbewußten Stufe schon, nehme ich an, ich habe ihn jedenfalls gedrängt, im zweiten Teil das eine oder andere zu ändern, um das Palindrom deutlicher herauszuarbeiten.«

»Sie haben mit ihm zusammengearbeitet?«

»Ich war seine Lektorin. Sein Bewußtsein, sagte er.«

»Stimmt, Sie schreiben ja auch.«

Amelia machte eine abwiegelnde Handbewegung: »Nicht der Rede wert. Bücher für Kinder und Kochbücher. André hat Ihnen sicher davon erzählt.«

Ari nickte. André hatte ihm nicht nur davon erzählt, sondern ihm auch die zweiunddreißig Bücher gezeigt, die Amelia und André gemeinsam geschrieben hatten. Geschichten von bösen, schrecklich sympathischen Hexen, denen fast alles schiefgeht. Die Bücher waren voll mit Reimen, Zauberformeln mit Wortspielen, Palindromen und Anagrammen. Sie schrieb die Texte, er illustrierte sie. Die Bücher waren in siebzehn Sprachen übersetzt und vor zwei Jahren mit dem Nationalpreis für Kinder- und Jugendliteratur ausgezeichnet worden. Sie hatte sie unter einem kuriosen Pseudonym veröffentlicht: Malie-Malou, *la belle sorcière*.

»Wie haben Sie sich kennengelernt?« fragte Ari, um das Gespräch wieder auf das Thema zu lenken, das ihn interessierte.

»André und ich?«

»Raúl und Sie.«

Sie verzog das Gesicht, als erinnerte sie sich nur ungern daran.

»In einer *cave* in Saint-Germain, einem dieser Lokale, die in den fünfziger Jahren in Mode waren. Sie wissen schon, die Zeit des Existentialismus, wir alle waren schwarz angezogen, machten ein Gesicht, als widerte uns das Leben an, und rauchten wie die Schlote, und dazu redeten wir über Literatur und Philosophie und fühlten uns so tief und unergründlich wie Brunnen ohne Ziehvorrichtung...« Ganz allmählich wich die Bitterkeit aus ihrem Gesicht, und Ari kommentierte ihre Worte nur mit Blicken und Nicken, um sie in ihrer Erinnerung nicht zu unterbrechen: »André hat uns einander vorgestellt.«

»André erzählt, Sie hätten ihm Raúl im Frühjahr '57 vorgestellt«, widersprach er ihr, bevor ihm wieder einfiel, daß er eigentlich schweigen wollte.

»André hat ein Gedächtnis wie ein Sieb: Er behält nur die groben Brocken. Nein. Er hat mich ihm vorgestellt, aber vielleicht war er ja betrunken. Damals haben wir alle viel getrunken. Sie kannten sich von einer Versammlung in der Universität. André hatte an der Uni eine Stelle bei den Architekten; er ist ursprünglich Architekt gewesen und wurde erst später Verleger.«

»War es Liebe auf den ersten Blick?«

Sie warf den Kopf in den Nacken, als wollte sie schallend loslachen, doch sie gab keinen Ton von sich.

»Nicht ausstehen konnten wir uns. Wir waren beide überzeugt, etwas ganz Besonderes zu sein, darum brauchten wir beide Bewunderung und Publikum. Darum waren wir beide mit André befreundet, er ist ein sehr gutes Publikum.«

»Eine Frage, bevor ich es vergesse. In den *Arbeitstagebüchern*, die gerade in Spanien erschienen sind, spricht Raúl in der ersten Zeit Ihrer Ehe von Ihnen als Hauteclaire. Bezieht er sich dabei auf etwas Bestimmtes oder ist der Name eine freie Erfindung, ein Kosename unter Verliebten?«

Amelia fuhr mit dem Finger den Tassenrand entlang, als spürte sie ihren Erinnerungen nach, oder besser, dachte Ari, als erinnerte sie sich sehr wohl und überlegte nur, ob sie darüber sprechen wollte.

»Es war ein Kosename unter Verliebten«, sagte sie nach fast einer Minute Schweigen, »und gleichzeitig bezog er sich auf eine Geschichte, die wir beide mochten, und auch auf mein Leben damals. Haben Sie *Le bonheur dans le crime* gelesen? Das ist eine Erzählung von Barbey d'Aurevilly; wenn ich mich recht erinnere, steht sie in *Grausame Geschichten* oder auch in *Die Teuflischen*, ich weiß nicht mehr genau.«

Er schüttelte den Kopf.

»Die Heldin heißt Hauteclaire. Sie ist die Tochter eines verwitweten Fechtmeisters, der sie wie einen Mann erzieht und ihr das einzige, was er kann, beibringt: den Umgang mit dem Florett. Ich war eine sehr gute Fechterin; ich war sogar in der Nationalmannschaft. Er nannte mich Hauteclaire, das ist, wie es in der Erzählung heißt, »der Name eines Degens«. Ich mochte es, wenn er mich so nannte. Irgendwann mit den Jahren ging der Name verloren.«

»Richtig, im zweiten Tagebuch taucht er schon nicht mehr auf.«

»Im zweiten Tagebuch tauche ich überhaupt nicht mehr auf. Die beiden Male, die er »meine Frau« schreibt, meint er Amanda.«

»Wie war Amanda?« fragte Ari, der dankbar war, daß er nun ein Thema ansprechen konnte, das er für ein erstes Interview als viel zu heikel eingeschätzt hatte.

Sie zog eine angewiderte Miene und biß schnell in die Zitronenscheibe, die in ihrer zweiten Tasse Tee schwamm.

»Herausfordernd, exotisch – ein Superweib, Sie wissen schon. Üppige Kurven, Rehaugen, hohe Wangenknochen und ein helles Lachen. Widerwärtig. Es ist fast dreißig Jahre her, und ich verstehe bis heute nicht, wie Raúl sie nur hat heiraten können. Das sage ich nicht aus Eifersucht. Fragen Sie André. Oder sonstwen. Amanda war ein gemeingefährliches Biest, eine Harpyie, vor der man sich in acht nehmen mußte. Kaum hatte sie es geschafft, Raúl an sich zu binden, stellte sie ihn zur Schau, als hätte sie sich einen Panther gekauft, sie zwang ihn zu Zirkusnummern, er mußte für sie vor den Linksintellektuellen Männchen machen. Ausgerechnet Raúl, der noch nie eine Zeitung aufgeschlagen hatte und noch nicht mal bei seinen Schuhen links und rechts auseinanderhalten konnte.«

»Haben Sie gesagt, ›als sie es geschafft hatte, Raúl an sich zu binden‹?«

»Das ist Verlagssprache. Bis dahin war Raúl mit allen seinen Werken bei André. Die ersten beiden Bände hatte noch Andrés Vater verlegt, bevor André den Verlag übernahm und die Architektur sein ließ. Kaum hatte Amanda Raúl in den Fängen, war er ein Pferd aus ihrem Stall; natürlich eines ihrer besten Pferde.«

»Sie führte ihn auch ins politische Denken ein, kann man das so sagen?«

»Raúl dachte nie politisch, weder vor noch nach Amanda, trotz Diplomatenschule und obwohl er ein paar Jahre in verschiedenen Botschaften gearbeitet hatte. Der ganze Unsinn, den er in der Öffentlichkeit und auf seinen Solidaritätskundgebungen in Kuba und Nicaragua und sonstwo von sich gab, ging auf sie zurück; sie wollte ihn unbedingt als engagierten Intellektuellen verkaufen, das lief damals. Wenn Sie mir nicht glauben wollen, sehen Sie sich noch einmal seine Veröffentlichungen an. Nach Amandas Tod ist er zu seinem eigenen Stil zurückgekehrt, zu seinen Gedichten, seinen Erzählungen.«

»Und hat keinen Roman mehr geschrieben.«

»Nein.« Amelia preßte die Lippen zusammen, ihr Mund war wie versiegelt.

»André hat mir irgendwann einmal erzählt, Raúl habe in seinen letzten Jahren an einem weiteren Roman gearbeitet. Wissen Sie etwas von einem Manuskript, einem unvollendeten vielleicht?«

»Nein. Das kann ich mir auch nicht vorstellen.«

»Und warum nicht, wenn ich fragen darf ...?«

Amelias Blick verlor sich in der Ferne auf der glatten Oberfläche des Flusses, wo kein Glitzern mehr zu sehen war.

»Ich glaube, zu seiner Lebenssituation paßte es nicht mehr, Romane zu schreiben.«

»Sie meinen, weil er Sie verloren hatte, sein ›Gewissen‹ sozusagen?« schob Ari sie sanft an.

»Das hatte verschiedene Gründe.«

Er wollte schon nachfragen, was sie damit meinte, begriff aber rechtzeitig, daß Amelia Gayarre auf Raúls Bekenntnis seiner Homosexualität anspielte, seiner Liebe zu einem Mann, mit dem er dann auch zusammenzog. Er beschloß, das Thema für ein späteres Interview aufzuheben, falls es dazu kommen sollte.

»Ich würde gern die Wohnung sehen, in der er gelebt hat...« Amelia blickte auf, offensichtlich war sie dankbar für den Themenwechsel. »Meinen Sie, das ginge?«

»In einer seiner Erzählungen vielleicht. Man käme zur Hausnummer 57 in der Rue de Belleville, die Wohnung wäre noch genauso wie in den fünfziger Jahren, samt Radio, Klavier und Vinylschallplatten.«

»Und heute?«

»Das Gebäude ist für einen Neubau abgerissen worden. Das Viertel hat sich kaum verändert, aber das Haus steht nicht mehr.«

»Und seine anderen Wohnungen?«

Amelia zuckte mit den Schultern: »Fragen Sie André. Ich wollte damit nie etwas zu tun haben. Nach der Scheidung ging mich das alles nichts mehr an.«

»Haben Sie ihn nie besucht?«

Sie schüttelte den Kopf und sah ihn fest an.

»Und er Sie auch nicht?«

»Erst sehr viel später. Nach meiner Scheidung. Wir sind immer Freunde geblieben, wir haben uns regelmäßig getroffen, bei gemeinsamen Bekannten, in Cafés... aber unsere Vertrautheit ist verlorengegangen, unsere Verschworenheit, das Spielerische... All das ist verlorengegangen.«

»Und trotzdem sind Sie seine Erbin. Sie haben sämtliche Rechte an seinem Werk.«

»Wer hätte sie sonst bekommen sollen? Ich bin die einzige Überlebende.«

»Es gibt noch André.«

»Raúl hat den Verlegern nie vertraut, noch nicht einmal André. Das Zwischenspiel mit Amanda ist eine Ausnahme. Er wußte, daß sein Werk bei mir in guten Händen ist.«

»Ist etwas Unveröffentlichtes dabei? Lose Skizzen? Irgendeine Erzählung, die er in keine Sammlung mehr aufnehmen konnte?« fragte Ari und bemühte sich, nicht allzu gierig zu klingen.

Einen unveröffentlichten Text von Raúl de la Torre zu finden war sein Traum: eines Tages eine vergessene, verstaubte Mappe aufzuschlagen und darin eine unbekannte Erzählung des Meisters zu entdecken. Er würde sie für sich allein lesen, es genießen, der erste zu sein, und sie schließlich, mit seinen eigenen Fußnoten versehen, Raúls Verehrern bekanntgeben.

»Sie sind ein Geier wie alle anderen. Ein Leichenfledderer wie alle Gelehrten«, sagte sie ruhig, ohne sichtbar verärgert zu sein. »Glauben Sie wirklich, wenn es etwas gäbe, würde ich Sie es veröffentlichen lassen?«

»Aber vielleicht lesen...« Sein Mund war trocken, und es kostete ihn Mühe, den Satz zu Ende zu sprechen: »...ich verspreche auch, niemandem etwas davon zu sagen.«

»Es ist alles veröffentlicht, was er veröffentlichen wollte. Die *Arbeitstagebücher* standen bei seinem Tod kurz vor Vertragsabschluß; deshalb habe ich mich nach langem Nachdenken dazu durchgerungen, ihrer Veröffentlichung zuzustimmen. Aber nichts sonst.«

»Das heißt, es gibt noch mehr?«

»Unfertige Erzählungen, mit denen er nicht weiterkam und die er darum beiseite legte; ein paar klägliche Schreibversuche aus seiner Jugend, glauben Sie mir, Sie wären nur enttäuscht... Notizen für Gedichte... alles nicht der Rede wert. Und tun Sie mir bitte den Gefallen und machen Sie den Mund zu: Dieser hungrige Ausdruck steht Ihnen gar nicht gut.«

»Entschuldigung. Möchten Sie noch einen Tee?«

Amelia blickte auf die Uhr, nahm die an der Kette hängende Brille ab und steckte sie in die Tasche.

»Nein, danke, ich muß los.«

»Jetzt schon?«

Sie lächelte geschmeichelt, woraus Ari nicht schlau wurde.

»Auch ich habe meine Verpflichtungen, Herr Lenormand.«

Sie stand auf, woraufhin Ari aus Verlegenheit ebenfalls aufstand.

»Darf ich Sie wieder anrufen? Morgen? Übermorgen?«

»Geben Sie mir Ihre Karte. Ich denke darüber nach. Wenn, dann rufe ich Sie an.«

Ari griff in die Innentasche seines Jacketts. Sie war leer. Er hatte die verfluchten Visitenkarten vergessen. Hektisch suchte er in seiner Brieftasche, vergebens, während die Frau daneben stand und halb vergnügt, halb grausam lächelte.

»Hier müßten sie sein. Einen Moment noch, bitte, nur einen Moment...«

Am Ende riß er eine Seite aus einem Notizblock und krakelte seine Adresse und Telefonnummer darauf, und dabei fühlte er sich dumm, unpassend, wie ein Junge, der erwachsen wirken möchte.

Sie nahm den Zettel, überflog ihn und steckte ihn in die Jakkentasche.

»Wissen Sie, daß Sie eine ganz ähnliche Schrift haben wie Raúl? Ohne Brille kann ich sehr schlecht lesen, aber das Schriftbild kommt mir bekannt vor. Guten Tag, Herr Lenormand!«

Sie war bereits bei der Glastür, als Ari endlich aus seiner Verblüffung erwachte: »Die Blumen, Frau Gayarre, Sie haben die Blumen liegengelassen!«

»Behalten Sie sie. Ihr Zimmer wird wunderbar nach ihnen riechen.«

Einen Augenblick später war Amelia Gayarre verschwunden und hatte ihn mit seinen vielen offenen Fragen in dem Café sitzen gelassen.

~

»Du miese, gemeine Tunte!«

André lächelte über Amelias Worte und lehnte sich in seinem Büro in dem Drehstuhl zurück: »Weil ich dir nicht gesagt habe, daß Ari das gleiche Lächeln hat wie Raúl?« Zu gern hätte er ihr grimmiges Hexengesicht gesehen, er konnte es sich lebhaft vorstellen.

»Lenormand hat überhaupt nichts von Raúl.«

»Außer das Lächeln. Das wirst du doch nicht leugnen. Sein Lächeln ist schuld, daß ich ihm für sein erstes Buch einen Vertrag gegeben habe. Ich hatte ihn gerade erst kennengelernt und schon das Gefühl, mit einem Freund zusammenzusein, einfach weil er mich so sehr an Raúl erinnert.«

»Du hättest mir etwas sagen können.«

»Wenn ich dir etwas gesagt hätte, hättest du geglaubt, ich sage es nur, um dich neugierig zu machen und dich dazu zu bringen, ihn zu treffen, und prompt hättest du dich geweigert. Ich kenne dich seit vierzig Jahren, Amelia.«

»Niemand kennt den anderen wirklich.«

»Papperlapapp! Los, sag schon, wie findest du den Jungen?«

»Jung.«

»Sag bloß! Und sonst? Wirst du dich zu einem weiteren Gespräch herablassen?«

»Du redest mit mir, als wäre ich die Königin von Saba.«

»Für ihn bist du es. Und für mich auch, das weißt du.«

»Ich werde darüber nachdenken.«

»Ich habe ein paar Entwürfe für das Cover des nächsten

Buchs hier. Magst du nicht heute mittag vorbeikommen, wir gehen essen und sprechen sie durch?«

»Ich habe zu tun. Verabreden wir uns doch besser zum Abendessen.«

»Ich habe Ari zu uns nach Hause zum Essen eingeladen, komm doch einfach dazu.«

»Mal sehen.«

»Ich decke für dich mit. Wenn du bis Viertel nach acht nicht da bist, räume ich den Teller wieder weg. Ich werde Krabbensoufflé machen.«

»Dein berühmtes Soufflé?«

»Eigentlich ist es deins, aber du mußt zugeben, mir gelingt es besser.«

»Grüß Yves von mir.«

»Begrüß ihn doch nachher selbst. Um acht.«

Amelia beendete das Gespräch, ohne sich zu verabschieden. Typisch für sie, wenn sie verstimmt ist, dachte André, während er die rote Taste seines Handys drückte und lächelte. Ari hatte sie neugierig gemacht. Bestimmt würde sie kommen. Spät, aber sie würde kommen. Er machte sich eine Notiz, daß er Yves anrufen und ihm auftragen wollte, nach der Arbeit aus dem Feinkostladen nebenan möglichst *puntarelle* für den Salat mitzubringen.

~

Nach dem Telefongespräch blieb Amelia noch eine Weile am Ufergeländer stehen und blickte abwesend auf den Fluß hinunter, der langsam und träge vorüberfloß. Sie war dabei, sich auf etwas Unheilvolles einzulassen. Das wußte sie. Sie spürte es an einer bestimmten Stelle in ihrem Körper, die sie nicht benennen konnte; für Raúl war es ein schwarzes Loch, aus dem, wie er sagte, die Erzählungen und Romane aufstiegen, wenn sie nur lange genug im Dunkeln gereift waren; eine Art Gully, in dem die Erfahrungen, Erinnerungen, Frustrationen und Sehnsüchte faulen, bis sie zu literarischem Stoff vergoren sind, laut Raúl, links unterhalb des Herzens gelegen.

Welches Interesse mochte André daran haben, daß Lenormand ein Buch über Raúl de la Torre schrieb? Als Verleger konnte er in so ein Projekt jedenfalls keine großen Hoffnungen setzen. Wie viele Exemplare erwartete er zu verkaufen? Tausend? Zweitausend? Das war nichts im Vergleich zu den Auflagen ihrer Kinderbücher. Auch die Spekulation, mit so einer Biographie den Absatz von Raúls Werken anzukurbeln, konnte nicht dahinterstehen, denn sie hatte die Rechte für die nächsten zehn Jahre an einen großen spanischen Verlag verkauft, und das wußte André.

Langsam machte sie sich auf den Weg zu der Garage, in der ihr Auto stand. Es wehte nun ein leichtes Lüftchen, das die gelben Blätter zum Zittern brachte und hier und dort eines abriß.

Oder hoffte André, mittels Lenormands Überlegungen und Recherchen endlich selbst zu begreifen, wer sein Freund gewesen war? Dachte er vielleicht, er würde Antworten auf all die Fragen finden, die er sich immer über Raúl gestellt hatte?

Wollte sie das?

Wieder blieb sie stehen, diesmal vor einem Antiquariat, und ihr Blick schweifte lustlos über die alten Folianten, Stiche und kartographischen Werke früherer Jahrhunderte.

War sie bereit, Antworten zu geben? Suchte sie selbst vielleicht welche? War nicht alles besser so, versunken in der Zeit, aus dem Gedächtnis gelöscht? Was hätte man schon davon, nachträglich zu erfahren, was Raúl dazu bewogen hatte, Amanda zu heiraten? Ganz davon abgesehen, daß Lenormands Schlußfolgerungen nichts anderes als weitere Hypothesen wären, wie die, mit denen sie und André und viele alte Freunde sich damals schon beholfen hatten. War es bedingungslose Anbetung, die Raúl getrieben hatte? Erfolg in den Medien, auf den Amanda so viel Wert gelegt und über den sie, Amelia, immer nur gelacht hatte? Oder stand das Bedürfnis, sich selbst seine Männlichkeit zu beweisen, an der er mehr und mehr zweifelte, hinter der Wahl dieser Frau, die die Blicke der Männer auf sich zog? Was kümmerte sie das schon! Für sie zählte nur die Gewißheit, daß Raúl Amanda nie geliebt hatte. In jenem Telefonat im Sommer '79, das sich ihr eingeprägt hatte wie eine Tonbandaufnahme, hatte Raúl zu ihr gesagt: »Wie konntest du denken, daß ich sie liebe, Hauteclaire? Ich habe sie nie geliebt.«

Alles andere war unwichtig.

~

Fünf Tage waren sie schon auf Ischia. Fünf Tage eines sengend heißen Augustmonats, in dem die Landschaft unter dem gleißenden Sonnenlicht weiß war und gegen Nachmittag ein feiner Dunst den Horizont verschleierte. Weder sie noch André wollten zugeben, daß sie ihren Urlaubsort schlecht gewählt hatten, daß der schier unerreichbare Traum langer Wintermonate sich nun, da er Wirklichkeit geworden war, als Fehlgriff, als Reinfall erwiesen hatte.

Capri wäre vielleicht besser gewesen. Viele ihrer Freunde verbrachten jedenfalls die Sommerferien auf Capri, obwohl die Insel seit fast zehn Jahren aus der Mode war; aus demselben Grund hatten sie sich für Ischia entschieden: ein unbekanntes Paradies, eine verlorene Insel im Mittelmeer, wo sie niemanden kannten und auch niemand wußte, wer sie waren. Die ewige Suche nach dem Ursprünglichen, dem verlorenen Paradies, dem angenehm Wilden, verband sich hier mit den Vorzügen der Zivilisation, und, was man nicht vergessen durfte, Ischia war chic.

Amelia drehte sich im Bett um, sie suchte die Kühle der anderen Seite. Jetzt, da sie allein war, mußte sie lernen, die kleinen Freuden eines Leben ohne Partner zu genießen, und daß die freie Seite des Betts kühl blieb, war so etwas.

Bis zum Aperitif vor dem Abendessen lag noch ein endloser Nachmittag vor ihr, und auch der Abend würde lang und einsam werden, denn André hatte sich in irgendeinen Julien verguckt und war für ein paar Tage zu ihm ins Hotel auf der anderen Seite der Insel gezogen.

Der Nachttisch war voller Bücher, auf die sie keine Lust hatte, die Strandtasche lag noch immer in der prallen Drei-Uhr-Nachmittags-Sonne auf der Terrasse, sie hatte zweimal geduscht und noch immer keine Idee, was sie mit diesem Nachmittag anfangen sollte, und so würde er unwiederbringlich vergehen.

Aber Alleinsein war immer noch besser als Andrés idiotisches Gesicht ertragen zu müssen, sobald er Julien sah, ein dummes, arrogantes Jüngelchen, das mit seinen neunzehn Jahren Bescheid zu wissen meinte und über nicht mehr Tiefgang verfügte als eine Pfütze auf der Straße. »Was stört es mich, daß Julien nicht intelligent ist?« hatte André ihr tags zuvor beim Abendessen gesagt. »Intelligent bin ich selbst, und wenn ich ein anregendes Gespräch suche, unterhalte ich mich mit dir. Hast du seinen Körper gesehen? Er ist der perfekte griechische Jüngling, Amelia, eine lebende Skulptur, was kümmert es mich da, was er im Hirn hat?«

Sie verstand nichts mehr. André war mit Julien verschwunden, Raúl verbrachte seinen Urlaub bestimmt mit Amanda auf Mallorca, und sie lag verlassen auf einem Ehebett in einem eleganten Hotel auf Ischia. Mit ihren zweiundvierzig Jahren fühlte sie sich alt, verbraucht, ganz und gar überflüssig.

Als das Telefon klingelte, suhlte sie sich gerade in Selbstmitleid und wollte zuerst nicht abheben. Bestimmt war es André, der sie zu einem Ausflug einladen oder sie fragen wollte, ob sie nicht mit ihnen zu Abend essen wolle. Es wäre besser gewesen, sie hätte das Klingeln ignoriert, aber sie war die Einsamkeit leid, dieses Gefühl, daß keiner an sie dachte.

Sie hob den Hörer ab, und im ersten Moment erkannte sie ihn überhaupt nicht.

»Wer ist da? Wer?« fragte sie nach, während der Mann am anderen Ende der Leitung schon drauflos redete.

»Hauteclaire, ich bin es, Raúl.«

Ruckartig setzte sie sich im Bett auf, sie war nackt und verschwitzt und spürte, wie sie am ganzen Körper Gänsehaut bekam, was Raúl zum Glück nicht sehen konnte. Seit Monaten hatte sie nicht mit ihm gesprochen, nach ihrer Trennung hatte er sich in undurchdringliches Schweigen gehüllt; abgesehen von ein paar Gelegenheiten, bei denen sie sich zufällig getroffen und vielleicht ein paar belanglose Sätze gewechselt hatten, herrschte absolute Funkstille.

»Was ist passiert?«

»Ich werde wahnsinnig, ich kann nicht mehr. Diese Frau bringt mich noch um. Du mußt mir helfen, tu irgend etwas, bitte!« Seine Stimme kippte fast ins Hysterische.

»Irgend etwas? Was denn?«

»Sie ist eine Harpyie, eine Furie, sie macht mich verrückt.«

Raúl keuchte, als wäre er gerade gerannt, und anstatt ihr etwas zu erklären, wiederholte er sich nur immer wieder.

»Aber wie stellst du dir das vor, was soll ich denn hier von Ischia aus tun?«

»Komm, Amelia. Ich brauche dich.«

Diese Worte waren so etwas wie eine Zauberformel. In den annähernd zwanzig Jahren, die sie sich kannten, hatte Raúl nur »Ich brauche dich« sagen müssen, und schon kam sie angerannt, um alles Menschenmögliche für ihn zu tun. Aber damit war es vorbei. Er hatte Amanda geheiratet, er hatte es so gewollt.

»Wozu brauchst du mich?« fragte sie, obwohl sie die Antwort nicht hören wollte.

»Das weiß ich selbst nicht. Jedenfalls halte ich es nicht mehr aus, ich jage mir noch eine Kugel in den Kopf, wenn das so weitergeht. Im Ernst.«

Auf beiden Seiten wurde es still, nach einer Weile fragte er: »Bist du noch da?«

»Ich bin noch da. Sag mir, was los ist.«

Raúls Stimme ging in Schluchzen unter. Zum ersten Mal hörte Amelia ihn am Telefon weinen, er tat ihr leid, doch spürte sie gleichzeitig eine unheimliche Genugtuung.

»Du mußt kommen«, sagte er, während er immer wieder aufschluchzte. »Ich kann dir am Telefon nicht alles erzählen. Außerdem ist sie nur kurz in die Hotelhalle runtergegangen, sie wird gleich wieder da sein, und ich will nicht, daß sie mich mit dir reden hört. Ich meine es ernst: Wenn du nicht kommst, bringe ich mich um. Dann wäre wenigstens alles vorbei.«

»Raúl, red nicht solchen Unsinn. Wenn es wirklich notwendig ist, daß ich komme, komme ich, ich weiß nur nicht, was ich überhaupt für dich tun kann. Wenn du sie nicht mehr liebst, sag es ihr und verlange die Scheidung. Oder rede mit deinem Anwalt, wenn du mit ihr nicht reden willst. Pack deinen Koffer und geh.«

»Ich kann nicht, Amelia.«

»Wie, du kannst nicht? Mit mir hast du es doch auch gekonnt. Aber gut, mich hast du auch nicht mehr geliebt, anders als sie.«

Raúl keuchte: »Sie lieben? Hast du ›lieben‹ gesagt?«

»Warum hättest du sie sonst heiraten sollen?«

»Du glaubst also tatsächlich, ich habe sie geliebt?«

Sie sagte darauf nichts. Er redete weiter: »Wie kommst du darauf, daß ich sie liebe, Hauteclaire? Ich habe sie nie geliebt, und seit sie meine Aufpasserin ist, seit sie mein Leben in dieses Gefängnis verwandelt hat, schon gar nicht.«

Sie konnte nicht glauben, was Raúl sagte, es wäre zu schön gewesen. Nichts in der Welt hörte sie lieber als das.

»Komm her, dann erkläre ich es dir. Und dann gehen wir gemeinsam fort. Ich habe mich geirrt. Ich habe mich in so vielen Dingen geirrt ... aber jetzt, glaube ich, habe ich keine Angst mehr. Komm her, dann erzähle ich dir alles. Mit dir zusammen kann ich das durchstehen. Du weißt nicht, wie ich in der letzten Zeit gelitten habe.«

Amelia zuckte auf dem Bett zusammen, als hätte ihr jemand einen Schlag versetzt. Er litt. Er, der gefeierte Schriftsteller, der sie verlassen hatte, als er sie nicht mehr brauchte, und dem jetzt, da er sich selbst nicht zu helfen wußte, wieder nach ihr verlangte.

»Ich weiß, daß du auch gelitten hast, Hauteclaire«, sagte er mit seiner weichen, tiefen Stimme, mit der er sie noch jedesmal herumbekommen hatte. »Es war meine Schuld. Ich bitte dich um Verzeihung. Das alles ist ein großer Fehler gewesen. Komm bitte, befrei mich von ihr, dann können wir wieder zusammensein. Du wirst mich verstehen, jetzt bin ich mir sicher.«

»Vor morgen kann ich nicht kommen«, antwortete sie, und ihre eigene Stimme hörte sich für sie fremd an.

»Ich warte. Wenn ich weiß, daß du kommst, halte ich durch.«

»Gib mir die Adresse von deinem Hotel und versprich mir, daß du keine Dummheiten machst. Ich komme, so schnell ich kann.«

Raúl gab ihr die Adresse, die Telefonnummer und die Zimmernummer, dann sagte er noch: »Ich verspreche es dir. Ich werde auf dich warten. Mein Gott, sie ist schon zurück, ich muß auflegen! Laß mich nicht im Stich, Amelia!«

Kaum war seine Stimme verklungen, kam ihr alles wie einer dieser schweren Träume in der Mittagshitze vor; aber der Zettel mit der Adresse lag auf dem Nachttisch, und sie hatte noch immer Gänsehaut am ganzen Körper, als herrschte statt der Augusthitze auf einmal winterliche Kälte.

Sie stand auf, stopfte ein paar Sachen in eine Tasche und hinterließ an der Rezeption die Anweisung, falls Herr André Terrasse anrufe, möge man ihm ausrichten, sie wolle die Gegend erkunden und wisse noch nicht, ob sie am nächsten oder übernächsten Tag zurück sein werde. Dann fuhr sie mit ihrem Mietauto zum Hafen, nahm die nächste Fähre nach Neapel und überlegte sich schon einmal, wie sie so schnell wie möglich von Rom nach Mallorca gelangen könnte.

~

Mit umgebundener Schürze und Kochlöffel in der Hand öffnete André die Tür; er nahm ihm das Jackett ab, hängte es an die Garderobe, dann führte er ihn direkt in die Küche und schenkte ihm ein Glas Rotwein ein. Er bückte sich, um die Temperatur des Herds zu prüfen, kramte in den sich auf dem Küchenbord stapelnden Gefäßen, schließlich setzte er sich, ebenfalls mit einem Glas Wein, ihm gegenüber an den großen Küchentisch.

»Na los, erzähl mir, wie das Gespräch gelaufen ist.«

Ari hatte sich gerade eine Handvoll Erdnüsse in den Mund gesteckt und antwortete mit vollem Mund: »Gut, glaube ich.«

»Wie, du glaubst?«

»Ich weiß nicht, diese Frau verwirrt mich. Sie hat mich nicht in ihre Wohnung gelassen, wir sind in ein Café gegangen ...«

»Ins *Café de Guy*.«

»Genau. Und als erstes hat sie mir irgendwelches philosophisches Zeug erzählt, über die Unmöglichkeit, in einer Biographie ein Leben zu erfassen, als ob ich ein Idiot wäre, und als sie das Gespräch für beendet erklärte, ließ sie mich einfach sitzen und sagte auch noch, ich solle meine Blumen behalten. Daß mein Zimmer wunderbar nach ihnen riechen werde.«

»Du hast ihr Blumen mitgebracht? Ein wahrer Kavalier!«

»Spar dir den Spott. Ich dachte, das sei eine nette kleine Geste. Sie haben ihr sogar gefallen, ihr Brautstrauß muß ganz ähnlich gewesen sein – witzig, nicht? –, aber mitnehmen wollte sie sie nicht. Am Ende wollte sie noch eine Visitenkarte von mir, falls sie sich entschließen würde, mich wegen eines zweiten Gesprächs anzurufen, und stell dir vor, ich hatte die Visitenkarten zu Hause liegen gelassen: Ich mußte meine Adresse und Telefonnummer auf einen Zettel schreiben.«

»Und nach diesen ganzen Malheurs sagst du noch, es sei gut gelaufen?«

Ari lachte: »Ich bin eben ein unerschütterlicher Optimist. Nein, im Ernst, ich glaube wirklich, daß es gut gelaufen ist. Zumindest hat sie mir einen guten Satz für das Buch gesagt.«

»Laß hören.«

»Als ich sie fragte, was Raúl für ein Mensch gewesen sei, sagte sie mir, er sei wie ein Feuerwerk gewesen.«

André nahm einen Schluck Wein, dann stand er auf und rührte etwas in einem großen Topf um.

»Stimmt. Das ist ein guter Satz.«

»Farbexplosionen und zwischendurch absolute Dunkelheit.«

»Hat sie ›absolute Dunkelheit‹ gesagt?«

Ari nickte.

»Sie übertreibt.«

»Ich weiß nicht. Sie hat noch etwas hinzugefügt … daß es einem nicht so vorkam oder etwas in der Art, weil die Farbexplosionen sich auf der Netzhaut eingeprägt haben.«

»Amelia und Raúl, was für ein Gespann, Hauptsache große Worte.«

»Hast du ihn nicht so gesehen?«

»Für mich war er wie ein großes Kind, hinreißend für Außenstehende, ein großartiges Erzähltalent, aber für alles andere war er unbrauchbar.«

»Hinreißend für Außenstehende?«

André nickte, sein Blick glitt ins Leere, und er nahm einen Schluck Wein: »Wer ihn kannte, wußte, daß er cholerisch sein konnte, und manchmal war er deprimiert, abweisend, eigensinnig ... was seine Größe als Schriftsteller natürlich nicht im geringsten mindert.«

»Das hast du mir nie gesagt.«

»Ich dachte, Raúl interessiert dich nur als Schriftsteller.«

»Ich möchte ihn verstehen.«

»Wer will das nicht, mein Lieber? Wir alle wollen die uns nahestehenden Menschen verstehen, aber das ist und bleibt ein eitler Wunsch. Manchmal verstehen wir uns noch nicht einmal selbst ...«

»Sie meinte, Amanda sei eine Furie gewesen, eine Hexe ...«

»Das glaube ich nicht. Amelia hätte nie ›Hexe‹ gesagt. Mit dem Wort verbindet sie, wie ich auch, nur Positives.«

»Irgendwas in der Art jedenfalls.«

»Siehst du? Dein Gespräch mit Amelia ist gerade einmal ein paar Stunden her, und schon erzählst du mir etwas anderes als das, was sie gesagt hat. Wie willst du erst das Leben und Wesen eines Menschen rekonstruieren, den du nur über Zweite und Dritte kennst?«

»Soll ich das Buch besser nicht schreiben?«

»Doch. Ich weise dich nur auf die Gefahren hin ...« Als er den Schlüssel im Schloß hörte, stand er lächelnd auf. »Yves kommt; mal sehen, ob er die *puntarelle* bekommen hat, dann kann ich mich gleich an die Sardellensauce machen.«

Yves, ein großer, attraktiver Fünfzigjähriger, kam mit mehreren Tüten in der Hand in die Küche, gab André einen Kuß, Ari die Hand, dann schenkte er sich ein Glas Tonic-Water ein und setzte sich zu ihnen an den Tisch.

»Redet ihr schon wieder über das Buch?« fragte er. »Sagt, wenn ich störe, dann verziehe ich mich ins Wohnzimmer.«

»Du störst nie, Schatz.« André strich ihm über das blonde und kräftige Haar. »Danke für die feinen Sachen, die du uns mitgebracht hast.«

»Feine Sachen? Darf ich sehen?« Ari stand auf und roch an den Tüten, die Yves mitgebracht hatte, und dabei konnte er sich selbst nicht leiden für dieses Unbehagen, das ihn jedesmal beschlich, wenn er zwei turtelnde Männer sah, vor allem, wenn diese nicht mehr ganz jung waren.

»Kommt Amelia auch?« fragte Yves.

Ari drehte sich überrascht zu ihnen um.

»Davon hast du mir nichts gesagt.«

»Es ist auch nicht sicher«, erwiderte André, der gerade in dem extragroßen zweitürigen Kühlschrank das Gläschen mit den Sardellen suchte. »Aber ich glaube, sie möchte dich näher kennenlernen. Was hast du am Nachmittag gemacht? Deine Gesprächsnotizen ins reine geschrieben?«

»Ich war im Zeitungsarchiv, ich habe etwas gesucht.«

»Und was?« fragte Yves.

»Es gibt so viele weiße Flecken in seiner Biographie. Ich muß herausfinden, welches Verhältnis Raúl zu seinem Vater hatte, ich will wissen, warum in seinen Erzählungen so oft die Person der Mutter auftaucht, während in seinen Romanen keine Spur von ihr zu finden ist; dann ist da noch die Frage seiner plötzlichen Scheidung und die Heirat mit Amanda; und schließlich sein berühmtes Coming-out; außerdem muß ich irgendwie mehr über diesen Hervé herausfinden, er war offenbar die Liebe seines Lebens; und natürlich über seinen Selbstmord.«

»Und du meinst, im Zeitungsarchiv wirst du fündig?«

André rührte hingebungsvoll seine Sauce und hörte nur mit einem Ohr dem Gespräch der anderen beiden zu, als redeten sie über etwas, zu dem er nichts beizutragen hätte.

»Es gibt kaum noch Zeitzeugen, und von den wenigen will mir keiner so recht etwas erzählen, also bleibt mir nichts anderes übrig, als nach Zeitungsartikeln, Interviews, was auch immer, zu suchen. Um über ihn schreiben und ihn den Lesern erklären zu können, muß ich ihn erst einmal selbst verstehen.«

André sagte immer noch nichts, er summte leise einen ein paar Monate alten Hit vor sich hin.

»Warum interessierst du dich so für einen Menschen, den du nicht gekannt hast und der in keiner Beziehung zu dir steht, Ari?« Yves fragte ganz naiv, denn obwohl er schon über zehn Jahre mit einem Verleger zusammenlebte, der sich auf Biographien und philologische Essays spezialisiert hatte, begriff er immer noch nicht, was es an Romanen und Schriftstellerleben zu erforschen gab.

Ari sah ihn an, um herauszufinden, ob die Frage eine ernsthafte Antwort verdiente oder ob Yves einfach gedankenlos etwas gesagt hatte, wie wenn er ihn, den Pathologen, gefragt hätte, was er denn an den vergammelten Innereien irgendwelcher Leute so interessant fand. Doch Yves war es mit seiner Frage ernst gewesen, begriff Ari, und bemühte sich darum, sie zu beantworten: »Also, ich habe mehrere Jahre meines Lebens damit verbracht, Raúls Werke zu studieren, einfach, weil sie mich faszinierten. Wenn man sich so intensiv mit einem Werk beschäftigt, fallen einem irgendwann bestimmte Eigenheiten auf, Elemente, die immer wieder auftauchen, oder Themen und Figuren oder sogar einzelne Formulierungen, die nur in einer bestimmten Schaffensperiode vorkommen ... man fängt an, sich Fragen zu stellen und sie mit Hilfe dessen, was man weiß, zu beantworten. Je mehr Anhaltspunkte man hat, desto mehr versteht man. Und dann versucht man, seine Hypothese aus den Texten heraus zu stützen. Du kannst dir nicht vorstellen, wie viele Artikel es zum

Beispiel über Raúls Homosexualität gibt, die nachzuweisen versuchen, daß es bereits in seinen frühsten Texten klare Hinweise darauf gibt. Einfach weil ab 1985, dem Jahr, in dem er seine Homosexualität publik gemacht hat, die meisten Literaturwissenschaftler auf einmal meinten, sie müßten die Forschung aus dieser Perspektive neu angehen. Das ist natürlich verrückt und zeigt nur, wie stark Vorurteile sind. Wenn er sich nicht geoutet hätte, hätte niemand von seiner Homosexualität erfahren, und zwar aus dem einfachen Grund, daß aus seinen Texten nichts darüber hervorgeht. Mit einer Ausnahme: *Die Gegenwart der Körper.*«

»Darin gebe ich dir recht«, schaltete sich André auf einmal ein. »Raúl selbst wußte nichts von seiner Homosexualität, bis er über fünfzig war. Das kann ich bezeugen.«

»Ach ja?« fragte Yves kokett nach.

»Keine Unterstellungen!« André drohte Yves mit dem Kochlöffel, mit dem er in der Sauce rührte. »Ich habe nie irgendwelche Annäherungsversuche gemacht. Ich sage das deshalb, weil er mir jahrelang einreden wollte, es doch mal mit einer Frau zu versuchen. Er hat sich über meine Liebhaber lustig gemacht und mir Adressen irgendwelcher Ärzte hingeschoben, die angeblich in der Lage sind, gewisse ›Verirrungen‹ zu heilen.«

»Und du bist nie darauf gekommen, daß er selbst ...«

»Natürlich. Schon beim ersten Mal, als ich ihn gesehen habe ... und das ist schon einige Zeit her. Aber du verstehst doch, daß ich Raúl nicht einfach ins Gesicht sagen konnte: ›Mein Guter, du bist ein warmer Bruder wie ich, ob es dir gefällt oder nicht.‹ Das wäre das Ende unserer Freundschaft gewesen.«

»Und Amelia ...?«

»Keine Ahnung. Wir haben nie darüber gesprochen. Ich habe mich natürlich immer gefragt, wie es bei ihnen im Bett läuft, ist doch verständlich, oder? Es mag ja sein, daß er es genossen hat, wenn die Frauen ihn anhimmelten – er hatte sogar den Ruf, ein Latinlover, ein Don Juan zu sein –, aber im Grunde stand er nicht darauf, da bin ich mir ganz sicher, auch wenn Amelia und er fast zwanzig Jahre zusammengewesen sind. Sie hat sich nie etwas anmerken lassen. Wenn sie unzufrieden gewesen sein sollte, hat sie es jedenfalls sehr gut verborgen. Abgesehen davon, daß sie ihre Liebhaber hatte. Was in den sechziger Jahren dazugehörte. Sonst war man nicht modern, offen und was sonst noch alles.«

»Hattet ihr's gut!« seufzte Yves, der sich mit den Erdnüssen in eine Ecke zurückgezogen hatte. »Zu meiner Zeit kam gerade Aids auf. Und dir ging es da nicht anders, Ari.«

»Darüber habe ich nie nachgedacht.«

»Tja. Nimm irgendeinen Film aus den Sechzigern oder Siebzigern ...« Yves war ein leidenschaftlicher Cineast »... Zehn Minuten Handlung, dann lernt ein Typ eine Tussi kennen, und drei Minuten später folgt die Bettszene. So wie man heute zum Abendessen geht, ging man früher in die Kiste. Stell dir das vor, eine Zeit, in der es Verhütungsmittel und kein Aids gab. Das Paradies für Männer und Frauen!«

»Dafür mußtest du früher den Hetero spielen, und heute kannst du mit André zusammenwohnen und ihn nach Herzenslust auf der Place de la Concorde küssen, und keiner regt sich auf.«

»Oh, mein Gott! Muß das sein! In aller Öffentlichkeit!« André sprach mit hoher Stimme.

Alle drei lachten und hoben die Gläser, ohne auf etwas Bestimmtes anzustoßen.

»Los, Jungs, deckt den Tisch, das Soufflé ist in zehn bis zwölf Minuten soweit. Es dürfte genau fertig sein, wenn Amelia eine halbe Stunde zu spät kommt, so habe ich es zumindest kalkuliert.«

Yves und Ari gingen ins Eßzimmer und überließen André seinen Kochtöpfen und seinen Erinnerungen.

~

Es war kurz nach zwei Uhr morgens. Vom Plattenspieler klang ein Stück von Satchmo, und im Zimmer war es fast dunkel. Nur ein paar halb heruntergebrannte Kerzen beleuchteten hier und dort die Buchrücken und entlockten den auf dem Boden verstreuten Platten bunte Reflexe. Amelia schlief tief auf dem Sofa unter einer blauen Decke, aus der ihre langen, frisch mit Henna gefärbten Haare herausblitzten.

Raúl saß mit halb geschlossenen Augen und einem Glas Rotwein auf dem Bauch auf dem Teppich und lehnte mit dem Rücken am Sofa. Er trug ein indisches, bis zum Bauchnabel offenes Hemd und schwarze Schlaghosen mit einem breiten Gürtel mit silberner Schließe. Die Haare reichten ihm fast bis auf die Schultern, und seit Monaten ließ er sich den Bart wachsen, womit er anders als die meisten, aber nicht wie ein Prophet aussah, sondern eher wie ein Musketier, wie ein raffinierter und zweideutiger Aramis.

André lag auf dem Teppich, er stieß mit dem nackten Fuß, der zum Rhythmus der Musik wippte, hin und wieder gegen Raúls Bein, was ihnen beiden ein Lächeln entlockte.

Das Fest war so gewesen wie immer, ausgelassen und chaotisch. Der Marihuanageruch hing noch in der Luft, obwohl das Fenster offenstand und ein Luftzug durchs Zimmer ging, so daß sich wie in einem Horrorfilm die weißen Gardinen blähten. Nachdem die anderen beschlossen hatten, noch auf ein anderes Fest bei Maurice zu gehen, waren sie allein in Andrés Wohnung zurückgeblieben.

»Zigarette?« fragte André und stützte sich auf den Ellenbogen, um an die Schachtel zu kommen.

Raúl brummelte ein Ja, ohne die Augen zu öffnen.

André zündete beide Zigaretten auf einmal an, nahm eine wieder aus dem Mund und robbte zu seinem Freund. Da knickte André der Arm ein, auf den er sich stützte, woraufhin das Glas auf Raúls Bauch umkippte und der Wein sich über ihn ergoß. André lachte und warf ihm Papierservietten hin.

»Laß doch, ist egal, er war eh schon warm«, murmelte Raúl und faßte Andrés Hand, um an die brennende Zigarette zu gelangen.

Sie sahen sich ein paar Sekunden mit halb geschlossenen Augen an. Raúl hielt noch immer das umgekippte Glas fest; mit der anderen drückte er Andrés Linke, dessen andere Hand wiederum lag fast schwerelos auf seinem vom Wein feuchten Bauch.

André beugte sich mit dem Kopf zu ihm, nahm die durchnäßten Servietten weg und fuhr mit der Zunge zart über Raúls Haut, die behaarte Linie entlang, die vom Nabel abwärts führte, bis sie in der Hose verschwand.

Raúls Hand drückte die seine fester, woraufhin André sich ein wenig aufrichtete und sich den Lippen seines Freundes näherte. Es war nur ein Augenblick. Ein winziger Augenblick und zugleich eine Ewigkeit, in der sich ihre feuchten und heißen Zungen hauchzart berührten. Dann war die Platte zu Ende, und die Stille, durchfurcht von der in der Rille kratzenden Nadel, klatschte auf sie wie ein nasses Tuch.

»Wir müssen Amelia wecken«, sagte Raúl und richtete sich auf. »Es ist bestimmt schon sehr spät.«

Er nahm einen langen Zug von der Zigarette, erhob sich und räkelte sich wie ein Kater. André stand ebenfalls auf und trat zu Raúl, der auf die menschenleere Straße blickte. Er legte ihm den Arm um die Hüfte und legte den Kopf auf seine Schulter.

Dann löste sich Raúl behutsam von ihm und ging weg. Von

der Küche her rief er: »Ich habe einen Mordsdurst, André. Ich trinke noch schnell ein Glas Wasser. Komm, ruf schon mal ein Taxi.«

Kurz darauf stolperte Raúl mit Amelia, die sich wie ein krankes Kind auf ihn stützte, die Treppe hinunter. Dann gingen sie fort.

~

Ich stelle Sie mir vor, wie Sie sich im Bett herumwälzen und jedesmal, wenn Sie schon fast eingeschlafen sind, wieder an das Gespräch denken müssen, an meine Worte genauso wie an die unfreiwilligen kleinen Aussagen, die ein bestimmter Tonfall, ein Blick oder ein nervöses Nesteln an der Serviette mitteilen können, während man oberflächlich über belanglose Dinge plaudert, und irgendwie tun Sie mir leid, denn ich weiß, daß Ihr Vorhaben aussichtslos ist, daß Sie trotz aller besten und rein wissenschaftlichen Absichten ein Lügengebäude errichten werden; aber vielleicht werden Sie mit dem Ergebnis auch ganz zufrieden sein, und eigentlich wissen auch nur wir, die wir diese Farce mitgespielt haben, daß es nicht so gewesen ist.

Vielleicht setzen Sie sich gerade in dem zerwühlten Bett auf, knipsen die Nachttischlampe an und wanken zum Schreibtisch, auf dem verstreut die Blätter liegen, die Notizen, die Sie sich über Monate hinweg gemacht haben, nur um ein ungesichertes Datum zu überprüfen oder einen Namen, der in einem Gespräch gefallen ist und der Ihnen nichts sagt.

Vielleicht fragen Sie sich auch, ob es ein zweites Mal geben wird, ob die Witwe – für Sie bin ich nach wie vor die Witwe – Ihnen ein weiteres Gespräch gewähren und ihre Erinnerungen mit Ihnen teilen wird, diese ganzen Geschichten, die so oft verfälscht, interpretiert, korrigiert und wie eine neue Auflage eines Wörterbuchs erweitert worden sind, so daß sie schließlich ihre

Aussagekraft verloren haben. Und wenn es zu einer zweiten Begegnung kommen sollte, was können Sie die Witwe fragen, ohne sie vor den Kopf zu stoßen und zu riskieren, daß sie sich Ihnen ein für alle Mal verschließt? Möchten Sie die Witwe allen Ernstes fragen, warum sie keine Kinder bekommen haben, ob ihre Beziehung die ganzen zwanzig Ehejahre lang geschwisterlich gewesen oder von einer Sexualpraktik geprägt war, über die sie nie sprechen wollte? Können Sie sie fragen, wie und wann und mit welchen Worten Raúl ihr sein Hingezogensein zu Männern eröffnet, wie er ihr erklärt hat, daß er sich die ganzen Jahre ihres Ehelebens irrte? Oder beschränken Sie sich nicht besser doch auf unverfängliche literarische Fragen?

Aber die interessieren die Leser einer Biographie am wenigsten. Ein Leser ist immer auch ein Voyeur, ein Gaffer, und selbst wenn er niemals durch ein Schlüsselloch spähen oder hinter einer verschlossenen Tür lauschen würde, wohnt auch in ihm die Lust, Vertraulichkeiten zu erfahren, Intimitäten unter dem Zeichen von Wollust, Grausamkeit, Schande oder Blut. Genauso ist jeder Forscher, selbst wenn sein Gegenstand die Literatur ist, ein Detektiv, ein *private eye*, wie es in amerikanischen Romanen heißt und womit trefflich beschrieben ist, was sich hinter jeder Nachforschung verbirgt: *the eye*, das Auge, das beobachtet, registriert und Verbindungen zieht.

Ich glaube, Ariel, das sind Sie heute abend gewesen: das Auge, das Ohr, ganz darauf konzentriert, alles aufzunehmen, was um Sie herum passiert; Sie haben es kaum gewagt, etwas zu sagen, Sie haben gewartet, daß das Gespräch sich unserer gemeinsamen Vergangenheit zuwenden würde, Raúl, diesem Mann, der in Ihrem Kopf aufgebläht ist zu einem Riesen, einem unantastbaren Genie, dem alles erlaubt ist, dabei war er nichts anderes als ein Mensch, der unser Leben teilte und uns dabei veränderte, wie wir es alle mit den Menschen um uns herum tun.

Heute morgen haben Sie mich gebeten, über Raúl zu sprechen, über Raúl als meinen Freund, meinen Ehemann, meinen Vertrauten; über Raúl als den Autor der Texte, die Sie so faszinieren, über Raúl als Kind einer dominanten Mutter, über Raúl als eigensinnigen Menschen, der seinen Bewunderern gegenüber arrogant war und der mich zuerst wegen einer Schlampe und später wegen eines Mannes, der vielleicht besser war als ich, verlassen hat, über Raúl, der seinem Leben am 19. November 1991 mit einem Schuß in die Schläfe ein Ende gesetzt hat.

Und ich muß in aller Bescheidenheit zugeben, daß ich nicht weiß, wo ich anfangen soll; oder besser, ob ich überhaupt anfangen will.

Aber die Nacht ist lang, nur der Bildschirm meines Computers leuchtet in diesem Haus, und Ihre Fragen haben meine Erinnerungen derart aufgewühlt, daß sie vielleicht erst wieder in mein Unterbewußtsein zurücksinken, wenn ich sie wie eine geduldige Archäologin, die mit einer weichen Bürste die Fragmente einer Urne vorsichtig freilegt, eine nach der anderen hervorgeholt haben werde.

Eine Erinnerung. Hier haben Sie eine Erinnerung, ich schenke sie Ihnen wie eine Blume für Ihr Herbarium, so wie Sie mir heute morgen diese Blumen geschenkt haben, die ich nicht annehmen wollte.

Raúl ist fünfunddreißig Jahre alt, obwohl er viel jünger aussieht; er ist groß und dünn und sitzt auf der Vespa, die er sich neu gekauft hat, er sieht aus wie eine gutmütige Vogelscheuche, wie aus *Der Zauberer von Oz*. Wie dieser ist auch er davon überzeugt, daß er kein Herz hat, doch anders als die Figur in der Erzählung findet er, daß er auch keins braucht. Er trägt eine schwarze Hose – weit, mit Bügelfalten –, ein weißes Hemd ohne Krawatte und ein graues kariertes Flanellsakko. Wie ein alter Mann angezogen, denke ich, denn damals trugen alle meine Freunde durchgehend Schwarz und eine Hornbrille, mit der sie intellektuell aussahen. Raúl tat das nicht, auch wenn er bereits einen Gedichtband veröffentlicht hatte und an einem ersten Band mit Erzählungen arbeitete, was ich damals noch nicht wußte, was mich aber auch nicht sehr beeindruckt hätte, denn Erzählungen waren für uns damals nichts im Vergleich zu Romanen und philosophischen Essays.

Raúls Französisch war für jemanden, der die Diplomatenschule besucht hatte, erbärmlich, und als wir uns kennenlernten, wechselten wir gleich ins Spanische, im übrigen fand ich, die ich den Akzent meiner baskischen Familie gewöhnt war, sein Argentinisch einfach nur süß und provinziell. André stellte uns in einer *cave* einander vor, an deren Namen ich mich nicht mehr erinnere, und sagte, sein Vater habe gerade Raúls erstes Buch verlegt. Über mich sagte er, ich sei eine große Leserin. »Sie verschlingt Bücher«, verbesserte er sich und fügte in seiner gewohnt frechen Art hinzu: »Und nicht nur Bücher.«

»Hast du mich gelesen?« fragte Raúl. Allein die Formulierung dieser Frage machte ihn mir von Anfang an unsympathisch, also sagte ich, nein, daß ich keine Lyrik lesen würde, und hatte mich schon wieder meinen Gin trinkenden und über Marcuse diskutierenden Freunden zugewandt. André und Raúl stellten sich an die Theke, und es dauerte keine Minute, da waren sie von Mädchen meines Alters umringt, die gackerten wie die Hühner und flirteten sie mit schwarz geschminkten Augen an.

Ich gehe an ihnen vorbei und gebe mir Mühe, sie nicht anzuschauen, doch da faßt Raúl mich am Handgelenk und flüstert mir bei der Trompetenmusik in dem Lokal ins Ohr: »Wenn du mich hier rausbringst, schwöre ich dir, daß ich dir nie ein Gedicht von mir vorlesen werde.«

Seine Augen blitzen vergnügt, doch die Bitte ist ernst gemeint. Ich nicke, gehe zurück zu meinen Leuten, um meine Jacke zu holen, dann lassen wir André an der Theke stehen und gehen die Treppen hinauf zur Straße. Es ist feuchtkalt, und unser Atem hüllt uns ein wie Nebel. Draußen ist es vergleichsweise still, doch uns summen noch immer die Ohren. Wortlos zünden wir uns eine Zigarette an. Wir sehen uns in die Augen, und plötzlich fangen wir ohne rechten Grund an zu lachen.

»Darf ich dich noch auf einen Kaffee einladen, oder findest du das altmodisch?«

Ich übergehe die Ironie und sage ja. Mit raschem Schritt gehen wir ins nächste Café, das um diese Uhrzeit fast leer ist. Irgendwie gefällt mir der Typ, was ich selbst unter Folter nicht zugeben würde. Wir bestellen zwei *cafés crème* und fangen an, von uns zu erzählen: Er arbeitet seit kurzem an der Universität am Lehrstuhl für Literatur; ich studiere Philosophie und arbeite in der *Direction générale des Beaux Arts*, eine gute Stelle, die mir ein Kollege meines Vaters verschafft hat.

Wir entdecken, daß wir den gleichen Humor haben, mit einem Hang ins Schräge und Absurde und leicht etwas scharfzüngig gegenüber allen, die nicht ganz so schnell und geistreich sind wie wir.

»Du bist eine beachtliche Frau«, sagt er beim zweiten Kaffee zu mir. »Oder besser, ein beachtliches Mädchen. Wie alt bist du: neunzehn, zwanzig?«

»Dreiundzwanzig«, lüge ich, ohne mit der Wimper zu zukken.

»Fast so alt wie ich«, antwortet er, und wir lachen erneut.

Als wir vom Café zurück zu der *cave* gehen, zeigt er mir die Vespa und fragt: »Traust du dich?«

Auf jede andere Formulierung hätte es eine Absage gegeben. Ich fühle mich als eine erwachsene Frau, ich habe es nicht nötig, mich von irgendeinem Kavalier nach Hause bringen zu lassen; er würde es ohnehin nur darauf anlegen, unten an der Haustür oder im Treppenhaus seinen Lohn zu bekommen, dafür, daß er sich den Umstand gemacht hat, mich zu meiner Wohnung zu bringen, in der ich mit zwei Freundinnen aus meinem Kurs lebe. Aber dieses »Traust du dich?« zwingt mich praktisch dazu, ja zu sagen.

Ich zögere kurz, ob ich wie die meisten jungen Mädchen im Damensitz auf dem Roller Platz nehmen soll, doch dann schwinge ich mich einfach rittlings hinauf, soll man mir ruhig unterstellen, daß ich mich nur näher an ihn schmiegen will. Raúl sagt nichts, als ich, um mich festzuhalten, meine Arme um ihn schlinge. Durch die Jacke hindurch, die er über dem Sakko trägt, spüre ich seine Rippen.

Vollkommen durchgefroren kommen wir zu Hause an. Einen Moment überlege ich, ihn einzuladen, mit nach oben zu kommen. Aber er soll nicht denken, er hätte mich eingewickelt wie die dummen Hühner in der *cave*, und darum steige ich einfach vom Roller und hole wortlos meinen Schlüssel heraus.

»Wo ißt du immer zu Mittag?« fragt er.

»Wenn ich nicht zu knapp bei Kasse bin, im *La Poule d'Or*, gleich neben dem Institut.«

»Darf ich dich morgen dorthin einladen? Gegen zwölf?«

»Um eins. Früher kann ich nicht.«

»Abgemacht. Bis morgen!«

Keine Umarmung, kein Kuß auf die Wange, noch nicht einmal ein schüchterner Händedruck. Er nickt einfach zum Abschied, wendet den Roller und fährt wie eine für die Vespa zu lang geratene Vogelscheuche die Straße hinauf.

~

Um zehn nach sieben Uhr morgens weckte ihn das Rauschen der Duschen, Türen schlugen auf und zu, die Studenten machten sich fertig, um zur Uni zu gehen. Am liebsten hätte er sich umgedreht und bis neun Uhr weitergeschlafen, doch dann begriff er, daß er eigentlich gar nicht mehr müde war und sich nur unter der Decke verkriechen wollte, um sich vor der Arbeit zu drücken; wieder müßte er sich seine Notizen vornehmen, wieder müßte er versuchen, eine der zahlreichen Episoden in Raúls Leben so weit für sich zu erschließen, daß er mit dem Schreiben eines Kapitels anfangen könnte. Seufzend stand er auf, zog sich den Bademantel über und beschloß, mit dem Einfachsten zu beginnen: einer Zusammenfassung des Gesprächs vom letzten Abend, bevor sich noch alles, was ihm jetzt im Kopf herumschwirrte, verflüchtigte oder von anderen Dingen überlagert wurde, die er im Lauf der Jahre gelesen hatte.

Auf Dutzenden feinsäuberlich beschrifteten Minikassetten befanden sich sämtliche Gespräche, die er geführt hatte; die meisten hatte er transkribiert. Aber man kann bei einem Abendessen unter Freunden nicht einfach ein Aufnahmegerät auf den Tisch stellen. Dabei hatten sich seine Hoffnungen erfüllt, und bei dem Essen war eine Menge interessanter Dinge zur Sprache gekommen.

Wieder seufzte er, schenkte sich ein Glas Orangensaft ein und setzte sich, ohne wie gewohnt kalt zu duschen, direkt an den Schreibtisch. Er schaltete die Arbeitslampe und den Computer an und begann, seine Erinnerungen zu sortieren.

Beim Dessert war das Gespräch fast von selbst auf Andrés Verlag gekommen, wie er die Architektur aufgegeben hatte, um das Verlagshaus seines Vaters weiterzuführen, das dieser nach dem Ersten Weltkrieg gegründet hatte.

»Es waren die Jahre, in denen die Macht der Freiheit und Phantasie hochgehalten wurde«, hatte André gesagt, die Hände um ein großes Cognacglas geschlossen. »Fast alle meine Freunde waren Schriftsteller oder hatten zumindest den Wunsch zu schreiben; sie kamen zu mir und wollten, daß ich sie meinem Vater vorstellte. Sie hofften, ihre Bücher könnten in seinem Verlag erscheinen. Ich war einerseits genervt, fühlte mich aber andererseits geschmeichelt. Ich war gern mit ihnen zusammen, und der eine oder andere war auch wirklich gut, und trotzdem, ich hatte nichts zu sagen. Selbst wenn ich jemanden für ein außergewöhnliches Talent hielt, wie Raúl, konnte ich nichts weiter tun, als meinen Vater dazu zu bringen, das Manuskript einem seiner Lektoren zum Lesen zu geben. Nur sein Wort zählte, meine Meinung war nicht von Belang, schließlich war ich doch Architekt und nicht Verleger. Als mein Vater unerwartet und innerhalb weniger Minuten an einem Herzinfarkt starb, mußte ich entscheiden, ob ich den Verlag verkaufen oder übernehmen wollte, und ich übernahm ihn. Und wenn ich nichts weiter sein würde als der Chef, der das letzte Wort bei der Auswahl der Werke haben würde.«

»Es ist erstaunlich, daß du überleben konntest, dabei hast du nichts anderes getan, als die Werke deiner Freunde zu verlegen«, bemerkte Yves und schenkte eine weitere Runde ein. Cognac für André, Bourbon für Ari, Gin-Tonic für Amelia und sich.

André lachte stolz und zufrieden: »Ich hatte eben exzellente Schriftsteller als Freunde und zudem das Riesenglück, daß gerade die Zeit des lateinamerikanischen *Booms* anbrach. Ich hatte in Frankreich als erster den richtigen Riecher, auch wenn andere Verlagshäuser mir bei Vargas Llosa und später bei García Márquez zuvorkamen. Trotzdem, ich habe *Amor a Roma* verlegt.«

»Raúls bestes Werk«, bemerkte Ari und versuchte damit, das Gespräch bei dem Thema zu halten, das ihn interessiere. »Wann hat er es dir angeboten?«

Wieder lachte André und zwinkerte Amelia zu: »Er hat es mir nicht angeboten. Ich habe es ihm entlockt. War es nicht so, Amelia?«

Amelia, die bis jetzt sphinxhaft gelächelt hatte, nickte und nahm schweigend einen Schluck aus ihrem Glas.

»Habe ich dir das nie erzählt? Eine großartige Geschichte.

Raúl und Amelia waren gerade aus Rom zurückgekehrt, sie sprühten vor Ideen, Projekten, waren ausgelassen wie zwei junge Hunde. Ich verabredete mich mit Raúl bei mir im Büro, um ihm zu erzählen, wie es mit seinen Büchern lief; vor allem das letzte, *Gespenster der Stille*, verkaufte sich für einen dünnen Band mit Erzählungen überraschend gut. Eigentlich bewegte mich aber ein ganz anderer Gedanke...« Er lächelte versonnen, als sähe er einen Film, der nur für ihn gezeigt wird. »Ich erzählte ihm vom lateinamerikanischen *Boom* – der Begriff kam damals gerade auf – und fragte ihn, ob er nicht einen Roman schreiben wolle. Zuerst antwortete er mir ausweichend: daß er vornehmlich Lyriker und Autor von Erzählungen sei, daß er noch nie über ein so groß angelegtes Werk nachgedacht habe, daß es nicht die Zeit für Romane sei... Alles Quatsch. Daraufhin zeigte ich ihm *Rayuela*, ein großer Wurf, soeben erschienen, der argentinische Autor war fast unbekannt, hatte aber einen ähnlichen Werdegang wie Raúl. ›Schau‹, sagte ich, ›auch er hatte fast ausschließlich Erzählungen geschrieben, und jetzt kommt er mit einem Roman, mit dem er einen unglaublichen Erfolg haben wird. Kannst du so etwas nicht auch?‹«

»Woher wußtest du, daß *Rayuela* so erfolgreich sein würde?« fragte Ari.

André klopfte sich mit dem Zeigefinger an den Nasenflügel.

»Die Zeit war reif für so eine Art Roman. Die Leute hatten genug vom Sozialrealimus, Existenzialismus, dem Leiden am Leben. Jetzt war der Moment für die Pirouette gekommen, für das Spielerische, Experimentelle. Du siehst ja, die Zeit hat mir recht gegeben.«

»Und Raúl?«

»Gleich.« André machte Yves ein Zeichen, daß er den Teller mit den dänischen Keksen herüberschieben solle. »Wie gesagt, zuerst kam er wie immer mit diesem Quatsch, aber dann erzählte er nach und nach von losen Ideen, die ihm während seines Romaufenthalts gekommen waren. Beide arbeiteten sie an Romanprojekten, Amelia hat ihres nur nie zu Ende geführt.«

»Anders als Raúl habe ich auch immer ganztags gearbeitet«, warf Amelia ein.

»Wir saßen jedenfalls in meinem Büro, und ich traute meinen Augen und Ohren nicht, denn in wenigen Minuten – es war keine halbe Stunde – erklärte mir Raúl den Roman, der ihm im Kopf herumging. Und nicht nur das, er legte mir gleich eine ganze Poetik dar, die fast in die Richtung Cortázars wies, nur leichter, luftiger, graziler war. *Rayuela* ist originell, schon, aber streckenweise auch ein harter Brocken, man muß sich durchkämpfen wie bei einem Boxkampf, den Roman für sich gewinnen … *Amor a Roma* hingegen ist wie Goldstaub: leicht, transparent, funkelnd, fröhlich und zugleich tiefsinnig und nachdenklich, ohne bitter zu sein. Aber was sage ich dir über *Amor a Roma*? Er hat mir den Roman in meinem Büro erzählt, er redete und redete, steigerte sich immer mehr in seine eigenen Worte hinein, als spräche er über einen Roman, den er gelesen hatte, und nicht einen, den er zu schreiben vorhatte. Ich war hingerissen. Noch in derselben Woche zahlte ich ihm einen Vorschuß, und wir vereinbarten, daß er sechs Monate Zeit hätte, den Roman zu schreiben. Keine vier Monate später hatte ich ihn auf dem Tisch.« André schloß die Augen und seufzte, nahm einen Schluck Cognac und sog tief dessen Aroma ein. »Raúl konnte unerträglich sein, aber er war ein Genie, weißt du. Das muß in deinem Buch klar werden.«

Darauf folgte eine lange, aber nicht unbehagliche Stille. Jeder der Anwesenden schien sich bei seinen eigenen Gedanken aufzuhalten.

»Amelia, erinnern Sie sich, was er zu Ihnen gesagt hat, als er von dem Gespräch mit André zurückkam?« fragte Ari schüchtern.

Sie schüttelte bedächtig den Kopf. Die Enttäuschung muß

Ari im Gesicht gestanden haben, denn Amelia fügte hinzu: »Verstehen Sie mich nicht falsch, ich erinnere mich schon. Er hat nur nichts gesagt. Erst Wochen später haben wir über die Angelegenheit geredet. Er lud mich in ein sehr teures und vornehmes Restaurant zum Essen ein, und gegen Ende hin sagte er mir, das Abendessen sei ein Geschenk von dem Vorschuß für einen Roman, den er schreiben werde.«

»Und daraufhin hat er Ihnen den Inhalt erzählt.«

Wieder schüttelte sie den Kopf: »Nein. Ich wußte nichts über *Amor a Roma*, bis er den Roman fertig hatte. Dann fuhr er übers Wochenende weg, damit ich das Manuskript in Ruhe lesen konnte und er nicht vor Ungeduld wie ein Tiger im Käfig in der Wohnung auf und ab gehen mußte.«

Dann stand Amelia unvermittelt auf, entschuldigte sich bei André, daß es so spät geworden sei, und bat Yves, ihr ein Taxi zu rufen. Alle erhoben sich, und da Ari sah, daß Yves sich beim Telefonieren die Augen rieb, begriff auch er, daß es Zeit war zu gehen, und verabschiedete sich.

Er ging zu Fuß nach Hause, und nach dem fast dreiviertelstündigen Fußmarsch war er zu erschöpft, um sich noch Notizen zu dem Gespräch zu machen; er legte sich ins Bett und schlief auf der Stelle ein.

Nachdem er das, was André ihm am Abend zuvor erzählt hatte, aufgeschrieben hatte, verschränkte er die Hände im Nakken, und während er zur Decke blickte, fragte er sich, warum Amelia das Gespräch wohl so abrupt abgebrochen hatte. Nur weil es so spät geworden war, oder gab es noch einen anderen Grund?

Er versuchte, sich in sie hineinzuversetzen, und überlegte, wie er sich fühlen würde, wenn er immer und immer wieder die gleiche altbekannte Anekdote über sich ergehen lassen müßte, ob er es nicht satt hätte, sich unentwegt die Hymnen auf den eigenen Partner anhören zu müssen, als ob das einzige, was in der Welt zählte, Raúl wäre, und ihre einzige Daseinsberechtigung darin bestünde, ein paar Jahrzehnte an seiner Seite gelebt zu haben.

Es war zu ärgerlich, daß Amelia nicht die Schriftstellerwitwe war, die er sich vorgestellt hatte: eine Frau, die darin aufging, die Erinnerung an ihren Gatten zu wahren, die voller Hingabe seinen Nachlaß verwaltete und sich lange und ausführlich mit jedem Interessierten unterhielt, die bereitwillig Fotos zeigte und Anekdoten erzählte, kurz, die ihm bei seinen Ausgrabungen assistieren würde als ein letzter Dienst an dem Mann, den sie auch zehn Jahre nach seinem Tod noch immer liebte.

Aber Amelia war nicht so. Sie hatte ihr Leben, ihren eigenen Erfolg; da war ihr Werk, auch wenn es nicht mit dem Raúls zu vergleichen war, und vor allem war da diese Verschlossenheit gegenüber allem, was mit ihm zu tun hatte, als hätte sie mit seinem Tod eine Tür fest verriegelt und vor, diese nie mehr zu öffnen. Als hätte sie ihn nie geliebt.

~

Ich habe mich oft gefragt, was es bedeutet, einen anderen Menschen zu lieben. Ich komme darauf, weil ich weiß, daß Sie mir früher oder später mit diesen oder ähnlichen Worten diese Frage stellen werden; wenn ich Ihnen einige Episoden aus unserem gemeinsamen Leben erzähle, werden Sie mich entsetzt aus Ihren blitzblauen Augen ansehen und mich fragen: »Und Sie haben Raúl geliebt?« Ja sicher, natürlich habe ich ihn geliebt. Wieso sollte man zwanzig Jahre lang mit jemandem zusammenleben, wenn man ihn nicht liebt? Aber was heißt das eigentlich, »lieben«?

An dem Tag, als wir zum ersten Mal gemeinsam im *La Poule d'Or* zu Mittag aßen, fing ich an, ihn zu lieben, ich fühlte diesen Stich im Magen, als ich ihn zwischen den Tischen auf mich zukommen sah, wie er sich schon aus der Ferne für seine Verspätung entschuldigte; und wenn wir fortan mit Freunden zusammensaßen, wanderten meine Augen, wie von einem Magneten angezogen, immer in seine Richtung; und wenn es klingelte, hoffte ich jedesmal, er komme mich zu einer Spazierfahrt mit der Vespa abholen; und wenn sich an einer Theke unsere Hände berührten, war ich jedesmal wie elektrisiert; und irgendwann ging es so weit, daß ich mir unsere gemeinsame Zukunft vorstellte, wie wir im selben Bett aufwachten und zusammen frühstückten. Aber war das Liebe? Oder nur Verliebtheit: diese chemische Veränderung, die für ein paar Monate alles in uns durcheinanderwirbelt und fast von einem Augenblick auf den anderen wieder verschwindet, so daß wir uns nur noch schämen können für das, was uns eben noch betört hat.

Ich weiß, daß ich ihn am Tag unserer Hochzeit liebte, als ich ihn kommen sah, wie immer zu spät, mit schiefsitzender Krawatte und Haaren bis über die Augen, als er meinem Vater mit einem braven Lächeln die Hand gab und sich entschuldigte, daß er uns im Rathaus habe warten lassen, als er André zuzwinkerte, während er mich umarmte, und als er mir den Brautstrauß reichte, den er besorgt hatte: weiße Rosen und gelbe Fresien, der Duft des Glücks.

Und ich liebte ihn, als wir nachts im Zug nach Marseille saßen und er mit Blick auf die Liegebänke lächelnd zu mir sagte: »Hauteclaire, hast du etwas dagegen, wenn wir mit unserem Eheleben warten, bis wir in einem komfortablen Hotel sind? Ich bin nicht mehr in dem Alter für Zirkusnummern.«

Ich liebte ihn auch später noch, ich war vernarrt, fasziniert von ihm, ich konnte mein Glück nicht fassen, daß ich Raúl begegnet war; doch damals war es nicht mehr nur Liebe. Ich brauchte ihn. Ich war beherrscht von dem Bedürfnis, ihn zu sehen, bei ihm zu sein, zu wissen, daß wir einander gehörten, für einander bestimmt waren. Ich war abhängig. Aber meine

Abhängigkeit wurde mir erst Jahre später zum Verhängnis, als ich bei ihm blieb, obwohl ich wußte, daß er mein Tod war, daß er mein Leben zerstörte und mich daran hinderte, mein Glück woanders zu finden. Auch jetzt noch, Jahre nach seinem Tod, spüre ich manchmal diese Abhängigkeit, und dann fühle ich mich schwach und schäme mich.

Er war mein Freund, mein Vertrauter, mein Komplize, mein Seelenbruder, mein Alter ego.

Es war schon in Tunis, als ich ihn einmal auf dem Rücken eines Dromedars reiten sah, die Sonne brannte herunter, mit dem *Schesch* um den Kopf und der Sonnenbrille, und aus irgendeinem Grund war ich einfach nur glücklich und konnte nicht anders, als blöd zu lächeln. Tag und Nacht.

»Weißt du, daß du im Schlaf lächelst?« fragte er mich nach ein paar Tagen, ebenfalls lächelnd.

Ich habe schon lange nicht mehr so gelächelt, weil in meinen Träumen längst nichts Schönes mehr vorkommt; weil ich nicht mehr zwanzig und mit Raúl frisch verheiratet bin.

Wenn man mir damals gesagt hätte, daß ich ihn eines Tages umbringen würde, ich hätte es nicht geglaubt.

KAPITEL

2

*I*m ersten Arbeitstagebuch spricht Raúl über seine besondere Liebe zu dem Viertel Saint-Sulpice; er mochte die Antiquariate und die Öffnung des Viertels zum Jardin de Luxembourg hin, er mochte die düsteren und herrschaftlichen Hauseingänge und die gemischte Bevölkerung: Damen des einstmals wohlhabenden Bürgertums, ausländische Studenten, kleine Handwerker, alte Pfarrer, die auf ihrer Suche nach alten Folianten wie Getier in den theologischen Buchhandlungen herumschnüffeln. Er erzählt, wie gern er morgens im Spiel von Licht und Schatten durch die Straßen schlendert, hin und wieder anhält und an den vornehmen Häuserfassaden hochblickt; wie er zum Spaß irgend jemanden verfolgt, bis dieser in einem Hauseingang, einem Café, einer Reinigung verschwindet, wie er sich daraufhin ein neues Opfer sucht und langsam bis zum Eingang des Parks weiterspaziert, wo er sich am Teich auf eine Bank setzt, den Kindern beim Spiel mit ihren Segelbötchen zusieht und sich in sein Heft allerlei kleine Dinge notiert, die seine Aufmerksamkeit erregt haben.

Gleich nach dem Aufstehen brach Ari auf nach Saint-Germain zu einer Buchhandlung, um nach einer Bestellung von vor zwei Wochen nachzufragen, leider ohne Erfolg. Beim Verlassen der Buchhandlung fielen ihm Raúls Seiten über Saint-Sulpice ein, und da es nicht weit war, folgte er einfach seinem Impuls. Es war ein klarer und kühler Morgen, und er hatte so rein gar keine Lust, sich schon wieder ins Zeitungsarchiv zu begeben und Artikel von vor dreißig Jahren zu lesen; doch während das Flanieren für Raúl zur Arbeit dazugehörte – das Leben beobachten, die Sinne schärfen –, hatte Ari dabei ein schlechtes Gewissen. Für seinen Parisaufenthalt hatte er ein Stipendium von einer deutschen Stiftung bekommen, die sein Projekt unter Dutzenden von Forschungsvorhaben ausgewählt hatte. Zwar würde niemand von ihm verlangen, sein tägliches Arbeitspensum zu dokumentieren, dennoch nagte an ihm das schlechte Gewissen, als er mitten am Tag, wenn der normale Mensch arbeitet, ziellos durch ein Viertel von Paris streifte.

Von dem Zauber, der beim Lesen von Raúls Tagebuch sogleich auf ihn übergesprungen war, spürte er nun indes nichts. Das Viertel kam ihm, obwohl es im Zentrum von Paris lag, grau und öde vor, wie eines dieser kleinen, attraktionslosen Provinzstädtchen, in die es ihn manchmal zu Fachkongressen verschlug und wo er jedesmal froh war, wenn er wieder abreisen konnte. Selbst die Antiquariate lockten ihn nicht besonders; er beschäftigte sich ausschließlich mit dem zwanzigsten Jahrhundert, und was hier in den Buchhandlungen lag, waren in seinen Augen nichts als verstaubte, für seine Forschung vollkommen uninteressante alte Schwarten.

In einem der Läden arbeitete ein blondes, sehr dünnes junges Mädchen vor einem Bildschirm. Sie hatte etwas Ätherisches und wirkte fremd an diesem Ort, als wäre eine Elfe oder irische Fee zum Verrichten einer niedrigen menschlichen Arbeit verdammt worden.

Er sah ihr ein paar Minuten bei der Arbeit zu, bezaubert von ihrer feinen Nase, ihrem fast weißen Haar, das zu einem luftigen Knoten zusammengeführt war und ihre Ohren ohne Schmuck freigab, fasziniert von ihrem langen Hals, der wie ein Blütenstil aus einem malvenroten Pullover ragte; er überlegte, wie alt sie sein konnte, und spekulierte, wie sie in das Antiquariat gekommen sein mochte. Sie war überhaupt nicht sein Typ;

alle Frauen, mit denen er bisher zusammengewesen war, waren dunkelhaarig, sinnlich, von mediterranem Typ, aber er hatte schon seit Monaten keine Freundin mehr und in der letzten Zeit schon öfter an sich bemerkt, daß er sich wie ein Jugendlicher die Augen aus dem Leib guckte oder wie jemand, der Diät hält und vor der Auslage einer Konditorei versucht, sich an die fast vergessenen Geschmackserlebnisse zu erinnern.

Die junge Frau sah auf, und vor ihrem eisigkalten Blick wich er unweigerlich ein paar Schritte zurück und lächelte schüchtern, was sie jedoch nicht zu besänftigen schien. Er ging zügig weg, um den frostigen Blick abzuschütteln, den er noch immer auf sich spürte, und widerstand der Versuchung, sich noch einmal nach der dünnen, langgliedrigen Frau umzudrehen, denn er fürchtete, sie könnte mit verschränkten Armen in der Tür stehen und ihm wie einem lüsternen Alten oder Voyeur mit ekelerfülltem Blick hinterhersehen.

Er hastete, ohne zu überlegen, in die nächstbeste Buchhandlung, keine Menschenseele war darin zu sehen, und es war so still und verstaubt, daß man das Geschäft für verlassen halten konnte. Beim Betreten des Ladens schellte ein Glöckchen, doch auch als schon längst wieder Stille eingekehrt war, zeigte sich niemand, und so atmete er tief durch und kramte in den Kisten mit den Sonderangeboten, und dabei beruhigte er sich allmählich.

Die Leute werden immer seltsamer, besonders in Paris. Was hätte es die junge Frau gekostet, sein Lächeln zu erwidern? Es wäre doch eine nette Geste gewesen, mit der sie sich als friedliche und zivilisierte Menschen zu erkennen gegeben hätten, ein kleines Zeichen der gegenseitigen Anerkennung, das diesem Morgen einen Glanz aufgesetzt hätte. Doch nein, sein Lächeln war mit einem eisigen Blick quittiert worden, mit der Rüge, daß sie keinerlei Kontakt wünschte und daß sie einen Mann, der nichts weiter getan hatte, als sie anzusehen, für das letzte hielt.

Wieder schellte das Glöckchen, ein alter, noch rüstiger Priester trat ein, seine schwarze Soutane schillerte in dem staubigen Lichtkegel, den das durch die Scheiben in den düsteren Raum hereinfallende Sonnenlicht bildete. Sie begrüßten sich mit einem Nicken, und während der neu Hinzugekommene zwischen den Bücherregalen im hinteren Teil des Ladens verschwand, wandte Ari sich zum Fenster und sah eine Kiste mit diversen, noch nicht mit Preisen versehenen Büchern durch. Es waren fast durchgehend Romane aus den fünfziger und sechziger Jahren in billigen Ausgaben, unglaublich häßlich im Vergleich zu heutigen Taschenbüchern, doch gerade diese Häßlichkeit rührte Ari an. Wie so oft weckten die alten Bücher, die keine Antiquitäten, sondern einfach nur alt waren, eine nicht näher bestimmbare Zärtlichkeit in ihm, eine leise Wehmut angesichts des unerbittlichen Wandels der Zeiten. Diese Bücher hatten einmal für das moderne Europa gestanden, in einer optimistischen, von Fortschrittsglauben geprägten Zeit, wie es heute undenkbar war. Die Designer der Buchumschläge hatten das Neue, das Ungewohnte gesucht, in einer Zeit, als modern zu sein oberstes Gebot war, und die Autoren waren gewiß stolz auf die Aufmachung ihrer Werke gewesen, sicher auch Raúl auf das Cover der Erstausgabe von *Amor a Roma*: Es war mattschwarz mit blauen, wie wahllos von einem Pinsel hingewischten Balken, auf denen die roten Buchstaben herausstachen wie das Z von Zorro.

Er wollte die Kiste schon wieder zurückstellen, als er, noch bevor er sich das vorletzte Buch angesehen hatte, wußte, daß er einen Fund gemacht hatte. Er deckte reflexartig die Hand darüber, schloß kurz die Augen und blickte sich dann nach allen Seiten um wie ein Kaufhausdieb, der eine begehrte Ware in die Jackentasche gleiten lassen will. Der Pfarrer stöberte noch immer die Regale durch, und ein Buchhändler hatte sich noch immer nicht blicken lassen. Er drehte das Buch langsam um, fast zärtlich; ohne es recht glauben zu können, wußte er, was er gleich sehen würde: die weiße seidenmatte Fläche, vorne links der rote Turm, rechts oben die sehr viel kleinere schwarze Königin; das Quadrat in der Mitte, mit einer winzigen Zwei in der oberen Ecke. Unter dem Quadrat der Name: Raúl de la Torre; darüber der Titel: *De la Torre hoch zwei*. Die spanischsprachige Erstausgabe. Er kannte das Copyright, auch ohne das Buch aufzuschlagen: Éditions de la Terre, 1973. Er hatte eine Erstausgabe gefunden, ein Buch, das angeblich nicht mehr zu bekommen war, lag vor ihm, versteckt zwischen fünf oder sechs Kilo wertloser Schmöker. Diese Erstausgabe hatte er bislang nur bei André zu Hause gesehen; sie trug eine persönliche Widmung in der eleganten, entschiedenen Schrift Raúls, und André hütete sie wie einen Schatz. Und nun lag das Buch vor ihm in seinen zittrigen Händen.

Mit Sicherheit war es sehr teuer, unerschwinglich für ihn. Wenn der Buchhändler auch nur die geringste Ahnung von seinem Beruf hatte, würde der Preis seine finanziellen Möglichkeiten weit übersteigen. Sein Puls begann zu rasen. Er war praktisch allein. Er brauchte es nur in die Innentasche seines Mantels gleiten zu lassen, anschließend würde er sich noch ein bißchen weiter umsehen, als kleine Entschädigung irgend etwas kaufen, und dann abhauen nach Hause in sein Zimmer, wo er in Ruhe seinen Schatz betrachten könnte.

Natürlich könnte er versuchen, das Buch zu kaufen, aber wenn er nach dem Preis fragen und ihn dann nicht bezahlen könnte, wäre der Buchhändler gewarnt und würde ihn nicht aus den Augen lassen, wenn er das nächste Mal in sein Geschäft käme, wenn er es hingegen einstecken würde ... Diese Bücher mußten neu gekommen sein, sie hatten noch keine Preisschildchen wie die Bücher in den anderen Kisten; vielleicht wußte der Buchhändler noch gar nicht, was er da hatte. Er könnte einfach ganz unverbindlich fragen, was die Romane in der Kiste kosten, und stillschweigend voraussetzen, daß sie alle den gleichen Preis hatten. Falls der Buchhändler nicht Bescheid wußte und die Chance witterte, zehn oder fünfzehn Romane auf einen Schlag zu verkaufen, würde er ihm vielleicht einen Gesamtpreis machen. Der Buchhändler unterhielt sich gerade mit dem Priester, während er ihm beim Suchen von irgendeinem Buch half, und hin und wieder lachte er sanft, als hätte er zwischen seinen verstaubten Büchern das Geheimnis eines zufriedenen Lebens entdeckt. Wenn er ein Büchernarr war, würde er mit Verständnis reagieren, wenn Ari ihm sagte, daß er dieses Buch unbedingt haben mußte, und zwar zu einem moderaten Preis.

Der Priester schien fündig geworden zu sein, denn die beiden Männer saßen nun hinten im Laden an einem Tisch und schienen sich auf ein längeres Gespräch einzustimmen, denn der Buchhändler hatte dem Priester einen Kräutertee angeboten. Bevor der Buchhändler mit der Teekanne in der Hand wieder nach hinten verschwinden würde, platzte Ari mit der Frage heraus: »Können Sie mir bitte sagen, was die Bücher in der Kiste da kosten?«

Er biß sich augenblicklich auf die Lippen. Passiert war passiert. Jetzt gab es kein Zurück mehr.

Der Buchhändler ging ein paar Schritte auf ihn zu, um zu sehen, welche Kiste er meinte. Er kniff so fest die Augen zu, daß seine buschigen Augenbrauen gegen die Brillenfassung stießen.

»So vierzig, fünfzig Francs. Die dickeren sechzig.«

Ari wollte in schallendes Gelächter ausbrechen. Verkaufte dieser Mann die Bücher doch glatt zum Kilopreis!

»Diese Sorte Bücher sind nicht mein Gebiet, wissen Sie. Wir sind eine theologische Buchhandlung. Eine Frau von nebenan hat sie mir kürzlich vorbeigebracht, sie stammen aus dem Nachlaß eines Verwandten. Wenn Sie die Kiste mitnehmen, gebe ich Ihnen die Bücher für dreißig. Ein Schnäppchen. Überlegen Sie sich's.«

Dann kehrte er ihm den Rücken zu und ging mit seiner Teekanne nach hinten. Ari zählte rasch die Bücher durch. Es waren etwa dreißig. Das machte weniger als tausend Francs. Der Buchhändler hatte recht: Es war ein Schnäppchen, obwohl ihn von den anderen Romanen keiner interessierte. Er wartete, daß der Mann zurückkam, und während er von einem Bein aufs andere trat, bemühte er sich, seine Ungeduld zu verbergen.

»Ich hab's mir überlegt«, sagte er, kaum sah er den Mann kommen. »Ich nehme sie. Ich kann jetzt nur nicht alle mitnehmen, weil ich ohne Auto da bin. Wenn Sie wollen, bezahle ich sie gleich und hole sie irgendwann in den nächsten Tagen ab.«

Er zahlte bar, steckte die Quittung in seine Brieftasche – »Bücher divers«, hatte der Buchhändler geschrieben – und sagte in möglichst beiläufigem Ton: »Das da nehme ich gleich mit.«

»Wie Sie wollen«, entgegnete der Mann, ohne überhaupt einen Blick darauf zu werfen. »Meine Öffnungszeiten sind von zehn bis eins und von vier bis acht; Sie können jederzeit vorbeikommen und die Kiste holen. Ich stelle sie für Sie nach hinten.«

Ari verabschiedete sich von den beiden Männern und verließ die Buchhandlung, und dabei war er hin und her gerissen zwischen dem schlechten Gewissen, den Buchhändler übers Ohr gehauen zu haben, und einer triumphierenden Freude, wie er sie noch nie erlebt zu haben glaubte. Er hatte eine Erstausgabe von Raúl de la Torre; anscheinend auch noch ein so gut wie unberührtes Exemplar. Der Umschlag glänzte und war ganz glatt, der Rücken wies keine der typischen Gebrauchsspuren auf. Wer auch immer das Buch in den siebziger Jahren gekauft hatte, gelesen hatte er es nicht. Wieso kaufte sich jemand *De la Torre hoch zwei*, als das Buch eine Neuerscheinung und in den Literaturzeitschriften besprochen war, und las es dann nicht?

Gedankenverloren ging er durch die Straßen, bis er auf einmal an der Ecke Rue de Vaugirard, Rue d'Assas vor dem *Institut Catholique de Paris* stand, wo er vor Jahren an einem Kongreß teilgenommen hatte. Er erinnerte sich an den kleinen ruhigen Innenhof und betrat ihn durch das Eingangstor. Es war kein Mensch da; alle Bänke waren leer, und so setzte er sich auf eine sonnige, vor dem frischen Wind geschützte Bank. Bevor er das Buch aufschlug, strich er noch einmal mit der Hand darüber, so andächtig, wie es nur jemand tut, der sein Leben der Literatur und den mit ihr verbundenen Gegenständen verschrieben hat. Dann klappte er es in der Mitte auf – dieses wunderbare Knakken eines neuen Buchs – und schnupperte daran mit geschlossenen Augen. Dieser trotz der vielen Jahre frische Geruch von Papier und Druckerschwärze. Die glänzenden Buchdeckel, ihre seidige Glätte unter den Fingerkuppen.

Von dem Foto auf der Rückseite lächelte Raúl ihn verführerisch an; er trug bereits einen Bart, aber noch keine Brille, und lud ihn ein, zu lesen, sich in dem Labyrinth zu verlieren, das er für sich und einen idealen Leser geschaffen hatte, und dieser Leser war jetzt – fast dreißig Jahre nach der Aufnahme dieses Fotos – er, in einer Welt, die Raúl aus eigenem Willen nicht mehr kennengelernt hatte. Wenn er sich nicht umgebracht hätte, könnte er noch leben. Er würde am 2. August achtzig Jahre alt. Andere Schriftsteller waren achtzig, sogar neunzig geworden. Raúl keine siebzig. Als er sich von der Welt verabschiedete, war er bei voller Vitalität und Gesundheit; er hatte noch so viele Geschichten zu erzählen, und es ging das Gerücht, er schreibe an einem dritten Roman, doch den sollten seine treuen Leser nicht mehr bekommen.

Ari schlug das Buch auf der ersten Seite auf, um sich noch einmal den ersten Absatz zu gönnen, den er schon auswendig konnte, aber noch nie in der Erstausgabe gelesen hatte.

Raúls Worte, nicht die gedruckten, sondern die handschriftlichen in schwarzer Tinte, überraschten ihn derart, daß er für ein paar Sekunden überhaupt nicht in der Lage war, sie zu entziffern. Es war ein Exemplar mit persönlicher Widmung.

Für Aimée: Du hast mir eine Welt eröffnet, von der ich nur eine schwache Ahnung besaß. In unendlicher Liebe und ewiger Dankbarkeit: furchtergriffen vor dem Heiligen.

Raúl

Wieder schloß er die Augen, während ihn ein Schauder durchlief. Er hatte soeben ein weiteres Mosaiksteinchen im rätselhaften Leben Raúl de la Torres gefunden; und sollte das Glück auf seiner Seite sein, würde ihn dieses Steinchen zu einem nächsten und wieder zu einem nächsten führen, bis er irgendwann vielleicht die ganze Wahrheit aufgedeckt haben würde.

Die Melodie seines Handys schreckte ihn auf. Die Nummer war ihm nicht bekannt, und er wollte den Anruf erst gar nicht annehmen, tat es dann aber doch: »Lenormand.«

»Guten Tag«, die Stimme war unverkennbar. »Kommt mein Anruf ungelegen?«

»Nein, um Gottes willen, Frau Gayarre. Was gibt's?«

»Ich bin zufällig in der Gegend der Oper und dachte, vielleicht haben Sie Zeit, um mit mir eine Kleinigkeit essen zu gehen, sagen wir, in einer Stunde.«

»Sehr gern. Wo sollen wir uns treffen?«

»Kennen Sie das *Café de la Paix*? Es war jahrelang Raúls Lieblingscafé, weil es als *le carrefour du monde* bekannt war. Hauptsache kosmopolitisch, das war Raúl.« Ihr Lachen war süß und boshaft, als wollte sie die Ironie ihrer Bemerkung mit ihm teilen.

»Wollen wir uns dort um zwölf treffen, ja?«

»Wenn das Ihre Pläne nicht durcheinanderbringt.«

»Das paßt mir ausgezeichnet.«

»Dann bis später.«

Wie in einem amerikanischen Film legte Amelia auf, ohne ihm die Gelegenheit zu geben, noch etwas zu sagen, und erst als er selbst die Aus-Taste drückte, fiel ihm auf, daß er während ihres gesamten Wortwechsels die Luft angehalten hatte.

~

Nachdem die Suche im Speisesaal ergebnislos geblieben war, sah sich der Hotelangestellte auf der Terrasse um. Herr de la Torre hatte an der Rezeption die Anweisung erteilt, man möge ihm Bescheid sagen, falls jemand für ihn anrufen sollte, und da er auch um Diskretion gebeten hatte, winkte der Page lediglich, als er ihn endlich mit seiner Frau unter einem Sonnenschirm an einem kleinen Tisch sitzen sah. Er machte so lange mit der Hand das Telefonierzeichen, bis der Schriftsteller endlich begriff, die Serviette auf den Tisch legte und mit der Hand in der Tasche seiner weißen Hose über die Terrasse auf ihn zuging.

»Ein Anruf für den Herrn in Kabine drei.«

Das Trinkgeld wechselte den Besitzer, und der Schriftsteller verschwand in die Kabine neben der Rezeption.

Nach ein paar Minuten kam er mit einem Lächeln auf den Lippen heraus: Das Gespräch schien wunschgemäß verlaufen zu sein. Er ging nickend an dem Hotelangestellten vorbei und schlenderte mit den Händen in den Taschen auf die Terrasse zurück.

»Bei dem Kaffee hier muß ich ständig auf die Toilette«, bemerkte er, als er sich setzte.

Amanda sah ihn durch ihre riesige Sonnenbrille hindurch an: »Wenn du zum Kaffee nicht auch noch Orangensaft trinken würdest ...«

»Wenn ich eben beides gern trinke.«

»Aber davon bekommst du Sodbrennen, und dann bist du nicht zum Arbeiten aufgelegt.«

»Meine Liebe, ich bin im Urlaub.«

»Ein Intellektueller macht nie Urlaub. Das ist was für Ladenbesitzer und Sekretärinnen.«

»Und was ist mit dir?«

»Ich kümmere mich um deine körperliche Erholung. *Mens sana in corpore sano*, erinnerst du dich?«

»So oft wie du damit ankommst, wäre es schon verwunderlich, wenn ich es vergessen hätte.«

Sie sprachen Französisch, denn er als Argentinier konnte kein Polnisch, während sie als Polin nie fließend Spanisch sprechen gelernt hatte, wenn sie es auch gut lesen konnte.

»Wirst du heute mit dem Essay fertig, den wir *Combate* versprochen haben?«

Er zuckte mit den Schultern, und sein Blick glitt durch die sich um das Terrassengeländer windenden Bougainvilleen hindurch zum Horizont und verlor sich auf dem wie ein Spiegel glänzenden Meer.

»Mal sehen. Eigentlich habe ich keine große Lust dazu. Mir ist eine Idee für eine Erzählung gekommen.«

»Laß sie reifen und setz dich daran, wenn der Artikel geschrieben ist. Die Leute warten sehnsüchtig.«

Raúl sah sie an und verzog angewidert den Mund. In den wenigen Tagen auf Mallorca hatte sich ihre Haut, die schon bei ihrer Ankunft dank der Sonnenbäder auf der Terrasse ihrer Pariser Wohnung tief gebräunt gewesen war, in ein über ihre hohen Wangenknochen gespanntes Leder verwandelt. Mit den knallroten Lippen, der dunklen Brille und dem Strohhut sah sie aus wie eine Woodoo-Puppe. Nichtsdestotrotz sahen die Männer an den anderen Tischen hinter ihr her, wenn sie hüftschwingend vorbeiging in ihren Jeansshorts und mit den hohen Absätzen, die ihre Beine noch länger machten.

Schweigend frühstückten sie zu Ende. Dann zündeten sie sich beide eine Zigarette an, und Amanda zog wie jeden Tag aus ihrer Korbtasche das Heft, strich einige Zeilen aus, schrieb neue dazu und verkündete: »Heute essen wir mit den Whitmores zu Mittag; hinterher bin ich zum Tennis verabredet, und du könntest in der Zeit endlich diesen Artikel fertigschreiben. Zum Abendessen treffen wir uns in Deià mit Mister Knight, du weißt schon, dem aus New York, denn einem von beiden, natürlich dem, der mehr zahlt, werde ich die englischsprachigen Rechte an deinem nächsten Roman verkaufen und die Übersetzungsrechte von allem, was du davor geschrieben hast.«

»Hast du mit André darüber gesprochen?«

»Keine Chance! Du hast für zehn Jahre unterschrieben. Aber *Amor a Roma* ist schon wieder frei, und für *De la Torre hoch zwei* müssen wir ihm seinen Anteil auszahlen; er schätzt den Roman sehr, tut aber nichts für ihn. Du hättest dich nie mit einem Verlag wie dem von André einlassen dürfen, er ist zu klein und provinziell, und er hat überhaupt kein Marketingkonzept.«

»Er ist mein Freund, und ich finde, man behandelt mich gut in seinem Haus.«

»Sie wissen nicht, was sie an dir haben, Raúl. Warte ab, bis ich noch ein paar Verträge abgeschlossen habe, dann weißt du, wie es ist, wenn man dich gut behandelt.«

»Amanda, ich bin es leid. Du tingelst mit mir herum wie mit einem Zirkuspferd.«

Sie preßte die Lippen zusammen.

»Da bringe ich dich endlich nach oben, und du dankst es mir noch nicht einmal. Ich habe dich doch erst zu dem gemacht, was du bist: ein ernsthafter, engagierter Schriftsteller und ein Star.«

»Das wollte ich nie werden«, sagte er fast wie ein trotziges Kind.

»Du hattest noch nie ein gutes Gespür für dich selbst. Dafür brauchst du mich.«

Schweigend ließ er den Kopf sinken und starrte auf die über die weiße Tischdecke verstreuten Brotkrümel.

»Oder soll ich lieber gehen, und alle Welt erfährt, wer Raúl de la Torre wirklich ist?« Amanda hatte sich zu ihm gebeugt, um leise sprechen zu können.

Raúl schüttelte den Kopf.

»Zwischen uns besteht eine Abmachung«, brachte er endlich heraus.

»So ist es. Los, wenn du dich schon nicht sonnen willst, geh hoch aufs Zimmer und tu etwas Nützliches. Ich gehe noch kurz an den Strand, wir sehen uns dann zum Aperitif mit den Whitmores.« Sie tätschelte ihm den Arm und stand auf wie eine sich windende Schlange. »Du weißt doch, mein Liebster, *chi non lavora non fa l'amore*. Bis später!«

Raúl blieb unter dem Sonnenschirm sitzen und sah zu, wie sie unter den Blicken der Männer wegging. Er setzte sich die Sonnenbrille auf und genehmigte sich vor dem Hinaufgehen noch eine Zigarette. Amelia war bereits in Mallorca angekommen; mit ein wenig Glück würde sie schon am Nachmittag bei ihm sein, und dann ... Er wollte nicht daran denken, was dann passieren würde. Irgendeine Lösung würde es schon geben. Eines jedenfalls stand fest, er konnte so nicht weitermachen, und Hauteclaire war die einzige, die ihn aus dieser absurden Lage, in die er sich hineinmanövriert hatte, befreien konnte. Er brauchte sich nur noch ein paar Stunden zu gedulden. Dann würde alles gut werden.

~

»Gut«, sagte Amelia, gleich nachdem Ari ihr gegenüber Platz genommen hatte, »worüber wollen Sie reden?«

Er hatte sie nicht gleich gefunden, denn anders, als er angenommen hatte, saß sie nicht auf der Terrasse, sondern drinnen an einem abseits stehenden Tisch am Fenster mit Blick auf die Place de l'Opéra. Sie trug ein bordeauxrotes Kostüm und ein Halstuch in Granatrot und Silbergrau, passend zu ihren Haaren, die auf beiden Seiten ihres Gesichts glatt herabfielen. Sie war nicht mehr jung, aber sie war zweifellos noch eine attraktive Frau.

»Erzählen Sie mir, was Sie möchten. Mich interessiert alles, für mich ist fast alles von Nutzen.«

»Wollen Sie nicht Ihren Mantel ablegen?«

Ari beherrschte sich, um nicht rot zu werden, er zog sich den Mantel aus und legte ihn sorgfältig zusammengelegt über den Stuhl neben sich. Er wollte ihn lieber nicht an die Garderobe hängen, am Ende würde noch jemand seinen Schatz aus der Innentasche stehlen, außerdem würde er ihn ihr vielleicht auch zeigen wollen.

»Raúl hatte bereits mehrere Parisaufenthalte hinter sich, bevor er endgültig hierherzog, und dies war sein Lieblingscafé; in den fünfziger Jahren war es sehr beliebt. Bei Touristen«, fügte sie gemein grinsend hinzu. »Irgendwann bekam er mit, daß die Intellektuellen und Künstler andere Lokale bevorzugten, *La Coupole*, *Aux Deux Magots* und so weiter, und er kam nicht mehr hierher. Aber ich bin nach wie vor gern hier.«

»Sie schaffen es jedesmal, Raúl als einen unerträglichen Snob hinzustellen«, bemerkte Ari leicht verärgert.

»Raúl war ein unerträglicher Snob, mein Lieber. Wie fast alle Südamerikaner, zumindest aber die Argentinier, die sich zu Europa hingezogen fühlen. Irgendwie verständlich. Man hat ihnen eingeredet, daß ihr Land ihnen nichts zu bieten hätte, oder sogar, daß sie, zumindest ihrer Abstammung nach, von der Geschichte benachteiligte Europäer wären. Raúls Fall war besonders gravierend, schließlich hatte er in seinem Land nie wirklich gelebt. In Argentinien war er ein Fremder, und in Frankreich einfach ein Südamerikaner wie viele andere. Wenn er ins Französische gewechselt hätte, wäre er vielleicht ein französischer Schriftsteller geworden, doch er schrieb sein Leben lang auf Spanisch, und das Stigma blieb an ihm haften. Andererseits genoß er dadurch in den Boomzeiten der lateinamerikanischen Literatur einen Vorteil, den er sonst nicht gehabt hätte.«

»Aber von den Schriftstellern aus Lateinamerika ist er der einzige, dessen Romane in Europa spielen, sie haben die europäische, nicht die amerikanische Wirklichkeit zum Inhalt. Alle anderen großen Schriftsteller seiner Generation erzählen von ihren Ländern, sie breiten vor uns eine Art amerikanische Mythologie aus, alle tun das, nur er nicht.«

»Wie gesagt, er hat sich selbst als Europäer gesehen. Und schließlich muß man eine Welt kennen, um über sie schreiben zu können. Raúl war in seinem ganzen Leben weder in der Pampa noch im Norden des Landes gewesen, und bis auf ein paar kurze Aufenthalte auch nie in Buenos Aires.«

»Aber er sprach argentinisch.«

»Natürlich. Haben Sie noch nie etwas von Muttersprache gehört? Seine Mutter war Argentinierin, und für ein Kind, das in einem halben Dutzend Länder aufgewachsen ist, ist die Sprache der Mutter die einzige verläßliche. Nur klang es bei ihm sehr bemüht, was vielen Argentiniern im Ausland so geht, ihre Art zu reden hört sich irgendwie künstlich an.«

»Was für ein Verhältnis hatte er zu seinen Eltern?«

»Sein Vater starb, noch bevor ich Raúl kennenlernte. Raúl sprach immer sehr liebevoll über ihn, aber mehr wie über einen netten Onkel, der ab und zu ein Geschenk vorbeibringt und sich nicht weiter in das Leben von einem einmischt. Anscheinend war er ein *ladies' man*, wie die Engländer in ihrer zurückhaltenden Art sagen. Mit anderen Worten, ein Weiberheld.«

»Und seine Mutter?«

Sie seufzte tief, als hätte sie schon gefürchtet, daß diese Frage früher oder später kommen würde.

»Alida war eine ... besondere Frau.«

»In welchem Sinn?«

»In jedem. In ihrer Jugend muß sie eine glänzende Konzertpianistin gewesen sein. Dann hat sie geheiratet, und sie wurde die vorbildliche Ehefrau eines jungen Diplomaten. Später wurde sie eine vorbildliche Vollzeitmutter, und als Raúl sie nicht mehr so sehr brauchte, trennte sie sich von ihrem Mann, der mit anderen Frauen gesehen wurde, verweigerte ihm die Scheidung, zog nach Buenos Aires in das ehemalige Haus ihrer Eltern und mauserte sich zu einer glänzenden Dame der guten Gesellschaft, zu einer Liebhaberin klassischer Musik, die sich bei Wohltätigkeitsveranstaltungen engagierte. Jedes Jahr unternahm sie eine Europareise, fast immer nach Madrid, und war zwei Wochen lang für ihren Sohn da. Es war wie eine Wallfahrt. Konzerte, Museen, Ausstellungen, Essengehen ... das volle Programm.«

»Und Sie?«

»Ich existierte für Alida nicht.«

»Warum?«

»Die einfachste Antwort ist wohl, daß für ihren Sohn keine Frau gut genug war, doch in Wirklichkeit ertrug sie diese Komplizenhaftigkeit nicht, die Raúl und mich verband, daß wir so viel zusammen lachten, daß der eine einen Satz anfing und der andere ihn zu Ende führte. Die wenigen Male, die wir uns sahen, zeigte sich, daß wir niemals eine Familie, sondern immer eine unselige Dreierkonstellation sein würden. Immer waren wir zwei Paare: entweder Raúl und Alida oder Raúl und ich. Der Arme, wir beide auf einmal waren zu viel für ihn, und ich sagte mir am Ende, was sind schon vierzehn Tage im Jahr, wenn Alida uns die übrige Zeit in Frieden läßt. Ich verbrachte diese Wochen meistens mit meinem Vater und nach seinem Tod mit André, wenn er nicht gerade unsterblich in irgend jemanden verliebt war.«

»War Ihr Vater nicht auch Diplomat?«

»Mein Vater? Nein. Er ist während des Spanischen Bürgerkriegs ins Exil gegangen, und dank der Kontakte seiner Partei in Frankreich hat er eine gute Anstellung im Kulturministerium bekommen. Später dann, nach dem Zweiten Weltkrieg, ist er französischer Staatsbürger geworden und konnte so Beamter werden. Er hat sozusagen Karriere gemacht, und ich habe ihm meine Stelle zu verdanken. Schließlich bin ich zwar in San Sebastián geboren, aber dank meiner Mutter auch Französin.«

»Ihre Mutter war Französin?«

»Ja, aus Nantes. Darum sind sie nach Frankreich ins Exil gegangen und nicht nach Mexiko. Sie starb kurz nach der Befreiung von Paris. Ich erinnere mich kaum an sie. Bis ich Raúl kennenlernte, war mein Vater alles für mich. Wollen wir nicht etwas zu essen bestellen?«

Ari schaltete das Aufnahmegerät ab, und sie lasen die Speisekarte. Während er sie nur rasch überflog, setzte Amelia die Brille auf und studierte sie eingehend.

»Man ist, was man ißt, Herr Lenormand, hat Ihnen das nie jemand gesagt? Die Wahl einer Speise ist fast so wichtig wie die Wahl eines Buchs. Apropos, sagen Sie, was lesen Sie denn gerade? Etwas, das Sie mir empfehlen können?«

Ari lächelte: »*De la Torre hoch zwei.*«

Sie lächelte zurück: »Noch einmal? Sie sind wirklich unersättlich.«

Der Kellner unterbrach höflich ihr Gespräch, um ihre Bestellung zu notieren: einmal *magret de canard* mit Kroketten und einmal Blinis mit Spargel und Räucherlachs.

»Ich kann den Roman jedenfalls nur empfehlen«, sprach er weiter. »Er ist und bleibt großartig.«

Amelia setzte wieder zu ihrem boshaften Lächeln an: »Irgendwer hat mir erzählt, eine hiesige Professorin – von der Universität in Nanterre – arbeite gerade an einer Studie, in der sie den Roman unter dem Gesichtspunkt des weiblichen Schreibens untersucht.«

»Waaas?«

»Sie wissen doch, Raúl hat sich zur Homosexualität bekannt, unzweifelhaft besaß er weibliche Sensibilität, dann kann man doch auch untersuchen, welche Spuren diese Sensibilität in seinem Schreiben hinterlassen hat, und zwar schon lange vor seinem Coming-out.«

»Hirnwichserei!« entfuhr es ihm. »Verzeihung, ich wollte ›völliger Unsinn‹ sagen.«

Sie lachte auf: »Für einen deutschen Akademiker haben Sie einen erfrischend lebendigen Wortschatz, auch wenn ihre politische Korrektheit zu wünschen übrig läßt. Nein, nein, ich bin ganz Ihrer Meinung. Die Frau wollte mich befragen, sie schickte mir ihr Exposé, doch nachdem ich es gelesen hatte, weigerte ich mich. Wenn sie schon solche unsäglichen Dinge schreibt, kann sie nicht auch noch mit meiner Absegnung rechnen.«

»Nur um eine These zu vertreten, die selbst bei von Frauen geschriebenen Texten äußerst fraglich ist.«

»Halten Sie denn nichts von der *écriture féminine*, mein Lieber?«

»Wenn das gleichbedeutend ist mit Innenschau, Ich-Perspektive, geschwätzigem Stil und sogenannten Frauenthemen, dann muß ich sagen, tut mir leid, davon halte ich nichts. Die Literaturgeschichte ist voller Frauen, die wie Männer schreiben, und voller Männer, die wie Frauen schreiben. Wie dachte Raúl darüber?«

»Als Raúl lebte, war das noch nicht Mode, aber er wäre mit uns einer Meinung gewesen. Ein guter Schriftsteller kann wie ein guter Schauspieler in die unterschiedlichsten Rollen schlüpfen.«

»Aber er wollte doch nie eine Frau sein, oder?«

Amelia sah ihn sehr ernst an, als begäben sie sich auf gefährliches Terrain.

»Nie. Wenn Raúl religiös gewesen wäre, hätte er wie die alten Juden gebetet: ›Gott, ich danke dir, daß ich nicht als Frau geboren wurde.‹ Ganz im Ernst: Er war mit seinem Geschlecht, seinem Körper, seinem Aussehen immer zufrieden.«

»Ist an seinem Ruf, ein Don Juan gewesen zu sein, etwas dran?« wagte Ari sich vor.

Sie schüttelte energisch den Kopf.

»Raúl sah gut aus, keine Frage, man braucht sich nur die Fotos anzusehen. Und er besaß Charme oder Charisma, wie Sie es nennen wollen. Als er dann auch noch als Schriftsteller berühmt wurde, haben die Frauen sich natürlich um ihn geschart. Er ließ sich bewundern und ließ seinen Charme spielen, er küßte Hände, sagte charmante Dinge wie ›schöne Frau‹ und ›meine Liebste‹, mit dem Ergebnis, daß die Frauen ihm zu Füßen lagen und ich ein rotes Tuch für sie war. Es hat mir nie etwas ausgemacht.«

»Und die Männer?« fragte er und rechnete schon mit einer Abfuhr, wenn nicht mit einer Ohrfeige, aber nichts dergleichen kam.

»Die Männer erlagen seiner Ausstrahlung genauso. Die jungen Dichter sowieso, sie redeten ihn mit ›Maestro‹ an und luden ihn in ihre Underground-Kneipen ein, wo viel getrunken und Gedichte gelesen wurden. Ob sich einer von ihnen in ihn verliebte, weiß ich nicht. Raúl war wirklich durch und durch heterosexuell, bis er Hervé traf, und er hat mir während unserer ganzen Ehejahre die Treue gehalten.«

Ari dachte an das Buch, das in seinem Mantel verborgen war, an die rätselhafte Widmung an Aimée, doch als er Amelia gerade darauf ansprechen wollte, wurden sie von dem Kellner unterbrochen, und er entschied, erst einmal nichts zu sagen.

»Wie hat er seine Bücher signiert?« fragte er, als der Kellner wieder weg war.

»Mit seinem Namen natürlich«, antwortete Amelia und sah ihn an, als stimmte mit ihm etwas nicht.

Er schüttelte den Kopf: »Nein, ich meine, ob er persönliche Widmungen hineingeschrieben hat, ein paar Zeilen für den Empfänger des Buchs, oder einfach seinen Namen.«

Amelia dachte einen Augenblick nach, während sie eine dicke Spargelstange zwischen die Finger nahm und an deren Spitze lutschte.

»Er schrieb einfach ›De la Torre‹ oder ›Raúl de la Torre‹, wenn es jemand Unbekanntes war; ›Raúl‹ ohne irgendwelche Zusätze für Leute, die er kannte, und als Höchstes der Gefühle schrieb er den Namen der Person und seinen. ›Für André – beispielsweise – von Raúl‹ und das Datum. Das war alles. Zumindest in der Zeit, die er mit mir zusammen war. Als Amanda seine Ehefrau war, stand sie bei den Signierstunden immer neben ihm und schaltete sich zwischen ihn und das Publikum. Es war lächerlich. Wer weiß! Schon möglich, daß er bei ihr schreiben mußte: ›Für Genosse André, von Genosse Raúl‹.«

Sie stieß ein kurzes hartes Lachen aus, dann biß sie den Spargel ab.

»Hatte er für Amanda auch einen Kosenamen so wie Hauteclaire für Sie?«

»Nein. Amanda war immer Amanda, Punkt. So lange waren sie ja auch nicht zusammen.«

»Wie starb sie?«

Amelias Gesicht war ausdruckslos wie eine Maske aus dem

griechischen Theater: »Bei einem Verkehrsunfall in Mallorca, im Sommer '79.«

»Ein Zusammenprall mit einem anderen Auto?«

»Anscheinend haben die Bremsen des Mietwagens versagt.«

»Und Raúl?«

»Er war zum Arbeiten im Hotel geblieben. Das war seine Rettung. Sie hatte eine Verabredung zum Tennisspielen, wenn ich mich recht erinnere. Ihr Wagen stürzte eine Klippe hinunter, man fand ihre Leiche erst nach zwei Tagen.«

»Waren Sie dort?«

Amelia schüttelte den Kopf, sie hatte noch immer diesen leeren Ausdruck.

»Ich war mit André auf Ischia im Urlaub. Das Hotel organisierte die Überführung der Leiche. Raúl rief uns an, als er schon in Paris war, um uns über das Geschehene zu informieren und uns zu bitten, zur Beerdigung zu kommen. Wahrscheinlich fürchtete er, daß niemand kommen und er das allein nicht durchstehen würde.«

Sie nestelte an ihrer Stirn herum, als wollte sie etwas, das ihr in den Haaren klebte, wegzupfen.

»Es war grauenvoll. Ein glutheißer Sommer, die Beerdigung nachmittags um drei, wie beim Stierkampf, eine Versammlung von zehn, zwölf Leuten, die sich untereinander so gut wie nicht kannten, und es schien, als wollte sich jeder nur versichern, daß Amanda auch wirklich tot und unter der Erde war. Nicht eine Träne, nicht eine Blume, schließlich hatte sie immer gesagt, bei einer solchen bürgerlichen Komödie wolle sie nicht mitspielen. Keine Messe, kein Pfarrer. Ihr Chef, dieser arme Mann, der, wie man sich erzählte, jedesmal zitterte, wenn sie den Verlag betrat, sagte ein paar schwammige Sätze, wie sehr sie sie vermissen würden und so weiter, dann war plötzlich alles vorbei. Die Leute verschwanden zwischen den Bäumen, da war das Grab noch nicht zugeschüttet, und übrig blieben nur André, Raúl und ich – und Beklommenheit. Selbst ein Kanarienvogel bekommt ein würdigeres Begräbnis, wenn er bei einer netten Familie gelebt hat. Wenn Sie noch mehr wissen wollen, fragen Sie André. Ich denke nur sehr ungern an diesen Tag zurück. Sollen wir ein Dessert bestellen? Raúl mochte hier die *Îles flottantes* besonders gern.«

»Und danach?« wollte Ari wissen, als das Dessert bestellt war.

»Nichts«, entgegnete ihm Amelia fast aggressiv. »Amanda war tot, und wir lebten weiter.«

»Aber Raúl ist nicht zu Ihnen zurückgekehrt.«

»Warum hätte er zurückkehren sollen? Wir waren geschieden.«

»Aber ein paar Jahre später gab es doch einen Anlauf zur Versöhnung. Der von ihm ausgegangen ist«, fügte er rasch hinzu.

»Wer hat Ihnen das erzählt? André?«

Ari nickte, er hatte auf einmal ein schlechtes Gewissen, weil er das Vertrauen eines seiner Hauptzeugen mißbraucht hatte. Amelia antwortete mit langsamen Worten, als wäre sie auf einmal tief erschöpft: »Raúl lebte nicht gern allein. Amanda war tot, seine Mutter war tot. Er hatte niemanden mehr außer mir, doch aus irgendeinem Grund – ich habe es nie recht begriffen – war unsere Komplizenschaft nicht mehr vorhanden. Wir mochten uns nach wie vor, sicher, wir hatten zärtliche Gefühle füreinander, viele gemeinsame Erinnerungen ... Es kam zu einer schüchternen Annäherung zwischen uns, einem Intermezzo, das für keinen von uns beiden gut war. Wir verbrachten hin und wieder einige Zeit zusammen, doch schließlich schaffte ich es, mich aus dieser längst kaputten Beziehung zu lösen, und heiratete John. Raúl hat mir das nie verziehen. Es war das erste Mal, daß eine Frau ihn verließ, verstehen Sie? Und noch dazu für einen anderen. Ich glaube, das hat er nie überwunden. Er hat es mir sogar noch vorgeworfen, als er schon längst mit Hervé zusammenlebte; daß ich ihn verlassen hätte, als er mich brauchte, daß ich meinen Egoismus über seine Liebe gestellt hätte ... Gequengel eines verwöhnten Kindes. Ah, die *Îles flottantes*!«

Der Kellner hatte ihnen zwei Glasschalen hingestellt, in denen auf einer delikaten hellgelben Creme winzige weiße, zart vergoldete Inselchen schwammen. Sie aßen ein paar Minuten, ohne etwas zu sagen, dann legte Amelia den Löffel hin und redete energisch weiter: »Aber ich will nicht, daß Sie das alles in Ihrem Buch schreiben, verstanden? Ich erzähle Ihnen das nur, weil ich mich gehenlasse und seit langem mit niemandem mehr über Raúl gesprochen habe. Aber ich möchte auf keinen Fall, daß es die ganze Welt erfährt, denn auch wenn alles, was ich erzähle, stimmt, ist es doch nicht die einzige und alleinige Wahrheit. Ich möchte nicht, daß irgend jemand denkt, Raúl wäre ein schlechter Ehemann oder ein verwöhntes Kind gewesen oder ein unterdrückter Schwuler oder ein Feigling, der sich nur umgebracht hat, damit er nicht wieder allein sein muß. Ich will das nicht! Kapiert? Sie kannten ihn nicht, Sie wissen nicht, wie er war, Sie haben ihn niemals mit Freunden lachen oder im Kino weinen gesehen, wie stolz er war, wenn er eine Erzählung abgeschlossen hatte, oder wie er mit nassen, in die Augen hängenden Haaren aus der Dusche kam und mit seiner Donnerstimme sang ...« Ihr brach die Stimme, und um nicht zu weinen, kniff sie die Augen zusammen.

»Verzeihung, Amelia«, sagte Ari und ergriff ihre auf der weißen Tischdecke zitternde Hand. »Wenn ich mit der ersten Fassung des Buchs fertig bin, lasse ich sie Ihnen zukommen. Ich werde nichts veröffentlichen, was Sie nicht wollen, das verspreche ich Ihnen.«

Amelia schlug die tränenglänzenden Augen zu ihm auf und drückte leicht seine Hand.

In der Metro lehnte Amelia sich mit der Stirn an die angenehm kühle Haltestange aus Metall und murmelte durch die zusammengepreßten Zähne eine Litanei von Selbstvorwürfen. Wie ein dummes Mädchen hatte sie sich gehenlassen. Beinahe wäre sie vor einem Fremden in Tränen ausgebrochen, dabei hatte sie sich doch geschworen, das alles nicht mehr an sich heranzulassen. Es waren doch inzwischen genug Jahre vergangen, so daß die Geschehnisse von damals zu verschwommenen, losen Bildern verblaßt sein müßten. Jahrelang hatten sie ihr in der Seele gebrannt, bis sie Schritt für Schritt lernte, sich von ihnen zu befreien, sich zu verzeihen und die Schuld, die sie lange Zeit glaubte, allein tragen zu müssen, endlich auch auf die anderen Mitspieler in dieser Farce zu verteilen.

Noch vor einem Monat hätte sie geschworen, daß sie für Raúl nichts mehr fühlte außer freundschaftliche Zuneigung, daß alles, weswegen sie einmal gelitten und am Rand der Verzweiflung gestanden hatte, nun in den Tiefen ihrer Erinnerung ruhte und ihr nichts mehr anhaben konnte, daß sie es geschafft hatte, nach all den Jahren die Gespenster zu vertreiben, trotz der Scheidung, ihrer neuen Ehe, einer weiteren Scheidung und obwohl es sie so harte Arbeit gekostet hatte, Raúls Tod zu überwinden.

Doch jetzt stürmte plötzlich alles wieder auf sie ein: die Erinnerungen, die Träume, Raúls drängende Anwesenheit. In der ihr verbleibenden Zeit würde sie das alles nicht mehr loswerden. Wenn sie damals schon mehr als zehn Jahre gebraucht hatte, um das alles zu verkraften, wie lange bräuchte sie nun, da alles wieder an die Oberfläche kam? Allzuviel Zeit blieb ihr nicht mehr; es war aussichtslos. Irgendwann würde sie sterben, ohne Frieden gefunden zu haben, und was dann? Was wartet nach dem Leben auf diejenigen, die nicht mit sich ins reine gekommen sind und sich mit Gewissenbissen quälen, für das, was sie getan haben oder nicht getan haben oder hätten tun können?

An einen väterlichen, belohnenden und strafenden Gott hatte sie nie geglaubt, um so mehr dafür an den Menschen, seine Kraft, seinen Willen, sein Begehren. Gut möglich, daß diese drei Dinge auch nach dem Leben auf der Erde fortbestanden, nachdem der Geist sich von seiner sterblichen Hülle gelöst hatte; so war es jedenfalls bei den berühmten Gespenstern von eingemauerten Frauen und enthaupteten Männern.

Sie sah ihr Spiegelbild im Zugfenster und wandte sich unwillig ab. Unbemerkt war sie alt geworden, das, was man schmeichelnd eine »ältere Dame« nennt, und dabei fühlte sie sich weder alt noch wie eine Dame. Für sich selbst war sie noch immer das Mädchen von früher, vor Energie strotzend und jederzeit bereit zu arbeiten, zu tanzen, sich mit dem Florett zu schlagen, durch den Bois de Boulogne zu reiten, sich stundenlang der Liebe hinzugeben, bis zur vollständigen Erschöpfung und Glückseligkeit.

Nun stand tatsächlich auch noch ein Mann in Lenormands Alter auf, um ihr seinen Sitz anzubieten, und sie ließ sich seufzend fallen. So ungern sie es zugab, sie war dankbar, ihre Beine und ihren Rücken entlasten zu können. Waren ihre besten Jahre denn schon vergangen? War sie, Amelia, Hauteclaire, nach einem Vormittag in der Stadt und einem netten Mittagessen wirklich so erschöpft?

Das muß die nervöse Anspannung sein, sagte sie sich. Die ständige Ungewißheit, was er mich fragen wird und wie ich darauf antworten werde; dieser Junge erinnert mich einfach zu sehr an Raúl, und mit ihm habe ich schon so lange nicht gesprochen.

Sie fühlte, daß ihr schon wieder die Tränen in die Augen stiegen, ›wie einer Alten, die nah am Wasser gebaut hat‹, dachte sie und setzte sich die Sonnenbrille auf. Zu Hause würde sie sich hinsetzen und schreiben, was ihr in den Sinn kam, Bilder aus der Vergangenheit, mit Wehmut getränkte Erinnerungen. Schreiben als Abwehr, gegen die Dämonen der vergangenen Zeit.

~

An einem grauen Frühlingsmorgen kamen wir in Rom an; wir waren müde nach einer viel zu kurzen Nacht, und als wir aus dem Bahnhof auf die Piazza di Termini hinaustraten, war mein erster Eindruck, noch nie eine so häßliche Stadt gesehen zu haben. Riesige Vogelschwärme zogen wie dunkle Wolken über unsere Köpfe hinweg, die Gebäude sahen schmutzig und grau aus, auf der Straße drängten sich hupende Autos, unsere Koffer wogen so schwer, als wären Steine darin, und der Mann, der uns hätte abholen sollen, war nicht da.

Wir schleppten das Gepäck bis zur Taxischlange, warteten über zwanzig Minuten, und nachdem wir mit dem Taxifahrer über den Preis diskutiert hatten, sanken wir endlich auf die Rückbank, mein Kopf war leer, und mir fielen sofort die Augen zu.

»He, Hauteclaire! Wir haben es geschafft«, sagte Raúl und nahm meine schlaff auf dem Sitz liegende Hand.

Ich öffnete die Augen und sah ihn an – er sprühte Funken vor Freude –, und da dachte ich, ich bin die glücklichste Frau der Welt, was können mir Müdigkeit, trübes Wetter und Straßenlärm anhaben.

Kurz darauf setzte uns der Taxifahrer auf dem Piazzale Flaminio ab, ein paar Meter vor dem riesengroßen Gittertor der Villa Borghese: »Bis dort, wo Sie hinwollen, sind es nur ein paar Schritte über einen der schönsten Plätze Roms«, sagte er zu uns. »Ich kann nicht näher heranfahren.«

Er erklärte uns, wie wir zu der Adresse gelangten, die man uns gegeben hatte, und ließ uns am Eingang der Piazza del Popolo zurück.

Da geschah es, schlagartig erlagen wir dem Zauber der Stadt, der uns nie wieder loslassen sollte, in dem Augenblick, als wir mit dem ganzen Gepäck zu unseren Füßen zum ersten Mal auf die Pracht der Ewigen Stadt blickten: vor uns der Obelisk im Licht eines Sonnenstrahls, wie eine Theaterbeleuchtung, die beiden Kirchen, die drei Straßen, links der Pincio-Hügel; außerhalb unserer Sicht der Tiber; rechts in der Ferne die Kuppel des Petersdoms.

Wir umarmten uns schweigend, dann machten wir uns auf den Weg zur Via Margutta, die für die nächsten zwei Jahre unsere Adresse sein sollte; und zwar genau das Haus der Akademie der Schönen Künste, wo *Ein Herz und eine Krone* mit Audrey Hepburn und Gregory Peck gedreht wurde, gegenüber dem Haus von Federico Fellini und Giulietta Massina.

Rom, wie wir es Anfang der sechziger Jahre kennengelernt und geliebt haben, befindet sich mit allem, was dazugehört, in diesem ersten Roman: die Abende in der Via Veneto, die Lokale des Trastevere, die Spaziergänge zwischen den Ruinen, die Zusammenkünfte mit Künstlern und Schriftstellern in den unerhört schicken Häusern der Via del Babuino, die Empfänge in den Botschaften der ganzen Welt, die Ausflüge nach Tivoli, Calcatta, zur Villa Adriana, zu den Castelli Romani ... Anders als in Paris galt hier *La dolce vita*, das Leben war intensiver, jünger, leidenschaftlicher. Es war ein unerschöpflicher Steinbruch, aus dem sich Romane, Erzählungen, Gedichte, Lieder, Gemälde herausschlagen ließen ... Wir gingen auf in Roms unsterblicher Seele.

Raúl bekam nicht genug von den Straßen, Kirchen, Cafés. Wenn ich nachmittags nach Hause kam, konnte er es kaum erwarten, mich an all die Orte zu führen, die er entdeckt hatte, und sie durch meine Augen noch einmal zu betrachten. Abends gab es immer irgendwo ein Fest, eine Kino- oder Theaterpremiere, eine Gesprächsrunde, eine Ausstellung. Wir waren unersättlich, grenzenlos, ewig, und unsere Liebe war wie das Mittagslicht, warm und ohne Schatten.

Zwei Jahren lang haben wir den ganzen Tag alles in uns aufgesogen und uns abends auf dem Papier ausgeschüttet. Wir schrieben wie Besessene, uns war wohl bewußt, daß es von uns aus nur wenige Schritte zu Shellys ehemaligem Haus, zu Keats' Sterbeort, zum Café Greco waren, wo so viele Schriftsteller ihre Federn gespitzt hatten, bevor wir kamen und das Geschenk des römischen Lebens entgegennahmen.

Wir fanden viele Freunde, viele von ihnen sind schon gestorben, andere über die Zeit und Entfernung verlorengegangen. Abends trafen wir uns oft auf dem Pincio in der Casina Valadier: endlose, von Lachern unterbrochene Gespräche beim Tee vor der untergehenden Sonne.

Als ich das letzte Mal in Rom war, gab es die Casina Valadier bereits nicht mehr. Das Gebäude steht noch, eine leere Ruine, in der einmal das Leben pulsiert hat, es gibt keine Musik mehr und keinen Tee, und man kann sich nicht mehr ans Fenster setzen, um zuzusehen, wie die Sonne hinter der Kuppel des Petersdoms untergeht. Ich bin froh, daß Raúl den Verfall dieses Hauses nicht mehr zu sehen bekommen hat und auch meinen nicht. Wenn er noch irgendwo sein sollte, wo auch immer, bin ich froh zu wissen, daß er mich in Erinnerung behält, wie ich damals war, daß er kein anderes Bild von mir hat als das aus jenen Tagen.

Nein, nein, ich mache mir etwas vor. Es gibt viele Bilder, die später entstanden sind, als unsere römische Glückseligkeit schon nur noch ein gemeinsamer unwiederbringlicher Traum war, es gibt viele schmerzhafte, lastende Erinnerungen, viele uneingestandene, nicht wiedergutzumachende Fehler. Man kann nicht sein ganzes Leben lang eine Schuld mit sich herumtragen; irgendwann begräbt man sie, so daß wir sie nicht mehr sehen müssen, bis eines Tages jemand kommt und wie ein Kind mit einer Schippe zu buddeln anfängt und das, was wir so mühsam in einer hinteren Ecke verscharrt haben, wieder zutage fördert.

~

Nachdem Amelia gegangen war, bestellte Ari sich noch einen Kaffee. Er holte *De la Torre hoch zwei* heraus, schlug das erste Kapitel auf und wollte den Text, den er auswendig kannte, noch einmal Wort für Wort lesen, um den einzigartigen Genuß, eine Erstausgabe in Händen zu halten, auszukosten, aber er konnte sich nicht konzentrieren. Während seine Augen über die Zeilen wanderten, kamen seine Gedanken immer wieder auf die rätselhafte Widmung zurück, und er überlegte, ob er sich in dem Antiquariat nicht über den früheren Besitzer des Buchs erkundigen könnte. Bei seinen Recherchen war er noch nie auf den Namen Aimée gestoßen, und laut Amelias Aussage war Raúl ihr in den Jahren ihrer Ehe treu geblieben; andererseits: Wie kann man sich der Treue seines Partners so sicher sein? Und wie konnte er sicher sein, daß Amelia die Wahrheit gesagt hatte?

Er klappte das Buch zu, griff nach seinem Handy und wählte Andrés Nummer.

»Ich habe eine Frage, die du mir vielleicht beantworten kannst«, kam er nach ihrer kurzen Begrüßung gleich zur Sache.

»Es paßt mir gerade gar nicht.«

»Nur kurz.«

»Na los.«

»Ist dir in Raúls Leben jemand mit Namen Aimée bekannt, ungefähr in der Zeit, als er seinen zweiten Roman herausbrachte?«

»Hm, so auf die Schnelle fällt mir nur eine berühmte Schauspielerin von damals ein, Anouk Aimée, aber ich wüßte nicht, daß Raúl mit ihr etwas zu tun hatte. Wie kommst du darauf?«

»Erzähl ich dir später, ich will dich nicht länger aufhalten, aber falls dir was einfällt, ruf mich an.«

»Hast du Amelia noch mal getroffen?«

»Wir haben gerade zusammen gegessen.«

»Sehr schön. Du bist auf dem richtigen Weg. Glaub mir, sie ist deine Hauptinformationsquelle. Raúl konnte nichts für sich behalten, und Amelia war seine Vertraute, auch noch nach der Scheidung.«

»Du meinst also, Raúl war nicht in der Lage, ein, wie soll ich sagen, dunkles Geheimnis für sich zu behalten?«

Er hörte Andrés Lachen: »Ein dunkles Geheimnis? Raúl? Das dunkelste Geheimnis in seinem Leben war seine sexuelle Orientierung, und die stand in allen Zeitungen.«

»Wahrscheinlich hast du recht.«

»Ruf mich später noch mal an, und wir verabreden uns für morgen oder übermorgen zum Abendessen, ja?«

Er legte auf mit dem vagen Gefühl, daß André Raúl doch nicht so gut kannte, wie er angenommen hatte. Schließlich stand in dem Buch die Widmung, und offenbar hatte Raúl seinem besten Freund nie von dieser Frau erzählt. Wußte Amelia von ihr? Er müßte sie fragen, aber das wäre jetzt, da sie gerade etwas warm miteinander wurden, nicht sehr geschickt. Zuerst wollte er die anderen Informationsquellen ausschöpfen.

Er stand auf, zahlte und fuhr mit der Metro zurück nach Saint-Sulpice, denn ihm war der Gedanke gekommen, daß die Frau, die dem Antiquar die Bücherkiste verkauft hatte, irgendwann mit der Haushaltsauflösung fertig sein und weggehen würde, und dann hätte er die einzige Spur, die ihn zu Aimée führen könnte, verloren.

Als er ankam, schloß der Mann gerade die Buchhandlung auf und zeigte ihm mit einem schwachen Lächeln, daß er ihn wiedererkannte.

»Keine Sorge, Ihre Kiste ist noch da«, sagte er.

»Ach so, ich kann sie noch nicht mitnehmen. Ich bin wieder ohne Auto da. Ich komme wegen etwas ganz anderem, ich wollte Sie fragen, ob Sie mich mit der Frau, die Ihnen die Bücher verkauft hat, in Kontakt bringen könnten.«

Der Antiquar schürzte die Lippen und klopfte leicht mit dem Zeigefinger dagegen. Nach einer Weile sagte er: »Warten Sie, ich denke nach. Es war ein junges Mädchen, so in Ihrem Alter...« Ari lächelte, als der Mann ihn jung nannte. »Ich hatte sie noch nie gesehen; sie erzählte mir, daß sie den Nachlaß eines Verwandten auflöse, gleich hier, in der Hausnummer siebzehn – den Stock weiß ich nicht –, und daß sie die Bücher loswerden wolle. Tut mir leid. Mehr weiß ich nicht, noch nicht einmal, wie sie heißt. Sehen Sie doch einfach mal in dem Haus nach.«

»Ist es denn lange her?«

»Es war erst gestern. Natürlich kann es sein, daß sie schon fertig ist. Sie könnten die Portiersfrau fragen.«

Ari verabschiedete sich von dem Antiquar und betrat durch einen dunklen Eingang das Haus Nummer siebzehn; in einer verglasten Pförtnerloge sah eine Frau in einem Minifernseher irgendeinen Schund.

»Guten Tag!«

Die Frau winkte ab, und Ari mußte geschlagene zwei Minuten bis zur nächsten Werbepause warten.

»Was gibt's?«

»Ich suche eine ... Frau, ungefähr in meinem Alter, sie soll hier den Haushalt irgendeines Verwandten auflösen. Leider weiß ich nicht, wie sie heißt.«

»Warum suchen Sie sie, wenn Sie sie gar nicht kennen?«

Ari bemühte sich, ruhig zu bleiben und sich nicht über den harschen Ton aufzuregen.

»Sie hat offenbar Sachen, die sie loswerden will, und ich will ihr etwas abkaufen.«

»Ach so! Dann ist sie sicher froh über Ihren Besuch. Die

Arme weiß gar nicht, wohin mit dem ganzen Krempel. Gehen Sie hoch in den fünften, Wohnung C.«

»Sie ist da?«

»Wenn sie nicht übers Dach verschwunden ist, muß sie da sein, ich habe mich jedenfalls den ganzen Tag nicht von hier wegbewegt. Hallo!« rief sie ihm hinterher, nachdem er sich für ihre Hilfe bedankt und sich bereits zum Gehen gewandt hatte. »Der Aufzug geht nicht.«

Ari stieg zu Fuß die fünf Stockwerke hinauf, die Hand an dem Geländer, das zunächst aus gedrechseltem, weiter oben aus einfachem Holz war, und schließlich nur noch aus Metall; und er stellte sich unweigerlich vor, daß Raúl dasselbe Geländer angefaßt hatte, als er Aimée das Buch brachte, vielleicht auch viele andere Male, wenn er sie hier in seinem geliebten Saint-Sulpice besuchte ... Schwärmte er deshalb so für das Viertel? Weil Aimée hier wohnte? Schon möglich.

Er drückte den Klingelknopf, hörte aber kein Klingeln, offenbar war der Strom abgeschaltet. Er klopfte ein paarmal, und nach einer Weile hörte er eine Frauenstimme und Schritte auf dem Holzboden.

»Ja?«

Die Frau, die ihm öffnete, war gut über dreißig, wirkte aber in der halbzerfetzten Jeans und dem grauen Sweatshirt mit einem völlig ausgewaschenen Logo einer amerikanischen Universität um einiges jünger. Sie hatte keine Spur Schminke im Gesicht und die Haare mit einer Spange hinten zusammengefaßt.

»Ich habe gerade bei dem Antiquar unten Ihre Bücherkiste gekauft und wollte wissen, ob Sie noch mehr haben, was mich vielleicht interessiert.«

»Super, von mir aus nehmen Sie alles mit. Mögen Sie alte Möbel?«

Ari schüttelte den Kopf, und ihr Lächeln erstarb.

»Nein, danke. Ich interessiere mich für die Bücher und würde gern etwas über ihre Besitzerin wissen.«

»Über welche Besitzerin? Mich?«

»Ach was, nein, ich meine die frühere Besitzerin der Wohnung. Ihre ... Großmutter?«

»Die Wohnung gehörte Onkel Armand, aber bei ihm haben immer mal wieder Leute für längere Zeit gewohnt. Wollen Sie nicht hereinkommen?«

Da sie ihm so weit vertraute, stellte Ari sich vor: »Ariel Lenormand.«

Sie wollte ihm die Hand geben, zog sie aber wieder zurück.

»Entschuldigung. Ich bin schrecklich staubig. Mein Name ist Nadine Laroche. Kommen Sie doch herein. Sie brauchen sich nicht die Schuhe abzuputzen«, fügte sie noch hinzu, als sie sah, daß Ari die Sohlen an der Fußmatte abstreifte. »Onkel Armand war nie sehr pingelig, und jetzt mit dem Umzug, Sie können sich denken ...«

»Ziehen Sie hier ein?«

»Ja.« Sie strahlte. »Klingt schlimm, ich weiß, man könnte meinen, ich hätte sehnlich auf den Tod meines Onkels gewartet, aber ich hab's einfach satt, in Versailles zu wohnen und in Paris zu arbeiten. Und jetzt habe ich eine Wohnung mitten in der Stadt geerbt, ich kann's immer noch nicht glauben.«

Von dem langen, dunklen Gang kamen sie in ein fast leeres Wohnzimmer, in dem nichts außer einem voluminösen granatroten Sofa mit einem fleckigen, verbeulten Sitzpolster überdauert hatte.

»Nehmen Sie Platz, machen Sie sich's bequem.«

Sie setzte sich vor seine Füße auf den Boden, was Ari so unangenehm war, daß er sich schließlich ihr gegenüber ebenfalls auf den Boden setzte.

»Wissen Sie, ich arbeite an einer literaturwissenschaftlichen

Studie über Raúl de la Torre, einen argentinischen Schriftsteller, und in einem der Bücher, die ich heute gekauft habe, steht eine Widmung des Autors an eine Frau mit Namen Aimée. Ich habe vermutet, es handelte sich um die ehemalige Besitzerin der Wohnung.«

Sie legte den Kopf zur Seite und dachte einen Augenblick nach: »Nein. Ich kenne niemanden, der so heißt, aber, wie gesagt, mein Onkel hatte eine Menge Freunde, und in seine große Wohnung hat er oft irgendwen, der es gerade nötig hatte, aufgenommen. Von welchem Datum ist die Widmung denn?«

»Es steht kein Datum dabei, aber sie stammt ungefähr aus der Zeit, als das Buch erschienen ist, aus dem Jahr '73 oder '74.«

»Aber das ist ja fast dreißig Jahre her!«

»Na ja. Sie waren damals noch ein Kind.«

Sie lächelte: »Das sagen Sie jetzt doch hoffentlich nicht als Kompliment für mein jugendliches Aussehen. Ich war damals tatsächlich noch ein Kind: Ich bin fünfundsechzig geboren. Ehrlich gesagt, weiß ich wirklich nicht viel über Onkel Armand, meine Eltern hielten mich von ihm fern. Er war eine Art Bohemien, verstehen Sie? ›Ohne Beruf, ohne Geld‹, sagte mein Vater immer.«

»Und wovon hat er gelebt?«

»Er hatte alle möglichen Jobs, und wenn es ging, lebte er von seiner Musik. Er war Saxophonist, und in guten Zeiten spielte er mit wichtigen Leuten, tourte herum und so. In mageren Zeiten gab er Privatunterricht, und ich glaube, er hat sogar in der Metro gespielt. Aber das können meine Eltern auch erfunden haben, das weiß man nie.«

»Eine Aimée sagt Ihnen also nichts?«

»Tut mir leid. Überhaupt nichts.«

Sie stand abrupt auf, als sei ihr etwas eingefallen.

»Warten Sie. Irgendwo habe ich einen Haufen alter Kalender

liegen sehen. Vielleicht taucht ihr Name in einem von ihnen auf. Den Nachnamen wissen Sie nicht?«

»Die Widmung wirkt ziemlich persönlich, es steht nur Aimée da.«

Sie kehrte von ihrem Erkundungsgang durch die anderen Zimmer mit einem Arm voller Bücher in verschiedenen Farben und Größen zurück: »Dieser Mann scheint sein ganzes Leben lang nichts weggeworfen zu haben. Da ist sogar ein Kalender aus dem Jahr 1966.«

Sie bückte sich zu ihm hinunter und legte die Kalender neben ihn auf den Boden.

»Sehen Sie sie doch einfach durch. Ich mache in der Küche weiter. Da gibt's ein paar Sachen, die ich brauchen kann.«

»Ist es Ihnen nicht lieber, wenn ich in ein Café gehe und nachher zurückkomme?«

Sie schüttelte den Kopf: »Sie sehen nicht so aus, als wollten Sie mich hinterrücks ermorden. Hier gibt es nichts Wertvolles zu holen.«

»Aber ich bin der perfekte Unbekannte.«

»Bilden Sie sich nichts ein. Niemand ist perfekt. Außerdem weiß ich mich zu verteidigen. Ich habe den schwarzen Gürtel im Judo.«

Sie verschwand in der Küche und ließ Ari allein, der sich daran machte, die Kalender nach Jahrgängen zu sortieren. Nadine hatte offenbar recht in ihrer Vermutung, Armand habe niemals etwas weggeworfen, denn die geordneten Kalender ergaben eine lückenlose Reihe von 1965 bis 1999.

Er nahm sich die Jahrgänge 1973 und 1974 vor und begann, das Namenregister bei dem Buchstaben A durchzusehen, stellte jedoch sogleich fest, daß Armand alle nach Nachnamen sortiert hatte, während er nur einen Vornamen hatte. Er würde mit der Durchsicht der Namen sehr viel länger brauchen, als er gedacht hatte, aber das war schließlich ein Teil seiner Arbeit, und so nahm er auch in Kauf, daß er auf dem Boden hocken und sich mit dem Licht begnügen mußte, das durch die schmale Balkontür fiel.

Aus der Küche drang Nadines Stimme, sie trällerte ein Lied so falsch, daß es bis zur Unkenntlichkeit verzerrt war, was trotzdem für eine behagliche, unbeschwerte Stimmung sorgte. Er ließ seinen Blick durch das kleine Wohnzimmer schweifen, über die Wände, an denen die Bilder Ränder hinterlassen hatten, wie eine Erinnerung an alte Zeiten, in denen diese Wohnung voller Leben war, ein Ort, an dem Musiker und Schriftsteller sich begegneten. Trotz der Trostlosigkeit, die nun Einzug gehalten hatte, behielt das Zimmer seinen Reiz. Er versuchte sich vorzustellen, wie es früher gewesen sein mochte, als Raúl den Raum mit seiner Präsenz erfüllte; zum ersten Mal war er in einer Wohnung, in der Raúl gewesen war, und obwohl er eigentlich nicht zum Mythologisieren neigte, fühlte er so etwas wie Andacht angesichts dieser Wände, die den Klang seiner Stimme angenommen haben mochten, angesichts dieses zerschlissenen Sofas, in dem er sich womöglich das eine oder andere Mal zurückgelehnt hatte, um zu lesen oder der Musik seines Freundes Armand zuzuhören.

Aber vielleicht war das alles auch nur Spinnerei. Es war genausogut möglich, daß Raúl niemals hier gewesen war, daß Raúl und Armand sich aus irgendeinem Jazzlokal kannten und daß dieses Buch mit der Widmung an Aimée – vielleicht eine von Armands Freundinnen, die zeitweilig bei ihm gewohnt hatten – seiner Besitzerin nichts weiter bedeutet und sie es bei ihrem Auszug im Regal des Musikers stehengelassen hatte. Aber auch wenn das Buch für sie keine Bedeutung gehabt hatte, für Raúl schon. Niemand schreibt einer flüchtig Bekannten eine solche Widmung. Er mußte dem auf den Grund gehen.

Einige Zeit später hatte er sämtliche Namen in den beiden Kalendern durchgesehen, aber nirgendwo eine Aimée gefunden; es gab zwei Alines, eine Anne, eine Amélie und eine Annemarie. Eine der Alines und Amélie standen unter »A« ohne weitere Angaben; sie mußten enge Freundinnen gewesen sein. Es blieb ihm also nicht erspart, die anderen Kalender auch noch durchzusehen, und zwar nicht nur die Namensregister, sondern auch die übers Jahr notierten Verabredungen; vielleicht träfe er dort auf die ersehnte heiße Spur, die ihm die Gewißheit geben würde, daß Armand und Raúl sich gekannt, daß sie sich bei verschiedenen Anlässen gesehen hatten und Freunde gewesen waren. Am besten fragte er Nadine, ob er sich die Kalender ausleihen dürfe, bis er auch bestimmt alles, was irgendwie relevant war, gelesen hatte. Wie wunderbar wäre es, eine Seite des Jahres dreiundsiebzig aufzuschlagen und etwa zu lesen: »Raúl, um fünf im *Café de la Paix*«, doch er machte sich lieber keine allzu großen Hoffnungen.

Während er die Namenseinträge mit »A« durchsah, fiel ihm ein, daß Armand sich auch Raúls Telefonnummer aufgeschrieben haben könnte. Um das zu prüfen, trat er zum Balkon, um das letzte Licht zu nutzen, als Nadine, die sich die Hände an einem Lumpen abwischte, hereinkam: »Sind Sie fündig geworden?«

Er schüttelte den Kopf.

»Noch nicht.«

»Sie sind also ein Optimist.«

»Wie kommen Sie darauf?«

»Wegen des ›noch‹. Aber da der Strom abgeschaltet ist, müssen Sie für heute wohl aufhören, was meinen Sie?«

»Kann ich morgen wiederkommen?«

»Leider nein.«

Ari war wie versteinert. Denn er hatte den Eindruck gewonnen, daß Nadine ihm alles, was er für seine Forschung brauchte, zugänglich machen würde. Offenbar sah sie ihm seine Konsterniertheit an, denn sie sagte eilig: »Morgen bin ich nicht hier. Ich habe Dienst.«

»Sind Sie Krankenschwester oder so etwas?«

»Ich arbeite in einem Hotel in der Innenstadt an der Rezeption. Aber wenn Sie wollen, nehmen Sie die Kalender doch einfach mit. Ich brauche sie nicht, ich würde sie sowieso wegwerfen.«

»Vielen Dank. Für mich können sie von unschätzbarem Wert sein. Und falls Sie noch etwas in der Art finden, das mir bei meiner Forschung nützlich sein kann, würde ich Sie bitten, mich anzurufen, ich wäre Ihnen wirklich sehr dankbar«, sagte er und reichte ihr eine Visitenkarte, denn diesmal hatte er daran gedacht, einige in seine Sakkotasche zu stecken.

»Eigentlich ist mir immer noch nicht ganz klar, was Sie suchen.«

»Wenn Sie ein bißchen Zeit haben, könnten wir noch kurz in ein Café gehen. Ich könnte Ihnen etwas über meine Arbeit erzählen und mich gleichzeitig noch mal für Ihre Hilfe bedanken.«

Sie musterte ihn distanziert von oben bis unten, als wollte sie das Risiko abschätzen.

»Wenn Sie fürchten, das sei ein billiger Annäherungsversuch, dann vergessen wir es. Sie haben bestimmt zu tun«, schob er hinterher, um sich möglichst elegant aus der unbehaglichen Situation zu winden, in die sie in dem düsteren Eingangsflur plötzlich geraten waren.

»Nein, ich habe eigentlich nichts Wichtiges zu tun, und ich würde gern mit Ihnen etwas trinken gehen. Sie müssen entschuldigen, im Hotel reden mich dauernd irgendwelche Gäste an und wollen mich einladen. Warten Sie, ich will mir noch schnell etwas Ordentliches anziehen. Sehen Sie sich um, irgendwo liegt bestimmt eine Plastiktüte für die Kalender.«

Nach ein paar Minuten kam sie in einem Blümchenkleid und einer blauen Strickjacke zurück; sie hatte sich die kastanienbraunen Haare gekämmt und die Lippen geschminkt. Im ersten Moment erkannte Ari sie kaum wieder.

»Da staunen Sie, nicht wahr?« sagte sie. »Ich sehe schon fast wieder aus wie ein Mensch.«

Sie gingen die Treppe hinunter, deren Stufen so abgetreten waren, daß man bei jedem Schritt abzurutschen drohte. Als sie nach draußen traten, überflutete sie das weiche Abendlicht, es überzog die ganze Straße mit einem rotgoldenen Schimmer.

Nadine streckte die Arme nach oben und sagte lächelnd: »Ich kann es einfach nicht glauben, daß das jetzt mein Viertel ist.«

»Gefällt Ihnen Saint-Sulpice?«

»Wenn Sie dort wohnen würden, wo ich in den letzten Jahren gewohnt habe, würden Sie verstehen, was das für mich bedeutet. Egal, woher soll man schließlich wissen, welche Bedeutung etwas für jemanden anderen hat.«

»Sprechen Sie aus Erfahrung?«

Sie gingen schnell, was Ari zu der Vermutung veranlaßte, Nadine wüßte ein Café, wohin sie gehen konnten.

»In gewisser Weise schon. Eigentlich habe ich ein sehr gutes Einfühlungsvermögen, ich versetze mich ganz von selbst in andere hinein. Aber es kommt natürlich auch vor, daß ich jemanden nicht richtig einschätze, und dann handle ich genau falsch.«

»So geht es doch jedem von uns.«

Sie sah ihn ein wenig verwundert an.

»Von wegen. Eine Menge Leute preschen wie Eisbrecher voran und nehmen überhaupt keine Rücksicht auf irgendwen, sie sehen immer nur ihre eigenen Interessen. Und damit fahren sie auch noch recht gut.«

»Und zu welcher Sorte gehörte Ihr Onkel?«

»Ich glaube, eher zur letzteren. Aber geben Sie nicht zu viel auf das, was ich sage, ich bin bestimmt von meinen Eltern beeinflußt. Wie gesagt, meine Beziehung zu Armand war immer sehr distanziert, mit Ausnahme einiger Jahre in meiner Jugend, in denen ich den Kontakt zu ihm gesucht habe, es war eine reine Protestreaktion.«

»Und war's eine gute Erfahrung?«

»Immerhin habe ich herausgefunden, daß das bohèmehafte Leben nichts für mich ist, und wenn ich mal fünfzig bin, will ich auch nicht so tun müssen, als wäre ich zwanzig. Stellen Sie sich nur mal vor: Er ist mit fast sechsundfünfzig beim Paragliding verunglückt, das ist ein Sport für junge, trainierte Leute. Sicher hat ihn ein Freund dazu überredet, und er hat sich nicht getraut zu sagen, daß er für solche halsbrecherischen Aktionen nicht mehr zu haben ist. Wohin gehen wir eigentlich?«

Ari blieb mitten auf dem Bürgersteig stehen: »Sie wissen es nicht?«

Sie schüttelte den Kopf.

»Ich dachte, Sie führen mich in irgendein Lokal, das Sie kennen. Bei dem Schritt, den Sie drauf haben …«

»Entschuldigung. Ich gehe immer so schnell. Sollen wir gleich hier bleiben?« fragte sie und zeigte auf ein Bistro auf der anderen Straßenseite.

Sie suchten sich einen Tisch und bestellten zwei Bier. Dann stützte sich Nadine mit den Ellenbogen auf und sah ihn erwartungsvoll an: »Jetzt bin ich gespannt.«

Nachdem Ari ihr sein Vorhaben erklärt und ihr erzählt hatte, wie weit er mit seinen Forschungen bislang gekommen war, bestellte sie eine weitere Runde, diesmal auf ihre Rechnung, wie sie betonte, und bemerkte: »Ich wundere mich, daß Armand diesen Raúl mir gegenüber nie erwähnt hat, wenn er so ein bedeutender Schriftsteller war. Er tat nichts lieber, als sich mit seinen Freunden zu brüsten, selbst wenn sie nicht mal besonders berühmt waren. Aber vielleicht hielt der Kontakt nur ein paar Monate, und Armand konnte noch nicht wissen, was für ein bedeutender Schriftsteller dieser Raúl einmal werden sollte.«

»Nein, das ist undenkbar. Raúl galt zu der Zeit, als sein zweiter Roman erschien, schon als einer der Großen.«

»Aber mein Onkel konnte kein Spanisch ...«

»Ach nein? Und warum hat Raúl ihm dann die spanische Ausgabe geschenkt und nicht die französische?«

»Da bringen Sie jetzt was durcheinander. Raúl hat das Buch Aimée geschenkt. Daß es zwischen den Büchern meines Onkels stand, ist eine andere Geschichte.«

»Da haben Sie recht. Das Buch ist ungelesen. Da bin ich mir ganz sicher.«

»Tja, dann müssen Sie Aimée finden und sie fragen. Mein Onkel hatte Freundinnen in jedem Alter; wäre sie mehr oder weniger gleich alt gewesen, müßte sie zwischen fünfzig und sechzig sein. Setzen Sie doch eine Anzeige in die Zeitung.«

Ari mußte lachen: »Und was soll ich reinschreiben? ›Literaturwissenschaftler sucht eine Frau mit Namen Aimée, die im Jahr 1973 von Raúl de la Torre eine handsignierte Ausgabe seines zweiten Romans geschenkt bekommen hat‹?«

»Ich finde, das klingt gut.«

»Würden Sie darauf antworten?«

»Kommt darauf an. Wollen Sie mir verraten, was in dieser berühmten Widmung steht, oder ist das ein Staatsgeheimnis?«

Ari zog etwas widerstrebend das Buch heraus, zeigte ihr die Widmung und übersetzte. Sie stieß einen Pfiff aus: »Sie waren ein Liebespaar«, war ihr Urteil. »Ganz sicher. Außerdem ist das nicht gerade schmeichelhaft für Raúls Frau, immerhin sind diese Zeilen so zu verstehen, daß das, was er für Aimée oder dank ihrer fühlte, mit nichts, was er bis dahin erlebt hatte, zu vergleichen war.«

»Kann sich das nicht vielleicht ... was weiß ich ... auf die Welt des Jazz oder auf einen Sport oder meinetwegen auf eine Religion oder Sekte beziehen?« Ari sah sie fest an, als erwartete er von ihr eine verbindliche Aussage.

»Ich weiß nicht. War er denn religiös?«

»Ich glaube nicht. Aber ich sollte sicherheitshalber Amelia fragen, ob er eine Glaubenskrise hatte, ob er konvertieren wollte oder etwas in der Art.«

»Und warum fragen Sie sie nicht, ob sie etwas über diese Aimée weiß?«

»Später vielleicht, ich habe Angst, ins Fettnäpfchen zu treten. Ich will sie nicht kränken, so daß sie meine Fragen nicht mehr beantworten will.«

»Nach dreißig Jahren ist so etwas längst verwunden. Abgesehen davon war es die Zeit der freien Liebe; mein Onkel konnte das nicht oft genug betonen und auskosten.« Sie warf einen Blick auf die Wanduhr und stand auf: »Sie entschuldigen, ich muß gehen. Wenn ich noch irgend etwas finde, rufe ich Sie an, in Ordnung?«

»Das wäre fabelhaft«, entgegnete Ari und erhob sich ebenfalls. »Soll nicht vielleicht ich Sie anrufen?«

»Nein. Ich melde mich lieber.«

»Und wenn mir noch etwas einfällt, was ich Sie fragen möchte?«

»Kommen Sie doch einfach in der Wohnung vorbei. Dann können Sie gleich mit anpacken, Möbel rücken oder einen Nagel einschlagen.«

»Sehr gern«, log Ari, der in Handwerkerdingen zwei linke Hände hatte.

Sie gingen gemeinsam zur Metro hinunter, doch in dem unterirdischen Labyrinth trennten sich ihre Wege: Sie folgte der Richtung Versailles, von wo sie bald in die Wohnung ihres Onkels Armand umziehen würde, und er trat den Heimweg zu seinem Zimmer an, wo das Studium von vierunddreißig Kalenderjahrgängen auf ihn wartete.

Kurz vor zwei kam Amelia am *Hotel de las Gaviotas* an, die Sonne prallte unbarmherzig auf Meer und Felsen und sorgte für flirrende Luftspiegelungen über dem Asphalt; der Fahrtwind, schwer vom Duft der in der Sommerhitze brütenden Pinien und Oliven, fuhr in ihr offenes Haar und vibrierte zum gleichförmigen Gesang der Grillen. Die Welt war wüstenleer, als ob sich alle höheren Lebewesen in ihre Behausungen zurückgezogen hätten – auf der Flucht vor dem Feuer, das der Himmel über die Erde brachte.

Sie hatte kaum geschlafen, so daß sie im Kopf eine Leere fühlte und ihr trotz der Tropfen aus der Apotheke und der dunklen Brille die Augen brannten. Sie war fast vierundzwanzig Stunden unterwegs; nach Raúls Anruf war sie losgeeilt wie ein Spielzeugflieger mit Schnalzgummi, und die Zeit zwischen dem Telefonat und dem gegenwärtigen Augenblick war an ihr vorbeigerauscht, so daß sie sich an die einzelnen Stationen kaum noch erinnerte: die Ankunft des Flugzeugs in den frühen Morgenstunden in Barcelona; die wenigen Stunden in einem Hotel in der Nähe des Flughafens, wo sie sich im Bett herumgewälzt und sich in Zuversicht geübt hatte, daß in dem Flug am nächsten Tag schon ein Platz frei sein würde; die sich zäh dahinziehende Zeit des Wartens, bis eine Angestellte der Fluglinie ihr mit professionellem Lächeln mitteilte, daß sie wahrscheinlich in der Elf-Uhr-Maschine nach Mallorca mitfliegen könne; dann die Formalitäten bei der Autovermietung, die Erkundigungen nach dem Weg zum Hotel, der Hinweis, daß sie es gar nicht erst zu versuchen brauche, weil das Hotel seit Monaten bis aufs letzte Bett ausgebucht sei; die Landstraße, die sich wie ein endloses Band vor der Windschutzscheibe in die Ferne zog, und schließlich der Weg mit den Bäumen, die Kühle im Schatten der Pinien, das weiße Gebäude, das ihr in jeder Biegung zwischen die Äste hindurch zublinzelte, das Aufleuchten der Bougainvilleen, die wie frische Blutspritzer die Fassade sprenkelten.

Mit einem Seufzer der Erleichterung stellte sie den Wagen ab und blieb ein paar Minuten wie benommen im Schatten sitzen. Sie spürte, wie die Schweißtropfen ihr zwischen den Brüsten hindurch auf den Bauch rannen, und sie fragte sich, was sie nun tun sollte, woher sie die Kraft nehmen sollte, auszusteigen, durch die Hotelhalle zu gehen, nach dem Ehepaar de la Torre zu fragen und zu warten, daß sie herunterkämen; dabei wäre sie am liebsten geflohen, denn auf einmal erschien ihr das alles als die größte Dummheit ihres Lebens.

Sie stellte sich für einen Augenblick Amandas verächtliches Lächeln vor und Raúls feiges Lächeln, der einen Schritt hinter ihr stehen würde, ihre Blicke, bevor die ersten Worte fielen; welche eigentlich? Mit welchen Worten präsentierte sich eine Ex-Frau, die in die Ferien des neuen Paars platzte, um der neuen Ehefrau zu sagen, daß sie gekommen war, um ihren Verräter von Ehemann aus ihren Raubtierklauen zu befreien? Es war lächerlich. Wenn sie wenigstens zuerst mit Raúl reden und ihn davon überzeugen könnte, daß das einzig und allein seine Angelegenheit sei und sie ihn höchstens dabei unterstützen könne, seinen Mut zusammenzunehmen und aus eigenem Antrieb mit Amanda zu brechen, wie er es mit ihr getan hatte, vor genau zwei Jahren, sechs Monaten und vier Tagen, am 3. November 1976... Wie hatte Amanda das nur geschafft? Mit welchen Worten hatte sie den antriebsschwachen Raúl in Gang gebracht, so daß er sich tatsächlich vor sie hingestellt und ihr gesagt hatte, daß er die Scheidung wolle, einfach so, ohne Ringen, ohne Streit, ohne daß es einen Anlaß gegeben hätte?

»Weißt du was, Hauteclaire?« hatte er zu ihr gesagt. »Uns bleibt nichts anderes übrig, als uns zu trennen.«

Und sie hatte gedacht, es wäre einer seiner Witze, die nur offenbarten, wie glücklich er war, so wie manchmal, wenn er ihr sagte, daß so viel Harmonie nicht gesund sein könne, daß aus ihm noch ein glücklicher Mensch werden würde, was – da seien sich die Philosophen einig – nicht möglich sei.

Aber da war kein Lächeln. Er stand einfach da, mitten im Wohnzimmer in der Rue de Belleville, mit hängendem Kopf, die Haare fielen ihm über die Augen, und er scharrte mit einer Schuhspitze über den Teppich wie ein kleiner Junge, der seiner Lehrerin gesteht, daß er die Hausaufgaben nicht gemacht hat. Er stand so eine halbe Ewigkeit, bis sie ihn fast ohne Stimme fragte: »Sagst du das im Ernst?« Und für einen flüchtigen Moment hatte sie Tränen in seinen Augen erhascht, und er hatte still genickt.

»Gibt es eine andere Frau?« hatte sie schließlich gefragt. Woraufhin er noch einmal genickt hatte, wortlos. »Kenne ich sie?« Wieder ein stummes Nicken. »Ist sie so wichtig für dich?« Woraufhin er aufsah wie ertappt oder verletzt oder beleidigt, sie hatte diesen Gesichtsausdruck des Mannes, der wie ein Zwillingsbruder für sie war, nie deuten können. »Nein«, hatte er kleinlaut gesagt, »oder doch; ich kann es nicht erklären. Auf eine Art ... irgendwie ... ist sie wichtig für mich.« Cocteau. In einem solchen Moment zitierte er Cocteau. Das war einer ihrer gemeinsamen Witze. »Sag mir, wie sie heißt«, bat sie. »Amanda«, rückte er schließlich im Flüsterton heraus.

Dann drehte er sich um und schloß sich ins Bad ein, bis sie es irgendwann nicht mehr aushielt und mit einem Türknallen die Wohnung verließ. Sie mußte es André erzählen, vielleicht würde sie von ihm die Erklärung bekommen, die sie von ihrem Mann nicht mehr fordern konnte. Von dem Moment an war sie gegen eine Mauer des Schweigens gestoßen, als säße Raúl unter einer unsichtbaren Glocke aus Panzerglas; er verschloß sich, wollte von ihrer Wut und ihrem Schmerz nichts wissen und auch nichts von ihren Vorwürfen oder ihren Bitten. Er hatte sie aus seinem Leben verbannt, ohne irgendeine Erklärung, ohne daß sie sich einer Schuld bewußt gewesen wäre.

Bei dem Scheidungsprozeß in beiderseitigem Einverständnis überließ Raúl ihr alles, was ihnen zusammen gehört hatte, nur die Bücher und Schallplatten konnte sie einfach nicht behalten, weil sie wußte, daß er ohne sie verloren wäre. »Behalt alles, Hauteclaire«, hatte er ihr vor den Anwälten gesagt, als es um die Güterteilung ging, »für die Zukunft.« Als gäbe es eine Zukunft ohne ihn, als könnte sie in der Wohnung weiterleben, die so viele Jahre ihr gemeinsames Zuhause gewesen war, als könnte sie dieselben Bücher noch einmal lesen, über die sie gesprochen hatten, als könnte sie die Musik hören, zu der sie zusammen getanzt hatten, und als könnte sie weiter die Freunde einladen, die ihre Wohnung mit Leben erfüllt hatten, als sie noch das zauberhafteste Paar der Welt gewesen waren.

Und jetzt stand sie wie eine Idiotin auf einem Hotelparkplatz irgendwo auf einer Insel – die sie sich noch dazu nicht selbst ausgesucht hatte –, nur weil ihr Herr und Gebieter die Güte gehabt hatte, sie anzurufen und sie zu beschwören: »Hauteclaire, ich brauche dich.«

Sie nahm ihre Handtasche vom Beifahrersitz, stieg aus dem Auto und sah hinauf zu den offenen Hotelfenstern. Sie schwitzte und hatte gleichzeitig Gänsehaut. Kein Mensch. Siestazeit. Es fiel ihr nicht schwer, Amanda nackt auf dem Bett vor sich zu sehen, mit geschlossenen Augen, so wie sie selbst noch einen Tag zuvor auf Ischia, das träge Drehen des Ventilators über dem gebräunten und eingecremten, von Gymnastik und Massagen gestählten Körper. Amanda, wie sie ihren dürren, sehnigen Arm nach Raúl ausstreckte: »*Chéri*, bringst du mir ein Glas Wasser mit Eis?« Sie sagte immer *chéri* zu ihm, wenigstens vor anderen Leuten. Sie stellte sich vor, wie das Telefon auf dem Nachttisch klingelte, die Stimme des Rezeptionsangestellten, der sagte, daß eine Dame sie beide zu sehen wünsche, ja, sofort, sie warte unten in der *hall*; Amanda, wie sie die Stirn zwischen den Augenbrauen runzelte und Raúl einen unglaublich finsteren, unheilverkündenden Blick zuwarf: »Eine Dame? Jetzt? Weißt du, wovon der Kerl redet?« Und Raúl, wie er ins Bad flüchtete, den Kopf schüttelnd, und sich bemühte, überrascht und arglos auszusehen, dabei wäre er am liebsten verschwunden, weg gewesen; nicht da sein als die beste Verteidigung: Raúls Lebensmotto.

Sie schob sich mit beiden Händen die Haare zurück, und einer ihrer Ohrclips fiel auf den Boden, kullerte über den Asphalt und verschwand unter einem gelben Cabrio, das zwei Plätze weiter stand, und damit waren die Bilder in ihrem Kopf auf einmal fort. Sie bückte sich, um in dem schwachen Licht unter dem Auto zu suchen, und irgendwann war ihr, als blitze auf der anderen Seite etwas auf. Sie ging um das Auto herum, bückte sich wieder und versuchte, mit ausgestrecktem Arm das glitzernde Ding zu fassen zu bekommen, doch sie kam nicht heran; also ging sie zurück zu ihrem Auto, wühlte im Kofferraum zwischen den zwei, drei Werkzeugen, die für den Fall einer Reifenpanne darin lagen, und entschied sich für Wagenheber und einen Schraubenschlüssel.

Eine Minute später hatte sie ihren Ohrring wieder, die Werkzeuge waren verstaut, und sie besann sich wieder auf die Situation, in der sie steckte. Sie fühlte sich verschwitzt, nervös und leer und wußte nicht, was in ihr überwog: Angst oder der Triumph, nach so langer Zeit endlich Rache nehmen zu können. Was auch immer sie erreichen würde, sie würde Amanda eine unangenehme Überraschung bescheren.

Sie hatte gerade den ersten Schritt in Richtung Hoteleingang gemacht, da ließ sie die Gestalt eines Mannes neben der Treppe stehen bleiben. Trotz seines jugendlichen Alters trug er schwarze Hosen und eine weiße *guayabera*, so eine Hemdjacke, die sie immer an lateinamerikanische Mafiabosse aus Kinofilmen erinnerte. Sie nahm ihren Taschenspiegel heraus, tupfte sich das

Gesicht mit einem Papiertaschentuch ab und zog sich die Lippen nach, während sie über den Spiegel hinweg die Bewegungen des Mannes verfolgte, der auf jemanden zu warten schien. Einige Sekunden darauf sah sie, wie er jemanden begrüßte und auf eine große, schlanke Frau mit grellrot gefärbten Haaren und Tenniskleidung zuging.

Sie erkannte sie sofort und wußte im ersten Augenblick nicht, was sie tun sollte. Bevor sie einen klaren Gedanken fassen konnte, hockte sie auch schon wie ein Verstecken spielendes Mädchen hinter ihrem Auto. Um die lächerliche Lage, in die sie sich mit ihrer spontanen Reaktion gebracht hatte, irgendwie zu kaschieren, zog sie noch einmal den Ohrring ab und warf ihn auf den Boden, damit sie so tun konnte, als suchte sie ihn.

Die Stimmen der beiden kamen näher, leider sprachen sie eine ihr unbekannte Sprache, Polnisch oder Russisch vielleicht. Ohne Amelia zu bemerken, stieg Amanda in das Cabrio, während der Mann zu einem ein paar Meter weiter parkenden kleinen blauen Seat ging.

Amelia wußte nicht, was sie tat, als sie auf einmal in ihrem Mietauto saß und den Zündschlüssel umdrehte, während das Cabrio hinter dem Seat das Hotelgelände verließ. Vielleicht, so ihr Gedanke, sei es gar nicht schlecht, sich zu versichern, daß Amanda auch wirklich zum Tennisspielen fuhr, dann wüßte sie, daß sie in aller Ruhe mit Raúl reden konnte, ohne sich ständig vor dem plötzlich hereinbrechenden Donnerwetter fürchten zu müssen; aber dieser Gedanke verschwand hinter einem Vorgefühl, das immer stärker wurde, der Ahnung, daß sie jeden Moment etwas zu sehen bekäme, was sie als Hebel ansetzen könnte, um ihn aus ihren Klauen zu befreien. Es könnte ja sein, daß sie sie mit einem Liebhaber erwischte ... vielleicht ... Aber Raúl war nicht eifersüchtig, er war es noch nie gewesen, selbst wenn er Grund dazu gehabt hatte. Menschen wie Raúl können nicht eifersüchtig sein, denn das hieße, anzuerkennen, daß es auf der Welt jemanden Besseren gibt als sie selbst.

Sie gab ihnen einige hundert Meter Vorsprung, damit ihre Verfolgung nicht zu offensichtlich wurde, doch kurze Zeit später kam sie schon kaum noch hinterher. Der Seat mußte getunt sein, um diese Geschwindigkeit zu erreichen, die Amandas Cabrio mühelos mithielt.

Die Landstraße wand sich über Kurven und Kehren die Steilküste hinauf, so daß sie den Gang herunterschalten mußte, während die anderen beiden Autos davonzogen und nur noch gelegentlich in einer höher gelegenen Kurve kurz auftauchten. Es war kaum vorstellbar, daß dieser Weg zu einem Tennisplatz führte, zumindest zu keinem öffentlichen. Vielleicht wollten sie ja in einem der auf der Steilküste stehenden Landhäuser eine Partie spielen, doch so schnell, wie sie fuhren, schienen sie noch eine beachtliche Strecke vor sich zu haben.

Auf den wenigen geraden Straßenabschnitten versuchte Amelia, sich zu entspannen und ihren verkrampften Griff um das Lenkrad zu lösen; gleichzeitig bemühte sie sich, die beiden Wagen nicht aus den Augen zu verlieren. Doch sobald sie in die nächste Kurve fuhr, vergaß sie alles und achtete nur noch darauf, nicht von der Fahrbahn abzukommen. Was hätte sie nicht alles für eine Zigarette gegeben, aber sie wollte es nicht riskieren, sich während des Fahrens eine anzuzünden und für ein paar Sekunden ihre Aufmerksamkeit zu verringern. Später, wenn sie irgendwo anhalten und vor der Rückfahrt kurz durchatmen würde, hätte sie dazu Zeit.

Noch bevor irgend etwas zu sehen war, hörte sie es schon. Ein entsetzliches Reifenquietschen, ein gewaltiger Aufprall von Metall auf Metall, gefolgt von einem wiederholten seltsamen Krachen in der von Zikadenschnarren durchbrochenen Hitze, da auf einmal sah sie – sie traute ihren Augen nicht – rechts von sich das gelbe Cabrio, wie es Richtung Meer stürzte und unten, tief unten, zerschellte. Dann hörte sie Wasser gegen einen Felsen schlagen, gleich einer sich an der Klippe brechenden Riesenwelle. Darauf war es wieder still.

Wie benommen fuhr sie weiter, um zu der Stelle zu gelangen, wo das Unglück passiert war, doch beim Anblick der Reifenspuren und der abgerissenen Stoßstange wurde ihr so seltsam, daß sie weiterfuhr bis zum höchsten Punkt der Straße, von dem aus es auf der anderen Seite wieder hinunterging. Da erblickte sie den blauen Seat, der auf einem kurzen geraden Abschnitt wendete und ihr nun entgegenkam. Sie fuhr an ihm vorbei, bis sie wieder am Meer unten war, wo sie in einer Einfahrt zu einem Landhaus wendete und dorthin zurückkehrte, woher sie gekommen war.

Als sie wieder an der Unfallstelle vorbeikam, stand der blaue Seat am Straßenrand und der Mann in der *guayabera* kletterte die Felsen hinab, wahrscheinlich, um Amanda zu Hilfe zu eilen. Einen Augenblick dachte sie daran, ebenfalls anzuhalten und irgend etwas zu unternehmen, aber ihre Angst war stärker. Was wollte sie dort, wenn doch niemand wußte, daß sie auf Mallorca war? Konnte man überhaupt noch jemandem helfen, der fünfzig Meter eine Felswand hinabgestürzt und auf den Klippen aufgeprallt war? Außerdem war ja der Mann da, mit dem sie hatte zum Tennisspielen fahren wollen. Sie könnte höchstens eine Telefonzelle suchen und die Verkehrspolizei informieren. Mehr konnte sie nicht tun, alles andere wäre unvernünftig gewesen. Anschließend sollte sie zum Hotel zurückfahren, um Raúl zu sagen, daß seine Frau soeben bei einem Verkehrsunfall verunglückt sei und sich damit seine Probleme erledigt hätten.

Kurz bevor sie das Hotel erreichte, machte sie an einer Tankstelle halt und rief von einer Telefonzelle aus die Polizei an. Ohne ihren Namen zu nennen, berichtete sie, daß auf der Straße nach Sa Calobra ein Wagen abgestürzt sei und daß bereits jemand dort sei, um dem Insassen des Cabrios zu helfen, und daß sie sich beeilen sollten, damit eine mögliche Rettung rechtzeitig komme.

Nachdem sie den Hörer eingehängt hatte, blieb sie in der Telefonzelle stehen; sie lehnte sich mit der Stirn an die Scheibe, und ihre Hand zitterte; sie spürte, wie ihr die Schweißtropfen aus den Achseln rannen, über ihre Brust liefen, von der Stirn in die Augen, und da begriff sie, daß sie am Leben war, während Amanda ...

Sie nahm einen Zettel aus der Handtasche und wählte mit zittrigen Fingern die Nummer des Hotels. Sie vertippte sich zweimal und mußte wieder von vorn beginnen. Dann endlich stand die Verbindung, und jemand meldete sich. Als sie nach Raúl de la Torre fragte, erkannte sie zuerst ihre eigene Stimme nicht. Man bat sie zu warten. Eine Minute, zwei Minuten. Das Klingeln des Telefons in dem leeren Zimmer, das zwischen den Wänden hallte und bis ins Bad und über die Terrasse nach draußen drang.

»Tut mir leid, es nimmt niemand ab. Sie ist, glaube ich, zum Tennisspielen gefahren, und er ist wahrscheinlich zum Strand hinuntergegangen. Möchten Sie eine Nachricht hinterlassen?« Eine Männerstimme, freundlich, unpersönlich. Eine Stimme, die nicht wußte, daß Amanda tot in ihrem gelben Cabrio saß und Raúl es haßte, an den Strand zu gehen.

»Danke. Ich rufe später noch mal an.«

Sie wischte sich mit dem feuchten Arm über die tropfnasse Stirn und saugte an ihren Lippen, die sich wie Pappkarton anfühlten, so trocken waren sie. Sie konnte zu dem Hotel fahren und ihn selbst suchen. Sie konnte auch weiter bis nach Palma fahren und später wieder anrufen, um zu erfahren, ob Raúl bereits über das Geschehene informiert war und ihren Beistand wollte. Sie konnte aber auch wieder fahren, still und heimlich, wie sie gekommen war, und erst viel später anrufen, am späten

Abend oder am nächsten Tag, irgend etwas würde ihr schon einfallen, um ihre Verspätung zu entschuldigen, und dann läge es an Raúl, ihr mitzuteilen, was passiert war. Oder sie konnte gleich nach Ischia zurückkehren, ohne irgendwelche Anrufe oder Erklärungen.

Von der Telefonzelle aus, die am Rand eines kleines Ortes gelegen war, sah sie ein Schild: *Pensión Sol y Mar*. Ein zweistöckiges Haus mit blauen, die Hitze abschirmenden Rolläden. Drinnen gab es sicher ein breites und frisch gemachtes Bett mit schmiedeeisernem Kopfende, ein Waschbecken oder eine Schüssel mit dem dazugehörenden weißen Krug, ein Hort des Friedens inmitten der Hitze, des Wahnsinns.

Doch sie müßte ihren Namen angeben und ihren Paß vorzeigen, und das würde ihre Anwesenheit an einem Ort, an dem sie nicht sein durfte, verraten. Das war durch den Kauf des Flugtickets und das Mieten eines Autos allerdings schon geschehen. Also dann! Sie könnte sich eine Weile ausruhen und später noch einmal anrufen.

Durch die Scheiben der Telefonzelle sah sie zwei *guardias civiles* auf ihren glänzenden Motorrädern vorbeirauschen. In Kürze würde man die Sirene des Rettungswagens hören, und dann gäbe es in der ganzen Gegend nur noch ein Gesprächsthema und alle würden von der toten Urlauberin in dem Cabrio reden.

Sie wollte doch nicht bleiben. Sie ging zu ihrem Auto zurück und nahm die Landstraße nach Palma. Sollte sie sich doch noch anders entscheiden, könnte sie immer noch in einer der nächsten Ortschaften halten, auf dem Dorfplatz eine Erdmandelmilch trinken und auf den Moment warten, mit Raúl zu sprechen.

KAPITEL

3

Zwei Tage brauchte Ari, um Armands Kalender durchzuarbeiten, doch die daraus gewonnenen Erkenntnisse brachten ihn nicht viel weiter: In keinem der Telefonverzeichnisse war Raúls Name aufgeführt, nur im Frühjahr '75 stand irgendwo die Notiz »Maurice hat mich Raúl de la Torre vorgestellt«; Aimée tauchte überhaupt nicht auf, weder bei den Telefonnummern noch als Notiz im Kalender; Aline, Amélie, Mandy und Maurice wurden, stets ohne Nachnamen, ab Anfang der siebziger Jahre von einem Kalender in den nächsten übertragen; Aline und Maurice gab es noch Mitte der Achtziger, während Amélie und Mandy irgendwann verschwanden. Amélie war 1976 zum letzten Mal aufgeführt, Mandy 1979.

Festhalten konnte Ari zum einen, daß Raúl nie eine enge Beziehung zu Armand gehabt hatte – sein Name tauchte in keinem weiteren Kalender mehr auf –, und zum anderen, daß Armand von Raúls Bedeutung wußte – sonst hätte er sich wohl kaum die Mühe gemacht, sich das Datum, an dem man sie beide bekannt gemacht hatte, zu notieren. Er wollte versuchen, mit Aline und Maurice Kontakt aufzunehmen, und hoffte, daß die neuesten Nummern noch stimmten und sie nicht in der Zwischenzeit umgezogen waren. Vielleicht wären sie zu einem Gespräch bereit und könnten ihm Näheres über diese rätselhafte Aimée sagen. Mehr Anhaltspunkte hatte er nicht. Weder Nadine noch Amelia hatten sich gemeldet, nur André hatte angerufen und ihn für diesen Abend in ein Restaurant eingeladen, es hieß *L'Abbaye* und lag zufällig auch in Saint-Sulpice. Froh darüber, daß er in seiner Arbeit wieder ein Stückchen weitergekommen war, wenn auch weniger weit als erhofft, zog er sich um, steckte sein Notizheft ein, um André, wenn möglich, kurz zu Rate zu ziehen, und ging nach draußen, wo es gegen Abend kalt geworden war, ohne daß er es in seinem Zimmer mitbekommen hatte. Der Winter rückte im Eiltempo heran; der Rauch der Ofenheizungen belastete zusätzlich die schon schmutzige Stadtluft, und die meisten Menschen, denen man auf der Straße begegnete, hatten ihre herbstlichen Lederjacken gegen lange, dunkle Wintermäntel eingetauscht, auf denen Schals und Mützen die einzigen heiteren Tupfer waren. Er verfluchte sich für seine Angewohnheit, immer im Trenchcoat herumzulaufen, und nahm sich vor, das nächste Mal den Wintermantel anzuziehen.

Die Metro war brechend voll mit erschöpften Menschen, die am Ende ihres Arbeitstages nach Hause fuhren, und wer lebhafter und eleganter gekleidet war, befand sich wohl auf dem Weg zu einer Essenseinladung oder ins Theater. Er erkämpfte sich ein von allen Seiten bedrängtes Eckchen neben der Tür, seine Hoffnung, der Waggon würde sich im Laufe der Fahrt leeren, erwies sich allerdings als illusorisch. Vom Metroausgang waren es zum Glück nur ein paar Straßen bis zum Restaurant, und als er das dunkle, bohèmehafte Lokal betrat, schlugen ihm die Wärme und der Geruch von gegrilltem Fleisch entgegen. Yves und André saßen bereits nicht weit von der Tür an einem Tisch und warteten auf ihn bei einer Karaffe Wein.

Enttäuscht stellte er fest, daß Amelia nicht da war. Ohne zu wissen, warum, war er davon ausgegangen, daß er sie bei Andrés Abendessen jedesmal treffen würde, und noch bevor er nach ihr fragen konnte, sagte der Verleger zu ihm: »Amelia wollte bei der Kälte nicht mehr aus dem Haus gehen, aber sie hat gesagt, wenn es uns nicht zu spät wird, könnten wir nachher gern noch auf einen Cognac bei ihr vorbeischauen. Hast du Lust?«

»Was für eine Frage! Ich hoffe die ganze Zeit auf eine Gelegenheit, ihre Wohnung zu sehen, auch wenn sie behauptet, daß es nichts Interessantes zu sehen gäbe, weil Raúl nie dort gewohnt habe.«

»Das hat sie dir gesagt?«

»Stimmt es denn nicht?«

»Nicht ganz. Raúl hat nur die letzten zwei oder drei Monate dort verbracht, bevor er ...«

»... Selbstmord begangen hat?« führte Ari den Satz zu Ende.

André nickte und nahm einen Schluck aus dem grünen Weinglas.

»Er hat sich in Amelias Wohnung erschossen. Sie hat ihn gefunden.«

»Scheiße!« murmelte Ari. »Ein starkes Stück.«

»Typisch Raúl, wenn du mich fragst«, schaltete Yves sich ein. »Er hätte sich nie in seiner eigenen Wohnung umgebracht, dann hätte er damit rechnen müssen, daß ihn nach einer Woche seine Putzfrau findet. Oder noch schlimmer, daß einen Monat lang niemandem seine Abwesenheit aufgefallen wäre; irgendwann hätten die Nachbarn den Gestank bemerkt, und die Polizei hätte die Tür eintreten müssen.«

»Mein Gott, Yves«, unterbrach ihn André, er wedelte abwehrend mit der Hand und zog eine angewiderte Miene. »Ich weiß, verfaulte Leichen sind für dich das tägliche Brot, aber wir kriegen hier gleich unser Abendessen.«

»Okay, ich bin ja schon ruhig.«

Er wandte sich an den hübschen jungen Kellner mit den kajalumrandeten Augen, der auf einmal neben ihnen stand, und bestellte ungefragt für alle drei.

»*Tout de suite, mon chou*«, erwiderte der Jüngling mit einem angedeuteten Küßchen, das eher zu einem Fräulein aus dem neunzehnten als zu einem Kellner des einundzwanzigsten Jahrhunderts gepaßt hätte.

»Sagt mal«, fragte Ari und sah sich um, »wo habt ihr mich denn hingeschleift, doch nicht in so ein …?«

Beide lachten laut auf: »Vom Chef übers Personal bis zu den Gästen sind hier alle durch die Bank perverse Schwule, und zwar – wie soll ich sagen – exhibitionistisch bis zum Gehtnichtmehr. Du wirst es schon überstehen. Hier ißt man das beste Lammkotelett von ganz Paris«, klärte Andre ihn auf. »Nun erzähl schon, wie läuft die Arbeit?«

Ari ging so in seinem Bericht auf, daß er völlig vergaß, wo er sich befand, er erzählte von dem abenteuerlichen Fund der Erstausgabe, von seiner Unterhaltung mit Nadine und von dem wenigen, das sich bei der Durchsicht von Armands Kalendern ergeben hatte.

»Hast du diesen Armand gekannt?« wollte Yves von André wissen.

»Ich habe den Namen nie gehört.«

»In dem Kalender steht, ein gewisser Maurice habe sie einander vorgestellt. Dieser Maurice muß einer seiner besten Freunde gewesen sein, er steht in jedem Telefonverzeichnis, immer ohne Nachnamen«, erläuterte Ari.

»Es könnte Maurice Laqueur sein. Ein großer Jazzliebhaber, es ist an die dreißig Jahre her, daß wir mit ihm befreundet waren, ich habe schon seit Ewigkeiten nichts mehr von ihm gehört«, sagte André.

»Warte…«, Ari zog das Heft heraus, in dem er sich alles Wichtige notierte, »vielleicht kommt dir die Telefonnummer bekannt vor.«

Yves lachte: »André weiß gerade einmal meine Büronummer und die von Amelia. Ich fürchte, er kann dir noch nicht einmal seine eigene Handynummer sagen.«

»Sehr witzig, Liebling. Und leider sehr wahr. Aber ich kann

morgen in meinen alten Kalendern nachsehen. Amelia hat übrigens ein sehr gutes Zahlengedächtnis; frag sie doch nachher. Vielleicht erinnert sie sich an diesen Maurice; Raúl und sie sind damals häufig in Jazzkonzerte gegangen. Es ist möglich, daß sie Armand kennengelernt haben, als er in irgendeiner Band gespielt hat.«

»Aber ›Aimée‹ sagt dir wirklich nichts.«

»Nein. Und wenn sie für Raúl wirklich wichtig gewesen wäre, würde mir ihr Name etwas sagen. Raúl konnte nichts für sich behalten. Er war wie ein Kind: Geheimnisse überforderten ihn, er plauderte sie immer sofort aus.«

»Nun, und wie erklärst du dir dann diese Widmung?« Ari schob ihm das aufgeschlagene Heft hin, in das er eine Kopie von Raúls Zeilen an Aimée geklebt hatte.

André blickte konzentriert in das Heft und sagte einige Minuten lang nichts. Yves und Ari sahen ihn erwartungsvoll an.

»Das kann nicht sein«, sagte er schließlich und leckte sich über die trocken gewordenen Lippen.

»Aber das ist doch seine Schrift, oder nicht?«

»Das ist seine Schrift. Ich habe sie hunderte, tausende Male vor Augen gehabt. Es ist seine Schrift, und trotzdem kann es nicht sein. Mit einem solchen Erlebnis wäre er zu jeder Tages- oder Nachtzeit zu mir gelaufen. Es kann nicht sein, daß er Amelia oder mir nichts davon erzählt hätte.«

»Daß er Amelia nichts davon erzählt hat, ist doch klar«, schaltete Yves sich ein. »Dann hätte er ihr gleich sagen können, daß es zwischen ihnen aus ist.«

»Meinst du?« André sah ihn fest an, als beträfe das, was Yves soeben gesagt hatte, in gewisser Weise auch sie beide.

Yves schien das gleiche gespürt zu haben wie Ari, denn er lächelte, als wollte er die ernste Stimmung überspielen und beruhigend auf André einwirken.

»Ich weiß auch nicht, mein Süßer, aber wenn du eines Tages

ankommst und mir sagst, daß du für jemand anderen, der nicht ich bin, etwas fühlst, wie es in dieser Widmung steht, würde ich wahrscheinlich von selbst gehen, das wäre für mich, als würdest du mit mir Schluß machen. Aber wenn ich nichts davon wüßte ...«

»Du würdest es spüren«, fiel André ihm energisch ins Wort. »Man kann doch nicht so ein Erlebnis haben – Raúl, der Atheist, nennt es sogar ›heilig‹ –, ohne daß der Partner es bemerkt.«

»Vielleicht hat sie es bemerkt, und vielleicht sind sie sich genau deshalb fremd geworden. Wenn ich mich nicht täusche, war das doch kurz vor der Scheidung, stimmt's, Ari?« fragte Yves.

Ari zuckte mit den Schultern: »Die Widmung ist nicht datiert. Er kann ihr das Buch geschenkt haben, als es neu in die Buchhandlungen kam, aber genausogut kann es ein oder zwei Jahre danach gewesen sein.«

»Dann hätte er ihr sicher eins aus der dritten oder vierten Auflage geschenkt«, sagte Yves.

André schüttelte den Kopf: »Wenn diese Frau so wichtig für ihn war, hätte er ihr auf jeden Fall eine Erstausgabe geschenkt, zur Not eines seiner persönlichen Belegexemplare. Das Erscheinungsdatum des Romans hilft uns also nicht weiter.«

Der Kellner unterbrach sie. Zum Vergnügen seiner beiden Freunde flirtete der geschminkte Schönling ungeniert Ari an, während er die von Yves bestellten *os à moëlle* servierte.

»Was soll denn das sein?« fragte Ari mit einem mißtrauischen Blick auf seinen Teller.

»Markknochen, im Ofen gegart, mit einem Hauch Knoblauchbutter. Eine echte Versuchung, die man sich nur hin und wieder erlauben darf. Ist ziemlich fett«, erklärte Yves. »Köstlich.«

»Habt ihr keine Angst vor Rinderwahn?«

»Wahnsinnig sind wir sowieso. Na komm, iß schon. Probier zumindest.«

Während sie über das Essen sprachen, starrte André die ganze Zeit ins Leere, wie weggetreten, ohne das Essen auf seinem Teller und die Stimmen um ihn herum wahrzunehmen.

»Ich denke die ganze Zeit darüber nach...«, sagte er endlich wie eine Antwort auf eine Frage, die niemand gestellt hatte, »ob es möglich sein könnte, daß Aimée Amanda ist.«

Die beiden anderen sahen ihn irritiert an.

»Natürlich ist das unwahrscheinlich«, fuhr André fort, »aber Amelia hieß für ihn ja auch jahrelang Hauteclaire und später nur noch Stassin. Kann es nicht sein, daß er Amanda am Anfang ihrer Beziehung, als sie noch ein heimliches Paar waren, Aimée genannt hat? Ein Geheimname zwischen Verliebten, der gleichzeitig dazu dient, daß ihre Beziehung vorerst nicht bekannt wird. Haltet ihr das nicht für möglich?«

Ari zog sich mit den Fingern an der Unterlippe, wie er es beim Nachdenken oft tat, und probierte nun doch einen Löffel des seltsamen Gerichts.

»Könnte sein«, sagte er schließlich. »Soweit ich weiß, waren alle ziemlich überrascht, als Raúl sich von Amelia scheiden ließ. Was nur heißen kann, daß kaum jemand etwas von seiner Beziehung zu Amanda wußte, oder nicht?«

»Ich fiel aus allen Wolken, als Amelia damals mit der Nachricht zu mir kam. Sie hat mir sogar irgendwie vorgeworfen, ich hätte sie nicht auf Raúls Schritt vorbereitet. Aber ich wußte nichts davon. Natürlich – ich hatte Raúl und Amanda auf irgendwelchen Cocktailempfängen und Lesungen zusammen gesehen, wie sie sich gegenseitig irgendwas ins Ohr tuschelten, aber ich dachte immer, sie wollte ihn für ihren Verlag abwerben. Ich wäre nie auf den Gedanken gekommen, daß sie ein privates Verhältnis hatten. Raúl war höflich zu ihr, aber ihm war deutlich anzumerken, daß dahinter irgend etwas wie Angst oder Ablehnung stand, ich hätte wirklich nie vermutet, daß zwischen ihnen etwas lief.«

»Was zum Teufel hat Amanda ihm gegeben, daß er ihr eine solche Widmung schrieb, sich von Amelia trennte und sie heiratete?« fragte Ari, wohl wissend, daß ihm niemand eine Antwort darauf geben konnte.

Während den folgenden Minuten, in denen es still war, aßen sie und dachten über verschiedene Möglichkeiten nach.

»Sadomaso?« schlug Yves vor und setzte ein verruchtes Lächeln auf.

»Du Ferkel!« Ari lachte auf. André blieb ernst und schob mit der Gabel die Knochen auf seinem Teller hin und her, dann sah er zu seinen Freunden auf.

»Zum Beispiel«, sagte er schließlich langsam.

»Wie bitte?« fragte Ari. »Meinst du das im Ernst?«

André hob die Hände, wie um sich zu verteidigen: »Was weiß ich, mein Junge! Auch die besten Freunde können Seiten haben, von denen man nie etwas erfährt. Und da wir schon beim Thema sind: Amanda hatte unübersehbar etwas von einer Domina. In Lederbikini und hohen Stiefeln war sie sicher sehr überzeugend. Hast du nie ein Foto von ihr gesehen?«

Ari schüttelte den Kopf.

»Ich werde mal in meiner Rumpelkammer suchen. Vielleicht liegt irgendwo noch ein altes Foto herum, von damals, als ich nicht an ihr vorbeikonnte. Wenn ich was finde, sage ich dir Bescheid.«

Die Lammkoteletts kamen, aber kaum sah Ari den Jüngling herannahen, sprang er auf und ging zur Toilette. Als er zurückkam, war der Kellner wieder weg und er äußerst erleichtert, daß er die Anmache nicht noch einmal hatte ertragen müssen; das eine Mal hatte gereicht, um die Frauen zu verstehen, die sich über sexuelle Belästigung beklagten.

»Ich habe weiter nachgedacht…«, fing André wieder an. »Etwas spricht dagegen, daß mit Aimée Amanda gemeint ist.«

»Und was?« fragten die beiden anderen gleichzeitig.

»Amanda hätte niemals eine signierte Erstausgabe bei jemandem zu Hause liegengelassen. Sie hätte sie in den Tresor gelegt, um sie im Alter teuer verkaufen zu können.«

Diesmal lachte keiner, denn sie merkten beide, daß André ganz im Ernst sprach.

~

Amelia hörte sie kommen, noch bevor die Klingel ging. Sie hatte auf dem Sofa vor dem Kaminfeuer still auf sie gewartet und sich währenddessen gefragt, ob es richtig gewesen war, sie zu sich nach Hause einzuladen. Einerseits wollte sie zu Lenormand eine Freundschaft aufbauen und ihm bei seinen Forschungen zur Seite stehen, sie wollte ihm gern Dinge zeigen, die sie aufbewahrt hatte, und seine Augen glänzen sehen. Andererseits warnte eine innere Stimme sie vor der Gefahr und hielt sie dazu an, Abstand zu wahren, ihn tagelang nicht anzurufen und seine Fragen ausweichend und mit Halbwahrheiten zu beantworten, um ein glaubwürdiges, mit Aris Recherchen übereinstimmendes Bild von Raúl entstehen zu lassen, das seine weniger schmeichelnden Seiten verbarg.

Es gab Tage, da hatte sie Angst, zu viel zu reden; andere Male wirkte es wiederum fast wie eine Therapie, noch einmal die Gelegenheit zu haben, von Raúl zu erzählen, ihn jemandem nahezubringen, der ihn nicht gekannt hatte, liebevoll über seine vielen Facetten zu sprechen und so den zukünftigen Lesern von Ariel Lenormands Biographie ein lebendiges, frisches Bild von diesem Menschen zu geben.

Sie öffnete die Tür, als die drei Männer gerade am Treppenabsatz angekommen waren, und bot ihnen ihre Wangen für die üblichen drei Begrüßungsküsse.

»Ihr seid ja völlig durchgefroren«, stellte sie fest und reichte ihnen Kleiderbügel für ihre Mäntel.

»Du hast gut daran getan, die Wohnung nicht zu verlassen. Ich hoffe, du hast ein warmes Feuer und Cognac für uns«, sagte André und ging als erster durch den Flur in Richtung Wohnzimmer.

»Aber selbstverständlich, mein Lieber. Amelia hat alles«, antwortete sie fast kokett.

Ari blieb in der Tür stehen, er sah staunend in das riesige Zimmer, auf den Kamin mit dem brennenden Feuer, die Dreiergruppe Sofas davor und den bezaubernden runden Erker mit den bunten, mit Blumenmustern geschmückten Glasfenstern auf der rechten Seite. Erst dann fiel sein Blick auf die schönen Teppiche, die hohen Regale voller Bücher und die Bilder an den Wänden.

»Ein Traum!« entfuhr es ihm.

»Bei Tag sieht man von dem Erker aus die Seine, fast wie von einem Schiffsdeck«, sagte Amelia und winkte ihn herbei, damit er einen Blick aus dem Fenster hinaus in die Dunkelheit werfen konnte.

»Dieses Zimmer ist umwerfend. Es wundert mich nicht, daß Sie lieber zu Hause geblieben sind.«

»Ja, es ist eine schöne Wohnung. John hatte nicht nur viel Geld, er hatte auch einen guten Geschmack. Die Wohnung habe allerdings ich ausgesucht. Ihm wäre eine Villa am Stadtrand lieber gewesen, mit Garten, Wintergarten und allen möglichen Statussymbolen, aber ich bin immer ein Stadtmensch gewesen. Einen eigenen Stall für mein Pferd hätte ich natürlich schon gern gehabt, und ich wäre auch gern jeden Tag ausgeritten, aber die Vorstellung, immer nur mit dem Auto in die Stadt fahren zu können, fand ich abschreckend.«

»Sie besitzen ein Pferd?«

»Nein. Nicht mehr. Aber ich hatte viele Jahre lang eines. Genauer gesagt, waren es drei: zuerst Carnavalito, dann Bucentauro und schließlich Belerofonte.«

Ihre Unterhaltung entspann sich neben dem runden Tisch im Erker, während Yves und André auf dem Sofa Platz genommen hatten und sich etwas zu trinken einschenkten.

»Sind Raúl und Sie zusammen ausgeritten?«

»Um Himmels willen, nein. Raúl war für so etwas nicht zu haben. Er konnte weder mit Pferden noch mit Autos etwas anfangen. Er hatte noch nicht einmal den Führerschein. Er fuhr sein Leben lang nur Vespa. In Rom kauften wir uns einen Fiat fünfhundert, *una Cinquecento*, aber den fuhr ich.«

»Amelia ...«, begann André vom Sofa aus, »... vor etlichen Jahren war da ein Maurice Laqueur, erinnerst du dich an ihn?«

Sie ging ein paar Schritte auf den Kamin zu: »Du meinst den, der zu seinen Festen immer so viele Musiker einlud und die gesamte Jazzszene kannte?«

»Genau den.«

»Ich habe schon seit Ewigkeiten nichts mehr von ihm gehört.«

»Kanntest du einen gewissen Armand? Er war mit ihm befreundet, ein Saxophonist ohne feste Band.«

»Gut möglich. Ich habe so viele Leute im Leben kennengelernt! Was ist mit ihm? Ist er gestorben?«

»Was du immer gleich denkst!« sagte André, doch Ari fuhr fort: »So ist es. Armand, meine ich. Er ist vor ein paar Wochen gestorben.«

»Er ruhe in Frieden. Wie gut, daß ich mich nicht an ihn erinnere. Machst du mir einen Gin-Tonic, Yves?«

André machte hinter Amelias Rücken zu Ari hin eine verzweifelte Geste, dann hakte er noch einmal nach: »Weißt du, Ari hat durch Zufall in seinem Nachlaß ein Buch von Raúl gefunden, mit einer persönlichen Widmung an eine gewisse Aimée, und er möchte gern wissen, ob Armand und Aimée Freunde von Raúl gewesen sind.«

»Keine Ahnung«, sagte sie gleichgültig und ließ sich ihnen gegenüber aufs Sofa sinken. »Von welcher Zeit ist die Rede?«

»Irgendwann in den Siebzigern.«

»Wenn mit irgendwann die zweite Hälfte der Siebziger gemeint sein soll, bin ich nicht die geeignete Informationsquelle. Das hättet ihr die herzallerliebste Amanda fragen müssen, Gott möge sie dorthin geschickt haben, wo sie es verdient hat.«

Ari ging zu dem Sofa, in dem Amelia sich zurückgelehnt hatte, und zeigte ihr ein paar Telefonnummern ohne die dazugehörigen Namen: »Erkennen Sie eine dieser Nummern?«

Amelia gab ein Schnauben von sich, sie richtete sich auf, um ihr Glas Gin-Tonic abzustellen und sich die Lesebrille aufzusetzen, und riß ihm das Heft aus der Hand: »Sie sind unersättlich. Es ist spät am Abend, und Sie können noch immer nicht loslassen und entspannt plaudern. Also: Die da könnte von diesem Maurice sein, von dem wir vorhin gesprochen haben, zumindest weiß ich, daß wir diese Nummer oft gewählt haben, wenn es um Konzerte und solche Dinge ging, aber sie könnte auch von sonst einem Freund von damals sein. Die beiden anderen sagen mir überhaupt nichts. Und die letzte ist unsere.«

»Wie?« fragte Ari beklommen.

»Unsere. Die alte Telefonnummer von Raúl und mir in der Rue de Belleville. Wo haben Sie sie her?«

»Aus Armands Kalender.«

»Der unbekannte Tote.«

Ari nickte.

»Wahrscheinlich einer von Raúls Freunden. Mir sagt der Name wirklich nichts. Möchte jemand Salzgebäck oder ein Stück Käsekuchen?«

Yves und André bejahten mit fast kindlicher Freude, und Amelia verschwand in der Küche.

»Du bist ja ganz sprachlos, Junge«, bemerkte Yves.

»Die Nummer steht in Armands Kalender unter Amélie. Ohne Nachnamen.«

~

»Wußtest du schon, daß er neuerdings gerne am Vormittag durch Saint-Sulpice spaziert?«, hatte André sie eines Tages wie nebenbei gefragt und dabei aus den Augenwinkeln ihre Reaktion zu erhaschen versucht. »Irgendwas muß der Arme am Vormittag doch machen«, hatte sie geantwortet. »Nachmittags hat er Unterricht, zum Schreiben setzt er sich erst nach Sonnenuntergang hin, da sind die Morgenspaziergänge doch ideal, um in Form zu bleiben und auf neue Ideen zu kommen. Oder willst du mir damit irgend etwas sagen?«

»Aber nein, sei doch nicht immer gleich so argwöhnisch!«

Was nicht stimmte. Sie war nie argwöhnisch gewesen; wozu auch, Raúl hatte ihr immer alles erzählt, was er am Tag gemacht hatte, seine Gedanken, seine Gespräche mit Kollegen und Bekannten, und das in solcher Ausführlichkeit und Detailliebe, daß sie oft wie erschlagen war. Manchmal redete Raúl schon seit zehn Minuten, wenn sie erwachte, und dann konnte sie sich nur an ein paar lose Worte erinnern.

Aber richtig, von Saint-Sulpice war schon die Rede gewesen. Irgendwann in der vergangenen Woche hatte er ihr beim Frühstück erzählt, wie gern er durch das Viertel flaniere, daß er sich wünschte, sie einmal mitzunehmen, um ihr alles zu zeigen, was er auf seinen Streifzügen entdeckt habe; trotzdem war ihr Andrés Frage nicht mehr aus dem Kopf gegangen und hatte sich bei der Arbeit immer wieder zwischen ihre Gedanken gedrängt. Was hatte er andeuten wollen? Daß Raúl eine neue Leidenschaft hatte? Daß er heimlich Verabredungen traf? Daß es irgend etwas gab, von dem sie nichts ahnte, das sie aber wissen sollte?

Sie hatte Raúl ein paar Tage später darauf angesprochen, woraufhin Raúl ihr anstandslos von dem Viertel vorschwärmte, das wie ein eigenes kleines Dorf im Herzen von Paris sei. »Also genau wie unser Viertel«, hatte sie gesagt. »Vielleicht«, hatte er entgegnet, »aber es hat noch etwas Besonderes, das ich gar nicht beschreiben kann.« »Dann denk darüber nach, denn als Schriftsteller sollte ›unbeschreiblich‹ für dich ein Tabuwort sein.« Daraufhin hatte er gelacht und sich mit geheimnistuerischem, vergnügtem Blick in sein Arbeitszimmer zurückgezogen, um sich wieder an seine Schreibmaschine zu setzen.

Einige Tage vergingen, harmonisch und schön wie immer, obwohl sie der Gedanke verfolgte, sie könne vielleicht auf eigene Faust erkunden, was Raúl an diesem Viertel fand, und nach gut einer Woche spielte der Zufall ihr eine hervorragende Gelegenheit zu. Ihr Chef hatte sie beauftragt, einem Antiquar ein paar Fragen über ein kürzlich erworbenes Bild zu stellen, da dieses möglicherweise aus einem kleinen Museum in der Provinz geraubt worden war. Sie sollte sich das Gemälde mit eigenen Augen ansehen und es gegebenenfalls beschlagnahmen lassen, damit staatliche Spezialisten das Bild prüfen könnten.

Um zehn Uhr morgens war der Auftrag erledigt, und sie beschloß, sich vor der Rückkehr ins Büro eine freie Stunde in einem Café zu gönnen, als sie plötzlich auf der gegenüberliegenden Straßenseite Raúl vorbeigehen sah. Sie wollte schon auf die Straße rennen, um ihn zu überraschen und ihn zu fragen, ob er ihr bei ihrem Kaffee und ihrer Pause Gesellschaft leisten wolle, doch irgend etwas an seinem Gesichtsausdruck, an seinem hastigen Gang, der so anders war als auf ihren gemeinsamen Spaziergängen durch Rom, hielt sie zurück.

Ihren Ehemann zu beobachten, ohne daß er etwas davon wußte, war ein eigentümliches Vergnügen; es war Jahre her, daß sie ihn zum letzten Mal so gesehen hatte, von weitem, als ob sie ihn nicht kennen würde, als ob Raúl irgendein attraktiver Mann wäre, über dessen Leben sie nur spekulieren konnte. Seine Haare waren nach dem Duschen noch feucht, und er war bereits frühlingshaft gekleidet, trug beigefarbene Jeans und seine hellbraune Lederjacke offen über dem rosafarbenen Hemd, das sie ihm geschenkt hatte. Ein gutaussehender Mann, den man viel jünger geschätzt hätte, als er war. Ein Unbekannter für die Frauen, die ihn im Vorübergehen anlächelten, während sie jeden Zentimeter von ihm kannte: seinen Körper, seine Haut, seinen Geruch, seine Unterwäsche, seine Muttermale, seine Ticks, seine Sprache.

Er ging zügig an dem Café vorbei, von dem aus sie ihn beobachtete, und es wies ihn nichts darauf hin, daß er dem beobachtenden, betrachtenden und bewundernden Blick seiner eigenen Ehefrau ausgesetzt war. Er ging vor ihren Augen vorbei, und als er schon fast aus ihrem Blickfeld verschwunden war, blieb er vor einem Blumenstand stehen, kaufte einen Bund Narzissen und ging zügig weiter.

Das war jetzt zu viel für sie. Sie legte einen Geldschein auf den Tisch und ging auf die Straße, vorsichtig, daß er sie nicht entdeckte. Sie kam sich dumm und verächtlich vor, aber die Neugierde saß ihr wie ein Stachel im Fleisch. Wahrscheinlich war alles harmlos, aber sie mußte unbedingt herausfinden, wohin er ging, was er mit diesem Blumenstrauß vorhatte. Vielleicht wollte er irgendeinen Bekannten im Krankenhaus besuchen; oder auf den Friedhof gehen, auch wenn Raúl alles, was mit dem Tod zu tun hatte, verabscheute; vielleicht hatte er ihn für sie gekauft und wollte ihn ihr am Mittag schenken, wenn er zum Essen kurz nach Hause kommen würde. Aber der Anlaß, die Blumen zu kaufen, war noch das geringste: Vor allem mußte sie wissen, wohin er so eilig auf dem Weg war, denn so hastig, wie er ging, war nicht anzunehmen, daß er vor einem Schaufenster innehalten oder die kunstvollen Häuserfassaden betrachten würde.

Sie folgte ihm bis zur Hausnummer 17 in der Rue Bonaparte, wo sie zu ihrer Bestürzung sehen mußte, wie er stehenblieb und sich den Blumenstrauß unter den Arm klemmte, um sich mit beiden Händen die Haare glattzustreichen, bevor er tief durchatmete und in dem dunklen Hauseingang verschwand.

Erstarrt blieb sie auf dem gegenüberliegenden Bürgersteig stehen. Wartend, ohne zu wissen, worauf, blickte sie nach oben zu der langen Reihe undurchdringlicher Fenster und Balkone, an denen sich keine Gardine bewegte, kein Fensterladen geöffnet wurde, keine Hand einen Vorhang zurückschob. Ein für sie unbekannter Hauseingang hatte Raúl verschluckt.

Sie überquerte die Straße, trat in den Hausflur und las an den Briefkästen die Namen der Mieter, in der Hoffnung, einen von ihnen zu kennen, doch es waren alles unauffällige Nachnamen, die ihr nichts sagten. Fünf Stockwerke mit je drei Wohnungen, also fünfzehn Namen.

»Suchen Sie jemanden?« fragte die Portiersfrau sie barsch, erlaubte sich gegenüber einer so gut gekleideten Dame wie ihr aber keine weiteren Unverschämtheiten.

»Ich habe einen Termin bei Dr. Mazevet«, erfand sie, »aber ich bin mir mit der Hausnummer nicht sicher.«

»Hier wohnt kein Doktor. Versuchen Sie es mal in der Nummer dreizehn, dort ist eine Praxis, ich weiß allerdings nicht, von wem.«

»Danke. Das sehe ich dann schon.«

Sie trat wieder auf die Straße, wechselte die Straßenseite und blickte noch einmal nach oben. Nichts hatte sich verändert. Was hatte sie erwartet? Daß die ganze Fassade auf einmal anders aussehen würde, nur weil Raúl das Haus betreten hatte? Sie blieb vor dem Schaufenster eines Antiquariats stehen, um zu entscheiden, was sie weiter tun wollte, als sie, in der Scheibe gespiegelt, erhaschte, wie eine große rothaarige Frau den Hauseingang betrat, aus dem sie gerade eben herausgekommen war.

Als Amelia sich umdrehte, war die Frau schon verschwunden, doch sie glaubte, sie erkannt zu haben. Es könnte die Programmleiterin von *Éditions de l'Hiver* gewesen sein, diese aggressive Polin, die Raúl unbedingt bei André abwerben wollte. Erst vor ein paar Wochen hatte sie sie auf einem Cocktailempfang dazu überreden wollen, daß sie mit Raúl sprechen und ihm die Vorzüge eines Verlagswechsels erklären solle. Sie hatte sie auf den ersten Blick unsympathisch gefunden, aber da es Raúl genauso gegangen war, hatte sie keine Gefahr befürchtet.

Doch wenn das tatsächlich diese Frau gewesen war, was machte sie mitten am Vormittag ausgerechnet in diesem Haus, das Raúl soeben mit einem Blumenstrauß betreten hatte?

Wieder ging sie zu dem Hauseingang, blieb jedoch sofort stehen, als sie sah, daß die Portiersfrau angefangen hatte, das Treppenhaus zu wischen. Es roch stark nach Feuchtigkeit und Putzmittel.

»Verzeihen Sie noch einmal. Ich habe gerade eine Bekannte in dieses Haus gehen sehen. Eine große rothaarige Dame mit einem ausländischen Namen.«

»Ich habe niemanden gesehen«, sagte die Frau, »ich war gerade im Hof und habe den Eimer gefüllt, wahrscheinlich war's die Freundin von Herrn Armand, dem Musiker. Sie ist oft hier. Und nicht nur sie, Hunderte. Die Wohnung ist ein einziger Rummelplatz, und einen Krach machen sie bei ihren Festen ... ich könnte Ihnen Sachen erzählen ... jedenfalls gehört die Wohnung ihm, so daß wir nichts machen können. Als Mieter hätten wir ihn längst rausgeschmissen. Gehen Sie hoch?«

»Wer? Ich?«

»Ich meine ja nur, wenn, dann gehen Sie bitte gleich, bevor ich hier wische.«

»Nein, nein, vielen Dank, ich habe keine Zeit.«

An diesem Tag ging sie erst spät nach Hause: Raúl hatte dank seiner bescheidenen Kochkünste das Abendessen bereits fertig. Wie immer unterhielten sie sich darüber, wie ihr Tag verlaufen war.

»Was hast du gemacht?« fragte Amelia, nachdem sie ihm kurz von der Befragung des Antiquars und den wenigen erwähnenswerten Dingen von ihrer Arbeit erzählt hatte.

»Nicht viel. Am Nachmittag ein Seminar, kurz im Jardin du Luxembourg, einen Kaffee mit ein paar Studenten, die sich für argentinische Literatur interessieren, und anschließend nach Hause, um als guter Pantoffelheld meiner Frau etwas zum Abendessen zu machen.«

Sie preßte die Lippen aufeinander, um auf keinen Fall die Frage, die ihr auf der Zunge brannte, auszusprechen.

»Ach so!« fügte er hinzu. »Und heute morgen habe ich noch einen armen Kerl besucht, der die Grippe hat. Der Arme, er hat fast geheult, als er die Blumen sah.«

Amelia war so erleichtert, daß sie fast lachen mußte.

»Kenne ich ihn?«

»Vielleicht. Armand heißt er. Er war Saxophonist im David Hope Quartet, doch dann hat ihn eine so üble Grippe erwischt, daß sie die Tournee ohne ihn fortsetzen mußten. Ich bin ihn besuchen gegangen, weil Maurice mir erzählt hat, daß er so schlecht drauf ist. Und weißt du, wer ihn noch besucht hat?«

Sie zuckte mit den Schultern, und es durchströmte sie ein warmer Schwall der Erleichterung.

»Diese rothaarige Schreckschraube aus dem Verlag, die mich kaufen will. Anscheinend ist sie mit ihm befreundet.«

»Und sie hat dich wieder bedrängt.«

»Haarscharf geschlossen, mein lieber Watson.«

»Und was hast du ihr gesagt...?«

»Daß solche weitreichenden Entscheidungen meine Frau trifft.«

Das war das letzte Mal gewesen, daß Amelia etwas von Armand gehört hatte. Von Amanda hingegen sollte sie bald um so mehr hören.

~

Ari hatte den Vormittag im Rechenzentrum der Universität verbracht, um seine E-Mails zu beantworten, und genauso wie die Wolken am Himmel hatte sich seine Laune zunehmend verfinstert. Ein Kollege aus Marburg erinnerte ihn daran, daß er in zwei Wochen seinen Artikel für die Festschrift von Professor Wallinger liefern müsse, was er vollkommen vergessen hatte. Er wußte noch nicht einmal mehr, welchen vorläufigen Titel er angegeben hatte, aber es half alles nichts, entweder lieferte er in zwei Wochen den Artikel, oder er mußte sich bei seinem Kollegen entschuldigen und ihm erklären, warum er nicht mit ihm rechnen könne. Zwei Studierende wollten wissen, ob er ihre Seminararbeiten schon korrigiert habe, die sie Ende September, vor seiner Abreise nach Paris, abgegeben hätten, und er hatte keine Ahnung, wo er diese verdammten Seminararbeiten hingelegt hatte. Die Sekretärin seines Instituts wollte von ihm die endgültigen Titel der Seminare wissen, die er nach seiner Rückkehr im folgenden Wintersemester halten wollte, doch darauf hatte er seit seiner Ankunft in Paris keinen einzigen Gedanken verschwendet. Aber das Schlimmste war, daß Rebecca ihn in einem Vierzeiler mitteilte, sie werde am zwölften Dezember heiraten und daß sie Verständnis habe, wenn er nicht eigens zu ihrer Hochzeit nach München reisen würde. Seine Ex-Frau heiratete also wieder und brachte ihm auf elegante Weise nahe, daß sie auf ein Wiedersehen keinen Wert legte.

Nicht daß er auf eine Versöhnung gehofft hätte, aber er konnte einfach nicht fassen, daß Rebecca ein paar Monate nach ihrer Scheidung schon wieder einen Neuen hatte. Er hatte sogar schon daran gedacht, sie Weihnachten nach Paris einzuladen, um ihrer Beziehung eine freundschaftliche Basis zu geben. Nun fühlte er angesichts des herannahenden Weihnachtsfestes eine bedrohliche Leere, und obwohl ihm das Fest nie viel bedeutet hatte, empfand er sein Angewiesensein auf Yves und André – die einzigen Menschen, die er in Paris kannte – wie eine Strafe irgendeines grausamen Gottes, so als sollte er für sein Interesse an den Toten büßen und darum den Kontakt zu den Lebenden verlieren.

Er schrieb eine kurze Mail, in der er seinem Marburger Kollegen versicherte, daß er ihm den Artikel fristgerecht schicken würde, ohne einen Titel zu nennen; die Studierenden bat er, sich ein wenig zu gedulden, und versicherte ihnen, daß er in einer Woche soweit sein würde, und als letztes tippte er ein paar Zeilen an Brigitte, die Sekretärin, und versprach ihr, die Seminarthemen noch vor Freitag zu nennen. Rebecca antwortete er nicht, es war offenkundig, daß sie von ihm keine Teilnahme an ihrer Hochzeit erwartete.

Als er wie ein Gefangener auf Freigang auf die Straße stürzte, stellte er fest, daß es wie aus Kannen schüttete und er den Regenschirm zu Hause gelassen hatte. Also schlug er notdürftig den Mantelkragen hoch und hastete ins Café, wo er seine Anrufe erledigen wollte. Und wenn er Glück hätte, könnte er am Nachmittag Aline oder Maurice befragen.

Obwohl es schon fast Mittagessenszeit war, bestellte er einen *café crème* und ein Croissant und gönnte sich einen Blick in die Zeitung, auch wenn er sich wie sooft in letzter Zeit nicht konzentrieren konnte, da ihm immer wieder die Formulierung seiner ersten Frage durch den Kopf ging, für den Fall, daß er einen der beiden erreichen sollte; und so faltete er schließlich die Zeitung zusammen und gab ohne weiteres Zögern Maurice' Nummer ein, die Amelia noch nach dreißig Jahren wiedererkannt hatte. Kaum hatte er die letzte Zahl gedrückt, gab ihm eine Kennmelodie zu verstehen, daß die Nummer stillgelegt war. Er unterbrach die Verbindung und sah eine ganze Weile lang durch die nasse Scheibe hindurch dem Regen zu. Auf einmal kam ihm eine Idee, er stand auf, ging zu der antiquierten Telefonzelle in der Ecke neben den Toiletten und kehrte mit dem Telefonbuch an seinen Tisch zurück. Von Aline wußte er nichts weiter als den Vornamen, doch von Maurice hatte er den vermutlichen Nachnamen: Laqueur.

In dem Telefonbuch standen beinahe zwei Dutzend Laqueurs, aber nur vier mit M als erstem Buchstaben des Vornamens. Bei allen vieren sprang sofort der Anrufbeantworter an. Nachdem er sich die erste Ansage angehört hatte, unterbrach er die Verbindung, schrieb auf einen Zettel, was er sagen wollte, und wählte erneut: »Hier spricht Ariel Lenormand. Ich bin auf der Suche nach einem gewissen Maurice Laqueur, dem ich für eine literaturwissenschaftliche Studie über das Leben des Schriftstellers Raúl de la Torre gern ein paar Fragen stellen würde. Wenn Sie die von mir gesuchte Person sind, wäre ich Ihnen sehr dankbar, wenn Sie sich unter folgender Telefonnummer mit mir in Verbindung setzen würden.«

Nachdem er vier gleiche Nachrichten hinterlassen hatte, probierte er Alines Nummer aus Armands letztem Kalender, und als er abermals zu seinem Spruch von der literaturwissenschaftlichen Studie ansetzen wollte, hörte er auf einmal eine Frauenstimme: »*Allô!*«

Darauf war er nicht gefaßt, so daß er im ersten Moment nicht wußte, was er sagen sollte.

»*Allô!*« wiederholte die Frauenstimme. »Mama, bist du es? Ich höre nichts.«

»Guten Tag. Könnte ich bitte mit Aline sprechen?«

»Mutter oder Tochter?«

Gute Frage. Mutter oder Tochter?

»Die Mutter«, tippte er. Wenn sie eine Freundin Armands

war und als solche in einem Kalender aus den siebziger Jahren aufgeführt, konnte es nicht die Tochter sein.

»Tut mir leid, sie ist nicht da.«

»Danke, ich rufe später wieder an.«

»Nein, nein, verstehen Sie, sie ist länger nicht da, sie ist im Urlaub. Sie kommt erst Mitte Dezember zurück. Aber ich bin ihre Tochter. Wenn Sie möchten, richte ich ihr etwas aus, ich bin mit ihr in Kontakt.«

»Es ist ein bißchen kompliziert. Also, ich forsche über ...«

»Sie sind Privatdetektiv?«

»Nein. Ich bin Universitätsdozent und schreibe eine Biographie über einen argentinischen Dichter, der hier in Paris gelebt hat. Vermutlich hat Ihre Mutter ihn gekannt. Ihn und weitere Personen aus seinem Freundeskreis. Ich habe angerufen, weil ich mich gern mit ihr unterhalten würde, über ihre Erinnerungen aus alten Zeiten.«

»Wie schade! Das würde meine Mutter freuen, aber wie gesagt ... Falls Sie Weihnachten noch in Paris sind, dann ist sie bestimmt zurück.«

»Da bin ich noch da. Ich bleibe das ganze Semester. Wenn Sie nichts dagegen haben, würde ich mich wieder melden. Würden Sie mir ihren Nachnamen sagen?«

»Den Nachnamen meiner Mutter? Halbout. Aline Halbout. Ich werde ihr ausrichten, daß Sie angerufen haben.«

Er bedankte sich und unterbrach die Verbindung. Wieder Fehlanzeige. Wieder mußte er warten, bis irgendwer die Güte haben würde, sich mit ihm in Verbindung zu setzen. Er war es allmählich leid, überall als Bittsteller aufzutreten und nur mit der Hilfe von Leuten weiterkommen zu können, die sich nicht im geringsten für Raúls Biographie interessierten.

Doch wenn er es recht bedachte, hatte er schon mehr als genug zusammengetragen, um mit dem Schreiben beginnen zu können. Er mußte sich ehrlicherweise eingestehen, daß diese ganze Geschichte von Armand und Aimée und diesen anderen Leuten ihn hauptsächlich aus persönlicher Neugierde beschäftigte; vielleicht spielte auch ein wenig akademische Pedanterie eine Rolle, der Ehrgeiz, nichts unberücksichtigt zu lassen, aber der eigentliche Grund war, daß er, Ariel Lenormand, alles wissen wollte. Er war wie ein Kommissar aus einem amerikanischen Film, so ein einsamer Wolf, der sich erst zufriedengibt, wenn er herausgefunden hat, wie es wirklich war, auch wenn niemand, einschließlich ihm selbst, etwas davon hat.

Er wollte sich gerade auf den Weg nach Hause machen, um endlich mit dem Entwurf des ersten Kapitels zu beginnen, als die Melodie seines Handys ihn aufhielt und er sich wieder an seinen Tisch setzte.

»Lenormand.«

»Ich bin's, Nadine. Störe ich?«

»Ihr Anruf ist ein Geschenk des Himmels. Ich wollte mich gerade in mein stilles Kämmerchen zurückziehen und arbeiten, aber vielleicht habe ich ja Glück und einen Grund, für heute freizunehmen.«

Sie lachte: »Das kann ich Ihnen nicht versprechen. Mir ist nur eingefallen, daß ich letzte Woche irgendwelche Fotoalben und Magazine mit alten Reisedias in einer Kommodenschublade verstaut habe, und ich dachte, vielleicht könnten sie für Sie interessant sein.«

»Großartig. Soll ich vorbeikommen?«

»Da liegt das Problem, die Sachen sind gar nicht mehr in der Wohnung. Ein paar Typen von der GAJ haben die Möbel abgeholt.«

»Ein paar Typen von wo?«

»Der GAJ, eine von der Stadt unterstützte Organisation, die jungen Drogenabhängigen hilft. Wenn sie clean sind oder auf gutem Weg dahin, gibt man ihnen die Chance, dort zu arbeiten. Sie holen gratis Möbel und alten Plunder ab, bringen die Sachen in ein Zentrallager und verkaufen sie sehr billig, es gibt ja fast keine zusätzlichen Kosten.«

»Und Sie glauben, die Fotos sind noch dort?«

»Ganz sicher. Sie haben ein ganzes Regal mit alten Fotos, Dias, privaten Videos und solchen Sachen. Ein Freund von mir, ein Requisiteur, findet dort immer Material für seine Filme.«

»Können Sie mir die Adresse geben?«

»Die Adresse weiß ich nicht, aber ich weiß, wie man hinkommt. Wenn Sie heute nachmittag frei haben, könnte ich Sie hinfahren. Hinterher könnten Sie vielleicht mit zu Ikea kommen, wenn es Ihnen nicht zu viel ausmacht, und mir helfen, das Bett, das ich mir kaufen will, nach Hause zu transportieren.«

»Gern. Wann treffen wir uns? Ich kann jederzeit.«

»Wo sind Sie denn gerade? Ich würde Sie abholen.«

Er erklärte es ihr, dann bestellte er noch einen Kaffee, und während er auf Nadine wartete, dachte er darüber nach, ob die Erwähnung des Betts eine Andeutung gewesen sein sollte oder nicht.

~

Wenn Sie das hier lesen, wird Ihr Buch längst veröffentlicht sein, ich werde für Ihre Fragen nicht mehr zur Verfügung stehen, und das alles wird mich nichts mehr angehen, darum sollen Sie getrost noch eine Illustration für Ihre Sammlung haben. Ich weiß nicht, ob es nicht zu früh ist, um Ihnen diese Szene aus unserem gemeinsamen Leben zu eröffnen, von Amelia und Raúl, von Raúl und Amelia – zwei Namen für eins, und das über zwanzig Jahre lang –, aber zum Glück kann man das, was man in einsamer Schreibwut zu Papier bringt, jederzeit vernichten, den Flammen oder dem unschuldigen Mülleimer an der nächsten Ecke übergeben; und zu diesen leidenschaftlichen Ergüssen kommt es auch nur, weil ich nachts hier allein bin und weil in dieser Wohnung, die Sie so beeindruckt hat, Raúls Geist immer noch hin und wieder umgeht, trotz allem, was ich Ihnen gesagt habe.

Aber nun lade ich Sie in eine weitaus bescheidenere und einfachere Wohnung ein, in einer Stadt, die sich viel weniger auf sich selbst einbildet, aber schöner ist, ihrer Pracht und ihres Zaubers gewiß, ähnlich einer in die Jahre gekommenen Kurtisane, die um ihre Erfahrung und die Macht ihres Lächelns weiß und sich mit solchen Kleinigkeiten wie makellose Haut und straffen Kurven gar nicht erst abgibt.

Wir sind in Rom, wie Sie sich denken können, mein Freund, im bürgerlichen Rom der Via Margutta, das wie ein Juwel zwischen dem Hügel Pincio und der barocken Schönheit der Piazza del Popolo versteckt liegt, verborgen und scheu, und dennoch ein Ort voller Leben, voller Träume, die verwirklicht werden wollten.

Unsere Wohnung, eher ein Taubenschlag, lag im obersten Stock nach Westen hinaus. Wenn wir uns am späten Nachmittag zum Schreiben hinsetzten, war das ganze Zimmer in rotgoldenes Licht getaucht, rot wie der purpurne Mantel eines Kaisers, wie ein Toast mit Himbeermarmelade.

Raúl sitzt ohne Hemd vor seiner Schreibmaschine, einer wuchtigen, schwarzen alten Remington, bei der das *e* defekt ist. Ich sitze am anderen Ende des Tischs, ebenfalls fast nackt bei der Hitze, die so drückend ist, daß man trotz der offenen Fenster, durch die der Straßenlärm und das Kreischen der im Tiber fischenden Möwen heraufdringen, kaum Luft bekommt. Ich bin fünfundzwanzig, Raúl fast vierzig, was man ihm aber nicht ansieht, eher würde man ihn für einen jungen Mann in meinem Alter halten. Zwischen uns steht ein mit Eiswürfeln gefüllter Glaskrug und ein Teller mit Zitronenscheiben, von denen wir in den Pausen hin und wieder eine kauen. Es ist unser vierter Monat in Rom, und nun, da wir uns an das mediterrane Leben gewöhnt haben, sind die Erlebnisse der letzten Monate in uns gereift und drängen vehement nach draußen. Raúl schreibt unablässig Gedichte und Erzählungen, wie in Raserei, als wucherten sie in ihm und er müßte sie aus sich herausrupfen, so rabiat hackt er auf die Schreibmaschine ein. Hin und wieder hebt er den Kopf und lächelt mich an. Dann schreibt er weiter.

Ich habe mit einem Roman begonnen, er fließt dahin, bereitet mir nicht die geringste Mühe, weil alles da ist, in nächster Nähe, vor meinen Augen. Wenn meine Finger zu tippen aufhören, fließt der Roman in mir weiter wie ein unterirdischer Fluß – mitsamt den auf ihm treibenden Blättern, den Libellenlarven, den Fischen in tropischen Farben –, und die toten Arme finden zusammen und warten im Dunkeln meines Innern – an dieser dunklen Stelle links unterhalb des Herzens –, bis ich meine Finger wieder auf die Tastatur setze und er wieder unaufhaltsam, sprudelnd, in sicherem Bett weiterfließen kann.

Manchmal machen wir gleichzeitig eine Pause; wir lächeln uns an und teilen uns schweigend eine Zitronenscheibe, trinken einen Schluck Eiswasser, dann kehren wir an die Arbeit zurück, die keine Arbeit ist, es ist vielmehr eine grenzenlose Freude, sich als das Instrument eines fremden, unbekannten Willens zu fühlen, der einem Wort für Wort diktiert, präzise Worte, die der Leser später, wenn das Buch fertig ist, mit seinen eigenen ergänzt.

Wenn ich aus den schönen Momenten meines Lebens nur einen einzigen auswählen dürfte, den ich in dieses unbekannte Reich nach dem Tod mitnehmen wollte, würde ich diesen Sommernachmittag nehmen, an dem das Wunder, zu leben und etwas erschaffen zu können, offenbar wurde.

Die Hitze umschließt uns wie eine durchsichtige Blase, und als das Licht einige Zeit später blau wird und die Schatten in das Zimmer einfallen, blicken wir uns erneut an, überrascht, daß wir unsere eigenen Hände nicht mehr auf der Schreibmaschinentastatur sehen, dann duschen wir so kalt, daß wir kreischen und zappeln, und schlendern Hand in Hand ins Trastevere, gehen am Ara Pacis vorbei in Richtung Tiberinsel und lachen vor Glückseligkeit.

Zwei Jahre danach, im September 1963, sind wir wieder in Paris. Raúl hat zwei Gedichtbände und einen Band mit Erzählungen fertig. Ich habe meinen Roman geschrieben. Ich kann es kaum erwarten, zu André zu gehen und ihm mein Werk zu zeigen. Ich möchte ihn überraschen, ich will, daß er mich endlich auch mit diesem Ausdruck der Begeisterung ansieht, den er Raúl für jede neue Erzählung schenkt; doch zuerst muß ich wieder an meinen Arbeitsplatz zurückkehren, mich einarbeiten und in den Alltag einleben, denn nach Rom und seinem goldenen Licht finde ich Paris trist und grau, eine Stadt voller Beamter, Bürokraten und Bürger, die sich alle sehr wichtig nehmen.

Raúl kommt mir zuvor, denn im September ist an der Universität noch kein Unterricht. Ich nehme ihm das Versprechen ab, das Geheimnis für sich zu behalten und vorerst kein Wort über meinen Roman zu verlieren. Ich bin mir bewußt, daß ihm das höchstwahrscheinlich nicht gelingt, denn ich kenne ihn zu der Zeit schon sehr gut und weiß, daß er manche Dinge nicht verhindern kann. Aber es macht mir nichts aus, weil ich ebenso weiß, daß André das Wunder nicht glauben wird, bis er es mit eigenen Augen gesehen hat.

Als er von seinem Treffen mit André nach Hause kommt, weiß ich, daß irgend etwas vorgefallen ist, aber ich kann mir nicht denken, was es sein soll. Raúl weicht meinem Blick aus, seine besonders nette Art grenzt an Unterwürfigkeit, er quasselt in einem fort, ohne mich zu Wort kommen zu lassen. Schließlich sage ich zu ihm: »Nicht wahr, du hast es ihm erzählt?« Da scheint auf einmal eine Spannung von ihm abzufallen, als hätte er die ganze Zeit die Luft angehalten und könnte nun endlich wieder frei atmen. Er ist erstaunt, daß ich nicht wütend geworden bin. Er lächelt mich an, umarmt mich. »Ich mache es wieder gut, versprochen«, sagt er zu mir. »Es gibt nichts wiedergutzumachen«, antworte ich ihm. Denn ich weiß noch nicht, was er getan hat.

~

Das mit dem Bett war keine Andeutung gewesen. Das begriff er endgültig, als er sich halb erdrückt von dem Gewicht einer monströsen Matratze auf dem Treppenabsatz stehend wiederfand, während Nadine die drei Türschlösser aufsperrte. Sie luden die Matratze mitten im Zimmer ab, und da kein anderes Licht als die spärliche Treppenhausbeleuchtung in die Wohnung fiel, holte Nadine aus der Küche eine Campinglampe und stellte sie auf den Boden. Dann gingen sie noch einmal hinunter, um den Bettaufsatz und den Lattenrost zu holen, und ein weiteres Mal für einen Haufen Zeug, das sie auch noch gleich gekauft hatte, da sie schon einmal über die Hilfe eines allem Anschein nach kräftigen Mannes verfügte. Bei ihrem letzten Gang holten sie auch die beiden Fotoalben und fünf Diamagazine, deren Beschaffung sie so große Mühe gekostet hatte.

Über eine Stunde waren sie durch das riesige Lager von GAJ geirrt und hatten sich so lange durchgefragt, bis sie auf den Mitarbeiter gestoßen waren, der die Möbel aus Nadines Wohnung abgeholt hatte; doch als sie die monströse Anrichte endlich gefunden hatten, in deren Schubladen die Fotos hätten sein müssen, stellten sie fest, daß irgendein geschäftstüchtiger Mitarbeiter sie bereits herausgenommen und wahrscheinlich in die Fotoabteilung gebracht hatte; und so war ihnen nichts anderes übriggeblieben, als stapelweise alte Fotoalben durchzusehen. Ohne Nadines gutes visuelles Gedächtnis, dank dessen sie die

Alben und Diamagazine ihres Onkels wiedererkannte, wären sie vielleicht nie fündig geworden.

Sie hatten sie einfach mitnehmen wollen, doch da mußten sie zu ihrer Überraschung erfahren, daß die Ware jetzt Eigentum der GAJ war und sie den üblichen Preis dafür bezahlen mußten: fünfzig Franc pro Album, dreißig pro Diamagazin.

Ari hatte diese weitere Ausgabe tapfer hingenommen und am Ende hundertfünfzig Franc als Paketpreis gezahlt, was nach den Worten des Langhaarigen, der sie bediente, ein echtes Schnäppchen war, ein Preisnachlaß, mit dem sie zufrieden sein sollten.

Als sie alles nach oben geschafft hatten, ließ sich Nadine auf die Matratze in der Plastikfolie fallen, und Ari legte sich auf das fleckige, durchgesessene Sofa.

»Ich bin fix und fertig«, sagte er.

»Kein Wunder, wenn Sie den lieben langen Tag in Bibliotheken und Archiven herumsitzen, sind Sie nach der geringsten körperlichen Anstrengung am Ende. Aber für einen Mann in Ihrem Alter ist es schon eine Schande, so schlecht in Form zu sein.«

»Ich bin zweiundvierzig«, protestierte Ari, als erklärte das alles.

»Und ich sechsunddreißig. Ich habe genausoviel geschleppt wie Sie und fühle mich, als könnte ich Bäume ausreißen.«

»Ich nicht. Ich bin höchstens noch in der Lage, irgendwohin auf ein Bier und ein Sandwich zu gehen, und dann falle ich ins Bett.«

»Sind Sie nicht neugierig auf die Fotos? Um Dias zu gucken, ist das Licht zu schlecht, und es gibt auch noch keinen Strom, aber wir können die Fotos anschauen, wir brauchen nur näher an die Lampe zu rücken ...«

Trotz der Müdigkeit spürte Ari den Kitzel der Neugierde. Sie holte die Lampe heran, und er griff nach den beiden Alben.

Dann setzten sie sich auf den Matratzenrand, und Nadine legte sich eines der Alben auf die übergeschlagenen Beine.

»Tatarata!« rief sie. »Die Vorstellung beginnt!«

Auf dem ersten Foto war ein junger Mann vor einer Tür zu sehen, vielleicht war es vor dem Haus, in dem sie sich befanden. Darunter stand: »Endlich frei! Mai 1966.« Er trug einen Beatles-Haarschnitt und eine Uniformjacke, wie sie damals Mode war, und darunter ein Hemd mit psychedelischem Muster, dessen tausend Farben auf dem Schwarzweiß-Foto nicht zur Geltung kamen.

»Das ist Armand mit ... zwanzig, ungefähr«, erläuterte Nadine. »Das Foto muß entstanden sein, als er bei den Großeltern ausgezogen war. Er sah richtig gut aus, nicht? Abgesehen von dem Haarschnitt und den Klamotten ... aber das war damals Mode.«

Sie blätterten weiter und sahen sich die jungen Gesichter an, auf irgendwelchen Festen, auf Gruppenbildern, auf denen sich jeder bewußt war, daß er für die Nachwelt festgehalten wurde: Ari hielt nach dem jungen Raúl Ausschau, Nadine nach irgendeinem bekannten Gesicht. Sie schritten in der Zeit voran: 1969, 1971, 1973 ...

Auf einigen Fotos war Armand mit seinem Saxophon zu sehen, wie er allein oder in einer Band spielte. Mittlerweile reichten die Haare bis zu den Schultern, und seine Gesichtszüge hatten die jungenhafte Weichheit eingebüßt und waren männlicher, kantiger geworden. Nadine hatte recht, Armand war ein sehr attraktiver Mann gewesen.

»Jammerschade«, bemerkte sie. »Ich kenne niemanden.«

Auf einem Farbfoto war Armand mit blauer Nickelbrille, Lederjacke und Peace-Anstecker zu sehen, er machte mit der linken Hand das Peace-Zeichen, während er mit der rechten ein Mädchen mit langen roten Locken in einem blauen bestickten Hippiekleid umarmte; sie trug eine randlose Brille mit rosafarbenen Gläsern und grinste aggressiv in die Kamera. Unter dem Foto stand: »Mandy und ich auf Ibiza. Frühling 1971«.

Also war Mandy, deren Telefonnummer Armand bis ins Jahr 1980 von Kalender zu Kalender übertragen hatte, eine Frau und nicht ein Mann, wie er vermutet hatte.

Dann folgten einige Gruppenfotos: Auf manchen waren die Leute wie eine Fußballmannschaft ordentlich in zwei Reihen aufgestellt; auf anderen sah man Jugendliche in irgendeinem Park halbnackt auf der Wiese sitzen, wild durcheinander, als wäre es ein Foto von den Dreharbeiten zu *Hair*.

»Das müssen wunderbare Jahre gewesen sein«, bemerkte Nadine träumerisch.

»Ich weiß nicht. Ich war damals mitten in der Pubertät, natürlich wäre ich am liebsten zum Isle of Wight Festival oder mit meiner Clique nach Ibiza gefahren, aber ich war noch zu jung, also blieb mir nichts anderes übrig, als Platten zu kaufen und zu träumen.«

»Spielen Sie ein Instrument?«

»Gitarre, aber ziemlich schlecht. Und Sie?«

»Damals, als ich viel mit Armand zusammen war, habe ich mit Saxophon angefangen, aber eigentlich nur, um meine Eltern zu ärgern, Talent hatte ich nicht. Irgendwann wurde es mir zu langweilig, und ich habe wieder aufgehört.«

»Spielte Armand gut?«

»Ja. Sehr gut sogar. Leider hatte er überhaupt keine Disziplin und Verantwortungsbewußtsein schon gar nicht. Wenn er einer Band zugesagt hatte, konnte es passieren, daß er am Abend vor dem Konzert betrunken ins Bett fiel und den ganzen nächsten Tag durchschlief; er vergaß einfach, daß er zu einer bestimmten Uhrzeit im Club erscheinen mußte. Die meisten Musiker warfen ihn irgendwann raus. Überhaupt war er alles andere als verläßlich: Er hatte nie eine feste Arbeit, seine Beziehungen waren immer gleich wieder vorbei, er begeisterte sich ein paar Wochen lang für irgendwas und ließ es einfach wieder fallen. Ich glaube, das Saxophon war das einzige, was seinem Leben Halt gab. Es ist tatsächlich das einzige, das ich mich nicht getraut habe zu verkaufen, obwohl ich nichts damit anfangen kann.«

Ari rieb sich die Augen: »Hören wir für heute auf. Morgen bei Tageslicht werde ich die restlichen Fotos ansehen, und wenn ich auf einem Raúl entdecke, frage ich Sie, ob Sie noch jemanden darauf erkennen. Darf ich die Alben mitnehmen?«

»Es sind Ihre. Sie haben sie bezahlt. Wissen Sie das nicht mehr? Ihre Forschung muß Sie ganz schön teuer kommen. Zuerst die Bücher, dann die Fotos ...«

»Machen Sie sich keine Sorgen, ich habe ein ordentliches Budget. Ich kann sogar eine Gesprächspartnerin zum Abendessen einladen.«

Sie stand auf, streckte sich und nahm die Lampe, um sie in die Küche zurückzubringen.

»Gern. Wenn Sie wollen, gehen wir in eines von Armands Lieblingsrestaurants. Es ist ganz in der Nähe. Das *L'Abbaye*.«

»Nein, um Himmels willen!«

»Sie kennen es?« fragte Nadine und drehte sich mit einem feinen Lächeln zu ihm um. Die Lampe warf auf einen Teil ihres Gesichts einen gelblichen Schein, der Rest blieb im Schatten; es sah aus wie ein Gemälde von Caravaggio. Er hätte sie stundenlang ansehen können, doch sie wartete auf seine Antwort.

»Ich war erst vor kurzem mit Freunden dort, und ich glaube, fürs erste habe ich genug von Lamm.«

»Dann gehen wir ins *La Ferme Saint-Germain*. Einfache Küche und günstig. Ich kann Sie hinterher nach Hause fahren.«

Endlich war Amanda in ihrem provokanten weißen Minirock zum Tennisspielen abgerauscht, nachdem sie ihn erneut ermahnt hatte, mit Faulenzen aufzuhören und, verdammt noch mal, endlich den Artikel für *Combate* zu schreiben. Das Mittagessen mit den Whitmores hatte sich elendig in die Länge gezogen, auch wenn Amanda und der englische Verleger zum Glück fast die ganze Zeit geredet hatten, was es ihm erlaubt hatte, sich in künstlerisches Schweigen zu hüllen und nur gelegentlich ein Grunzen oder Lächeln beizusteuern oder die eine oder andere belanglose Bemerkung an Frau Whitmore zu richten, die sich ebenso langweilte wie er und nur darauf zu warten schien, daß sie sich endlich auf ihr Zimmer zurückziehen konnte.

Mit ein wenig Glück hatte er nun zwei Stunden zu seiner freien Verfügung, in denen er sich dem Nichtstun widmen und sich nicht darum scheren wollte, was Amanda sagen würde, wenn sie bei ihrer Rückkehr feststellen müßte, daß er den Artikel immer noch nicht zu Papier gebracht hatte. Aber er war jetzt einfach nicht in der Lage, sich zu konzentrieren: Amelia würde jeden Moment kommen, und er mußte über wichtigere Dinge nachdenken. Er hatte beschlossen, Hauteclaire sein Herz auszuschütten und die Karten offen auf den Tisch zu legen. Bestimmt wußte sie eine Lösung. Sie würde ihn retten. Er hatte zwar keine Ahnung, wie sie es anstellen sollten, aber er war sich sicher, daß noch an diesem Abend alles eine gute Wendung nehmen würde.

Er hätte gern geduscht, aber wenn Amelia ausgerechnet in dem Augenblick käme, wenn er im Bad war, müßte er sie warten lassen. Amanda war auf keinen Fall länger als zwei Stunden weg, und bis dahin mußte die Entscheidung getroffen sein. Er überlegte kurz, ob er nicht den Koffer packen und gleich mit Amelia weggehen sollte, aber in seinem unerschütterlichen Optimismus kam ihm noch eine viel bessere Idee: Es wäre doch viel besser, wenn Amanda die Koffer packen müßte, dann könnte er die restliche Woche noch hierbleiben, mit Hauteclaire, der einzigen Frau auf der Welt, die ihn verstand und bestimmt wußte, wie sie ihm helfen konnte.

Wie ein Gefangener, der auf sein Urteil wartet, schritt er im Zimmer auf und ab. Er war so nervös, daß an Hinsetzen und Lesen nicht zu denken war, und die Hitze war an diesem Augustnachmittag so drückend, daß ihm am ganzen Körper der Schweiß herunterrann. Die Klimaanlage des Hotels funktionierte immer noch nicht, obwohl man ihnen versprochen hatte, sie noch am selben Nachmittag zu reparieren. Jedesmal wenn er einen Motor hörte, trat er ans Fenster und spähte aus seinem Versteck hinter der weißen Gardine hinaus. Beim ersten Mal sah er einen blauen Seat ankommen, am Steuer saß ein junger Mann im weißen *guayabera*-Hemd, der im Vorbeigehen das Verdeck von Amandas Mietauto tätschelte und dabei in sich hineinlächelte. Raúl ließ die Gardine los und ging wieder im Zimmer auf und ab. Warum brauchte Amelia so lange? War sie nicht schon in Palma gewesen, als sie ihn während des Frühstücks angerufen hatte? Oder hatte sie ihm gesagt, sie breche gerade nach Palma auf? Er erinnerte sich nicht mehr genau. Er wußte nur noch, wie erleichtert er gewesen war zu erfahren, daß sie bereits in der Nähe war und bald bei ihm sein würde. Aber sie war noch immer nicht da. Und wenn sie eine Reifenpanne hatte? Oder einen Unfall? Aber nein, Amelia war eine gute Autofahrerin und außerdem die einzige Frau, die er kannte, die etwas von Technik verstand, die einen Wagen in die Werkstatt fahren und in einem viertelstündigen Gespräch dem Mechaniker genau erklären konnte, was mit dem Auto nicht in Ordnung war und wie sie sich die Reparatur vorstellte. Doch das tat sie nur bei größeren Schäden, kleine Pannen behob sie selbst. Einen Reifen zu wechseln würde sie keine zehn Minuten kosten, nicht mit eingerechnet, daß sie anschließend bestimmt in eine Werkstatt fahren und den platten Reifen richten lassen würde, um wieder ein einsatzfähiges Reserverad zu haben. Jetzt ärgerte ihn ihre Verspätung, doch er wußte, daß man sich auf Amelia blind verlassen konnte. Sie war eine Frohnatur, genauso närrisch nach Festen und Freunden wie er, aber in den kleinen Dingen des Alltags unglaublich zuverlässig und praktisch. Amelia vergaß nie, eine Rechnung zu bezahlen oder rechtzeitig ihre Steuererklärung abzugeben, und wenn ein Wasserhahn defekt war oder das Fernsehbild Streifen bekam, griff sie sofort zum Telefonhörer. Das alles erledigte sie mit links, und so hatte sie immer eine Hand für die genüßlichen Seiten des Lebens frei: Sie kochte gern für Freunde, organisierte Feste und Veranstaltungen, plante Ausflüge, kaufte Geburtstagsgeschenke, verpaßte nie eine Theaterpremiere oder das Debüt eines Musikers, der sie interessierte, oder die Vernissage eines befreundeten Malers ... ganz anders als Amanda, die sich mit verbissener Miene durch den Alltag schlug und ihm unentwegt vorhielt, was sie alles für ihn tat; Amelia hingegen erledigte alles mit einem Lächeln, als sei es nicht der Rede wert, und genoß dafür mit ihm zusammen die schönen Seiten des Lebens.

Wieder hörte er einen Motor und lugte hinter der Gardine hervor aus dem Fenster. Diesmal war es ein gelber Seat 600, was ihn innehalten ließ, denn das Auto war perfekt für Amelia.

Der Wagen parkte nun nicht weit von dem Cabrio, auf das Amanda bei der Autovermietung bestanden hatte, doch niemand stieg aus. Also war sie es doch nicht. Spanien war voll von diesen kleinen olivenrunden Autos: Bestandteil des Wirtschaftswunders unter Franco, wie er irgendwo aufgeschnappt hatte. Alle Spanier sollten ihren Seat 600 und ihr kleines Grundstück haben.

Da ging die Wagentür auf, und er tat fast einen Freudenschrei. Sie war es.

Sie trug ein Sommerkleid, das genauso gelb wie das Auto

war, vielleicht ein bißchen heller, und eine große Sonnenbrille. Er beobachtete, wie sie hochsah und die Hotelfenster absuchte, als wollte sie erraten, welches das seine war, und auf einmal war er glücklich. Er hatte sie schon so lange nicht mehr gesehen, und jetzt hatte er sogar die Gelegenheit, sie unbemerkt beobachten zu können. Sie hatte sehr stark abgenommen, war aber immer noch eine attraktive, temperamentvolle Frau, deren positive Energie jeden in ihrer Nähe ansteckte. Beinahe lachte er vor Freude.

Er zog die Gardine zu, nahm das weiße Sweatshirt, das er über die Stuhllehne gehängt hatte, hielt dann jedoch inne – dafür war es viel zu heiß. Also nahm er ein leichtes kurzärmliges Hemd aus dem Kleiderschrank, zog es an, und noch bevor er es fertig zugeknöpft hatte, ging er zurück ans Fenster.

Zuerst dachte er, Amelia wäre ins Hotel gegangen, weil er sie nicht mehr neben ihrem Auto stehen sah, doch dann bemerkte er, daß sie neben Amandas Cabrio kniete. Was zum Teufel machte sie da? Sie hatte irgendein Werkzeug in der Hand und streckte sich, als wolle sie unter dem Chassis irgend etwas hervorholen.

Ein Schauder lief ihm über den Rücken. Was sollte das? Warum hörte sie nicht mit dem Unsinn auf und kam ihn abholen? Was um alles in der Welt hatte sie dort unten verloren?

In dem Augenblick klingelte das Telefon, so daß er wohl oder übel seinen Beobachtungsposten verlassen und den Hörer abheben mußte. Vielleicht hatte er sich geirrt, und die Person, die neben dem Wagen kniete, war doch jemand anderes. Falls jemand von der Rezeption anrief, wollte man ihm sicher ihren Besuch ankündigen.

»Ja?«

»Herr de la Torre, Ihre Ehefrau hat mich gebeten, Sie um Viertel vor drei anzurufen, für den Fall, daß Sie sich hingelegt haben. Sie hat mir eine Nachricht für Sie hinterlassen: ›Denk daran, daß du den Artikel abgeben mußt, du hast es ihnen versprochen.‹«

Raúl knirschte mit den Zähnen. »Ist das alles?«

»Ja, mein Herr. Sie müssen entschuldigen. Ich habe nur meinen Auftrag erfüllt.«

»Ja, natürlich. Ich danke Ihnen.«

Er hätte Amanda erwürgen können. Ihn so vor dem gesamten Hotelpersonal lächerlich zu machen!

Er hörte fast gleichzeitig zwei Motoren, was ihn zurück ans Fenster lockte. Der blaue Seat verließ gerade den Parkplatz, gefolgt von Amanda in dem Cabrio, und ein paar Sekunden später fuhr Amelias gelber 600 hinterher. Waren die alle verrückt geworden? Wieso war Amanda immer noch hier gewesen, wenn sie doch vor einer halben Stunde gegangen war? Warum fuhr sie hinter dem Mann in dem blauen Seat her, und – was noch seltsamer war – warum folgte Amelia den beiden? Ob sich die beiden Frauen vielleicht während seines Telefonats mit der Rezeption auf dem Parkplatz getroffen und beschlossen hatten, irgendwohin zu fahren, um ungestört reden zu können? Und was hatte Amelia unter dem Cabrio zu suchen gehabt?

Er würde noch verrückt werden, wenn er weiter wie ein Tintenfisch an der Scheibe festklebte, darum beschloß er, an irgendeinen schattigen Ort zu gehen, wo er durchatmen konnte. Unter dem, wie er sich einbildete, tadelnden Blick des Rezeptionsangestellten trat er durch die rückwärtige Tür hinaus in den Garten.

~

Mit einem zufriedenen Seufzer räumte Ari das letzte Diamagazin weg: Es hatte sich gelohnt. Er hatte keine weltbewegende Entdeckung gemacht, aber immerhin nun den Beweis, daß Armand und Raúl wenigstens eine Zeitlang befreundet gewesen waren; und alles sprach dafür, daß er diese Spur nur weiterzuverfolgen brauchte und irgendwann schon mehr über diese seltsame Aimée herausfinden würde, denn offenbar hatte auch sie Armands Kreisen angehört. Ihm war eingefallen, daß Aimée ein Künstlername sein konnte; aber das konnte er erst im Gespräch mit Aline oder Maurice herausfinden, wenn es dazu überhaupt kommen sollte.

Vorerst hatte er ein Foto aus dem Jahr 1976 – nach der Kleidung zu schätzen, ein Frühlingsbild –, auf dem Armand und Raúl in einem Zimmer, vielleicht dem Wohnzimmer in der Rue Bonaparte, zu sehen waren. Armand stand seitlich und spielte Saxophon, Raúl saß weiter vorn an einem Tisch mit Schreibmaschine in Denkerpose. Unter dem Bild stand: »Das perfekte Paar: die Musik und die Dichtung.« Im Hintergrund stand ein Regal voller Platten und mit ein paar Büchern, und auf der rechten Seite prangte ein großformatiges Bild von Louis Armstrong, als wollte er mit den beiden ein Trio bilden.

Er mußte das Foto unbedingt Amelia zeigen und sie fragen, ob es nicht vielleicht in ihrer und Raúls Wohnung in der Rue de Belleville aufgenommen worden war: Raúls Bewunderung für Satchmo war allgemein bekannt, darum war es gut möglich, daß das Foto nicht in Armands, sondern in Raúls Wohnung entstanden war. Auf jeden Fall würde er das Foto in den Bildteil seines Buchs aufnehmen: Es war eines der wenigen, dessen Abdrucksrecht er nicht von einem Archiv zu einem Wucherpreis kaufen oder von seinem Besitzer erbetteln mußte.

Es gab auch noch ein Gruppenfoto, auf dem hinten links der stehende Raúl zu erkennen war, den Arm um Armands Schulter gelegt und umgeben von Leuten, die Ari nicht kannte und die alle dumm in die Kamera schauten.

Armand mußte ziemlich groß gewesen sein, denn Raúl hatte eins neunzig gemessen und ihre Köpfe befanden sich fast auf gleicher Höhe. Auch dieses Foto wollte er bei Amelia, André,

Nadine und etwaigen anderen Gesprächspartnern herumzeigen: Vielleicht hatte er Glück, und jemand erkannte irgendwen aus der Gruppe.

Er hatte noch einen anderen Beweis für die Freundschaft zwischen den beiden Männern gefunden, den er fürs erste niemandem zeigen wollte. Es handelte sich um ein Dia, auf dem Armand und Raúl zu sehen waren, wie sie strahlend lächelnd und die Arme auf die Schultern gelegt auf dem mit Tauben bedeckten Markusplatz in Venedig standen. Das ganze Magazin war voller Venedigfotos mit den üblichen Motiven: San Marco, Santa Maria della Salute, San Giorgio, Rialtobrücke, Seufzerbrücke, Dogenpalast, aber ohne posierende Menschen davor. Nur dieses Foto verriet, daß die beiden Männer zusammen in Venedig gewesen waren. Er hatte weder auf den Diarahmen noch auf dem Magazin ein Datum gefunden, schloß aber aus dem Aussehen der beiden, daß die Reise im selben Frühjahr '76 stattgefunden haben mußte.

Er mußte herausfinden, was Raúl nach Venedig geführt hatte, schließlich fand diese Reise in keiner Erzählung, in keinem Roman und auch nicht in seinen *Arbeitstagebüchern* Erwähnung.

Ari packte den Projektor, die Alben und die Magazine zusammen, verschränkte die Hände hinter dem Kopf und lehnte sich, den Blick zur Decke gerichtet, zurück: Er freute sich über seinen Rechercheerfolg, spürte aber gleichzeitig die Absurdität des Ganzen. Wenn er so weitermachte, würde das alles zu einer Endlosgeschichte werden, er würde sich bei seiner Jagd nach Fakten verzetteln und immer noch kleineren Hinweisen Beachtung schenken, selbst wenn diese vielleicht gar nicht in die Biographie aufgenommen zu werden lohnten oder höchstens ein paar Zeilen oder eine Fußnote hergaben. Etwa: »Im Frühjahr 1976 freundete sich Raúl de la Torre mit dem Saxophonisten Armand Laroche an und fand über ihn Kontakt zur damaligen Pariser Jazzszene, vermutlich im Frühsommer unternahmen sie eine gemeinsame Venedigreise.« Und weiter? Interessant wäre allenfalls eine Anmerkung wie: »Über Laroche lernte Raúl eine gewisse Aimée kennen, der er in eine Erstausgabe seines zweiten Romans eine glühende Widmung schrieb, kurze Zeit später wurde sie seine...« Was eigentlich? »... seine zweite Frau«, würde einen Sinn ergeben; oder wenn sie ihn in irgendeine Sekte oder ein Geheimnis hineingezogen hätte. Aber so... Was wußte er schon über Aimées Bedeutung für Raúl, über diese Erfahrung oder Enthüllung, die sie ihm offenbart hatte? Irgend jemand mußte es wissen. Es war ausgeschlossen, daß eine Erfahrung, wie diese Widmung sie deutlich machte, von allen unbemerkt geblieben war. Selbst wenn Raúl seinen Freunden nichts davon erzählt haben sollte, vielleicht hatte sie es getan; wenn sie allerdings dieses Buch mit der Widmung in Armands Wohnung stehengelassen hatte, hieß das, daß es ihr nicht viel bedeutete, und in dem Fall war es leider doch denkbar, daß sie niemandem davon berichtet hatte und er nie etwas herausfinden würde.

Sein Versagen würde natürlich niemand bemerken. Im Jahr 1976 gab es genug wichtige Ereignisse in Raúls Leben, als daß es irgendwem auffiele, wenn Aimée unerwähnt blieb, zumal bislang niemand auf sie aufmerksam geworden war. Niemand würde ihm vorwerfen, seine Forschungen wären fruchtlos geblieben. Trotzdem gab er sich nicht zufrieden, irgendwie spürte er, daß er mit ein bißchen Anstrengung etwas entdecken könnte, von dem niemand etwas ahnte, etwas, das viel aussagen würde über Raúls Charakter, sein Leben, seinen wenige Monate später verkündeten Entschluß, Amelia zu verlassen.

KAPITEL

4

Mehrere Tage hatte er nichts von Amelia gehört, als sie ihn anrief und zu einem Spaziergang durch den Jardin du Luxembourg einlud. Im ersten Moment kam ihm ihr Vorschlag ungelegen, denn er hatte sich gerade dazu durchgerungen, mit dem Schreiben des ersten Kapitels zu beginnen, wenn auch nicht in der chronologischen Reihenfolge: Anstatt vorn zu beginnen, hatte er beschlossen, sich als erstes Raúls Ankunft in Paris vorzunehmen. Schließlich wollte er es ausnutzen, daß er vor Ort war und die Schauplätze besuchen konnte, die Sehenswürdigkeiten und einige Lokale, die Raúl als jungen Mann beeindruckt hatten, in einer Zeit, als er noch keine genaue Vorstellung gehabt hatte, was er einmal werden wollte. Aber eine Einladung Amelias konnte er schlecht ausschlagen, und so legte er die gerade erst begonnene Arbeit zur Seite zugunsten eines Spaziergangs im Park, und vielleicht würde er nicht ganz umsonst frieren und seiner Informationsquelle Nummer eins wieder irgend etwas entlocken können. Eigentlich war sie seine einzige Informationsquelle, denn keiner der Laqueurs hatte sich bei ihm gemeldet, und es waren noch zwei Wochen, bis Aline aus dem Urlaub zurück sein würde.

Er steckte die Fotos in den Rucksack und schrieb sich für alle Fälle ein paar Fragen auf, die ihn derzeit besonders beschäftigten: Wer war Aimée? In welcher Beziehung standen Aimée und Armand zueinander? Wann und warum war Raúl nach Venedig gereist? Warum stand Amelias Telefonnummer in Armands Kalender? Warum heiratete Raúl Amanda? Wie lernte er Hervé kennen? Wie starb er?

Er hätte die Liste noch weiterführen können, aber zunächst waren die ersten Fragen wichtig, um das Kapitel über das Jahr 1979 überhaupt abschließen zu können; und die Antworten auf die beiden letzten Fragen waren unverzichtbar, um die letzten Jahre von Raúls Leben beleuchten zu können, ein Thema, dem er sich überhaupt noch nicht genähert hatte.

Es war ein kalter, aber sonniger Tag, und an dem Teich im Park hielten sich Dutzende Kinder auf, die unter der Aufsicht ihrer Mütter oder Kindermädchen aller erdenklichen Herkunftsländer Bötchen schwimmen ließen. Amelia saß ein Stück abseits auf einer Bank und betrachtete durch ihre dunkle Sonnenbrille mit leicht verzogenem Mund die Szene.

»Der Anblick scheint Sie nicht besonders zu erfreuen«, bemerkte Ari, nachdem sie sich begrüßt hatten.

»Ich hatte für solch idyllische Szenen häuslichen Glücks noch nie viel übrig, aber Raúl kam oft hierher, um den Kindern zuzusehen. Ich dachte, Sie würden gern seine Wege nachgehen.«

»Raúl mochte Kinder?«

»Theoretisch ja.«

»Wollen Sie mir das erklären, oder muß ich wieder Rätsel raten?«

Auf ihrem Gesicht erschien kurz ein Lächeln, das sogleich wieder verschwand: »Raúl war selbst ein großes Kind, und wie jeder Mensch fühlte er sich zu seinesgleichen hingezogen. Er verstand sich mit Kindern gut: Für sie war er so eine Art Lieblingsonkel. Es dauerte keine fünf Minuten, schon himmelten sie ihn an und rückten ihm nicht mehr von der Pelle, aber wenn wir nach einem Nachmittag mit Freunden und deren Kindern nach Hause kamen, sagte er immer: ›Wie gut, daß wir sie nicht mitnehmen müssen.‹«

»Und Sie mögen Kinder nicht?«

»Um ehrlich zu sein, nicht besonders. Sie lenken einen nur ab.«

»Aber Sie haben zweiunddreißig Kinderbücher geschrieben.«

»Weil ich nicht eigentlich für Kinder schreibe, sondern für Menschen, die noch nicht erwachsen sind und die noch keine Rechte haben. Das ist ein großer Unterschied. Ich habe nicht das Anliegen, sie zu erziehen oder ihnen irgendeine Moral einzutrichtern. Ich nehme an, Sie haben keines unserer Bücher gelesen, aber wenn Sie es irgendwann nachholen, werden Sie sehen, daß sie alle von Macht und dem Fehlen von Macht handeln. In meinen Texten versuche ich, die Kinder für ihre Ohnmacht zu entschädigen, mit lustigen und unglaublichen Geschichten, in denen zur Abwechslung sie das Sagen haben. In diesem Sinn identifiziere ich mich mit ihnen.«

»Sie?« Er war aufrichtig überrascht. »Ich glaube, ich habe noch nie eine so starke und unabhängige Frau wie Sie kennengelernt.«

»Das war kein leichter Weg für mich. Mein ganzes Leben lang bin ich von Männern abhängig gewesen: von meinem Vater, von Raúl, John, André und gewissermaßen... von Raúls Geist.«

»Von seinem Geist?«

Ari machte ein Gesicht, daß sie lachen mußte: »Keine Sorge, ich bin nicht verrückt, und ich sehe auch keine Gespenster. Ich wollte nur sagen, wenn jemand, der unser Leben geprägt hat, stirbt, bedeutet das nicht, daß dieser Jemand auf einmal keinen Einfluß mehr auf uns ausübt. Irgend etwas bleibt: die Erinnerung, wenn Sie es so nennen wollen, seine Aura, sein Geist, seine Ausstrahlung... was auch immer. Ich hatte mich schon fast von ihm befreit, doch dann kamen Sie mit Ihren Fragen, und alles fing wieder an.«

»Das tut mir leid«, murmelte Ari.

»Von wegen! Erzählen Sie mir doch nichts! Wenn Sie könnten, würden Sie mich wie eine Zitrone auspressen, um auch ja alles aus mir herauszuquetschen. Das sehe ich Ihrer schuldbewußten Miene doch an. Was wollen Sie heute wissen?«

Ari wollte schon sein Notizheft herausziehen, ließ es dann aber bleiben, weil er sich auf einmal wie Inspector Columbo vorkam, der immer etwas herauszufinden vorgab, was er schon längst wußte.

»Vieles. Zum Beispiel, warum Sie keine Kinder hatten, wenn wir schon beim Thema sind.«

»Raúl war nach einer verschleppten Mumpserkrankung unfruchtbar. Manchmal machte ihn das traurig. Mir hat es nie etwas ausgemacht. Kommen Sie, bewegen wir uns ein bißchen, mir ist trotz der Sonne eiskalt.«

»Aber ...«, begann Ari und nutzte es aus, daß sie gerade aufstanden und er ihr deshalb nicht ins Gesicht sehen mußte, »also ... aber ihre Beziehung war ... normal?«

»Manchmal könnte man meinen, Sie wären eine Romanfigur aus dem neunzehnten Jahrhundert. Sie wollen wissen, ob wir gefickt haben?«

Ari spürte, wie er rot wurde. In seiner Verlegenheit zog er ein Taschentuch heraus und tat so, als müßte er sich schneuzen.

»Sicher. Auch wenn Sie das verwundert, unsere sexuelle Beziehung war für beide Seiten befriedigend. Zugegeben, sie war vielleicht nicht unbedingt konventionell. Wie alle Paare trieben wir unsere Spielchen, hatten unsere Vorlieben und Phantasien, aber wenn Raúl zeugungsfähig gewesen wäre, hätten wir sicher Kinder gehabt. Er wäre nicht der erste Homosexuelle, der verheiratet ist und Kinder hat.«

»Nein ... natürlich nicht.«

»Außerdem war ich schon immer der Ansicht, daß der zivilisierte Mensch bisexuell ist, und zwar genau aus dem Grund, daß wir uns dem sexuellen Spiel nicht der Fortpflanzung wegen hingeben, sondern aus reinem Spieltrieb. Wenn jemand mit einem oder einer ins Bett geht, sucht er Lust, und Lust bedeutet Hautkontakt, Wärme, Feuchtigkeit ... unabhängig davon, was die Natur einem zwischen die Beine plaziert hat. Finden Sie nicht?« Sie sah ihn an und bemerkte seine Verwirrung. »Nicht. Offenbar finden Sie das nicht. Schockiert Sie das?«

Ari schüttelte den Kopf, wenn auch nicht sehr überzeugend. Doch sie redete einfach weiter: »André hat mir schon gesagt, daß Sie ein unverbesserlicher Hetero sind. Aber das kümmert mich nicht. Ich versuche nur, Ihnen meine Sichtweise zu erklären.«

»Aber wenn das so ist, dürfte Sie doch Raúls Coming-out nicht überrascht haben.«

»Ich war von allen am meisten überrascht; Raúl war in diesem Punkt nämlich nie mit mir einer Meinung gewesen. Das war damals auch eher eine ideologische Frage; in die Praxis umgesetzt habe ich das höchstens mal auf irgendeinem Fest, wenn in den frühen Morgenstunden niemand mehr so recht zurechnungsfähig war. Raúl fand meine kleinen Abenteuer amüsant, aber er war nie bereit, es mir gleichzutun, soweit ich weiß jedenfalls.«

»Auch nicht mit Frauen?«

»Jetzt kommen Sie mir schon wieder damit! Ich habe Ihnen doch gesagt, daß Raúl treu gewesen ist; so war er erzogen, und er war auch davon überzeugt. Außerdem hat er sich so viele Probleme erspart. Sie sehen doch, in dem Moment, als eine andere Frau in sein Leben trat, trennte er sich von mir und heiratete sie. Das ging alles ganz rechtmäßig zu.«

»Amelia, warum hat er Amanda geheiratet?«

Sie seufzte tief, dann ging sie weiter und hielt das Gesicht mit hinter der Sonnenbrille geschlossenen Augen in die Sonne.

»Das habe ich nie verstanden. Vielleicht kommen Sie dahinter. Es ist eine dieser Fragen, auf die ich nie eine Antwort gefunden habe.«

»Sagt Ihnen der Name Aimée wirklich nichts?«

»Überhaupt nichts. Sollte er?«

»Er stand in Armands Kalender, auf derselben Seite wie Ihre Telefonnummer mit Ihrem Namen auf Französisch: Amélie«, log Ari, um die Widmung nicht erneut zur Sprache bringen zu müssen.

»Ich kann mir nicht erklären, warum dieser Armand sich meine Telefonnummer aufgeschrieben hat, wir sind nie befreundet gewesen. Ich weiß noch nicht einmal mehr, wie er ausgesehen hat.«

Für Ari bestand kein Zweifel, daß Amelia ihn angelogen hatte: Wahrscheinlich wollte sie auf diesen Armand nicht angesprochen werden, weil zwischen ihm und ihr einmal etwas gewesen war. André hatte ihm nämlich erzählt, daß sie in den siebziger Jahren eine ganze Reihe Liebhaber gehabt hatte. Vielleicht hatte er ihr wirklich etwas bedeutet, und sie wollte nicht über etwas reden, was sie noch immer schmerzte. Im Grunde war es auch egal, denn ihn interessierte Raúls Leben und nicht Amelias. Ohne weiter nachzufragen, zog er das Foto heraus: »Wollen Sie ihn sehen?« Es war das Foto von Raúl und Armand mit dem Saxophon und der Schreibmaschine. »Das ist Armand.«

Amelia nahm das Foto, setzte die Sonnenbrille ab und sah es sich lange an. Ihre Reaktion war überhaupt nicht die, die Ari erwartet hatte: »Was für ein Idiotengesicht Raúl hier macht! Ich kannte das Foto nicht, aber den Typ kenne ich tatsächlich irgendwoher.«

Amelias Hände blieben ganz ruhig, auch ihre Stimme zitterte nicht. Sollte Armand ihr einmal etwas bedeutet haben, war sie längst darüber hinweg.

»Können Sie mir sagen, wo es aufgenommen wurde? Bei Ihnen zu Hause?«

»Bei uns zu Hause nicht. Wir besaßen auch viele Schallplatten, aber sie standen unten im Regal. Und diese Schreibmaschine gehört auch nicht Raúl; er schrieb viele Jahre lang auf der alten Remington, die er von seinem Vater geerbt hatte, später hatte er eine Reiseschreibmaschine, eine grüne Brother, die wir zusammen gekauft hatten; meine war rot.«

Ari zeigte ihr das andere Foto: »Kennen Sie jemanden in dieser Gruppe?«

Dieses Mal brauchte Amelia noch länger; sie setzte sich in der fast kahlen Kastanienbaumallee auf eine Bank, um es sich in Ruhe anzusehen.

»Raúl, Armand, soweit ist es klar; der dort rechts dürfte Maurice sein, von dem wir letztens gesprochen haben, und die Frau in der ersten Reihe in der Mitte, auf deren Schulter Armands Hand liegt, ist Amanda. Die anderen kenne ich nicht.«

»Das ist Amanda?« fragte er überrascht.

Nach den Erzählungen derer, die sie kannten, hatte er sich Amanda als nordische Göttin vorgestellt. Doch das Foto zeigte eine Frau mit scharfkantigem Gesicht und kaltem Lächeln, deren lockige Haare sich wie eine Sandburg über ihrem Haupt türmten.

»So ist es.«

»Ich finde, sie hat überhaupt nichts Außergewöhnliches.«

»Ich auch nicht, aber ich fürchte, da sind wir in der Minderzahl. Die Männer vergötterten sie, schon ganz früh, als sie noch ein Hungerhaken war, mager und flach, nichts war an ihr dran außer ihrer roten Mähne.«

»Aber irgend etwas muß sie doch gehabt haben?«

Amelia zuckte mit den Schultern.

»Wahrscheinlich gab sie den von ihr erwählten Männern das Gefühl, wichtig zu sein. Aber das allein kann es nicht gewesen sein, denn auch die, die sie nicht kannten, drehten sich nach ihr um. Ich werde das, glaube ich, nie verstehen.«

»Hervé ist nicht auf dem Foto?« fragte Ari, als er merkte, daß sie nicht mehr sagen wollte.

Amelia suchte seinen Blick. Ohne die schützende Brille waren ihre Augen merkwürdig unschuldig und wäßrig: »Sie wissen ganz genau, daß Raúl Hervé erst zehn Jahre später kennenlernte. Damals war Hervé doch noch nicht einmal geboren, oder seine Mutter hat ihn im Kinderwagen hier in der Sonne herumgeschoben. Ach. Hören Sie nicht auf mich. Hervé muß damals acht oder neun gewesen sein.«

Die nun eintretende Stille nutzte Amelia, um sich die Sonnenbrille wieder aufzusetzen und die schwarzen Lederhandschuhe an ihren Händen straffzuziehen.

»Als Raúl sich in ihn verliebte, war Hervé zwanzig und er dreiundsechzig«, fügte sie sehr leise hinzu.

»Ich habe mir nie bewußt gemacht, daß er so viel älter war.«

»Raúl war ungefähr so alt, wie ich jetzt bin. Aber er sah nie so aus. Können Sie sich vorstellen, daß ich – so wie ich hier sitze – mit einem zwanzigjährigen Jüngelchen losziehe?« fragte sie nach einer Pause.

»Wollen Sie wirklich eine Antwort?«

Sie nickte.

»Nein«, sagte Ari sehr ernst.

»Danke.«

Wieder war ihr Gespräch in eine Sackgasse geraten, doch das hätte nicht zwangsweise zum Verstummen führen müssen, wenn Amelia sich dazu entschlossen hätte, ihre Gedanken auszusprechen.

»Ich lade Sie auf einen Kaffee ein«, sagte sie und stand auf. »Falls Sie es sich erlauben können, noch weiter Ihre Zeit mit mir zu vertrödeln.«

»Mich mit Ihnen zu unterhalten ist der produktivste Teil meiner Arbeit.«

»Was sagen Sie da. André hat mir erzählt, Sie hätten zu schreiben begonnen.«

Ari machte eine abwehrende Handbewegung.

»Ja, ich habe angefangen, aber nur, weil ich allmählich den Eindruck hatte, daß ich mich bei meinen Nachforschungen verzettle und mich immer mehr auf Kleinigkeiten versteife, die im Grunde unwichtig sind. Da dachte ich, wenn ich zu schreiben anfange, bekomme ich wieder einen besseren Überblick und erkenne, daß manche Dinge mich vielleicht persönlich interessieren, eigentlich aber Einzelheiten sind, die mich nur aufhalten.«

»Das scheint mir eine richtige Entscheidung zu sein, obwohl natürlich gerade diese Einzelheiten, die Summe aller Einzelheiten, ein Leben ausmachen.«

»Mochte Raúl Venedig?«

»Da wir gerade über Einzelheiten sprechen ...«, sie lachte sanft. »Nein. Eigentlich keiner von uns beiden. Wir waren nur einmal dort, in der Zeit, als wir in Rom lebten, aber wir fanden beide, daß die Stadt sehr überbewertet wird. Der touristische Teil trieft vor Kitsch, und der Rest ist ziemlich heruntergekommen. Wir wollten nie wieder dorthin, denn von Venedig zu träumen ist viel schöner, als dort zu sein. Wie bei fast allem im Leben.«

»Das hieße, daß meine Idee zu dem Buch viel schöner ist als das Buch selbst, das ich nächstes Jahr um diese Zeit beendet haben werde.«

»Dessen können Sie sicher sein.«

»Geht es Ihnen mit allen Ihren Büchern so?«

»Außer mit einem«, sagte sie unüberlegt und biß sich auf die Lippen, denn fast wäre ihr herausgerutscht, daß es ihr mit ihrem römischen Roman nicht so ergangen sei, daß dabei der Traum vom ersten bis zum letzten Wort mit dem Buch eins gewesen sei. Aber das brauchte er nicht zu wissen.

»Mit welchem?«

»Das ist unwichtig. Sie kennen die Bücher doch gar nicht. Wollen wir hier hineingehen?« fragte sie und zeigte auf ein Café, das die ganze Ecke der Straße hinauf zum Panthéon einnahm.

Sie betraten das Lokal, und nach der eisigen Kälte draußen empfanden sie es drinnen als viel zu heiß, als wären sie in eine Sauna geraten. Amelias Brille beschlug sofort, so daß sie einige Sekunden lang nichts sah.

~

Als sie die Augen öffnete, war ihr im ersten Moment beklommen zumute, und sie begriff erst langsam, wo sie sich befand. Vor sich sah sie die wie aus schwarzem Tonpapier ausgeschnittenen Silhouetten von Pinienbäumen vor einem pfirsichfarbenen Himmel, an dem der erste Stern aufgegangen war, funkelnd wie der Stern von Bethlehem, nur ohne Schweif.

Sie fühlte sich wie gerädert, und die Augen brannten ihr; sie hatte eine trockene Kehle und spröde Lippen, als hätte sie in der prallen Sonne eine Wüste durchquert; noch dazu hatte sie Kopfschmerzen, dieses typische Pochen in den Schläfen, das sich mit jeder Bewegung in stechenden Schmerz verwandelt. Sie befand sich auf Mallorca und war im Auto eingeschlafen, in dem winzigen Seat 600, den sie gemietet hatte, um Raúl zu Hilfe zu eilen.

Sie versuchte auszusteigen, um die Beine zu strecken, doch sie konnte sich nur ganz behutsam bewegen, da das rechte Bein stundenlang in dem beengten Raum eingequetscht gewesen und eingeschlafen war. Als sie den Wagen endlich verlassen hatte, hob sie die Arme über den Kopf und streckte sich, trotz der Stiche in den Schläfen, dankbar für die leichte Brise in dem Pinienhain, wo sie in den frühen Nachmittagsstunden ihr Auto abgestellt hatte, um eine Pause einzulegen. Daß daraus geschlagene sechs Stunden geworden waren, sagte ihr erst jetzt der Blick auf die Uhr.

Sie mußte eine Telefonzelle suchen, Raúl anrufen und den Stand der Dinge erfahren. Einerseits hatte sie Angst davor, doch andererseits würde sie so das Ende einer aberwitzigen tragischen Situation erfahren.

Sie stieg wieder ins Auto und fuhr in die nächste Ortschaft, ging dort in eine Bar, stürzte fast einen halben Liter Wasser hinunter, schluckte zwei Aspirin und rief gleich von dem Telefon im Lokal im Hotel an, während die Bar sich zur Aperitifstunde nach und nach mit Gästen füllte.

»Ich würde gern Herrn Raúl de la Torre sprechen«, bat sie den Rezeptionsangestellten, sobald dieser den Hörer abgenommen hatte. »Zimmer 507.«

»Es tut mir leid, meine Dame, aber das wird nicht möglich sein«, die Stimme am anderen Ende der Leitung klang respektvoll und ernst. »Herr Raúl de la Torre hat angeordnet, wir möchten ihm keine Anrufe durchstellen.«

»Aber wenn Herr Raúl de la Torre doch auf meinen Anruf wartet. Tun Sie mir den Gefallen und sagen Sie ihm, Amelia sei am Apparat.«

»Entschuldigen Sie einen Augenblick.«

Der Rezeptionsangestellte legte den Hörer beiseite. Aus Raúls Hotel drangen gedämpfte Stimmen und Gläserklirren zu ihr, von weither, wie von einem anderen Planeten. Amelia fragte sich, wo Raúl sich aufhalten mochte. Auf seinem Zimmer? In irgendeinem Konferenzraum, wo er mit der Polizei sprach?

»Meine Dame? Ich stelle Sie jetzt zu Herrn Raúl de la Torre durch.«

Amelia holte tief Luft, sie war gespannt auf den Klang seiner Stimme, der ihr mehr als seine Worte Aufschluß darüber geben würde, wie es ihm ging.

»Bist du wahnsinnig? Was fällt dir ein, mich hier anzurufen?«

Amelia blinzelte ungläubig. Von allen ersten Sätzen, die angesichts der Umstände denkbar waren, war das der einzige, mit dem sie nicht gerechnet hatte.

»Wieso? Was ist los?«

»Was los ist? Mach dich nicht lächerlich, Amelia! Du weißt ganz genau, was los ist.« Raúl keuchte, als hätte er eine große Anstrengung hinter sich.

»Erklär es mir, damit ich verstehe.«

»Amanda hat einen Unfall gehabt. Sie ist tot. Vor wenigen Stunden hat man ihr Auto gefunden. Sie selbst konnte noch nicht geborgen werden. Sie ist einen Abgrund hinabgestürzt, an der Stelle führt kein Weg hinunter.«

Amelia wollte schon sagen, daß sie gesehen hatte, wie der Mann aus dem blauen Seat zwischen den Felsen hinuntergeklettert war, doch sie biß sich auf die Lippen und sagte nichts.

»Aber ... aber ... wie ist es passiert?«

»Wie gesagt. Ein Unfall. Offenbar haben die Bremsen versagt, es sind kaum Bremsspuren auf der Fahrbahn. Genaueres wird man erst wissen, wenn das Auto untersucht ist.«

»Willst du, daß ich komme?«

»Nein!« Er schrie geradezu. »Wie kommst du denn auf die Idee?«

»Ich dachte, du brauchst mich vielleicht.«

»Du bist doch auf Ischia, oder? Ich rufe dich morgen, übermorgen an, sobald ich kann.«

»Raúl, du bist so seltsam ... Was ist los mit dir? Bist du nicht allein? Kannst du nicht reden?«

»Nein, das ist es nicht«, seine Stimme erstickte in Schluchzen, erst nach fast einer Minute gelang es ihm, sich zu beherrschen. »Ich wollte mich von ihr befreien, sicher, das wollte ich ... aber nicht auf diese Weise. Nicht so, verstehst du? Nicht so ...«

»Und wie ich dich verstehe, Raúl! Ich kann genau nachfühlen, wie es dir jetzt geht, aber niemand ist schuld daran.«

Raúl lachte hysterisch auf, das Japsen, das er von sich gab, ließ sich genausogut als Schluchzen wie auch als Juchzen deuten.

»Ich hätte dich nie für so zynisch gehalten«, brachte er schließlich hervor.

»Ich verstehe dich nicht, Raúl, und ich habe den Eindruck, du verstehst dich selbst nicht. Nimm erst mal ein Bad und ein Beruhigungsmittel. Wenn du willst, komme ich und kümmere mich um alles, wie früher.«

»Nein!« schrie er wieder. »Ich will nicht, daß du dich noch einmal um irgend etwas kümmerst. Das schaffe ich allein.«

»Raúl«, redete Amelia mit besänftigender Stimme auf ihn ein, als wollte sie ein kleines Kind beruhigen, »ich bin's, mein Lieber, Amelia, Hauteclaire.«

Eine lange Stille trat ein, als müßte Raúl sich erst erinnern, wer Amelia war.

»Nicht mehr«, sagte er langsam und leise. »Du bist nicht mehr nur Hauteclaire; du bist jetzt Stassin.«

»Das ist doch dasselbe, Idiot. Hauteclaire Stassin, eine deiner literarischen Lieblingsfiguren.«

»Aber ich habe entdeckt, daß ich nicht Savigny bin. Ich kann nicht. Tut mir leid...«, seine Sätze kamen langsam, tröpfelnd. »Ich rufe dich an, sobald ich kann.«

»Raúl!« schrie Amelia in ihrer Panik, daß er gleich auflegen würde. »Verflucht noch mal! Ich bin aus Italien hierhergereist, weil du mich angerufen hast.«

»Nein. Du bist in Italien. Glaub mir. Es ist besser so. Besser für dich. Für alle. Keine Sorge, ich rufe dich an.«

Sie war noch immer verblüfft wegen seiner Worte, als sie an einem Knacken erkannte, daß er aufgelegt hatte.

Was hatte er mit »Ich bin nicht Savigny« sagen wollen? Wer

zum Teufel war Savigny? Und warum bestand er darauf, sie anders zu nennen, mit dem Nachnamen dieser Heldin, an die sie sich kaum erinnerte? Warum wollte er sie nicht sehen und bestand darauf, daß sie nicht nach Mallorca gekommen sei, sondern sich nach wie vor auf Ischia aufhalte? Was hatte er vor?

Sie verließ den Vorraum, wo sich das Telefon und die Türen zu den Toiletten befanden, setzte sich an einen Tisch, bestellte ein weiteres Mineralwasser und einen Salat und überlegte, was sie nun machen sollte. Sie hatte ein mulmiges Gefühl im Bauch, ihr war heiß, und sie hatte noch immer derartige Kopfschmerzen, daß sie keinen klaren Gedanken fassen und sich auch gar nicht so richtig an das gerade geführte Telefonat erinnern konnte. Sie fühlte sich wie in einem surrealistischen Film: anscheinend ernsthafte Gespräche, von denen sie nur einzelne Fetzen erhaschte, angespannte Gesichter, die in ihrem Gesichtsfeld auftauchten und sich wieder zwischen Lachen, Besteckklappern und grellen Stimmen auflösten, der Geruch nach Fritierfett, der ihr auf den Magen schlug, so daß ihr übel wurde.

Sie stand auf, legte das Geld neben das Wasserglas und stürzte, ohne auf den Salat zu warten, auf die Straße hinaus, mit dem Ziel, in das erstbeste Flugzeug nach Rom oder Neapel zu steigen.

~

»André?« fragte Ari und schenkte sich einen Cognac ein. »Du hast mir doch erzählt, daß Raúl nach Amandas Tod versucht hat, sich Amelia wieder anzunähern. Amelia meinte dazu, daß es zwischen ihnen jedoch nicht mehr so recht geklappt hat, weil der Funken erloschen, die Komplizenschaft zwischen ihnen verloren gewesen sei … nichts sei mehr so gewesen wie früher. Weißt du, was zwischen ihnen vorgefallen ist?«

André hatte die ganze Zeit genickt, doch bei der letzten Frage runzelte er die Stirn.

»Darüber habe ich immer wieder nachgedacht, aber ich kann noch nicht einmal sagen, wann genau es zu dieser Veränderung kam. Als Raúl zum großen Erstaunen von uns allen Amanda heiratete, erfuhr unsere Beziehung einen Bruch. Versteh doch, er hatte einfach seine Frau verlassen, meine beste Freundin, ohne irgendwem etwas zu erklären, weder ihr noch mir; und es war auch geschäftlich ein harter Schlag, schließlich hat Amanda ihn zu ihrem Verlag mitgenommen. Ich könnte schwören, daß wir uns mehrere Monate lang nicht gesehen haben. Später gingen wir nach und nach wieder vorsichtig aufeinander zu, weil wir uns bei vielen Anlässen begegneten, doch mit einer gewissen Distanziertheit und bis dahin nie gekannter Befangenheit. Bei Amelia, so mein Eindruck, fiel es ihm fast leichter als bei mir. Auf Lesungen oder Vernissagen sah man sie wie eh und je zusammen lachen, obwohl nach Ende der Veranstaltung jeder seiner Wege ging; und man hatte, zumindest von außen, den Eindruck, daß sie sich nach wie vor mochten, auch wenn man ihm seine Beschämung anmerkte. Ich glaube, bei Amandas Beerdigung kam mir erstmals in den Sinn, daß zwischen ihnen etwas vorgefallen sein mußte. Und du wirst lachen, der Anlaß war eine alberne kleine Sache: Wir gingen nach der Beerdigung ein Bier trinken, es war das erste Mal seit über zwei Jahren, daß wir zu dritt waren, und ich hörte, wie Raúl Stassin zu ihr sagte und nicht Hauteclaire, wie er sie immer genannt hatte, als sie noch ein Paar gewesen waren.

Ich kann es dir nicht besser erklären, aber in diesem Augenblick wußte ich, daß zwischen ihnen etwas zerbrochen war und daß Amelia es wußte, denn anders als ich war sie nicht überrascht, jedenfalls sagte sie nichts dazu. Außerdem machte mich noch etwas anderes hellhörig, nämlich daß Raúl – der so dünn wie noch nie war und tiefe Augenringe hatte – mehrmals sagte, wirklich auffallend oft, der liebe Gott – an den er nicht glaube – möge ihn vor den Menschen bewahren, die sich seine Freunde nannten. Es war gespenstisch. Als gebe er uns irgendwie die Schuld an Amandas Tod, weil wir dachten, was alle dachten, nämlich daß ihm etwas Besseres nicht hätte passieren können; als werfe er uns vor, daß wir nicht aufrichtig trauerten oder uns nicht wie er schuldig fühlten.

Monate später, in einem Gespräch, als Amelia nicht anwesend war, sprach ich Raúl darauf an, und er warf mir als Antwort irgendeinen kryptischen Satz hin, wie es eigentlich mehr ihre Art war: daß die Götter einem manchmal den dunkelsten Wunsch des Herzens erfüllen und einen dazu verdammen, ein Leben lang die Schuld zu tragen oder so. Ich dachte natürlich, das bezöge sich darauf, daß er sich wahrscheinlich unendlich oft gewünscht hatte, Amanda möge sich in einem dieser Sportwagen, auf die sie so närrisch war, zu Tode rasen, und er sich jetzt, da sein Wunsch Wirklichkeit geworden war, schuldig fühlte.«

»Und wo wart ihr, als sie verunglückte?«

»Amelia und ich? Auf Ischia. Umringt von Rentnerehepaaren und fetten alten Weibern in Kur, wirklich berauschende Ferien, es wäre sterbenslangweilig geworden, wenn ich nicht diesen hübschen Knaben getroffen hätte; ich weiß nicht einmal mehr, wie er hieß, jedenfalls erlöste er mich für ein paar Tage aus der Ödnis. Aber Amelia muß wirklich gelitten haben, sie hatte die Sache mit Raúl damals noch überhaupt nicht überwunden und weigerte sich strikt, uns auf unseren Ausflügen zu begleiten. Wenn mich meine Erinnerung nicht trügt, war sie am Ende ein paar Tage allein unterwegs, auf Capri oder in Neapel oder an der amalfitanischen Küste. Als Raúl dann mit der Nachricht von Amandas Tod anrief, war's mit meinen süßen Vergnügungen schon wieder vorbei; wir rafften schnell unsere Sachen zusammen und reisten nach Paris zurück, irgendwie erleichtert, daß wir unsere Ferien abbrechen durften.«

»Wie ging es Raúl, als ihr ankamt?«

»Wie gesagt: blaß, dünn und mit Augenringen, als habe er nächtelang nicht geschlafen. Und schrecklich besorgt, weil ...«

»Weil ...?«

»Na ja, damals habe ich ihm versprochen, es niemandem zu sagen. Daran habe ich mich bis jetzt gehalten.«

Ari ließ zu, daß die Stille sich ausdehnte; er fühlte sich ziemlich schäbig, daß er diesen billigen, aber in der Regel wirksamen Trick anwendete. Hätte er irgend etwas erwidert, und sei es nur ein »Verstehe« oder »Wie du meinst«, hätte André geschwiegen, und hätte er ihn unter Druck gesetzt, erst recht; so aber, da er ihn einfach ins Leere laufen ließ, mußte André früher oder später die Stille mit Worten füllen, und genau das tat er: »Nun ja. Wahrscheinlich ist es nicht mehr wichtig«, sagte er und fuhr sich über die Stirn. »Raúl erzählte mir, die Ermittlungen der Polizei hätten ergeben, daß Amandas Tod kein Unfall war.«

Ari beugte sich zu André vor; er hielt das Glas mit beiden Händen fest, ohne etwas zu sagen.

»Ich erinnere mich nicht mehr genau. Entweder hatte jemand die Bremsflüssigkeit abgelassen oder das Bremskabel angeschnitten ... irgend so etwas, wie im Film. Die Ermittlungen kamen nie zu einem eindeutigen Ergebnis; offenbar hatten sie immerhin geklärt, daß Raúl es nicht gewesen sein konnte, denn erstens hatte er für den ganzen Tag ein Alibi, und zweitens hatte er keine Ahnung von Technik und noch nicht einmal den Führerschein. Da erst begriff ich, warum Raúl bei der Rückkehr von Mallorca so miserabel ausgesehen hatte: nicht nur war Amanda ums Leben gekommen, dazu hatte er – zumindest vorübergehend – auch noch unter dem Verdacht gestanden, sie ermordet zu haben.«

»Und wann hat er dir das erzählt?«

»Ich weiß nicht mehr, Ari. Das alles ist über zwanzig Jahre her, wie soll ich mich da an solche Einzelheiten erinnern? Wahrscheinlich während des Gesprächs, von dem ich dir berichtet habe, das Monate später zwischen uns beiden stattfand.«

»Wußte Amelia davon?«

»Keine Ahnung. Eher nicht. Das Bild, das sie von Raúl hatte, hätte nur Schaden genommen, und das konnte er nicht riskieren. Er brauchte sie viel zu sehr.«

»Und trotzdem versuchte er nach Amandas Tod nicht gleich, zu ihr zurückzukehren, sondern erst lange Zeit danach.«

»Vielleicht hatte er Angst, daß sie ihm etwas anmerken würde. Vielleicht hatte er Amanda ja doch ermordet, obwohl er keine Ahnung von Technik und die Polizei keinerlei Spur hatte.«

Ari brauste geradezu auf: »So etwas traust du ihm zu?«

André zuckte mit den Schultern und nahm einen Schluck Cognac.

»Woher soll man wissen, wozu ein Mensch fähig ist? Weiß man denn, wozu man selbst fähig wäre? Es kann doch sein, daß er vor lauter Müdigkeit und Hitze – und weil er sie satt hatte – durchdrehte und eine Dummheit beging, die er sein restliches Leben lang bereute, ohne den Mut zu haben, es jemals irgendwem zu beichten. Vielleicht war das der Grund dafür, daß er – wenn auch versteckt – Amelia im Beisein anderer Leute beschuldigte, damit niemand auf den Gedanken käme, daß er es gewesen war.«

»Aber ich muß es wissen! Ich muß wissen, was ich in dem Buch schreiben soll, und dafür muß ich die Wahrheit kennen.«

André lächelte müde: »Du glaubst noch immer an die Wahrheit, mein Junge? Kommt es darauf an? Halt dich einfach an die Fakten: seine Scheidung von Amelia, seine Heirat mit Amanda, den Unfall und die darauffolgende Phase, in der er versuchte, sein Leben wieder in den Griff zu bekommen, bis er Hervé traf und beschloß, mit dem Versteckspielen aufzuhören. Das ist genug explosiver Stoff, um die Leser zu fesseln. Alles andere sind Spekulationen unter Freunden. Und das geht letztlich niemanden etwas an.«

~

Ich stelle mir jetzt das Kapitel in Ihrem Buch vor, das der Entstehung von *Amor a Roma* gewidmet ist, denn ein eigenes Kapitel ist das mindeste, was Sie dieser Sternstunde in Raúls Leben zugestehen müssen: seinem ersten Roman, dem Werk, mit dem er den Durchbruch schaffte, das ihn in eine Reihe stellte mit den neuen lateinamerikanischen Autoren, die Mitte der sechziger Jahre die Welt eroberten, dank ihrer Ungezwungenheit, ihrer mit einer Spur Wildheit gewürzten Themen und ihrer Respektlosigkeit gegenüber literarischen Konventionen, dank ihres neuen barockisierenden Blicks, der von wunderschönem primitivem Aberglauben erfüllt und zugleich abgestimmt ist auf die Kühle unseres so zivilisierten und blasierten Europas.

André hat es Ihnen schon erzählt, ich war selbst dabei. Und er wird es Ihnen in der Zwischenzeit noch öfter erzählt haben, ausführlicher, mit mehr Enthusiasmus. Ich kenne ihn gut, armer André, sein Leben lang mußte er den Zuhörer und Vertrauten geben, den bedingungslosen Bewunderer, und jetzt auf einmal ist er, dank Ihrer Biographie über Raúl, wie durch Zauberhand zum Hauptzeugen erhoben, zum Hagiographen, zum Evangelisten beinahe – Sie verzeihen die Blasphemie. Ich bin zwar bei den anderen Gesprächen nicht dabei gewesen, aber ich habe die Geschichte so oft gehört, daß ich sie bis ins letzte Detail nacherzählen könnte, aber das lasse ich besser bleiben, denn ich möchte Sie nicht langweilen. Dafür will ich Ihnen etwas erzählen, was André nicht weiß, was er nie erfahren hat, weil ich mich nie stark genug gefühlt habe, um das zu tun, was nötig gewesen wäre, damit er mir glaubt.

Kommen Sie mit. Wir gehen in der Zeit zurück, zu einem sonnigen Septembermorgen – warum sollte er nicht sonnig sein, wenn ich ihn schon vor Ihnen noch einmal erstehen lasse? –, es war nach unserer Rückkehr aus Rom, und da Raúls Unterricht an der Sorbonne noch nicht begonnen hatte, besuchte er André.

Wie immer betrat er pfeifend den Verlag, die Hände in den Taschen seiner Tergal-Hose, und guckte nach oben auf den mit Akanthusblättern verzierten Stuck; er begrüßte überschwenglich Adeline, die Sekretärin, die André zusammen mit dem Verlag von seinem Vater geerbt hatte, und ging dann direkt ins Büro des Verlegers, obwohl André gerade telefonierte und ihn nur mit einem strahlenden Lächeln und Augenzwinkern begrüßen konnte, und erst, nachdem er aufgelegt hatte, war er frei für Raúls Bärenumarmung, mit der er ihn jedesmal begrüßte, wenn sie sich länger nicht gesehen hatten.

Sie bestellten bei Adeline Kaffee und plauderten fast eine Stunde über alle möglichen Bekannten in Paris und Rom, sie lachten viel und ignorierten das Telefon, das auf dem Tisch seine Signale aussandte, als stünde es verloren in einer Wüste, und wenn es nach acht- oder zehnmaligem Klingeln verstummt war, fing es nach wenigen Minuten wieder an.

Als der Kaffee getrunken war und man schon an ein erstes Bier unten im Bistro denken konnte, zeigte André ihm noch die Verkaufszahlen von *Gespenster der Stille*, und sie beglückwünschten sich gegenseitig zu diesem kleinen Erfolg, mit dem niemand gerechnet hatte, denn die dritte Auflage erreicht zu haben war für ein so eigenartiges Büchlein von einem fast unbekannten Autor beachtlich. André, der im Schmeicheln geübt war, muß in seinem Lob besonders dick aufgetragen haben, so daß Raúl in eine morastige Grenzzone hineinschlitterte und so in den Sumpf geriet, aus dem er nie wieder einen Weg hinausfand.

Ich habe Andrés Version gehört; ich habe auch Raúls Version oft gehört, und wie eine Biographin – also wie Sie – leite ich aus beiden meine eigene Sicht der Dinge ab, die vielleicht nur gering von ihren Sichtweisen abweicht, doch diese Einzelheiten sind, wie Sie gleich merken werden, nicht ganz unwichtig.

Wie immer, wenn Raúl etwas nur am Rande interessierte, hörte er nur mit halbem Ohr hin, als André ihm von einem ebenfalls in Paris lebenden argentinischen Autor zu erzählen begann, von einem gewissen Julio Cortázar, den weder Raúl noch ich damals kannten; und während Raúl nun voller Bewunderung in dessen ziemlich kuriosem Roman vor und zurück blätterte und sich fragte, was das wohl für ein Mensch war, der sich so etwas Verrücktes ausdachte, und was das für ein verrückter Verleger war, der so etwas veröffentlichte, fragte André ihn geradeheraus: »Könntest du nicht auch so etwas machen, Raúl?«

»So etwas? Du meinst, so eine Tüftelei, wie ein Modellbaukasten?«

»Nein, nein, das hat er doch schon gemacht. Ich meine etwas in der Art, was du in deinen Erzählungen machst, nur als Roman; etwas Neues, Originelles, das mit den Normen bricht, etwas nie Dagewesenes.«

»Wie den *Don Quijote*?« fragte er nach und zog in der ihm eigenen Manier eine Augenbraue hoch.

»Genau, aber für die sechziger Jahre. Oder meinetwegen für die siebziger Jahre. Etwas Bahnbrechendes.« André sah ihn erwartungsvoll an, er traute ihm so etwas zu.

»Das nur die Kritiker verstehen«, merkte Raúl an.

»Nein. Das meine ich nicht, es soll allen gefallen, besonders den jungen Lesern.«

»Ich habe noch nie einen Roman geschrieben. Ich sehe mich

nicht, wie ich Monate über Monate an ein und demselben Buch sitze. Meine Stärke sind sprühende Momente, aus denen heraus meine Erzählungen und Gedichte entstehen. Ein Roman ist Arbeit, André.«

»Stell dir vor, du schreibst eine Erzählung. Überleg dir, worüber du schreiben würdest, wenn du beliebig viele Seiten zur Verfügung hättest. Was würdest du erzählen wollen?«

Raúl schwieg eine Weile, er dachte an die Monate in dem Taubenschlag in der Via Margutta zurück. Er wußte nicht, was er sagen sollte. In den zwanzig Erzählungen und ein paar Dutzend Gedichten hatte er alles geschrieben, was er hatte schreiben müssen. André sah ihn ermutigend an, mit diesem Gesicht, das er immer macht, wenn er sich sicher ist, daß er den anderen nur noch ein bißchen ausquetschen muß, um etwas aus ihm rauszuholen, wie beim Auspressen einer Zitrone. Raúl durfte vor André auf keinen Fall versagen: Er konnte ihm sagen, daß einen Roman zu schreiben Arbeit war, jeder wußte von seiner sprichwörtlichen Faulheit, hingegen konnte er ihm nicht sagen, daß ihm nichts einfiel. Das hätte seinem Ansehen schweren Schaden zugefügt. Also redete er erst einmal drauflos, noch ohne zu wissen, worauf es hinauslaufen würde.

»Ich würde über alle möglichen Leute in Rom schreiben. Über die Casina Valadier, das Trastevere, die Gassen beim Campo dei Fiori, über die Mondnächte im Kolosseum ... über die Katzen ... über die Studentenwohnungen und die Dachterrassen in der Via Veneto ...«

»Gut. Das wäre das Ambiente. Und das Thema? Worüber würdest du schreiben?«

»Über die Liebe ... vielleicht. Und über die Unsterblichkeit.«

»Gut.«

»Über das Alter, über Menschen, denen der goldene Glanz der Jugend in neuem Licht erscheint, die sich an das Leben klammern und gierig wie wilde Tiere die letzten Momente verschlingen.«

»Gut. Weiter, weiter. Wer wäre der Erzähler?«

Raúl war aufgestanden, er sah in Andrés Büro aus dem Fenster, mit abwesendem Blick und nach rechts oben gerichteten Augen, um sich den Roman in Erinnerung zu rufen, den er erzählte.

»Viele Stimmen. Es gäbe viele Stimmen. Zunächst würde der Leser sich zwischen den vielen Stimmen verlieren, um so glücklicher ist er jedoch hinterher, beruhigt, sobald er erkennt, daß hier die Stadt, daß Rom erzählt.«

Während er redete, ging er im Büro auf und ab, er unterstrich mit den Händen einzelne wichtige Punkte und erzählte für sich selbst, was er sah; er schlitterte immer weiter hinein, ohne es zu bemerken, vergaß, daß er nicht allein war, daß er das alles jemandem erzählte, und zwar niemand anderem als seinem Verleger.

»Eigentlich ist es sogar mehr als Rom, denn viele Figuren kommen aus anderen Ländern; eigentlich spricht Europa und nimmt den Dialog mit Amerika auf, mit Lateinamerika, das die europäische Zivilisation aufgenommen, tief innen aber einen Rest Wildheit bewahrt hat. Diese Wildheit zu ergreifen, darum geht es, aber nicht, um sie zu zähmen, sondern um sich ihr hinzugeben wie einem wiederentdeckten dionysischen Kult, der Schnittstelle zwischen Barock und dem frühen Neoklassizismus, verstehst du? Alle die Figuren sind Menschen, die wissen, daß das Leben nur eine Hülle ist, ephemer ... andererseits ist ihnen bewußt, daß nur das Hier und Jetzt zählt, daß es die einzige Alternative zur Symmetrie ist, zur Ausgewogenheit, zu der braven Mittelmäßigkeit eines bis ins letzte geregelten langweiligen Lebens. Ein Zerren zwischen apollinischem und dionysischem Prinzip, eine Gratwanderung zwischen *ubi sunt* und *carpe diem*, verstehst du, André?«

André nickte, er wollte auf keinen Fall mit irgendeiner Äußerung Raúls Redefluß unterbrechen und so den Zauber zerstören.

»Und sämtliche Figuren hätten Palindrome als Namen: Anna, Ava, Otto ... was weiß ich, jedenfalls Namen, die sich vorwärts und rückwärts lesen lassen. Denn darum geht es eigentlich, daß Anfang und Ende eins sind, das ist der Witz an dem Ganzen ... so etwas suchst du doch, oder? Das ist doch mal was anderes. Der ganze Roman ist ein Palindrom.«

»Gut, Raúl«, sagte André, als er sah, daß Raúl noch immer ins Leere starrte, obwohl er zum Ende gekommen war. »Das ist es. Genau das suchen wir. Schreib diesen Roman. Er existiert bereits, merkst du nicht? Du brauchst ihn nur noch aufzuschreiben. Du hast ihn schon.«

Da plötzlich zuckte Raúl, als wäre er gerade aus einem Traum erwacht.

»Nein. Ich habe ihn überhaupt nicht.«

André setzte sein wonniges Grinsen auf: »Ich würde wetten, daß du bereits einzelne Szenen geschrieben hast. Irre ich mich? Noch nicht einmal ein Genie wie du kann so etwas einfach aus dem Stegreif entwerfen, man muß sich schon ausführlich Gedanken gemacht und wenigstens ein paar Seiten geschrieben haben.«

Raúl lächelte, er war geschmeichelt: »Ja, es gibt ein paar Seiten«, gab er zu. »Aber die hat Amelia.«

Das war wahrscheinlich der einzige Moment, in dem sich kurz sein Gewissen meldete.

»Darf ich sie nicht lesen?«

»Noch nicht. Warte ein wenig. Ich werde sehen, was sich machen läßt.«

»Weißt du schon, wie er heißen wird?« fragte André erwartungsvoll.

»Wir dachten an *Nie sein* oder *Amor a Roma*. Beides sind Palindrome.«

»*Amor a Roma*. Das klingt besser.«
»Der andere Titel ergibt mehr Sinn.«
»Darüber können wir immer noch nachdenken. Warte einen Augenblick.«
André stürmte in Adelines Büro, die gerade in die Mittagspause gehen wollte, und kam ein paar Minuten später mit einem getippten Blatt Papier zurück: »Unterschreib. Das ist ein Vorvertrag für *Amor a Roma*. Bist du mit dem Vorschuß einverstanden? Mehr kann ich dir wirklich nicht geben, aber wenn es so läuft, wie ich denke, kommen wir weit drüber.«

Zu gern würde ich mir vorstellen, daß ihm beim Unterschreiben die Hand gezittert hat, aber ich glaube nicht daran. In Momenten wie diesem war Raúl von seiner eigenen Genialität überzeugt, sein Strich war sicher wie immer, siegessicher, entschieden. Unter »AUTOR« prangte nun seine Unterschrift und daneben die von André unter »VERLEGER«.

Ich bin nach wie vor davon überzeugt, daß Raúl in dem Moment nicht wirklich begriffen hatte, daß der Roman, den er André soeben erzählt hatte – ihm verkauft hatte – meiner war. Es war der Roman, den ich während unserer zwei Jahre in Rom geschrieben hatte.

~

Als Ari aus der Buchhandlung zurückkam, freute er sich darauf, sich zum Aufwärmen unter die heiße Dusche zu stellen, es sich anschließend mit einer Tasse Kaffee im Bett gemütlich zu machen und das Buch zu lesen, das er gerade gekauft hatte. Nach seinem letzten Gespräch mit André hatte er es für gut möglich gehalten, daß ihn die Lektüre dieser Erzählung von Barbey d'Aurevilly auf eine bedeutende Spur bringen könne. Dieser Text nämlich hatte Raúl offenbar zu dem Kosenamen inspiriert, den er in den ersten Jahren für Amelia wählte und den er, was nie jemand begriffen hatte, nach Amandas Tod durch den Nachnamen ersetzte.

Ari war bewußt, daß er sich auch noch ein paar Stunden an den versprochenen Aufsatz setzen müßte, mit dem er bereits angefangen hatte, aber er konnte sich nicht dazu aufraffen, denn alles, was nicht unmittelbar mit Raúls Biographie zu tun hatte, erschien ihm als Zeitverschwendung.

Er schaltete die Kaffeemaschine an, zog sich aus und stellte sich unter die Dusche, die er so heiß stellte, daß es zum Krebse-Brühen gereicht hätte. Der Winter war fast von einem Tag auf den anderen hereingebrochen, und Paris hatte sich in eine ungastliche, kalte und graue Stadt verwandelt, in der die Menschen mit eingezogenen Köpfen und eingemummt in mehrere Stoffschichten in düsteren Farben herumliefen. Das also war die berühmte Pariser Eleganz, nach deren widersinnigem Diktat ausgerechnet in den lichtarmen Monaten des Jahres Braun-, Schwarz- und Grautöne vorzuherrschen hatten, anstelle von Rot oder Gelb, womit man in nördlichen Ländern dem Straßenbild ein paar Farbtupfer aufsetzte.

In seinen Bademantel gehüllt, eine riesige Tasse Milchkaffee in Reichweite, warf er sich aufs Bett und begann den Text zu lesen, den Amelia vor längerer Zeit einmal erwähnt hatte. *Le bonheur dans le crime*, Das Glück im Verbrechen.

Die Geschichte spielte in den ersten Jahren des neunzehnten Jahrhunderts, sie begann im Jardin des Plantes de Paris, in dem noch heute der Zoo untergebracht ist. Zwei Männer beobachten eine Szene, die ihre Aufmerksamkeit erregt: Ein elegantes Paar um die Vierzig spaziert an den Raubkatzengehegen vorbei. Beides große, stolze, schöne Menschen, die im Vorübergehen die bewundernden Blicke der Menge auf sich ziehen, bis sie vor dem Käfig des schönsten Tiers im Zoo stehenbleiben: eines schwarzen, aus Java stammenden Pantherweibchens.

Die Frau, deren Kleidung ebenfalls schwarz ist, fixiert mit ihrem Blick das Pantherweibchen, bis dieses den Kopf senkt. Nun öffnet die Dame langsam die zwölf Knöpfe ihres violetten Handschuhs, steckt die Hand zwischen die Gitterstäbe und schlägt mit dem Handschuh auf die Schnauze der Raubkatze, woraufhin diese sogleich aufspringt und nach dem Handschuh schnappt, während die Dame ihre unversehrte Hand zurückzieht. Der Begleiter der Dame nennt sie mit weicher Stimme eine Närrin, küßt leidenschaftlich ihre Hand und ihren bloßen Arm, dann gehen sie, das Tuscheln der Leute nicht beachtend, Hand in Hand und sich gegenseitig ansehend die Allee zurück zum Ausgang, wo eine Pferdekutsche auf sie wartet.

Die beiden Männer, die die Szene miterlebt haben, reden über das, was sie gesehen haben, und der eine, der sich als der Arzt des Paares herausstellt, erzählt nun dem anderen die Geschichte dieser »höheren Wesen«, des Grafen und der Gräfin von Savigny.

Auf einmal klingelte das Telefon, Ari wollte es zuerst klingeln lassen und später zurückrufen, wenn er die Geschichte zu Ende gelesen hätte, aber vielleicht war es Amelia, und Amelia durfte er nicht warten lassen. Also setzte er sich auf, streckte den Arm nach dem Telefon aus, vorsichtig, um den Kaffee nicht umzuwerfen, und ging nach dem vierten oder fünften Klingeln ran.

Eine unbekannte männliche Stimme fragte nach Herrn Lenormand.

»Guten Abend. Michel Laqueur am Apparat. Ich bin der Sohn von Maurice Laqueur. Sie haben vor ein paar Tagen eine Nachricht auf meinem Anrufbeantworter hinterlassen.«

»Ja, richtig, schön, daß Sie sich melden«, entgegnete Ari, während er sich im Bett aufsetzte und sich vorsorglich nach etwas zum Schreiben umsah.

»Nun, ich konnte mich nicht früher mit Ihnen in Verbindung

setzen, weil ich erst mit meinem Vater reden mußte, verstehen Sie?«

»Ja, aber natürlich.«

»Er ist gern bereit, sich mit Ihnen zu unterhalten.«

»Großartig!«

»Freuen Sie sich nicht zu früh, Herr Lenormand. Wissen Sie, mein Vater ... er ist eigentlich nicht sehr alt, aber ...«

»Ja?« ermunterte Ari ihn.

»Also wissen Sie, folgendes, mein Vater wohnt seit ein paar Monaten in einem ... Seniorenwohnheim; er ist zwar bereit, sich mit Ihnen zu unterhalten, aber ich weiß nicht, ob ... also gut: ob es Ihnen nutzen wird.«

»Wollen Sie mir sagen, daß die geistige Verfassung Ihres Vaters ...?« Er ließ den Satz unbeendet, weil ihm auf die Schnelle keine freundliche Formulierung einfiel für das, was er sagen wollte.

»Nein. Oder sagen wir, nicht immer. Er ist ... ein bißchen zerstreut, verstehen Sie? Er hat ein paar Gedächtnislücken. Jedenfalls habe ich ihn gestern besucht und ihm von Ihnen erzählt ... um ehrlich zu sein ... ich habe ihm von Ihnen erzählt, um ihn ein wenig aufzumuntern, um ihm zu vermitteln, daß es noch Leute gibt, die sich für ihn und sein Leben interessieren. Ich hatte gar nicht damit gerechnet, daß er darauf eingehen würde, aber ich habe den Eindruck, daß er sich sehr gefreut hat, darum rufe ich Sie an. Dennoch will ich Sie vorwarnen ... Sie verstehen schon. Es ist beginnende Altersdemenz.«

»Wie alt ist denn Ihr Vater?«

»Sechsundsiebzig.«

Drei Jahre jünger, als Raúl jetzt wäre, rechnete Ari unwillkürlich nach.

»Es ist mir eine große Freude, Ihren Vater besuchen zu dürfen, Herr Laqueur.«

»Gut, sehr schön. Ich wollte Sie auch nur darauf vorbereiten, daß er sich möglicherweise an vieles nicht erinnert oder sich an Dinge zu erinnern meint, die so nie passiert sind. Erst kürzlich hat er mir gegenüber eine Schwester erfunden, die es nie gab; ich konnte noch so oft wiederholen, daß ich nur zwei Onkel habe. Aber wie so häufig scheinen auch ihm die Erinnerungen, die am längsten zurückliegen, am klarsten im Gedächtnis geblieben zu sein.«

»Wann kann ich Ihn besuchen?«

»Wann Sie wollen. Besuchszeit ist jeden Tag von zwei bis fünf. Haben Sie etwas zu schreiben?«

Ari stand auf, ging zum Tisch und nahm den roten Filzstift, mit dem er am Tag zuvor die Seminararbeiten seiner Studenten korrigiert hatte, dann schrieb er die Adresse auf, die Laqueur ihm nannte, und fragte, wie er dorthin komme.

Bevor sie sich verabschiedeten, stellte er eine letzte Frage: »Verzeihung, Sie wissen nicht vielleicht etwas über diesen Schriftsteller, der mich interessiert, Raúl de la Torre? Ich meine, es ist doch möglich, daß Ihr Vater, als er noch ... äh ... in vollem Besitz seiner geistigen Kräfte war, Ihnen von ihm erzählt hat, von ihrer Freundschaft, von ihren gemeinsamen Bekannten von damals ...«

»Er hat hin und wieder von ihm gesprochen, ja. Vor allem nach dessen Selbstmord vor ... ich weiß gar nicht ... zehn oder zwölf Jahren.«

»Erinnern Sie sich an etwas Konkretes?«

»Ich erinnere mich nur, daß er sehr stolz war, zu dessen Freunden gehört zu haben, und daß dieser Mann offenbar kein Glück mit den Frauen hatte. Mein Vater sagte etwas in der Art wie, daß die eine ihn fast umgebracht hätte und die andere es schließlich getan hat. Wahrscheinlich meinte er das nicht wörtlich.«

»Vielen Dank, Herr Laqueur. Sie haben mir sehr geholfen.«

»Das hoffe ich, Herr Lenormand. Viel Glück bei dem Gespräch. Hoffentlich bekommen Sie etwas aus ihm heraus. Ach ja, und bringen Sie ihm Likörpralinen mit. Er liebt sie.«

~

Die Zeit war unbarmherzig mit Maurice Laqueur gewesen. Der Mann, der Ari über den Tisch hinweg ansah, hatte kaum mehr etwas gemeinsam mit dem Mann auf den Fotos in Armands Album. Die wenigen Haare, die ihm geblieben waren, waren vollkommen weiß, die Brauen grau und struppig, und unter seinen Augen hingen große gerötete Tränensäcke; wenn er lächelte, kam ein blendendes Gebiß zum Vorschein, das ihm, salopp gesprochen, eine Nummer zu groß war. Er trug ein bis oben zugeknöpftes kariertes Hemd, dazu eine ziemlich abgetragene braune Strickjacke und eine graue, schlotternde Cordhose. Seine Füße steckten in monströsen orangefarbenen Pantoffeln mit Giraffenköpfen.

»Die haben mir meine Enkel geschenkt«, sagte er Aris Blick folgend. »Sie sind extrem häßlich, ich weiß, aber sie halten warm. Und Mode interessiert hier niemanden.«

Die wäßrigen blaßblauen Augen des alten Mannes blitzten, was für Ari so rein gar nicht mit der Aussage des Sohnes zusammenpaßte, er sei nicht mehr ganz richtig im Kopf. Auf ihn wirkte Maurice Laqueur geistig hellwach.

»Sagen Sie schon, was möchten Sie wissen?«

Ari zeigte ihm einige Gruppenfotos.

»Ich möchte wissen, ob Sie den einen oder anderen kennen.«

Laqueur zog eine Lesebrille aus der Jackentasche und sah sich in Ruhe das Foto an.

»Alle. Ich weiß nur nicht, ob ich mich an die Namen erinnere. Warten Sie ...«

Ari holte die Fotokopien heraus, die er von den Fotos gemacht hatte, und schrieb die Namen, die Laqueur sagte, darauf, über jeden Kopf einen, wie bei byzantinischen Ikonen.

»Armand, Raúl, Anne, Mirielle, Jean Paul (ein hervorragender Schlagzeuger, sage ich Ihnen), Mandy, Robert und Aline.«

»Welche ist Aline, die mit den toupierten Haaren?«

»Ja. Sie hatte eine wunderschöne Stimme und trat hin und wieder mit den anderen in irgendeinem Club auf; sie hat früh geheiratet, und ihr Mann mochte diese öffentlichen Auftritte nicht, darum hat sie aufgehört.«

»Sind alle von ihnen Jazzmusiker gewesen?«

»Fast. Alle gehörten zu Armands Clique. Er mochte nur Leute, die irgend etwas konnten, vor allem Musiker.«

»Waren Sie auch Musiker?«

Laqueur mußte lachen, es war ein altes Lachen, holprig und langgezogen. Die anderen Alten, die jeweils zu dritt oder viert zusammensaßen, sandten ihnen tadelnde Blicke, wie jemandem, der bei einer Beerdigung lacht.

»Nein. Aber ich habe ihn an viele Bands vermittelt. Ich brachte die Leute zusammen, wenn eine Band einen Bassisten oder einen guten Trompeter suchte ... was eben anstand. Ich habe für Armand die Werbetrommel gerührt und allen erzählt, wo und wann sie wieder spielen würden. Er brauchte mich. Ich habe ihn zum Beispiel auch Raúl vorgestellt.«

»Und Amelia«, fügte Ari hinzu.

Der Alte sah ihn verschmitzt an, eine Braue hatte er hochgezogen und das andere Auge zusammengekniffen.

»Wie kommen Sie auf Amelia?«

»Ich weiß nicht. Ich habe den Eindruck, daß sie immer überall zusammen hingegangen sind.«

»Nein. Überallhin nicht. Sie waren sehr eng verbunden, das stimmt, aber jeder von ihnen hatte sein Leben.«

»Amelia gehörte also nicht zu der Clique?«

Laqueur schüttelte den Kopf.

»Aber Armand hatte ihre Nummer in seinem Kalender notiert, unter ihrem französischen Namen: Amélie.«
»Aber dafür stand Raúls Name nicht drin, nehme ich an.«
»Woher wissen Sie das?«
Wieder die hochgezogene Braue, dann ein Zwinkern: »Weil Raúl, was seinen Ruf anging, äußerst vorsichtig war.«
»Ich weiß nicht, was Sie meinen.«
Der Alte öffnete vorsichtig die Pralinenschachtel, die Ari ihm mitgebracht hatte, und bot ihm davon an. Ari schüttelte den Kopf. Der alte Mann zuckte daraufhin mit den Schultern, studierte ausführlich die Sortenvielfalt und steckte sich schließlich mit zufriedenem Lächeln eine Praline in den Mund.
»Damals begann gerade Raúls Aufstieg: In Intellektuellenkreisen kannte man seinen Namen, er schrieb für verschiedene Zeitschriften, der eine oder andere hatte ihn bereits interviewt und nach seiner Meinung zu den unterschiedlichsten Themen gefragt. Das Umfeld, in dem wir uns bewegten, bescheinigte einem Intellektuellen von Rang nicht gerade Seriosität. Es war ... wie soll ich es beschreiben? ... viel zu gammlig ... viel Alkohol ... Drogen ... ungeregelte Tagesabläufe ... Raúl war ein braver Bürger, er war von diesen Kreisen fasziniert wie eine Motte, die von einer Flamme angezogen wird und immer näher heranflattert, sich aber nicht verbrennen will. Wenn es ihm zu heftig wurde, kehrte er für eine Weile wieder in seine Welt zurück, zu Amelia, zu André, zu den feinen Leuten, die *comme il faut* waren. Wenn er es nicht mehr aushielt, kam er wieder.«
»Könnte man sagen, daß es ein linksextremes Umfeld war?«
Wieder lachte Laqueur, bis ihm die Tränen in die Augen traten. Er wischte sie sich mit dem Handrücken ab und steckte sich noch eine Praline in den Mund.
»Fast jeder hielt sich damals für linksextrem. Sogar Raúl damals, als Mandy ihn sich angelte.«

»Wie war das? Wissen Sie etwas darüber?«

Es schien, als zöge über das vergnügte Gesicht des Alten auf einmal eine Wolke, und Ari hatte das Gefühl, als wendete er sich innerlich auf einmal von ihm ab und böge in einen einsamen, nur ihm zugänglichen Weg ein. Durch die raumhohen Fenster fiel das trübe Nachmittagslicht herein, eine eigentümlich schattenlose Beleuchtung, in der alles zweidimensional aussah; die überall herumstehenden Zimmerpflanzen verwandelten sich in eine Mustertapete, und Laqueurs Gesicht war zu einer flachen Maske geworden. Zwei Pralinen später kam die Antwort.

»Mandy war schon immer ein verrücktes Weib gewesen. Sie kam aus Polen, glaube ich, in einer der damaligen Auswanderungswellen, mit nichts weiter als einer Stofftasche und ihrer roten Mähne. Ein paar Jahre lang war sie eine Art Underground-Muse. Man traf sie an allen Orten, zu jeder Uhrzeit, mit allen und jedem. Sie war eine Rakete, das haben Sie anhand der Fotos sicher auch schon festgestellt.«

Ari lächelte über diesen Ausdruck, den er vor ewigen Zeiten zum letzten Mal gehört hatte, und nickte ermunternd.

»Sie machte nichts Besonderes, sie kam und ging einfach; niemand wußte, wovon sie lebte, wo, und mit wem. Damals gab es viele solcher Leute, Sie wissen schon? Dann auf einmal änderte sie ihre Frisur, ihre Kleidung, ihr Benehmen und nahm eine Arbeit in einem Verlag an. In null Komma nichts war sie Programmleiterin der lateinamerikanischen Reihe und nannte sich von nun an Amanda. Damals fing sie an, Intellektuelle zu rekrutieren.«

»Rekrutieren?«

»Für die Sache«, sagte er sehr leise, aber bestimmt, als läge es auf der Hand.

»Was für eine Sache?«

Der Alte verdrehte die Augen nach oben und blickte eine halbe Minute lang zur Decke; dann machte er mit den Händen im Schoß eine diskrete Bewegung, als wollte er andeuten, daß jemand das Gespräch mithören könnte.

»Die Sache. Sie wissen schon.«

»Verzeihung, aber ich verstehe nicht recht, was Sie mir sagen wollen.«

»Wollen wir kurz in den Garten rausgehen?«

»Es regnet.«

Ari war verwirrt. Das Gespräch, das bis dahin vollkommen normal verlaufen war, nahm eine etwas beunruhigende Wendung.

»Aber ich könnte unter der Pergola eine Zigarette rauchen. Hier drinnen darf man nicht.«

Maurice warf ihm einen bedeutungsvollen Blick zu und stand mühsam auf. Ari folgte Laqueur, der nun die Giraffen langsam über den grünen Linoleumboden schleppte und sich mit seiner Pralinenschachtel der Empfangstheke näherte. Zwei junge Altenpflegerinnen – eine oben auf einer Leiter, die andere unten, um zu helfen – hängten im Vorraum gerade Weihnachtsgirlanden auf. Die beiden Männer gingen schweigend an ihnen vorüber und, gefolgt von mehreren greisen Augenpaaren, weiter zur Eingangstür, die sich mit einem Seufzer der Pneumatik öffnete.

Sie setzten sich auf die Bank unter der Pergola, und Laqueur lächelte, er war zufrieden.

»Hier hört uns niemand. Aber wir müssen schnell machen, sonst erfrieren wir.«

Er zog eine Schachtel Zigaretten aus der Tasche, die er, nach dem Aussehen zu urteilen, schon seit Wochen mit sich herumtrug, und steckte sich eine Zigarette an. Ohne Ari eine anzubieten, fuhr er an dem Punkt fort, an dem er aufgehört hatte: »Sie bezahlten Amanda dafür, daß sie die passenden Opfer suchte, einigermaßen angesehene Leute, mit denen man öffentliche Propaganda betreiben konnte, verstehen Sie?«

»Tut mir leid. Ich weiß nicht, wovon Sie reden.«

Laqueur führte seine Lippen dicht an Aris Ohr. Er roch nach altem Mann, nach dem Cognac aus den Pralinen und seiner Gauloise. Es kostete Ari Überwindung, nicht von ihm wegzurücken.

»Die Kommunisten, mein Freund. Mitte der siebziger Jahre verteidigte fast keiner mehr in der Öffentlichkeit die kubanische Revolution, das nur als Beispiel«, flüsterte er.

»Die Kommunisten? Sie wollen sagen, daß Amanda eine kommunistische Agentin war?«

»Schhh! Ich weiß es. Sie hat es doch bei mir auch probiert, viel diskreter natürlich. Auch bei mir versuchte sie ein ... wie nannten sie es noch? ... eine Annäherung. Wahrscheinlich wollte sie testen, ob sie über mich an die Leute, die sie wirklich interessierten, herankam. An Raúl eben.«

»Aber Raúl hatte doch politisch nie wirklich Position bezogen. Behauptet zumindest seine Frau.«

»Sie hat recht. Die Vorstellung von Raúl als militantem Kommunisten ist schlicht und einfach absurd.«

»Trotzdem steht zweifellos fest, daß er es einige Jahre lang war.«

»Er bluffte, mein guter Freund. Ihm blieb nichts anderes übrig. Amanda hatte ihn an den Eiern gepackt«, um seine Worte zu unterstreichen, schloß er die Faust, als packte er einen unsichtbaren Gegenstand – eine ziemlich obszöne Geste.

»Und was hätte sie gegen ihn verwenden können?«

Zum Ausdruck seiner Unwissenheit drehte Laqueur achselzuckend die Handflächen nach oben, wobei die Zigarette ihm aus dem Mundwinkel hing.

»Vielleicht war es auch eine Gegenleistung für etwas, das er unbedingt wollte. Ich habe Ihnen doch gesagt, daß Amanda eine ... bemerkenswerte Frau war.« In einer unmißverständlichen Bewegung formte er mit den Händen vor der Brust einen vorgewölbten Bogen. »Zumindest war es das, was sie mir angeboten hat.«

Ari erinnerte sich an sein Gespräch mit Yves und André in dem Restaurant, als sie halb im Spaß die These in den Raum gestellt hatten, Amanda wäre eine Domina gewesen und Raúl hätte mit ihr die Freuden des Sadomasochismus entdeckt. Trotzdem überzeugte ihn das alles nicht, es paßte einfach nicht zu seinem Bild von Raúl.

»Sie meinen also, Raúl präsentierte sich der Öffentlichkeit als Kommunist, nur um sie ins Bett zu kriegen?«

»Pss! Um ehrlich zu sein, kann ich mir das nicht vorstellen. Raúl hat Amanda im Grunde nie gemocht. Fragen Sie mich nicht, woher ich das weiß: Das sind Dinge, die man irgendwie merkt.«

»Was dann?«

Ein langes Schweigen entstand. Laqueur brach es schließlich mit einem einzelnen Wort, das er so leise aussprach, daß Ari im ersten Moment dachte, er hätte nicht richtig verstanden: »Erpressung.«

»Erpressung? Meinen Sie das im Ernst?«

»Etwas anderes ist mir damals nicht eingefallen, und etwas anderes fällt mir auch jetzt nicht ein.«

»Aber was für eine Art Erpressung? Womit sollte sie ihn erpreßt haben?«

»Mit etwas, das Amelia nicht wußte und das sie, wenn es nach Raúl ging, auch nicht erfahren sollte.«

»Aber ein paar Monate später hat er sie verlassen, um Amanda zu heiraten. Das ergibt doch keinen Sinn.«

»Dann muß es etwas gewesen sein, das überhaupt niemand erfahren durfte, nicht nur Amelia nicht. Wollen wir reingehen? Mir ist eiskalt.«

»Was Sie mir gerade erzählt haben, weiß das außer Ihnen noch jemand aus der damaligen Clique?« fragte Ari und bemühte sich, sein Mißtrauen nicht durchblicken zu lassen.

»Sie glauben mir nicht, nicht wahr? Mein Sohn hat Ihnen sicher erzählt, ich sei gaga.«

»Nein, überhaupt nicht«, log Ari und hoffte, daß man es ihm nicht allzu sehr anmerkte. »Jeder Wissenschaftler muß seine Quellen absichern und gegeneinander abgleichen, das ist alles.«

»Armand wußte es natürlich. Er und Amanda waren sehr eng befreundet. Fragen Sie doch ihn.«

In diesem Augenblick wurde Ari bewußt, daß Laqueur die Nachricht von Armands Tod nicht erreicht hatte, und er wußte nicht, ob er es ihm sagen sollte. Er entschied sich, es bleiben zu lassen: Für den alten Mann war der eigene Tod zu nah, als daß man ihm eine solche Nachricht zumuten mochte.

»Die anderen wußten nichts, glaube ich. Sie spielten keine so wichtige Rolle, und ich glaube nicht, daß sie sich noch so genau an damals erinnern. Mir ist es nur deshalb im Gedächtnis geblieben, weil es das einzige Mal in meinem Leben war, daß sich eine Klassefrau für mich interessierte.«

»Und hatte sie Erfolg?« Ari lächelte.

»Und ob! Ich stellte ihr Raúl vor, und genau darauf hatte sie es abgesehen.«

KAPITEL

5

André kam kurz aus der Küche und warf einen ausführlichen Blick ins Wohnzimmer, wo Yves gerade die Tischkerzen anzündete. Sie lächelten einander an, dann sagte André mit einem zufriedenen Seufzer: »Für einen Pathologen hast du einen erstaunlichen Sinn für Ästhetik, mein Schatz. Deine Tischdekoration ist hinreißend.«

»Vielen Dank. In anderen Jahren hast du über meine Kreationen an Weihnachten meistens die Nase gerümpft. Dieses Jahr habe ich alles in Weiß gehalten, um auf Nummer Sicher zu gehen. Nicht daß du dich wieder aufregst.«

»Ja, ich muß zugeben, für Kamelien habe ich eine Schwäche.«

»Wie gleichnamige Dame.« Yves hatte die Kerzen, die in zwei Silberschalen auf der weißen Brokatdecke schwammen, angezündet und ging nun zu der Ecke mit den Getränken, von wo er mit zwei Champagnerflöten zurückkehrte; eine reichte er André, und sie stießen an: »Auf uns und die Zukunft.«

»Zum Glück ist Ari noch nicht da; sonst müßten wir auf die Vergangenheit gleich mit anstoßen«, bemerkte André spöttisch.

»Wen interessiert schon die Vergangenheit!« Yves legte seine Hand auf Andrés Nacken und küßte ihn auf die Lippen: »Wie sieht das Menü aus, Chef?«

»Überraschung. Apropos Menü, ich muß zurück an den Herd. Die Gäste kommen sicher gleich. Kümmere du dich um sie und sorge dafür, daß sie sich nicht der Küche nähern, ja?«

Im selben Augenblick klingelte es, und André verschwand eilig hinter der Flügeltür, während Yves zur Tür ging. Er hatte Aris Mantel noch nicht aufgehängt, da klingelte es schon wieder.

»Unglaublich«, bemerkte Yves, »unsere schöne Hexe kommt pünktlich. Ari, das muß dein guter Einfluß sein.«

»Hexe?«

»Malie-Malou, *la belle sorcière*, so firmiert sie in ihren Kinderbüchern, wußtest du das nicht?«

Ari nickte, und während Yves im Flur auf Amelia wartete, ging er schon einmal ins Wohnzimmer, um seine Geschenke unter den Weihnachtsbaum zu legen.

Das Wohnzimmer sah an diesem Abend wie verzaubert aus: Dutzende Kerzen tauchten es in ein mildes Licht, das Feuer im Kamin brannte, und der Baum – eine stattliche Tanne – trug Sterne und Kugeln, die wie Eis glitzerten. Die Weihnachtsdekoration ganz in Weiß- und Silbertönen schuf einen angenehmen Kontrast zu den rötlichen Teppichen und dem dunkelblauen Sofa. Es sah aus wie eine Illustration in einem Kinderbuch, und für einen Moment fühlte sich Ari wieder wie ein Kind, obwohl er bei weitem kein so extravagantes Zuhause gehabt hatte.

Als er Amelias Stimme im Flur hörte, legte er schnell seine Päckchen unter den Baum und ging, sie zu begrüßen. Sie trug ein langes elfenbeinfarbenes Kleid, dazu einen Bolero im gleichen Ton und zarte Ohrgehänge fast bis auf die Schultern.

»Sie sehen wunderschön aus, Amelia!« Das war kein leeres Kompliment, es war die Wahrheit. Jedesmal, wenn er sie sah, dachte er, wie schön sie erst als junge Frau gewesen sein mußte, wenn sie noch mit über sechzig dieses Bauchkribbeln bei ihm auslöste, diese Beklommenheit, die er selbst nicht verstand und ihn fürchten ließ, sie könnte ihn ertappen, wie er sie anstarrte, weswegen er seinen Blick immer sofort wieder von ihr abwandte.

Sie antwortete ihm mit einem Lächeln: »Darum treffe ich mich so gern mit Männern: Sie machen einem immer ein Kompliment.«

»Ich schwöre Ihnen, ich meine es ganz ehrlich.«

»Ich auch. Nun aber! Wo ist der Koch?« fragte Amelia, während sie mit einem höflichen Nicken das Glas entgegennahm, das Yves ihr gebracht hatte.

»Nähere dich bloß nicht der Küche. Eintritt strengstens verboten.«

»Um so besser. Erzählen Sie schon«, sagte sie, sich an Ari wendend, »wie läuft's mit dem Buch?«

»Ich komme voran. Ich habe schon zwei Kapitel geschrieben. Zwei von den weniger schwierigen, natürlich.«

»Ich wußte gar nicht, daß es im Leben eines Menschen leichte und schwierige Kapitel gibt.«

»Oh ja, das kann ich Ihnen versichern. Bei manchen verfüge ich über ausreichende Fakten – das sind die leichteren –, bei anderen begreife ich noch nicht einmal so recht, wie die Ereignisse miteinander verknüpft sind; das sind die schwierigen.«

»Aber, Junge, was wollen Sie denn begreifen? Ein Leben ist, wie es ist; da gibt es nichts zu begreifen.«

»Wollen wir das nicht lassen?« schlug Yves vor. »Es ist Weihnachten, ihr Lieben, da müssen wir nicht über die Arbeit reden, obwohl, wenn ihr wollt, erzähle ich euch gern von der Autopsie, die ich heute nachmittag gemacht habe.«

Wie erwartet kreischten die beiden vor Ekel auf, genau in dem Augenblick, als André mit einem Tablett Hors d'œuvres triumphierend hereinkam.

Eineinhalb Stunden später, als sie wieder auf den Sofas am Feuer saßen, fand André, daß sie mit der Bescherung anfangen könnten, obwohl es noch nicht zwölf war. Yves hatte für André einen Morgenmantel aus schwarzer Seide und einen Satz Küchenmesser gekauft; André hatte für ihn ein italienisches Seidenhemd und einen Gutschein für ein Romantikwochenende in Chenonceau; sie beide schenkten Amelia ein Ensemble aus Nachthemd und Morgenrock, aus lavendelfarbenem Satin mit cremefarbenen Spitzen, und für Ari hatte André eine Krawatte ausgesucht, »weil ich diese monströsen Apparate nicht mehr sehen kann, die du dir um den Hals bindest, wenn du elegant wirken willst«, und Yves hatte für ihn ein Buch, das gerade erschienen war: *Moskau und seine Kulturpolitik in Westeuropa in der zweiten Hälfte des zwanzigsten Jahrhunderts.*

Ari überreichte Yves und André zwei identische Päckchen mit je einem Füller und einem Kugelschreiber.

»Nicht sehr originell, ich weiß, aber außer Büchern ist mir einfach nichts anderes eingefallen. Und einem Verleger Bücher schenken kam mir vor wie Eulen nach Athen tragen«, entschuldigte er sich.

Als nach einer Weile die Ausrufe der Begeisterung und Dankesbekundungen verstummt waren, stand Amelia auf und holte hinter dem Baum die Tüte hervor, die sie gleich nach ihrer Ankunft dort verstaut hatte. Als ihre beiden Freunde das flache Paket, das daraus zum Vorschein kam, ausgepackt hatten, waren sie sprachlos.

»Das ist doch nicht …?« stammelte André, als er die Sprache wiedergefunden hatte, »das ist doch nicht …?«

»Sag bloß, du erkennst es nicht.«

Es war ein mittelgroßes Gemälde im impressionistischen Stil, auf dem ein paar Boote auf einem glitzernden Fluß dargestellt waren.

»Ist das etwa der Sisley? Dein Sisley?« André bekam hinter der Brille feuchte Augen.

Sie nickte ernst.

»Ich weiß, daß ihr das Bild immer geliebt habt. Ich werde nicht ewig leben, und da ihr nicht meine Verwandten seid, ist es mit dem Vererben schwierig. Hier sind das Herkunftszertifikat und die Eigentumspapiere«, sagte sie und reichte ihnen einen großen Umschlag. »Alles legal.«

»Aber ... aber ... Amelia, mein Gott.« Yves schien beinahe verärgert. »Wir schenken uns doch nur nett gemeinte Kleinigkeiten. Das Bild ist ein Vermögen wert.«

»Ihr seid meine einzigen Freunde. Ich will, daß es euch gehört, und jetzt kein Wort mehr darüber. Aber wenn ihr euch trennt, müßt ihr mir versprechen, daß ihr es dem Musée d'Orsay gebt.«

»Ein Leben lang aneinandergekettet, wegen eines verdammten Bildes!« rief André und kehrte den Spaßvogel heraus, während er sich die Tränen aus den Augen wischte.

»Ihnen, Ari, habe ich auch etwas Kleines mitgebracht. Hier«, sie gab ihm ein mit einem Silberband verschlossenes Päckchen. »Ich hätte Ihnen gern Raúls Füller geschenkt, aber er hat sein ganzes Leben lang nie mit Füller geschrieben. Er hat zwar alle möglichen Füller geschenkt bekommen, sie aber nie benutzt. Er hat immer auf der Maschine geschrieben, und Notizen hat er sich mit Bleistift gemacht. Ich schenke Ihnen das Persönlichste, was ich von ihm habe. Ich dachte, Sie freuen sich vielleicht darüber.«

Ari biß sich auf die Lippen und öffnete mit zittrigen Händen das Päckchen. In der mit schwarzem Samt ausgelegten Schachtel lag eine alte goldene Armbanduhr.

»Er ist immer ein Snob gewesen«, kommentierte sie lächelnd, »das habe ich Ihnen schon erzählt. Sobald er sein erstes Geld verdiente, kaufte er sich eine Rolex. Er trug sie sein ganzes Leben lang. Da wir keine Kinder haben, wüßte ich nicht, wem ich sie geben soll; außerdem bezweifle ich, daß irgend jemand auf der Welt sie so würdigen wird wie Sie. Ihr dürft den Mund ruhig wieder zumachen! Ihr könnt euch nicht vorstellen, was für dumme Gesichter ihr alle macht. Dürfte ich noch etwas zu trinken haben?«

Yves stürzte los, um ihr Champagner nachzuschenken, während André sich zu Ari gesellte, um die Uhr zu bestaunen: »Ich habe sie schon so lange nicht mehr gesehen«, bemerkte er.

»Wie auch«, sagte Amelia, »ich würde nie eine Herrenarmbanduhr tragen. Und, Ari, haben Sie mir nichts mitgebracht? Wo ist mein Weihnachtsgeschenk?«

»Ich schäme mich so, Amelia. Ich wußte nicht, welche Art von Geschenken hier üblich ist. Meines ist im Vergleich dazu einfach nur lächerlich.«

»Wenn Sie es für mich gekauft haben, gehört es mir, und ob es lächerlich ist, darf ich selbst entscheiden. Nicht daß Sie glauben, das ist bei uns immer so. Dieses Weihnachten ist ein ganz besonderes.«

»Warum?« fragte Yves. »Weil es das erste Weihnachten im neuen Jahrtausend ist?«

Sie sagte einen Moment nichts, dann lächelte sie zustimmend: »Genau. Wie ich sehe, gehörst du zu den wenigen, die wissen, daß das neue Jahrtausend im Jahr 2001 und nicht 2000 begonnen hat. Ari …!« sagte sie fordernd und streckte die Hand in seine Richtung. An ihrem Handgelenk funkelte ein zartes Brillantarmband.

Ari reichte ihr ein kleines würfelförmiges Päckchen. Amelia hob langsam den Deckel an, als wolle sie die steigende Spannung auskosten. In der Schachtel lag ein tiefblauer gläserner Briefbeschwerer mit kleinen eingeschlossenen Blasen und spiralförmigen violettfarbenen Schlieren.

Amelia mußte tief durchatmen und hielt ihn gegen das Licht.

»Woher wußten Sie, daß ich eine Leidenschaft für Briefbeschwerer habe?« fragte sie leise. »André, hast du es ihm erzählt?«

»Ich schwöre, ich bin unschuldig«, verteidigte der sich.

»Und woher wußten Sie, daß das meine Farbe ist? Bin ich so leicht durchschaubar?«

»Gefällt er Ihnen?« fragte Ari erfreut.

»Ich danke Ihnen von ganzem Herzen, lieber Ari.«

»Ich darf Ihnen also weiter meine Fragen stellen?« fuhr er in dem Versuch fort, die Spannung abzubauen. »Wie Sie sich denken können, habe ich ihn nur deshalb gekauft.«

»Ich fürchte, ich kann jetzt nicht mehr nein sagen.« Sie nahm einen Schluck aus ihrem Glas und legte die andere Hand auf den Briefbeschwerer in ihrem Schoß. »Und wenn ihr das Bild dort gegenüber aufhängt? Laßt sehen, wie es sich dort macht.«

Yves und André räumten augenblicklich den Kaminsims frei und stellten den Sisley vor den Spiegel, so daß man ihn vom Sofa aus gut sehen konnte. Während sie damit beschäftigt waren, beugte Amelia sich zu Ari und gab ihm einen elfenbeinfarbenen Umschlag: »Ich habe noch ein Geschenk für Sie. Ich war mir nicht sicher, ob ich es Ihnen geben soll, aber jetzt bin ich es. Lesen Sie es später, wenn Sie allein sind.«

Als Yves und André mit dem Arrangieren des Bildes fertig waren und sich zu ihnen umdrehten, war der Umschlag bereits in der Innentasche von Aris Jackett verschwunden.

~

Als ich vorhin von unserem Spaziergang durch den Jardin du Luxembourg und dem anschließenden Cafébesuch nach Hause kam, dachte ich noch einmal über das Thema nach, auf das wir – neben so vielen anderen in diesen paar Stunden – zu sprechen gekommen sind, dieses Thema, an dem Sie kaum zu rühren wagten, obwohl es Sie so interessierte, warum auch nicht, schließlich beschäftigte es jeden, der irgendwann mit mir und Raúl, und sei es nur über die Literatur, zu tun hatte: die Tatsache, daß wir keine Kinder hatten, und die wie selbstverständlich daraus folgende Annahme, daß wir keine sexuelle Beziehung hatten. Wie sollte man nach Raúls Coming-out auch nicht auf den Gedanken kommen, daß unsere zwanzig Ehejahre eine Farce oder wenigstens eine dieser merkwürdigen geschwisterlichen Beziehungen gewesen waren oder gar eine dieser schrecklichen Mutter-Sohn-Beziehungen, von denen die Literaturgeschichte voll ist?

Als ich Ihnen heute sagte, daß Raúl und ich ein konventionelles Eheleben führten, wollte ich Sie in der Tat provozieren; ich wollte Ihnen zusehen, wie Sie darum ringen, daß Ihnen die Gesichtszüge nicht entgleiten, daß Sie nicht vor mir erröten. Ich erinnere mich tatsächlich, »ficken« gesagt zu haben, obwohl ich weiß, daß es für Sie empörend sein muß, sich Raúl in einer so entsetzlich vulgären Situation vorzustellen, in der ihn nichts von irgendeinem dumpfen Baggerfahrer unterscheidet.

Aber ich habe nicht gelogen. Jedenfalls nicht nur.

Sie müssen bedenken, daß ich, als ich Raúl heiratete, praktisch ein Kind ohne irgendwelche Erfahrungen in diesen Angelegenheiten war. Natürlich gab ich mich erwachsen und affektiert, aber meine früheren Beziehungen waren über brave Küßchen auf der Treppe und harmlose Berührungen im Kino nicht hinausgegangen und auch nur im Beisein anderer Menschen, so daß ich, falls die Sache mir zu weit gegangen wäre, jederzeit den jeweiligen Verehrer in die Schranken hätte weisen können. Als wir heirateten, erwartete ich natürlich von Raúl – schließlich war er fünfzehn Jahre älter als ich –, daß er mich in die, nennen wir es Mysterien der Existenz, einführen würde. Er enttäuschte mich nicht. Raúl war ein guter Liebhaber, rücksichtsvoll und zärtlich, mit einem großartigen Sinn für Humor – was sich wunderbar mit Sex verträgt, auch wenn viele das bezweifeln –, allerdings nur gelegentlich und – wie ich damals dachte – nicht sehr leidenschaftlich. Ich will aufrichtig zu Ihnen sein, und daher gestehe ich Ihnen, daß sich mir die Leidenschaft dieses Mannes, der so lange Jahre mein Ehemann gewesen war, erst offenbarte, als ich sah, wie er Hervé anblickte. Und daß ich in diesem Moment am Boden zerstört war.

Aber in unseren ersten Jahren in Paris, in Rom und später wieder in Paris halfen wir uns gegenseitig, unsere Sinnlichkeit zu erkunden, unsere jeweiligen Möglichkeiten, dem anderen Lust zu verschaffen, ihn zum Lachen und Träumen zu bringen. Später, warum sollte ich Ihnen das verschweigen?, verflachte unser Paarleben in der Alltagsroutine, und auch wenn wir uns genauso liebten wie am Anfang, war Raúl nun mehr mein Vertrauter als mein Liebhaber. Er hat mir seinen Körper nie verweigert, auch wenn er ihn mir vielleicht nicht geschenkt hat wie seine Seele, und das einzige Problem war, daß mir das oft nicht genug war und daß es mir peinlich war, ihn um etwas bitten zu müssen, das ich als mein natürliches Recht empfand, zu dem er den ebenso intensiven Wunsch hätte verspüren müssen wie ich. Ich wäre niemals auf den Gedanken gekommen, daß er sich von Frauen nicht angezogen fühlte. Seine Treue wertete ich als eine weitere gute Eigenschaft von ihm, und es wäre mir nie in den Sinn gekommen, daß sie etwas anderem zu verdanken war als seiner Liebe zu mir und seiner Angst, mich zu verlieren.

Ende der sechziger Jahre, als es in den Universitäten hoch herging, begann ich, gelegentlich kurze Beziehungen zu anderen Männern zu haben: Ich war stolz darauf, nie zweimal mit demselben ins Bett zu gehen. Und auch wenn Raúl und ich nie darüber sprachen, wußte er genau, daß unsere monatelange Enthaltsamkeit nur deshalb gutging, weil ich meine Bedürfnisse woanders befriedigte. Er war mir dankbar dafür, so zumindest interpretierte ich seine plötzliche Zärtlichkeit, wenn ich mich neben ihn ins Bett kuschelte, ihm einen Gute-Nacht-Kuß auf die Wange drückte und ohne weitere Annäherungsversuche meine Füße an seinen wärmte, um einzuschlafen. Er umarmte mich dann von hinten, drückte mich fest an sich und küßte mich zärtlich aufs Ohr: »Schlaf gut, meine kleine Hauteclaire.«

Einmal mußte ich nach München reisen; ich sollte irgendwelche Gemälde begleiten, die der Louvre für eine Retrospektive an die Neue Pinakothek verliehen hatte, und als ich an einem freien Nachmittag durch die Innenstadt spazierte, entdeckte ich einen Beate-Uhse-Laden, der damals noch Institut für Ehehygiene hieß. Nach kurzem Zögern ging ich hinein, und was ich dort sah, versetzte mich in Staunen. Zum ersten Mal sah ich Sexspielzeug und hatte keine Ahnung, was man mit den meisten dieser Geräte anfangen sollte; außer bei denen, die sich von selbst erklären, war hier mehr Erfahrung oder vielleicht auch nur mehr erotische Phantasie gefragt, aber ich hatte Glück, der Laden war menschenleer, und die junge Verkäuferin war nett und sprach französisch. Wenn sie sprachlich nicht weiterwußte, erläuterte sie mir mit vollkommen hemmungslosen Gesten die Anwendungsmöglichkeiten all dieser Dinge und wie ihr Gebrauch Vergnügen und Lust des Paares zu steigern vermochten.

Sie müssen bedenken, daß wir von einer Zeit reden, in der noch nicht jeder einen Videorekorder hatte und pornographische oder auch nur erotische Filme gab es ausschließlich in besonderen Kinos zu sehen, wo man sich unter allerlei unangenehme Leute mischen mußte; in normalen Geschäften konnte man noch nicht einmal attraktive Dessous kaufen – in Paris gab es zwar ein paar Läden für Kabarett-Darstellerinnen und Edelnutten, aber dort hätte ich damals keinen Fuß hineingesetzt. Ich rede von einer Zeit, in der man solche Utensilien, wie es sie in diesem Münchner Geschäft zu kaufen gab, für Werkzeuge des Satans hielt. Wer so etwas anfaßte – so meinte ein Großteil der Leute –, käme auf direktem Weg und für immer und ewig in die Hölle, und die wenigen, die nicht so dachten, verachteten sie als Ausdruck bourgeoiser Dekadenz, weil sie den Geschlechtsakt in seiner Natürlichkeit, die spontane Vereinigung zweier Körper, pervertierten, sie zu etwas Materialistischem und von der Natur Entfremdeten herabwürdigten.

Ich verbrachte fast zwei Stunden in dem Laden, probierte Wäsche und suchte ein paar Spielsachen aus, mit denen ich Raul verführen, ihm etwas zeigen wollte, was für uns beide neu war. Monate später gingen wir in Paris sogar in einen Pornofilm, den wir auf gut Glück ausgewählt hatten. Heute weiß ich, daß es einer der härteren Streifen war, weil er auch gleichgeschlechtlichen Sex – zwischen Männern wie zwischen Frauen – zeigte. Als wir nach Hause kamen, war Raúl in einer Weise erregt, wie ich es gar nicht von ihm kannte, viel mehr noch, als wenn wir unsere neuen Spielzeuge benutzt hatten. Damals begriff ich noch nicht, daß das mit den homosexuellen Filmszenen zusammenhängen mußte, die wir ein paar Stunden zuvor gesehen hatten und die er wahrscheinlich immer noch vor sich sah, als er mich mit geschlossenen Augen umarmte, sich dann anal penetrieren und von mir mit dem Mund verwöhnen ließ –, Künste, die ich erst seit kurzem und dank der deutschen Wunderdinge beherrschte und die, obwohl ich die Initiative ergriffen hatte, nach anfänglicher Verwirrung ihm sogar besser gefielen als mir.

Es war eine gute Zeit damals. Ich ließ davon ab, mich mit anderen Männern zu treffen, denn da meine sexuellen Bedürfnisse nun befriedigt waren, wollte ich niemand anderen in der Welt haben als Raúl. Bis Amanda kam und alles in sich zusammenstürzte.

Ich könnte gar nicht genau sagen, ab wann unser Glück brüchig zu werden begann, ab wann unsere heimlichen Spiele, unsere Privatorgien nur für uns beide nicht mehr ausreichten; Raúl hatte diese Jazzmusiker und auch Amanda kennengelernt, und obwohl ich es bis heute nicht begreife, muß diese Frau ihm irgend etwas gegeben haben, was er von mir nicht bekam;

irgendein intensives Erlebnis muß ihn dazu gebracht haben, mich für immer zu verlassen.

Ich glaube nicht, daß Sie eine zufriedenstellende Erklärung für das, was geschehen ist, finden werden. Aber ich werde Ihr Kapitel darüber aufmerksam lesen, vielleicht können Sie ja die Frage beantworten, die mich umtreibt und womöglich bis zu dem Tag, an dem ich sterben werde, quälen wird.

Wenn Sie meine Zeilen jetzt lesen, da ich nicht mehr da bin, werden Sie sich vielleicht fragen, warum ich Ihnen das alles nicht erzählt habe, als Gelegenheit dazu war, als wir uns trafen und über Raúl redeten. Ich weiß nicht recht, welche Antwort ich darauf geben soll. Wahrscheinlich ist es mir so lieber, weil ich es zunächst nur mir selbst erzähle und später entscheiden kann, ob ich Ihnen die Blätter gebe oder Sie im Unwissen lasse, in dieser Naivität, die ich an Ihnen so reizvoll finde. Wenn Sie bis hierher lesen durften, dann deshalb, weil Sie es sich auf irgendeine Weise verdient haben und ich beschlossen habe, Sie an einigen besonderen Momenten meines Lebens teilhaben zu lassen. Bitten Sie mich nicht um mehr. Das ist alles, was ich Ihnen geben kann.

~

Das Taxi fuhr durch die festlich erleuchteten Straßen von Paris, und jedesmal wenn sie an einem besonders hell strahlenden Gebäude vorbeikamen, ließ Raúl sich zu einer begeisterten Bemerkung hinreißen und drückte ihre Hand, so als fürchtete er, er könnte sie verlieren. Amelia sah ihn erwartungsvoll an und bemühte sich, hinter sein etwas angespanntes Lächeln und seine sprudelnden Worte zu blicken und zu erraten, wohin sie fuhren und was es zu feiern gab. Als sie nach Hause gekommen war, hatte Raúl sie einfach zum Friseur geschickt – den Termin hatte er für sie vereinbart – und ein Cocktailkleid aufs Bett gelegt, das für die meisten Anlässe viel zu elegant gewesen wäre und das ihn ein Vermögen gekostet haben mußte.

»Es ist eine Überraschung, Hauteclaire. Verlaß dich auf mich.«

Das tat sie mit Freude, denn sie liebte Überraschungen, und es war selten genug, daß Raúl eine solche gelang. Der Arme war so leicht zu durchschauen, so kindlich, daß sie bisher meistens die Überraschte hatte spielen müssen, damit er nicht bemerkte, daß sie sein Vorhaben schon erraten hatte. Aber dieses Mal war es anders: Es war weder ihr Geburtstag noch ihr Hochzeitstag, und es hatte sich nichts ereignet, das an diesem Herbstabend des Feierns würdig gewesen wäre. Da war natürlich dieses Romanprojekt: Seit Ende September schon schloß Raúl sich immer wieder geheimnistuerisch mit seiner Schreibmaschine ein, und sie hatte ihm nichts weiter entlocken können, als daß er ernsthaft daran dachte, einen Roman zu schreiben, nach so vielen Erzählungen und Gedichten den ersten Roman in seinem Leben. Möglich, daß die Idee endlich konkrete Gestalt angenommen hatte. Oder daß er ein erstes Kapitel geschrieben hatte und dies im großen Stil feiern wollte. Doch dann hätte er ihr wahrscheinlich die geschriebenen Seiten gezeigt und nicht eher zu feiern gewagt, bis er ihr Urteil erfahren hätte.

Es konnte auch sein ... – bei diesem Gedanken stockte ihr für eine Sekunde der Atem –, ... daß Raúl entgegen ihrer Verabredung vor André doch damit herausgeplatzt war, daß sie in Rom einen Roman geschrieben hatte. Es konnte sogar sein, daß er ihm das Manuskript ohne ihr Wissen gezeigt hatte. Vielleicht hatte er sie deshalb vor Wochen so feierlich gebeten, *Amor a Roma* André nicht gleich zu geben, sondern noch etwas zu warten. Und in diesem Fall konnte es sein, daß André – sie wagte kaum, daran zu denken – den Roman veröffentlichen wollte und daß sie ihn in irgendeinem Nobelrestaurant treffen würden – so wie sie gekleidet waren, mußte es wirklich ein sehr nobles Restaurant sein –, wo er ihr eröffnen wollte, wie begeistert er von ihrem Manuskript sei und daß der Roman mit Sicherheit ein großer Erfolg werden würde. Konnte das sein?

Sie vermochte ihre Neugierde kaum zu bändigen, und um sich zu beruhigen und nicht mit drängenden Fragen Raúl die Überraschung kaputtzumachen, verlegte sie sich darauf zu raten, welches Restaurant das Taxi wohl ansteuern mochte. Die Place de la Concorde hatten sie hinter sich gelassen und fuhren nun die Champs-Élysées hinauf. Das einzige Luxusrestaurant, das sie in dieser Gegend kannte, war das *La Maison du Caviar*, aber es schien ihr undenkbar, daß ihr erster Roman, und sei er noch so gut, Anlaß für ein Abendessen dieser Kategorie böte. Unterhalb des Literatur-Nobelpreises gab es kaum etwas, das dies rechtfertigte.

Raúl plauderte unablässig, und sie amüsierte sich bei dem Gedanken, daß viele junge Lateinamerikaner ihm fasziniert an den Lippen hängen würden, hätten sie die Gelegenheit, ihm zu lauschen, während sie in ihre eigenen Überlegungen versunken war und gar nicht zuhörte, wie Raúl wie ein aufgezogenes Uhrwerk eine Anekdote nach der anderen zum besten gab.

Am Rond Point bog das Taxi in die Avenue Montaigne in Richtung Place de l'Alma ab, womit die Aussicht auf *La Maison du Caviar* sich erledigt hatte. Diesmal schien Raúl die Überraschung tatsächlich gelungen zu sein, und sie genoß es mit kindlicher Freude. Der angestrahlte Eiffelturm ragte klar in den zimtfarbenen Himmel, während sie die Pont de l'Alma in Richtung Champ-de-Mars überquerten. Wo fuhren sie bloß hin? Ihr fiel kein Restaurant in dieser Gegend ein. Waren sie allerdings wirklich mit André verabredet, hätte sie es mit dem Raten auch schwer, denn der Verleger tat kaum etwas lieber, als für seine Freunde unbekannte Restaurants zu entdecken.

Einige Minuten später hielt das Taxi am Fuß des Eiffelturms, und Raúl reichte ihr als vollendeter Kavalier zum Aussteigen die Hand.

»Wohin gehen wir?« fragte sie endlich.

»Neugierde kann tödlich sein. Laß dich einfach führen.«

Sie fuhren mit dem Aufzug in den zweiten Stock, den Blicken aller möglichen Touristen ausgesetzt, die ihre elegante Kleidung bestaunten: Raúl im dunklen Anzug mit Krawatte und sie in ihrem neuen schwarzen Cocktailkleid und dem rosafarbenen, ebenfalls neuen Schal.

Aus der leichten Brise am Fuß des Turms waren im zweiten Stock heftige Böen geworden, denen sie allerdings nicht lange ausgesetzt waren, da der vorausgehende Raúl sogleich die Tür des besten Panoramarestaurants von Paris aufzog: des *Jules Verne*. Sie hätten mit dem Privataufzug auch direkt ins Restaurant fahren können, aber Raúl hatte die Spannung noch ein paar Minuten hinauszögern wollen.

Hier war ihre Kleidung nicht mehr zu fein. Die Paare an den anderen Tischen waren ebenso elegant und fügten sich glänzend in das Ambiente aus Edelholz, weißen Damasttischdecken und Kerzenschein.

»Wir haben eine Reservierung für zwei Personen auf den Namen De la Tour«, sagte Raúl zu dem *maître*, noch bevor Amelia zu einer Frage ansetzen konnte.

De la Torre war für Franzosen kaum auszusprechen, ebensowenig Gayarre, so daß sie irgendwann beschlossen hatten, bei allen telefonischen Reservierungen die französische Übersetzung von Raúls Namen anzugeben.

»André kommt nicht?« fragte Amelia, während sie dem *maître* an ihren Tisch folgten.

»Warum sollte André kommen?«

»Ich weiß nicht, irgendwie bin ich davon ausgegangen, daß mich eine ... wie soll ich sagen ... literarische Soiree erwartet«, rang sie nach einer möglichst unbestimmten Antwort, um ihre Gedanken nicht allzusehr durchblicken zu lassen.

»Das ist es auch, Hauteclaire, das ist es. Im Grunde sind unsere Soireen doch immer literarisch, oder nicht?« Er lächelte ihr zu, während er sich auf dem Stuhl niederließ, den der *maître* höflich für sie vom Tisch weggezogen hatte.

Die Lichter der Stadt lagen vor ihnen wie ein Geschenk.

»Gut ...«, sagte sie, sobald Menü und Weine gewählt waren, »willst du mir jetzt sagen, was wir feiern?«

»Noch nicht«, antwortete Raúl, der die Ecke seiner gestärkten Serviette in einem anscheinend unbewußten Tick immer wieder hoch- und runterklappte. »Erst das Essen. Du hattest eine Speisekarte ohne Preise, weil du die Dame bist, aber dieses Restaurant ist so teuer, daß wir das Essen erst einmal genießen sollten, ohne uns weitere Gedanken zu machen.«

»Aber du hast doch eine gute Nachricht, oder?«

»Aber selbstverständlich habe ich eine gute Nachricht«, entgegnete Raúl und küßte ihr die Hand. »Solange wir zusammen sind, gibt es für uns nur gute Nachrichten.«

Sie sahen sich einige Sekunden lang in die Augen und hielten sich noch immer an den Händen.

»Weißt du was, Hauteclaire?« sagte Raúl schließlich ganz leise, »etwas Besseres als dich hätte mir das Leben nicht schenken können, und ich möchte dir danken für alles, was du mir bedeutest.«

Sie spürte, wie ihr Tränen in die Augen traten, und wandte den Blick ab nach draußen. Die Lichter der Stadt glitzerten wie Kometen, die ihre Schweife hinter sich herzogen.

»Du liebst mich auch, nicht wahr?« wollte er wissen.

»Mehr als alles in der Welt«, antwortete Amelia, während sich ihr die Kehle zusammenzog. In diesem Augenblick hätte sie alles gegeben, daß Raúl für den Rest ihres Lebens bei ihr blieb; sie wollte diesen Augenblick festhalten, das Glänzen in seinen Augen, seine warme Hand, die ihre streichelte. Alles hätte sie dafür geopfert. Und er wußte es.

»Sieh, Hauteclaire«, begann er eine lange Weile später, als sie mit dem Dessert fertig und bei der aromatischen *Grappa di Nebbiolo di Barolo* angelangt waren, die sie in Rom für sich entdeckt hatten: »Es geht um *Amor a Roma*.«

Amelia bekam sofort leuchtende Augen und ein warmes Gefühl schoß ihr durch den Bauch: »Wirklich?«

»Ich habe dir doch gesagt, daß ich André davon erzählt habe, erinnerst du dich?«

Sie nickte, und da Raúl nicht merken sollte, daß sie zitterte, umklammerte sie mit beiden Händen das Glas, bevor sie es zum Mund führte.

»Er fragte mich, ob ich nicht einen Roman schreiben könnte, der anders ist, originell, packend; etwas, das es noch nie gegeben hat. Darauf sagte ich ihm, daß ich kein Romancier sei, daß ich so etwas zu schreiben nie versucht hätte, daß das nicht ich sei ... aber du kennst ihn ja, er ließ einfach nicht locker. Ich wußte nicht, was ich sagen sollte ... In dem Augenblick fiel mir spontan überhaupt nichts ein außer *Amor a Roma*. Und so habe ich ihm davon erzählt.«

Er machte eine Pause, so als hoffe er, Amelia würde auch so begreifen, ohne daß er noch etwas hinzufügte.

»Und er?« fragte Amelia schließlich.

»Er war begeistert von dem, was ich ihm erzählte. Es war von dir und irgendwie doch nicht, verstehst du?«

Sie wartete ab, was er weiter sagen würde. Raúl rutschte auf seinem Stuhl hin und her, als wäre die Sitzfläche unangenehm warm geworden.

»Ich habe ihm versprochen, so einen Roman zu schreiben.«

»Und daran hast du die ganzen letzten Wochen auch gearbeitet.«

»Ja, so ist es«, er trank seine Grappa in einem Schluck aus und führte die Serviette an die trockenen Lippen. »Aber es gelingt mir nicht. Ich bin kein Romancier, Hauteclaire. Es wird mir nie gelingen.«

»Natürlich wird es dir gelingen«, entgegnete Amelia entschieden. »Ein so konstruierter Roman ist nichts anderes als viele ineinandergeschobene Erzählungen. Du bist ein Erzähler: Du hast eine wunderbare Vorstellungskraft, einen großartigen Stil, eine natürliche Gabe, mit ein paar Sätzen eine Figur zu kreieren. Wenn ich es geschafft habe, *Amor a Roma* zu schreiben, warum sollte dir so etwas nicht auch gelingen?«

Er wiegte weiter den Kopf.

»Es ist eine Frage der Disziplin, Raúl, du brauchst nur an deiner Arbeit dranzubleiben und das, was du André erzählt hast, zu Papier zu bringen.«

»Aber ich habe ihm doch *Amor a Roma* erzählt, und jetzt muß ich etwas schreiben, das genauso gut und dennoch anders ist.«

»Du hast ihm *Amor a Roma* erzählt?« Amelias Stimme klang auf einmal frostig, als habe sie in diesem Augenblick begriffen, was Raúl die ganze Zeit versucht hatte, ihr nahezubringen.

Er nickte, ohne ein Wort zu sagen, und setzte zu seinem verlegenen Lächeln an, wie ein Junge, der etwas angestellt hat und nun seinen Charme spielen läßt, damit man ihm auch ohne große Reuebekenntnisse verzeiht.

»Und du hast ihm nicht gesagt, daß ich es geschrieben habe?«

Wieder nickte er, und sein Lächeln wurde breiter, als versuche er, das Ungeheuerliche zum verzeihlichen Ausrutscher herunterzuspielen: »Ich wußte mir in dem Moment nicht zu helfen und redete einfach drauflos.«

»Wir können es ihm auch jetzt noch sagen.«

»Nein, eben nicht.« Das Lächeln war aus seinem Gesicht verschwunden, und er erblaßte.

»Warum nicht?«

»Weil ich bereits unterschrieben habe, Amelia. Weil ich dieses Kleid und dieses Abendessen vom Vorschuß für *Amor a Roma* bezahlt habe.«

Amelia blickte ihm einige Sekunden lang fest in die Augen, wie um ihm Zeit zu geben, damit er sagen könnte, daß das alles nicht wahr sei, sondern nur ein Scherz, und daß André natürlich wisse, daß der Roman, den er veröffentlichen wolle, von ihr sei.

Nach einer Weile legte sie die Serviette auf den Tisch, stand auf und ging mit weichen Knien zur Toilette, wo sie gerade noch rechtzeitig ankam, um das wunderbare Abendessen in die Kloschüssel zu speien.

Als sie an den Tisch zurückkehrte, zitterte sie am ganzen Körper, ihre Haut fühlte sich kalt und feucht an wie die eines Froschs.

»Ich habe also richtig verstanden«, sagte sie und sah Raúl fest an. »Du bittest mich allen Ernstes, dir *Amor a Roma* zu überlassen, damit du das Buch als deinen Roman, unter deinem Namen veröffentlichen kannst?«

Er ließ den Kopf hängen: »Es tut mir leid, Hauteclaire. Du mußt mir glauben. Es tut mir wirklich leid. Ich würde dich nicht darum bitten, wenn es eine andere Lösung gäbe, aber André hat bereits ein paar vertrauliche Informationen gegenüber den Kritikern und der Presse durchsickern lassen, du weißt schon. *Amor a Roma* eilt schon ein Ruf voraus. Alle warten darauf. Und ich bin leer. Ich wäre niemals in der Lage, ein solches Buch zu schreiben. Und du bist die einzige, die das weiß.«

Amelia ließ den Kopf auf die Brust sinken, dann blickte sie nach draußen, zu den Lichtern der sich zu ihren Füßen ausbreitenden Stadt.

»Ich weiß nicht, was ich machen soll, Hauteclaire. Ich habe es versucht. Ich habe es mit aller Macht versucht, aber ich kann es nicht. Alle meine Gedanken, alle meine Einfälle werden von deinem Roman durchkreuzt. Er ist einfach zu stark, zu gut. Ich könnte es so nicht.«

Sie antwortete nicht. Sie betrachtete weiter die Lichter, in einer seltsamen Leere, als hätte sie nicht nur das Abendessen, sondern alle Gefühle, die sie bis vor wenigen Minuten erfüllt hatten, von sich gegeben.

»Ich brauche dich, Amelia. Hauteclaire. Mein Degen, meine mutige Amazone. Ich brauche dich.«

Er sprach mit warmer Stimme. Tränen standen in seinen Augen: Sie bemerkte es, als sie aufblickte und ihren Mann fest ansah.

»Du sollst auch etwas dafür haben. Alles, was du willst, sollst du dafür haben, wenn du das für mich tust. Mir zuliebe.«

Schweigend gingen sie Hand in Hand nach Hause, und als sie im Bett waren, liebte Raúl sie in ungekannter, unbändiger wilder Leidenschaft.

Danach, als sie im Dunkeln lagen, sagte Amelia: »Ich muß ihn überarbeiten. Mir sind ein paar kleine Korrekturen eingefallen, mit denen er noch besser wird. Ich brauche einen Monat.«

Er vergrub sein Gesicht in ihr offenes, schweißnasses Haar: »Ich liebe dich. Mein ganzes Leben lang werde ich dich lieben«, flüsterte er.

~

Der Umschlag, den Amelia ihm gegeben hatte, glühte in seiner Tasche, doch er wollte ihn nicht im Taxi nach Hause öffnen. Er wollte den Inhalt, was auch immer es sein mochte, in Ruhe und allein lesen, ohne dabei von irgendwem beobachtet zu werden. Vielleicht war es ein unveröffentlichter Text von Raúl, und das verlangte nach einer besonderen, einer feierlichen und würdevollen Atmosphäre.

Im Schein seiner Arbeitslampe, dem einzigen brennenden Licht in seinem Zimmer, öffnete er ihn mit zitternden Fingern.

Es war keine Erzählung von Raúl. Es waren ein paar knappe Zeilen in der energischen und leicht geneigten Handschrift Amelias:

Lieber Ari,
hiermit lade ich Sie für den 28. Dezember zu einer besonderen Soiree ein, einer Soiree à la Raúl. Sollten Sie sich zu einer Zusage entschließen, treffen wir uns um Punkt acht Uhr abends am Fuß des Eiffelturms. Kommen Sie allein, und halten Sie sich den Abend frei von weiteren Verpflichtungen.

Amelia

P.S.: Krawattenzwang!

Ein Geschenk. Sie hatte ihm gesagt, es sei ein Geschenk. Würde sie ihm endlich alles erzählen? Wollte sie ihm vielleicht irgendein unveröffentlichtes Manuskript überreichen? Was war es, was sie ihm geben wollte? Sie hatte ihm gesagt, daß sie sich nicht sicher gewesen sei, ob sie ihm dieses zweite Geschenk wirklich geben wolle, daß sie sich erst, nachdem er ihr den Briefbeschwerer geschenkt hatte, dazu entschlossen habe.

In ein paar Tagen würde er es wissen, doch er hielt es schon jetzt vor Nervosität kaum noch aus.

In dem Augenblick kam von seinem Handy das Signal, daß er eine Textnachricht empfangen hatte:

Frohe Weihnachten, Ari! Wollen Sie auf meine Silvesterparty kommen? Am 31., ab 9 bei mir zu Hause. Ich würde mich freuen. Nadine.

Zwei Einladungen von zwei vollkommen unterschiedlichen Frauen, zum Glück nicht für denselben Tag. Wenn er sich hätte entscheiden müssen, wäre seine Wahl ganz klar auf Amelia gefallen. Nadine war nett und in seinem Alter, aber Amelia besaß die Schlüssel zu einem Geheimnis, das er enträtseln mußte, und das war ihm derzeit das Wichtigste im Leben.

Obwohl er wußte, daß er nicht würde einschlafen können, legte er sich ins Bett, und während er sich in den Laken wälzte, gingen ihm die wildesten Gedanken durch den Kopf. Amandas Gesicht, das er nur von Fotos kannte, legte sich über das von Amelia, und die Sätze, die er von diesen und von jenen gehört hatte, kreuzten sich in der Dunkelheit wie Schriftzüge auf einem Bildschirmschoner. »Sie war ein Biest«, »Sie war eine Rakete«, »Sie wäre die perfekte Domina«, »Eine Klassefrau«, »Eine Sowjetagentin«, »Eine Harpyie«, »Mandy und ich auf Ibiza. 1971«, »Niemand wußte, wovon sie lebte«, »Sie ging mit jedem ins Bett«, »Sie war Programmleiterin für Literatur«, »Wir haben nie verstanden, warum Raúl sie geheiratet hat«.

Er würde es schon noch herausfinden, manchmal spürte er, daß er nahe dran war. Er wußte, früher oder später würde sich auf irgendeine Weise alles zusammenfügen, und er würde endlich verstehen, was selbst Raúls engste Vertraute nie begriffen hatten. Erst dann wäre das Kapitel abgeschlossen, und er könnte weitergehen zu der Zeit mit Hervé, zu Raúls Coming-out und seinem späteren Selbstmord. Und damit wäre das Buch fertig. Er könnte den letzten Absatz schreiben und sich zurücklehnen mit der Gewißheit, Licht in die dunklen Stellen in Raúls Leben gebracht und endlich begriffen zu haben, was für ein Mensch der gewesen war, der neben anderen Meisterwerken *Amor a Roma* und *De la Torre hoch zwei* geschaffen hatte.

Beim Aufwachen waren seine Zuversicht und auch seine Träume zerstoben. Er hatte einen leichten Kater, ein pelziges Gefühl im Mund und brennende Augen und verspürte ein unerklärliches Gefühl der inneren Leere, als hätte er sich über Nacht in ein körperloses Wesen, ein Gespenst verwandelt, und das, obwohl ihn sein Unwohlsein deutlich auf den Boden der Tatsachen zurückbrachte.

Jetzt auf einmal wußte er, daß er sich nie darauf hätte einlassen dürfen, eine Biographie über jemanden zu schreiben, dessen Freunde noch lebten, denn jeder erinnerte sich auf seine Weise, und man mußte aus diesen vielen persönlichen Sichtweisen die notwendigen Informationen herausfiltern. Dafür war er nicht geschaffen; er hatte sein Leben lang Texte analysiert und sich den jeweiligen Wissensstand zu einer Person oder einem Gegenstand aus schriftlichen Quellen zusammengesucht. Seine Forschung hatte sich bislang auf geschriebene Texte beschränkt, und mehr als die Gewißheit, daß er alles, was ihn an dem jeweiligen Thema interessierte, fein säuberlich in seinen Ordnern und Dateien abgelegt hatte, gab es nicht zu erreichen. Natürlich blieben immer wieder Lücken, aber das hatte dann daran gelegen, daß das Wissen an dieser Stelle verlorengegangen war, und darum durfte er sie auch mit ruhigem Gewissen stehenlassen.

Jetzt war es anders: Alle vorhandenen Lücken könnten geschlossen werden, wenn er nur den geeigneten Menschen finden würde, oder wenn einer derjenigen, die ihm Informationen lieferten, sich dazu entschließen würde, ihm alles zu erzählen, was er wußte, anstatt zu lügen, Dinge auszulassen oder sich in Selbstzensur zu üben.

Während Ari einen Orangensaft trank – ein schönes Weihnachtsfrühstück!, dachte er flüchtig –, ging er noch einmal alles durch, was er von Amelia hatte erfahren können, doch er konnte nur den Kopf schütteln, so wenig war es! Kaum mehr als ein paar unbedeutende Kleinigkeiten, Ticks, Vorurteile, alles Dinge, die er nicht nachprüfen konnte und mit denen sich höchstens etwas Farbe in die Biographie bringen ließ. Im Grunde schrieb er nichts weiter als einen ausführlichen Lebenslauf eines Schriftstellers, doch genau das wollte er nicht: Er wollte den Lesern zeigen, was für ein Mensch Raúl gewesen war, was für ein Leben er gelebt hatte, was ihn zu bestimmten Entscheidungen geführt hatte, welche Folgen diese Entscheidungen wiederum für sein weiteres Leben und Werk hatten, doch er hatte nun mehr denn je das Gefühl, von diesem Vorhaben Lichtjahre entfernt zu sein. Es war noch viel schlimmer: Die Nachforschungen über Raúls Leben ließen sein eigenes Leben immer weiter in den Hintergrund treten. Seit Monaten richtete er alle seine Handlungen und Gedanken darauf, mehr über das Leben eines anderen Menschen zu erfahren und dieses zu verstehen, worüber er sein eigenes Leben ganz vergaß, und wenn er nicht achtgab, würde dieser vorübergehende Zustand dauerhaft werden. Wie lange war es her, daß er zum letzten Mal einfach zum Vergnügen mit einer Frau ausgegangen war? Wie lange war es her, daß er sich einen Film angesehen hatte, einfach weil er ihn interessierte und ohne zu überlegen, ob er Raúl auch gefallen hätte? Wie lange war es her, daß er einen seiner wenigen Freunde angerufen hatte, um ein wenig zu plaudern?

Weihnachten war doch eigentlich ein guter Anlaß, zum Telefonhörer zu greifen und sich bei Martin, Rainer, Mareike zu erkundigen, was es Neues gab ... Noch nicht einmal seine Eltern hatte er angerufen, aber er hatte am Abend zuvor einfach nicht die Nerven für ein Telefonat mit ihnen gehabt, für die Vorwürfe seiner Mutter, warum er an Weihnachten nicht nach Hause gekommen sei, für die Einsilbigkeit seines Vaters, der nicht verstehen wollte, warum er sich zu einer so absonderlichen, lebensfernen beruflichen Laufbahn entschieden hatte, für die spöttischen Bemerkungen seines Bruders über die erneute Heirat seiner Ex-Frau Rebecca, von der er doch schon immer gewußt hatte, daß sie nicht zu ihm paßte, obwohl ihre Ehe immerhin sieben Jahre gehalten hatte.

Wie zur Erlösung von seinem schlechten Gewissen, kam ihm die Idee, eine SMS zu schreiben. Er tippte seine Weihnachtsgrüße ins Handy und schickte sie an seine Familie. So konnte ihm niemand vorwerfen, er hätte nicht an zu Hause gedacht, und gleichzeitig brauchte er sich seine Laune nicht noch weiter verderben zu lassen. Und wenn sie mit ihm reden wollten, konnten sie ja auch anrufen. Die Telefonleitung hat schließlich zwei Enden, wie seine Mutter jedesmal sagte, wenn sie eine Entschuldigung dafür suchte, daß sie jemanden nicht angerufen hatte.

Er hatte den Gedanken noch nicht zu Ende geführt, als sein Handy auf dem Tisch zu klingeln anfing, so daß er aufschrak. Die Nummer kannte er nicht. Zum Glück war es niemand von seiner Familie, der postwendend anrief, um ihm vorzuwerfen, daß er nur eine SMS geschrieben hatte. Er ging ran.

»Herr Lenormand?« sagte die Stimme einer älteren Frau. »Ich bin Aline Halbout. Meine Tochter hat mir gesagt, daß Sie mich sprechen möchten. Ich wollte Sie schon viel früher anrufen, aber bei all den Weihnachtsvorbereitungen ist es mir erst jetzt wieder eingefallen.«

Zuerst stutzte Ari, doch dann fiel ihm wieder ein, daß Aline eine von Armands alten Freundinnen war, die mit der großartigen Stimme, von der Maurice erzählt hatte, die ihrem Ehemann zuliebe das Singen aufgegeben hatte.

»Das macht gar nichts. Vielen Dank, daß Sie anrufen. Wären Sie bereit, sich mit mir zu einem Gespräch zu treffen?«

»Würden Sie mir vielleicht erklären, worum es geht?«

»Natürlich: Ich schreibe an einem Buch über das Leben von Raúl de la Torre, einem argentinischen Schriftsteller, und bei meinen Recherchen bin ich in einem alten Kalender und auf Fotos aus dem Besitz von Armand Laroche auf Sie gestoßen. Ich würde Ihnen gern ein paar Fragen über die späten siebziger Jahre stellen.«

»O, mein Gott! Das ist fast dreißig Jahre her. Ich bin mir nicht sicher, ob ich mich überhaupt noch an etwas erinnere.«

»Ich habe mich auch schon mit Maurice Laqueur getroffen, und er hat noch eine ganze Menge gewußt.«

»Maurice! Ich habe schon so lange nichts mehr von ihm gehört! Wie geht es ihm?«

»Gut, eigentlich. Er wohnt in einem Altersheim, aber er hat sich gut gehalten und erinnert sich noch an so einiges.«

»Der gute alte Maurice! Grüßen Sie ihn von mir, wenn Sie ihn noch einmal sehen.«

»Meinen Sie, ein Treffen wäre möglich?«

Sie zögerte kurz: »Wollen Sie zu mir nach Hause kommen?«

»Ich komme, wohin Sie wollen.«

»Nun, ich weiß nicht ...«

»Wir können uns auch in irgendeinem Café verabreden. Ich möchte Sie nicht belästigen.«

»Ja. In einem Café wäre mir lieber. Irgendwo im Zentrum?«

»Wir wäre es mit *La Coupole*, am Montparnasse?«

»Ja, das liegt günstig für mich. Ich komme mit der Metro direkt hin. Wann würde es Ihnen passen?«

»Ich richte mich ganz nach Ihnen.«

»Könnten Sie morgen nachmittag, so gegen drei? Heute ist doch noch Weihnachten ... morgen oder übermorgen wäre mir lieber.«

»Ganz wie Sie möchten.«

»Dann sagen wir übermorgen um drei im *La Coupole*.«

»Am 27. Um drei, ja?«

»Ja. Abgemacht. Wie erkenne ich Sie?«

»Wie wäre es, wenn ich ein Buch von Raúl de la Torre mitnehmen würde?«

»Nehmen Sie doch besser eine Frauenzeitschrift mit. Die *Madame-Actualité* zum Beispiel. Männer mit Büchern gibt es viele, einen Mann mit einer Frauenzeitschrift trifft man weniger häufig an.«

Sie verabschiedeten sich, und Ari legte mit einem Lächeln auf. André und Yves hätte Alines Idee bestimmt gefallen.

~

Raúl de la Torre ist ein großgewachsener, breitschultriger Mann mit einem offenen Lächeln. Sein jugendlicher Charme ist verblüffend, denn sein Geburtsjahr ist bekannt – 1922 –, und schließlich rechnet man nicht mit einem jungen Mann, wenn man mit einem dreiundsechzigjährigen Herrn verabredet ist; aber wie in vielen anderen Dingen gelingt es Raúl auch in diesem Punkt zu täuschen.

Er hat einen kräftigen Händedruck, einen geradeaus gerichteten Blick, und seine Stimme ist, selbst wenn er leise spricht, noch dröhnend, obwohl er mit gedämpfter Stimme redet, wie es für die Bar des Hotel Crillon, wo wir verabredet sind, angemessen ist.

»Herr de la Torre, vermutlich können Sie sich denken, wie meine erste Frage an Sie lautet«, fange ich an.

Ein gewaltiges Lachen bricht aus ihm heraus und erschüttert die Gläser an der Bar.

»Betrifft Sie vielleicht zufällig meinen Freund?« fragt er lächelnd.

Auf mein Nicken hin redet er weiter; er erweckt nicht den Eindruck, als störe ihn dieses Eindringen in sein Privatleben.

»Als ich meine Beziehung zu Hervé publik machte, war mir bewußt, was ich damit auslösen würde. Ich könnte Ihnen antworten, daß das meine Privatsache ist (noch dazu eine intime), aber ich weiß, daß es für eine halböffentliche Person wie mich schwer ist, das Privatleben von allem Beruflichen fernzuhalten, und eigentlich habe ich zwischen meinem Leben und meiner Arbeit auch nie unterschieden. Tatsächlich ist es ein und dieselbe Sache. Hervé ist der Mensch, den ich liebe, was selbstver-

ständlich Einfluß auf meine Art zu leben und zu denken hat und auf meine Arbeit.«

»*Wird sich das in Ihrem zukünftigen Werk niederschlagen?*«

»*Natürlich. Wenn man sich, wie es mir geschehen ist, unsterblich in jemanden verliebt, schlägt sich das auf jeden Fall in einem Werk wie meinem nieder. Ich schreibe gerade an einem neuen Gedichtband und werde ihn sehr wahrscheinlich* Die Gegenwart der Körper *nennen.*«

»*Homosexuelle Liebesgedichte?*«

Raúl sieht mich amüsiert an, er hebt eine Braue und wartet, daß ich seinem Blick ausweiche. Ich halte ihn für einige Sekunden.

»*Einfach Liebesgedichte. Was ist der Unterschied?*«

»*Bereuen Sie aus Ihrer Sicht von heute ihre beiden, nennen wir es, konventionellen Ehen?« frage ich weiter nach.*

»*Warum sollte ich? In meine erste Frau, Amelia Gayarre, war ich genauso verliebt wie jetzt in Hervé. Meine Ehe mit Amanda Simansky hatte andere Gründe, aber ich wüßte nicht, warum ich irgend etwas bereuen sollte.*«

»*Können Sie mir sagen, wie Ihre erste Ehefrau reagiert hat, als sie die Nachricht erfuhr? Unsere Leserinnen interessiert das.*«

»*Amelia ist eine intelligente und weltoffene Frau. Wir sind nach wie vor gute Freunde, für sie zählt einzig und allein, daß ich glücklich bin. Und umgekehrt auch. Als sie vor ungefähr drei Jahren noch einmal heiratete, wünschte ich ihr alles Glück auf Erden.*«

»*Dürfen wir bald mit einem neuen Roman rechnen?*«

Raúl schüttelt den Kopf, als bedaure er es selbst: »*Ich fürchte, meine Zeit als Romancier ist vorbei. Vor kurzem ist mein neuer Erzählband* Der Mann im blauen Anzug *erschienen, und vor ein paar Monaten erst die Anthologie* Alltägliche Lügen. *Mit* Die Gegenwart der Körper *bin ich schon ziemlich weit. Ich schreibe gelegentlich für Zeitungen und Zeitschriften. Mehr schaffe ich nicht. Vielleicht irgendwann, aber derzeit habe ich kein neues Romanprojekt.«*

»Gut, Sie sind in erster Linie ein Autor von Erzählungen und Gedichten, aber eigentlich berühmt wurden Sie mit Ihren beiden großen Romanen.«

»Was bei den Lesern gut ankommt, ist noch einmal etwas anderes.«

»Und bei den Kritikern.«

»Ja, auch die Kritiker haben ihre eigenen Vorstellungen. Leider gibt es immer noch Kritiker, die, Borges hin oder her, Erzählungen nicht wirklich ernst nehmen und finden, daß nur ein Roman ihre Aufmerksamkeit verdient.«

»Warum haben Sie in zwanzig Jahren nur zwei Romane geschrieben?«

Wieder kommt dieses Lachen, das so ansteckend ist, daß ich mitlachen muß.

»Weil ich ein Faulenzer bin, aber sagen Sie das nicht weiter. Weil einen Roman zu schreiben viel Arbeit bedeutet und ich das Leben liebe: Es gibt immer etwas, zu dem ich mehr Lust habe, als mich zum Schreiben hinzusetzen. Als ich mit Amelia zusammenlebte, hat sie mich zum Schreiben angehalten, sie hat mich fast gezwungen, aber Hervé hat zum Glück andere Dinge im Kopf.«

»Es gibt Stimmen, die behaupten, der Altersunterschied zwischen Ihnen sei übermäßig groß.«

»Wir sind genau dreiundvierzig Jahre auseinander. Das ist nun einmal eine Tatsache. Wie gern wäre ich dreißig Jahre später geboren! Aber das ist ein eitler Wunsch, und wenn mir schon das Glück beschieden ist, auf meinem Lebensweg dem idealen Partner zu begegnen, und sei es mit diesem Altersunterschied, kann ich doch nicht die Augen verschließen und ihn ziehen lassen, finden Sie nicht? Ich habe den Verdacht, handelte es sich

um eine zwanzigjährige Frau, wäre es für niemanden so schwer zu verstehen.«

»Gestatten Sie mir eine persönliche Frage?«

»Noch eine?« Er lächelt angesichts meines bekräftigenden Nickens. *»Los, fragen Sie schon. Das Schlimmste, was Ihnen passieren kann, ist, daß ich nicht antworte.«*

»Hat es Sie große Überwindung gekostet, vor sich selbst und der Öffentlichkeit Ihre sexuelle Orientierung zuzugeben?«

Diesmal wird er ernst, er schlägt mehrmals die Beine übereinander und wieder auseinander, umfaßt das Knie mit den Händen und löst sie wieder, dann steckt er sich mit einer regelrechten Zeremonie eine Zigarette an und denkt, ohne mich anzusehen, über die Antwort nach.

»Ja«, sagt er schließlich, begleitet von Zigarettenrauch, *»sehr. Warum sollte man sich etwas vormachen? Ich selbst ebenso wie die Öffentlichkeit hatten ein fertiges Bild von mir. In gewissem Maß hatte ich sogar den Ruf eines Latin Lovers, obwohl ich nie einen konkreten Anlaß dazu geliefert habe. Ein Mann in meinem Alter ... und dann noch aus Argentinien, einem stark vom* machismo *geprägten Land ... zwei Ehen hinter sich ... also, es war nicht einfach. Wenn es mich in jüngeren Jahren erwischt hätte, hätte ich wahrscheinlich niemals den Mut aufgebracht. Aber irgendwann war der Moment gekommen, an dem ich mir klarmachen mußte, daß ich nicht weiter mit einer derart schwerwiegenden Lüge leben könnte, nur um das Bild von mir nicht zu zerstören. Außerdem fühlte ich, daß ich Hervé dies schuldete, daß ich unsere Beziehung nicht länger verheimlichen konnte wie etwas, für das man sich schämt. Darum habe ich den Entschluß gefaßt, obwohl Hervé das niemals von mir verlangt hätte.«*

»Und wem haben Sie es als erstes erzählt?«

»Meiner Ex-Frau Amelia und meinem besten Freund André Terrasse, der auch mein erster Verleger war.«

»Wie hat sie reagiert?«

Wieder lächelt Raúl, während er die Hände hinter dem Kopf verschränkt und den Blick hinauf zur Stuckdecke richtet.

»Diese Frage haben Sie mir vorhin schon einmal gestellt, aber, nun gut... Amelia war wie vom Donner gerührt. Ich glaube, mir war es zum ersten Mal in meinem ganzen Leben geglückt, sie zu überraschen. André hat es mit großer Selbstverständlichkeit aufgenommen.«

»Könnte es sein, daß er es erwartet hatte?«

»Was André von mir erwartet hat oder nicht, davon habe ich wirklich nicht die geringste Ahnung.«

»Verzeihen Sie mir meine Unwissenheit, aber ist Homosexualität nicht etwas, das man immer schon spürt?«

»In meinem Fall nicht. Mehr kann ich Ihnen dazu nicht sagen.«

»Das heißt also, hinter Ihren beiden Ehen stand nicht der Zwang, eine unangreifbare Fassade vorzuspielen oder die eigene sexuelle Neigung vor sich selbst zu leugnen.«

»So ist es.«

»Um zum Schluß zu kommen, Herr de la Torre, was würden Sie einem jungen Schriftsteller in Ihrer Situation heute raten? Soll er sich zu seiner Homosexualität bekennen, oder soll er mit dieser Kluft zwischen seinem Bild in der Öffentlichkeit und der privaten Identität weiterleben?«

»Er soll machen, was er für das Beste hält. Heutzutage legen die Leute viel zu viel Gewicht auf solche Dinge, als ob der Umstand, ob man sich in einen Mann oder in eine Frau verliebt, irgend etwas an einem Menschen ändern würde. Ein Schriftsteller soll schreiben, und an dem, was er schreibt, soll man ihn auch messen und nicht an seinen privaten Vorlieben.«

»Auch nicht an seiner ideologischen Überzeugung?«

»Natürlich nicht. Ein Schriftsteller ist zu allererst Künstler.

Wenn er seine politische Meinung äußert, tut er das als Mensch, nicht als Künstler.«

»*Man hat schon länger nicht mehr von Ihnen gehört, daß Sie für die kubanische Revolution oder ähnliches Partei ergreifen.*«

»*Zu solchen Themen möchte ich mich derzeit nicht äußern.*«
Wir respektieren seinen Wunsch und plaudern nach Beendigung des Interviews noch ein wenig weiter, während unser Fotograf zur Illustration des Interviews noch ein paar Aufnahmen macht. In seiner stets freundlichen Art folgt Raúl de la Torre den Anweisungen unseres Porträtisten und lädt uns, bevor wir auseinandergehen, noch auf ein Glas ein. Danke, Maestro!

»*Raúl de la Torre, ein Mann, der Mut beweist*«
Interview mit Raúl de la Torre von Monique Michaut
Madame-Actualité, September 1985

~

Am 27. Dezember um Viertel vor drei fand Ari sich im *La Coupole* ein, unter dem Arm ein Heft von *Madame-Actualité*. Er kam sich äußerst dumm damit vor, obwohl er sich immer wieder einzureden versucht hatte, daß es viele Gründe gab, warum ein Mann eine Frauenzeitschrift dabeihaben konnte. Eine Nelke im Revers wäre weitaus auffälliger gewesen, doch auch die hätte er sich angesteckt, wenn das die einzige Möglichkeit gewesen wäre, sich der Frau kenntlich zu machen, die sich zu einem Gespräch bereiterklärt hatte und anscheinend noch nicht da war. Fast alle Tische waren von Touristen besetzt, die auf ihrer Weihnachtsreise nach Paris unbedingt im *La Coupole* gewesen sein mußten und von denen die meisten, umgeben von Stadtplänen, Reiseführern und dem unverzichtbaren Fotoapparat, gerade mit dem späten Mittagessen fertig wurden. Offenbar schien in den Köpfen der Leute die Überzeugung fest verwurzelt zu sein, daß alles, was nicht gebührend durch Fotos dokumentiert wird, auch nicht geschehen ist. Und kurioserweise war das aus seiner Sicht als Wissenschaftler durchaus berechtigt. Hätte er nicht das Dia von Raúl und Armand in Venedig gefunden, er hätte sich nie sicher sein können, daß diese Reise stattgefunden hatte. So wußte er, daß Raúl mit seinem Saxophonistenfreund nach Venedig gereist war, obwohl keiner seiner Zeugen ein Wort über diese Frühlingseskapade verloren hatte. Allerdings sagte das Foto nichts darüber – Fotos haben eben ihre Grenzen –, warum er diese Reise unternommen und was sie für ihn bedeutet hatte.

Er legte die Zeitschrift auf den Tisch, bestellte einen *café crème* und wartete, darauf vertrauend, daß Aline ihr Wort halten würde. Was wollte er sie überhaupt fragen? Eigentlich gab es nichts, worüber sie ihm Auskunft geben konnte, außer vielleicht über diese sonderbare Angelegenheit, die Maurice Laqueur ihm unter der Pergola im Altersheim zugeraunt hatte. Doch das war ihm so peinlich, daß er sie wohl kaum darauf ansprechen könnte. Er würde sie einfach über die alten Zeiten reden lassen und hoffen, daß irgendeine ihrer Erinnerungen für ihn nützlich sein, vielleicht eine Vermutung von ihm bestätigen oder ihm eine neue Richtung für seine Nachforschungen weisen würde.

Obwohl es ein kalter und grauer Tag war, setzte sich draußen auf einmal eine ältere Dame an eines der Terrassentischchen, und kurz war Ari unschlüssig, ob er aufstehen und zu ihr gehen oder besser abwarten sollte, bis die Frau nach ihm Ausschau halten würde. Aber sie machte keine Anstalten, sich von ihrem Tisch wegzubewegen. Sie hatte ein Buch herausgezogen, sich gut in ihren roten Schal gewickelt und nur einmal kurz aufgeblickt, um bei dem Kellner etwas zu bestellen. So ruhig, wie sie sich ihrer Lektüre widmete, war sie wohl kaum mit jemandem verabredet. Er blieb also an seinem Tisch und behielt die beiden Eingänge des Cafés im Blick.

Um sieben nach drei kamen zwei Frauen herein, ganz offensichtlich Mutter und Tochter, und sahen sich um. Der Blick der Jüngeren fiel auf die Zeitschrift, wanderte nach oben zu Aris abwartendem Gesicht und wandte sich dann ihrer Mutter zu. Gemeinsam näherten sie sich seinem Tisch, und er stand auf.

»Herr Lenormand?« Es war die Stimme, die er vom Telefon kannte.

»Bitte nehmen Sie Platz. Was möchten Sie trinken?«

»Ich nichts«, sagte die Tochter. »Ich muß gleich wieder weg, ein paar Besorgungen machen.«

Wahrscheinlich, so dachte Ari, hatte die Tochter ihre Mutter begleitet, um sich zu versichern, daß dieser Universitätsdozent auch vertrauenswürdig war. Sein Aussehen schien sie davon überzeugt zu haben, daß ihrer Mutter keine Gefahr drohte, so daß sie sie unbesorgt eine Weile allein lassen könnte.

»Ich nehme einen Kaffee«, sagte die Mutter. »Julie, mein Kind, vergiß nicht, daß wir um vier bei den Duvals sein müssen. Ich warte hier auf dich.«

Eine weitere Maßnahme, um das Treffen zu begrenzen; genau so machte auch er es, wenn er keine Lust hatte, einen ganzen Nachmittag mit jemandem zu verbringen.

»Oder meinen Sie, daß wir länger brauchen?« fügte sie mit einem Blick zu Ari hinzu.

»Ich will Ihre Pläne nicht durcheinanderbringen, Frau Halbout. Eine Dreiviertelstunde sollte reichen.«

Als sie allein waren und der Kellner den Kaffee gebracht hatte, setzte Aline Halbout sich auf dem Stuhl zurecht und sah ihn konzentriert an, fast als säße sie in einer Prüfung und wartete auf die Fragen.

»Waren Sie mit Armand Laroche befreundet?« fragte Ari,

nachdem er sich vergewissert hatte, das Gespräch aufnehmen zu dürfen.

»Zwei, drei Jahre lang, so Mitte der Siebziger haben wir uns viel gesehen, ja. Ich habe damals gesungen ... nun, nicht professionell, es war nur ein Hobby ... und er hat mich in die Jazzclubs, in denen er gespielt hat, mitgenommen, und manchmal hat er mich auch mit Leuten in Kontakt gebracht, die gerade eine Sängerin suchten.«

»Und Sie kannten auch Maurice ... und ... Warten Sie, ich zeige Ihnen ein Foto. Erinnern Sie sich an die da?«

Aline setzte sich die Brille auf und betrachtete staunend das Foto: »Mein Gott! Das muß Ewigkeiten her sein. Ich erkenne mich selbst kaum.«

Sie hatte sich wirklich stark verändert, dachte Ari, aber anders als Laqueur zu ihrem Vorteil. Mit ihrem aschblond getönten Haar wirkte sie jung und damenhaft, und das Kostüm stand ihr besser als die Kleidung, die sie auf dem Foto trug: Bleistiftrock und enger Pullover, der herausfordernde und spitze Brüste hervorhob – in deutlichem Kontrast zu der braven kurzen Perlenkette; auch das mädchenhaft neckende Grinsen à la Brigitte Bardot war verschwunden, zu Gunsten eines von Falten durchzogenen, aber viel mehr Persönlichkeit ausstrahlenden Gesichtes.

»Wie jung wir da alle sind! Und wie gekünstelt!« Sie mußte kichern. »Alle wollten wir wie Stars sein, wir wollten Eindruck machen. Da ist Armand, er sieht gut aus wie immer. Das ist Anne, sie spielte Geige wie ein Engel. Das ist Robert, er war Bassist und ist bei einem Autounfall ums Leben gekommen, auf einer Tournee, 1977 oder '78. Die da ... warten Sie ... ich glaube, sie hieß Marie oder Mirielle oder so ähnlich, sie kam nicht so oft zu Armand nach Hause, ich glaube, sie studierte Philosophie. Das ist Mandy, oder Amanda, wie sie auf einmal von uns genannt werden wollte, weil sie eine gute Stelle in irgendeiner großen Firma bekommen hatte, ich weiß nicht mehr genau. Und das ist Raúl. Ich erinnere mich noch an ihn, obwohl er eigentlich nicht zu der Clique gehörte, aber er ist der einzige von uns, der berühmt wurde.«

»Er war damals schon ziemlich bekannt.«

»Mir nicht. Ich wußte nur, daß er Schriftsteller oder Dichter war, oder so. Armand war sehr stolz, daß er zu unseren Kreisen gehörte. Erst später, als ich geheiratet hatte und mich nicht mehr mit ihnen traf, sah ich sein Foto manchmal in einer Zeitung oder Zeitschrift und verfolgte ein wenig seinen Werdegang.«

»Wußten Sie, daß er Amanda geheiratet hat?«

Aline machte ein baß erstauntes Gesicht.

»Wer? Raúl?«

»Wundert Sie das?«

»Und ob.«

»Warum?«

»Weil Amanda ... Ich weiß nicht. Geben Sie nichts drauf. Wer bin ich schon, um mich über irgend etwas zu wundern?«

»Mochten Sie Amanda nicht?« hakte Ari nach, als er bemerkte, daß Aline offenbar nichts mehr hinzufügen wollte.

»Nur die Männer mochten Amanda«, entfuhr es ihr. »Frauen waren für sie Luft, außer wenn sie etwas brauchte. Dann wurde sie auf einmal zuckersüß und machte ganz auf ›Reden wir von Frau zu Frau‹ und solchen Quatsch. Aber daß sie und Raúl, darauf wäre ich nie gekommen ...«

»Das heißt also, Sie können sich nicht daran erinnern, daß die beiden damals miteinander gegangen sind oder ineinander verliebt waren oder so etwas?«

»Überhaupt nicht. Raúl war verheiratet, und Amanda unfähig, sich in irgendwen zu verlieben. Dafür war sie viel zu verliebt in sich selbst.«

»Haben Sie irgendwann einmal etwas davon gehört, daß

Amanda ...« – Ari fühlte sich vollkommen lächerlich – »... für irgendeinen Geheimdienst gearbeitet haben soll?«

»Sie wollen sagen, daß sie Spionin war?«

»So ungefähr«, antwortete Ari fast unhörbar leise.

»Wer hat Ihnen diesen Unsinn erzählt? Maurice?«

Ari nickte.

»Dann muß es schlimmer um ihn bestellt sein, als ich gedacht habe. Sie sagten, er ist im Altersheim, nicht wahr? Da wird man natürlich meschugge. Andererseits, wundern tut es mich nicht: Er hatte schon immer eine Schwäche für Amanda – die ihn überhaupt nicht beachtete – und für James-Bond-Filme. Ich glaube, er wäre fürchterlich gern so eine Art Bond gewesen. Es wundert mich nicht, daß er jetzt, da er langsam senil wird, anfängt zu spinnen. Das ist natürlich absoluter Blödsinn. Sie haben das doch nicht allen Ernstes geglaubt?«

Ari zuckte mit den Schultern: »Für mich klingt das auch sehr nach einem Agentenfilm, aber man sollte nichts voreilig verwerfen.«

»Hören Sie zu, Herr Lenormand, vergessen Sie, was Maurice Ihnen erzählt hat. Sie wollen sich doch mit Ihrem Buch nicht lächerlich machen.«

»Natürlich nicht. Bevor ich etwas behaupte, muß ich mich absichern.«

Aline Halbout nickte und trank ihren Kaffee aus.

»Wann, sagen Sie, haben Amanda und Raúl geheiratet?«

»Anfang '77.«

»Klar, dann habe ich das nicht mehr mitbekommen. Ich habe im September '76 geheiratet und war schon seit dem Frühjahr kaum mehr mit ihnen zusammengewesen. Erstens hatte ich viel vorzubereiten, und zweitens hatte Luc etwas gegen diese Leute.«

»War er eifersüchtig auf Armand?« fragte Ari, mehr um sie aufzuziehen.

Aline zeigte in Richtung Tür, durch die gerade, früher als erwartet, Ihre Tochter hereinkam.

»Verzeihung, wie war noch einmal Ihre Frage?«

»Nicht so wichtig.«

»Ah! Jetzt weiß ich es wieder«, sagte sie und rückte mit ihrem Stuhl ein wenig zur Seite, damit ihre Tochter neben ihr Platz nehmen konnte. »Luc war ganz schön eifersüchtig, das stimmt, aber auf Armand ganz bestimmt nicht.«

»Warum nicht?«

»Weil er schwul war. Hast du alles gekauft, was du wolltest?« fragte sie, an ihre Tochter gerichtet. »Schön, also Herr Lenormand, wenn Sie keine Fragen mehr haben, würden wir jetzt gehen.«

Als Ari sah, daß sie aufstand, erhob er sich ebenfalls: »Warten Sie, Frau Halbout, warten Sie kurz. Sind Sie sich sicher?«

Sie lachte kurz auf: »Sie meinen, was Armand betrifft? Natürlich bin ich mir sicher. Er hat nie ein Geheimnis daraus gemacht.«

»Einen Augenblick noch, gehen Sie noch nicht«, bat er und nahm den nun schon recht unwirschen Blick der Tochter in Kauf, offenbar hatte sie es eilig. »Noch eine Frage: Wissen Sie, ob es in der Clique jemanden gab, der Aimée hieß oder im Freundeskreis so genannt wurde?«

Auf Aline Halbouts Gesicht trat ein rätselhaftes, ein von Erinnerungen durchdrungenes Lächeln.

»Mama, bitte, wir kommen noch zu spät«, schaltete die Tochter sich ein.

»Vor ewig langer Zeit«, sagte sie, ohne das Drängen ihrer Tochter zu beachten, »zeigte Armand mir ein Buch, das Raúl ihm geschenkt hatte, und bat mich, ihm die Widmung zu übersetzen. Ich studierte damals Spanisch. Das Buch war Aimée gewidmet.«

Ohne Rücksicht auf Ari zerrte die Tochter sie am Arm und zog sie zur Tür.

»Dann war Aimée also Armand?«

»Ich weiß nicht, warum Sie das so verwundert«, sagte Aline, als sie den Kopf über die Schulter drehte und Aris Gesichtsausdruck sah: »Raúl war doch auch schwul. Das stand doch in der Zeitung. Auf Wiedersehen, Herr Lenormand, rufen Sie mich an, wenn Sie noch etwas brauchen.«

»Raúl war doch auch schwul«, wiederholte Ari, als er allein in dem Café zurückgeblieben war. Das schon, aber nach allem, was er bisher herausgefunden hatte, war das Raúl selbst erst fast zwanzig Jahre später bewußt geworden.

~

Keine zwei Tage sind es mehr bis zu unserer Verabredung am Eiffelturm, bis zu meiner Überraschung für Sie, und dennoch möchte ich schon jetzt mit Ihnen reden, aber ich rufe Sie nicht an, sondern vertraue mich lieber dem geduldigen Papier an und erzähle Ihnen Dinge, die Sie erst erfahren werden, wenn Ihr Buch schon fertig ist, wenn es keinen Weg zurück mehr gibt und keine Gelegenheit, ihre eigenen Schlußfolgerungen zu bereuen. Sie halten das, was ich mit Ihnen treibe, für ein böses Spiel, oder nicht? So sind Hexen eben; schließlich bin ich neben Amelia Gayarre, Madame de la Torre und Mrs. John Keelaghan auch Malie-Malou, *la belle sorcière*, und diesen Namen habe ich nicht zufällig gewählt. Schon immer hatte ich etwas von einer Hexe, mehr von einer frechen als von einer bösen, und ich muß zugeben, daß mir, genau wie den Hexen in meinen Büchern, die paar Bosheiten, in denen ich mich versucht habe, immer mißlungen sind; vielleicht bin ich deshalb auch mit mir im reinen, weil es nützlicher ist und auch weniger an den Nerven zerrt, als immer nur die Ergebnisse irgendwelcher

Verschwörungen und gestellten Fallen abzuwarten. Und wenn man daraus Literatur macht, verdient man überdies Geld. Nicht daß es mir daran je gefehlt hätte, aber es ist immer angenehm zu wissen, daß man sich sein Geld selbst verdienen kann und nicht von dem abhängig ist, was der Mann nach Hause bringt.

Als mein Vater starb, habe ich ein kleines Vermögen geerbt – wirklich nicht viel, aber es reichte aus, daß ich mich reich und unabhängig fühlte; als Raúl sich von mir scheiden ließ, kam zu dem, was ich bereits besaß, eine monatliche Rente, die er mir unbedingt bezahlen wollte, »als Gegenleistung für so viele Dinge, über die man nicht weiter reden muß«, wie er sich vor dem Richter ausdrückte; und als ich John heiratete, erfuhr ich, was es heißt, wirklich Millionärin zu sein.

Was das angeht, hat das Leben es gut mit mir gemeint. Ich bin fast vierundsechzig Jahre alt und vollkommen unabhängig, ich habe mehr Geld, als ich in dem mir verbleibenden Leben ausgeben kann, ich sehe noch immer gut aus und genieße es, zu schreiben und meine Bücher vorzustellen. Ich kann mich nicht beklagen. Und trotzdem, seitdem Sie aufgetaucht sind, bin ich tagelang melancholisch und sehne mich zurück nach der Zeit mit Raúl, und alles davor und danach kommt mir vor wie kurze Zwischenphasen in einem Leben, das der Liebe zu ihm verschrieben war. Ist das nicht töricht, nach all der Mühe, die es mich gekostet hat, ihn zu vergessen?

Ich war sechs Jahre mit John verheiratet. Sechs wundervolle Jahre, in denen ich viel gereist bin, Ausstellungen seiner Privatsammlungen organisiert, unsere diversen Häuser ausgestattet, Feste veranstaltet und geschrieben habe; meine Anstellung im Ministerium habe ich aufgegeben, ohne ihr je auch nur eine Träne nachgeweint zu haben, und trotzdem verblaßt das nun alles und meine einzigen klaren und auch verletzenden Erinnerungen gehören meinen Jahren mit Raúl. Den ersten, wie Wasser glitzernden, genauso wie den letzten, die düster waren und schmerzhaft.

Von jenen ersten Jahren habe ich Ihnen ein wenig erzählt, von den letzten werde ich Ihnen vielleicht noch erzählen, ehe mir die Zeit ausgeht.

Nach Amandas Tod war unsere Beziehung zwar nicht mehr wie früher, aber nachdem auch Raúls Mutter gestorben war und er sich von seiner Reise zu ihrer Beerdigung nach Buenos Aires nie richtig erholt hatte, war Raúl auf einmal allein und rief mich wieder häufiger an. Er traute sich zwar nicht, mich zu fragen, ob wir wieder zusammenziehen könnten, aber mir war klar, daß er sich so allein fühlte wie noch nie und mich brauchte. Doch wenn wir uns trafen, behandelte er mich mit einer unglaublichen Kälte, als erwartete er irgendeine Entschuldigung von mir, doch ich war mir keines Vergehens bewußt. Amandas Name fiel ständig in unseren Gesprächen, und ich hatte immer das Gefühl, er wolle mir etwas sagen, traue sich aber nicht, es auszusprechen. Irgendwann dachte ich schon, er hätte sie umgebracht. Regen Sie sich nicht gleich auf. Niemand kann in einen anderen Menschen hineinschauen, und Raúl war oft wie ein großes Kind. Ihm war durchaus zuzutrauen, sie umgebracht zu haben, ohne zu wissen, was er tat, vielleicht in einem Anfall von Haß oder in einer Situation der Bedrängnis, damit sie ihn endlich in Frieden ließ.

Als er mich in jenem Sommer auf Ischia anrief, sagte er mir, daß er sie nicht länger ertragen könne, daß ich ihm aus seiner Zwangslage heraushelfen müsse, sonst würde er sich umbringen; aber er hätte nicht den Mut gehabt, sich umzubringen, nicht damals. Ich sagte ihm, daß ich nichts machen könne, was hätte ich schon machen sollen? Ich saß auf einer anderen Insel irgendwo im Mittelmeer, und er hatte Amanda schließlich geheiratet, weil er es so wollte. Wir redeten lange, und ich versprach ihm, ihn später noch einmal anzurufen, wenn er allein sein würde, denn damals hatte Raúl entsetzliche Angst vor Amanda und wollte auf keinen Fall, daß sie von unserem Gespräch erführe. Ich machte die ganze Nacht kein Auge zu und dachte über alles nach; ich versuchte, mir seine Worte und den ganzen Verlauf unseres Gesprächs in Erinnerung zu rufen, um abzuwägen, ob die Sache wirklich so ernst war und ich ihm sagen sollte, daß ich, wenn er darauf bestand, zu ihm eilen würde, doch als ich ihn am nächsten Tag wieder anrief, war Amanda verunglückt und Raúl sperrte sich ziemlich hysterisch gegen meinen Vorschlag, ihn auf Mallorca zu besuchen. Er sagte mir, er werde mich anrufen, sobald er wisse, wann die Beerdigung sein werde, und so sahen wir uns erst wieder in Paris.

Seitdem stand etwas zwischen uns, als gäbe er mir – aus irgendeinem merkwürdigen Grund – die Schuld an dem, was geschehen war. Einige Zeit später rief mich ein Kommissar der mallorquinischen Polizei an, dem ich ein paar Fragen beantworten sollte, und ich begriff, daß man Raúl des Mordes an Amanda verdächtigte. Ich habe ihm nie von diesem Anruf erzählt und mit allen Mitteln versucht, die Verdachtsmomente des Kommissars zu zerstreuen. In praktischen Dingen sei Raúl überhaupt nicht zu gebrauchen, er besitze keinen Führerschein, könne weder einen Nagel in die Wand schlagen noch zwischen einem Schraubenzieher und einem Schraubenschlüssel unterscheiden, und abgesehen davon gebe es überhaupt keinen Grund, weshalb er den Tod seiner Frau gewünscht haben sollte. Das sagte ich. Ich hätte niemals der Polizei erzählt, daß er mich tags zuvor angerufen und schluchzend gefleht hatte, ich sollte irgend etwas unternehmen, um ihn von der reizenden Amanda zu erlösen, weil sie ihn noch ins Grab bringen würde. Niemals hätte ich das gesagt. Obwohl er mich damals – was mir bis heute unbegreiflich ist – verlassen hatte, sah ich ihn weiterhin als meinen Ehemann an und liebte ihn wie am ersten Tag, und ich war von Raúls Unschuld überzeugt.

Später ... später ist viel passiert, was mich dazu veranlaßt hat, meine Meinung zu überdenken, für mich, ohne daß ich irgendwem, auch nicht André gegenüber ein Wort darüber verloren hätte. Mittlerweile bin ich mir sicher, daß Raúl Amanda umgebracht hat. Grund zu dieser Überzeugung gab mir etwas, das sich fast zur selben Zeit wie Raúls Tod ereignet hat, aber ich weiß noch nicht, ob ich es Ihnen erzählen soll, Ari. Wenn ich es nicht tue, begnügen Sie sich eben wie sonst auch mit dem, was ich gesagt habe. Und verurteilen Sie ihn nicht dafür, Sie haben weder Amanda noch Raúl gekannt. Ich schon. Raúl war viel mehr als nur mein Ehemann, mein Liebhaber, mein Freund. Raúl war mein Alter ego, und ich kenne mich selbst gut genug, um zu wissen, daß ich unter bestimmten Bedingungen in der Lage wäre zu töten.

KAPITEL
6

Ari fuhr mit der Metro bis Trocadéro. Dort angekommen, bestaunte er wie jeder Tourist erst einmal das Panorama: den angestrahlten Eiffelturm und die beleuchteten Springbrunnen unterhalb, die träge Seine, die als dunkles horizontales Band das Bild durchquerte, dann den von der Metallkonstruktion des Turms durchbrochenen Champ-de-Mars – und darüber den sternenlosen, dunstigen, von den Lichtern der Stadt rötlich gefärbten Himmel. Die Luft war eiskalt und trocken, es roch nach Schnee, wogegen man bestens gewappnet war, angemessen gekleidet wie er: Angora-Unterhemd, Wollanzug, Mantel, Schal, Handschuhe und Hut.

Während er die Treppe zur Brücke hinunterging, spürte er ein flaues Gefühl in der Magengegend, Angst hätte er es früher genannt, doch jetzt wollte er es sich kaum eingestehen, ein erwachsener Mann hatte vor einer Verabredung mit einer älteren Dame doch keine Angst, noch dazu, da diese endlich bereit zu sein schien, ihn mit ihren Auskünften bei seinen Nachforschungen zu unterstützen, die, wie sich allmählich zeigte, der Kern seines Parisaufenthalts waren. Doch die Ungewißheit darüber, was ihn bei Amelias Einladung zu einer »Soiree à la Raúl« erwarten mochte, machte ihn nervös. Was verstand sie unter »à la Raúl«? Ein langes Gespräch über Raúl? Einen Abend, wie er ihm gefallen hätte? Einen Abend, wie sie und Raúl ihn vor vielen Jahren gemeinsam verbracht hatten? Und warum bestellte sie ihn zu der größten Touristenattraktion von

Paris, anstatt ihn zu sich nach Hause einzuladen, wo sie vermutlich die Fotos und Briefe aufbewahrte und vielleicht irgendein unvollendetes Manuskript, das sie ihm zeigen wollte? Oder wollte sie ihm etwas ganz anderes eröffnen?

Auf einmal kam es ihm vor, als ließe er sich freiwillig auf ein Katz-und-Maus-Spiel ein, das notwendigerweise mit dem Tod der Maus enden würde; doch dann fand er diese Vorstellung so theatralisch und überzogen, daß er sie sofort wieder von sich wies. Weder war er eine Maus, noch Amelia eine Katze. Sie spielte gern mit ihm, das war klar, aber er konnte das Spiel jederzeit abbrechen, wenn er nicht mehr wollte, sich in aller Freundlichkeit bei ihr bedanken und einfach gehen, auch wenn das das Ende ihrer Gespräche bedeuten würde. Mit seinem Buch kam er ordentlich voran, er hatte bereits zwei Kapitel fertig und dafür im wesentlichen nicht mehr benötigt als die schriftlichen Quellen, über die er reichlich verfügte. Er konnte das Treffen mit Amelia wirklich als das nehmen, wie sie es bezeichnet hatte: als ein zusätzliches Weihnachtsgeschenk, das nicht mehr Bedeutung hatte, als er ihm geben wollte.

Er ging über die Brücke und fand sich zwei Minuten vor acht am Fuß des Turms ein. Von hier aus war die Konstruktion überwältigend und auch so viele Jahre nach der Einweihung noch geradezu futuristisch, ein filigran gesponnenes goldfarbenes Gebilde. Eine große Gruppe japanischer Touristen stieg gerade aus dem Aufzug und bewegte sich geordnet zu dem Reisebus, der die Gruppe zum Abendessen oder zu einem typisch französischen Abend in einem der weltberühmten Revuetheater fahren würde: ins *Moulin Rouge*, ins *Folies Bergère* oder in das neuere *Crazy Horse*.

Kaum war der Reisebus abgefahren, hielt direkt vor ihm ein Taxi. Darin saß niemand anderes als Amelia, die in dem langen weißen Pelzmantel und der dazu passenden russisch anmutenden Mütze wie eine Schneekönigin aus einem Märchenreich aussah. Er wußte zwar immer noch nicht, was sie vorhatte, doch zumindest schien ihre Anweisung, er solle mit Krawatte erscheinen, nicht übertrieben gewesen zu sein.

Er gab ihr die Hand, um ihr aus dem Taxi zu helfen, und sah sie erwartungsvoll an. Sie lächelte. So lächelten Erwachsene, wenn sie Kindern nach monatelangem Warten das ersehnte Geschenk überreichen.

»Bereit für die Überraschung?«
»Ich sterbe vor Neugierde.«
»Gut! Gehen wir?«
»Wohin?«
Amelia streckte den Daumen nach oben: »Hinauf.«
»Wollen Sie mir die Lichter der Stadt zeigen?«
»Etwas in der Art.«

Sie fuhren allein im Aufzug und sahen schweigend nach draußen, bis sie im ersten Stock ankamen.

»Die Reservierung lautet auf den Namen de la Tour«, flüsterte Amelia ihm vor der Tür zu.

»Die Reservierung? Hier?«
»Ja, hier«, sie zeigte auf die Tür des Restaurants. »Im *Jules Verne*. Ich hoffe, es wird Ihnen gefallen.«

Nachdem Ari Amelia aus dem Mantel geholfen und ein Kellner ihre Mäntel weggetragen hatte, setzten sie sich an einen Tisch mit Blick auf die Lichter der Stadt. Ari hatte damit gerechnet, von hier aus das Palais Chaillot und die Springbrunnen am Trocadéro zu sehen, machte sich aber sofort klar, daß das gar nicht möglich war, weil das Restaurant im südlichen Pfeiler des Turms lag. Amelia fing seinen umherschweifenden Blick auf.

»Wie finden Sie es?« fragte sie, wobei ihr spitzbübisches Lächeln ihm klar vorgab, was für eine Antwort sie erwartete.

»Sagenhaft, natürlich. Und weit über meinem Niveau.«
»Machen Sie sich keine Sorgen, ich habe Ihnen doch gesagt,

daß ich Sie zu einem Abend à la Raúl einlade. Ich bin reich, falls Sie es vergessen haben.«

»Raúl ist in dieses Restaurant gegangen?« Er konnte sich Raúl in diesem Ambiente nur schwer vorstellen, auch wenn Amelia ihm noch so oft erzählt hatte, daß er ein Snob gewesen sei. Der Raúl, den er zu kennen glaubte, mochte typische kleine Lokale, liebte kubanisches Essen und das Bier, das man in der *Casa de las Américas* in Havanna für einen Dollar bekam.

»An diesem Tisch haben Raúl und ich vor fast vierzig Jahren den Vertrag für *Amor a Roma* gefeiert. Damals hatte er noch nicht diese Uhr«, sagte sie und zeigte auf Aris Handgelenk, an dem die Rolex glänzte, »und ich hatte auch noch keinen Pelzmantel. Dieses Kleid und das Abendessen kosteten Raúl den gesamten Vorschuß, den André ihm bezahlt hatte.«

»Sie haben das Kleid von damals angezogen?«

Sie nickte und lächelte: »Vor zehn Jahren war es hoffnungslos aus der Mode. Jetzt ist es *vintage*. Für so ein Modell aus den sechziger Jahren zahlt man heutzutage ein Vermögen.«

Ari sah sich in dem Lokal um, er war wie geblendet vom Glanz des polierten Messings, des edlen Holzes, der Gläser und des Silbers auf den Tischen.

»Hier haben Sie also seine Erfolge gefeiert.«

»Nur den ersten. Auf *De la Torre hoch zwei* haben wir im *La Tour d'Argent* angestoßen, *Torre* bedeutet schließlich Turm. Das paßte zu dem einen und dem anderen De la Torre.«

»Den Titel dieses Romans habe ich nie verstanden.«

»Raúl bestand darauf, ihn so zu nennen, er wollte damit meine Beteiligung daran würdigen. Das eine De la Torre war er, das andere ich, also: *De la Torre hoch zwei*.«

»Ach so, und die Widmungen in beiden Romanen sind Liebeserklärungen. Das ist klar.«

»Finden Sie?«

»Die Widmung in *Amor a Roma* heißt: ›Für Amelia, ohne

die dieser Roman niemals zustande gekommen wäre.‹ In *De la Torre hoch zwei* steht: ›Für Amelia, Quelle und Ursprung allen Wunders und allen Lichts. Für immer.‹ Wenn das keine Liebeserklärungen sind ...«

»Kommen Sie, wählen wir das Menü aus.«

Ari schlug die riesige, mit Stoff bezogene Karte auf und las sich in Ruhe alles durch, damit Amelia ihn nicht wieder für seine Flüchtigkeit tadelte.

»Auf meiner Karte stehen keine Preise«, murmelte er.

»Aber auf meiner, seien Sie unbesorgt.«

Als der *maître* und *sommelier* dagewesen waren und sie wieder allein waren, richtete Amelia ihren Blick fest auf Ari, und es kam ihm vor, als wartete sie auf eine Frage.

»Wahrscheinlich sollte ich jetzt etwas Geistreiches sagen, aber in einem solchen Lokal und mit einer solchen Begleitung fehlen mir die Worte«, sagte Ari schließlich, wie um sich zu entschuldigen.

»Ari, sind Sie glücklich? Geht es Ihnen gut?«

Diese Frage war so überraschend, daß es Ari Mühe kostete, seine Verwirrung nicht zu zeigen: »Natürlich, Amelia, sicher. Wie soll es mir hier nicht gutgehen, mit dieser Aussicht, mit einer Frau wie Ihnen?«

Sie legte ihre Hand auf Aris Hand. Am Ringfinger trug sie einen Ring mit einem einzelnen riesigen Diamanten.

»Danke. Wissen Sie was? Manchmal erinnern Sie mich so sehr an ihn, daß ich für einen Moment das Gefühl habe, meine Jugend wiedergefunden zu haben.«

»Ich erinnere Sie an ihn?«

»Irgend etwas an Ihnen. Vor allem Ihr Lächeln, der Glanz Ihrer Augen und vielleicht auch Ihre Unschuld, Ihre Offenheit.«

Kein Mann läßt sich gern sagen, er sei unschuldig, entsprechend tat Ari sich schwer, es als Kompliment zu nehmen, aber er sagte sich, daß diese Frau genausogut seine Mutter sein könnte, und für die war Unschuld eine gute Eigenschaft. Sie sah ihn immer weiter mit glänzenden Augen an, und ihre Lippen formten sich zu einem zarten Lächeln, als erinnerte sie sich an einen glücklichen Moment.

»Sie lieben ihn immer noch, nicht wahr?« fragte er leise.

Sie wandte den Blick ab zu den Lichtern draußen und schaute abwesend auf die ersten Schneeflocken.

»Ja«, sagte sie endlich. »Ich dachte schon, ich wäre geheilt, aber das ist nicht wahr. Liebe heilt nicht. Kennen Sie das Lied von Leonard Cohen...?« Sie sprach weiter, ohne seine Antwort abzuwarten. »Niemand hat mir so viel angetan wie er, und niemand hat mich so glücklich gemacht. Raúl besaß die Macht der Götter: Er konnte die größte Freude über einen anderen bringen, sie wieder fortnehmen, den anderen in den tiefsten Schmerz stürzen. Nur das Vergessen konnte er niemandem geben.«

»Trotzdem sind Sie die Quelle und der Ursprung allen Wunders und allen Lichts«, sagte Ari, um Amelia aus ihrer melancholischen Stimmung herauszuhelfen.

Sie wehrte ab, als wollte sie es herunterspülen.

»Nichts als Worte. Raúl zerstörte jeden, der ihn liebte. Mich, André, Amanda, wenn sie ihn überhaupt jemals geliebt hat... auf ihre Weise vielleicht...«

»Hervé?«

Amelia wartete, während der Kellner den Wein einschenkte, den sie zum ersten Gang bestellt hatten.

»Auch Hervé. Er war schließlich noch ein Junge, als sie sich kennenlernten, und am Ende, als er krank wurde, hatte er zu seiner Familie, zu allen Freunden den Kontakt verloren. Er lebte die ganzen letzten Monate in der panischen Angst, Raúl könnte ihn verlassen. Raúl war nämlich ein entsetzlicher Hypochonder, das wissen Sie vielleicht nicht. Ein Schnupfen reichte, und schon hielt er sich aus Angst, sich anzustecken, von einem fern.«

»Aber sie blieben bis zu Hervés Tod zusammen. Soweit ich weiß, jedenfalls.«

»Raúl führte über Monate einen inneren Kampf zwischen der Angst, ihm zu nahe zu kommen, und dem Wunsch, bei ihm zu sein. Er hatte panische Angst vor Aids, was verständlich ist, wenn man bedenkt, daß seine Beziehung zu Hervé nicht gerade platonisch war, und gleichzeitig hielt er es nicht aus, von ihm getrennt zu sein. Am liebsten hätte er ihn mit seinen eigenen Händen gepflegt, aber er empfand Ekel und Angst vor dieser Krankheit, und vor dem, was die Krankheit mit Hervés Schönheit machte. Er war ein bildhübscher, blutjunger Mann, vielleicht schritt der Krebs deshalb so rasend schnell fort. Für ihn war es besser so. Aber er hat sehr gelitten.«

»Haben Sie ihn besucht?«

»Täglich. Seine Familie wollte nichts mehr von ihm wissen. Freunde hatte er keine mehr, weil Raúl sein ein und alles war. Und Raúl hatte niemanden außer mir.«

»Sie waren damals schon von Ihrem zweiten Ehemann geschieden, nicht wahr?«

»Zu der Zeit kam es zu der Scheidung. John ertrug es nicht, daß ich zur Krankenpflegerin des Liebhabers meines ersten Mannes geworden war, aber das Schlimmste für ihn war, daß ich Raúl nun wieder täglich sah und John nicht mehr ununterbrochen zur Verfügung stand, um mit ihm zu reisen und Feste und Ausstellungen zu organisieren. Indirekt hat Raúl also auch John zerstört.«

»Und als Hervé gestorben war, ist Raúl wieder zu Ihnen gezogen.«

»Nein!«

Ein Kellner war gerade dabei, ihnen ein *amuse-gueule* zu servieren, als bei Amelias empörtem Ausruf das Tellerchen gegen das Messer klirrte.

»Verzeihung«, sagte Amelia, ohne daß deutlich wurde, an wen der beiden Männer sie sich richtete. »So war es nicht. Raúl konnte nicht weiter in der Wohnung leben, in der er mit Hervé gewohnt hatte, aber er wollte sie auch nicht aufgeben und sich eine neue suchen, und so stellte ich ihm ein Zimmer in meiner Wohnung zur Verfügung – ich habe fünf Schlafzimmer. Er kam, wenn er es zu Hause nicht mehr aushielt, aber er hängte noch nicht einmal seine Kleider in den Schrank. Er kam mit einem Koffer, aus dem er nur das Nötigste herausnahm, und nach ein paar Tagen war er wieder weg. Manchmal hörte ich ihn auf meiner alten *Brother* tippen, andere Male versuchte er, mit dem Textverarbeitungsprogramm zurechtzukommen, mit dem ich schon seit einiger Zeit arbeitete. So hielt er es fast zwei Jahre aus, bis 1991.«

»Hervé war 1989 gestorben.«

»Ja. Raúl hätte sich damals schon getötet, wenn er den Mut gehabt hätte, aber er brachte es nicht über sich und wartete auf das Jahr 1991.«

»Er hat gewartet?«

Amelia schenkte ihm ihr berühmtes Lächeln, ein hintergründiges, alles andere als heiteres Lächeln.

»Poetische Gerechtigkeit nannte er es. Ist Ihnen nicht aufgefallen, daß 1991 ein besonderes Jahr ist?«

Ari schüttelte den Kopf.

»Es paßt zu *Amor a Roma*.«

»Jetzt komme ich nicht mit.«

»Es ist ein Palindrom. Gut, bei der Jahresangabe handelt es sich um eine Zahl, aber das Prinzip ist das gleiche: Ob man von vorn oder von hinten liest, das Ergebnis bleibt beide Male unverändert. Er ging immer davon aus, daß er in einem solchen Jahr sterben würde, es gab also nur zwei Möglichkeiten: 1991 und 2002. Ich habe immer gehofft, daß es erst 2002, im Jahr seines achtzigsten Geburtstags, soweit sein würde.«

Schweigend aßen sie den ersten Gang, und währenddessen überlegte Ari fieberhaft, wie er das Gespräch, das nach Amelias letzten Worten düster geworden war, wieder auf ein etwas heitereres Thema bringen könnte, doch da sagte sie in das Schweigen hinein: »Erzählen Sie mir von sich, Ari.«

Er fand keinen Anfang, aber als er ihr schon fast sagen wollte, daß er nicht wisse, was er erzählen solle, und überhaupt, daß die eigenen Aussagen über einen selbst nichts wert seien, bemerkte er, daß er damit seinen Befragungen jede Rechtfertigung entzöge. Darum faßte er sich ein Herz und berichtete von seiner Kindheit in Straßburg, von seinem Studium an verschiedenen deutschen und französischen Universitäten, von seiner Heirat mit Rebecca und dem abrupten Ende, von Rebeccas neuer Ehe, von seiner Arbeit an der Universität in Heidelberg, von den Büchern, die er geschrieben hatte, von seiner Leidenschaft für die Literatur und seinem neuesten Projekt, der Biographie über Raúl, mit der er sich an etwas Neues wagte.

»Und warum schreiben Sie keinen Roman?« fragte Amelia und legte das Besteck über den leeren Teller.

»Ich? Einen Roman?«

»Warum nicht? Wenn sogar ich Romane schreibe ...«

»Dafür fehlt mir die Phantasie.«

»Ach was. Phantasie hat jeder. Aber Sie gebrauchen sie, um sich die Wirklichkeit zurechtzubiegen, anstatt gleich etwas Fiktives zu schreiben. Dabei spiegelt die Fiktion die Wirklichkeit genauso wider, nur daß sie gefügiger ist und man nicht so vielen Vorgaben gerecht werden muß.«

»Warum sollte sie gefügiger sein?«

»Wenn wir uns etwas Fiktives ausdenken, haben wir einen Plan im Kopf und suchen uns aus der Wirklichkeit den geeigneten Hintergrund heraus, um unsere Vorstellungen möglichst gut in Szene setzen zu können. Die Fiktion ist wie halbfestes Metall: Sie wälzt sich wie ein zähflüssiger Strom auf uns zu, und wir formen sie dann nach unseren Vorstellungen. Und wenn sie dann erkaltet, behält sie für immer diese Form. Fatalerweise halten wir es mit der Wirklichkeit genauso und verkaufen das, was wir aus ihr machen, als objektive Wahrheit, dabei versuchen wir doch nur, den Leuten vorzumachen, daß es eine Wahrheit gibt und daß diese noch dazu objektiv ist. Die Fiktion legt zumindest offen, daß es einen Erzähler gibt, der die Fakten auswählt, den Stoff in eine Form bringt und nach eigener Erwägung auch Dinge wegläßt. Im wirklichen Leben ist es genauso, aber das will niemand sehen. Es ist nicht anders als bei der Fiktion: Wenn sie erkaltet, wird sie hart und ist nicht mehr zu verändern.«

»Womit wir wieder bei unserem allerersten Gespräch wären, erinnern Sie sich?«

»Ich leide noch nicht an Gedächtnisschwäche. Ich erinnere mich noch sehr gut, daß ich Sie gewarnt habe und Sie nichts davon hören wollten. Geben denn die beiden Kapitel, die Sie über Raúl geschrieben haben, eine objektive Wahrheit wieder?« fragte sie scheinbar arglos, doch ihr Lächeln verriet, daß ihre Naivität gespielt war.

Ari lachte unsicher auf und bedankte sich ausführlich bei dem Kellner, der gerade die Teller abräumte.

»Jedenfalls die objektivste Wahrheit, die ich herausfinden konnte, nachdem ich die Quellen studiert, verglichen und beurteilt habe.«

»Aber sie beruht vor allem auf Ihrer eigenen Vorstellung.«

»Damit kann ich leben.«

»Daran habe ich nicht den geringsten Zweifel. Mmmm ... diese *foie* sieht hervorragend aus. Sie sollten sie nicht kalt werden lassen. Kennen Sie eigentlich das Anagramm meines Namens?«

Ari schüttelte den Kopf. Er wußte von ihrem und Raúls Faible für Anagramme, Palindrome und Wortspiele, aber er war nie auf die Idee gekommen, aus Namen von realen Personen Anagramme zu bilden.

»Es gibt eines auf spanisch, das ziemlich gut paßt: ›malea y …‹, im Sinne von schmieden, wörtlich also ›sie schmiedet und …‹, wenn wir schon über die Formbarkeit der Materialien sprechen. So sehe ich mich jedenfalls, als jemand, der formbare Stoffe so lange schmiedet, bis sie eine feste Gestalt angenommen haben, vielleicht auch ihre endgültige, und darüber hinaus noch etwas, von dem selbst ich nicht genau weiß, was es ist. Darum gefällt mir dieses Anagramm, weil es nicht abgeschlossen ist, sondern noch auf etwas anderes verweist, das ich selbst nur erahne. Im Hinblick auf Sie und Ihre Rolle gibt es natürlich ein noch besseres, auch auf spanisch, es ist sogar ein reines Anagramm, das sämtliche Buchstaben meines Namens enthält, aber keinen wiederholt: ›me alía‹, im Sinn von ›eine Verbindung zu jemandem herstellen‹, was ich ja gerade mache: Ich stelle eine Verbindung von Ihnen zu Raúl her. Und es gibt noch eines, das nicht ganz vollständig ist – ein a fehlt –, aber ebenfalls vielsagend: ›me lía‹, im Sinn von ›jemanden verwirren‹, und noch: ›me leía‹, in der Bedeutung ›mich lesen‹, bei diesem fehlt ein a, dafür enthält es ein zusätzliches e; von den unreinen Anagrammen gefällt mir am besten eines auf französisch: ›il a aimé‹, ›il m'a aimé‹, also ›er hat geliebt‹, ›er hat mich geliebt‹. Sehen Sie, selbst in den Anagrammen aus meinem Namen definiere ich mich noch über Raúl. Ist es nicht zum Verzweifeln?«

Sie fing unvermittelt an zu lachen, tupfte sich vorsichtig die Tränen ab, die ihr aus den gekonnt geschminkten Augen zu laufen drohten, und nahm einen Schluck von dem Bordeaux, den sie zu der *foie* bestellt hatten.

»Nehmen Sie mich nicht allzu ernst, Ari. Ich habe schon immer ein bißchen gesponnen in meiner Vorstellung, die Sprache sei eine Erfindung, um andere Menschen zu verwirren, auf den Arm zu nehmen und zum Lachen zu bringen.«

Als er sie so lachen sah wie ein junges Mädchen, ihre Grimassen, die sie zog, um beim Abtupfen der Tränen die Schminke nicht zu verschmieren, ihre ungenierte Art, ihn anzublicken, da fühlte Ari auf einmal, wie er schwach wurde, wie er dieser so unterhaltsamen und so weisen Frau erlag, der schönen Hexe, wie ihr Pseudonym hieß, und er fühlte sich sogar ein wenig verzaubert, wie gehäutet, wie befreit von der Maske des ernsten Wissenschaftlers, die ihm in Akademikerkreisen zur zweiten Natur geworden war.

»Sie sind eine wunderbare Frau, Amelia«, entfuhr es Ari. »Noch nie habe ich eine so unglaubliche Frau kennengelernt. Ich freue mich, mit Ihnen zusammensein zu dürfen. Und ich fühle mich geehrt.«

Wieder lachte sie.

»Jetzt werden Sie nicht gleich so feierlich, mein Guter. Der Abend hat doch gerade erst angefangen. Lassen Sie uns eine feine Grappa zum Kaffee bestellen, hinterher wollen wir an einen anderen meiner speziellen Lieblingsorte wechseln und einen exzellenten Champagner trinken. Ich habe Ihnen einen Abend versprochen, wie er Raúl gefallen hätte, und den sollen Sie auch haben. Ich halte meine Versprechen. Und damit Sie es wissen, auch ich freue mich, mit Ihnen zusammenzusein, und hätte es mir auf gar keinen Fall entgehen lassen.«

Der Kaffee war serviert, und Ari gingen noch einmal die Anagramme, über die sie kurz zuvor gesprochen hatten, durch den Kopf. Endlich schien der rechte Moment gekommen zu sein, um eine Frage an Amelia zu richten, die ihn schon seit einiger Zeit beschäftigte.

»Und Sie waren nicht mit Cortázar befreundet? Er liebte Palindrome und Anagramme, ähnlich wie Sie.«

Sie schloß die Augen und nippte an der Grappa.

»Ich hatte Julio sehr gern. Raúl mochte ihn nie. Das lag nicht so sehr an Cortázar persönlich, sondern daran, daß Raúl sich überhaupt nicht gern mit Argentiniern traf – und auch nicht mit Schriftstellern. Er war lieber unter Musikern, wie Sie wissen, und er war in einer Runde auch gern der einzige Schriftsteller; so umgab ihn eine Aura des Besonderen. Und er redete gerne über Literatur, darum, so sagte er, unterhalte er sich lieber mit großen Lesern als mit großen Schriftstellern; mit ersteren könne man über Bücher reden, während letztere nur die Themen Geld, Auflagenhöhen und Tratsch aus der Branche kennen würden.«

»Aber kennengelernt haben Raúl und Cortázar sich schon.«

»Ja, aber erst viel später. Nach unserer Trennung. Es muß in der Zeit mit Amanda gewesen sein, im Zuge der Solidarität mit Kuba und diesen Dingen. Julio und ich haben viel zusammen gelacht, und das paßte Raúl nicht, obwohl wir gar nicht mehr verheiratet waren. Irgendwann habe ich ihn aus den Augen verloren und habe ihn erst später, nachdem er Carol kennengelernt hatte, wieder getroffen. Ich war auf ihrer Beerdigung, das arme Mädchen, so jung; und ein Jahr später war ich auf seiner. Ein schrecklicher Februartag, kalt und windig, und ein eigentümliches Sonnenlicht verwandelte die Gesichter in Masken. Reden wir doch von fröhlicheren Dingen.«

Ari wollte sie schon nach Raúls Beerdigung fragen, beschloß aber, es auf ein anderes Mal zu verschieben und ihre Unterhaltung auf ein erfreulicheres Thema zu bringen.

»Wollen Sie mir nicht sagen, wo wir heute abend noch hingehen? Wenn ich mich recht erinnere, haben Sie mich gebeten, mir für den Abend nichts weiter vorzunehmen.«

»Das haben Sie hoffentlich auch nicht.«

»Nein. Solange Sie nicht wollen, daß ich gehe, gehöre ich Ihnen.«

»Nicht daß Sie sich mit solcher Art Versprechungen noch in

Verlegenheiten bringen«, sagte sie und zündete sich eine Zigarette an.

Es war das erste Mal, daß sie in seiner Gegenwart rauchte, doch irgendwie sah es an ihr selbstverständlich aus, als hätte ihr diese Zigarette zur *femme fatale* noch gefehlt. Eben war sie noch ein kicherndes junges Mädchen gewesen; jetzt war sie zur Greta Garbo geworden, die ein Auge zukniff, gegen den Rauch, und dabei sanft lächelte, während draußen wie im Film der Schnee auf die Stadt fiel.

Die Rechnung wurde in einer Ledermappe gebracht, zwischen deren Deckeln Amelias Karte verschwand, und kurz darauf reichte man ihnen im Vorraum des Restaurants ihre Mäntel. Ari blickte sehnsüchtig zu dem Tisch zurück, an dem sie die letzten beiden Stunden verbracht hatten, irgendwie bedauerte er, daß alles schon vorbei war, daß diese magischen zwei Stunden unwiederbringlich der Vergangenheit angehörten.

Sie schien es zu bemerken, denn sie legte ihre Hand auf seinen Arm, wandte ihren Blick zum Fenster und seufzte: »So ist das ganze Leben, mein Lieber. Es gibt Dinge, die scheinen nie zu kommen, und dann sind sie plötzlich schon vorbei. Darum muß man sie mit aller Kraft festhalten, sie so tief es geht in sich einsaugen und den Duft der glücklichen Stunden in Flakons einfangen, um ihn in schlechten Zeiten, wenn nichts mehr von allem geblieben ist, entströmen lassen zu können.«

Während sie im Aufzug hinunterfuhren, stützte Amelia sich wieder auf seinen Arm und lehnte ihren Kopf an seine Schulter. Die Pelzmütze kitzelte ihn am Hals, und ihr Körper fühlte sich so zierlich, so leicht an, daß er sie ohne große Kraftanstrengung hätte hochheben können.

»Sind Sie müde, Amelia?« fragte Ari. »Sollen wir ... das, was Sie sich ausgedacht haben, auf einen anderen Abend verschieben?«

Sie schüttelte den Kopf.

»Es muß heute sein. Nein, nein, ich bin nicht müde. Jedenfalls nicht allzusehr«, fügte sie lächelnd hinzu.

Unten wartete ein Taxi.

~

Heute wurde in einem Wohnhaus auf der Île Saint-Louis der Leichnam des berühmten, seit den fünfziger Jahren in Paris lebenden argentinischen Romanciers und Dichters Raúl de la Torre gefunden. Der Schriftsteller, der nach dem Tod seines im April '89 verstorbenen Lebensgefährten Hervé Daladier unter schweren Depressionen gelitten hatte, setzte seinem Leben mit einem Schuß in den Kopf ein Ende.

Raúl de la Torre wird mit seinen unsterblichen Romanen *Amor a Roma* und *De la Torre hoch zwei* als einer der brillantesten Autoren des zwanzigsten Jahrhunderts den Literaturfreunden im Gedächtnis bleiben. Außerdem hat er verschiedene exzellente Bände realistischer wie phantastischer Erzählungen hinterlassen, daneben vier Gedichtzyklen, deren letzter, *Die Gegenwart der Körper*, zum Kultbuch der Homosexuellen-Bewegung avanciert ist.

Seine frühere Frau Amelia Gayarre, die zu keiner Stellungnahme bereit war, wird sein literarisches Vermächtnis verwalten.

Die öffentliche Beisetzung findet am 22. November auf dem Friedhof Père-Lachaise statt.

Le Monde, 19.11.1991

~

Diese Nervosität oder diffuse Angst, die ihn auf den Stufen zum Eiffelturm überkommen hatte, als er zu der Verabredung mit Amelia gegangen war, überfiel ihn erneut, als sie die Halle des Hotels *Crillon* betraten, und sie wurde so schlimm, daß er Magenkrämpfe bekam, als Amelia, anstatt die Bar oder einen der Gasträume anzusteuern, mit der Entschlossenheit einer russischen Zarin zur Rezeption schritt, leise ein paar Worte mit dem Nachtportier wechselte und sich dann mit einem Schlüssel in der Hand und einem zweideutigen Lächeln zu ihm umdrehte.

Um Himmels willen, was will sie bloß von mir? dachte Ari und mußte sich zusammennehmen, um nicht auf der Stelle aus diesem Tempel der Pariser Eleganz zu fliehen und über die verschneite Place de la Concorde davonzurennen.

»Kommen Sie mit«, forderte Amelia ihn auf, »ich möchte Ihnen etwas zeigen.«

Sie fuhren im Aufzug – gedämpft, mit Stoff ausgekleidet – in den dritten Stock und gingen durch einen ebenfalls ruhigen Gang zu einer massiven Tür, die leicht nach einem guten Holzpflegemittel roch. Amelia öffnete sie, und sie standen im kleinen Vorzimmer einer Suite mit Blick auf den Obelisken auf der Place de la Concorde. Nachdem sie abgelegt hatten, traten sie in das Zimmer: weitläufig, von verschiedenen Tisch- und Stehlampen erleuchtet, ein riesiges aufgeschlagenes Bett in dem rechts abgehenden Raum und links eine Sesselgruppe und ein niedriger Tisch und in der Mitte, vor ihnen, ein kleiner Balkon.

Einige Sekunden lang schwiegen sie, sie standen mitten im Zimmer und sahen sich um: Ari, der noch immer verwirrt war, stocksteif, und Amelia mit halbgeschlossenen Augen und einem erinnerungstrunkenen, beunruhigenden Lächeln.

Ein diskretes Klopfen an der Tür riß sie aus ihren Gedanken und erlöste sie aus einer Situation, in der ihnen war, als warteten sie auf etwas, das geschehen mußte.

»Das muß der Zimmerservice sein. Machen Sie auf, Ari.«

Mit steifen Knien ging Ari zur Tür. Er fühlte sich alles andere als wohl in seiner Haut, und das Gefühl, in eine Falle getappt zu sein, verstärkte sich von Minute zu Minute.

Auf dem Gang wartete geduldig ein Hoteldiener in schwarzem Gilet und Fliege mit einem Eiskübel, einer Flasche Champagner und zwei eleganten Gläsern; er begrüßte Ari, trat ein und stellte alles auf dem niedrigen Tisch ab.

»Ich hoffe, es ist alles nach Wunsch.«

»Danke, Jean-Jacques.«

Amelia nahm etwas aus ihrem Abendtäschchen und steckte es dem Kellner zu, mit einem Lächeln, als wäre er ihr vertrauter Diener und sie eine Königin.

Als sie wieder allein waren, wandte Amelia sich an Ari: »Jetzt müssen Sie an die Arbeit, mein Lieber, und den Champagner aufmachen.«

»Feiern wir etwas?« versuchte Ari möglichst entspannt zu fragen, während er sich mit dem *Dom Pérignon* abmühte.

»Ich möchte Ihnen eine unbekannte Seite von Raúl und mir, von unserem Leben, zeigen.«

»Hier?« fragte er und ließ seinen Blick durch das elegant und geschmackvoll ausgestattete Zimmer wandern.

»Es war eines unserer Geheimnisse. Hin und wieder kamen wir hierher, in dieses Zimmer, und schenkten uns einen Abend zu zweit. Wir tranken Champagner, tanzten, liebten uns in diesem Bett, nahmen ein gemeinsames Bad, frühstückten an dem Tisch vor dem Balkon mit Blick auf den Obelisken, und anschließend nahmen wir unser gewohntes Leben wieder auf. Auf diese Weise entflohen wir für ein paar Stunden dem Alltagstrott und schufen uns eine magische Enklave nur für uns zwei. Niemand wußte etwas davon. Nur das Hotelpersonal natürlich.«

»Ich habe schon bemerkt, daß man Sie hier offenbar kennt, auch wenn Raúls Tod schon so viele Jahre zurückliegt.«

»Weil ich auch danach hierhergekommen bin. In den schlimmen Zeiten, wenn ich mich nach einer schönen Erinnerung sehnte, nach etwas, das mich aufbaute. Fast immer kam ich allein.«

»Fast immer?«

Während Ari vergeblich auf eine Antwort wartete, füllte er die Gläser. Er reichte eines Amelia, und sie stießen an.

»Auf die Vergangenheit«, sagte sie. »Auf daß diese Nacht für uns, die wir das Vergangene suchen, noch einmal Wirklichkeit wird.«

»Suchen Sie auch die Vergangenheit, Amelia?«

»Seit Sie aufgetaucht sind, kann ich nicht anders. Darum wollte ich Ihnen das auch zeigen, das Beste von allem.«

Damit ihm die Hand nicht zitterte, hielt Ari das Glas fest umklammert und leerte es in einem Zug.

»Nicht so eilig, Ari, die ganze Nacht liegt vor uns. Morgen können Sie in die Jetztzeit zurückkehren und an Ihrem Buch weiterschreiben. Können Sie Tango tanzen?« Amelia schenkte ihnen beiden nach, obwohl ihr Glas noch halbvoll war.

»Im Prinzip schon. Ich habe es in Buenos Aires gelernt, später haben Rebecca und ich ein paar Jahre lang Kurse für Fortgeschrittene belegt; wir haben Milongas ohne Ende getanzt, aber ich weiß nicht, ob ich es noch kann. Ich habe seit Ewigkeiten nicht mehr getanzt.«

»Tanzen ist wie Schwimmen und Fahrrad fahren: Man verlernt es nicht. Raúl war ein hervorragender Tangotänzer, und das, obwohl er auf alles, was mit argentinischen Klischees zu tun hatte, allergisch reagierte.«

Amelia schritt zu einem zwischen der Schlafzimmer- und der Badezimmertür stehenden Möbel und legte eine CD ein. Ein paar Sekunden später erfüllte Gardels Stimme die Suite.

»Mögen Sie lieber Gardel oder Piazzolla?«

»Gardel. Piazzolla ist mir zu schwermütig.«

»Helfen Sie mir, wir rollen die Teppiche zur Seite. Das Parkett ist phantastisch.«

»Wollen Sie mir damit sagen, daß wir hier tanzen sollen?«

»Haben Sie eine bessere Idee?«

»Mein Gott, Amelia! Das ist doch verrückt«, Ari schwankte, ob er das alles für einen Scherz halten oder ernst bleiben sollte.

»Wie wollen Sie Raúl verstehen, ohne seine Vorlieben zu kennen, ohne sich, wenn auch nur für kurze Zeit, in ihn hineinversetzt zu haben? Lesen ist ein Ersatz. Das hier ist das wirkliche Leben.«

Sie rollten die Teppiche zur Seite und standen dann einander gegenüber wie zwei Kämpfer, die die letzten Sekunden vor dem Gong nutzen, um den Gegner einzuschätzen. Dann traf Ari die erste Entscheidung an diesem Abend und legte sein Sakko ab.

»Ziehen Sie auch diese fürchterliche Krawatte aus, die André Ihnen geschenkt hat. Ich glaube nicht, daß ich mich konzentrieren kann, wenn ich die ganze Zeit diese schrecklichen Jagdhunde anschauen muß; schließlich sind sie für mich genau auf Augenhöhe.«

Während Ari die Krawatte löste, drehte Amelia eine Runde durch die Suite und löschte einige der Lichter. Als sie wieder vor ihm stand, hatte Gardel gerade *Volver* angestimmt. Sie sagten nichts mehr. Ari stemmte die Beine in den Boden, um ein gutes Gleichgewicht zu finden, Amelia neigte sich ihm zu und vertraute sich mit ihrem ganzen Gewicht seiner Führung an; dann vollführten sie ihre ersten, noch tastenden Schritte und durchquerten in einer einfachen *caminata* den Salon. Nach und nach gaben sie sich der Magie des Tanzes hin, ihre Schritte wurden komplizierter, ihr Atem tiefer, und langsam schlossen sich ihre Augen. Ari brauchte eine Bewegung nur anzudeuten, schon folgte Amelia ihm sicher und voller Vertrauen. Es war, wie mit einem warmen Windhauch zu tanzen, mit einem Seidentuch, einem sanft um ihn herumschleichenden Geist, der dennoch einen fest umrissenen, wie an ihm klebenden Körper besaß, wie ein Stoff, den der Wind an einen heranweht. Es war, wie in der Nacht über eine schlafende Stadt zu fliegen, wie in einem äußerst fragilen Segler mit den Strömungen der Winde über die Vergangenheit zu gleiten.

Langsam löste sich Aris steife Haltung, er beugte sich zu

Amelia hinab, die sich an ihn schmiegte, in seine Arme sank und sich tragen ließ wie eine Schlafende, wie verloren in einem süßen Traum. Ihr Haar duftete zart nach Früchten, überlagert von einer intensiven Blütennote, und ihre Haut war weich und warm. Ari war, als flösse elektrischer Strom durch seinen ganzen Körper, und er fühlte sich ausgeliefert und verwundbar. Er hatte immer noch Angst, aber jetzt hätte er nicht mehr innehalten wollen. Es war schon zu lange her, daß er so getanzt hatte, sich so der Musik überlassen hatte und die Frau, die sich lenken ließ, sich seinen Wünschen hingab wie dem süßen Schwindelgefühl des Weins, den sie zum Essen getrunken hatten, und der zwei Gläser Champagner. Es war wie der Eintritt ins Paradies. Er tanzte mit Raúls Frau, in einem Zimmer, das ihres gewesen war, als er noch die Schulbank drückte und Raúl de la Torre für ihn noch nicht existierte.

Und jetzt lag dessen langjährige Frau in seinen Armen, hatte sich ihm und dem Tango hingegeben, und er spürte auf der Schulter ihre Hand und unter seiner Hand ihre Taille und wie sich ihre Hüften zu den *ochos* und *molinetes* bewegten.

Es war zu hell, selbst mit geschlossenen Augen war es zu hell, doch um eines der Lichter zu löschen, hätte er sie für ein paar Sekunden loslassen müssen, und das wollte er nicht; er wollte den Zauber nicht zerreißen, wollte nicht, daß sie sich trennten, sich wieder gegenüberstünden und nach Worten rangen, um die Leere zu füllen. Sie brauchten keine Worte.

Sie tanzten eine kleine Ewigkeit, und als die Musik mit einem Klick des CD-Spielers verstummte, lagen sie sich noch ein paar Sekunden weiter in den Armen, als hofften sie, der Tango begänne von sich aus wieder. Amelia hob den Kopf und sah ihn stumm mit fragenden Augen an. Er nickte und löste die Umarmung, woraufhin sie eine neue CD einlegte und er sämtliche Lampen löschte.

Als er wieder bei ihr war, sah sie ihn an im schwachen Schein der orangefarbenen Lichter auf der Place de la Concorde, bereit, sich ihm hinzugeben, wenn er es wollte.

»Ich möchte weitertanzen, Amelia«, sagte er leise zu ihr.

»Sind Sie sicher?« Ihre Stimme klang heiser.

Er nickte, ohne etwas zu sagen, und öffnete die Arme, damit sie sich erneut an ihn schmiege. Als er Amelias Körper an seinem Körper spürte, suchte er, ohne sich bewußt dazu entschieden zu haben, ihre Lippen: warm waren sie, fest und geschmeidig. Sie küßten sich lange, während Piazzolla sie mit seiner schmerzerfüllten Musik aus Buenos Aires begleitete. Kurz dachte Ari, er müsse sich rechtzeitig, bevor er den Verstand verlor, von ihr losmachen, schnellstmöglich aus diesem Zimmer rennen, bevor noch etwas Schreckliches passierte, sich jetzt, solange noch Zeit war, verabschieden, bevor das freundschaftliche Verhältnis, das er behutsam zu ihr aufgebaut hatte, in tausend Scherben zersprang, und was dann kommen würde, war nicht auszudenken. Amelia war zwanzig Jahre älter als er; das entsprach fast dem Altersunterschied, der zwischen Raúl und Hervé bestanden hatte. Sie war eine alte Frau.

Aber ihre Lippen waren nicht alt, auch ihr schlanker und straffer Körper nicht, der sich unter seinen streichelnden Händen bog, auch ihre warme Stimme nicht, mit der sie unzusammenhängende Worte wie eine Beschwörungsformel murmelte. Das alles war verrückt, und doch wünschte er sich nichts sehnlicher. Amelia hatte recht, es war wie eine Rückkehr in die Vergangenheit, wie eine Höhle im Magma der Zeit, in die sie für ein paar Stunden wie in eine geheime Kammer eingetreten waren; ein gemeinsames Geheimnis in einer ganzen Kette von Geheimnissen, die er niemals enthüllen würde.

Als ihre Hand zu seiner Hose hinabwanderte und ihn durch den Wollstoff berührte, wußte er, daß er sich nicht zurückhalten würde, daß er nicht das einzig Vernünftige tun würde, nämlich in die eisige Nacht hinauszugehen und das Angebot, dieses

Geschenk einer mütterlichen Fee oder boshaften Hexe, zurückzuweisen. Sein ganzer Körper war eine gespannte Saite, so stark war sein Verlangen, diese Frau zu besitzen, sich an sie zu verlieren, sich hinterher dem dunklen, warmen Vergessen zu überlassen.

Mühelos hob er sie auf, als wöge sie nicht mehr als ein Daunenkissen, und trug sie durch den Salon ins Schlafgemach, auf das riesengroße Bett, dessen weiße Laken in der Dunkelheit wie ein Strand im Abendlicht leuchteten. Sie zu entkleiden war einfach: Das Kleid hatte am Rücken einen langen Reißverschluß und fiel wie eine Hülle, wie die Blätter einer schwarzen Blüte von ihr ab. Sie knöpfte ihm das Hemd auf und öffnete den Reißverschluß seiner Hose, sie konnte es kaum erwarten, auf ihrem ganzen Körper seine Haut zu spüren, hungrig nach Haut war sie wie eine Kannibalenpriesterin.

Sie brachten lange Zeit damit zu, sich zu erkunden, sie keuchten und stöhnten dabei, sie erforschten sich wie zwei Gegner, die in den Kampf schweißglänzender Körper verliebt sind, und als sie sich vereinten und Ari endlich in sie eindrang, explodierte fast im selben Augenblick ihre Lust, gleich einem plötzlich aufflackernden Feuer, das keine Befreiung, sondern der Vorbote von etwas viel Gewaltigerem war, das noch kommen würde, sie in höchste Höhen heben würde, wie auf die Krone einer Riesenwelle, dann wieder in die Tiefe hinabstürzen und sie wieder hochheben würde, mit jedem Mal gewaltiger und noch höher.

Irgendwann in dieser Nacht sah Ari flüchtig sein Bild im Spiegel des Schminktisches, und er fand sich in diesem blassen Leib in der Dunkelheit nicht wieder, in diesem auf dem Bett knienden Körper, der sich fiebrig, fast animalisch, über einen anderen vor ihm knienden Körper hermachte. In einem anderen Moment sah er Amelias verschwitztes Gesicht, sie sah ihn mit wilden Augen aus der weißen Lakenlandschaft heraus an und stammelte mit halbgeöffneten Lippen zusammenhanglose Worte.

Viel später, als ihr Kampf zu einem trägen Ringen schweißnasser Gliedmaßen ermattet war, hörte er sie fast zu sich selbst sagen: »Du bist zurückgekehrt, mein Liebster, du bist zurückgekehrt.« Woraufhin sich eine weitere Farbenexplosion in dieser Nacht ereignete, gefolgt von einem endlosen Fall, immer tiefer hinab in die Dunkelheit, und dann endlich das ermattete Niedersinken am Ende der Lust, im absoluten Frieden, im gefundenen Paradies.

~

Amelia saß auf dem Sofa vor dem kalten Kamin – einmal waren sie bei dem Versuch, darin Feuer zu machen, fast am Rauch erstickt – und nähte den Saum ihrer Silvesterverkleidung um. Sie war noch nie besonders geschickt im Umgang mit Nadel und Faden gewesen, und was für eine Hausfrau eine Sache von einer halben Stunde war, beschäftigte sie nun schon den zweiten Abend. Dabei mußte es gar nicht perfekt sein, es ging nur darum zu verhindern, daß der Stoff ausfranste, denn es würde sicher niemandem auffallen, wenn an einem Vampirgewand unten ein paar Fäden heraushingen. Ungünstigerweise war der Stoff schwarz, und das durchs Fenster hereinfallende Licht wurde allmählich so schwach, daß sie nicht mehr sah, wo sie mit der Nadel hinstach; und zu alldem kam noch, daß Raúl seit dem Morgen eingeschlossen in seinem Arbeitszimmer saß und ihr soeben fertig gewordenes Werk las: ihren zweiten Roman. Oder ihren ersten, je nachdem, wie man es sah. Jedenfalls würde es der erste sein, den sie unter ihrem eigenen Namen veröffentlichte: Amelia Gayarre. Sie empfand eine fast kindliche Freude bei der Vorstellung, ihren Namen auf einem Buchdeckel zu sehen, aber bis dahin war es noch ein weiter Weg. Zuerst mußte er Raúl gefallen, anschließend müßten sie zusammen überlegen, welchem Verleger sie ihn schicken wollten, dann müßte er das Gefallen des zuständigen Verlagslektors finden, und erst dann, wenn ihr Roman mit viel Glück in ein Verlagsprogramm aufgenommen wäre, käme das Warten auf den Moment, an dem aus ihrem Manuskript endlich ein Buch würde. Schließlich kämen die Buchvorstellungen, die ersten Kritiken, die Reaktionen der Leser, die Verkaufszahlen ... das alles war für Raúl mehr oder weniger alltäglich, für sie hingegen käme es einem Wunder gleich.

Fast vier Jahre hatte sie daran geschrieben, denn anders als *Amor a Roma* war dieser Roman harte Arbeit gewesen, schließlich hatte sie sich von dem Stil und dem Universum ihres ersten Romans lösen müssen; und obwohl sie fast ihr ganzes Leben in Paris gewesen war, hatte sie diese sich von Rom so sehr unterscheidende Stadt noch einmal neu für sich entdecken müssen, um prägnante Wörter für sie zu finden, um treffende Figuren zu zeichnen und mit ihnen die unausweichlichen Konflikte zwischen französischen Bohemiens und Intellektuellen darstellen zu können. Sie dachte sogar darüber nach, einen Zyklus von Europaromanen zu schreiben, von denen jeder in einem anderen Land, einer anderen europäischen Hauptstadt angesiedelt sein würde. Der Rom-Roman wäre der erste, auch wenn er offiziell von Raúl war, der Paris-Roman der zweite, der dritte würde vielleicht in Madrid spielen. Es müßten Städte sein, die sie gut kannte, und die Figuren einigermaßen repräsentativ für den jeweiligen Mikrokosmos und doch keine Stereotypen; sie würden aktuelle Gegenpositionen in den europäischen Gesellschaften verkörpern, das genaue Gegenteil zu den amerikanischen Klischees, die das Kino und die aus dem Englischen übersetzten Bestseller-Romane propagierten. Sie war davon überzeugt, daß der Zeitpunkt für den großen europäisch-kosmopolitischen Roman gekommen war, und fühlte, daß sie den notwendigen langen Atem besaß, um ihren Beitrag zu etwas zu leisten, das vielleicht erst in zwanzig oder dreißig Jahren als neuer europäischer Roman Triumphe feiern würde. Aber bevor an das alles zu denken war, mußte sie abwarten, was Raúl von ihrem Roman hielt, den sie vielleicht *Labyrinth der Palindrome* nennen wollte, und Raúls Reaktionen waren nicht unbedingt vorhersehbar.

Auf jeden Fall stand diesmal für sie fest, daß der Roman ihrer und nur ihrer war, in die gleiche Falle wie bei *Amor a Roma* würde sie nicht noch einmal gehen.

Sie stach sich mit der Nadel in den Finger und legte ihre Arbeit weg, um den Blutstropfen aufzusaugen, der ihr aus der Fingerkuppe quoll. Die Vampire hatten recht, Blut schmeckte köstlich. Sie hörte das scharrende Geräusch des Stuhls, als Raúl vom Schreibtisch aufstand, sog ein letztes Mal an dem verletzten Finger und beugte sich dann wieder über ihre Arbeit, um einen möglichst beschäftigten Eindruck zu machen, während ihr vor lauter Anspannung alles vor den Augen verschwamm. Gut möglich, daß er mit der Lektüre fertig war und gleich zu ihr kommen würde, um ihr seine Meinung mitzuteilen. Sie hätte sich am liebsten im Sofa verkrochen, um nicht hören zu müssen, was Raúl ihr zu sagen hatte, und gleichzeitig spürte sie, daß sie sich nichts auf der Welt so sehr wünschte, als ihn über ihren Roman reden zu hören.

Die Tür zwischen Arbeits- und Wohnzimmer ging auf, Raúl zog wie immer den Kopf ein, um sich nicht am Rahmen zu stoßen, während das Manuskript in seiner Linken zu seinen Schritten wippte.

Obwohl sie sich eigentlich hatte überraschen lassen wollen, sah sie auf. Genau wie er, wenn sie etwas von ihm gelesen hatte.

»Bist du fertig?« fragte sie.

»Haben wir Perrier im Haus? Ich bin völlig ausgedörrt.«

»Hast du es gelesen?« wollte sie noch einmal wissen.

»Bring mir Wasser, mein Liebes. Bei deiner Schlußszene bleibt einem die Spucke weg.«

Sie stand auf, und dabei glitt der schwarze, mit roten und lila Spitzen besetzte Stoff von ihrem Schoß: »Hat es dir gefallen?«

Raúl öffnete die Arme, so weit er konnte. Die Blätter des Manuskripts flatterten wie Vögelchen zwischen seinen Fingern: »Es ist großartig, Hauteclaire! Du hast es wieder geschafft! Du bist echt eine Wucht!«

Sie fielen sich in die Arme, Raúl lachte und Amelia weinte vor Glück.

»Wirklich, Raúl? Du glaubst, das kann man veröffentlichen?«

»Wenn ich Verleger wäre, würde ich auf der Stelle alles unterschreiben, was du willst. Glaub mir, sie werden es dir aus den Händen reißen. Du bist unglaublich: Du denkst dir Romane aus so wie ich mir Erzählungen.«

»Ich habe schon eine Idee zu einem neuen Roman, ich könnte sofort zu schreiben anfangen, wenn ich nicht diese albernen Verkleidungen nähen müßte.«

»Erzähl.«

Sie schüttelte den Kopf und ging in die Küche, um den Champagner zu holen, den sie schon vor drei Tagen für alle Fälle eingekühlt hatte. »Ich muß meine Gedanken erst noch sortieren. Es ist eine vage Idee.«

»Ist sie gut?«

»Klar. Oder weißt du nicht, daß ich genial bin?«

Raúl redete mit ihr vom Wohnzimmer aus, er hatte sich aufs Sofa gesetzt, von dem er zuvor die Unmengen Moiréstoff weggenommen hatte.

»Ich habe mir überlegt ... wenn du einverstanden bist ... daß wir das nächste Mal einen Roman zu zweit schreiben könnten. André liegt mir die ganze Zeit schon in den Ohren, daß es langsam Zeit für einen neuen Roman sei; bei irgendwelchen Interviews fragt man mich ständig, wann man mit dem neuen Roman von Raúl de la Torre rechnen könne, und ehrlich, wenn ich jetzt sehe, wie leicht dir das Schreiben von der Hand geht, könnten wir doch zusammenarbeiten und noch einmal so einen sensationellen Erfolg wie *Amor a Roma* landen.«

Amelia, die zu dem Champagner, den sie bereits aus dem Kühlschrank geholt hatte, gerade ein Tablett mit Knabbereien vorbereitete, streckte den Kopf aus der Küche.

»Du willst sagen, daß es diesmal ein echtes gemeinsames Werk werden soll, bei dem wir auch gemeinsam als Autoren firmieren?«

Nach außen hin stimmte Raúl zu, jedenfalls nickte er und sagte: »Gemeinsam, bis daß der Tod uns scheidet. De la Torre und de la Torre.«

»Nichts da. Ich heiße nicht de la Torre. De la Torre und Gayarre.«

»Oder Gayarre und de la Torre«, führte Raúl das Spiel weiter.

»Oder *De la Torre hoch zwei*«, schlug Amelia vor, während sie mit dem Tablett zu ihm kam.

»Meine Liebe, das ist ein genialer Titel: *De la Torre hoch zwei*, von Gayarre und de la Torre. Damit werden wir abräumen. Gib her, ich mache die Flasche auf, zu irgendwas müssen wir Männer doch noch nützlich sein. Und nun erzähl schon!«

»Was soll ich denn erzählen?«

»Unseren neuen Roman, Schatz. Wovon handelt er?«

»Erst mal müssen wir auf diesen anstoßen, der ist schließlich fertig.«

»Auf den Roman!« sagte Raúl und hob das Glas.

»Wem wollen wir ihn schicken?«

»André natürlich.«

»Ich weiß nicht, Raúl. André ist dein Verleger. Meinst du wirklich, daß es gut ist, wenn er uns beide verlegt? Es könnte so aussehen, als würde er mir einen Gefallen tun, weil ich deine Frau bin.«

»André ist ein guter Verleger, er hat Instinkt und weiß, was er tut. Du hast einen exzellenten Roman geschrieben, Hauteclaire, und André ist ein Freund; bevor wir ihn anderen anbieten, müssen wir ihm die Option einräumen.«

»Glaubst du wirklich?«

»Ich bin davon überzeugt.«

»Irgendwie ... ich weiß nicht ... geniere ich mich. André ist in dem Glauben, ich hätte noch nie etwas geschrieben.«

»Wenn du willst, gehe ich gleich nach den Feiertagen zu ihm und zeige ihm den Roman.«

Sie sah ihn mißtrauisch an, ohne es zu wollen. Raúl bemerkte es und machte in bewährter Manier auf beleidigter Junge: »Wenn du mir nicht vertraust, sag es nur.«

Sie machte sofort einen Rückzieher: »Aber, Raúl, um Himmels willen, das ist es nicht. Nimm ihm im neuen Jahr das Manuskript ruhig mit, mal sehen, was er sagt. Wenn er es nicht will, können wir es immer noch bei anderen Verlagen versuchen.«

»Spätestens in einem Jahr ist das Buch draußen. Ich schwöre es dir. Und jetzt beeil dich mit den Vampirgewändern. Kann ich dir vielleicht helfen?«

»Du könntest diese Plastikgebisse besorgen. Marita hat mir gesagt, in der Nähe der Oper gebe es einen Laden, in dem es dieses ganze Zeug gibt. Ruf sie an, sie kann dir erklären, wo er genau ist.«

»Zu Befehl, Euer Gnaden.«

Amelia nahm eine Handvoll Erdnüsse in den Mund, wischte sich die Hände an der Serviette ab und nahm ihre Näharbeit wieder auf. Es beschlich sie das ungute Gefühl, daß irgend etwas entsetzlich schiefließ.

Als er an dem grauen Morgen die Augen öffnete, überkam ihn die Scham angesichts der unerhörten Dinge, die vor wenigen Stunden in diesem Zimmer geschehen waren. Ganz still lag er da und wagte es noch nicht einmal, den Kopf nach diesem anderen Körper umzuwenden, der wenige Zentimeter neben ihm im Tiefschlaf lag. Jetzt, bei Tag, da der Zauber der Nacht verflogen war und die heraufdringenden Straßengeräusche ihn in die Wirklichkeit des Alltags zurückstießen, erschien ihm alles grauenhaft und unglaublich. Er hatte mit einer zwanzig Jahre älteren Frau geschlafen, mit der Frau des Mannes, an dessen Biographie er schrieb; es war geradezu monströs, er hatte Raúl von seinem Platz verdrängt, wenn auch nicht in Amelias Herz, so doch in ihrem Körper, und dieser Tatsache mußte er sich jetzt, am Tag danach, stellen. Wie sollte es zwischen ihnen weitergehen? Sollte er sich zu ihr umdrehen und sie mit einem Guten-Morgen-Kuß wecken oder besser möglichst leise aufstehen und sich heimlich wie ein Dieb aus dem Hotel schleichen? Oder sollte er sich duschen, anziehen, das Frühstück bestellen und so tun, als wäre nichts gewesen, als könnte er sich, betrunken wie er gewesen war, an nichts mehr erinnern, obwohl er wußte, daß sie das nicht glauben würde?

Er horchte auf ihren Atem, aber in dem Zimmer war es vollkommen still.

Er könnte sich auch einfach umdrehen und so tun, als schliefe er noch, oder die Beine ausstrecken, um in diesem Riesenbett, das in der Nacht der Schauplatz ihrer verbotenen Spiele gewesen und jetzt eine unübersichtliche endlose Fläche war, nach Amelia zu tasten. Doch den dafür nötigen Mut hatte er noch nicht. Er fühlte sich wie ein Gymnasiast, der auf einem Fest eine Lehrerin geküßt hat und nicht weiß, wie er am nächsten Tag in die Klasse gehen und ihr in die Augen sehen soll. Es war noch viel schlimmer, denn noch dazu lag diese Lehrerin aller Wahrscheinlichkeit nach nur einen Meter von ihm entfernt, nackt wie er, und was in der Nacht das Natürlichste der Welt gewesen war, erschien ihm jetzt unerträglich.

Er wußte nicht, wie spät es war, ahnte aber, daß es nicht mehr sehr früh sein konnte, daß es Zeit war, aufzustehen und sich den Dingen zu stellen, komme da, was wolle. Ein vorsichtiger Blick zur Seite sagte ihm, daß seine Armbanduhr nicht wie sonst auf dem Nachttisch lag. Sie mußte irgendwann in der letzten Nacht hinuntergefallen sein. Mit Schrecken machte er sich klar, daß es sich nicht um seine eigene Uhr handelte, um die wäre es nicht allzu schade gewesen, sondern um Raúls Rolex; bei diesem Gedanken schnellte er hoch wie ein Stehaufmännchen: Er mußte sie auf der Stelle wiederfinden. Die Erleichterung, die er empfand, als er sie neben seinem Hemd auf dem Teppichboden liegen sah, kam ihm beinahe lächerlich vor.

Als ihn das Klingeln des Telefons aufschreckte, wußte er im ersten Augenblick nicht, was er tun sollte; dann stellte er die Füße auf den Boden – dabei bemerkte er, daß er allein im Zimmer war – und hob ab.

»Guten Morgen, Ari. Wollen Sie so langsam runter frühstücken kommen, oder wollen Sie noch weiterschlafen?« Amelias Stimme klang frisch und natürlich, ohne Vorwurf oder Doppeldeutigkeiten und, was ihn am meisten verwunderte, ohne das geringste Anzeichen, daß sich nach ihrer gemeinsamen Nacht irgend etwas zwischen ihnen geändert hätte. »Oder möchten Sie lieber auf dem Zimmer frühstücken?«

Er schluckte ein paarmal, seine Kehle war wie zugeschnürt.

»Ich komme gleich runter. Ich springe nur noch schnell unter die Dusche.«

»Ich warte im Speisesaal auf Sie. Beeilen Sie sich.«

Er legte auf, und auf einmal kam es ihm so vor, als träumte er; er fühlte sich wie in einem dieser dummen Träume, in denen man ganz normale Dinge tut, obwohl man weiß, daß sie falsch sind und sie sich in jedem Augenblick in einen beklemmenden

Alptraum verwandeln können. Aber da waren die nassen Wände der Dusche, das große weiße Badetuch, das auf dem Boden liegengeblieben war, und im Papierkorb die gebrauchte Zahnbürste. Amelia hatte das Bad ganz offensichtlich benutzt, hatte den auf dem kleinen Sessel vor dem Schminkspiegel bereitliegenden Bademantel übergezogen, war an ihm, während er im Bett geschlafen hatte, vorbei in das Wohnzimmer gegangen, wo sie sich wahrscheinlich angezogen hatte. Hatte sie sich ihr Abendkleid wieder angezogen? Sollte er mit einer zwanzig Jahre älteren Frau in einem mit schwarzen Pailletten besetzten Cocktailkleid frühstücken?

Er stellte sich unter die Dusche und versuchte, nicht zu denken, sich nicht die nächsten eineinhalb Stunden vorzustellen, nicht abzuwägen, mit was für einem Gesichtsausdruck er ihr begegnen sollte. Das warme Wasser rann ihm über den Körper, dann kaltes, dann kam die Seife, dann noch einmal kaltes Wasser. Jetzt war er zumindest wach und sich hundertprozentig sicher, in die Alltagswirklichkeit zurückgekehrt zu sein. Er kämmte sich vor dem Spiegel, rasierte sich mit dem vom Hotel freundlicherweise gestellten Rasierer und schlüpfte in den Anzug vom Abend zuvor, die Krawatte mit den Jagdmotiven ließ er weg. Dann nahm er seinen Mantel, Schal, Hut und Handschuhe und vergewisserte sich mit einem prüfenden Blick noch einmal, daß er nichts vergessen hatte, bevor er in den Flur trat und die Tür hinter sich schloß.

Amelia wartete tatsächlich im Speisesaal an einem für zwei Personen gedeckten Tisch auf ihn. Sie trug eine marineblaue Strickkombination aus Jackett und Hose und dazu eine weiße Seidenbluse, und ihre weißen, glattgekämmten Haare umrahmten ein glattes, sorgfältig geschminktes Gesicht: Ihr Lächeln spiegelte keine Spur von Spott oder peinlicher Erinnerung, als ob die Frau, mit der er in der Nacht zuvor zusammengewesen war, ihre Zwillingsschwester wäre und sie nichts davon wüßte.

»Raúl und ich haben immer oben gefrühstückt, aber ich dachte, Sie sind jemand, der für Frühstücken auf dem Zimmer nichts übrig hat, oder irre ich mich?«

Er schüttelte den Kopf, denn er wußte nicht, was er sagen sollte, er wußte auch nicht, ob er sich einfach hinsetzen sollte, aber zu einem Begrüßungskuß konnte er sich auch nicht entschließen. Der an den Tisch kommende Kellner ersparte ihm weitere Überlegungen. Und so setzte er sich und streichelte dabei flüchtig Amelias Hand, die wie eine Einladung auf der weißen Tischdecke lag.

Sie bestellten ein einfaches französisches Frühstück, bestehend aus Milchkaffee und Gebäck, dann ließ der Kellner sie wieder allein.

»Haben Sie gut geschlafen?« fragte sie.

»Scheint so, ja. Ich habe nichts um mich herum mitbekommen. Noch nicht einmal die Dusche.«

»Ich bin ein diskreter Mensch, und Sie haben offenbar den Schlaf gebraucht, aber nach zehn, dachte ich, darf ich Sie wecken.«

Ari fand die Situation völlig absurd: Er und diese Frau hatten sich in der letzten Nacht stundenlang geliebt, und nun siezten sie sich seelenruhig weiter, als ob nichts gewesen wäre. Er war fast soweit, sie darauf anzusprechen, als sie ihm zuvorkam.

»Hoffentlich stören Sie sich nicht daran, daß ich Sie weiter sieze, Ari. Das ist, müssen Sie wissen, in Frankreich so Sitte. Ich habe Ehepaare kennengelernt, die sich ihr ganzes Leben lang gesiezt haben, außer in den intimsten Momenten, nehme ich an. Und ehrlich gesagt, mein Lieber, würde ich es nicht ertragen, wenn Sie mit Ihrem Spanisch mit argentinischem Akzent jetzt anfangen würden, mich mit ›vos‹, dem argentinischen ›Du‹, anzureden. Raúl war der einzige Mensch in meinem Leben, der mich mit ›vos‹ angeredet hat. Das verstehen Sie doch, oder?«

Er nickte und wußte nicht, wohin er seinen Blick wenden sollte.

»Schämen Sie sich so sehr für die letzte Nacht, Ari?« fragte sie ihn in sanftem, fast zärtlichem Ton.

»Nein, Amelia, das ist es nicht.«

»Ist es wegen des Altersunterschieds? Können Sie den Gedanken nicht ertragen, daß Sie ein paar Stunden lang eine Frau begehrt haben, die Ihre Mutter sein könnte?«

Ari hätte vor Verzweiflung schreien können, er wußte nicht, wie er das Thema wechseln oder Amelias Fragen ausweichen sollte, die sie ihm in aller Selbstverständlichkeit stellte. Natürlich war das der Grund, teilweise zumindest, aber es wäre beleidigend gewesen, das ihr gegenüber auszusprechen, obwohl ihr der Gedanke offensichtlich auch schon gekommen war.

»Nein, das ist es nicht. Es ist ... ich weiß nicht. Wahrscheinlich habe ich Angst, unsere Freundschaft zu zerstören.«

Sie lachte auf: »Sie hören sich wie ein junger Mann aus meiner Jugend an. Damals glaubte man auch, daß es zwischen Mann und Frau nur Freundschaft geben kann, wenn jeder körperliche Kontakt vermieden wird und wenn man einander noch so sehr begehrt. Und wenn es dann doch passiert, heiratet man entweder und wird ein offizielles Paar, oder es ist mit der Freundschaft vorbei. Daß Sie konservativ sind, wußte ich, aber nicht, daß es gleich so weit geht.«

»Ich bin nicht konservativ«, brummte er ärgerlich.

»Dann sagen wir eben traditionsbewußt, wenn Ihnen das lieber ist.«

»Sie bedeuten mir sehr viel, Amelia«, sagte er und blickte dabei auf die Tischdecke.

»Sie mir auch, Ari. Außerdem liegt eine Menge gemeinsame Arbeit vor uns. Es wäre doch absurd, wenn wir uns davon abhalten ließen, nur weil wir für ein paar Stunden noch einmal in der Vergangenheit gelebt haben.«

»Sind Sie immer noch bereit, mir zu helfen?«

»Mehr denn je.«

»Dann muß ich von Ihnen wissen, warum er Amanda geheiratet hat, warum er nach ihrem Tod nicht mehr zu Ihnen zurückgekehrt ist, wie er sich in Hervé verliebt und warum er beschlossen hat, sich umzubringen. Sobald ich diese Fragen beantwortet habe, werde ich das Buch abschließen und kann wieder ein freier Mensch sein.«

»Sie wollen frei sein?«

»Aber ja. Ich weiß nicht, ob es Ihnen aufgefallen ist, aber dieses Forschungsprojekt nimmt mich derart ein, daß ich an nichts anderes mehr denke und mich überhaupt nicht mehr für fähig halte, ein normales Leben zu führen, ein Leben, das mit Raúl de la Torre nichts zu tun hat. Klar will ich frei sein.«

»Um sich von einem neuen Forschungsprojekt einnehmen zu lassen, könnte ich mir denken.«

Der Kellner stellte die Kaffeekanne und das Gebäck auf den Tisch.

»Das weiß ich nicht. Ich glaube, ich werde ein Sabbatjahr einlegen und eine Reise unternehmen, um mir das Hirn auszulüften und auf andere Gedanken zu kommen.«

»Gute Idee. Wir könnten heiraten und nach Martinique ziehen. Ich habe dort ein Häuschen.«

Ari erstarrte, er öffnete den Mund, dann schloß er ihn wieder, und Amelia brach in schallendes Gelächter aus.

»Sie haben keinen Sinn für Humor, mein Lieber. Kein bißchen. Sie haben das geglaubt, nicht wahr? Mein Gott! Seit ich Raúl verloren habe, vermisse ich das am meisten. Jemanden, der auf Anhieb meine Witze versteht.«

»Verzeihung.« Er haßte sich selbst und bemerkte, daß er rot geworden war. In Augenblicken wie diesem hegte er eine tiefe Abneigung gegen Amelia.

»Schon gut, Ari, das ist die gemeine Hexe in mir. Ich verspreche Ihnen, so etwas nie wieder zu tun. Und jetzt trinken Sie Ihren Kaffee, bevor er kalt wird, und solange erzähle ich Ihnen etwas zu dem, was Sie mich gefragt haben, Sie werden also keine Zeit mit mir vergeuden. Also, Ihre erste Frage lautete, warum Raúl Amanda geheiratet hat. Ich kann Ihnen nicht versichern, daß es die ganze Wahrheit ist, noch nicht einmal, daß es überhaupt die Wahrheit ist, aber es ist meine persönliche Antwort darauf, ich habe sie vor langer Zeit für mich gefunden und halte sie noch immer für wahrscheinlich. Wollen Sie das nicht aufnehmen?«

Lustlos zog Ari aus der Innentasche seines Sakkos das kleine Diktiergerät. Er nannte den Namen der Gesprächspartnerin und das Datum der Aufzeichnung.

»Es war eine Zeit«, begann Amelia, »in der Raúl unruhig wurde. Er hatte es weit gebracht und war nun ein ziemlich angesehener Schriftsteller. Aber da er sich nicht politisch engagiert hatte – obwohl man doch damals immer Stellung beziehen mußte –, fehlten ihm viele Möglichkeiten, Interviews zu geben, für Zeitungen zu schreiben und eine wirklich öffentliche Person zu werden. Er konnte sich darum auch außerhalb der Literatur keinen Namen machen. Wir liebten uns noch immer, aber nach den vielen Ehejahren hatte unser Zusammenleben mehr die Prägung einer tiefen Freundschaft, wir lachten viel und kannten einander in- und auswendig, aber es blieb auch Freiraum für andere Freundschaften. Er ging viel mit dieser Clique aus der Jazzszene aus, zu der zu meiner Verwunderung auch Amanda gehörte. Sie wollte ihn sich unbedingt angeln und redete ständig auf ihn ein, was sie alles für ihn tun könnte, wenn er von Andrés Verlag zu ihrem wechseln würde. Ich versuchte, es ihm auszureden, aber Raúl dachte nur, ich verachtete ihn dafür, daß er dem Ruhm hinterherlief oder – noch viel schlimmer –, daß mich der Neid trieb oder einfach die Befürchtung, ich könnte ihn verlieren, wenn er erst einmal ein wirklich berühmter Schriftsteller sein würde. Amanda bot ihm den Ruhm auf dem Silbertablett, und ich war nur die gute alte Amelia. Er wußte, daß ich immer für ihn da sein würde, auch wenn er mich verließe, und so gab er den Verführungskünsten der ewigen Izebel nach und ließ mich sitzen. Er verließ sich darauf, daß ich schon herbeieilen würde, wenn er mich brauchte. Sie machte ihn zu dem, der er immer sein wollte. Von heute auf morgen war sein Foto in allen Zeitungen, er äußerte sich in allerlei Zeitschriften zu den verschiedensten Themen, er unternahm regelmäßig Reisen, bekam einen Orden von Fidel Castro; darauf sind Sie bei Ihren Recherchen sicher schon längst gestoßen. Er wurde einer der Großen, gehörte endlich zu den Top Ten der lateinamerikanischen Schriftsteller, und für die dumme kleine Amelia mit ihrer Lebensphilosophie von *laisser faire, laisser passer* war an seiner Seite kein Platz mehr.

Nach ein paar Jahren drehte er natürlich durch. Er hatte überhaupt keine Zeit mehr, Erzählungen zu schreiben, Amanda kommandierte im Kasernenstil sein Leben, dieses verdammte politische Engagement begann ihn zu belasten, unter anderem, weil er dafür ständig über die Geschehnisse in der Welt informiert sein mußte, und Raúl haßte es, Zeitung zu lesen. Ich bin mir sicher, wenn sie diesen Unfall nicht gehabt hätte, hätte er sich ein oder zwei Jahre später von ihr scheiden lassen, aber durch ihren Tod blieb ihm diese Entscheidung erspart, die ihm, der so konfliktscheu war und nur ungern Position bezog, schwergefallen wäre. Anders gesagt, ihr Tod war für ihn wie ein Geschenk des Himmels, er bekam wieder einmal die Aufmerksamkeit der Öffentlichkeit und war mit einem Schlag eine Menge Verpflichtungen los.

Als ein paar Monate vergangen waren, bemühte Raúl sich um eine Annäherung zwischen uns; ich war allerdings noch sehr verletzt nach allem, was passiert war, und, ehrlich gesagt, wollte ich ihn für das, was er mir angetan hatte, bezahlen lassen, und so hielt ich ihn auf freundschaftlichem Abstand. Ich wollte mich versichern, daß er mich um meiner selbst willen liebte, daß ich nicht nur eine Notlösung war, nachdem er innerhalb eines halben Jahres zuerst Amanda und kurz darauf seine Mutter verloren hatte.«

Amelia machte ein Pause, die Ari für eine Frage nutzte: »War das die Zeit, in der er sie auf einmal Stassin nannte und nicht mehr Hauteclaire?«

Sie zog die Augenbrauen hoch und hob die Kaffeetasse, um sie zum Mund zu führen: »Wieder der reizende André?«

Er nickte.

»Nachdem Raúl mich all die Jahre nach der Hauptfigur dieser Erzählung Hauteclaire genannt hatte, fand er nun, ich sollte einen anderen Namen haben, denn er hatte an mir eine Seite entdeckt, die er noch nicht gekannt hatte: eine verborgene grausame Ader und – daß diese Grausamkeit mich nicht daran hinderte, glücklich zu sein. Ich vermute, er meinte damit meine Distanziertheit ihm gegenüber, von der ich Ihnen gerade erzählt habe. Wenn Sie sich an Barbey d'Aurevillys Erzählung erinnern, ist Hauteclaire Stassin wie ihr Vater Fechtmeisterin und lehrt in der Fechtakademie die jungen Männer aus den Adelsfamilien der Gegend den Umgang mit dem Florett. Eines Tages verliebt sie sich in einen ihrer Schüler, Serlon, den jungen Grafen von Savigny, und auch er verliebt sich unsterblich in Hauteclaire. Aber sie können nicht heiraten, weil der Graf bereits geheiratet hat, vielmehr von seiner Familie verheiratet wurde, und zwar mit einer blassen, kränklichen Adligen. Er liebt sie nicht, doch sie ist seine rechtmäßige Ehefrau. Damit die Liebenden sich nahe sein können, läßt Hauteclaire sich als Hauswirtschafterin anstellen, und in gemeinsamem Einverständnis vergiften der Graf und sie nach und nach die junge Gräfin, bis diese stirbt. Anschließend heiraten die beiden Mörder und sind glücklich bis ans Ende ihres Lebens. Daher der Titel der Erzählung, *Das*

Glück im Verbrechen, und die Schockwirkung auf die Leser der Zeit, denn damals lebte man in der Vorstellung, daß für ein Verbrechen stets bezahlt wird und daß es unmöglich ist, mit einer Tat, die gegen die Moral verstößt, das Glück zu erzwingen.«

»Aber das weist doch darauf hin, daß Raúl aus irgendeinem seltsamen Grund glaubte, Sie seien in irgendeiner Weise schuld an Amandas Tod.«

»Ich soll schuld sein an einem Verkehrsunfall, der sich in zweitausend Kilometer Entfernung von meinem Aufenthaltsort in jenem Sommer ereignet hat? Das kann Raúl doch nicht ernst gemeint haben.«

»Aber wenn man André glauben darf, machte Raúl in den Gesprächen damals immer wieder Andeutungen dahingehend, was es für eine Strafe sei, wenn jemand von seinen Freunden so sehr geliebt wird, daß sie unmittelbar in sein Leben eingreifen.«

Sie seufzte, nahm den letzten Schluck aus ihrer Tasse, holte das Zigarettenetui heraus und steckte es, nachdem sie ein paar Sekunden lang nachdenklich darauf geblickt hatte, seufzend wieder ein.

»Ja, André hat recht. Ein paar Monate lang machte Raúl alle möglichen unangenehmen und vollkommen absurden Bemerkungen. Ich vermute, daß er sich für Amandas Tod indirekt mitverantwortlich fühlte, weil er ihn so oft herbeigewünscht hatte, und daß er sein Schuldgefühl auf uns abwälzen wollte.«

»Aber es ist doch ein Unfall gewesen, oder nicht?«

»Sicher doch. Was sonst?« fragte sie und sah ihm offen in die Augen.

Daß Raúl eine Zeitlang des Mordes an seiner Frau verdächtigt worden war, hatte André ihm im strengen Vertrauen mitgeteilt und damit sein Wort gebrochen, das er Raúl vor langer Zeit gegeben hatte. Wenn Amelia nichts davon wußte, durfte er es ihr jetzt auch nicht erzählen, zumindest nicht, bis er beschlossen hatte, ob er es in seinem Buch enthüllen würde oder nicht, und darum schwieg er lieber.

»Was weiß ich«, sagte er schließlich. »Ich habe mir nur überlegt, wie Raúl überhaupt dazu kam, sich diese Schuldfrage zu stellen, die ihn dazu getrieben hat, Ihnen einen anderen Namen zu geben. Wäre Amandas Tod kein Unfall gewesen, dann wäre es verständlich, daß Raúl einen Schuldigen für Amandas Tod suchte.«

»Ich habe Ihnen schon vor einiger Zeit gesagt, daß es aussichtslos ist, sich über die Beweggründe eines Menschen Gewißheit zu verschaffen, wenn dieser sich nicht mehr selbst dazu äußern kann. Man kann nur Spekulationen anstellen, und davon ist eine soviel wert wie die andere.«

»Man kann aber auch unumstößliche Beweise finden«, erwiderte er starrköpfig.

»Suchen Sie nur. Vielleicht finden Sie ja tatsächlich Beweise. In dem Fall wäre ich Ihnen dankbar, wenn Sie mich daran teilhaben ließen. Auch mich treibt seit Jahren der Wunsch um, das alles zu verstehen, allerdings war ich, bevor Sie aufgetaucht sind, fast schon so weit, meine Niederlage hinzunehmen und vergessen zu wollen.«

»Das tut mir leid, Amelia.«

Wieder trafen sich ihre Blicke, und beide fühlten für einige Sekunden so etwas wie einen elektrischen Funken zwischen ihnen; er war in dem Augenblick wieder vorbei, als Amelia sich nach dem Kellner umsah. Ari war hin und her gerissen: ein Teil von ihm, der Literaturwissenschaftler und Biograph Ariel Lenormand, hörte interessiert zu und stellte Hypothesen auf, sein Gehirn lief auf Hochtouren, und aus einem gewissen Abstand heraus zog er Verbindungen zwischen den einzelnen Informationen, mit denen ihn diese Frau versorgte; der andere Teil in ihm, der Mann Ari, der nach einer Liebesnacht gerade eben in einer Suite im Hotel *Crillon* aufgewacht war, sah Amelia, obwohl sie ihm gegenüber am Tisch saß, an wie eine unerreichbare Schöne und wußte nicht recht, was er für sie empfand und was er von dem, was vor ein paar Stunden zwischen ihnen geschehen war, halten sollte. Er fühlte sich gleichzeitig angezogen und abgestoßen, verspürte eine zaghafte Zärtlichkeit, gefolgt von Ablehnung; kaum erwachte in ihm das Begehren, ihre kundige Hand zu berühren, die in seinem Körper so viele Empfindungen geweckt hatte, wollte er auch schon aufspringen und auf immer das Weite suchen. Er war gespalten zwischen Scham und Verlangen, Schuld und Hingabe, und fand darin keine Ruhe. Wie sollte er jemals Raúls Beweggründe begreifen, wenn er kaum seine eigenen ergründete? Wer würde in zwanzig Jahren in der Lage sein, ihn zu verstehen, mit nichts als ein paar Angaben aus zweiter Hand? Von außen waren die Antworten nicht zu erlangen. Wahrscheinlich lagen sie tatsächlich an dieser dunklen Stelle unterhalb des Herzens verborgen, von der Raúl in seinen Tagebüchern sprach, in diesem unergründlichen Loch, in dem die Erinnerungen aufbewahrt wurden, die zerschlagenen Hoffnungen, die unerfüllbaren Träume, Vorwürfe und bittern Erfahrungen aller Art, die so den fruchtbaren Boden bereiteten, aus dem in der Dunkelheit langsam die Geschichten und Gedichte sprossen, indem Worte in die Stille sickerten, gleich einem beißenden, fruchtbaren Saft.

Amelia war aufgestanden. Ari machte es ihr reflexartig nach, er war noch immer zerstreut.

»Ari, ich muß gehen. Wenn es Ihnen recht ist, rufe ich Sie morgen oder übermorgen an.«

»Wann immer Sie wollen, Amelia. Ich stehe jederzeit zu Ihrer Verfügung.«

»Ich habe Ihnen schon gestern gesagt, daß das ein gefährliches Angebot ist, mein Lieber«, antwortete sie, und in ihrem blassen Gesicht stand ein Lächeln.

»Alles an Ihnen ist gefährlich, Amelia, das bin ich schon gewohnt.«

Amelia hielt ihm die Wange hin. Sie roch frisch, blumig, und ganz zart haftete an ihr noch der Duft, den er von der Nacht in Erinnerung behalten hatte. Er beugte sich hinab, um sie auf die Lippen zu küssen, dann umarmte er sie fest aus einer spontanen Anwandlung heraus. Sie blieb zuerst steif, doch dann ließ sie den Kopf für einen Moment auf Aris Brust sinken, bevor sie sich sanft, aber entschieden von ihm löste.

»Vorsicht, mein Guter, Gewohnheiten sind gefährlich.«

»Ist es nicht das Außergewöhnliche, das gefährlich ist?«

»Das auch, aber weniger, wenn man sich darauf versteht, es auf Abstand zu halten.«

Sie gingen gemeinsam zur Rezeption, wo Amelia eine kleine Tasche entgegennahm. Sie mußte schon vor dem Frühstück bezahlt haben, denn sie gab einfach den Schlüssel ab und wechselte mit der Rezeptionistin noch ein paar freundliche Worte. Das erklärte, wie sie zu den frischen Kleidern gekommen war; offenbar hatte sie bereits am Tag zuvor die Tasche in die Suite gebracht, um für den nächsten Morgen Kleidung zum Wechseln zu haben. Wahrscheinlich hatte sie sich in der Suite auch umgezogen und war von dort aus zu ihrer Verabredung am Eiffelturm aufgebrochen, schließlich hatte sie geplant, nach dem Abendessen mit ihm in die Suite zu gehen. Sie hatte alles im voraus geplant. Es war mitnichten spontane Leidenschaft gewesen, auch kein schwacher Moment, dem sie sich hingegeben hatte, um noch einmal die Vergangenheit Wirklichkeit werden zu lassen; sie hatte alles vorbereitet, genauestens vorhergesehen, und er hatte in dem Schauspiel seine feste Rolle zugewiesen bekommen. Sie hatten sich keineswegs gegenseitig mitgerissen, wie er geglaubt hatte. Vielmehr handelte es sich um eine widerwärtige Manipulation, und er hatte sich wie ein Spielzeug ohne eigenen Willen benutzen lassen. Amelia, die, wie André erzählte, in ihrem Leben zahlreiche Liebhaber gehabt hatte, hatte sich ihre Erfahrenheit zunutze gemacht, ihre Überlegenheit, ihre Fähigkeit, einen um so viel jüngeren Mann um den Finger zu wickeln, indem sie seine Bedürfnisse ausgenutzt, geschickt sein Verlangen geschürt hatte, seinen Hunger nach Liebe und Gemeinschaft nach so vielen Monaten der Enthaltsamkeit und des Alleinseins. Auf einmal fühlte er sich schmutzig, benutzt, seelisch und körperlich mißbraucht.

Während die Rezeptionistin Amelia ein Taxi bestellte, sah Amelia ihn mit gesenktem Kopf durch ihre dichten Wimpern hindurch an, als erriete sie, was ihm gerade durch den Kopf ging.

»Das Außergewöhnliche ist immer wahr, Ari, trotz dem, was Sie gerade fühlen.«

»Ich fühle nichts Besonderes«, log er.

»Besser so.« Sie schlüpfte in ihren Pelzmantel, den ihr ein Hoteldiener bereithielt, dann ging sie, die Mütze in der einen und die kleine Handtasche in der anderen Hand, quer durch die Eingangshalle auf den Hotelausgang zu. »Aber sollte Sie irgendwann ein Gedanke oder ein Gefühl quälen, dann hilft es Ihnen vielleicht, darüber nachzudenken, was heute für ein Tag ist, oder vielmehr, welcher Tag gestern war.«

Auf der Straße war es kalt, aber der in der Nacht gefallene Schnee war bis auf gräuliche Reste im Rinnstein schon wieder geschmolzen. Das Taxi fuhr vor, und Ari hielt Amelia die Tür auf.

»Heute ist doch der 29. Dezember«, sagte Ari. »Oder nicht?« Er überschlug die Eckdaten in Raúls Leben, soweit er sie in der Schnelle zusammenbekam, um herauszufinden, ob eines davon mit dem Datum des Vortags zusammenfiel, ob sich am gestrigen Tag ein besonderes Ereignis gejährt hatte, das er kennen müßte oder von dem Amelia dachte, er müßte es kennen.

»Ganz genau. Und gestern war, wenn ich richtig rechne, der

28. Dezember. Der Tag der Unschuldigen Kinder. Und falls Sie es nicht wissen: In Spanien, wo mein Vater herkommt, erlaubt man sich an dem Tag gern einen Scherz.«

Sie schloß sacht die Tür und ließ ihn auf dem Bürgersteig stehen, wo er den kalten Wind auf den Wangen spürte und eine noch viel eisigere Kälte von seinem ganzen Körper Besitz ergriff, während das Taxi im Verkehr der Place de la Concorde verschwand.

KAPITEL

7

Während Ari zu Nadines Wohnung ging und einen Karton Flaschen wie ein schlafendes Kind vor sich hertrug, gingen ihm weiterhin die Gedanken durch den Kopf, die ihn seit zwei Tagen nicht in Ruhe ließen: Welche Absicht hatte Amelia mit ihrer berühmten Soiree à la Raúl verfolgt? Hatte sie für ein paar Stunden ihre Jugend zurückgewinnen wollen und ihn als Ersatz für ihren Mann benutzt – »Wissen Sie was, Ari? Sie erinnern mich an Raúl« –, um der Illusion nachzuhängen, sie hätte ihn noch nicht ganz verloren? Hatte sie überhaupt wahrgenommen, daß sie mit ihm, mit Ariel Lenormand, zusammengewesen war, oder hatte er ihr nur als Mittel zum Zweck gedient? Und er? Was hatte er empfunden? Warum hatte er sich Amelia hingegeben? Nur wegen seiner Einsamkeit, seines Bedürfnisses, irgendeinen Frauenkörper zu umarmen? Oder hatte sein Begehren tatsächlich Amelia und nur ihr gegolten? Und was hatte sie mit ihrer Bemerkung über den Tag der Unschuldigen Kinder sagen wollen? Daß sie sich einen Scherz auf seine Kosten erlaubt hatte, einen unschuldigen Spaß? Das wäre selbst für Amelia zu grausam gewesen. Aber was sonst sollte es bedeuten?

Amelias Absichten konnte er nicht durchschauen, aber er sollte wenigstens versuchen, die Fragen zu klären, die ihn selbst betrafen. Doch auch das gelang ihm nicht. Irgend etwas in ihm sperrte sich dagegen, sich ohne Wenn und Aber aufrichtige Antworten zu geben. Allerdings mußte er zugeben – er hätte es auch beim besten Willen nicht leugnen können –, daß er zwei ganze Tage vergeblich auf einen Anruf Amelias gewartet hatte und irgendwann ohne rechten Plan zu ihrem Haus spaziert war; doch dann hatte er doch nicht den Mut gehabt zu klingeln, obwohl er in einem der Fenster Licht gesehen hatte. Wie ein pubertierender Junge. Wie ein pubertierender Junge, der in seine Lateinlehrerin verliebt ist.

Aber er war nicht verliebt; zweimal war er verliebt gewesen, und diese Erfahrung reichte, um zu wissen, daß das, was er nun fühlte, nicht Verliebtheit war. Er fühlte nicht diese blinde, geradezu körperliche Unbedingtheit, die einen mitreißt, ohne daß man etwas dagegen machen kann. Seine Empfindung für Amelia war viel zarter, komplexer ... vielleicht erwachsener? Er hatte einfach den Wunsch, ihr zuzusehen, wie sie sich bewegte, lächelte, sich die Brille ab- und wieder aufsetzte; er hatte den Wunsch, sie reden zu hören, ihr frisches und ungehemmtes mädchenhaftes Lachen zu vernehmen, ihr beim Essen gegenüberzusitzen und mit ihr über Themen zu sprechen, die wahrscheinlich niemanden sonst auf der Welt interessierten. Und er wollte so gern erreichen, daß er ihr etwas bedeutete, daß er für sie einer der Menschen werden würde, an die man auch dann denkt, wenn sie nicht da sind, die man in seine Planungen einbezieht, denen man gern kleine Alltagsbegebenheiten erzählt und auf deren Meinung man hört, bevor man eine Entscheidung trifft. Hinter alldem stand vielleicht einfach der Wunsch, ihr Freund zu werden, ihr Verbündeter, der aus ihrem täglichen Leben nicht mehr wegzudenken war.

Wollte er etwa Raúls Platz einnehmen? Wie absurd! Wie kam er darauf, Raúl und die Erinnerungen eines ganzen Lebens ersetzen zu wollen, nur weil Amelia ihn nett fand und er und Raúl ein ähnliches Lächeln hatten?

Eine Gruppe lachender Leute mit Papiertröten kam ihm entgegen. Sie waren wie er auf dem Weg zu einer Silvesterfeier, und auf einmal fühlte er sich schrecklich einsam. Auch er ging zu einem Fest, aber er kannte dort niemanden außer der Gastgeberin, und die würde nicht viel Zeit für ihn haben, sie würde ihn vielleicht eilig ein paar Freunden vorstellen und sich dann anderen Gästen zuwenden. Aber als Alternative hätte er nur allein im Studentenwohnheim bleiben oder Yves und André zu einem Schwulenfest mit Kostümzwang begleiten können, und das lockte ihn beides nicht.

Was Amelia wohl an diesem Abend vorhatte? Ob sie zu Hause blieb, sich vor dem brennenden Kamin aufs Sofa legte und sich an glücklichere Zeiten erinnerte, als sie Silvester im Kreis ihrer Freunde gefeiert hatte? Ob sie bei irgend jemandem der besseren Pariser Gesellschaft eingeladen war?

Auf einmal meinte er, an seinen Rippen die Vibration seines Handys zu spüren, also stellte er den Karton mit den Flaschen ab, arbeitete sich in die Tiefen seines Mantels vor, doch als er endlich an sein Handy herankam, vermeldete es keinen Anruf. Jetzt bildete er sich schon alles mögliche ein, in der Hoffnung, irgend etwas würde ihn aus der dummen Lage retten, in die er sich selbst gebracht hatte. Er schnaubte genervt, nahm den Karton wieder auf und legte die letzten Meter bis zu Nadines Haustür zurück. Dabei fragte er sich, warum er nicht den Mut besaß, in sein Zimmer zurückzugehen und sich an Silvester 2001, dem letzten Abend des ersten Jahres im neuen Jahrtausend, allein zu betrinken; aber anstatt sich darauf eine Antwort zu geben, tippte er am Hauseingang auswendig den Türcode ein, und das Schloß sprang auf. Es war Viertel nach neun, und im Treppenhaus waren weder Musik noch Stimmen zu hören. Entweder verhielten sich die Gäste so rücksichtsvoll, oder er war trotz der einkalkulierten Viertelstunde Verspätung der erste.

Er klemmte sich umständlich den Karton unter den linken Arm, um die rechte Hand zum Klingeln frei zu haben, und kaum war ihm das gelungen, hörte er kein »Ring« oder »Dingdong«, sondern zu seiner Verblüffung die ersten Takte von *Der rosarote Panther*.

Eine Sekunde später öffnete ihm Nadine im kurzen roten Partykleid die Tür. Sie hatte sich die Haare zu einem hochsitzenden Knoten zusammengesteckt, und er sah sie zum ersten Mal geschminkt. Sie war hübsch, aber nicht die Frau, die er vom Umzug kannte. Zur Begrüßung gaben sie sich, etwas behindert durch den Karton, die üblichen drei Küsse, dann führte Nadine ihn in die Küche, damit er die Flaschen abstellen konnte.

Die fünf oder sechs Leute im Wohnzimmer, alle jünger als er und in Partykleidern, sahen ihn neugierig an. Als sie alle einander vorgestellt waren und jeder ein Glas mit einer Art Sektpunsch in der Hand hielt, löste sich die anfängliche Steifheit ein wenig. Während Ari bei ihnen stand und zuhörte – sie schienen alle gute Freunde zu sein und nahmen sich scherzhaft gegenseitig auf den Arm –, fiel ihm ein, daß er sich die von Nadine eingerichtete Wohnung ansehen könnte. Sie hatte die Räume geschickt genutzt, und so war aus der heruntergekommenen und leeren Wohnung, die er kannte, ein modernes, gemütliches Zuhause geworden. An einer Wand hing Armands Saxophon glänzend und golden neben einer Schwarzweiß-Fotografie, auf der man ihn in einem Club spielen sah.

»Gefällt es Ihnen?« fragte Nadine, die auf einmal wie ein Gespenst hinter ihm aufgetaucht war. »Es hat mir so leid getan, wie es in seinem Kasten vor sich hingammelte, da dachte ich, ich hänge es einfach auf, als Andenken an meinen Onkel. Ihm hätte es bestimmt gefallen.«

»Ja, das glaube ich auch. Haben Sie denn noch etwas gefunden, was für mich interessant sein könnte?« fragte Ari und drehte sich zu ihr um, um mit ihr anzustoßen. »Übrigens vielen Dank für die Einladung. Sie kam wie gerufen.«

Sie lächelte ihn verschmitzt an: »Und daß Sie mir ja nicht gehen, bevor wir Gelegenheit zu ein paar Worten unter vier Augen hatten. Ich will Ihnen nämlich etwas zeigen. Ja, ich habe etwas gefunden, aber ich will es jetzt nicht vor allen Leuten herausholen, dafür ist es zu persönlich. Sie müssen sich gedulden, bis die anderen gegangen sind.«

»Alle?«

»Wohl oder übel. Aber keine Sorge, wenn's zu spät wird, lade ich Sie zum Frühstück ein.«

Wieder erklang *Der rosarote Panther*, und Nadine ging zur Tür, während er sich noch eine Weile das Foto ansah, auf dem Armand die Zeit vergessend und glücklich mit geschlossenen Augen spielte.

Abendessen gab es in Form eines kalten Buffets in der Küche. Man ging hin, lud sich etwas auf einen Pappteller und verzog sich mit seiner Beute in irgendeine Ecke des Wohnzimmers. Leicht belustigt dachte Ari, daß dieses Verhalten mehr an Raubtiere als an zivilisierte Menschen denken ließ. Man riß ein Stück Roastbeef an sich (im Grunde nichts anderes als rohes Fleisch) und brachte sich damit in Sicherheit, um es ungestört zu verzehren, bevor man sich zum nächsten Beutezug aufmachte.

Nach dem Essen gab es ein Gesellschaftsspiel, bei dem er nicht mitmachen konnte, da er niemanden kannte. Es ging darum, jedem der Anwesenden eine Frucht zuzuweisen.

»Sarah ist eine Wassermelone«, sagte Richard. »Na los, erklär, warum«, riefen die anderen im Chor. »Sie ist knackig, saftig, manchmal hat man riesigen Appetit auf sie, und süß ...« – Ohhs und Ahhs erfüllten den Raum, »... aber sie ist auch ein bißchen fad, ihr fehlt es etwas an Charakter oder an Biß.«

»Mann, bist du blöd«, erwiderte Sarah eingeschnappt. »Weißt du, was du bist?« – gespannte Erwartung im Zimmer. »Eine reife Banane. Pappsüß, schmierig, nicht mehr der Frischeste, hält sich selbst aber immer noch für irre hart, aggressiv und phallisch.«

Je mehr Alkohol floß, desto hemmungsloser wurden die Lacher und kleinen Boshaftigkeiten, und bald saßen oder lagen alle auf dem Boden herum. Ari blieb ernst und trank. In den Augenblicken, in denen es hoch herging, lächelte er, und sobald sein Glas leer war, schenkte er sich wieder nach. Er hatte nicht eigentlich vor, sich zu betrinken, aber was hätte er in der Gesellschaft dieser unbekannten Leute, die ihn nicht beachteten, sonst schon tun sollen.

»Hört mal her«, sagte auf einmal ein Mädchen – Annemarie? Lise? –, »wer kann sagen, was Ari ist?«

Alle sahen ihn an, wie man eine Frucht prüft, bevor man sich zum Kauf entschließt. Er lächelte scheu und blickte verlegen in die Runde.

»Eine Tamarinde«, sagte Nadine, die mit dem Rücken ans Sofa gelehnt auf dem Boden saß und geheimnisvoll lächelte.

»Was soll denn das sein?« fragte Richard, ein Arbeitskollege aus dem Hotel.

»Genau das meine ich. Eine unbekannte Frucht, wir kennen zwar ihren Namen, sie ist exotisch und sieht gut aus, aber niemand hat sie jemals probiert.«

Ein Raunen anerkennender Ohhs erhob sich.

»Ich würde sagen, er ist ein Granatapfel«, meinte ein anderes Mädchen, wahrscheinlich Monique. »Von außen hart und glatt und innen leuchtend und kompliziert.«

Eine neue Welle von Aaahhhs.

»Und woher willst du wissen, daß er nicht eher eine Kokosnuß ist, die ist von außen auch hart, aber innen ist nichts als Wasser?« fragte ein Typ, der den ganzen Abend nicht von Moniques Seite wich, ihr bei jedem Gang in die Küche nachlief und sich immer unbedingt neben sie setzen wollte.

»Seid nett zu Ari«, bat Nadine. »Er kennt uns noch nicht so

gut, und wir wollen uns ihm doch nicht gleich am ersten Abend von unserer häßlichsten Seite zeigen.«

»Es ist fast zwölf!« sagte jemand und sorgte damit für allgemeinen Aufruhr. Alle standen auf, füllten ihre Gläser mit Sekt und blieben wie Wachsfiguren stehen, während Nadine den Fernseher einschaltete, damit sie das Zwölf-Uhr-Läuten mitverfolgen konnten, das von den verschiedensten Orten der Erde übertragen wurde. Einen Augenblick später waren alle außer Rand und Band und jubelten und lachten, küßten und umarmten sich, während irgendwer den Fernseher ausschaltete und einen Neujahrswalzer auflegte.

Ari war vom reihum Küssen, Umarmen und Händeschütteln noch ganz schwindlig, als ihm auf einmal bewußt wurde, daß er mit Nadine Walzer tanzte.

»Drehen Sie sich nicht zu schnell, sonst kugle ich noch über den Boden«, warnte sie ihn und lachte.

Auf den Walzer folgten lateinamerikanische Rhythmen, und für die nächsten Stunden wurde Salsa getanzt, bis jemand nach und nach die Lichter löschte und die Salsamusik gegen eine langsame Schnulze austauschte.

Ari ließ sich auf das neue Sofa fallen, nahm einen großen Schluck Sekt, der ihm in der Kehle prickelte und in die Nase stieg, dann lehnte er den Kopf zurück und schloß die Augen. Das Mädchen, das ihn mit einem Granatapfel verglichen hatte, setzte sich neben ihn und ließ sich so weit hinabgleiten, daß sie mit ihrem Kopf auf seinem Schoß lag.

»Den ganzen Abend versuche ich schon herauszufinden, wo ich dich schon mal gesehen habe«, sprach sie ihn gleich mit du an. »Ich war mir sicher, daß ich dich schon mal gesehen habe, mir ist nur nicht eingefallen, wo, aber jetzt hab ich's. Du warst doch vor ein paar Tagen im *Crillon*, stimmt's?«

Ari riß überrascht die Augen auf. Er konnte sich an sie überhaupt nicht erinnern.

»Arbeitest du dort?«

»Ja. An der Rezeption. Ich habe dich gesehen, als ich gerade zur Morgenschicht kam. Du bist mir deshalb aufgefallen, weil du mit der Gräfin zusammen warst.«

»Der Gräfin?«

»Wir nennen sie so. Eine hochelegante ältere Dame. Schriftstellerin, glaube ich. Soweit ich weiß, war sie mit einem sehr wichtigen Schriftsteller verheiratet und danach mit einem amerikanischen Millionär. Sie ist eine unserer Stammgäste.«

Ari hätte sie gern gefragt, ob Amelia oft die Nacht dort verbrachte und mit wem, aber er wagte es nicht, weil er fürchtete, eine andere Antwort zu bekommen, als ihm recht war.

»Bei dem Aussehen und der Figur, will man gar nicht glauben, wie alt sie ist, stimmt's?«

»Ja. Ich schreibe an einer Biographie über ihren früheren Mann.«

»Ach so! Und deshalb gehst du mit ihr ins Bett?«

Ari erstarrte und mußte sich sehr zusammennehmen, um das Mädchen nicht von sich wegzustoßen: »Ich gehe nicht mit ihr ins Bett. Wir waren zum Frühstücken verabredet.«

»Entschuldigung. Eigentlich habe ich auch überhaupt kein Recht, mich in dein Leben einzumischen.«

»Das sehe ich auch so.«

»Weiß es Nadine?« fragte sie und sah ihn von unten her an.

»Was? Daß wir zusammen frühstücken waren?«

»Du scheinst Nadine zu gefallen. Ich glaube, du solltest es ihr vorsichtshalber sagen.«

»Vorsichtshalber, wieso?« Ari wurde langsam wütend.

»Ach, nichts, reg dich nicht auf. Ich sage ja schon nichts mehr.«

»Mach, was du willst. Entschuldigung, ich muß aufs Klo«, sagte Ari und stand so abrupt auf, daß sie kaum Zeit hatte, ihren Kopf von seinem Schoß zu nehmen.

Er wollte hier weg, aber einfach verschwinden wollte er auch nicht, dafür war er viel zu neugierig auf das, was Nadine ihm zeigen wollte. Trotzdem, er mußte sich aus der Schußlinie bringen, damit diese blöde Kuh ihn nicht noch einmal attackierte.

Als er die Badezimmertür hinter sich geschlossen hatte, spritzte er sich Wasser ins Gesicht, feuchtete sich ein wenig die Haare an und betrachtete sich im Spiegel, als sähe er sich zum ersten Mal. Warum hatte er sich von diesem Weib so ärgern lassen? Warum hatte er sie angelogen? Schließlich durfte er doch ins Bett gehen, mit wem er wollte. Er war ein erwachsener Mann. Aber warum war er dann so wütend geworden? Warum wollte er unbedingt verbergen, daß er ein Verhältnis mit einer sehr viel älteren Frau hatte?

Jemand klopfte ein paarmal an die Tür. Es war Richard, er war grünlich im Gesicht, und seine Augen tränten.

»Ich glaube, ich hab's mit dem Tequila ein bißchen übertrieben«, murmelte er, bevor er die Tür hinter sich schloß.

Tequila. Keine schlechte Idee. Ari ging zurück ins Wohnzimmer und wollte sich nach der Tequilaflasche und einer Scheibe Zitrone umsehen. Vom Flur her hörte er Stimmen und Küsse von Leuten, die sich verabschiedeten. Er warf einen Blick auf Raúls Rolex: Es war zwanzig vor vier. Wenn er Glück hatte, würde er sich nicht mehr allzulange gedulden müssen, bis Nadine ihm endlich zeigte, was sie für ihn hatte.

∼

Amelia hörte die zwölf Schläge der Glocke von *Notre Dame* und stellte sich den Platz voller Menschen vor, das Gedränge und die Umarmungen und das Jubeln um Mitternacht, den Geruch nach vielen Menschen und Alkohol, das Pfeifen der Papiertröten, die Lieder der Betrunkenen, die Tanzschritte auf Straßen und Bürgersteigen, die privaten Feste überall in der

Stadt, zu denen manche in besonderen Verkleidungen gingen, andere einfach nur für Silvester fein herausgeputzt.

Der Kaminspiegel zeigte ihr das Bild einer Frau, die als Vampir hätte gehen können: schwarzes Abendkleid, lilafarbener Fransenschal, weiße Haare, blasse Haut, stark mit Kajal umrandete Augen. Das Champagnerglas zitterte ihr in der Hand. Es war ihr letzter Silvesterabend, und sie wußte es. Sie wußte es seit drei Wochen, aber bis jetzt hatte sie es einfach nicht glauben können, bis jetzt war es in ihrem Bewußtsein noch nicht angekommen. Dort verharrte noch ein Rest jugendlicher Unsterblichkeit, und darum war der Gedanke an den Tod, an ihren eigenen Tod, auch so aberwitzig, so lächerlich, einfach unglaublich. Etwas in ihr wußte, daß Amelia unsterblich war, und darum waren sämtliche Diagnosen und Worte des besten Onkologen von Paris und ihr bevorstehender Aufenthalt in einer Schweizer Klinik nichts weiter als Kapriolen nie veröffentlichter Romane, Traumfetzen von Geschichten, die sie nie schreiben würde, Klischees, die an ihre Phantasie nicht heranreichten.

Sie nahm einen Toast mit Belugakaviar, einen Schluck Champagner und, wie es im Land ihres Vaters Brauch war, eine Traube und ging an den Schreibtisch, um ein letztes Mal die wenigen Zeilen durchzulesen, zu denen der Brief, an dem sie den ganzen Abend geschrieben hatte, zusammengeschmolzen war:

Lieber Ari!
Besondere Umstände zwingen mich, für mindestens drei Wochen Paris zu verlassen. Sobald ich zurück bin, rufe ich Sie an. Ich wünsche Ihnen alles Gute für Ihre Arbeit an Ihrem Buch.
Herzliche Grüße

Amelia

Sie wollte das Blatt schon zerknüllen, wie sie es mit allen vorherigen Versionen an diesem Abend gemacht hatte, aber sie überlegte es sich anders, steckte es in einen Umschlag und schrieb die Adresse darauf. Es hatte keinen Sinn, ihm mehr zu schreiben oder irgend etwas zu erklären. Bestimmt bereute er bereits, was zwischen ihnen geschehen war; bestimmt hatte sich bei ihm schon der Verdrängungsmechanismus in Gang gesetzt, mit dessen Hilfe wir alles, was wir vor uns selbst leugnen, dem Vergessen übereignen. Der Versuch, diesen Prozeß anzuhalten, war absurd und töricht. Er war Anfang vierzig, und sie hatte nur noch wenige Monate zu leben.

Sie schloß den Umschlag, legte ihn auf das Tablett mit der fertigen Post, auf den Brief für Yves und André, dann las sie zerstreut noch einmal einige Absätze ihrer anderen Entwürfe: »Geliebter Ari«, »in Dankbarkeit für Dein Geschenk: meine Jugend, meine Freude«, »Was zwischen uns geschehen ist, gehört zu dem Schönsten, was ich je erlebt habe«, »Wenn mir noch Zeit bliebe, würde ich sie mit Dir verbringen wollen«, »... hätte ich Dich nur zwanzig Jahre früher kennengelernt«, »Verzeih mir meine unbedarften Boshaftigkeiten, sie sind nichts anderes als der zerbrechliche Schild, mit dem ich meine angeschlagene Selbstachtung schütze ...«

Albernes Zeug. Sentimentalitäten einer Alten. So tief würde sie jetzt, am Ende ihres Lebens, nicht sinken, schließlich hatte sie es nach langer Zeit geschafft, auch vor sich selbst die Fassade einer unabhängigen, sich selbst genügenden und harten Frau zu errichten. Daß André manchmal unter ihrem Schutzpanzer das Samtweiche, das vor langer Zeit an der Oberfläche gewesen war, hervorblitzen sah, konnte sie gerade noch hinnehmen, aber sie durfte nicht zulassen, daß jemand anderes davon ahnte. Nicht einmal Ari. Ari schon gar nicht. Das wäre zu viel für sie.

Sie nahm die Schachtel mit den Fotos, die sie am Morgen herausgesucht hatte, drückte sie, ohne sie zu öffnen, an die Brust und sank aufs Sofa. Ari war bestimmt auf irgendeinem Fest und amüsierte sich mit Leuten in seinem Alter. André hatte er gesagt, er habe schon eine andere Einladung; wahrscheinlich war diese vielversprechender als die Aussicht, den Jahreswechsel in einer Schwulendisco mit Kostümen aus *Tausendundeiner Nacht* zu feiern, was sie schließlich auch abgelehnt hatte. Den letzten Silvesterabend ihres Lebens wollte sie mit sich selbst begehen, um sich von ihrer Vergangenheit und ihrer Zukunft zu verabschieden.

Und trotzdem ... trotzdem war die Hoffnung ein dunkles Monster, das ihr in allen Ecken auflauerte, dieses Ungeheuer hinderte sie daran, mit ihrem Leben Frieden zu schließen und loszulassen, und zwang sie statt dessen, in eine Zukunft zu blicken, die es nicht gab, als ob eine Möglichkeit bestünde, noch andere Weihnachtsfeste, noch andere Silvesterabende, noch andere Sommer am Meer zu erleben.

Lustlos öffnete sie die Schachtel und begann, eins ums andere die Fotos durchzusehen, fast als genösse sie den schmerzhaften Stich, den ihr jedes der Bilder aus einer anderen Zeit versetzte: sie und Raúl auf einem Rummelplatz, noch vor ihrer Hochzeit, wie sie jeder von einer Seite in eine riesige Wolke aus Zuckerwatte bissen; sie am Meer in Nizza, in ihrem ersten Bikini, einem der ersten an dem so kosmopolitischen Strand; sie, wie sie die Kerzen einer Geburtstagstorte ausblies, an ihrem achtundzwanzigsten Geburtstag; Raúl und sie, wie sie stolz *De la Torre hoch zwei* herzeigten, als der Roman schließlich doch unter Raúls Namen erschienen war; sie mit einer Gruppe von Freunden, als sie einen Sommer in Österreich verbrachten, in irgendeinem Dorf in Tirol, dessen Name ihr entfallen war; Raúl und Hervé, wie sie sich an einem Tisch in einem Café in die Augen blickten, bevor Hervé krank wurde.

Sie konnte es nicht glauben, daß alle diese Fotos eine Zusammenfassung ihres Lebens sein sollten; daß sie alles, was auf diesen Fotos zu sehen war, jeden einzelnen Tag, wirklich erlebt hatte. Dreiundsechzig Lebensjahre – bald vierundsechzig, wenn sie es bis dahin schaffen sollte – randvoll mit alltäglichen, kleinen Wundern, doch jetzt, da bald alles vorbei sein würde, schrumpften sie plötzlich auf ein Nichts zusammen.

Wie gern würde sie auch nur einen dieser Augenblicke noch einmal erleben, und wäre es auch einer der schweren Momente, der wahrhaft entsetzlichen, an denen sie am liebsten tot umgefallen wäre, um nur nicht weiter leiden zu müssen. Aber die Zeit läuft immer weiter, und vor ihr leuchtete bereits das Ende des Tunnels, der sie hinausführen würde aus diesem Leben ... Nur wohin? In ein anderes Leben, in dem Raúl vielleicht auf sie wartete? Er hatte immer zu ihr gesagt: »Wir gehören für immer zusammen, Amelia, nicht nur in diesem Leben; auch in dem anderen – wenn es das gibt –, dem Leben im Jenseits. Für immer«; jedenfalls bis er Hervé kennenlernte und in wenigen Wochen alle seine Versprechungen vergaß.

Sie streckte die Hand nach *Amor a Roma* aus und las einige Absätze. Jetzt, vierzig Jahre danach, bekamen sie auf einmal eine Gültigkeit, die sie damals, als sie sie in dem Taubenschlag in der Via Margutta schrieb, nicht hatten:

»Mit dem Leben ist es wie mit einem Abendessen, wir glauben immer, daß das Beste noch kommt«, bemerkte Otto und drückte damit seine Freude aus, daß der zweite Gang noch vor ihnen lag. »Nur leider wissen wir, anders als bei einem Abendessen, im Leben nie, wie viele Gänge wir noch vor uns haben.«

Irgendwann ruft uns dann die Süße des Desserts in Erinnerung, daß auch trotz Kaffee und Likör der Zeitpunkt näher rückt, an dem es ans Bezahlen geht und man allein hinaus muß in die Kälte und in den Regen – gegen die man den Mantelkragen hochschlägt – und einen die Dunkelheit verschlingt.

Raúl hatte diese Metapher immer gefallen, und kurz nachdem er Hervé kennengelernt und versucht hatte, ihr seine Gefühle zu erklären, hatte er zu ihr gesagt: »Amelia, ich hatte kaum zwei Sätze mit ihm gewechselt, da traf mich wie ein Blitz die Erkenntnis, daß Hervé mein Dessert war.«

Und jetzt hatte sie ihr Dessert bekommen. Ihr Nachtisch war Aris Zärtlichkeit; er kündigte ihr das Ende an, den Moment, da sie in die Kälte und in die Dunkelheit hinausgehen müßte. Allein.

~

Um halb fünf waren nur noch drei Paare in Nadines Wohnung. Monique und der Typ, der den ganzen Abend hinter ihr her gewesen war, lungerten schmusend auf dem Sofa; Richard, der immer noch blaß war und dem die Haare vom Wasser oder vom Schweiß am Kopf klebten, tanzte eng umschlungen mit einem blonden Mädchen, dessen Namen er nicht behalten hatte, und er selbst tanzte mit Nadine: Mit langsamen, fast traumtänzerischen Schritten bewegten sie sich in einem Kreis von kaum zwei Metern Durchmesser.

»Ich gehe dann, Nadine«, sagte er ihr leise ins Ohr. »Ich falle um vor Müdigkeit. Morgen oder übermorgen komme ich vorbei. Ich rufe dich vorher an.« Beim Zwölf-Uhr-Läuten waren sie zum Du übergegangen und hatten gleichzeitig aufs neue Jahr angestoßen.

»Nein, Ari, geh noch nicht. Warte noch kurz, dann werfe ich sie raus.«

»Nein, Nadine, es sind deine Freunde. Zeig mir das, was du gefunden hast, ein anderes Mal, es eilt nicht.«

»Komm«, sagte sie, löste sich von ihm und nahm ihn bei der Hand, »leg dich kurz auf mein Bett. Ich will sehen, ob ich sie loswerde, und wecke dich dann.«

Er hätte lieber nein gesagt, aber bei der Vorstellung, draußen in der Dunkelheit nach einem Taxi suchen zu müssen, überfiel ihn eine bleierne Schwere, und während er sein Bett vielleicht in einer Stunde erreichen konnte, stand Nadines Bett direkt vor ihm, warm und weich, so verlockend mit der granatroten kuscheligen Decke und den bunten Kissen. Er folgte der Hand, die ihn hinter sich herzog, dann sank er aufs Bett und ließ gerade noch die Füße heraushängen, um mit seinen Schuhen nichts schmutzig zu machen.

Sie kniete sich vor ihm hin und fing an, ihm die Schuhe aufzuschnüren.

»Was machst du da?« protestierte er schwach.

»Schon geschehen. Jetzt hast du es bequemer. Warte, ich schlage die Decke zurück. Dreh dich um.«

Mit der Routine einer Krankenschwester rollte sie ihn auf die Seite, zog die Decke herunter, rollte ihn zurück und schlug die Decke ganz auf.

»Fertig. Du kannst reinschlüpfen, wenn du willst«, dann gab sie ihm einen flüchtigen Kuß auf den Mundwinkel und ging, die Tür hinter sich schließend, hinaus.

Die Dunkelheit war wie Balsam für seine Augen, und ohne länger zu überlegen, schlüpfte er zwischen die frischen Laken. Er war zwar nicht völlig betrunken, aber jetzt, da er endlich entspannen konnte, bemerkte er, daß er doch etwas mehr getrunken hatte, als ratsam war, um die Nacht in einem fremden Bett zu verbringen, das sanft wie ein vor Anker liegendes Schiff schaukelte. Er öffnete die Gürtelschnalle und zog sich Hose und Socken aus. Nadine hatte ihm gesagt, er solle es sich bequem machen, also entledigte er sich auch noch seines Hemdes und rekelte sich genüßlich; dann kuschelte er sich auf die Seite und war nach wenigen Sekunden eingeschlafen.

Als er das Bewußtsein wiedererlangte, war es im Zimmer immer noch dunkel – es konnte also nicht allzuviel Zeit vergangen sein – und der Körper einer Frau lag dicht bei ihm und umarmte ihn von hinten. Wahrscheinlich Nadine; und mit Sicherheit nackt. Er überlegte kurz, ob er sich schlafend stellen sollte, doch sie streichelte ihm unter dem Unterhemd, das er noch trug, die Brust, und da ihre Hände im Begriff waren, weiter unten nach etwas zu tasten, das trotz aller Müdigkeit und allen Alkohols unleugbar hellwach war, stellte er sich gar nicht erst unschuldig und rekelte sich unter den Liebkosungen ihrer Hände.

»Alle sind fort«, flüsterte Nadine. »Es ist fast sechs Uhr morgens und der 1. Januar 2002. Frohes neues Jahr! Ich habe dir doch gesagt, daß ich dich wecken würde, nicht?«

Ari lachte leise. Auf einmal kam ihm alles furchtbar komisch vor, selbst der Gedanke, daß diese Monique nun sicher von ihm denken würde, er, der Don Juan, ginge mit jung und alt gleichermaßen ins Bett.

Nadines Hände erkundeten weiter seinen Körper, je tiefer sie hinabglitten, desto ungeduldiger wurden sie. Er überließ sich eine Weile ihren Zärtlichkeiten und genoß es, sich nicht zu regen, dann drehte er sich zu ihr um und begann, sie ebenfalls zu streicheln. Er empfand nichts Besonderes für sie, aber ihr Körper war warm und glatt, und ihre Haut zu fühlen war behaglich wie ein Lagerfeuer in einer Winternacht. Und ihr Körper war jung, ihre Brüste fest und hart, das Fleisch umspannte straff die Knochen, er fühlte sie unter den Muskeln, doch nicht so deutlich wie eine Nacht zuvor bei Amelia. Trotzdem empfand er ganz anders, als er vermutet hatte. Amelia zu umarmen war, wie eine Planke auf offener See zu umarmen, sehnsüchtig und voll Verzweiflung, dankbar und ohne nachzudenken. Nadine zu umarmen war ein verzichtbarer Luxus, wie ein gutes Dessert, wenn man keinen Hunger mehr hat, oder ein Drink zwischendurch.

Er schämte sich, daß er so über Nadine dachte, und so streichelte und umarmte er sie nur noch mehr, wie um sich selbst zu bestärken, wie um sich eine Leidenschaft vorzumachen, die er für sie nicht fühlte und auch nicht fühlen wollte, obwohl sie sie doch eigentlich verdient hätte. Er begann sich schon selbst vor seinem gönnerhaften Benehmen zu ekeln, als sie sich auf einmal unter ihn schob und die Beine spreizte; da nahm er die unmißverständliche Einladung, ohne zu zögern, an, und mit dem Denken war es vorbei. Ein paar Minuten darauf schob sie ihn sachte zur Seite und kuschelte sich an ihn.

»Es war sehr schön«, murmelte sie.

»Ja«, antwortete er schon fast im Schlaf.

Schön, ja, vielleicht. Mit Amelia war es nicht schön gewesen. Mit ihr war es notwendig gewesen, richtig, perfekt, unumgänglich, beklemmend. Es war viel mehr gewesen, als Worte auszudrücken vermögen, doch das konnte Nadine nicht wissen, sich vielleicht nicht einmal vorstellen, und darum war »schön« ausreichend. Er ließ sich vom Schlaf einlullen und hörte auf, sich zu erinnern, dann tauchte er ein in die behagliche Dunkelheit in diesem Zimmer, das – so begriff er eine Sekunde, bevor er weg war – einmal Armands Zimmer gewesen war.

Als er aufwachte, hatte die Sonne das Kopfkissen erobert und aus der Küche drang Geschirrklappern. Auf seiner Uhr war es zwanzig nach zwei. Er streckte sich in dem leeren Bett und genoß das warme Licht, das beim Blinzeln durch seine Wimpern hindurchschien. Fast ein Jahr hatte er wie ein Mönch zwischen Papier und in Bibliotheken gelebt, und jetzt war er in nur zwei Tagen in zwei verschiedenen Betten aufgewacht, bei zwei verschiedenen Frauen, mit denen er an zwei verschiedenen Orten frühstückte. Würden Martin und Rainer etwas in der Art erleben, wären sie mächtig stolz auf ihre Eroberungen, und es wäre ihnen zuzutrauen, daß sie sich mit ihm auf ein Bier verabreden würden, um mit aufgesetzter Bescheidenheit von ihren Heldentaten zu erzählen, und sich dabei geschickt gegenseitig pikante Details aus der Nase zogen. Ihm aber behagte das nicht, was geschehen war, und er würde es keinem seiner Freunde erzählen, höchstens, wenn eine der beiden Frauen in seinem Leben mehr bedeuten sollte. Was vollkommen ausgeschlossen war. Nadine kam nicht in Frage, weil er außer Sympathie und freundschaftlicher Zuneigung nichts für sie empfand, was die Grundlage für eine feste Beziehung hätte bilden können. Und Amelia kam erst recht nicht in Frage. Warum eigentlich nicht? Fragte er sich. Warum kam Amelia nicht in Frage? Wegen ihres Alters? Weil er sich außerstande fühlte, mit einer Frau zusammenzusein, die seine Mutter sein könnte, wie der Volksmund sagte? Nein. Das war auch ein Grund, aber da war noch etwas anderes. Mit Amelia fühlte er sich so jung, jung im negativen Sinn, so naiv, so durchschaubar, und das hieß, daß sie immer die Stärkere sein würde. Sie würde entscheiden, sie könnte ihm seine Wünsche erfüllen oder versagen, so wie Raúl es mit ihr gemacht hatte (»Raúl besaß die Macht der Götter«, erinnerte er sich, »er konnte die größte Freude über einen anderen bringen, sie wieder fortnehmen, den anderen in den tiefsten Schmerz stürzen«), und das wollte er nicht; er wollte nicht, daß jemand solch eine Macht über sein Leben besaß.

»Aha!« Nadine kam mit einem Tablett herein. »Du bist ja schon wach. Wie wäre es mit einem Kaffee? Ich habe Milchkaffee anzubieten, Toast, pochierte Eier, Erdbeermarmelade und Orangensaft. Und Sekt ist auch noch da, wenn du willst.«

Freudig überrascht setzte er sich im Bett auf.

»Nein, ich habe so viel Sekt getrunken, das reicht für den ganzen Monat. Alles andere ist schon mehr als genug. Mir hat schon seit Ewigkeiten niemand mehr das Frühstück ans Bett gebracht.«

»Stell dich drauf ein, daß es diesen Service nur beim ersten Mal gibt«, sagte sie und stellte das Tablett behutsam auf Aris ausgestreckten Beinen ab.

»Du meinst also, es gibt vielleicht noch weitere Male?«

Sie lachte, ohne ihm eine Antwort zu geben, und füllte zwei riesige, mit Margariten bedruckte Schalen mit Kaffee.

»Willst du jetzt sehen, was ich gefunden habe?«

Ari nickte, woraufhin sie vom Bett aufsprang, dabei etwas von ihrem Kaffee verschüttete, und sich vor dem Fenster hinunter zu dem auf dem Boden stehenden Kasten von Armands Saxophon beugte. Mit einem kleinen Umschlag in der Größe eines normalen Briefes kam sie zurück.

»Der war unter dem Futter versteckt. Als ich das Saxophon herausnahm, bemerkte ich, daß das Futter lose war, und zupfte ein wenig daran, um herauszufinden, wie groß die abgetrennte Stelle ist. Offenbar war das Armands Versteck für besonders heikle Dinge. Ich habe natürlich schon hineingesehen. Ich war viel zu neugierig.«

Der Umschlag war vergilbt, und die Lasche war nicht zugeklebt, sondern nur eingesteckt.

»Warte«, sagte Nadine und legte die Hand auf den Umschlag. »Ist dir bekannt, daß Armand homosexuell war?«

»Ich habe es vor kurzem herausgefunden. Du hast es mir nie erzählt.«

»Weißt du, für mich war es so selbstverständlich, daß ich gar nicht auf die Idee gekommen bin. Es wäre genauso gewesen, als wenn ich dir erzählt hätte, daß seine Hautfarbe weiß war.«

»Ich bitte dich, daß jemand ein Weißer ist, sieht man auf den Fotos, aber ob einer homosexuell ist ...«

»Jetzt darfst du sie ansehen.«

»Sie ansehen?«

»Die Fotos in dem Umschlag.«

Er starrte das Kuvert einen Augenblick lang an, angespannt, als wollte er den Augenblick, da der Inhalt dieses geheimnisvollen Umschlags zutage käme, aus irgendeinem Grund hinauszögern. Nadine sagte nichts, und schließlich stellte Ari seine Kaffeetasse auf das Tablett und öffnete den Umschlag.

Er enthielt fünf Schwarzweiß-Fotografien. Auf den Fotos war dasselbe Zimmer zu sehen, in dem sie gerade waren – Ari erkannte es sofort, schließlich hatte er es noch gesehen, bevor Nadine gestrichen und andere Möbel hineingestellt hatte –, und in der Mitte ein großes Ehebett mit zerwühlten Laken und zwei männlichen Gestalten, die auf unmißverständliche Weise in verschiedenen Stellungen ineinander verschlungen waren. Auf dem deutlichsten Foto hielt der unten liegende Mann die gespreizten Beine so angewinkelt, daß sein Liebhaber leichten Zugang fand, und hatte das Gesicht, wie schmerzverzerrt vor dem Orgasmus und mit geschlossenen Augen, der Kamera zugewandt. Dieser Mann war Raúl. In dem auf ihm liegenden Mann war vage Armand zu erkennen, obwohl er den Kopf nach rechts gedreht hatte und nur seine langen Haare zu sehen waren.

Der Fotograf mußte sich in dem Schrank versteckt haben, der früher neben dem Bett gestanden hatte, denn ganz offensichtlich wußte Raúl nicht, daß er in dieser Situation fotografisch festgehalten wurde. Armand hingegen schien es sehr wohl zu wissen, denn sein Gesicht war auf keinem der Bilder klar zu erkennen.

»Was?« fragte Nadine nach einer langen Weile der Stille, in der Ari die Fotos eins ums andere durchging und, wenn er zum Ende gekommen war, gleich wieder von vorn anfing. »Was sagst du zu diesen Fotos?«

»Eine Schweinerei.«

»Ich habe dich für liberaler gehalten. Schließlich ist es nichts anderes als das, was wir gemacht haben.«

Ari schüttelte den Kopf: »Nein, Nadine. Versteh mich nicht falsch. Ich sage Schweinerei, weil Raúl ganz offensichtlich nicht wußte, daß man ihn fotografierte.«

»Meinst du?«

»Meinst du, er hätte sich mit diesem Gesicht freiwillig fotografieren lassen? Sogar wenn jemand auf irgendeinem Ausflug ein Foto von dir macht, willst du doch vorteilhaft getroffen werden ... und dann war Raúl auch noch so eitel, so kokett. Es ist ganz klar, daß er es nicht wußte. Diese Fotos sind Erpressungsmaterial, und ich kann mir schon vorstellen, wer sie gemacht oder zumindest in Auftrag gegeben hat.«

»Armand?«

Ari schüttelte langsam den Kopf; er betrachtete gedankenverloren die auf dem Foto sich vor ihm ausbreitende Welt: »Die liebreizende Amanda.«

»Seine zweite Frau?«

»Seine zweite Frau, bevor sie es wurde. Jetzt ist klar, warum er zu ihrem Verlag wechselte und warum er sie geheiratet hat.«

»Warum?«

»Damit das hier nicht ans Licht kommt. Jetzt ist alles klar. Raúl, der sich seine Homosexualität nie eingestehen wollte, trifft eines schönen Tages Armand; er fühlt sich von ihm angezogen; Armand schafft es, ihn zu verführen oder zu überreden oder wie du es nennen willst; Raúl ist berauscht von seiner Entdeckung, schreibt Armand die mysteriöse Widmung in das Buch, in der er ihn Aimée nennt, damit nicht irgendein zufälliger Leser etwas ahnt. Früher oder später erzählt Armand seiner guten Freundin Mandy, unserer Amanda, von seiner letzten Eroberung. Amanda hatte Raúl bis dahin nicht von Andrés Verlag oder von Amelia abwerben können, also macht sie nun diese Fotos oder beauftragt einen Profi damit – und zwar vermutlich mit Armands Einverständnis –, um endlich eine unschlagbare Waffe in der Hand zu haben, mit der sie alles erreichen kann, was sie will. Solange Raúl schön brav alles tut, was sie von ihm verlangt, bleiben die Fotos unter Verschluß. Wenn er sich weigert, droht sie ihm, sie publik zu machen. Raúl hatte keine Chance. Wenn er nicht tat, was Amanda von ihm verlangte, hätten alle, Amelia, seine Mutter, sein Freund André, die gesamte Öffentlichkeit, alle Welt, erfahren, daß Raúl de la Torre eine Schwuchtel war.«

»Ich weiß nicht, Ari. Ich halte das gar nicht für eine so schreckliche Waffe. Er selbst hat später seine Homosexualität offen erklärt.«

»Du sagst es, später, zehn Jahre später. Als er sich wirklich verliebte und als es bereits viele vor ihm getan hatten. Diese Fotos entstanden Mitte der siebziger Jahre, als Raúl es sich noch nicht einmal selbst eingestehen wollte. Als er noch mit Amelia zusammenlebte. Begreifst du nicht? Er heiratete Amanda, um Amelia nicht weh zu tun, damit sie nicht schlecht über ihn denken mußte. Was für eine Ironie!«

Ari stellte das Tablett weg, stand aus dem Bett auf und fing an, wie ein Raubtier im Zimmer auf- und abzugehen.

»Was für eine schreckliche Ironie! Arme Amelia! Armer Raúl!«

»Wirst du es ihr sagen?«

»Wem?«

»Ihr, natürlich. Amelia.«

Ari hielt mitten im Gehen inne.

»Ich weiß nicht. Eher nicht. Was würdest du tun?«

»Ich weiß nicht. Wahrscheinlich würde es sie jetzt gar nicht mehr so sehr treffen. Und sie würde endlich verstehen.«

»Und erfahren, daß sie ihn deswegen verloren hat?« wandte er ein und wedelte mit dem schmalen Stapel Fotos. »Nur damit sie nicht schlecht von ihm denken würde? Nur damit sie niemals die Wahrheit erführe?«

»Kann mir jemand sagen, warum Amelia von einem Tag auf den anderen weggefahren ist, ohne sich von irgendwem zu verabschieden?« Ari bemühte sich, seine Verletztheit nicht allzusehr zu zeigen.

André lächelte ihn an und reichte ihm ein Glas Cognac.

»Immerhin gehörst du zu den Glücklichen, die überhaupt eine Nachricht von ihr erhalten haben.«

»Woher weißt du das?«

»Weil du sonst gar nicht wüßtest, daß sie weggefahren ist.«

»Bloß wohin?« fragte er nach.

Yves und André warfen sich einen Blick zu, aus dem Ari nicht schlau wurde. Yves stand auf, um Musik anzumachen, und Ari lehnte sich, die Hände um das Cognacglas geschlossen, auf dem Sofa zurück: »Amelia hält die langen Pariser Winter nicht aus. Seit ich sie kenne, verschwindet sie im Januar oder Februar für fast einen ganzen Monat in irgendein Schweizer Wellness-Hotel. Was sie dort genau machen läßt, weiß ich nicht, aber sie kommt jedesmal noch schöner und voller Energie zurück.«

»Und warum hat sie mir nicht gesagt, daß sie wegfährt?« fügte Ari an, als spräche er zu sich selbst.

»Weil du nicht ihre Mutter bist, mein Guter. Wir kennen uns seit ewigen Zeiten, trotzdem hat sie uns nur zwei, drei Zeilen geschrieben. Warum, meinst du, hätte sie dir persönlich von ihrer Abreise erzählen sollen?« André sah Ari fest an und verzog den Mund zu einem spöttischen Lächeln.

»Weil sie mir versprochen hat, mir bei meinen Nachforschungen über Raúl weiterzuhelfen«, antwortete Ari geistesgegenwärtig, »sie kann mich doch nicht plötzlich drei Wochen hängenlassen.«

Den wahren Grund seines Unbehagens wollte er ihnen nicht mitteilen, warum er glaubte, gewissermaßen ein Recht darauf zu haben, daß Amelia ihm erzählte, wohin sie fuhr oder wie sie so urplötzlich auf die Idee gekommen war, für »nicht weniger als drei Wochen« das Weite zu suchen. Es stimmte, daß er mit ihr über Raúl reden wollte, aber er wollte sie noch viele andere Dinge fragen, die mit ihrem Ex-Mann nichts zu tun hatten.

»Habt ihr nicht wenigstens eine Adresse, an die ich ihr schreiben könnte?«

André schüttelte den Kopf: »Wenn sie in ihre Kur fährt, will sie von nichts und niemandem gestört werden. Selbst wenn ihr Haus abbrennen würde, wüßte ich nicht, wo ich sie anrufen sollte. Hab ein bißchen Geduld. Drei Wochen sind schnell vergangen.«

»Du hast dich doch nicht etwa in unsere schöne Hexe verliebt?« fragte Yves, der noch immer vor dem Plattenregal stand.

»Du spinnst ja!« Ari nahm einen großen Schluck Cognac und vertraute darauf, daß seine glühenden Wangen niemandem auffallen würden.

»Wie geht's mit dem Buch?«

Mit dieser Frage hatte André das Gespräch, das auf ein gefährliches Terrain abzugleiten drohte, wie durch Zauberhand auf ein anderes Thema gebracht.

»Gut, gut. Heute vormittag habe ich gerade das Kapitel über die Heirat mit Amanda angefangen.«

»Und weißt du schon, was du dazu schreiben wirst?«

Die beiden Männer sahen ihn erwartungsvoll an, und Ari war kurz versucht, ihnen von den Fotos aus Armands Saxophonkasten zu erzählen, aber da er selbst noch zu keinem Schluß gekommen war, wie er sich in der Sache verhalten sollte, zuckte er nur mit den Schultern.

»Ich werde einfach schreiben, wie es ist: daß es niemand versteht und daß vermutlich verschiedene Gründe dahinterstecken, wie der Wunsch, durch einen Verlagswechsel mehr Leser zu gewinnen, die Faszination für eine sehr schöne und sehr extravagante Frau, die Abstumpfung seiner Beziehung zu

Amelia ... in diese Richtung wird es gehen. Jedenfalls gibt es nichts, das es mir erlauben würde, einer Hypothese den Vorzug zu geben. Habe ich euch eigentlich gesagt, was Raúls alter Freund Maurice Laqueur mir erzählt hat, nämlich daß er immer dachte, es sei Erpressung im Spiel gewesen?«

»Erpressung?« entgegneten beide im Chor.

»Haltet ihr das für möglich?«

»Womit hätte diese Schlange Raúl erpressen sollen?« fragte André zurück. »Nicht, daß ich sie dazu nicht für fähig gehalten hätte; ich wüßte nur nicht, wie sie das hätte anstellen sollen.«

»Aber wenn sie die Möglichkeit gehabt hätte, würdest du es für möglich halten.«

»Amanda hätte alles gemacht, um ihn von mir, von meinem Verlag, von meinem Einfluß wegzubringen. Dessen bin ich mir absolut sicher.«

»Aber liebte er sie denn?« schaltete Yves sich auf einmal ein.

André schüttelte langsam den Kopf.

»Wie kannst du dir da so sicher sein?«

André warf Yves, der wieder zu ihnen getreten war, einen Blick zu, als öde seine Frage ihn furchtbar an.

»So etwas merkt man eben, abgesehen davon hat er es mir in aller Klarheit gesagt. Damals von Mallorca aus, als wir alle noch nicht wissen konnten, daß Amanda ein paar Tage später tot sein würde, hat Raúl mich auf Ischia angerufen und es mir gesagt.«

~

Er hatte hastig beim zweiten Klingeln den Telefonhörer abgehoben und dabei das Glas Wasser auf dem Nachttisch umgestoßen. Sicher war es Julien; der Junge konnte immer nur anrufen, wenn seine Eltern nicht in der Nähe waren. Wenn er mit ihm allein war, tat der junge Mann ganz modern und unabhängig, dabei wohnte er noch bei seinen Eltern; und dafür, daß er sich von ihnen verköstigen ließ, mußte er eben kleine Opfer bringen, wie daß seine Freundschaften überwacht wurden.

»Ja?« sagte er und schlug einen besonders lasziven Ton an.

Die tiefe Baßstimme, die auf seine Frage antwortete, hatte rein gar nichts von der Juliens, und im ersten Moment war er so verwirrt, daß er nicht erkannte, wer es war.

»Mein Gott, André, du brauchst dich nicht so interessant zu machen.«

»Raúl? Bist du es? Mein Junge, was für eine Überraschung!«

»Verzeih mir, daß ich gleich zur Sache komme, aber ich habe nicht viel Zeit und muß dich um einen Gefallen bitten.«

André, der es sich auf dem Bett bequem gemacht hatte, setzte sich kerzengerade auf: Etwas in Raúls Stimme alarmierte ihn. Er fand die Hitze plötzlich unerträglich, und sein ganzer Körper war mit Schweiß bedeckt. Er trocknete sich das Gesicht mit dem Laken und tastete auf dem nassen Nachttischchen nach seiner Brille, als bräuchte er einen klaren Blick, um auf Raúls Bitte eingehen zu können.

»Sag schon.«

»Bitte, du mußt mit Amanda reden und sie irgendwie dazu bringen, daß sie mir eine Pause gönnt.«

»Eine Pause?«

»Sie läßt mich nicht leben, André. Sie verplant meinen Tag, zwingt mich zu Auftragsarbeiten, hat feste Pläne für die nächsten fünfzig Jahre. Ich kann nicht mehr.«

»Und was soll ich da machen? Amanda und ich sind nicht gerade Freunde.«

»Rede wenigstens mit ihr. Sag ihr, daß sie einen Schriftsteller nicht wie eine Milchkuh melken kann.«

»Sag du ihr das.«

»Auf mich hört sie nicht.«

»Raúl ... sie ist deine Frau. Du bist nicht mehr fünf, und Amanda ist nicht deine Mutter.«

»Wäre sie es nur! Meine Mutter liebt mich.«

»Amanda etwa nicht?«

Raúls schallendes Gelächter dröhnte fast eine Minute lang durch den Hörer.

»Aber du liebst wenigstens sie.«

Raúl lachte weiter, doch sein Gelächter ging allmählich in ein Japsen über, das verdächtig nach einem hysterischen Anfall klang und bei nächster Gelegenheit in Schluchzen umschlagen würde.

»Ich liebe sie nicht, und ich habe sie auch niemals geliebt, André!« sagte Raúl, als er wieder etwas Zusammenhängendes sagen konnte. »Du kannst das nicht verstehen. Niemand kann das verstehen. Bitte, tu mir den Gefallen, ich gebe dir alles, was du willst. Rede mit ihr. Überzeuge sie davon, daß sie mich gut behandeln muß, daß sie so auf die Dauer mehr von mir hat. Kannst du nicht für ein paar Tage herkommen und mit ihr reden?«

Auf einmal bemerkte André, daß er sich an den Hörer klammerte, als hinge sein Leben daran. Amanda und er haßten sich. Er fühlte sich außerstande, mit ihr ein zivilisiertes Gespräch zu führen, und wollte sich nicht auf etwas einlassen, das zum Scheitern verurteilt war. Raúl hatte ihn verlassen, er hatte ihn und Amelia ohne irgendeine Erklärung verlassen, und jetzt auf einmal, nachdem er monatelang nichts von sich hatte hören lassen, bildete er sich ein, er bräuchte nur anzurufen, und schon würde er seine Ferien sausen lassen und für ihn die Kastanien aus dem Feuer holen.

»Nein, Raúl, das geht nicht«, antwortete er ihm in einem Ton, der für ihn definitiv klang.

Vom anderen Ende der Leitung kam ein Seufzer.

»Und ich hielt dich für einen Freund.«

»Früher war ich das auch, Raúl. Früher hätte ich alles für dich getan.«

»Und jetzt nicht?«
»Du selbst hast es so gewollt.«
»Dann rufe ich eben Amelia an. Sie liebt mich immer noch.«
»Untersteh dich! Endlich geht es ihr etwas besser. Du würdest sie nur wieder ins Unglück stürzen.«
»Aber wenn ich doch Hilfe brauche!«

André preßte die Kiefer so fest zusammen, daß ihm die Zähne weh taten. Er haßte es, wenn jemand mit einer so tiefen, männlichen Stimme, wie Raúl sie hatte, wie ein verwöhntes Kind quengelte.

»Laß uns reden, wenn wir wieder in Paris sind, Raúl.«

Es entstand eine Pause, danach klang Raúls Stimme anders: »Du bist mein einziger Freund, André. Ich brauche dich. Ich habe dich immer gebraucht. Das weißt du doch ...« Er legte eine bedeutungsschwere Pause ein, als wollte er viele Dinge sagen, die mit Worten nicht zu vermitteln waren. »Du weißt doch, du und ich, wir hatten immer eine besondere Beziehung ... trotz Amelia, trotz allem ... André ...«

André hatte die Augenlider so fest geschlossen, daß es schmerzte. Das war ein Schlag unter die Gürtellinie. Raúl wußte, daß er ihn immer geliebt hatte; es konnte ihm nicht entgangen sein, daß er früher einmal alles getan hätte, um ihre Beziehung wirklich zu einer besonderen zu machen. Raúl hatte das immer weit von sich gewiesen, doch das hinderte ihn offenbar nicht daran, jetzt, da er ihn brauchte, diese schmutzige Waffe einzusetzen, dieses »Ich brauche dich«, dieses »Du und ich«, mit dem er bei Amelia immer so gut durchgekommen war. Sie hatte schließlich nur für ihn gelebt, hatte ihm jeden seiner kapriziösen Wünsche erfüllt, als Gegenleistung dafür, daß Raúl den Alltag in ein Zaubermärchen zu verwandeln verstand.

Immer noch drang die Stimme an sein Ohr, immer leiser, immer flehender: »André, bitte. Nur ein Anruf. Ruf sie an, und fertig. Versuch es zumindest. Ich wäre dir so dankbar ... André, hörst du mich?«

Im nachhinein war es ihm ein Rätsel, woher er die Kraft genommen hatte, nein zu sagen und den Hörer aufzulegen, jedenfalls klangen noch Minuten später, nachdem er aufgelegt hatte, in seinem Ohr seine eigenen Worte nach: »Nein, Raúl. Es tut mir leid. Es ist zu spät. Nein.« Und ihm tat noch immer alles weh von der Anspannung, dem Menschen die Hilfe zu versagen, in den er schon ein halbes Leben lang verliebt war.

~

Ari hatte das Unterkapitel über Raúls Scheidung und die überstürzte Heirat mit Amanda fertig, und obwohl es ihm gelungnen war, darin alle in Frage kommenden Möglichkeiten zur Sprache zu bringen, war er mit seiner Arbeit nicht recht zufrieden, denn unterm Strich ging aus dem Kapitel nur hervor, daß es sich um ein noch immer ungelöstes Rätsel handelte. Er hatte mehrere Zeugen befragt – Maurice, Aline, André –, die alle eine mehr oder weniger enge Beziehung zu Raúl gehabt hatten, und alle schlossen die Möglichkeit aus, daß er Amanda aus Liebe geheiratet hatte, doch eine Erklärung dafür hatte ihm keiner liefern können. Für ihn war es bewiesene Sache, daß diese Ehe eine Farce gewesen war, daß Amanda Raúl erpreßt hatte, damit er von Andrés Verlag zu ihr wechselte; und vielleicht hatte sie ihn auch gegen seine innere Einstellung gezwungen, sich politisch zu engagieren, doch warum Amanda zu diesem Mittel gegriffen hatte, begriff er immer noch nicht. War es für sie so wichtig, daß Raúl zu ihr in den Verlag wechselte? Ging es einfach um Geld, um Prestige? Gab es ein persönliches Motiv – daß sie unbedingt seine offizielle Ehefrau sein wollte –, oder gab es da etwas, was ihm bisher vollkommen entgangen war?

Und – was noch viel problematischer war –, hatte er überhaupt das Recht, in dieser Biographie zu schreiben, daß Raúls Heirat mit Amanda eine schmutzige Erpressung zugrunde lag, bei der Raúls eigene Entdeckung seiner homosexuellen Neigung ausgenutzt worden war? Wenn er vermeiden wollte, daß man über ihn herfiel, müßte er Beweise liefern, und das war nur möglich, wenn er zumindest eine dieser schrecklich demütigenden Fotografien in dem Buch abdruckte. Er würde es nicht übers Herz bringen, Raúl so etwas anzutun. Und Amelia erst recht nicht.

Was ihn vor die Entscheidung stellte: Entweder er ließ die Dinge, wie sie waren, und zählte die verschiedenen Möglichkeiten auf, ohne einer den Vorzug zu geben, oder er erfand eine »Wahrheit«, mit der die Leser und vor allem Amelia und André leben konnten – und er selbst, was überhaupt das allerschwierigste war, denn ihn befriedigte das alles ganz und gar nicht.

Am Anfang seines Forschungsprojekts hatte er in seiner Naivität geglaubt, er könnte die endgültige, alles umfassende Biographie über Raúl de la Torre schreiben, in der alles der Wahrheit entspräche, obwohl er natürlich wußte, daß es immer irgendwelche dunklen Stellen gab, die man nicht erhellen konnte. Doch die würde er eben bestehen lassen und dafür mit reinem Gewissen von sich sagen können, daß er nichts verdreht hatte, daß das Bild von Raúl, das sich aus seinen Recherchen und Gesprächen erschlossen hatte, so authentisch war wie irgend möglich. Und jetzt spielte er plötzlich mit dem Gedanken, bewußt zu lügen oder zumindest Fakten zu verbergen, nur weil ihm das, was zum Vorschein gekommen war, nicht gefiel, weil es nicht in das Bild von Raúl paßte, das er aus seiner Lektüre gewonnen hatte. Wäre es nicht ehrlicher, wenn er André sagte, daß er sich außerstande sah, sein Vorhaben zu Ende zu führen? Aber das müßte er dann auch der Stiftung mitteilen, die ihm das Forschungsprojekt finanziert hatte, und dann müßte er das ganze Geld, das man ihm bereits überwiesen hatte, zurückzahlen, und das hatte er für seine Recherchen und in den vier Monaten, die er nun schon in Paris war, längst ausgegeben. Außerdem wäre das ein Eingeständnis seines Scheiterns, was für seine weitere Karriere nicht besonders förderlich wäre. Der Akademiker Lenormand fühlt sich wegen moralischer Skrupel nicht in der Lage, die Biographie über Raúl de la Torre zu Ende zu bringen. Wer würde ihm das glauben? Und wenn ihm das schon keiner glaubte, was würde man statt dessen glauben? Denn es war nun einmal so, daß die Menschen eine Version brauchten, die sie als die Wahrheit ansehen konnten. Die Menschen brauchen eine klare Antwort, denn die meisten Menschen können nicht damit leben, daß die Wahrheit viele Gesichter hat und es immer darauf ankommt, welche Bestandteile bei ihrer Gestaltung berücksichtigt und welche weggelassen worden sind. Genau das erlebte er gerade mit seiner Biographie.

Würde es etwas ausmachen, wenn er den Fund dieser Fotografien einfach verschwiege? Niemand wußte davon, außer Nadine, und ihr wäre es vermutlich ganz recht, wenn die Öffentlichkeit niemals etwas von diesen Fotos erführe, schließlich präsentierten sie doch ihren Onkel Armand als Komplizen einer Erpressung.

Andererseits stellte sich ihm die Frage, wie er die Sache beurteilen würde, wären André und Amelia bereits gestorben, so daß er ihnen mit dieser Wahrheit, an die außer ihm niemand herankam, nicht mehr schaden könnte. Hätte er dann auch diese Skrupel? War es zu guter Letzt nicht der Traum jedes Forschers, solch eine einschlägige Entdeckung zu machen, samt Beweisen, die sie stützten? Wer könnte es ihm zum Vorwurf machen, daß er seine Enthüllungen, die ihn noch dazu als exzellente Spürnase auswiesen, veröffentliche?

Amelia natürlich. Amelia könnte es ihm vorwerfen, und das

würde sie sicher auch tun. Er hatte ihr versprochen, ihr alles, was er geschrieben hatte, zu zeigen und nichts ohne ihre Zustimmung zu veröffentlichen. Er hatte ihr sein Wort gegeben, und er würde es halten, auch wenn das bedeuten sollte, daß er auf das Glanzstück seiner Entdeckungen verzichten müßte.

Und wenn er Amelia die Fotos zeigte und ihr die Entscheidung überließe?

Er stand vom Schreibtisch auf, stellte die große Schale Milchkaffee ab, die er wie immer, wenn er nachdachte, umklammert gehalten hatte, und begann, in seinem kleinen Zimmer auf und ab zu gehen. Er mußte die Sache ruhen lassen; er würde sich jetzt wieder hinsetzen und an diesem verdammten Kapitel weiterschreiben, bis zu Amandas Unfall, der Überführung des Leichnams nach Paris und der Beerdigung. Umschreiben könnte er es notfalls immer noch, doch jetzt mußte er weiterkommen und über diese Zwickmühle erst einmal hinweggehen, auch wenn ihm allein der Gedanke Schüttelfrost bereitete, denn der ganze Rest dieses Unterkapitels war eine einzige Aneinanderreihung von Wissenslücken, die er bis jetzt nicht hatte schließen können. Sollte er schreiben, daß es sich um einen tragischen Autounfall in den Ferien gehandelt hatte? Konnte er so kühn sein anzudeuten, daß er bei seinen Nachforschungen auf Anzeichen gestoßen sei, die darauf hinwiesen, daß der »tragische Unfall« in Wirklichkeit Mord gewesen war? Wollte er allen Ernstes, und sei es noch so vage, nahelegen, daß Raúl wenigstens eine Zeitlang von der mallorquinischen Polizei verdächtigt worden war, den Tod seiner Ehefrau herbeigeführt zu haben? Daß selbst sein bester Freund seine Schuld nicht ausschloß? Nein. Wozu? Das wäre doch nur sensationsgierig. Er würde doch nicht das Leben eines Menschen, den er zutiefst bewunderte, in den Dreck ziehen.

Er warf sich schnaubend aufs Bett, und um auf andere Gedanken zu kommen, schlug er das Buch auf, das Yves ihm zu

Weihnachten geschenkt hatte und in das er in den letzten Tagen gelegentlich hineingeblättert hatte. Auf andere Gedanken kommen, das war leichter gesagt als getan, dieses Buch steckte nämlich voller Geschichten wie die, die ihm, seit Maurice Laqueur sie erwähnt hatte, keine Ruhe ließ. Der Autor des Buchs war ein sowjetischer Dissident, der für den KGB gearbeitet hatte, bis er Mitte der achtziger Jahre in die Vereinigten Staaten gegangen war, und Kapitel für Kapitel entstand eine zusammenhängende Landkarte der Infiltration von Intellektuellenkreisen in ganz Europa durch sowjetische Agenten in den sechziger und siebziger Jahren.

Er wollte das Buch noch einmal durchblättern, denn ihm war so, als habe er vor ein paar Tagen, als er auf die Metro wartete, etwas darin gelesen, das ihn in dem Moment auf eine Idee gebracht hatte, nur leider wußte er schon nicht mehr, was es gewesen war.

Er suchte das Kapitel über die späten siebziger Jahre, und tatsächlich wurde dort in wenigen Zeilen ein Vorfall erwähnt, der eine heiße Spur sein konnte. Er setzte sich kerzengerade im Bett auf, rückte das Licht heran und las noch einmal besagte Stelle: »Aufgrund des Überlaufens von Oberst Ivanov (KGB) in London kam es Anfang 1979 zu einer teilweisen Vernichtung von ›Netz G‹. Im Sommer desselben Jahres wurden an verschiedenen Orten in Europa mehrere sowjetische Agenten mit Hilfe von Unfällen aus dem Weg geräumt. So geschah es mit Boris, einem in Berlin stationierten Agenten: Er verschwand auf einer Fährüberfahrt von Dänemark nach Schweden; vermutlich stürzte er infolge einer Alkoholvergiftung ins Meer, seine Leiche wurde nie gefunden. Ähnliches passierte mit Vania, den man verblutet, mit aufgeschlitzten Pulsadern in der Badewanne seiner Wiener Wohnung fand, und mit Olga, wohnhaft in Paris, die auf einer Urlaubsreise auf Mallorca (Spanien) bei einem Autounfall ums Leben kam.«

Wie viele Ausländer waren im Sommer '79 auf Mallorca bei einem Autounfall tödlich verunglückt? Sicher mehrere. Wie viele Pariserinnen? Wie viele Pariserinnen, die heute noch unter dem Verdacht standen, sowjetische Agentinnen zu sein?

Wenn Amanda wirklich Olga gewesen war, mußte die *Sûreté* eine Akte über sie angelegt haben. Eine Frau polnischer Nationalität, die sich Zugang zu den linken Intellektuellenkreisen verschafft hatte, mußte ihnen aufgefallen sein. Er mußte sich erkundigen, ob man einen Blick in diese Akte werfen könnte, das heißt, ob die siebziger Jahre bereits zugänglich waren. Was eher unwahrscheinlich war, denn archivarisch gesehen waren die Ereignisse, die ihn interessierten, noch nicht lange her. Er glaubte sich zu erinnern, daß ein Heidelberger Kollege, ein Historiker, der sich mit Zeitgeschichte befaßte, ihm einmal irgend etwas von einer Frist von sechzig Jahren erzählt hatte, was bedeuten würde, daß man in diese Akte, falls es sie gab, erst im Jahr 2039 Einblick nehmen dürfte.

Er sprang aus dem Bett auf, als wollte er sich sofort auf den Weg machen, doch dann überlegte er es sich noch einmal und setzte sich an seinen Computer. Und jetzt? Wenn es stimmte, was in diesem Buch stand, und diese Olga Amanda war, bedeutete das, daß sie tatsächlich als sowjetische Agentin in Paris den Auftrag gehabt hatte, Intellektuelle für »die Sache« zu rekrutieren, wie Maurice es genannt hatte. Auf einmal würde alles einen Sinn ergeben und eine der größten Leerstellen in Raúls Biographie wäre gefüllt. Und wenn ihr Unfall gar kein Unfall gewesen war, erklärte das auch, warum die spanische Polizei Ermittlungen aufgenommen und niemanden, der wegen Mordes hätte angeklagt werden können, gefunden hatte.

Er legte die Hände auf die Tastatur, und während sich die Gedanken in seinem Kopf überschlugen, fing er an zu schreiben:

»Amanda Simansky, die einen polnischen Paß besaß, kam Mitte der Siebziger nach Paris und schien eine Frau ohne Vergangenheit zu sein. Sehr bald stieg sie in dem Verlag *Éditions de l'Hiver* zur Leiterin des literarischen Programms auf. Vor ihrem Einstieg ins Verlagswesen war sie in alternativen Pariser Künstlerkreisen bekannt geworden und verstand sich selbst als Muse der gebildeten Linken. Sie war in Jazzkreisen bekannt und nahm mittels zweier seiner Freunde, zu denen sie in engem Verhältnis stand – Armand Laroche und Maurice Laqueur – Kontakt zu Raúl de la Torre auf.

Sollte die dringende Vermutung tatsächlich stimmen und Amanda unter dem Namen Olga als Agentin im Dienst der Sowjetunion gestanden haben, um Intellektuelle für die kommunistische Sache zu rekrutieren, ist es nicht verwunderlich, daß Raúl de la Torre – kaum hatte er sie kennengelernt – einen Gesinnungswandel vollzog. Unklar hingegen bleibt, ob die Scheidung von seiner ersten Frau Amelia Gayarre und die darauffolgende rasche Heirat mit Amanda Simansky eher private oder politische Gründe hatte. Die Fakten allerdings verweisen auf eine ziemlich kurzlebige, ideologisch motivierte Verbindung, da Raúl nach dem Tod seiner zweiten Frau nach und nach Abstand von der engagierten Linken nahm. Ungeklärt sind indes die Todesumstände Amanda Simanskys, wobei eine Verwicklung eines westlichen Geheimdienstes nicht ausgeschlossen werden kann (Hinweis auf das Buch von Yuri Demenkov).«

Als Ari das Geschriebene noch einmal durchlas, kam es ihm sensationsheischend und billig vor. Solche Dinge ereignen sich nicht im Leben normaler Menschen; das hörte sich mehr nach einem James-Bond-Verschnitt an und hätte Laqueur als jungen Mann wahrscheinlich in Begeisterung versetzt. Wenn er so etwas in seinem Buch schreiben wollte, mußte er die Fakten überprüfen, doch dafür müßte er – eine andere Möglichkeit gab es nicht – einen Blick in die Akte von Amanda Simansky werfen. Sollte es sie geben. Wenn er sich da nicht etwas zusammenspann. Wenn die *Sûreté* Forschern aber keinen Zugang zu den siebziger Jahren gewährte, was konnte er tun?

Er kaute auf einem Bleistift, bis ihn der Geschmack nach Graphit zu ekeln begann. Er könnte Yves fragen, ob er ihm einen Kontakt verschaffen könnte. Schließlich war Yves Gerichtsmediziner und kannte bei der Polizei eine Menge Leute. Irgend jemanden könnte er doch sicher bitten, ihm die zwei, drei Seiten von Amandas Akte zu kopieren. Es waren mehr als dreißig Jahre vergangen, sie war tot, ebenso ihr Mann, und Kinder hatten sie auch keine. Wenn er allerdings auf inoffiziellem Weg an die Akte herankam, konnte er sie schlecht als Beleg für seine Behauptung anführen.

Während er vor sich hin fluchte und sich schwor, nie wieder in seinem Leben eine Biographie zu schreiben, wählte er Yves' Nummer.

~

Raúl de la Torre kommt pünktlich um drei zu unserer Verabredung. Obwohl er, wie wir wissen, seit einer Woche mehrere Interviews am Tag gibt, wirkt er weder müde noch ungeduldig. Er hat sich einen Bart wachsen lassen, und während unseres Gesprächs spielt er mit den Bügeln seiner Brille, die er nur kurz aufsetzt, um eine Ausgabe unserer Zeitschrift durchzublättern. »Das kommt vom jahrelangen Lesen«, merkt er an, »die Augen verzeihen es einem nicht.«

Wir wissen, daß er viele Termine hat, und kommen direkt zum Thema.

»Warum haben Sie zwischen Ihrem ersten Roman und De la Torre hoch zwei *so lange Zeit verstreichen lassen?«*

»Na ja«, er lacht, »so viel Zeit auch wieder nicht. Zehn Jahre sind nicht viel, um einen Roman dieser Größenordnung hervorzubringen. Und ich habe zwischenzeitlich zwei Gedicht-

bände und einen Band mit Erzählungen geschrieben. Nicht zu vergessen, daß das Leben auch nicht zu kurz kommen darf.«

»Wie es scheint, sind Sie mit dem Roman zufrieden.«

Er lächelt, dann lehnt er sich in dem Sessel zurück: »Und ob, ich finde den Roman wirklich exzellent, auch wenn das jetzt unbescheiden klingen mag. Bedenken Sie nur, wie er bei den Kritikern ankommt ... Was kann man sich mehr wünschen?«

»Einige Kritiker stellen heraus, daß zwischen Ihren Erzählungen und Ihren Romanen ein Bruch besteht. De la Torre hoch zwei steht in einer Linie mit Amor a Roma, aber wenn man beide Romane Ihren Erzählungen gegenüberstellt, könnte man meinen, Sie hätten zwei Persönlichkeiten.«

»Oh ja, oh ja«, sein Lachen hallt durch die ganze Hotelhalle. »Genau wie Pessoa, und daran hat noch nie jemand etwas auszusetzen gehabt. Gut, lassen Sie es mich erklären, in mir gibt es ein Ich, das Gedichte schreibt. Das ist mein wahrhaftiges Ich; wenn es Texte gibt, in denen so etwas wie die Quintessenz meines Ichs zu finden ist, dann in der Lyrik. Außerdem gibt es einen Raúl, der Erzählungen schreibt, von Schaffenswut ergriffen; es sind Momente von gewaltiger Intensität, die ich schnell beim Schopf packen muß, bevor sie wieder vorbei sind. Und schließlich gibt es ein weiteres Ich, das hin und wieder mit einem Roman aufwartet. Doch das ist mein anderes Ich, mein drittes Ich, das am seltensten zum Zuge kommt, da die beiden anderen die meiste Zeit damit ausgelastet sind, Lyrik und Kurzprosa zu schreiben. Tatsächlich würde ich, um damit abzuschließen, sogar behaupten, daß ohne meine Frau dieses dritte Ich nicht existieren würde.«

»Hält sie Sie denn dazu an, Romane zu schreiben?«

»So ist es. Die Romane sind bei uns zu Hause Amelias Sache.«

»Warum spielt keiner Ihrer Romane in Argentinien, warum schreiben Sie darin nicht über die lateinamerikanische Wirklichkeit?«

»Weil ich hier lebe und arbeite. Meine Romane sind mein bescheidener Beitrag zur europäischen Literatur, allerdings mit der besonderen Sensibilität eines Argentiniers im Exil.«

»Verstehen Sie sich als Exilanten?«

»Nun ja ... ich selbst verstehe mich eigentlich überhaupt nicht als etwas Bestimmtes. Ich bin Raúl de la Torre, in Argentinien geboren, meine Eltern sind Argentinier, aber aufgewachsen bin ich in aller Herren Länder. Ich lebe seit mehr als zwanzig Jahren in Paris, seit 1951. In gewisser Weise gehöre ich weder hier- noch dorthin, doch genau dadurch habe ich einen besonders weiten Horizont.«

»Wie sehen Sie die derzeitige politische Situation in Argentinien?«

»Stellen Sie mir doch bitte keine Fragen über Politik, auf diesem Gebiet habe ich absolut keine Ahnung. Ich war nie Mitglied einer politischen Partei und mache noch nicht einmal von meinem Wahlrecht Gebrauch, wenn es Wahlen gibt. Von einem Staatspräsidenten erwarte ich doch auch keine literarischen Urteile, darum sehe ich nicht ein, warum man von einem Schriftsteller, von einem Dichter, politische Stellungnahmen fordert. Und selbst wenn ich eine ideologische Überzeugung hätte, würde sie sich von der Meinung eines durchschnittlichen Bürgers nicht unterscheiden, und die interessiert doch niemanden. Einen Schriftsteller soll man an seiner Arbeit messen, nicht an seinen Meinungen.«

»Stimmen Sie hierin Borges zu?«

»Wenn Borges ebenfalls keine politischen Ansichten hat, stimme ich mit ihm überein, aber das ist es dann auch schon an Übereinstimmungen.«

»Trotzdem meine ich, verstanden zu haben, daß Sie an den Demonstrationen im Mai '68 aktiv beteiligt gewesen sind.«

»Ach, das waren wilde Zeiten! Das war etwas ganz anderes. Ich habe mich nie zu einem politischen Lager bekannt. Ich *habe lediglich die jungen Leute bei ihren Forderungen, die mir selbstverständlich erschienen, unterstützt. Wenn die Forderung, der Phantasie Macht zu geben, eine politische Meinung ist, dann ist das die einzige, zu der ich mich bekenne. Es ist sehr ermüdend, in einer Universität zu arbeiten, in der seit mehreren Jahrhunderten nichts vorangegangen ist, in der an den starren Regelungen und der hierarchischen Struktur eisern festgehalten wird. Meine Teilnahme an den Ereignissen von '68 war nichts weiter als eine Art, mich für die neue Fröhlichkeit einzusetzen, für mehr Entspanntheit in den Hörsälen, was für einige meiner Kollegen bis heute eine unerhörte Forderung ist. Aber das war es auch schon.«*

»Bevor wir zum Ende kommen, können Sie Ihren neuen Roman in wenigen Sätzen zusammenfassen?«

»Nein, das ist ganz und gar unmöglich. Wenn ich ihn in ein paar Sätzen zusammenfassen könnte, hätte ich mich nicht jahrelang damit aufgehalten, diese vierhundert Seiten zu schreiben. Wenn Sie einen freundschaftlichen Rat wollen, befragen Sie doch meine Frau. Glauben Sie mir, sie weiß am besten über meine Romane Bescheid.«

»Wann können wir mit dem nächsten rechnen, Herr de la Torre?«

»Nun drängen Sie doch nicht so. Ich habe doch gerade erst diesen veröffentlicht. Lassen Sie mir ein bißchen Luft.«

> *Raúl de la Torre und* De la Torre hoch zwei
> *Interview mit Raúl de la Torre von Roger Dupuis*
> *Révue des Deux Mondes*, Herbst 1973

Es war das erste Mal, daß Amelia in eigener Sache in Andrés Verlag ging. Bislang hatte sie ihn entweder zum Essen abgeholt oder Raúl zu seinen Terminen begleitet; doch nun hatte André sie zu sich ins Büro gebeten, um mit ihr über den Roman zu reden, den sie geschrieben hatte, und bei diesem Gedanken fühlte sie eine Enge in der Brust, als vermochte die Frühlingsluft es nicht, ihr Gehirn ausreichend mit Sauerstoff zu versorgen.

Raúl hatte sie nicht begleiten wollen: »Das ist dein erster geschäftlicher Termin, meine Liebe; dazu brauchst du mich nicht.« Sie war ihm einerseits dankbar gewesen, doch andererseits fühlte sie sich ein wenig schutzlos ohne seinen breiten Rücken, ohne ihren sie beschützenden »Turm«, wie er sich selbst so oft im Scherz nannte.

Es war ein strahlender, frischer und sonniger Morgen, einer dieser goldenen Frühlingsmorgen, an denen man gern ohne Eile durch die Straßen spaziert und den Leute ins Gesicht sieht, an denen man vor den Schaufenstern stehenbleibt und die ersten, in die Sonne spitzenden Blätter ansieht, an denen man mit zurückgelegtem Kopf an den Häusern hinaufblickt zu den Stuckfriesen, den Blumentöpfen auf den Balkonen.

Während Amelia durch die Straßen ging, sah sie alles wie zum ersten Mal, als wäre es für sie erschaffen, als wollte sie jede Minute dieses Tages in ihr Gedächtnis eingravieren, denn endlich würde sie als die Schriftstellerin, die sie war, Anerkennung finden. Und das auch noch bei André, dessen Urteil ihr nach dem Raúls am wichtigsten war.

Sie begrüßte Adeline, wechselte mit ihr ein paar höfliche Sätze, dann ging sie zu André hinein. Ihre Angst ließ sie beinahe zaudern, denn ihr bis dahin bester Freund war auf einmal zu einem furchterregenden Zerberus geworden, der nun die Macht hatte, über die Zukunft ihres Manuskripts zu entscheiden.

Noch bevor sie André wahrnahm, der hinter seinem Schreibtisch stand, sah sie ihren Roman auf dem Tisch, und ein Schauder der Vorfreude durchlief sie. Bestimmt hatte er ihm gefallen: Ihm mußte einfach aufgefallen sein, daß es sich um einen exzellenten Roman handelte. André verstand wirklich etwas von erzählender Literatur, mehr als von Lyrik, und er hatte mit Sicherheit das Potential ihres Manuskripts erkannt.

Sie atmete tief durch, bemüht, sich möglichst wenig anmerken zu lassen, dann gab sie ihm drei Küßchen und setzte sich ihm gegenüber.

»Also, sag schon. Hier bin ich.« Sie lächelte – fast ein wenig kokett. André strich sich durch das immer schütterer werdende Haar, schob sich die Brille auf die Nasenwurzel und sah sie fest an, ohne zu lächeln.

»Mein Gott, was ziehst du für eine Begräbnismiene! Hat er dir denn gar nicht gefallen?«

»Unsinn!« entgegnete André mit unverändertem Gesichtsausdruck. »Der Roman ist exzellent, das weißt du selbst.«

Amelia spürte, wie die Erleichterung wie ein warmer, wohliger Guß durch ihren Körper strömte. Er hatte ihm gefallen. Alles war gut. Alles, nur sein Gesicht nicht. Diese Trauermiene, als müßte er eine schlechte Nachricht überbringen, paßte so gar nicht zu dem soeben geäußerten Urteil.

»Kannst du mir sagen, was dieses Spielchen soll, Amelia?« fragte er sie gleich darauf und riß sie damit aus ihrem noch zarten, gerade erst aufkeimenden Glück.

Sie war wie versteinert. Was wollte er ihr damit sagen? Sie war ratlos. André redete, ohne auf eine Antwort zu warten, weiter: »Dürfte ich erfahren, wie du darauf kommst, mir einen Roman von Raúl zu geben und so zu tun, als wäre er von dir? Seit Jahren rede ich auf ihn ein, daß es an der Zeit ist, einen weiteren Roman zu veröffentlichen, und er vertröstet mich immerfort mit seinen Erzählungen und behauptet, daß er für einen großen Roman nicht den nötigen Schaffensdrang verspüre; und jetzt kommst auf einmal du hiermit an«, er zeigte auf das Manuskript, fast als ekelte es ihn an, »und willst, daß ich es unter deinem Namen publiziere, als ob nichts wäre. Ehrlich, ich verstehe dieses Spielchen nicht.«

»Aber ... aber ...«, stammelte sie, »der Roman ist von mir, André, ich schwöre es dir. Ich habe ihn geschrieben. Jedes Wort, jedes Komma stammt von mir.«

»Mach es nicht noch schlimmer.«

»Glaubst du mir nicht?«

»Darum geht es nicht, Amelia. Kann ja sein, daß du die Wahrheit sagst. Ihr seid schon lange zusammen und wie die beiden Hälften einer Zitrone, warum solltet ihr da nicht auch exakt auf die gleiche Weise schreiben können, und wenn ich exakt sage, meine ich auch exakt: Metaphern, Kurven, Kniffe ... alles exakt gleich. Aber was glaubst du, was die Leser und die Kritiker denken, wenn wir einen Roman unter deinem Namen herausbringen, der bis zum letzten Punkt von Raúl geschrieben sein könnte?«

»Aber er ist von mir«, sagte sie verzagt. »Du willst ihn nicht veröffentlichen, weil er von mir ist?«

»Wenn Raúls Name daraufstände, würde ich ihn noch im nächsten Monat herausbringen, aber so geht es nicht, Amelia, versteh doch. Wenn du wenigstens eine argentinische Schriftstellerin wärst, die in Buenos Aires verlegt wird, könnte man vielleicht von Einfluß, von einer Schule reden, von ... was weiß ich? Aber du als seine Frau, man würde meinen, du möchtest dich der Lächerlichkeit preisgeben. Alle würden sagen, Raúl hätte dir einen seiner Romane geschenkt, damit du dir deinen Traum verwirklichen kannst, deinen Namen gedruckt zu sehen.«

»Wie redest du eigentlich mit mir, André?« Amelia fühlte, wie ihr das Blut in den Kopf schoß; ihr war heiß, und eine Art roter Filter verschleierte ihr den Blick. »Wir sind Freunde.«

»Darum rede ich offen mit dir, weil wir Freunde sind. Und,

machen wir uns nichts vor, du hast doch noch nie etwas geschrieben. Seit ich dich kenne, redest du immer wieder einmal davon, daß du an einem Roman säßest, doch du hast mir nie eine einzige Seite gezeigt. Als ihr in Rom wart, hast du mir in deinen Briefen geschrieben, du arbeitetest intensiv an einem Roman – erinnerst du dich? –, aber der, der ihn fertiggebracht hat, war Raúl. Und weißt du, warum? Weil Raúl ein Schriftsteller ist, ein professioneller. Du dagegen, meine Liebe ... wie soll ich es dir sagen, ohne dir weh zu tun? Du bist eine Träumerin, und du lebst gern, im besten Sinn des Wortes. Unternehmungslustige Menschen wie du, die das Leben genießen, kommen einfach nicht zum Schreiben. Das Leben nimmt sie zu sehr in Anspruch.«

Das darauf eintretende Schweigen zog sich in die Länge, keiner von beiden wußte, was er sagen sollte. Amelia starrte aus dem Fenster, auf den strahlendblauen Himmel dieses Märztages; sie bemühte sich, vor André nicht zu weinen, dieses entsetzliche Selbstmitleid, das sie erfüllte, zurückzudrängen. André konnte es nicht erwarten, aus dieser äußerst unangenehmen Situation, die er nicht hatte vermeiden können, erlöst zu werden; er blickte sehnsüchtig auf das Telefon – wenn es doch nur klingelte und irgendwer etwas von ihm bräuchte, dann könnte er Amelia auf irgendwann später vertrösten und das Thema dann nie wieder ansprechen.

»Dann gehe ich damit eben zu einem anderen Verlag«, sagte sie schließlich und erhob sich, während sie das Manuskript liebevoll an sich nahm wie ein Baby, dem man großes Leid angetan hatte. »Zum Glück bist du nicht der einzige Verleger. Ich werde es in Spanien versuchen.«

André war ebenfalls aufgestanden und blickte sie zärtlich und mitleidig an, als verstehe er sie, halte es aber für falsch, Nachsicht zu üben: »Du findest bestimmt jemanden, der dein Buch verlegt, schließlich ist es ein guter Roman, das habe ich nie geleugnet. Aber denk an das, was danach kommt, Amelia, denk an die Spottkritiken, an die Häme, die eine bestimmte Leserschaft und die Kritiker an dir auslassen werden, darüber, daß Raúls Ehefrau einen Roman veröffentlicht hat, der von ihm sein könnte, den mit Sicherheit er geschrieben hat. Alle wissen, wie sehr er dich verehrt, daß der Boden, den du betreten hast, für ihn heilig ist, daß er alles für dich tun würde. Wer würde da glauben, daß dieser Roman von dir ist, und beständest du noch so vernehmlich darauf. Und das wäre schlechte Presse für Raúl. Außerdem würdest du ihn in die Lage bringen, deinen Roman mit seinem nächsten übertreffen zu müssen, damit die Rollenverteilung wieder klar ist. Denk darüber nach, Amelia, stell deine Eitelkeit nicht über seine Karriere. Ich habe euch beide sehr gern, und unsere langjährige Freundschaft verpflichtet mich, so zu reden, auch wenn es für dich schmerzhaft ist. Behalte deinen Roman für dich und vergiß ihn. Oder Raúl setzt seinen Namen darauf, dann hat alles seine Ordnung, und wir bringen ihn heraus. Und wenn du wirklich schreiben willst, dann schreib etwas, das wirklich nur von dir ist. Ich helfe dir dann auch, einen Verleger zu finden, Ehrenwort, wenn du etwas schreibst, das Amelia Gayarre ist und nicht Raúl de la Torre.«

Sie hatte Andrés langer Predigt zugehört und dabei die Augen niedergeschlagen und das Manuskript an die Brust gedrückt wie ein Mädchen, das die Schelte des Internatsdirektors über sich ergehen läßt. Dann sah sie, ohne den Kopf zu heben, auf und fragte: »Ist das dein letztes Wort?«

»So leid es mir tut, Amelia«, sagte André. »Erlaubst du mir, daß ich dich zum Essen einlade?«

»Mir ist der Appetit vergangen. Wir sehen uns.«

Als sie unter Adelines mitleidigem Blick auf die Straße trat, war es immer noch derselbe warme und schöne Tag. Hunderte von Vögeln flogen über den angrenzenden Park und verfolgten sich zwitschernd, die Blütenknospen in den Beeten schienen über Nacht explodiert zu sein, und sie fühlte sich alt, schmutzig, wertlos, wie eine Plastiktüte, die ein Windstoß auf den Parkwegen vor sich her trieb, bis ein Straßenkehrer im grauen Arbeitsoverall sie aufspießte und in dem großen Sack über seiner Schulter verschwinden ließ.

KAPITEL
8

Drei Wochen waren seit dem Tag der Unschuldigen Kinder vergangen, doch Ari war immer noch machtlos dagegen, daß seine Erinnerungen an jene Nacht im Hotel *Crillon* in unpassenden Momenten auf ihn einstürmten, vor allem dann, wenn er sich mit Nadine traf, und so fing er fast unwillkürlich an, sie mit Amelia zu vergleichen. Er kam sich selbst schäbig vor, wenn er sich dabei ertappte, wie er beim Anblick Nadines, die doch so jung, so frisch war, nur dachte, wie viele Tage es noch waren, bis er Amelia sehen oder zumindest ihre Stimme am Telefon hören könnte. Würde sie sich gleich nach ihrer Ankunft melden, um sich mit ihm zu verabreden, oder würde sie etwas Zeit verstreichen lassen, bis sie wieder Kontakt zu ihm aufnähme? Und wie würde er reagieren, wenn er sie sähe? Würde er so tun können, als wäre zwischen ihnen nichts gewesen, oder wäre er beklommen, weil er unbedingt über diese Nacht reden mußte, um wenigstens von ihr zu erfahren, ob es der Anfang von etwas gewesen war oder doch nur der grausame Scherz, wie sie es ihm, als sie ins Taxi eingestiegen waren, zu verstehen gegeben hatte? Warum hatte Amelia es nötig, so grausam zu ihm zu sein, wenn er doch im Vergleich zu Raúl ein niemand war?

»Möchtest du auch noch einen Pernod, Ari? Ich frage dich schon zum zweiten Mal. Wo bist du eigentlich mit deinen Gedanken?«

Er faßte sich mit der Hand an die Stirn und versuchte, ein

entschuldigendes Lächeln aufzusetzen: »Verzeihung, Nadine. Du weißt doch ... ich kann nicht abschalten. Diese Sache mit der Erpressung und Yves' Zusage, daß er für mich vielleicht etwas herausfinden kann, gehen mir einfach nicht aus dem Kopf. Ja, ich nehme auch noch einen Pernod.«

Nadine winkte dem Kellner, und der nickte.

»Also, gehen wir einmal davon aus, daß Yves dir irgendeine Akte besorgt, aus der hervorgeht, daß Amanda tatsächlich eine sowjetische Agentin war, dann wird dir das nicht viel nützen, wenn du die Sache mit der Erpressung nicht ans Licht bringst, und wenn ich dich richtig verstanden habe, willst du diese unschöne Wahrheit aus deinem Buch herauslassen.«

»Ich kann doch behaupten, daß Amanda ihre, äh, ihre weiblichen Reize eingesetzt hat, um sich ihn zu angeln und für die linke Propaganda zu instrumentalisieren.«

»In Anbetracht dessen, was wir wissen, ist das eine entsetzliche Verdrehung der Tatsachen.«

»Ja, schon, aber da ich Armand aus dem Spiel lassen möchte, bleibt mir nichts anderes übrig. Und wenn Amanda wirklich eine Spionin war, wissen wir wenigstens, wer sie umgebracht hat.«

»Meinst du ...«

»Irgendein westlicher Geheimdienst natürlich, welcher, ist nicht so wichtig. Hauptsache, es war weder Amelia noch Raúl. Für mich ist das jedenfalls das Wichtigste.«

»Aber wenn man sich überlegt, daß kein Leser je im entferntesten darauf gekommen wäre, daß Amelia und Raúl in die Sache verwickelt sein könnten, dann muß man doch sagen, daß du die Verbindungslinien ziemlich willkürlich ziehst. Für dich ist es wichtig, mag ja sein, aber für die Leser ... ich weiß nicht.«

Das Gespräch versackte, während sie den ersten Schluck von ihrem Pernod tranken. Ari war nicht wohl dabei, das alles mit Nadine zu besprechen. Daß sie auch ihre Meinung zu dem

Thema äußern wollte, konnte er ihr nicht streitig machen. Trotzdem empfand er es als eine Einmischung in sein Leben; und so mußte er sich immer wieder selbst daran erinnern, daß das nur seine Arbeit war und nicht sein Leben. Aber dessen war er sich nicht mehr so sicher. Was vor vielen Jahren, als er noch ein junger Mann gewesen war, auf Mallorca vorgefallen sein mochte, beschäftigte ihn immer mehr. Immer wieder dachte er darüber nach, welche Konsequenzen es für ihn hätte, wenn Raúl ein Mörder wäre, und bislang hatte er sich selbst nicht beantworten können, ob das seiner Bewunderung für ihn als Schriftsteller etwas anhaben würde oder nicht. Und wenn – wie Raúl offenbar geglaubt hatte – Amelia die Täterin war? Würde das seine Beziehung zu ihr beeinträchtigen? Aber dieser Gedanke erübrigte sich. Wenn sich sein Verdacht bestätigte, dann hatte keiner von beiden die Hand im Spiel, was nicht hieß, daß Amandas nie aufgeklärter Tod nicht ein wichtiger Einschnitt in Raúls und Amelias Leben gewesen wäre, denn er hatte sie, wenn auch indirekt, so doch auf immer geschieden.

Es war ihm schon immer unheimlich gewesen, wie weit Verdächtigungen oder mißverstandene Worte, ausgesprochen oder nicht, die Beziehung zweier Menschen und sogar den Lauf eines ganzen Lebens beeinflussen konnten. Wozu sind die Worte gut, auf die die Menschheit so stolz ist, wenn sie die innersten Gefühle nicht ausdrücken können? Amelia hatte ihm einmal gesagt, für sie seien Worte immer dazu dagewesen, die Dinge kompliziert zu machen, uns zum Lachen zu bringen oder uns Schaden zuzufügen. Darum spielten Mißverständnisse in ihren Kinderbüchern eine so große Rolle – Ari hatte sechs oder sieben davon gelesen –, sie zeigten, wie Worte die besten Absichten durchkreuzen können, so daß nichts mehr von ihnen übrigbleibt oder sie in ihr Gegenteil verkehrt werden. Aber in ihren Büchern war dieses Phänomen nichts weiter als eine sprudelnde Quelle lustiger Verwicklungen, und am Ende renkte sich stets alles wieder ein, während sie in Wirklichkeit am eigenen Leib erfahren hatte, welchen Schaden Worte und auch das Schweigen anrichten konnten. Allein die Änderung ihres Namens von Hauteclaire zu Stassin hatte bewirkt, daß zwischen ihr und Raúl nichts mehr so war wie zuvor. Wie viele Mißverständnisse mochte es noch in ihrem Leben gegeben haben? Und wie viele untergruben nun seine eigene Beziehung zu ihr?

»Bleibst du die Nacht über bei mir?« fragte Nadine und machte ein vollkommen unschuldiges Gesicht.

Er sah sie verwirrt an, als hätte er vergessen, wo er sich befand und wem er gegenübersaß.

»Nein, heute nicht, tut mir leid. Ich will heute abend noch das Kapitel zu Ende schreiben.«

»Aber morgen habe ich Dienst.«

»Dann eben übermorgen.«

»Dir ist es egal, nicht wahr? Ob heute oder übermorgen, das ist dir vollkommen egal, weil du gar nichts von mir willst«, man merkte, daß sie sich bemühte, ruhig zu reden, aber wenn es so weiterging, würde sie ihm noch eine Szene im Lokal machen, und es gab kaum etwas, das er mehr haßte.

Nadines Hand zerpflückte feinsäuberlich eine Papierserviette. Ari legte seine Hand auf ihre.

»Wirklich, manchmal frage ich mich, wie du es mit mir aushältst. Ich bin in letzter Zeit unerträglich.«

Sie preßte die Lippen aufeinander, um nicht mit etwas herauszuplatzen, das ihr die ganze Zeit schon auf der Zunge lag: »Es ist wegen ihr, nicht wahr? Du denkst Tag und Nacht an Amelia.«

»So ein Blödsinn!«

»Monique hat mir erzählt, daß ihr kurz vor Jahresende zusammen im Hotel gewesen seid.«

»Monique ist eine dumme Gans!« explodierte Ari. »Ich habe

ihr in aller Deutlichkeit erklärt, daß wir uns dort zu einem Arbeitsfrühstück getroffen haben.«

»Arbeit heißt das jetzt?«

»Dieses Gespräch führt zu nichts.« Ari stand auf, ging zum Zahlen an die Theke, kehrte ohne ein Wort zurück und hielt ihr den Mantel hin.

»So eilig hast du es?«

Ari antwortete nicht. Er zog seinen Mantel an und machte einen nach dem anderen die Knöpfe zu. Er sah sie dabei nicht an.

»Verzeih mir«, sagte Nadine und legte ihre Hand auf seinen Arm. »Ich habe überhaupt kein Recht, mich in dein Leben einzumischen. Schließlich haben wir nur hin und wieder einen Kaffee zusammen getrunken, mehr nicht. Und einmal haben wir gefrühstückt«, fügte sie hinzu, leise, als schäme sie sich.

Er schwieg immer noch, es wurde ihm unbehaglich.

»Ich bin mit dem Auto da, soll ich dich mitnehmen?«

»Nein, danke«, sagte er endlich. »Ich glaube, ein Spaziergang tut mir gut. Ich rufe dich an.«

Er drückte ihr einen raschen Kuß auf die Wange und verließ erleichtert das Café, was ihn beschämte, denn ihm – und vielleicht auch ihr – war klar, daß er floh.

~

Ich stelle Sie mir jetzt vor in Ihrem Zimmer im Studentenwohnheim, in dem ich nie gewesen bin; ich halte inne und betrachte Ihr schlafendes Gesicht in dem im Dunkeln liegenden Raum, wie ich es so oft bei Raúl getan habe, als er und ich noch im selben Bett schliefen. Natürlich gibt es Unterschiede. Raúl schlief, wie er lebte: Arme und Beine weit von sich gestreckt, raumgreifend, mit entspanntem Gesicht. Nach außen hin wirkte er verwundbar, doch seine Gedanken und Phantasien hat er vor anderen immer verschlossen, nur in dem, was er schrieb, ließ er sie durchblicken. Ich stelle mir Sie auf der Seite liegend vor, nur ein bescheidenes Eckchen des Betts für sich einnehmend, nah am Rand, und das Gesicht haben Sie so ins Kissen gegraben, daß Sie nur Ihr Profil offenlegen, nur die Hälfte dessen, was Sie sind.

So habe ich Sie schlafen sehen, kurz bevor ich zum Frühstükken hinuntergegangen bin, und auch wenn das jetzt keine Bedeutung mehr haben mag, so ist meine letzte Erinnerung an Sie: zusammengekuschelt wie ein Kind, glücklich, hingegeben, mit einem hingezauberten Lächeln, das Ihre Mundwinkel umspielte, als ich mich – ganz vorsichtig – zu Ihnen hinabbeugte, um Sie auf die Wange zu küssen, und dann bin ich aus jenem Zimmer verschwunden, in dem wir etwas geteilt haben.

Wie unschuldig doch die Worte sind, nicht? Wer könnte Jahre später oder sogar im selben Moment sagen, was es denn ist, das Sie und ich geteilt haben, was dieses »etwas« bedeuten soll, das für Sie und mich jeweils eine andere Sache ist, auch wenn Sie zu wissen glauben, wovon ich rede, genauso wie ich?

Vor meinem Fenster fällt sanft der Schnee, unaufhörlich, und auf seine Weise macht er deutlich, daß dieser Planet auf uns, seine Bewohner, keine Rücksicht nimmt. Es schneit weder wegen noch trotz uns, unserer Wünsche, unserer Gefühle. Die Dinge passieren ohne irgendeine Erklärung, und die Geschichte der Ereignisse hat mit Moral nichts zu tun. Die Moral kommt erst hinterher, bei unseren Bemühungen, eine Geschichte zu konstruieren und unser Handeln vor uns selbst zu rechtfertigen. Dann geben wir dem Schnee die Schuld für unsere Entscheidungen oder der sengenden Augusthitze oder der Champagnerseligkeit oder der Stimme Gardels. Oder wir machen es uns leichter und vergessen einfach das, was uns nicht gefällt, und erzählen die Dinge so, wie wir sie uns gewünscht hätten, und tauchen die Welt, das Bild, das wir uns von ihr gemacht haben, um leben zu können, in harmonisches Blau. Blau ist die Farbe der Harmonie, sie zieht einen Schleier vor die Welt und die Erinnerungen, so daß alles ineinander verschwimmt, unsere Erinnerungen an die Welt, wie wir sie erlebt, geträumt, erfunden haben. Schließen Sie jetzt die Augen und rufen Sie sich irgendein Erlebnis aus Ihrer Kindheit in Erinnerung, einen Jugendschwarm, einen glücklichen Augenblick ... Sehen Sie nicht auch alles in Dunst gehüllt, in verschwommenem Blau, darauf orangefarben und gelb leuchtend, golden funkelnd der vergangene Glanz?

Ich erinnere mich so an mein Leben: weite blaue Landschaften mit orangefarbenen Tupfen; dann wieder goldene Momente vor einem strahlendblauen Himmel; formlose, ausgedehnte Perioden in lichtem Blau, über dem hier und dort träge weiße Wolken schweben, dick und weich wie riesige Wattebausche; schwindelerregende Augenblicke in tiefem Blau wie Gletscherspalten und ebenso gefährlich. Und zwischen all dem Blau Momente von Intensität und Schrecken, dunkelrot wie geronnenes Blut, Momente, an die ich mich nicht erinnern will, auch wenn Sie, mein Lieber, sie meinem Gedächtnis entreißen wollen mit Ihrem unschuldigen und grausamen Eifer eines Kindes, das einer Fliege die Flügel ausreißt, um zu sehen, ob sie dann noch fliegen kann.

Der Schnee langweilt mich, dieser falsche Ort, den ich selbst gewählt habe, langweilt mich. Ich fühle mich wie eingesperrt in einem gläsernen Briefbeschwerer, in dem unaufhörlich Schneeflocken fallen und dessen beschneite Märchenwelt fortbestehen wird, wenn ich sie längst nicht mehr spüren kann.

Ich habe keine Angst zu sterben, Ari: Ich habe Angst, nicht mehr zu leben.

Ich habe Angst, nicht mehr Tango tanzen zu können, die Kleidung auf meinem Körper nicht mehr zu fühlen, nicht mehr über Andrés Gemeinheiten lachen zu können, keine Bücher mehr zu schreiben, nicht weiter Ihren Fragen auszuweichen oder Ihnen Lügen zu erzählen, die Sie vielleicht nie aufdecken werden; und vielleicht habe ich auch Angst, an einen Ort zu kommen oder, besser gesagt, in einen Zustand zu geraten, der womöglich ewig ist und in dem ich mir mein Leben nicht mehr so erzählen kann, wie ich will, um es mir glaubhaft zu machen, weil mein Leben mich überall und immer umgibt, ohne mir Raum zu lassen, es zu interpretieren. Vor allem davor habe ich Angst.

Ich sollte mich langsam auf diese Zukunft einstellen, die uns alle irgendwann erwartet und mir nun bevorsteht. Doch anstatt mich von dieser Welt zu lösen, von meinem schönen blauen und goldenen Leben, blicke ich zurück, zu Ihnen, der Sie vor ein paar Monaten noch ein Unbekannter waren, zu Raúl, zu alldem, was ich eigentlich auslöschen wollte, um frei zu sein.

In mir steigt eine Erinnerung aus der letzten Zeit auf, es war schon nach Hervés Tod – an dem Raúl mich übrigens immer für schuldig hielt –, und ich reiche sie Ihnen in aller Aufrichtigkeit als Geschenk, denn Sie sollen wissen, daß ich – auch wenn ich Ihnen nicht immer die ganze Wahrheit gesagt habe – sehr wohl manche schmerzlichen und unglücklichen Erfahrungen mit Ihnen teilen will, und so wichtig sie für mich einmal gewesen sein mögen, wenn Sie dies hier lesen, sind sie nichts mehr.

Wir sind in meiner Wohnung, Sie kennen sie, im Wohnzimmer, das Sie so beeindruckt hat im Herbst, als ich Ihnen von meinen Pferden erzählte – Bucentauro, Belerofonte, Carnavalito –, alle schon tot, und von noch anderen Nebensächlichkeiten, die Sie gierig wie trockene Erde aufsogen.

Raúl ist – wie schon öfter – gekommen, um eine Weile zu bleiben. Er hat den Koffer in seinem Zimmer abgestellt und stöbert im Wohnzimmer zwischen meinen Büchern, während ich einen Cappuccino mache, den wir im Erker trinken wollen.

Aus der Küche höre ich ihn irgend etwas vor sich hin grummeln. Auch ohne zu verstehen, was er sagt, errate ich, daß er mir etwas sagen will und nicht weiß, wie er anfangen soll. Seit er meine Wohnung betreten hat, weicht er meinen Blicken aus. Aber das bekümmert mich nicht; diesmal, so denke ich mir, wird er mich wohl kaum verletzen können. Wie Sie wissen, hatte Raúl mir alles angetan, was man einem geliebten Menschen nur antun kann: Er hatte mich verlassen, mich verachtet, mich einer schrecklichen Tat verdächtigt, mir meine Romane gestohlen, mich öffentlich gedemütigt, als er seine Liebe zu einem vierzig Jahre jüngeren Mann erklärt hatte ... Was sollte er mir schon noch anhaben können?

Ohne mir weiter Sorgen zu machen, komme ich mit dem Tablett ins Zimmer, lächle über seine krumme Körperhaltung, in der er aussieht wie ein buddelnder Bär, und stelle die Tassen auf dem Tisch im Erker ab, wobei ich ihn wie sonst auch immer auffordere, mir gegenüber Platz zu nehmen. Dieses Mal jedoch setzt er sich nicht, er bleibt ein paar Meter vor dem Tisch stehen und scharrt mit der Spitze seines ungeputzten Schuhs über den Boden, dabei ist sein Blick nach unten gerichtet, und sein langes, zerzaustes Haar fällt ihm ins Gesicht.

Obwohl ich mir immer wieder gesagt habe, daß er mich nie wieder verletzen wird und es auch gar nicht mehr kann, erinnert mich seine Pose so stark an einen anderen Wendepunkt in meinem Leben, daß mir unweigerlich ein Schauder über den Rücken läuft. Ich fühle mich an diesen schrecklichen Nachmittag zurückversetzt, an dem er mir gesagt hat, daß wir uns trennen müssen, an dem der Name Amandas zum ersten Mal kein Lachen bei uns auslöste wie sonst immer und nicht die Spitznamen, die wir für sie erfunden hatten – Tigerin, Wölfin, Pantherfrau –, sondern zu diesem ominösen Mantra wurde, das für Jahre, ja, für den Rest meines Lebens in mir nachklingen sollte.

Obwohl ich es mir nicht vorstellen kann, weiß ich, daß er etwas Verletzendes zu mir sagen wird, und so stelle ich mich auf das Schlimmste ein und versuche, gewissermaßen aus mir herauszugehen, die Szene von außen zu beobachten, als säße ich im Theater. Ich sehe Raúl an und versuche, Distanz herzustellen, um der folgenden Szene als Zuschauerin beizuwohnen.

Er ist gealtert, sieht aber gut aus, obwohl Hervés Tod für ihn ein harter Schlag gewesen ist. Er ist noch immer ein attraktiver Mann mit einer starken Ausstrahlung, ein Mann, nach dem ich mich auf der Straße umdrehen würde.

»Liebst du mich noch, Amelia?« bricht es aus ihm heraus, als stürzte er sich in einen eiskalten Fluß von unbekannter Tiefe.

»Ja, sicher«, antworte ich und werde immer nervöser. »Was für eine Frage!«

Ich rede mir ein, daß er mich nicht verletzen kann, daß er keine Macht mehr über mich besitzt, daß ich jederzeit nein sagen kann, egal, um was er mich bitten wird, elegant, mit einem Lächeln, damenhaft, wie die kalte und unerreichbare Schöne, zu der ich nach außen hin notgedrungen geworden bin, eine *belle dame sans merci*. Ich spüre, wie mein Magen zusammenkrampft, und die Hände beginnen mir zu schwitzen.

»Und wenn ich eine Bitte an dich habe, die sehr hart ist, noch schwieriger als alles, was du in deinem Leben für mich getan hast, würdest du sie mir erfüllen?«

»Was auch immer du noch von mir willst, Raúl«, antworte ich und erkenne meine zittrige, piepsige Stimme kaum wieder, »sag mir, was es ist, spann mich nicht auf die Folter.«

»Würdest du mich töten?« fragt er mich und sieht mir zum ersten Mal in die Augen.

»Was?«

Ich weiß nicht, was ich sagen soll, ich schlucke, sehe ihn entgeistert an, in diese Augen, die mich fest, durchdringend, vollkommen ernst anblicken, ohne das spöttische Blitzen, das ich so gut kenne. Die durchs Fenster hereinfallende Abendsonne taucht seine Gestalt in leuchtendes Orange, nur sein Gesicht bleibt im Schatten.

»Weißt du, Amelia, seit Hervé tot ist, ist mein Leben vorbei. Ich bin alt, allein, ich kann nicht mehr. Ich will das Leben, das mir nicht mehr gefällt, zurückgeben, verstehst du?«

»Selbstmord kam für dich doch nie in Frage«, sage ich ohne rechte Überzeugung.

»Auf Mallorca war ich kurz davor, weißt du noch?«

»Aber du hast es dann doch nicht getan.«

»Weil sich die Dinge auf andere Weise gelöst haben. Weil sie gestorben ist.«

In dem Moment blitzen seine Augen auf, und ich weiß, daß er sich an etwas erinnert, was er nicht teilen kann und auch nicht teilen will.

»Töten ist nicht so schwer, Amelia.« Das sagt er so dahin, als wollte er mir beibringen, wie man ein Rezept nachkocht oder mit einem Werkzeug umgeht. »Das weißt du genausogut wie ich. Und diesmal bitte ich dich ausdrücklich darum.«

Ich höre kaum, was er sagt, denn mir spukt noch immer der erste Satz im Kopf herum und überdeckt alle anderen. »Töten ist nicht so schwer. Töten ist nicht so schwer. Töten ist nicht so schwer«, hallt es wie ein Echo in mir nach. Soll das jetzt eine Beichte sein, hat er mich die ganze Zeit mit bösen Anspielungen belastet, wider besseres Wissen, daß er selbst Amandas Mörder ist?

»Was denkst du?« bedrängt er mich. »Kann ich mit dir rechnen?«

Ich schüttle den Kopf, aber er weiß, daß ich mich nicht ihm verweigere, sondern mich nur dagegen sträube, seine Frage zu verstehen; er wartet ab und scheuert weiter wie ein schuldbewußter Junge mit der Schuhspitze übers Parkett. Endlich führt er, in einer unerträglich langsamen Bewegung, die Hand an die

Sakkotasche und hält mir auf seiner riesigen Hand etwas hin, das wie ein silbernes harmloses Spielzeug aussieht.

»Ich habe sie schon länger. Willst du sie nicht ausprobieren?«

Ich verstecke die Hände hinter dem Rücken – was für ein lächerlicher Reflex – und schüttle immer weiter den Kopf.

»Hör mal, warum denn nicht? Was ist schon dabei?« Wieder dieser Ton eines verwöhnten und egoistischen Jungen, bei dem sich mir die Haare aufstellen. Warum will er nicht verstehen, daß ich mich weigere, ihm dieses Ding an die Schläfe zu halten und abzudrücken? Weil es genau darum geht. Nichts anderes verlangt er von mir. Oder bin ich es, die nichts versteht? »Ich kann es nicht, Amelia, siehst du das nicht? Ich konnte es noch nicht einmal mit der ungeladenen Pistole. Ich kann es einfach nicht. Und für dich ist es nichts weiter.«

Plötzlich fühle ich eine absolute Kälte und Distanz zu dem, was sich vor mir abspielt, wie eine erschöpfte Mutter gegenüber einem quengeligen Kind.

»Für mich ist es nichts weiter, außer daß ich lebenslänglich ins Gefängnis komme und es mir vielleicht auch etwas ausmacht, dich zu töten, Raúl. Sonst nichts.«

Entgegen meiner Erwartung faßt er sich ein Herz und kommt zu mir, er setzt sich neben mich, legt die Pistole auf den Tisch neben die Kaffeetassen und nimmt meine Hand: »Nein, meine Kleine, was denkst du eigentlich ...? Ich würde natürlich einen handschriftlichen Brief hinterlassen, du würdest ihn vorher lesen oder mir sogar diktieren, ganz wie du willst. Und dann setze ich mich hier hin, an diesen Tisch, du kommst von hinten, hältst meine Hand so wie jetzt, ich halte mir die Pistole an die Schläfe und du brauchst nur abzudrücken, na?«

Ich schüttle immer nur weiter den Kopf, ich bekomme kaum noch Luft und sehe abwechselnd auf die silberne Pistole und in seine dunklen Augen, die wie Feuer leuchten, mal grün, mal rot, je nachdem, wie das Glasfenster sich darin spiegelt.

»Versprich mir, daß du wenigstens darüber nachdenkst. Meine Hauteclaire, meine mutige Amazone. Ich habe nur dich. Denk darüber nach, meine Kleine.«

Ich erinnere mich, wie sich seine Schritte im Gang entfernen, in Richtung seines Zimmers, und er mich allein mit diesem Spielzeugrevolver und den Tassen mit dem kalt gewordenen Kaffee zurückläßt, und ich weine und weine und verstehe einfach nicht, wie Raúl es wieder einmal geschafft hat, mich zu verletzen.

~

Er wollte nicht eher bei Yves und André vorbeischauen, um bei Yves nicht den Eindruck zu erwecken, er triebe ihn in der Angelegenheit mit Amanda zur Eile, aber nach zehn Tagen, in denen er nur ein paarmal mit André telefoniert hatte, hielt er es nicht mehr aus und beschloß, ihnen an diesem Freitag nachmittag einen Besuch abzustatten, in der Hoffnung, irgend etwas Neues zu erfahren. Freitags verließ André meistens gegen zwei den Verlag, und kurz vor vier kam Yves nach Hause und brachte die Einkäufe mit, die André ihm über den Tag hinweg aufgetragen hatte. An diesem Tag allerdings bat Yves ihn allein herein, denn André war noch in die Werkstatt gefahren, um ein paar Extras in seinen neuen Wagen einbauen zu lassen.

»Was Autos angeht, hat André echt einen Knall, du weißt schon. Er fährt keines länger als drei Jahre«, erzählte Yves, während er Aris Mantel aufhängte.

»Ich kann dazu nichts sagen. Ist es denn nicht sowieso verrückt, in Paris überhaupt ein Auto zu haben?«

»Als Transportmittel, ja, aber für André ist ein Auto sehr viel mehr als das.«

»Ein Statussymbol?«

»Nein, ach was. Eher Vernarrtheit. Du wirst schon sehen,

wie begeistert er gleich von seinem neuen Jaguar erzählen wird. Gestern hat er ihn abgeholt. In zwei Monaten wird er die ersten verdächtigen Geräusche hören, ein paar Monate lang wird er daraufhin den Mechaniker verrückt machen, und dann wird er schon wieder Prospekte aller möglichen Marken durchsehen und sich überlegen, was für ein Auto das nächste sein wird. Lange hatte er es auf einen Maserati abgesehen, aber er meint, in seinem Alter sei so ein Wagen vielleicht eine Spur zu angeberisch. Wenn du mich fragst, ich sehe zwischen einem Jaguar und einem Maserati nicht den geringsten Unterschied, aber so ist er eben.«

»Dann muß er ja eine riesige Menge Autos in seinem Leben besessen haben.«

»Seit ich mit ihm zusammen bin, sieben. Was kann ich dir anbieten? Einen Bourbon mit Eis?«

Sie nahmen auf dem Sofa im Wohnzimmer Platz, bei einem Glas Bourbon und einer Blues-Platte aus den dreißiger Jahren.

»Mann, bist du gut erzogen!« sagte Yves nach einer Weile und lachte. »Du kannst es kaum erwarten, mich zu fragen, ob ich Neuigkeiten für dich habe, und sagst kein Wort, nur um mir nicht lästig zu fallen.«

Ari fürchtete, daß sein Gesicht so rot war wie eine gebrühte Languste.

»Und? Weißt du etwas Neues?«

Yves schüttelte den Kopf.

»Aber bald. Ich habe endlich jemanden gefunden, der das für dich machen kann. Wenn nichts dazwischenkommt, bringt er mir die Sachen am Montag mit.«

»Es gibt also etwas?«

»Er meint, es ist nicht viel, aber es gibt etwas. Er bringt es mir, ich gebe es dir weiter, dann siehst du schon, ob du etwas damit anfangen kannst.«

»Ich weiß nicht, wie ich dir danken soll, Yves.«

Der stand plötzlich auf: »Aber ich. Komm mit ins Schlafzimmer.«

Ari war verwirrt. Was hatte Yves vor? Bestimmt nicht das, woran er jetzt gerade dachte, aber trotzdem ... Yves sah ihn mit Bestimmtheit an und scheuchte ihn vom Sofa auf. Folgsam stellte Ari seinen Bourbon auf dem Glastisch ab; sein sich darauf spiegelndes Gesicht war bleich wie ein Gespenst.

Als er sich erhoben hatte, war Yves schon nicht mehr im Wohnzimmer. Ari sah, wie er sich gerade seinen blauen Kaschmirpullover auszog, und blieb mit Blick auf Yves' braungebrannten und muskulösen Rücken wie angewurzelt in der Tür zum Schlafzimmer stehen, als der sich das Oberteil eines ziemlich ausgeleierten grauen Trainingsanzugs über den Kopf zog.

»Leg das Sakko ab, und zieh das über«, sagte Yves und drehte sich mit einem anderen alten Sweatshirt in der Hand zu ihm um.

»Was ... was soll das alles?«

»Ich nehme dich einfach beim Wort, und als Gegenleistung für den Gefallen, den ich dir tue, wirst du mir dabei helfen, ein paar Sachen in den Keller runter und andere heraufzubringen. André verspricht mir schon seit Ewigkeiten, daß er am Wochenende den ganzen alten Plunder hinunterschafft«, er zeigte in eine Ecke des Schlafzimmers, wo ein paar kleine Möbelstücke und zwei, drei Kisten aufgestapelt waren, »aber nie ist der passende Moment. Ich habe die Nase voll, in einem Möbellager zu schlafen, und da du dich unbedingt revanchieren willst ... hat es dich jetzt getroffen. In Ordnung?«

Ari grinste von einem Ohr zum anderen: »In Ordnung, aber du und Nadine, ihr ruiniert mir noch den Rücken.«

Während sie mehrmals in den Keller und wieder nach oben stiegen, erklärte Yves schnaufend und einigermaßen konfus, was sie an ihrer Wohnungseinrichtung alles ändern wollten.

»André muß immerzu Sachen kaufen. Wenn er etwas sieht,

das ihm gefällt, bringt er es mit nach Hause, und wenn er dann feststellt, daß es keinen Platz gibt, wo er es hinstellen kann, ist er vollkommen verzweifelt; also machen wir es wie in den Einrichtungsläden: Wir stellen ein paar Sachen neu dazu, andere kommen weg. Ein steter Wandel. Gib mir den Karton dort, den mit den Bildern.«

»Und was soll ich nehmen?«

»Die in Plastik eingewickelte Lampe dort.«

»Ist das eine Tiffany?«

»So etwas in der Art. Er hat sie vor ewigen Zeiten in Rom gekauft. Wir hatten sie ein paar Jahre herumstehen, dann konnte er sie nicht mehr sehen. Jetzt will er sie ins Wohnzimmer stellen, zu Amelias Sisley.«

Ihr Kellerabteil war so groß wie ein Wohnzimmer und bis obenhin vollgestopft mit Möbeln, Lampen, Dekorationsgegenständen aller Art, Bücherkisten, Koffern und allen möglichen in der Dunkelheit nicht näher erkennbaren Stapeln.

»Irgendwo müßte eine Reproduktion von Mucha sein, die ich immer sehr mochte, sie könnte gut zu der Lampe passen, aber, na ja, es ist nur ein Druck, und ich weiß nicht, ob er sich mit dem Sisley an der anderen Wand verträgt ... aber vielleicht können wir ihn ins Schlafzimmer hängen. Mal sehen. Pack mit an, Ari, laß uns nachsehen, ob sie hinter diesen ganzen Koffern an der Wand steckt. Guck mal, ob du etwas siehst, du stehst näher dran.«

Ein großes Regal aus grobem Holz war voll mit Koffern, sie hätten gereicht, um eine Schulklasse auszustatten.

»Ihr reist viel?«

»Ich schon, zu Kongressen und so. André weniger, aber wenn er verreist, besteht er natürlich auf einem nagelneuen Koffer. Die alten Modelle sind ihm nicht gut genug, die benutze ich dann.«

Plötzlich stieß Yves einen Pfiff aus.

»Was ist los? Hast du etwas gefunden, womit du nicht gerechnet hast?«

»Ich hatte vollkommen vergessen, daß er hier ist.«

»Was denn?«

»Das da«, er legte die Hand auf einen ziemlich neuen Lederkoffer. »Willst du etwas geschenkt haben?«

»Ich habe eigentlich genügend Koffer.«

»Aber dieser ist ein ganz besonderer.«

In der Dunkelheit war Yves' Gesichtsausdruck schwer zu interpretieren.

»Ist es ein Zauberkoffer?«

»Viel besser, zumindest was dich betrifft. Er gehörte Raúl.«

Ari spürte einen Krampf im Magen, und er begann unweigerlich zu spekulieren, was alles darin sein könnte. Yves zerrte unterdessen an dem Koffer, bekam ihn aber nicht heraus.

»Ist etwas darin?« fragte Ari mit trockenem Mund.

»Sicher. Es ist der berühmte Koffer, mit dem er wie eine Seele im Fegefeuer zwischen Amelias und seiner Wohnung hin und her irrte. Manchmal verschlug es ihn auch hierher, samt seinem Lederkoffer.«

»Und warum ist er jetzt hier?«

»Er hat ihn kurz vor seinem Selbstmord hiergelassen. Er kam, um André zu besuchen, aber der war nicht da, und so fragte er mich, ob wir den Koffer ein paar Tage im Keller aufheben könnten.«

»Er hat dich gebeten, ihn im Keller aufzuheben?«

Yves nickte: »Ich habe ihm auch gesagt, daß das nicht sehr praktisch ist und er ihn auch ins Gästezimmer stellen kann, in dem er immer schlief, wenn er hier war, aber er sagte nur, daß er ihn in nächster Zeit nicht bräuchte und wir ihn besser in den Keller schaffen sollten.«

»Und du kamst nicht auf den Gedanken, daß er vielleicht meinte, er würde ihn nie wieder brauchen?«

»In dem Moment nicht. Später, als wir es erfuhren, habe ich daran gedacht. Aber ich wollte den Koffer nicht heraufholen. André und Amelia waren am Boden zerstört; ich dachte, es sei besser, wenn erst einmal etwas Zeit vergeht und sie den Koffer vergessen. Und dann habe ich ihn selbst vergessen. Wenn du willst, kannst du ihn mitnehmen.«

»Meinst du? Und André wird nichts dagegen haben?«

»Was im Haus ist, gehört uns beiden, und ich gebe ihn dir. Wenn du etwas darin findest, was für André bestimmt ist, gib es ihm einfach. Den Rest kannst du behalten.«

Yves legte Ari den Arm um die Schultern und führte ihn zur Tür: »Vielleicht findest du ja doch noch einen Roman von dem großen Mann«, und er lachte laut.

~

An dem Tag, als Raúl seinen Lederkoffer brachte, war Yves ebenfalls allein. Wie schon so oft bat er ihn herein, hängte seinen Mantel auf, bot ihm im Wohnzimmer einen Drink an und legte eine Platte von Miles Davis auf. Er setzte sich, wie es ihnen in den Jahren zur Gewohnheit geworden war, Raúl gegenüber und wollte ihm zuhören, bis André kam; dann würden die beiden in die Küche gehen und über das reden, weswegen Raúl gekommen war, Dinge, bei denen Yves nicht mitreden konnte und die ihn eigentlich auch nicht besonders interessierten.

Er hatte den Argentinier immer gemocht, trotz seiner Eigenart, jedes Gespräch an sich zu reißen, aber nach einer Weile hatte er immer genug von ihm, und außerdem war André, auch wenn er nichts mit Raúl zu besprechen hatte, lieber mit ihm allein, das wußte er. Wenn man mit über dreißig in das Leben eines anderen Menschen tritt, kann man nicht erwarten, der erste zu sein, und André machte auch kein Geheimnis daraus, daß es in seinem Leben schon viele Männer gegeben hatte, aber daß Raúl immer ein besonderer Mensch für ihn gewesen war, vielleicht sogar der große, unerfüllte Traum seines Lebens, hatte er Yves gegenüber immer abgestritten. »Er ist einfach mein bester Freund, schon seit ewigen Zeiten, fast der einzige, der mir aus den großartigen Zeiten geblieben ist. Ich hatte nie das Ziel, ihm die Augen zu öffnen oder ihn aus dem Dornröschenschlaf zu wecken, und ich wollte mit ihm auch nicht ins Bett.« Yves spürte, daß das nicht der Wahrheit entsprach. Schon zu oft hatte er zufällig mitbekommen, wie André schmachtend hinter Raúl hergesehen hatte; und er erinnerte sich an Andrés Gesicht, als Raúl ihnen erzählt hatte, er habe sich in einen Zwanzigjährigen verliebt und würde alles für ihn tun. Aber Yves wollte André nicht spüren lassen, daß er es wußte. Schließlich ist man machtlos gegenüber seinen Obsessionen und kann nichts dafür, daß die Liebe so langsam stirbt.

An dem Nachmittag war Raúl seltsam, gleichzeitig depressiv und euphorisch, als brächte er zwei gegensätzliche Neuigkeiten – wie in den Witzen, eine gute und eine schlechte, welche willst du zuerst hören? –, wollte damit aber auf André warten.

»Ich habe keine Ahnung, wann er kommt«, hatte Yves gesagt. »Er bringt das Auto in die Werkstatt, und das kann dauern.«

»Repariert er es nicht mehr selbst? Als er jung war, lag er Abend für Abend unter seinem Auto.«

»Seit er es mit dem Kochen hat, verbringt er die Abende lieber in der Küche und experimentiert. Weißt du eigentlich, daß er alle Rezepte aus Amelias Büchern ausprobiert?«

Raúl brach in sein mächtiges Lachen aus, so daß fast die Scheiben wackelten, doch seine Ausgelassenheit war nur gespielt, während seine das Whiskyglas umklammernden Hände und sein umherspringender Blick Anspannung und Nervosität verrieten.

»Daß ich gleich zwei Verrückte in meinem Leben treffen mußte!«

»Bitte keine Klagen, Raúl. Es sind zwei wunderbare Verrückte.«

Der Schriftsteller beugte sich zu ihm, als wollte er ihn ins Vertrauen ziehen, und fragte: »Du liebst André, nicht wahr? Und Amelia auch?« Wenn sie allein waren, sprachen sie französisch, denn Yves verstand zwar gut spanisch, sprach aber nicht fließend.

»Ja, sicher.«

»Ich frage dich ganz im Ernst, Yves. Würdest du, wenn es nötig wäre, alles für Amelia tun, um sie zu retten?«

»Wovor denn retten?«

»Vor was auch immer.«

»Ich glaube schon, aber ich verstehe nicht, was du mir sagen willst.«

»Ach nichts. Manchmal mache ich mir unnötig Gedanken.« Er machte eine Pause und sprach noch leiser weiter. »Ich finde sie einfach in letzter Zeit so seltsam.«

»Seltsam?«

Raúl zuckte mit den Schultern.

»Wahrscheinlich spinne ich mal wieder.«

»Was meinst du mit seltsam?«

»Tja. Seltsam. Sie sieht mich an, als wolle sie etwas sagen, und dann kommt nichts. Kürzlich hat sie mir vorgeworfen, ich hätte ihr Leben zerstört, und hinterher hat sie sich entschuldigt. Außerdem ... ich weiß nicht, es ist auch egal, ich sollte dir das nicht erzählen. Schließlich habe ich es nur durch Zufall erfahren.«

Yves bemerkte, daß Raúl ihn manipulierte, daß er bewußt seine Neugierde entfacht hatte, und obwohl er ihm nicht den Gefallen tun wollte, hielt er es kaum mehr aus.

»Was hast du durch Zufall erfahren?«

»Eigentlich wollte ich es André erzählen, aber ich muß es einfach loswerden, ich kann es nicht länger für mich behalten.«

»Was?«

»Gestern war ich allein in ihrer Wohnung, und da ich leichte Halsschmerzen hatte, bin ich in ihr Schlafzimmer gegangen, um mir ein Halstuch zu holen; Amelia hat Hunderte in ihrer Kommode. Wenn sie zu Hause gewesen wäre, hätte ich sie darum gebeten, aber sie war wegen irgend etwas aus dem Haus gegangen. Ich zog die Schublade auf und ... mein Gott! So etwas hätte ich von ihr nicht erwartet.«

»Was?«

Raúl blickte ihn eine Sekunde lang an, dann schlug er die Augen nieder und sagte fast im Flüsterton: »In der Schublade mit den Halstüchern lag eine Pistole. Eine zierliche, sehr ... feminine Pistole. Einfach so.«

Yves lehnte sich im Sessel zurück und atmete die Luft, die er angehalten hatte, aus: »Sie lebt allein, vielleicht fühlt sie sich so sicherer. Ihr Mann war Amerikaner, vielleicht hat er sie ihr sogar geschenkt. Es ist doch bekannt, daß die Amerikaner auf Feuerwaffen stehen.«

»Meinst du?«

Yves zuckte mit den Schultern.

»Und wenn sie sie gekauft hat ... du weißt schon ... um ...?«

Raúl starrte Yves mit aufgerissenen Augen an und wartete, daß er von allein begriff, worauf er hinauswollte.

»Sich umbringen? Amelia? Warum sollte Amelia sich umbringen? Sie ist schön, reich, frei, sie hat Erfolg mit ihren Büchern, sie hat Dutzende von Freunden, die sie regelmäßig einladen, sie hat uns ... sie hat überhaupt keinen Grund dazu.«

»Vielleicht hast du recht, aber Sorgen mache ich mir trotzdem.«

»Und warum bleibst du dann nicht in ihrer Nähe und beobachtest sie, wenn du dir wirklich Sorgen machst?«

»Ja, daran habe ich schon gedacht. Ich habe auch schon ein paar Sachen zu ihr in die Wohnung gebracht, um eine Weile zu bleiben, trotzdem würde ich diesen Koffer gern bei euch abstellen, wenn es euch nichts ausmacht. Dann bin ich freier und muß nicht immer mein Zeug hin und her schleppen.«

»Soll ich ihn in den Keller bringen oder in dein Zimmer stellen?«

»Wie du willst, Yves. In nächster Zeit werde ich ihn wohl nicht brauchen.«

»Willst du deine Wohnung aufgeben?«

»Früher oder später. Wenn ich mich dazu durchringen kann.«

Ihr Gespräch war an einem toten Punkt angelangt, und André war immer noch nicht gekommen.

»Schreibst du an etwas?«, fragte Yves, mehr um die Stille zu durchbrechen und weniger, weil ihn Raúls Antwort wirklich interessierte.

»Gedichte und eine Erzählung. Aber anders als früher fällt mir nichts Neues ein. Ich mache nichts anderes, als alte Themen noch einmal aufzuwärmen. Ich erzähle mir das, was mich in meiner Phantasie beschäftigt, noch einmal neu. Nichts, was zum Veröffentlichen geeignet wäre. Ich bin am Ende, Yves.«

»Komm schon! Trink noch einen Whisky, und wenn André kommt, essen wir zusammen zu Abend.«

Yves wußte, daß Raúl nun über Hervés Tod reden würde, darüber, daß er selbst sein Leben lang vom Pech verfolgt gewesen wäre und wie leer er sich fühlte, seit er Hervé verloren habe und dann auch noch Amelia, die fast ein Vierteljahrhundert zu ihm gehalten und ihn dann für einen amerikanischen Millionär verlassen habe. Er und André sahen das ganz anders, aber Raúl zog jedesmal diese Lebensbilanz, wenn er zu viel getrunken hatte oder gerade in einer depressiven Phase steckte. Interessanterweise führte er in seiner Litanei der erlittenen Schicksalsschläge nie den Verlust Amandas an, ihren tragischen und unerwarteten Tod in der Blüte ihrer Jugend. Alles andere hatte Yves sich in den zwei Jahren seit Hervés Tod schon hunderte Male anhören müssen, und unter normalen Umständen hätte er jetzt irgendeine Entschuldigung vorgebracht und Raúl mit André allein gelassen, doch jetzt muß er bleiben. Nur wollte er sich nicht schon wieder anhören, wie traurig und schmerzhaft Raúls Leben angeblich gewesen war. Andere hatten nicht so viel bekommen wie er – André zum Beispiel oder er selbst – und beklagten sich weniger.

Nie war für Yves das Geräusch des Schlüssels im Schloß ein größeres Geschenk gewesen. Er sprang auf und ging André mit einem breiten Lächeln der Erleichterung entgegen. Raúl war jetzt nicht mehr sein Problem.

~

Seufzend nahm Amelia in dem Flugzeug Platz, das sie von Zürich zurück nach Paris bringen würde. Mit gemischten Gefühlen machte sie es sich auf ihrem Sitz bequem, während sie auf das Flughafengebäude und die herumfahrenden Fahrzeuge blickte wie auf etwas, das Lichtjahre von ihrem Leben entfernt war. Seit Monaten versuchte sie, sich an den Gedanken zu gewöhnen, daß für sie alles zum letzten Mal geschah, jeder Anblick, jede Handlung und jeder Moment ein Abschied war, doch kam ihr das allzu theatralisch vor, als spielte sie eine Rolle oder schriebe sie einen Roman und versuchte dabei, sich in eine der Figuren hineinzuversetzen, als beträfe das alles nicht sie, nicht ihr ureigenstes Wesen, nicht die Amelia, die sie wirklich war, im Unterschied zu der, wie die anderen sie sahen, zu der distanzierten, reichen, allmählich alt werdenden Dame, die alles hatte, außer dem beruhigenden Gefühl, nicht zu wissen, wann die letzte Stunde gekommen sein würde.

Jetzt wußte sie es. Ihr Arzt war ihrem Wunsch nachgekommen und hatte offen mit ihr geredet, vielleicht sogar offener, als es ihr lieb gewesen war. Wenn sie Glück hatte und sich klaglos allen Behandlungen unterzog, konnte sie das Ende des Sommers noch erleben. Ohne Behandlung konnte das Endstadium jederzeit eintreten. Und sie hatte entschieden oder vielmehr, etwas in ihr hatte für sie die Entscheidung getroffen: keine entwürdigenden Behandlungen. Sie dachte nicht daran, die letzten Monate ihres Lebens in einer Klinik zu verbringen, und sei sie noch so modern und elegant ausgestattet. Lieber weniger Zeit, aber dafür ein Leben in Würde: mit ihren Sachen, mit ihren Freunden. Mit Ari?

Dieser Gedanke, der ihr hartnäckig immer wieder in den Sinn kam, machte sie beklommen. Sie fand es beschämend, so an einen Mann zu denken, der ihr Sohn sein könnte, so dümmlich und trivial der Vergleich auch war. Sie wollte nicht wie Raúl enden und ein Jüngelchen anschmachten, das sein ganzes Leben noch vor sich hatte. Gleichzeitig verstand sie endlich, was Raúl empfunden haben mochte, als er Hervé kennenlernte: dieses Gefühl der Macht, das alle anderen Empfindungen zurückdrängt und das Gefühl vortäuscht, jung, gesund und stark zu sein, obwohl man weiß, daß man alt geworden ist und von der Unsterblichkeit träumt. Aber die Liebe macht unsterblich. Und wenn es auch nicht Liebe ist, was man fühlt, dann zumindest ein Begehren, das so stark, so unerbittlich ist, daß es einen aus seinem geruhsamen, wohlgeordneten Leben hinauswirft und kopfüber in einen reißenden Fluß stürzt, so daß man unrettbar verloren ist und ertrinkt. Was wollte sie als erstes tun, wenn sie in Paris ankommen würde? Ari anrufen? Doch was wollte sie ihm sagen? Sollte sie so tun, als wollte sie ihm nur bei seiner Biographie helfen? Sollte sie ihn bitten, ihr Dessert zu sein, sie zum letzten Mal die Süße schmecken zu lassen, sich jemandem hinzugeben? Das war unmöglich. Sicher sah Ari mittlerweile klarer auf das, was im *Crillon* passiert war, und hatte beschlossen, den Kontakt zu ihr abzubrechen. Sie war über fünf Wochen weg gewesen, und er hatte nicht einmal versucht, ihre Telefonnummer oder Adresse herauszufinden, obwohl Verborgenes herauszufinden doch der Lebensinhalt eines Forschers war. Es wäre ein leichtes für ihn gewesen, trotzdem hatte er es nicht getan. Statt dessen hatte er sich mit Andrés Aussage zufriedengegeben – Amelia ist auf einer Schönheitsfarm und unauffindbar – und sein Leben weitergelebt, sein junges Leben, in dem für sie kein Platz war.

Sie nahm ein Glas Champagner aus den Händen der Stewardeß entgegen und trank abwesend ein paar Schlucke. Wäre es nicht besser, sie würde selbst ihr Ende bestimmen, Tabletten schlucken und endlich Ruhe finden? Sie beantwortete sich die in Gedanken gestellte Frage mit einem Kopfschütteln. Nein. Sie war nicht Raúl. Sie wollte nicht Ruhe finden: Sie fühlte sich nur äußerlich erschöpft; in sich drinnen hatte sie Kraft, um noch zweihundert Jahre weiterzuleben, es gab so viele Orte auf der Welt, die sie noch nicht bereist hatte, so vieles, was sie noch nicht getan hatte und nun nicht mehr tun konnte. Es war ungerecht. Es war höchst ungerecht, daß diejenigen, die sterben wollten, es nicht konnten, und diejenigen, die einfach nur weiterleben wollten wie sie, zum Sterben verurteilt wurden. Dennoch kam es ihr würdelos vor, gegenüber etwas Unabänderlichem so trotzig zu reagieren. Sie fühlte sich wie ein Kind, das wild um sich schlägt, weil es nicht in die Schule gehen will, obwohl es ganz genau weiß, daß es keine Wahl hat. Sie sollte dankbar sein, daß sie fast vierundsechzig Jahre lang das Leben in vollen Zügen genossen hatte, und nun war es eben vorbei. Man muß sich doch auch damit abfinden, daß ein Urlaub in der Karibik irgendwann zu Ende geht, so wundervoll er auch ist, das weiß man doch schon, wenn man die Reise antritt.

Sie hatte immer mit freundlicher Miene hingenommen, was

sie nicht hatte ändern können: die bittere Tatsache, daß ihre Romane unter Raúls Namen erschienen waren, Raúls unerklärlicher Schritt, sie für eine Frau wie Amanda zu verlassen, sein Coming-out als Homosexueller, seinen Verrat am Schluß, das Schlimmste von allem.

Ihr ganzes Leben lang hatte sie sich selbst belogen und sich vorgemacht, sie hätte die Zügel in der Hand, doch jetzt, da sie tatsächlich selbst bestimmen konnte, fühlte sie sich auf einmal unfähig, zu handeln, und sei es nur, um die Zügel loszulassen und jemand anderem zu übergeben. Statt dessen hielt sie sie mit verkrampften Händen fest, klammerte sich mit den Knien an das wilde Pferd, das ihr Leben war, um nicht im vollen Galopp abgeworfen zu werden.

Sie mußte über die Metapher lächeln. Sobald sie in Paris sein würde, wollte sie in den Reitclub gehen und ausreiten, und sei es das letzte Mal in ihrem Leben. Und wenn sie dabei sterben sollte, hätte sie zumindest die Stiefel an, und das war jetzt keine Metapher. Sie würde sterben, wie sie gelebt hatte, mit dem Zügel in der einen und dem Florett in der anderen Hand. Wie Hauteclaire Stassin.

Sie holte ihr Handy heraus und hatte schon angefangen, die Nummer zu tippen, da stand plötzlich die Stewardeß neben ihr, so jung, so unwissend.

»Es tut mir leid, aber während des Fluges dürfen keine Handys benutzt werden. Sie müssen bitte warten, bis Sie im Flughafengebäude sind.«

Sie steckte ihr Handy wieder ein, bat um ein Blatt Papier und einen Umschlag und schrieb:

Lieber Ari!
Wenn Sie nichts Besseres zu tun haben, erwarte ich Sie morgen, am Freitag, gegen sieben Uhr abends bei mir zu Hause. Es gibt noch so viel, was ich Ihnen erzählen muß. Nachdem ich so lange

in der Schweiz war, wünsche ich mir, unsere Gespräche wieder aufzunehmen.
Herzlich, Amelia

Donnerstag, den 11. Februar 2002

Sie rief die Stewardeß und reichte ihr den verschlossenen Umschlag.

»Sorgen Sie bitte dafür, daß er an sein Ziel kommt.«

»Gern.«

Erster Klasse zu reisen hat seine Vorteile, dachte sie lächelnd, während sie vor dem Servieren des Essens die Sitzlehne aufrichtete.

~

André empfing sie am Flughafen mit einem Strauß Maiglöckchen und einem strahlenden Lächeln.

»Hat in Paris schon der Frühling Einzug gehalten?« fragte Amelia, als sie den Duft roch, der sie unweigerlich an das Ende des Winters denken ließ.

»Nicht ganz, wie du gleich sehen wirst, wenn wir nach draußen gehen, aber ich weiß, daß du diese Sträußchen immer sehr mochtest. Früher haben die Blumenfrauen sie auf der Straße verkauft, erinnerst du dich?«

»Klar. Raúl hat jedesmal bei der ersten, an der wir vorbeikamen, eines für mich gekauft. Und wenn wir im Süden waren, in Spanien oder Tunesien, Jasminzweiglein. Ich erinnere mich bis heute an die enormen Sträuße, die die Händler mit sich trugen, und an die Duftschleppe, die sie hinter sich herzogen.«

»Ganz der Kavalier. Los, komm, ich will dir meinen neuen Jaguar zeigen. Ich bin gespannt, wie du ihn findest.«

»Wie werde ich ihn schon finden? Neu. Alles, was neu ist, ist schön.«

»Das stimmt nicht.«

Sie kamen an den Parkplatz, wo ein dunkelgrüner Jaguar mit elfenbeinfarbenen Ledersitzen wie aus sich heraus leuchtete.

»Ja, du hast recht, er ist schön, neu hin oder her.«

Nachdem sie die ersten Staus an der Ausfahrt vom Flughafen hinter sich hatten, stellte André sehr leise ein Konzert von Keith Jarrett an und fragte sie wie aus dem Nichts: »Und? Wie ist es gelaufen?«

Sie blickte ihn fest an, aber André konzentrierte sich auf die Straße und bemerkte es nicht.

»Wie zu erwarten«, antwortete sie nach ein paar Sekunden. »Schlecht.«

André kniff kurz die Augen zusammen.

»Sehr schlecht?«

»Sehr schlecht.«

»Kann man nichts machen?«

»Von jetzt an kann ich tun, was ich will, ich kann auch zwei Schachteln Zigaretten am Tag rauchen, wenn ich Lust dazu habe. Es ist egal.«

»Amelia...«, begann er, und da sie an einer Ampel standen, wandte er sich ihr zu.

»Tu nicht so betroffen, André. Wir wußten es beide, als ich in die Schweiz fuhr. Es ist weder etwas Neues, noch bin ich die erste, der es so geht. Du kommst auch noch dran, mach dir keine Illusionen. Aber ich will nicht, daß irgendwer etwas davon erfährt«, sagte sie nach einer Pause. »Niemand.«

Die Ampel schaltete auf Grün, und André startete durch, daß die Reifen quietschten.

»Und wie läuft es hier?« fragte sie, nachdem sie eine Weile vor dem Fenster triste Vorstädte an sich hatte vorüberziehen sehen.

»Gut. So wie immer.« Andrés Stimme war belegt, aber sie tat so, als bemerke sie es nicht.

»Und unser Biograph?«

»Er sehnt sich so sehr nach dir. Du machst dir keine Vorstellung, wie er mir in den Ohren lag, ob man nicht irgendwie deinen Aufenthaltsort ausfindig machen könnte. Ich glaube, er ist süchtig nach dir.«

Amelia spürte einen Stich im Magen.

»Ich rufe ihn irgendwann in den nächsten Tagen an.«

»Anscheinend hat er irgend etwas über Amanda herausgefunden.«

»Was?«

»Er würde mich umbringen, wenn ich dir etwas sagen würde. Ruf ihn an, er soll es dir selbst erzählen. Mir kommt das alles ein bißchen wie ein Schauermärchen vor, jedenfalls hat er Yves gebeten, ihm irgendwelche polizeilichen Informationen zu besorgen, und so wie es aussieht, bestätigt sich sein Verdacht. Mehr darf ich dir nicht verraten. Aber eine Sache darf ich dir noch erzählen, eine ulkige Entdeckung von ihm, dann kannst du schon einmal darüber nachdenken, bevor er dich drauf anspricht. Er hat bemerkt, daß sämtliche Personen, die in Raúls Leben eine wichtige Rolle spielten, einen Namen mit A als Anfangsbuchstaben haben. Witzig, oder? Das ist mir nie aufgefallen.«

»Mir auch nicht.«

»Seine Mutter, Alida, du, Amelia, ich, André ...«

»Amanda«, ergänzte sie.

»Ari, sein Biograph.«

»Hervé paßt allerdings nicht in die Reihe, und er ist wahrscheinlich der Mensch, den Raúl in seinem Leben am meisten geliebt hat.«

Da der Verkehr gerade stockte, sah André sie an: »Glaubst du?«

»Ich weiß es, mein Lieber. So ungern wir es wahrhaben wollen, ich weiß, daß es so ist.«

»Und ich dachte immer, es wäre blinde Verliebtheit gewesen,

die sich nach ein paar Jahren von selbst wieder gelegt hätte, wäre Hervé nicht auf diese tragische Weise gestorben.«

»Ein Gedanke, der zumindest uns beiden gefällt. Es ist sogar möglich, daß es so gekommen wäre, aber wir werden es nie erfahren.«

»Es ist schrecklich, daß wir niemals die Wahrheit über das erfahren können, was uns wirklich tief berührt«, sagte André und seufzte.

»Das kann auch tröstlich sein, André. Stell dir vor, du wüßtest ohne jeden Zweifel, daß er dich nie so geliebt hat wie du ihn. Wäre das nicht noch schlimmer?«

Lange Zeit sagten sie gar nichts, dann lenkte André ein: »Die schöne Hexe hat wie gewöhnlich recht. Wollen wir zusammen essen, oder soll ich dich nach Hause bringen?«

»Bring mich bitte nach Hause. Ich habe schon gegessen.«

»Kommst du morgen zum Abendessen?«

»Übermorgen, wenn es dir nichts ausmacht. Und ich wünsche mir Spargel, du kannst also schon mal auf die Suche gehen.«

»Soll ich Ari einladen?«

»Ja«, sagte sie und lächelte.

~

Ari betrat sein Zimmer wie in Trance. Auch später brachte er in seiner Erinnerung nicht mehr zusammen, wie er zum Studentenwohnheim gekommen war; er wußte nicht einmal mehr, ob er mit der Metro oder mit dem Taxi gefahren war, und auch nicht, ob er einen Bekannten getroffen hatte. Dafür erinnerte er sich um so genauer an das Gewicht von Raúls Koffer an seinem Arm, an die Euphorie, die immer wieder in ihm hochprickelte, als hätte er in seinem Innern eine Flasche Sekt aufgemacht, und an die Angst, er mache sich über den Inhalt zu große Hoffnungen. Schließlich war das nur der Koffer, den Raúl von zu Hause mitnahm, wenn er ein paar Tage bei Amelia oder André verbringen wollte, und aller Wahrscheinlichkeit nach würde er nichts Wichtiges enthalten: etwas Wäsche zum Wechseln, eine Kulturtasche, vielleicht Hausschuhe und das Buch, das er damals gerade las. Was ein normaler Mensch eben so braucht; das würde bei einem Schriftsteller nicht anders sein. Aber die Hoffnung ist gratis, und sie setzt sich in der Seele fest wie Staubfussel in den Ecken eines Wohnungsflurs, und Ari hatte die Hoffnung nicht verloren, daß er in Raúls Koffer eben doch etwas anderes finden würde. Schließlich war es keine allzu gewagte Annahme, daß ein Schriftsteller ein Notizheft oder ein paar Seiten eines zu korrigierenden Textes mit sich führte; und jedes noch so unbedeutende kleine Schriftstück würde seine Erwartungen mehr als erfüllen. Warum sollte in dem Koffer eigentlich nicht ein Roman von Raúl sein, die erste Fassung eines unveröffentlichten letzten Romans, welche er, mit seinen Anmerkungen versehen, herausgeben könnte?

Er wuchtete den Koffer aufs Bett, zog den Mantel aus und stellte sich, halb bewußt, halb unbewußt, unter die Dusche, als wollte er sich erst vom Staub des Alltags reinwaschen, bevor er sich das Vermächtnis von Raúl de la Torre vornahm.

Eine Viertelstunde später – der Milchkaffee stand in Reichweite, und er trug seine älteste Jeans und ein altes Sweatshirt – hockte er vor dem Bett und betrachtete seinen Schatz, aber er wagte es immer noch nicht, ihn zu öffnen.

Und wenn nichts als ein paar Unterhosen und ein schmutziges Hemd in dem Koffer waren? Das konnte nicht sein, dafür wog er zu viel; viel Papier konnte allerdings auch nicht darin sein, dafür wog er zu wenig. Und wenn Yves sich geirrt hatte und der Koffer gar nicht von Raúl war? Wie konnte er sich so sicher sein, wenn in dem Keller mehr als fünfzehn verschiedene Koffer herumstanden? Gewißheit würde er erst erlangen, wenn er ihn öffnete und selbst hineinsah, doch er hatte so große

Angst vor einer Enttäuschung, daß er diesen Moment hinausschob, um noch ein bißchen weiterzuträumen.

Er nahm einen großen Schluck Kaffee, stand auf und lockerte die Gurte des Koffers, und bei dem Gedanken, daß zuletzt Raúls Hände diese Gurte angezogen hatten, kribbelte es ihm in den Fingern. Dann öffnete er die beiden Schlösser und hob, unendlich vorsichtig, als packte er zartestes Porzellan aus, den Deckel.

Ein Tweedsakko kam zum Vorschein, so zusammengelegt, daß es alles darunter Liegende bedeckte. Er hob es an den Schultern hoch und legte es ausgebreitet neben den Koffer aufs Bett. Er müßte später noch die Taschen durchsehen, dachte er und fühlte sich gleichzeitig wie ein Leichenfledderer, was ihn ein wenig beschämte, so daß er es sofort und ohne weiter nachzudenken hinter sich brachte.

In der linken Tasche war ein winziger, gut gespitzter Bleistiftstummel. Amelia hatte ihm gesagt, daß Raúl immer mit Bleistift korrigierte; war demnach in dem Koffer vielleicht doch etwas, was korrigiert werden sollte? In der rechten Tasche steckte ein Metrofahrschein vom November 1991, ein Bon über zwei Kaffee und ein akkurat gebügeltes weißes Taschentuch. In der Innentasche befand sich zwischen zwei Kartons ein Foto, auf dem Raúl und Amelia als Vampire verkleidet zu sehen waren. Raúl beugte sich mit einer Schreckensgrimasse über ihren Hals, während sie sich bemühte, ihr Lachen zurückzuhalten und erschrocken dreinzuschauen. Auf der Rückseite stand mit Bleistift: »Dezember 1971«. Noch fünf Jahre bis zu ihrer Trennung, zwei bis zur Veröffentlichung seines zweiten Romans; wie jung und glücklich sie aussahen. Warum trug Raúl dieses Foto in der Tasche, wenn im Jahr 1991 seine Scheidung doch fünfzehn Jahre zurücklag?

Er wandte sich wieder dem Koffer zu; die neu auftauchenden Fragen konnte er sich auch später beantworten.

Unter das Sakko hatte Raúl zwei weiße Hemden gelegt, auf deren Taschen winzig sein Monogramm, R.T., gestickt war, und zwei Wollpullover, einen granatroten und einen marineblauen. Ari hob sie hoch und hielt sie sich an die Nase: eine Spur eines Parfüms hing noch darin, leicht bitter und eine Idee zu schwer für ein Eau de toilette, das man als maskulinen Duft bewerben würde; leicht exotisch, vielleicht indisch, jedenfalls ein Duft, den er noch nie gerochen hatte. Er wollte Amelia fragen, ob Raúl Parfüm benutzte und wie es hieß, ein nettes Detail für seine Biographie.

Zwischen den beiden Pullovern fand er einen schwarzen Kulturbeutel aus gutem Leder, den er erst mal beiseite legte. Darunter lagen zwei gleiche Unterhosen, hellblaue Boxershorts mit weißen Pünktchen, ein kurzärmeliges Angora-Unterhemd, drei Paar dunkelblaue Socken, ein beigefarbener Pyjama aus glattem Stoff und eine graue Wollhose.

Erst als Ari alles herausgenommen hatte, stellte er fest, daß sich auf dem Boden des Koffers zwei DIN-A4-Mappen mit Gummizug befanden. Auf einmal zitterten ihm die Hände, und er mußte erst einmal innehalten. Es war natürlich möglich, daß sie leer waren, aber wer trägt leere Mappen mit sich herum, wenn er für ein paar Tage seine Wohnung verläßt?

Er nahm die Schale mit dem Kaffee mit beiden Händen, damit sie ihm nicht so stark zitterten, und trank den kalt gewordenen Rest. Die Stunde der Wahrheit war gekommen. Wenn es etwas gab, war es in diesen Mappen, wenn nicht ... darüber könnte er später nachdenken. Jetzt erst einmal standen alle Möglichkeiten offen.

Es klopfte an der Tür, und er erschrak so sehr, daß ihm die Schale aus den Händen fiel; sie kullerte über den Boden und besprengte den Teppich mit Kaffee, während Ari zur Tür ging. Ein Mitbewohner, der zaundürre Student aus dem Zimmer nebenan, reichte ihm einen Briefumschlag: »Ich war gerade unten, um meine Post zu holen, da habe ich das für dich gesehen«, sagte er und begriff im selben Augenblick, daß er in einem unpassenden Moment hereingeplatzt war. »Entschuldigung, ich bin schon wieder weg.«

»Nein, nein, ach was«, entgegnete Ari rasch. »Ich war gerade in mein Buch vertieft, weißt du? Danke fürs Hochbringen.«

Kaum war der Student fort, warf er den Brief auf den Schreibtisch und machte sich über den Koffer her, in dem die beiden Mappen elf Jahre auf ihn gewartet hatten.

Als erstes schlug er die rechte Mappe auf, als brächte es Glück. Darin lag ein großer weißer, versiegelter Umschlag, auf dem in Raúls Schrift stand: »Für alle, die es etwas angeht.« Neben dem Umschlag lagen in der Mappe noch drei Zeitungsausschnitte, drei Todesanzeigen: die von Alida Irigoyen, Raúls Mutter, aus einer Tageszeitung aus Buenos Aires, die von Amanda Simansky und die von Hervé Daladier; alle waren ihm wohl bekannt, denn er hatte sie bei einem seiner vielen Aufenthalte im Zeitungsarchiv gefunden und fotokopiert.

Er nahm den Umschlag und hielt ihn gegen das Licht seiner Arbeitsleuchte. Darin befanden sich mit Sicherheit mehrere beschriebene Seiten, aber dieses »Für alle, die es etwas angeht« hielt ihn zurück. Ihn ging es natürlich etwas an, so gesehen war er schon der richtige Adressat, aber Raúl hatte den Koffer bei André zu Hause deponiert und somit wohl erwartet, daß André oder höchstens Yves das Briefsiegel aufbrechen würde. Jedenfalls würde er nicht im entferntesten daran gedacht haben, daß elf Jahre später irgendein Unbekannter eine Biographie über ihn schreiben und diesen Brief nicht nur aus Neugierde, sondern aus Notwendigkeit lesen könnte. Oder vielleicht doch. Vielleicht hatte Raúl, wie Don Quijote, immer gewußt, daß irgendwann ein weiser Fremder sein Leben und seine ruhmreichen Taten aufschreiben würde.

Es kostete ihn fast körperliche Überwindung, den Umschlag

neben den Computer zu legen und erst einmal einen Blick in die zweite Mappe zu werfen, bevor er sich zu weiteren Schritten entscheiden würde. Andererseits wußte er ganz genau, daß er diesen Umschlag am Ende öffnen würde, daß er es trotz aller Skrupel nicht sein lassen könnte.

Die andere Mappe, die linke, enthielt ein paar maschinenbeschriebene Blätter, allerdings lagen sie verkehrt herum, mit der weißen Seite nach oben und die letzte zuerst. Er nahm den Stapel heraus, drehte ihn mit wie Wackelpudding zitternden Händen um und las den Titel einer unbekannten Erzählung von Raúl: »Ein leiser Schrei.« Die mit Bleistift geschriebene Widmung lautete: »Für Amelia, das Gespenst, das ich nicht loswerde, in Reue und Liebe. Auf das, was war. Auf das, was wir waren.«

Ari ging zurück zu dem Koffer, und nachdem er sich vergewissert hatte, daß er leer war, klappte er ihn zu und stellte ihn vor die Garderobe auf den Boden, dann strich er das Bett glatt, setzte sich, mit dem Rücken an das Brett am Kopfende gelehnt, atmete so tief ein, daß ihm bunte Funken vor den Augen flirrten, und fing an zu lesen.

KAPITEL 9

Nachdem Amelia nach Hause gekommen war und den Koffer abgestellt hatte, bestellte sie als erstes noch für denselben Nachmittag jemanden von der Reinigungsfirma, dann holte sie mehrere Fotoalben und legte sie auf den Kaffeetisch: zur Einstimmung für den bevorstehenden Freitagabend, an dem sie Aris Besuch erwartete. Sollte er, wie André behauptete, wirklich unbedingt mit ihr reden wollen, konnte das heißen, daß ihre Nacht im *Crillon* auch für ihn etwas Besonderes war, etwas, das trotz allem, was dem entgegenstand, der Beginn einer leidenschaftlichen Liebe sein konnte. Dieser Leidenschaft würde nur eine kurze Zeit beschieden sein, doch deswegen war sie nicht weniger wünschenswert, im Gegenteil, vielleicht war sie deshalb sogar um so intensiver, ein Erlebnis, das sie in die Welt danach mitnehmen und das ihn sein Leben lang begleiten würde.

Ohne sich auch nur die Schuhe auszuziehen, setzte sie sich an ihren Schreibtisch und erstellte eine Liste über das, was sie alles für das Abendessen am nächsten Tag brauchte; es sollte ein für Ari unvergeßliches Essen werden. Doch während des Schreibens wurde ihr bewußt, daß sie nach einem ganzen Tag in der Küche um fünf Uhr nachmittags wahrscheinlich vollkommen erledigt und viel zu schwach wäre, um den Abend durchzustehen. Und, was noch schlimmer war, wenn sie mehrere Stunden für ihn kochen würde, ließe ihr Aussehen keinen Zweifel daran, wie erschöpft und bemitleidenswert sie tatsächlich war.

Sie strich die Liste durch und riß sie in kleine Stücke. Warum mußte eine solche Gelegenheit erst jetzt kommen, da sie schon nach ein paar Stunden Arbeit zu entkräftet war, um sich mit einer Dusche und ein bißchen Make-up wieder frisch zu fühlen? Warum war sie Ari nicht zehn oder zwölf Jahre früher begegnet, als sie noch voller Energie gewesen war? Aber damals lebte Raúl noch, Hervé lag im Endstadium, ihre Scheidung von John war gerade erst erfolgt; es wäre auch nicht der richtige Moment gewesen. Gibt es im Leben überhaupt den richtigen Moment? fragte sie sich. Oder muß man sich nicht viel eher an jeden Moment klammern, den das Leben einem bietet, und nicht erst überlegen, ob es nun der richtige ist oder nicht? In einer anderen Phase ihres Lebens hätte sie den Moment vergehen lassen und auf eine bessere Gelegenheit warten können; jetzt nicht. Wenn sie diesen Moment nicht ausnutzte, gäbe es keinen anderen mehr. Also würde sie nicht selbst ein wunderbares Abendessen kreieren, sondern den Lieferservice eines hervorragenden Restaurants in Anspruch nehmen. Wenn André recht hatte, interessierte das Essen Ari sowieso am wenigsten. Und sie hätte alle Zeit der Welt, um sich auszuruhen und zurechtzumachen.

Sie blickte in den Spiegel über dem Kamin, und aus der Entfernung von ein paar Metern sah sie so aus, wie sie sich fühlte: Sie war nach wie vor schlank; ihr Gesicht war bis auf die Lachfältchen um Augen und Mundwinkel fast makellos. Bei weichem Licht und wenn sie sich sorgfältig schminkte, würde sie viel jünger aussehen, als sie war.

Sie drehte sich wütend um und starrte eine Weile aus dem Fenster, ohne die Welt draußen wahrzunehmen. Es war schon beschämend, daß sie sich wie ein junges Mädchen benahm, das sich in einen Klassenkameraden verliebt hatte, doch sie war machtlos dagegen. Der Gedanke an Ari gab ihr ein Gefühl, das sie schon fast vergessen hatte, ein leichtes, prickelndes Gefühl, als läge ihr ganzes Leben schnurgerade vor ihr unter der Sonne. War es das, was Raúl für Hervé gefühlt hatte?

Sie erinnerte sich, wie Raúl zu ihr gesagt hatte: »Ich kann ohne ihn nicht leben, Amelia. Wenn Hervé stirbt, hat mein Leben keinen Sinn mehr, dann ist ein Teil von mir gestorben.« Trotzdem hatte er noch zwei Jahre gelebt. Und in diesen zwei Jahren hatte er dreimal am Tag gegessen, war ins Kino, in Konzerte und ins Theater gegangen, hatte über Yves' Witze gelacht, war einkaufen gegangen und hatte Wert auf seine Kleidung gelegt. Und dabei hatte er die ganze Zeit auf 1991 gewartet, auf das Jahr, in dem er allem ein Ende setzen würde. Auf das Jahr seiner Rache.

Sie wollte nicht dran denken. Sie wollte nicht an jene Wochen im November denken, in denen sie gemeinsam Raúls Tod bis in die Einzelheiten festgelegt hatten, die genaue Stunde, wann es passieren sollte, was er bei seinem letzten Auftritt in der Öffentlichkeit anziehen sollte, den Wortlaut des Briefes an den Richter. Noch elf Jahre danach wußte sie ihn auswendig:

An den Untersuchungsrichter
Von Raúl de la Torre, Schriftsteller

Verehrter Herr Richter,

ich, Raúl de la Torre Irigoyen, Schriftsteller argentinischer Nationalität, geboren in Buenos Aires am 2. August 1922, habe, im vollen Besitz meiner geistigen Kräfte, den Entschluß gefaßt – wie Sie zur Kenntnis genommen haben werden –, meinem Leben mit einem Schuß in die Schläfe ein Ende zu setzen, einer Methode, die, wie ich finde, ideal ist, um meinen Wunsch Wirklichkeit werden zu lassen.

Daß ich dies in der Wohnung von Amelia Gayarre, meiner früheren Frau und Vertrauten, getan habe, könnte ihr Unan-

nehmlichkeiten und sogar Probleme mit der Justiz bereiten; darum habe ich mich entschlossen, diesen Brief zu schreiben, damit Sie die Gewißheit haben, daß sie nichts – weder freiwillig noch unfreiwillig – mit meiner Entscheidung zu tun hat. Selbstverständlich hätte ich auch in meiner eigenen Wohnung Selbstmord begehen können, doch um schmerzhaften Erinnerungen auszuweichen, habe ich einen weniger belasteten Ort gewählt.

Ich weiß nicht, ob ich die Gründe, die mich zu dieser sozusagen transzendentalen Entscheidung geführt haben, überhaupt darlegen muß. Ich will es dennoch tun, damit auf keinen Fall irgendein Schuldverdacht auf Frau Gayarre fällt. Doch zuvor muß ich darauf bestehen, daß Sie dieses Schreiben streng vertraulich behandeln und nichts davon an die Presse gelangt.

Seit dem Tod meines Freundes Hervé Daladier, mit dem ich die letzten Jahre meines Lebens geteilt und den ich all die Zeit, die wir zusammen waren, materiell wie geistig, als meinen Erben angesehen habe, habe ich keine Kraft mehr weiterzuleben. Ich habe ein Alter erreicht, in dem der Tod keine allzu schreckliche Vorstellung mehr ist; ich hatte ein reiches Leben, und mir war das Glück beschieden, daß ich mir den Großteil meiner Wünsche erfüllen konnte. Ich möchte nichts mehr vom Leben und glaube, jeder Mensch hat das Recht zu entscheiden, wann er seinem Leben ein Ende setzen will.

Ich habe den Ablauf so geplant, daß Frau Gayarre außer Haus ist, wenn ich den Schuß abgebe, doch wahrscheinlich findet sie meine Leiche und benachrichtigt die Behörden. Ich habe vor ihr nie mein Vorhaben angesprochen, weder direkt noch indirekt, allerdings haben wir uns in Anbetracht meines Alters im Lauf der Jahre häufig darüber unterhalten, was ich mir im Fall meines Tods wünsche. Aber ich betone noch einmal, Frau Gayarre ist an gar nichts schuld; wenn ich sie gebraucht habe, ist sie mir immer eine wertvolle Stütze gewesen, und ich bitte sie für alles, was sie meinetwegen hat erdulden müssen, noch einmal um Verzeihung.

Mein Testament ist im Notariat von Félix Delacroix hinterlegt, und alle meine Angelegenheiten sind geregelt.

Für die Umstände, die ich Ihnen bereite, bitte ich Sie schon im voraus um Entschuldigung.

Gezeichnet: Raúl de la Torre

~

Sie hatten lange darüber diskutiert, ob es nicht besser wäre, in dem Brief an den Richter ihre Beteiligung an dem Selbstmord zu nennen, doch schließlich waren sie zu dem Schluß gekommen, daß am besten niemand jemals erführe, daß ihre Hand den Abzug betätigt hatte. Für Amelia stand außer Frage, daß jeder ein Recht auf Selbstmord und Sterbehilfe hatte, aber das Gesetz hieß keines von beidem gut, und da man Raúl nach seinem Tod nicht mehr bestrafen konnte, würde man ihr um so mehr Schwierigkeiten machen; und so bedachten sie bei der Ablaufplanung noch einmal besonders, daß sie vor Problemen jeglicher Art möglichst bewahrt würde.

Raúl würde den Brief, wie es seine Art war, auf der Schreibmaschine tippen und ihn eigenhändig unterschreiben, den Umschlag zukleben und ihn in die Innentasche seines Sakkos stecken. Nach dem Duschen würde er die Kleidung anziehen, die er ausgesucht hatte – graue Hose, weißes Hemd, bordeauxroter Pulli, Hahnentrittsakko –, und sich mit dem Gesicht zum Erker an den Tisch setzen. Dann würde er die Pistole nehmen und sie sich an die Schläfe halten, und Amelia, die hinter ihm stünde, sollte ihre Hand, die in einem Handschuh steckte, auf die Raúls legen, so daß der entscheidende Impuls von ihr käme. Alles weitere würde dann allein in Amelias Händen liegen, aber sie hatten alles, was zu tun war, besprochen und festgelegt.

Der Selbstmord würde gegen elf Uhr vormittags stattfinden, denn zu dieser Uhrzeit hielten sich die meisten Hausbewohner nicht in ihren Wohnungen auf, und es sollte an einem Mittwoch sein, denn an dem Tag erledigte Amelia üblicherweise ihre Einkäufe.

Nachdem sie sich von Raúls Tod überzeugt haben würde, ohne seinen Körper oder irgend etwas in seiner Nähe zu berühren, sollte sie das Haus verlassen, ohne sich die Handschuhe auszuziehen. Sie würde in ein paar Geschäfte gehen, wo man sie kannte, und im *Café de Guy* einen Tee trinken, wie sie es mittwochs zwischen zehn und halb elf meistens tat. Sie würde selbst entscheiden, ob sie anschließend André einen kurzen Besuch abstatten wollte, und dann nach Hause gehen. Dort würde sie die Leiche »entdecken« und müßte dann die Polizei benachrichtigen und warten, bis diese eintreffen und die Angelegenheit übernehmen würde. Sobald die Polizei oder der Richter den Brief gelesen haben würde, wäre alles klar und niemand würde sie weiter belästigen.

Die öffentliche Beisetzung auf dem Friedhof Père-Lachaise könnte stattfinden, sobald die Polizei den Leichnam freigegeben hätte. Raúl wollte möglichst keine Autopsie, das wußte Yves aus zahlreichen Gesprächen, doch falls es unumgänglich wäre, wollte er, daß Yves dabei wäre und überwachte, daß man mit seinem Körper respektvoll umging.

In einer kurzen Pressemeldung stünde schlicht, daß Raúl de la Torre aus persönlichen Gründen entschieden habe, seinem Leben ein Ende zu setzen. Die Nachrufe sollten möglichst von europäischen, nicht von lateinamerikanischen Schriftstellern stammen.

Im Lauf mehrerer Wochen, in denen Amelia nachts kaum schlafen konnte, klärten sie nacheinander alle Einzelheiten, und während sie immer mehr litt, erfreute er sich bester Laune, war beinahe glücklich, so als plante er nicht seinen Selbstmord, sondern eine Lesereise für ein neues Buch. In der ganzen Zeit der Vorbereitungen und geheimen Gespräche hatte Amelia fast keinen Kontakt zu Yves und André; sie fühlte sich einfach überfordert, ihre Bedrückung zu überspielen. Raúl besuchte die beiden dafür ziemlich oft, ging mit ihnen abendessen oder ins Kino, und André erzählte ihr mehrfach am Telefon, Raúl habe offenbar endlich seine Depression nach dem Verlust Hervés überwunden. Amelia war bei diesen Telefonaten jedesmal kurz davor zu explodieren und hätte ihn am liebsten angebrüllt, daß Raúl nur deshalb so überschwenglich sei, weil er seinen letzten öffentlichen Auftritt, seinen Selbstmord, vorbereite. Aber soweit kam es nie, und André dachte sich, daß Amelia ihre Scheidung immer noch nicht verarbeitet hatte oder daß sie wieder wie früher leben und nur für Raúl dasein wollte, ausgerechnet jetzt, da er sie immer weniger zu brauchen schien.

»Er hat gelernt, ohne dich zu leben«, hatte er kurz nach Hervés Tod einmal zu ihr gesagt. »Nur du wirst nie lernen, ohne Raúl zu leben.« Das war der zweite Satz Andrés, der sich ihr ins Gedächtnis eingebrannt hatte. Der erste war gefallen, als er sich geweigert hatte, ihren Roman unter ihrem Namen zu veröffentlichen: »Stell deine Eitelkeit nicht über seine Karriere.« Beide Male hatte sie daraufhin für einige Zeit Abstand genommen und gehofft, mit der Zeit würde alles vergessen sein, doch die Zeit verging, und die Worte, die André unbekümmert ausgesprochen hatte, ohne von der schrecklichen Ironie, von ihrer verletzenden Wirkung zu wissen, hatten nichts von ihrem Gift verloren.

Vielleicht würde sie es irgendwann Ari erzählen. Es gab soviel, das sie ihm erzählen wollte und das sie vielleicht dennoch nie auszusprechen wagte. Denn schließlich schrieb er eine Biographie über Raúl, nicht über sie. Wie sehr sie im Leben gelitten hatte, war nur am Rande von Interesse und auch nur, um die

Figur Raúl de la Torres zum Strahlen zu bringen. Hätte Ari sich je für sie interessiert, wenn sie nicht Raúls Frau, dessen andere Hälfte, dessen lebenslange Komplizin gewesen wäre? Haftete der Nacht im *Crillon* nicht auch etwas von ... Voyeurismus, von ... Nekrophilie, oder wie man es nennen sollte, an? War seine Leidenschaft nicht durch den Umstand entfacht oder zumindest in ihrer Intensität geschürt worden, daß er mit Amelia tat, was Raúl so viele Male mit ihr und an demselben Ort getan hatte?

Sie schüttelte den Kopf und streifte sich die hohen Schuhe ab. Sie machte sich viel zu viele Gedanken um die Vergangenheit, damit verschwendete sie nur ihre Energie. Auch wenn ihre Vergangenheit sie immer wieder einholte und sie zu zerstören drohte, war sie letztlich doch nur Vergangenheit. Viel Zukunft hatte sie nicht mehr vor sich, gut, aber immerhin hatte sie noch ein bißchen Zukunft. Noch konnte sie die Zügel ihres verbleibenden Lebens in die Hand nehmen und etwas Schönes daraus machen.

Sie ging ins Schlafzimmer, tauschte ihre Kleidung gegen den Bademantel und betrat das Badezimmer, um sich für das ihr verbleibende Leben schönzumachen. Es waren nur noch etwas mehr als vierundzwanzig Stunden bis Freitag abend.

~

Ari las in seinem Zimmer die Erzählung zu Ende, schloß für einen Moment die Augen und fing noch einmal von vorn an. Nachdem er sie zum zweiten Mal gelesen hatte, stand er auf, ging an den Schreibtisch und notierte sich in seinen Kalender: »Freitag, 12. Februar. Ich habe eine unveröffentlichte Erzählung von Raúl gefunden!« Daraufhin sprang er wie von Sinnen im Zimmer herum, rieb sich, unterbrochen von Lachern, die Augen, schnitt die wildesten Grimassen und raufte sich die

Haare, was er vor anderen Leuten nie getan hätte, aber allein in seinem Zimmer wußte er nicht, wie er seiner riesigen Freude über diesen Fund anders hätte Ausdruck verleihen sollen. Sicher gab es bessere Erzählungen von Raúl, insbesondere die in den beiden Bänden, die er während seines Romaufenthalts geschrieben hatte, waren genial, während diese Erzählung eher durchschnittlich war; aber sie war von ihm, und sie war unveröffentlicht, und sie stammte aus einer Zeit, aus der kaum etwas erhalten war. Und sie hatte die unverwechselbare Atmosphäre von Raúls Erzählungen, diese nicht näher bestimmbare Rückwärtsgewandtheit, dieses Einfangen einer fernen Vergangenheit, diese Sehnsucht nach etwas, das im wirklichen Leben nicht zu finden war.

Außerdem sagte die Erzählung ihm, Ariel Lenormand, mehr als irgendeinem anderen Leser auf der Welt; diese Erzählung mit der Widmung an Amelia oder an ihr Gespenst war wie eigens für ihn geschrieben, ohne daß Raúl es hatte wissen können: Auch er hatte mit ihr getanzt, auch er wußte, wie es sich anfühlte, wenn sich ihr Körper zur Tangomusik anschmiegte, auch er konnte sich vorstellen, was für eine Leere zurückbliebe, würde Amelia ihn und diese Welt eines Tages verlassen; und er wußte, daß diese Frau, nachdem sie sich ihm einmal hingegeben hatte, ihm für den Rest seines Lebens durch den Kopf spuken würde. Er hatte beinahe das Gefühl, Phantastisches wäre in sein Leben eingebrochen, hätte ihn mit seinen Nebelfingern berührt, um Sekunden später wieder zu verschwinden und in ihm nur das flüchtige Gefühl des Kontakts mit dem Unmöglichen zu hinterlassen.

Wäre Amelia in Paris, würde er auf der Stelle seinen Mantel nehmen und zu ihr gehen, um mit ihr über diese Erzählung zu reden, darüber, daß Raúl darin beinahe ihre – Amelias und Aris – Begegnung beschrieben hatte, elf Jahre, bevor sie sich im wirklichen Leben ereignet hatte. Aber Amelia hielt sich irgendwo in der Schweiz auf, und er wußte noch nicht einmal, wie er sie erreichen könnte.

Doch er konnte das alles unmöglich für sich behalten. Er mußte jemanden ins Vertrauen ziehen, mit irgendwem darüber reden, und zwar mit jemandem, der zumindest ansatzweise begriff, was das für ihn, Raúls Biographen, bedeutete. Die Möglichkeiten beschränkten sich also auf Yves und André oder auf Nadine.

Yves und André. Beschlossen.

Er griff zum Telefon, und während er die Nummer seiner beiden Freunde eingab, fürchtete er schon, nur den Anrufbeantworter zu erreichen.

»*Allô!*«

»André! Wie schön, daß ich dich zu Hause erreiche!«

»Freu dich nicht zu früh, wir sind gerade auf dem Sprung in die Oper. Ein Freund von uns hat uns kurzfristig noch Karten für *Madame Butterfly* besorgt.«

Ari fühlte, wie die Zimmerdecke ein paar Meter tiefer sackte.

»Heißt das, daß wir uns nicht sehen können? Ich habe euch nämlich etwas sehr Wichtiges zu erzählen.«

»Erzähl es uns morgen. Ich hätte dich eh noch angerufen, um dich zum Abendessen einzuladen.«

»Morgen?«

»Ja. Und rate mal, wer auch da ist: Amelia!«

»Sie ist schon zurück?« Er bekam augenblicklich feuchte Hände.

»Seit gestern. Aber du brauchst sie gar nicht erst anzurufen, ich wollte sie eigentlich schon für heute zum Abendessen einladen, aber sie hatte schon Pläne. Du mußt es also bis morgen aushalten.«

»Wie geht es ihr?«

Eine kurze Pause entstand. Ari vermutete, daß Yves zur Eile drängte und André darum abgelenkt war.

»Gut, gut. Sie ist so schön wie immer. Hör mal, ich muß jetzt Schluß machen, sonst kommen wir zu spät.«
»Bis morgen!«
»Gegen halb acht.«
André legte auf, und Ari fühlte sich wie von der Welt abgeschnitten. Und wenn er trotz dem, was André ihm gesagt hatte, Amelia anrufen würde? Etwas Schlimmeres, als daß sie nicht zu Hause wäre, könnte nicht passieren, und vielleicht gab es ja doch eine klitzekleine Möglichkeit ...

Das Telefon klingelte, als er es noch in der Hand hatte. Noch vor dem zweiten Klingeln ging er ran: »Lenormand.«
»Störe ich?« Nadines Stimme, fröhlich, wieder versöhnt.
»Nein, ach was! Ich wollte dich auch gerade anrufen.«
»Wirklich?«
»Ja, wirklich. Ich habe die ganze Woche gearbeitet und noch dazu eine großartige Entdeckung gemacht, da habe ich es mir verdient, am Freitag abend etwas Schönes zu machen, meinst du nicht auch?«
»Das scheint mir das Klügste, was du in der letzten Zeit gesagt hast. Wozu hast du Lust?«
»Wir könnten Essen gehen. Oder auch Tanzen, wenn du magst.«
»Was ist denn los mit dir, Ari? Du bist nicht wiederzuerkennen.«
»Also, worauf wartest du noch?«
»Ich hole dich in ungefähr zehn Minuten ab.«
»Kommst du geflogen?«
»Ich bin schon fast in deinem Viertel, weißt du. Ich habe gerade eine Kollegin nach Haus gebracht, da fiel mir ein, daß ich mal hören könnte, wie es so um deine Laune bestellt ist.«
»Gut, wie du siehst.«
»Wunderbar. Mach dich fertig und komm runter.«
Kaum war das Gespräch beendet, stürmte Ari mit breitem

Lächeln zum Kleiderschrank und zog sich um, und nachdem er die Erzählung in die Mappe gelegt und unter dem Kopfkissen verstaut hatte, nahm er den Mantel vom Haken und schloß die Tür doppelt hinter sich ab. Nadine war wirklich ein Schatz. Sie hatte ihm den Abend gerettet.

~

Raúl de la Torre empfängt uns in seiner Wohnung im obersten Stock eines Altbaus in der Rue de Vaugirard. Er entschuldigt sich mit einem Lächeln für das Durcheinander im Wohnzimmer, wo einige Monate nach dem gemeinsamen Umzug mit seiner zweiten Frau Amanda Simansky, Programmleiterin bei Éditions de l'Hiver, noch immer Bücher, Schallplatten und lose Blätter herumliegen. Er ist braungebrannt von seiner Kubareise zurückgekehrt und strotzt vor Energie. Seine Frau, die ebenfalls braungebrannt ist und lächelt, ist bei dem Interview dabei.

»*Wie ist es Ihnen in der Karibik ergangen, Maestro?*«

»*Wunderbar, einfach wunderbar. Kuba war eine echte Entdeckung für mich. Nachdem ich mein Leben lang in Europa in rein bürgerlichen Kreisen verkehrt bin – zuerst in diplomatischen und später in akademischen –, war es eine heilsame Erfahrung, auf Kuba ein Volk von Arbeitern kennenzulernen, das sein Schicksal selbst in die Hand genommen hat.*«

»*Sie sind nie das gewesen, was man einen politisch engagierten Schriftsteller nennt. Wird diese Erfahrung Ihr weiteres Werk beeinflussen?*«

»*O ja, compañero! Mir ist es ergangen wie dem heiligen Paulus. Ich habe mein Leben zwischen Büchern verbracht, ohne mir bewußt zu sein, daß Bücher entweder die Welt verändern müssen oder gar nichts taugen. Ich arbeite bereits an einem neuen Text, der halb fiktional, halb essayistisch ist, einem Reisetagebuch, einem Album meiner Reiseeindrücke, wie Sie es auch nennen möchte. Darin erzähle ich von meinen persönlichen Erfahrungen auf Kuba.«*

»*Von Ihrer ›Bekehrung‹, wenn man so will?«*

Raúl muß laut lachen: »Ja, ich bin selbst schuld, wenn ich mit biblischen Bildern komme. Nennen wir es lieber meine politische Bewußtwerdung. Ja, ich bin zu der Überzeugung gelangt, daß meine bisherigen Texte elegante Übungen waren, intellektuelle Spiele, Salonschund, einfach weil mir bis jetzt nicht bewußt gewesen ist, daß im Leben einzig und allein der Mensch und seine Lebensbedingungen auf dieser Erde zählen. Solange es auf der Welt Unterdrückung und Ausbeutung gibt, darf man keine Banalitäten schreiben, die nicht zur Verbesserung der Lebensumstände beitragen.«

»*Sie sind also zum Revolutionär geworden?«*

»*Woher die Angst vor diesem Wort? Ein Revolutionär ist doch einfach ein Mensch, der sich gegen bestimmte Umstände auflehnt, die der Kapitalismus ihm als einzig gültige Lebensform aufgezwungen hat. Ich bin zu der Erkenntnis gelangt, daß es ohne Sozialismus für die Männer und Frauen auf diesem Planeten keine Zukunft gibt, und da ich dies nun begriffen habe, wäre es obszön von mir, würde ich weiter so schreiben, als hätte sich in mir kein Gesinnungswandel vollzogen.«*

»*Stimmt es, daß Sie der Sozialistischen Partei beigetreten sind?«*

»*Ja, sicher. Ich mache keine halben Sachen.«*

»*Und warum nicht der Kommunistischen?«*

Raúl und seine Frau wechseln einen Blick, als hätten sie auf diese Frage gewartet.

»*Die Unterschiede zwischen den sozialistischen und kommunistischen Parteien in Europa sind nicht so gewichtig, und ich schließe mich immer gern Bewegungen an, die Aussicht auf Erfolg haben. Ich denke, derzeit haben die kommunistischen Parteien keine großen Chancen, irgendwelche Wahlen zu ge-*

winnen und darüber die Gesellschaft zu reformieren, während den Sozialisten die Zukunft gehört, und zwar nicht nur in Europa, sondern in der ganzen Welt.«

»Heißt das für Ihr zukünftiges Werk, daß Sie keine phantastischen Erzählungen und kosmopolitischen Romane mehr schreiben werden?«

»Nein, absolut nicht. Was die Kurzprosa angeht, hatte ich schon immer eine Neigung zum Phantastischen, aber eine Erzählung in ein phantastisches Gewand zu kleiden bedeutet nicht, daß man die fundamentalen Probleme der Menschheit außer acht lassen muß. Und was die Romane angeht ... sehen Sie, fürs erste habe ich so viel Arbeit mit dem erwähnten Buch, daß an einen Roman gar nicht zu denken ist. Außerdem schreibe ich nach wie vor regelmäßig Lyrik und seit einiger Zeit auch noch reihenweise Artikel und Kommentare für die Presse. Ein Tag hat nach wie vor vierundzwanzig Stunden.«

»Erlauben Sie uns eine persönliche Frage?«

»Fragen Sie, nur zu.«

»Hat Ihre Frau, die hier neben Ihnen sitzt, bei der von Ihnen beschriebenen Bewußtwerdung irgendeine Rolle gespielt?«

Amanda Simansky reicht ihrem Mann die Hand, der sie fest drückt und ihr dabei in die Augen blickt:

»Und ob. Amanda hatte, was meine politische Bewußtwerdung angeht, einen ganz entscheidenden Einfluß auf mich. Bevor ich sie kennenlernte, war ich ein Ignorant. Und ohne irgendein politisches Bewußtsein. Sie hat mir die Augen geöffnet.«

Während der scheppernde alte Aufzug kommt, stehen Raúl de la Torre und seine Frau Arm in Arm an ihrer Wohnungstür und verabschieden sich lächelnd. Ein verantwortungsbewußtes und glückliches Paar.

Hefte des 20. Jahrhunderts, 127, Sommer 1977

Es war Viertel vor sieben, und Amelia hatte für Aris Besuch alles vorbereitet. Sie brauchte nur noch die Kerzen anzuzünden, die sie im Wohnzimmer verteilt hatte, und die als Aperitif von ihr vorgesehenen Caipirinhas aus dem Kühlschrank zu nehmen. Die Wohnung war sauber, dunkel und still, wie in Erwartung auf etwas. Amelia fand sich schön in dem blaßrosa Kleid, in dem sie sich aus den Tiefen des Kaminspiegels entgegenblickte. Wenn dieser Abend verlaufen würde, wie sie hoffte, würde sie alle Zweifel ablegen, die Augen schließen und sich, befreit von allen Gedanken, dem Rausch überlassen.

Sie schminkte sich noch einmal die Lippen nach, kontrollierte noch einmal ihre Frisur und begann, die Kerzen anzuzünden, so daß mit jeder Kerze ein goldenes Glanzlicht in dem dunklen Wohnzimmer erglomm. Raúl hatte ihr oft gesagt, sie habe ein angeborenes Talent fürs Theatralische, und auch wenn das nicht nur als Kompliment gemeint war, wußte sie, daß es stimmte, daß sie eine Meisterin darin war, die nötige Atmosphäre zu schaffen, damit sich bestimmte Situationen ihren Vorstellungen entsprechend entwickelten. Was mit Ari viel leichter zu erreichen war als mit Raúl. Raúl hatte sich immer in den Vordergrund gespielt, vielleicht auch ohne es zu wollen: Jede Umgebung war ihm eine Bühne, die er je nach Bedarf umgestaltete. Wenn das Licht gedämpft war und ihm das gerade nicht behagte, knipste er, ohne zu fragen, eine Lampe an; wenn ihm das Kleid, das sie für einen Anlaß ausgewählt hatte, nicht gefiel, zog er sie so lange damit auf, bis sie sich umzog; wenn er fand, daß er so, wie er sich selbst sah, nicht genug zur Geltung kam, gruppierte er ohne jede Rücksicht alles um sich herum neu. Ari aber war nicht so. Ari ließ sich führen, nahm staunend und beglückt an, was sie ihm gab, und sie konnte sich wie eine Märchenfee fühlen, die Wünsche Wirklichkeit werden ließ.

Sie wollte es sich kaum eingestehen, doch sie sehnte sich danach, ihn wiederzusehen, sie sehnte sich nach seiner Stimme mit diesem leichten argentinischen Akzent, der ganz anders war als Raúls, nach dem Glanz in seinen Augen; nach seiner Umarmung. Doch gleichzeitig machte ihr der Gedanke, ihren schon lange nicht mehr jungen Körper seinen Händen und Blicken darzubieten, angst, eine Angst, die sie im *Crillon* zu ihrer eigenen Verwunderung nicht gehabt hatte. Da sie sich immer gepflegt hatte, hatte sie sich hervorragend gehalten. Trotzdem war der Unterschied zu den anderen Frauen, mit denen Ari bislang zusammengewesen war, bedeutend, das mußte er bemerkt haben. Doch in ihrer einzigen Nacht hatte sie in keinem Augenblick gespürt, daß dieser Unterschied irgend etwas ausgemacht hätte. Für Aris Begehren war ihr Alter kein Hindernis gewesen.

Sie warf einen Blick auf die Kaminuhr und runzelte die Stirn. Es war zehn nach sieben. Bisher hatte Ari sich immer durch preußische Pünktlichkeit hervorgetan.

Wahrscheinlich war er in einem Blumengeschäft und trat ungeduldig von einem Bein aufs andere, weil er wußte, daß er zu spät zur Verabredung kam; und bei dieser Vorstellung mußte sie lächeln. Bestimmt würde er ihr Blumen bringen, wie beim ersten Mal, als sie so überrascht gewesen war, daß sie sie nicht angenommen hatte. Jetzt würde sie sie gern annehmen, jetzt, da er nicht mehr als Unbekannter ihr Vertrauen gewinnen wollte.

Sie ging in die Küche, um sich noch einmal zu vergewissern, daß das Essen auch zum Servieren bereitstand, was natürlich der Fall war. Zurück im Wohnzimmer, stand sie eine Weile unschlüssig da, dann zündete sie sich eine Zigarette an. Der alte Trick mit der Zigarette. Sie würde sie noch nicht zur Hälfte geraucht haben, da würde es an der Tür klingeln.

Aber sie hatte Zeit für noch zwei weitere Zigaretten, während die Stille der Wohnung nur vom Ticken der Uhr unterbrochen wurde. Schließlich legte sie eine Platte von Eric Satie auf, setzte sich aufs Sofa, und um irgend etwas zu tun, legte sie sich eines der Fotoalben auf den Schoß, die sie Ari zur Einstimmung zeigen wollte.

Raúl lächelte sie in Schwarzweiß von seiner Vespa aus an, ein Foto aus den späten fünfziger Jahren. Wieder Raúl, er sah aus wie ein Riese neben dem Cinquecento, den sie in Rom gehabt hatten, wie ein Vögelchen aus Papier hatte er sich in das Auto hineinfalten müssen. Sie und Raúl am Trevi-Brunnen, sie in enger Caprihose, Sandalen mit hohen Absätzen und gestreiftem Pullover. Wie jung sie gewesen war. Sie allein in einem Kleid mit ausgestelltem Rock und toupiertem Haar auf der japanischen Brücke in Monets Garten in Giverny.

Wie glücklich sie damals gewesen waren! Hätte ihnen damals jemand gesagt, was ihnen alles bevorstehe, daß sie einmal als geschiedene Menschen enden würden, daß sie sich hassen, verdächtigen und sich einander das Schlimmste wünschen würden, sie hätten bloß gelacht.

Ein anderes Foto, Raúl und André beim Armdrücken auf einem Picknicktisch irgendwo im Bois de Boulogne, auf einem ihrer Sonntagsausflüge, die sie Anfang der siebziger Jahre hin und wieder unternommen hatten. André noch mit vollem Haar und in Schlagjeans, und aus dem dunklen Pulli sahen die langen und weißen Spitzen des Hemdkragens hervor.

Sie schlug das Fotoalbum zu und sah auf die Uhr. Sieben Uhr vierzig. Es bestand kein Zweifel, Ari würde nicht mehr kommen, aus welchem Grund auch immer. Ob er ihre Nachricht nicht erhalten hatte? Ob die Stewardeß vielleicht vergessen hatte, sie abzuschicken? Das war so gut wie ausgeschlossen. Eine Stewardeß der *Swissair* vergißt nicht, einer Bitte einer Erste-Klasse-Reisenden nachzukommen. Es konnte natürlich sein, daß Ari übers Wochenende Ski fahren war oder einen Ausflug zu den Loire-Schlössern oder dem Mont Saint-Michel unternommen hatte.

Oder ihn hatte einfach der Mut verlassen, und er traute sich weder zu kommen noch, sie anzurufen und abzusagen.

Das würde sich leicht klären lassen. Sie könnte ihn auf seinem Handy anrufen und ihn fragen, wo er war. Doch damit würde sie zugeben, daß sie ihn brauchte, ja, beinahe, daß sie verzweifelt war, und das verletzte ihre Würde.

Sie ging in die Küche und kehrte mit einer Caipirinha in der Hand ins Wohnzimmer zurück. Wenn er nicht kam, trank sie die Caipirinhas eben allein, und am nächsten Tag könnte sie ihn bei Yves und André fragen, was er am Abend zuvor gemacht hatte. Denn zu Andrés Einladung würde er bestimmt kommen; sich vor anderen Leuten zu begegnen war schließlich nicht gefährlich. Er wollte nur nicht mit ihr allein sein. Dieser Feigling!

Die Caipirinha war süß und eiskalt, trotzdem hinterließ der erste Schluck einen bitteren Nachgeschmack. Warum war sie ihr ganzes Leben lang von Feiglingen umgeben? Raúl, der sich dem Druck Amandas nicht zu widersetzen verstand, der Hervé, seine große Liebe, beinahe verlassen hätte, als dieser krank geworden war; André, der sich aus Angst vor den Kritikern nicht getraut hatte, ihren Roman zu verlegen; John, der sofort in die Scheidung eingewilligt hatte, als die Dinge schiefliefen, anstatt um sie zu kämpfen. Und jetzt Ari, der sich nicht traute, sich auf eine um zwanzig Jahre ältere Frau einzulassen. Elende Feiglinge waren sie alle! Keiner war einer Frau wie ihr würdig, und nachdem sie sich für andere aufgeopfert hatte, war sie nun allein, verlassen selbst von denen, die sie angeblich liebten, und das waren sehr wenige, inzwischen kaum mehr jemand. Hervé hätte sie verstanden, er hatte auch dieses Bedürfnis gehabt, zu geben, sich aufzugeben, vollständig in dem Dienst des von ihm geliebten Menschen aufzugehen. Aber er hatte keine Zeit gehabt, sein Leben war zu kurz gewesen.

Sie schlug ein anderes Album auf und suchte ein Foto von

Hervé. Er war ein schöner junger Mann gewesen, mit seinem sanften Blick, seinem unwiderstehlichen Lächeln, wie das von Ari.

Dann trank sie die Caipirinha in einem Zug leer, löschte die Kerzen und ging im Dunkeln in ihr Schlafzimmer. Sie kleidete sich aus, nahm zwei Schlaftabletten und legte sich ins Bett. Allein.

~

Auf dem Weg zu André war Ari so nervös, als müßte er zu einer Prüfung, auf die er sich nicht vorbereitet hatte; und obwohl er sich zu beruhigen bemühte und sich gut zuredete, daß es doch nichts weiter sei als ein Abendessen mit Freunden, hatte er nichts anderes im Kopf als den Gedanken, Amelia wiederzusehen, und darum atmete er so hastig und flach, daß ihm schwindlig wurde. Und wie immer, wenn er eine Nacht mit Nadine verbracht hatte, rügte ihn eine innere Stimme dafür, was er mit diesem Mädchen trieb. Und so sehr er sich auch einredete, daß er sich nichts vorzuwerfen habe, daß Nadine eine erwachsene Frau sei und selbst wissen müsse, was sie tue, verurteilte er sich innerlich, daß er sie betrog, daß er zuließ, daß sie sich Hoffnungen auf eine Zukunft mit ihm machte, die es nicht geben würde, weil er das nicht wollte. Nadine war hübsch, sympathisch, fröhlich und intelligent genug, daß er sich mit ihr über eine Vielzahl von Themen angeregt unterhalten konnte; aber ihm war ganz klar, daß sie nicht die Frau seines Lebens war, daß er nicht in sie verliebt war und es auch nie sein würde, egal, wie viele Nächte sie zusammen verbrächten, wie viele Kaffees sie zusammen tranken und wie viele Sätze sie über sein Lieblingsthema wechselten. Nadine war für ihn eine angenehme Gesellschaft in einer Stadt, in der ihm vor Einsamkeit oft die Decke auf den Kopf fiel; eine Bekannte, mit der er sich austauschte, die Zeit vertrieb, um nicht immer allein zu Abend essen und schlafen zu müssen. Mehr nicht. Und die Tatsache, daß sie mehr für ihn fühlte, änderte an seinen Gefühlen nichts.

Denn zu seiner Überraschung – und auch zu seiner Bestürzung – waren seine Gefühle Amelia vorbehalten, die Nadine – mit Ausnahme von deren Jugend – in allem Lichtjahre voraus war. Das Herz, dieses dumme Organ, dem wir unsere Gefühle zuordnen, hatte sich losgelöst von seinem Willen entschieden und flog zu ihr wie ein Falke zur Faust seines Meisters.

Gleich würde er sie wiedersehen, und er konnte vor Angst kaum atmen. Fünf Wochen lang hatte sie ihn weder angerufen noch ihm geschrieben, und so fürchtete er, sie würde ihn mit ihren ruhigen grauen Augen ungerührt ansehen, ihm ihr herablassendes Lächeln schenken und sich dann von ihm abwenden, ohne ein Anzeichen, daß sie irgend etwas für ihn empfand. Etwas anderes war nicht zu erwarten. Hatte sie ihm nicht bei ihrer Verabschiedung vor dem *Crillon* gesagt, daß es ein Scherz gewesen sei? Wenn er ihr auch nur das geringste bedeutete, wäre sie dann einfach so, ohne eine Telefonnummer zu hinterlassen, in die Schweiz zur Kur gefahren? Für Amelia war er nicht mehr als ein netter, aber etwas nervender dickköpfiger Junge, der Antworten auf seine Fragen wollte und sie wie eine Zitrone auspreßte, ein junger Mann wie viele andere, die Raúl sein Leben lang umringt hatten und auf die sie nachsichtig herabgeblickt hatte wie auf einen Wurf Schoßhündchen.

Er mußte sich bemühen, daß man ihm sein Verlangen nach ihr, seine dümmliche Verliebtheit, nicht allzusehr anmerkte; er müßte höflich, aber auch etwas distanziert ihr gegenüber sein, damit sie nicht dachte, sie hätte ihn in der Hand und könnte ihm jederzeit, wenn sie wollte, den Hals umdrehen.

Er kam an einem Blumenladen vorbei und blieb stehen. Gern würde er ihr Blumen mitbringen, war sich aber unsicher, wie sie reagieren würde. Nicht daß sie ihm vor André und Yves ins Gesicht lachte, und falls sie sie annähme, würde sie vielleicht eine bissige Bemerkung machen, die nur sie beide verstünden; beispielsweise, daß er sie mit nach Hause nehmen solle, damit sein Zimmer nach ihnen dufte, so wie beim ersten und bisher einzigen Mal, als er ihr Blumen gebracht hatte.

Er betrat den Laden und entschied sich für weiße Rosen und blaue Lilien, die berühmten *fleurs de lis* aus dem Wappen der Bourbonen. Wenn Amelia sie nicht wollte, würde André sie bestimmt gern behalten, und wenn nicht, könnte er sie immer noch der erstbesten Frau schenken, die er auf der Straße traf, auf die Gefahr hin, daß sie ihn für einen Verrückten hielte.

Als Yves ihm die Tür öffnete, hörte er schon Amelias Stimme aus dem Eingangsflur, und ihm zitterten die Hände so, daß das Einwickelpapier der Blumen raschelte.

»Ist es so kalt draußen?« fragte Yves, während er Aris Mantel aufhängte.

»Nein, nicht besonders.«

»Weil du so zitterst.«

»Ach so! Wahrscheinlich, weil es hier drinnen besonders warm ist. Bin ich der letzte?«

»Amelia ist gerade gekommen, und sonst erwarten wir niemanden mehr. Komm rein.«

Als er das Wohnzimmer betrat, sah er als erstes Amelias silbrige Haare vor dem blauen Sofa, und allein bei diesem Anblick, noch bevor er ihr ins Gesicht sah, spürte er einen Kloß im Hals. André, der mit umgebundener Schürze und einem Glas Wein in der Hand ihr gegenüber auf dem Rand des Sessels saß, stand auf, als er ihn hereinkommen sah.

»Komm, Ari, komm rein, begrüß unsere Hexe. Ohhh! Wie aufmerksam! Du hast Blumen mitgebracht!«

»Die sind für Sie, Amelia«, sagte Ari und senkte den Blick, um ihr nicht in die Augen sehen zu müssen.

Sie sah ihn ernst an mit ihren grauen Augen, die wie Gewitterwolken waren: »Für mich? Schon wieder?«

»Zweimal in fünf Monaten scheint mir nicht übertrieben.«

»Sie sind wunderschön, danke. Yves, mein Lieber, bringst du mir einen Krug Wasser für die Blumen?«

Amelia hatte ihm weder die Hand hingestreckt noch sonst irgendwie zu erkennen gegeben, daß sie zur Begrüßung einen Kuß von ihm erwartete, und so war Ari sehr erleichtert, als Yves ihm ein Glas reichte und ihn aufforderte, neben ihr auf dem Sofa Platz zu nehmen. In der kurzen Stille trank Ari einen Schluck von seinem Wein.

»Gut, meine Lieben«, begann Amelia, »erzählt mir, was ich in den letzten Wochen alles verpaßt habe.«

»Unser Leben war so ereignislos, wie du es dir nur vorstellen kannst«, entgegnete Yves und lächelte.

»Und bei Ihnen, Ari?« Amelia wandte sich ihm zu und sog ihn mit ihrem Blick auf.

»Ach ... bei mir gibt's nichts Besonderes«, stammelte er wie ein Idiot. »Ich habe weiter geschrieben, Angaben überprüft ... gewartet, daß Sie endlich aus der Schweiz zurückkommen und ich wieder mit Ihnen reden kann«, sprach er in einem Zug zu Ende, ohne den Blick von ihr abzuwenden.

Amelia lächelte. Es war ein Lächeln, das auf Ari traurig wirkte und das er nicht einzuordnen wußte.

»Im Ernst«, bekräftigte er seine Worte.

»Er hat dich sehr vermißt, Amelia«, schaltete André sich nun noch ein. »Du mußt nett zu ihm sein, jetzt, da du zurück bist.«

»Ich muß zu niemandem nett sein. Das ist das Privileg der Hexen.«

In den wenigen Zentimetern, die zwischen ihnen lagen, schien sich ein elektromagnetisches Feld aufgebaut zu haben; sobald er sie mit der Hand berührte – so meinte Ari –, würden blaue Funken sprühen.

»Und Sie, Amelia? Was haben Sie uns von Ihren Abenteuern in der Schweiz zu erzählen?«

Sie wandte den Blick ab: »Es war, wie nicht anders zu erwarten. Tadellos und langweilig. Ich bin froh, daß ich wieder hier bin.«

»Und gestern abend?« fragte André, während er aufstand, um zurück in die Küche zu gehen.

»Gestern abend?« Sie sah ihn mit einem fragenden Gesichtsausdruck an.

»Unser Abendessen war für gestern geplant, erinnerst du dich nicht mehr? Aber du sagtest mir, daß du nicht könntest, daß du schon etwas vorhättest.«

»Nein, mein Lieber, ich habe einfach nur gesagt, daß es mir an dem Abend nicht paßt. Gewährst du mir Zutritt zu deiner Küche, Meister?«

Sie stand auf und begleitete André ins Reich der Töpfe und Pfannen, und Yves nahm in dem frei gewordenen Sessel Platz.

»Ich habe sie«, sagte er, sobald die beiden hinter der Flügeltür verschwunden waren.

Ari richtete sich im Sofa auf.

»Die Akte von der *Sûreté*?«

Yves nickte.

»Ich gebe sie dir unter einer Bedingung.«

»Die wäre?«

»Daß du mich einen Blick hineinwerfen läßt. Etwas, was vor ein paar Jahren noch *top secret* war, muß ich unbedingt sehen. Das ist wie im Spionagefilm.«

»Schon gut.«

Es war ein großer zugeklebter Umschlag aus Packpapier. Yves brachte ihm einen Brieföffner in Säbelform, setzte sich neben ihn aufs Sofa, und Ari schlitzte, sich auf die Unterlippe beißend, das Kuvert auf. In dem Umschlag befanden sich zwei mit Maschine beschriebene Seiten und ein Foto, das eindeutig mit einem Teleobjektiv aufgenommen worden war. Darauf sah man Amanda und einen glatzköpfigen, stämmigen Mann im mittleren Alter vor einem Café. Aus ihrer Körperhaltung ging nicht hervor, ob sie in das Lokal hineingingen oder gerade herauskamen. An das Foto war mit einer Büroklammer eine Art Karteikarte geheftet, auf die jemand mit Hand geschrieben hatte: »Amanda Simansky und Oberst Priakov von der Sowjetischen Botschaft vor dem Hotel *Sacher* (Wien)«.

»Diese Schlampe!« rief Yves aus. »Du scheinst recht zu haben. Laß sehen, was sonst noch drin ist.«

Zum ersten Mal hörte Ari einen unbeherrschten Ausdruck aus Yves' Mund. Er legte die beiden Blätter nebeneinander auf den Tisch und strich sie mit dem Handrücken glatt. Es handelte sich um ein Formular der Einwanderungsbehörde, auf dem die persönlichen Daten der Frau verzeichnet waren – Vorname, Nachname, Geburtsdatum, Geburtsort und so weiter –, das Datum ihrer ersten Einreise nach Frankreich, und unter der Rubrik »Beobachtungen« stand folgendes:

Unterhält Verbindungen zu kommunistisch geprägten Gruppen und zur extremen Linken im allgemeinen. Zur sowjetischen Botschaft vor Ort besteht offenbar kein Kontakt. Stichprobenartige Überwachung empfohlen.

Die zweite Seite, an die erste angeheftet, war ein ebenfalls mit Maschine geschriebener Brief:

Lieber Michel,
ich danke Dir für Deine guten Dienste in dem Fall, der uns im März beschäftigt hat, und als kleines Dankeschön schicke ich Dir dieses Foto, das mir zufällig in die Hände gefallen ist. Darauf wirst du die Person wiedererkennen, über die wir kürzlich gesprochen haben, auf einer Dienstreise – in Sachen deutscher

Übersetzungslizenzen für den Verlag –, die die gnädige Frau letztes Wochenende in unser schönes Wien unternommen hat – in freundschaftlicher Begleitung von Oberst Priakov. Ich weiß nicht, ob es Dir etwas nützt, aber offenbar hat die Gnädigste neben Verlagsterminen, Einkäufen und Stadtbesichtigung die Zeit gefunden, mit der Nummer zwei des sowjetischen Geheimdienstes in unserer Stadt – deren Ruf als Spionagenest anscheinend nicht so ungerechtfertigt ist – auf einen Kaffee zu gehen.

Mit besten Grüßen aus Wien
G.

Der Brief war nicht datiert und enthielt auch keine Angaben zu Absender und Empfänger, aber sein Inhalt bestätigte Aris Vermutungen über Amanda, und das war erst einmal das einzige, was zählte. Er stieß einen Pfiff aus und lehnte sich strahlend in dem Sofa zurück.

»Freu dich nicht zu früh«, sagte Yves, während er die Blätter zurück in den Umschlag schob. »Du kannst dir eine Fotokopie machen, wenn du willst, aber das darf nicht in deinem Buch erscheinen. Ich bin nur dank eines persönlichen Gefallens an die Dokumente herangekommen, sie sind mit aller Sicherheit noch unter Verschluß.«

»Ich kann sie auch gar nicht verwenden, wenn ich nicht erkläre, womit Amanda Raúl unter Druck setzte, um zu erreichen, daß er zu ihrem Verlag wechselte und sich für ihren Kampf einspannen ließ.«

»Und das kannst du nicht erklären, weil wir es nicht wissen.«

Wieder war Ari versucht, von den Fotos zu erzählen, die in Armands Saxophonkasten gewesen waren, und wieder beschloß er, erst einmal zu schweigen.

»Stimmt. Aber immerhin weiß ich jetzt schon einmal das. Amanda war wirklich eine sowjetische Agentin, etwas in der Art zumindest. Darum trifft auf die Umstände ihres Todes bestimmt das zu, was Demenkov in seinem Buch erklärt. Ein westlicher Geheimdienst kümmerte sich darum, sowjetische, Intellektuellenkreise infiltrierende Agenten zu beseitigen, und im Sommer '79 traf es Amanda, ob gerechtfertigt oder nicht.«

»Scheint so.«

Ari umarmte Yves, nahm das Glas und stieß mit ihm an: »Du weißt nicht, wie es mich erfüllt, diese Dinge zu begreifen, Yves. Ob ich es nun verwenden kann oder nicht, wenigstens verstehe ich es jetzt, verstehe es für mich. Du weißt nicht, wie wichtig das ist.«

»Und du weißt jetzt, daß Raúl nicht Amandas Mörder war. Und auch nicht Amelia, wie er immer dachte«, sagte Yves und sah Ari an, als versuchte er, seine Gedanken zu lesen. »Oder ist das etwa nicht der Grund, weshalb du dich so freust?«

Ari dachte einen Moment nach: »Auch. Ich will nicht sagen, daß ich nicht erleichtert wäre. Aber das Beste ist wirklich, daß ich jetzt alles verstehe. Es ist ein so schönes Gefühl, langsam die Zusammenhänge zu erkennen, zu spüren, daß das Leben eine Logik hat, daß selbst die unverständlichsten Handlungen nicht ohne einen Grund oder ein Motiv geschehen, verstehst du, was ich meine, oder rede ich jetzt Unsinn?«

In diesem Augenblick kamen Amelia und André aus der Küche. Sie trug eine Salatschüssel und er ein Tablett mit etwas darauf, das wunderbar duftete.

»Zu Tisch!« befahl André. »Und nach dem Essen erklärt ihr uns, was ihr euch so Wichtiges zu sagen hattet. Falls ihr es nicht wißt, man sieht euch eure Verschwörermienen schon von weitem an.«

Nach dem Dessert, und nachdem Amelia unter Andrés stummem Blick der Besorgnis drei Zigaretten geraucht hatte, faßten

Yves und Ari die neuen Erkenntnisse zusammen und zeigten ihnen die Dokumente.

»Das heißt also, mein armer Raúl ist von dieser Harpyie, einer sowjetischen Agentin, verschleppt worden, um den Ruhm von Väterchen Stalins Reich zu mehren. Armer Trottel!«

»Oder vielmehr«, sagte André, »daß nicht purer Kapitalismus der Grund war – also mit Raúl und seinem Werk Geld zu machen –, sondern genau das Gegenteil.«

»Die Kommunisten hatten noch nie etwas dagegen, Geld zu verdienen«, wandte Yves ein und schenkte sich nach, »aber vermutlich war Amanda davon überzeugt, aus einem edlen Motiv heraus zu handeln.«

»Sie sind also der Ansicht«, begann Amelia und wandte sich an Ari, »daß Amandas Ermordung ebenfalls einen politischen Hintergrund hatte, das meinen Sie doch, oder?«

Ari nickte langsam und konnte nicht anders, als Amelias Hand, die auf der bestickten Tischdecke lag, zu nehmen. Sie zog sie nicht weg, reagierte aber auch nicht auf seine Geste: »Raúl hatte nichts damit zu tun.«

Sie preßte die Lippen aufeinander, spitzte sie und stieß langsam die Luft aus: »Eine weitere Lüge«, murmelte sie.

»Wie?«

»Ach, nichts. Wir sprechen schon noch darüber, wenn ich eine Weile nachgedacht habe.«

André stand mit dem Glas in der Hand auf: »Stoßen wir an, meine Lieben. Laßt uns darauf anstoßen, daß dieses Rätsel gelöst ist. Raúl hat – wie ihr alle wißt – immer Amelia verdächtigt, was ich nie so recht verstanden habe, denn Amelia war auf Ischia, als Amanda starb. Amelia – verzeih mir, wenn ich mich über Dinge äußere, die mich nichts angehen – hatte immer Raúl im Verdacht – das war zumindest mein Eindruck. Jetzt sind beide dank Aris Nachforschungen mit einem Schlag von jedem Verdacht befreit. Zu unser aller Erleichterung haben wir jetzt die Gewißheit, daß niemand aus unserem engsten Kreis ein Mörder ist. Laßt uns darauf anstoßen!«

Die Gläser klirrten, jeder trank einen Schluck, dann sahen sie sich froh an. Alle außer Amelia, die mit leerem Blick ihren Stuhl nach hinten wegrückte: »Meine Lieben, ihr werdet mich entschuldigen, aber ich bin ein bißchen müde.«

»Soll ich dir ein Taxi bestellen?« fragte André und stand sofort auf.

»Darf ich Sie nach Hause begleiten?« Aris und Andrés Fragen kamen fast gleichzeitig.

Sie sah von einem zum anderen wie bei einer Partie Tennis.

»Ja, bitte«, sagte sie, an André gerichtet.

»Möchten Sie nicht, daß ich Sie begleite, Amelia?« Aris Stimme klang sogar für ihn selbst wehleidig.

»Nein, Ari, heute nicht. Ein andermal.«

»Sehen wir uns bald?« fragte er nach.

»Eher nicht. Ich weiß nicht. Sie entschuldigen mich, Ari, im Moment bin ich mit meinem Kopf woanders. Rufen Sie mich in ein oder zwei Wochen an.«

»Wochen?«

André versuchte, Ari mit Gesten klarzumachen, daß er sie nicht drängen solle, aber Ari konnte sich nicht zurückhalten.

»Was ist mit Ihnen los, Amelia? Mein Gott, was habe ich Ihnen getan? Sagen Sie, wenn ich Sie mit irgend etwas verärgert habe, sagen Sie, wenn ...«

»Hör schon auf, Ari«, schaltete André sich ein. »Siehst du nicht, daß sie müde ist? Ruf sie doch irgendwann in der nächsten Zeit an. Oder noch besser, Amelia, du rufst ihn an, wenn es dir wieder gutgeht; er ist flexibel, nicht, Ari?«

Ari nickte, ohne ein Wort zu sagen. Er fürchtete, wenn er erst den Mund aufmachte, könnte er sich nicht länger beherrschen.

Kaum war Amelia aus der Wohnung, ging Ari zur Garderobe

und zog sich den Mantel an: »Ich gehe auch. Vielen Dank für das Essen.«

»Ist irgend etwas zwischen euch vorgefallen?« fragte André besorgt.

»Das fragst du mich? Ich habe sie Ende des Jahres zum letzten Mal gesehen; ich hatte mich so auf das Wiedersehen gefreut, endlich wieder mit ihr zu reden, mich mit ihr zu treffen, und jetzt auf einmal ... ich verstehe das alles nicht, André. Es ist, als hätte sie plötzlich den Entschluß gefaßt, mich zu hassen.«

»Das ist der Preis dafür, wenn man den Schlamm im Teich aufwühlt. Damit hättest du rechnen müssen.«

»Ich verstehe nicht, was du meinst.«

»Es ist nur eine Vermutung, aber ich glaube, Amelia hat sich über die Jahre ihr eigenes Bild von den Ereignissen gemacht. Ich habe den Eindruck, daß sie Raúl die Schuld an Amandas Tod gab und ihn dennoch irgendwie in Schutz nahm, schließlich konnte keiner Amanda ausstehen, und jeder hat ihr irgendwann den Tod gewünscht. Und jetzt kommst du und wirfst alles über den Haufen, und sie muß sich mit der Vorstellung anfreunden, daß Raúl aus politischen Gründen zu Amanda gegangen ist, daß er sie für eine ›Sache‹ verlassen hat, die er dann auch noch aufgab, sobald die andere nicht mehr da war. Vorher gab es Leerstellen, jetzt gibt es wieder welche, aber nun sind es andere. Wieder andere, verstehst du? Das ist für niemanden einfach, und am wenigsten für Amelia.«

»Glaubst du, es ist nur das, André?«

»Das glaube ich. Wirklich.«

»Und warum hat sie die Blumen nicht mitgenommen?«

Es waren noch zwei Tage bis zu Raúls geplantem Selbstmord, und obwohl er schon vor über einer Woche zu ihr in die Wohnung gezogen war, sahen sie sich kaum. Er war ununterbrochen unterwegs, als verabschiedete er sich von allen seinen Bekannten oder als wollte er alles noch ein letztes Mal genießen oder als hielte der Aktivismus unerwünschte Gedanken von ihm fern.

Amelia hatte ihn am Ende doch noch davon überzeugt, den Brief an den Richter mit der Hand zu schreiben, und tags zuvor war er vor seiner Abendverabredung wie ein artiger Schüler in die Küche gekommen, wo sie gerade ihr Abendessen machte, und hatte ihr das mit blauem Kugelschreiber beschriebene Blatt mit seiner beeindruckenden Unterschrift gezeigt – sie waren sich beide einig gewesen, daß ein Abschiedsbrief mit Bleistift weder Stil noch Klasse hatte.

»Sieh her«, sagte er zu ihr, nachdem sie den Brief gelesen hatte, »ich stecke ihn jetzt vor deinen Augen in den Umschlag und klebe die Lasche mit meiner eigenen Spucke zu, hast du gesehen? Wenn du willst, heb zur Sicherheit du ihn auf.«

»Nein, Raúl«, antwortete sie. »Ich will diesen Brief überhaupt nicht anrühren. Heb ihn auf, wo du willst, und steck ihn am Mittwoch...«

»Ich weiß, ich weiß. In die Sakkotasche.«

Raúl war weiterhin bester Laune, als träfe er Urlaubsvorbereitungen, während sie sich immer beklommener fühlte angesichts dessen, was bevorstand, und so kam es zu der paradoxen Situation, daß es an Raúl lag, sie aufzumuntern, wenn sie sich zwischen seinen vielen Verabredungen hin und wieder begegneten.

Als Amelia am Montag abend erschöpft und guter Dinge nach ihrem Ausritt im Bois de Boulogne nach Hause kam, war Raúl wie so oft nicht da. Sie stand schon fast ausgezogen vor der Badewanne, da fiel ihr auf, daß er anstelle des Gästebads ihr

Bad benutzt hatte und dann auch noch ihre weißen Handtücher, und so ging sie in Raúls Zimmer, wo sie im hinteren Schrank die großen Handtücher aufbewahrte.

Auf dem kleinen Schreibtisch vor dem Fenster war die Reiseschreibmaschine, die er immer benutzte, zur Seite gerückt, als hätte Raúl den Tisch für irgend etwas gebraucht und vergessen, sie wieder an ihren Platz zurückzustellen. Sie trat heran, machte die Schreibtischlampe an, und sie wollte schon die Schreibmaschine hochheben, als die Blätter in der Mitte des Tischs ihre Aufmerksamkeit erregten. Offenbar hatte Raúl entgegen seinen Gewohnheiten etwas mit der Hand geschrieben, denn unter günstigem Lichteinfall sah man den Abdruck, den seine Handschrift auf dem obersten Blatt hinterlassen hatte.

Sie vergaß vollkommen, was sie in Raúls Zimmer geführt hatte, und setzte sich in Unterwäsche an den Schreibtisch; dann nahm sie, ohne lange nachzudenken, einen der vielen weichen Bleistifte, die in einer Büchse immer bereitstanden, und schraffierte vorsichtig die weiße Oberfläche, bis die Buchstaben hervortraten und der Text, den Raúl hatte verbergen wollen, zum Vorschein kam:

An den Herrn Untersuchungsrichter
Von Raúl de la Torre, Schriftsteller

Sehr geehrter Herr Richter,

hiermit teile ich Ihnen mit, daß ich, Raúl de la Torre, neunundsechzig Jahre alt, argentinischer Nationalität, von meiner Ex-Frau Amelia Gayarre ermordet worden bin.

Es entzieht sich meiner Kenntnis, wie sie meine Ermordung durchführen wird, aber ich kenne sie seit vierzig Jahren und weiß, daß, wenn Amelia etwas beschlossen hat, keine mensch-

liche oder göttliche Kraft sie davon abbringen kann. Vermutlich wird sie versuchen, die Tat als Selbstmord erscheinen zu lassen, und vielleicht wird sie Ihnen sogar einen Brief zeigen, der angeblich von mir ist und meine Unterschrift trägt. Wenn es so einen Brief gibt, ist er eine Fälschung Amelias, denn sie beherrscht meinen Stil und meine Handschrift perfekt und hat meine Unterschrift schon oft gefälscht, jedoch nur in begründeten Fällen und mit meiner Zustimmung.

Ich weiß, daß sie in ihrer Nachttischschublade eine Pistole hat, und ich ziehe nur deshalb nicht aus der Wohnung aus und begebe mich nicht in Sicherheit, weil der Tod mich nicht mehr allzusehr schreckt und weil ich weiß, daß sie früher oder später ihren Willen durchsetzen wird. So sterbe ich lieber durch einen Kopfschuß – ich vermute, das geht schnell und tut nicht sehr weh –, anstatt, nur als Beispiel, einen schleichenden Tod durch Arsenvergiftung zu erleiden.

Ich weiß nicht, warum sie mich so haßt, daß sie meinen Tod wünscht, aber ich kann mir vorstellen, daß die öffentliche Erklärung meiner Homosexualität und die daraus folgende Erniedrigung, die dies für sie bedeutete, und meine bedingungslose Liebe zu Hervé Daladier gewichtige Gründe gewesen sind, die sie zu dem Verbrechen getrieben haben.

Ich schreibe diesen Brief nur, weil ich möchte, daß die Gerechtigkeit siegt, denn wenn mich der Tod selbst – wie gesagt – auch nicht allzusehr schreckt, da ich in meinem Leben nicht mehr viel Sinn sehe, mißfällt mir dennoch die Vorstellung, daß ein Verbrechen unbestraft und ein Mord ungesühnt bleibt. Amelia hat schon zu oft im Leben ihren Willen durchgesetzt, und ich glaube, die Stunde der Gerechtigkeit ist gekommen.

Da sie im Augenblick der Tat sehr wahrscheinlich Handschuhe tragen wird, glaube ich nicht, daß Sie Abdrücke auf der Waffe finden werden, vielleicht arrangiert sie es sogar so, daß sich meine darauf befinden. Wie auch immer, ich vertraue auf

Ihre Kompetenz und Ihr Wohlwollen, Herr Richter, und auf die Arbeit der Polizei.

Hochachtungsvoll
Raúl de la Torre

Als Amelia den Brief zu Ende gelesen hatte, hatte sie am ganzen Körper Gänsehaut, und das nicht nur, weil sie fast nackt war. Ein paar Minuten lang rührte sie sich nicht von der Stelle, blieb sie an dem Schreibtisch im Gästezimmer, das nun Raúls Zimmer war, sitzen und blickte aus dem Fenster auf die gegenüberliegenden Häuser, in denen allmählich die Lichter angingen. Außer Kälte spürte sie nichts, als wäre sie von innen ausgehöhlt worden und als wäre die zurückgebliebene Leere endgültig.

Das Acht-Uhr-Schlagen der Uhr im Gang riß sie aus ihrer Benommenheit, und sie sprang auf, erschrocken wie eine Maus, die Gefahr wittert und nicht weiß, wo sie sich verstecken soll. Sie nahm das schraffierte Blatt, faltete es sorgfältig zusammen und steckte es in den Bund ihres Slips. Hauptsache, Raúl würde nicht erfahren, daß sie es entdeckt hatte. Solange er nichts wüßte, stünden ihr alle Wege offen. Alle.

Sie könnte sich weigern, es zu tun, dann stünde er da mit seinem großartigen Plan, oder sie könnte ... vielleicht könnte sie es trotzdem tun und unbeschadet davonkommen. Trotz seines Plans, trotz allem, was dieses Monster, in das sich der Mann ihres Lebens verwandelt hatte, sich für sie ausgedacht hatte, könnte sie unbeschadet davonkommen. Er wäre tot, wie er es verdient hatte und wie er es sich auch wünschte. Alle wären zufrieden.

Langsam ging Ari zurück ins Studentenwohnheim; er nahm möglichst dunkle und wenig belebte Straßen, denn er wollte ganz bewußt mit der Welt um sich herum nichts zu tun haben. Der Abend hätte nicht schlechter verlaufen können, trotz der guten Neuigkeiten, die die Akte von der *Sûreté* ihm geliefert hatte. Amelia wollte aus irgendeinem seltsamen Grund nichts von ihm wissen, und diese Zurückweisung trieb ihn nach wie vor um. Er verstand nicht, warum sie sich so verhielt, er konnte sich nicht erklären, warum sie ihn mit solcher Kälte behandelt hatte. Empfand sie wirklich etwas für ihn und wollte es vor sich selbst leugnen? Ein allzu optimistischer Gedanke. Viel wahrscheinlicher war, daß sie in den Wochen ihrer Abwesenheit noch einmal über ihre Beziehung nachgedacht hatte und zu dem Schluß gekommen war, daß ihr Leben viel bequemer und angenehmer war ohne Ariel Lenormand.

Natürlich war sein Leben zwar nicht angenehmer, so doch geruhsamer gewesen, bevor er sie kennengelernt hatte. Trotzdem wollte er das, was zwischen ihnen geschehen war, nicht missen. Auch wenn etwas Ähnliches nie wieder geschehen sollte, die Stunden mit Amelia am Ende des Jahres 2001 würden für immer zu den schönsten Erinnerungen seines Lebens gehören, das sonst so voller Routine, so eintönig und schrecklich glatt war. Nie war er mit dem Verbrechen in Berührung gekommen, nie hatte er eine verzehrende Leidenschaft erlebt wie Amelia für Raúl oder Raúl für Hervé, nie hatte er den großen Erfolg kennengelernt, auch nicht den Tod eines geliebten Menschen oder die Erfahrung, Vater zu werden. Die Sternstunden in seinem Leben waren die Verteidigung seiner Doktorarbeit, sein Habilitationsvortrag, eine hervorragende Rezension über sein letztes Buch und privat vielleicht der Tag seiner Hochzeit mit Rebecca. Das war alles.

Was sich an aufregenden Dingen in seinem Leben ereignet hatte, stand tatsächlich alles im Zusammenhang mit seinen

Nachforschungen für die Biographie über Raúl, auch die Nacht mit Amelia. Alles andere fiel dagegen ab.

Die Straßen von Paris waren kalt und dunkel, die wenigen Passanten, denen er begegnete, huschten mit eingezogenen Köpfen und hochgeschlagenen Mantelkrägen wie Spione aus einem Film an ihm vorbei. In den Häusern brannte kaum mehr ein Licht, und die Gebäude selbst schienen ohne Rücksicht auf die in ihnen lebenden Menschen in den Winterschlaf gefallen zu sein. Die Stadt, die ihm immer so prachtvoll erschienen war, drückte ihn immer mehr mit ihrer Gleichgültigkeit nieder, mit der frostigen Herrschaftlichkeit ihrer großen, auf dem Reißbrett entworfenen Avenuen, zugeschnitten für Militärparaden oder einmarschierende Armeen. Er vermißte seine kleine Universitätsstadt, die versteckten Gäßchen der mittelalterlichen Altstadt, die gemütlichen Bierlokale, in denen er sich ein- oder zweimal pro Woche mit Freunden traf. Selbst der Arbeitsalltag an seiner Universität erschien ihm wieder verlockend, und obwohl er eigentlich bis Ende Mai oder Mitte Juni in Paris bleiben wollte, gewann er dem geänderten Plan, rechtzeitig zu Semesterbeginn Anfang März wieder in Heidelberg zu sein, immer mehr ab. Seine Recherchen hatte er schließlich soweit abgeschlossen, und wenn Amelia ihm jetzt auch noch die weitere Zusammenarbeit verweigerte, hatte es nicht mehr viel Sinn, in Paris zu bleiben; wo er Gefahr lief, sich aus reinem Bedürfnis nach menschlicher Wärme mit Nadine einzulassen oder von Yves' und Andrés Freundlichkeit abzuhängen. Unterrichten müßte er erst wieder im Oktober, so daß er sich ganz auf sein Buch konzentrieren könnte und gleichzeitig den Komfort seiner eigenen Wohnung hätte, seine Freunde und seine Familie in der Nähe. Vor ein paar Monaten hätte er es nicht für möglich gehalten, aber jetzt vermißte er hin und wieder seine Eltern und seinen Bruder, das sonntägliche Mittagessen zu Hause, die Entspanntheit, an dem Ort zu sein, wo man seine Wurzeln hat.

Obwohl es fast Mitternacht war, wummerte durch das Studentenwohnheim ein hämmernder Rap in voller Lautstärke, unterlegt mit maghrebinisch klingender Musik, doch die Gänge waren wie ausgestorben. Auf irgendeinem Zimmer mußte ein Fest im Gange sein. Vielleicht waren alle auch schon so betrunken, daß sie ihn trotz des Alters- und Hierarchieunterschieds bei sich geduldet hätten, aber er war nicht in der Laune, sich zu irgendwelchen jungen Leuten auf den Boden zu setzen und Wein im Tetrapack aus dem Supermarkt an der Ecke zu trinken. Dann schon lieber einen Milchkaffee allein in seinem Zimmer. Oder einen Bourbon, falls er daran gedacht hatte, den Eiswürfelbehälter in seinem kleinen Kühlschrank aufzufüllen. Oder zwei Bourbons, zur Not auch ohne Eis.

Er öffnete die Tür, machte Licht und blickte in das Zimmer, in dem er schon seit Monaten wohnte, als sähe er es zum ersten Mal. Wie schmuddelig und trist es war mit den billigen Möbeln, den schauerlichen gelblichbraunen Wänden, dem grünen Linoleumboden, der alles bedeckenden Staubschicht. Auf einmal verließ ihn der Mut, und er fragte sich, was zum Teufel er hier eigentlich machte, verlassen wie ein abgetriebenes Boot, warum er Antworten auf Fragen suchte, die sich niemand außer ihm jemals gestellt hatte. Vielleicht noch André und Amelia irgendwann im Lauf ihrer Leben, doch die hatten sich längst ihre eigenen Antworten zurechtgelegt, um nicht mehr dem Gefühl ausgesetzt zu sein, das, was in ihren Leben geschah, nicht zu begreifen. Und jetzt kam auf einmal er, stellte alles auf den Kopf und teilte mit ihnen noch nicht einmal dieses Bruchstück einer Antwort, das in Armands Saxophon aufgetaucht war.

Als er aus seinen Gedanken zurückkehrte, dampfte die Kaffeekanne bereits auf der Herdplatte, und bei ihrem Anblick mußte er laut lachen. Er hatte sich doch wie ein harter Kerl im Film mit Whisky betrinken wollen, doch aus Gewohnheit hatte er Kaffee gekocht, also nahm er die Milch aus dem

Kühlschrank – er hatte tatsächlich vergessen, den Eiswürfelbehälter aufzufüllen –, füllte seine große Tasse mit Kaffee und zog sich aus; irgendwie glaubte er, mit seiner Kleidung auch seinen Frust ablegen zu können. Er war nicht müde genug, um gleich zu schlafen, aber auch nicht frisch genug, um zu arbeiten; er hatte weder Lust zu lesen noch Musik zu hören, er hatte auf gar nichts Lust. Noch nicht einmal, seinen Kaffee zu trinken.

Da kam ihm ein Kollege aus Köln in den Sinn, der mit zweiundfünfzig Jahren den Entschluß gefaßt hatte, die akademische Karriere sausenzulassen und in Costa Rica eine Pension aufzumachen. Damals hatte er darüber nur den Kopf geschüttelt; aber jetzt begriff er allmählich, was einen ernsthaften, in seinem Fach kompetenten Wissenschaftler dazu treiben konnte, sein bisheriges Leben aufzugeben und an einem fernen Ort noch einmal von vorn anzufangen. Vielleicht hatte der arme Mann ein Leben wie er geführt, ein Leben ohne Leidenschaft und ohne Träume, ein Dahinvegetieren.

Das muß die Midlife-crisis sein, sagte er sich. Was sonst. Oder der Beginn einer Depression. Aber ich muß etwas unternehmen, und zwar bald, sonst gehe ich eines Tages auch noch nach Costa Rica. Würde doch eh niemanden kümmern, wenn ich nicht mehr da wäre.

Er setzte sich vor den ausgeschalteten Computer, trank seinen Kaffee, ohne ihn zu schmecken, und blickte sein Spiegelbild auf dem dunklen Bildschirm an.

»Du bist zweiundvierzig Jahre alt, Ari«, sagte er zu seinem Spiegelbild. »Im Grunde hast du alles, was du dir gewünscht hast: eine gute Stelle an der Universität, eine Wohnung nach deinem Geschmack und ein Auto. Du hast ein paar Freunde, und deine Familie liebt dich. Du hast drei Bücher und zwei Dutzend Aufsätze geschrieben. Du hast dir in deinem Fach einen Namen gemacht. Einverstanden, du hast nach sieben Jahren Ehe Rebecca verloren, aber das hast du längst verwunden, schließlich hast du doch schon lange gewußt, daß Rebecca nicht die Richtige für dich war. Aber ansonsten hast du alles. Was willst du noch? Was, verdammt noch einmal, willst du mehr?« Er lachte mild.

»Leidenschaft«, antwortete er sich. »Verrücktheit. Das Gefühl haben, lebendig zu sein, ein eigenes Leben zu haben und nicht immer nur aus zweiter Hand zu leben, durch die Literatur, das Kino, die Antworten der Zeitzeugen, die mir ihre Erinnerungen erzählen. Ich will richtig leben, bevor es zu spät ist und ich erkennen muß, daß ich achtzig Jahre lang ein Leben gelebt habe, das ich nicht wollte. Ich will mich befreien von diesem verdammten Zwang, immer alles begreifen zu wollen, ich will nicht immer nur nett und lieb sein. Ich will ein Draufgänger sein.«

Er fing an zu lachen, immer heftiger, und fühlte sich teils lächerlich, teils befreit. Wenn er seine Wünsche schon formulieren konnte, so konnte er doch auch versuchen, sie umzusetzen. Aber wie sollte er seine draufgängerische Seite ausleben?

Er könnte Amelia anrufen und ihr sagen, daß er sie auf der Stelle sehen müsse, daß er nicht länger warten könne, daß er sie liebe, über alle dummen Einwände wie Alter, Geld und was auch immer hinweg, daß ihre Nacht im *Crillon* der Anfang von etwas Wunderbarem sein solle, daß er darauf bestehe.

Er legte die Hand auf das Telefon und lachte dabei immer weiter. Es war nach zwölf Uhr nachts, Amelia war eine ältere Frau, und sie hatte klargestellt, daß sie nichts von ihm wissen wollte, er würde sich also nur entsetzlich lächerlich machen.

Na und?

Er wählte mit angehaltenem Atem ihre Nummer, doch auch nach achtzehnmaligem Klingeln ging niemand ran. Vielleicht hatte sie Schlaftabletten genommen. Vielleicht war es eine Gepflogenheit des Hauses, nach Mitternacht keine Anrufe mehr entgegenzunehmen.

Er fühlte sich wie ein Luftballon, der schlaff zu werden beginnt, nachdem ein Kind ihn den ganzen Tag mit sich herumgeschleift hat. Er schaffte es nicht, draufgängerisch zu sein.

Da fiel sein Blick auf die Mappe mit dem Umschlag von Raúl, halb verdeckt von dem Pullover, den er vorhin ausgezogen hatte. »Für alle, die es etwas angeht«, stand darauf. Ihn ging es etwas an. Er nahm den Brieföffner, brach das Siegel und öffnete den Umschlag.

~

Hier bin ich wieder vor dem leeren Bildschirm und versuche, in der einzigen mir bekannten Art Ordnung in mein Leben zu bringen: Ich schreibe ein Wort nach dem anderen und versuche, mir selbst zu erzählen, was in mir vorgeht, was in mir vorgegangen ist, bis zu dem Punkt, an dem ich heute stehe, an diesem Punkt ohne Zukunft, an dem nichts mehr eine Bedeutung hat. Und doch eine besitzt. Und weh tut, wie schon so viele Male.

Ich bin oft verraten worden; ich sollte mich damit abgefunden haben, aber offenbar gibt es Dinge, an die man sich nie gewöhnt: Hunger, Kälte, Erniedrigung, diese nicht nachlassende Müdigkeit, die mich so beschämt.

Heute abend bei André war ich kurz davor, Ihre Hand zu nehmen, Ihnen zu sagen, daß dieses mögliche Mißverständnis vergessen sein soll und wir es noch einmal versuchen können. Aber da kam das Gespräch auf Raúl, und Sie haben in Ihrem Eifer Ihre Theorie erzählt, die vielleicht mehr ist als eine Theorie, da Sie Ihre Behauptungen offenbar mit Beweisen stützen können, und das hat mich wieder aus der Bahn geworfen; und ich habe gespürt, daß nichts von dem, was ich im Lauf meines

Lebens begriffen zu haben glaubte, wirklich so gewesen ist, wie ich es mir gesagt habe. Wenn Raúl mit Amandas Tod nichts zu tun hatte und ich – obwohl ich ihn mir damals herbeigewünscht habe – auch nicht, dann verstehe ich nichts mehr von dem, was passiert ist, und ich muß mich noch einmal mit dem Gedanken auseinandersetzen, daß alles anders gewesen ist.

Ich glaube sofort, daß Amanda eine undurchsichtige Figur in einem noch undurchsichtigeren politischen Spiel war, aber jetzt begreife ich noch viel weniger, wie und mit welchem Druckmittel sie es geschafft hat, Raúl in dieses Spiel mit hineinzuziehen, das er doch immer lächerlich gefunden hat. Und anstatt daß Sie mir neue Antworten geben, tun sich neue Fragen auf, jetzt, da mir keine Zeit mehr bleibt, Antworten darauf zu finden. Wenn ich aus dieser Welt scheide, wird es mir ergehen wie einem schottischen Schloßgespenst, das keinen Frieden findet, weil es sich von seinen Ängsten zu Lebzeiten nicht lösen konnte. Ich sehe mich schon, wie ich als Geist durch diese Zimmer wandele und mit den Armreifen klappere, um die neuen Bewohner, die nach mir hier einziehen werden, zu erschrecken; und auch wenn ich meine Vorstellung auf der einen Seite lächerlich finde, läßt mich auf der anderen Seite die einfache Möglichkeit schon vor Schreck erstarren. Wenn Sie das lesen werden, werden Sie über mich lachen, ich weiß; ich würde auch lachen, wenn ich vierzig wäre, aber ich bin es nicht, und die Vorstellung, daß der Tod für mich vielleicht keine Befreiung bedeuten wird, macht mir angst.

Wenn Ihre Theorie stimmt, hat Raúl mich ein weiteres Mal angelogen, als er mir sagte »Töten ist nicht so schwer«, was ich als Geständnis gewertet habe. Was wollte er mir damit anderes sagen, als daß er bereits getötet hatte? Warum hat er mir diesen Satz geradezu eingehämmert? Damit es mir leichter fiele, abzudrücken? Dabei hat sein handschriftlicher Brief es mir einfacher gemacht, der zweite, den ich in seinem Zimmer gefunden und den er mir vorenthalten hatte, der Brief, in dem er mich anklagte, ihn ermordet zu haben.

Deshalb habe ich nie begriffen, was am Abend vor seinem Tod in ihn gefahren war. Oder vielleicht schon, und ich will es nur nicht glauben.

Am Dienstag abend, einem dunklen, sehr kalten Novemberabend, an dem der Wind in den Kaminen heulte, kam Raúl früh, gegen elf, nach Hause und traf mich auf dem Sofa im Wohnzimmer an, wo ich mit einem Glas Cognac vor dem Kaminfeuer saß und las.

»Es ist wie Nachhausekommen«, sagte er zu mir, während er sich zu mir setzte und meine Beine anhob, um sie auf seinen Schoß zu legen. »Wieviel Zeit wir verloren haben, Hauteclaire.«

Seit Jahren hatte er mich nicht mehr so genannt, und mir lief ein Schauder den Rücken hinunter. Weil er recht hatte. Wir hatten viele, viele Tage unseres Lebens durch unser fortwährendes Mißverständnis verloren, durch unsere gegenseitige Entfremdung, die ich nicht gewollt habe und vielleicht er auch nicht.

Er streichelte mit seiner großen und warmen Hand mein Bein, zerstreut, ins Feuer blickend, als streichelte er eine zahme alte Katze.

»Könnten wir doch nur noch einmal von vorn anfangen! Könnten wir doch noch einmal nach Belleville zurückkehren! Erinnerst du dich? Die Feste, die verrückten Nächte, die Musik, die Freunde, die Ideen, die wie Mückenschwärme auf uns zuflogen, so daß wir uns ihrer kaum zu erwehren wußten ... Wir waren glücklich, du und ich, nicht wahr?«

Ich hatte das Buch weggelegt und sah Raul an, wie er ins Feuer blickte. Der Schein färbte seine noch fast jungen Wangen rosig, setzte goldene Reflexe auf seine noch immer tiefschwarzen Haare, auf seine glänzenden Augen ... Wie konnte er so reden, nachdem er diesen Brief geschrieben hatte?

»Aber die Zeit ist vorbei«, sprach er weiter mit seiner mächtigen Stimme, die nun schleppend klang. »Es ist Zeit zu sterben, Hauteclaire. Alles ist aus.«

»Weil Hervé nicht mehr da ist?« fragte ich fast flüsternd und wollte ihm schon sagen: Du hast mich, Raúl, ich bin doch da, ich werde immer für dich da sein, trotz allem, trotz deines wiederholten Verrats, trotz des Schmerzes. Doch wie immer schwieg ich, wartete ich ab.

»Wegen Hervé? Ich weiß nicht, meine Liebe. Einfach nur so. Weil mein Leben vorbei ist. Das war's. *Rien ne va plus*. Und es erscheint mir so bedeutungslos, weißt du? Ein paar lächerliche Jahre, ein paar Bücher, der eine oder andere Moment der Liebe ... das ist alles. Du bist noch jung, du kannst das noch nicht verstehen.«

»Du bist auch nicht alt, Raúl«, sagte ich und nahm seine Hand. »Wenn du wolltest ...«

»Was? Wenn ich wollte, was?« Mit herausfordernd blitzenden Augen sah er mich an. »Was glaubst du, könnten wir tun? Noch einmal von vorn anfangen, als ob nichts passiert wäre?«

Er lenkte den Blick nach unten und seufzte; einige Sekunden verstrichen, als stände die Zeit still, als überlegte er, was er tun wollte. Dann stand er auf, streckte mir die Hand hin, zog mich vom Sofa und umarmte mich kräftig, fast aggressiv.

»Du hast recht, Hauteclaire«, sagte er mir ins Ohr und vergrub sein Gesicht in meinem Haar. »Vielleicht haben wir noch etwas Zeit, genau so viel, um Abschied voneinander zu nehmen. Komm, komm mit. Wenn du mich noch liebst ...«

Er zerrte mich an der Hand ins Schlafzimmer, gegen meinen Willen, doch mein Körper wollte sich ihm noch einmal hingeben, noch ein letztes Mal nach so vielen Jahren, in denen ich ihn nur von weitem gesehen hatte, in denen ich gewußt hatte, daß seine Liebe nicht mehr mir gehörte.

Er riß mir die Kleider vom Leib, beinahe wütend, und obwohl ich nicht hinnehmen konnte, daß ein Mann mir diese Gewalt antat, der mich für etwas bestraft sehen wollte, was ich nicht getan hatte, verkrampfte sich mein Körper vor Verlangen, ihn noch einmal zu haben, bevor ich ihn für immer verlieren würde. Trotz allem, was gewesen war, trotz dem, was an Unwägbarem und Düsterem bevorstand, war Raúl noch immer mein Ehemann, meine einzige Liebe, der Mann meines Lebens.

Er warf mich aufs Bett und legte sich auf mich, küßte mir den Hals, den Mund und die Ohren, streichelte mich mit seinen großen und warmen Händen, verlangte wie ein siegesgewisser Feldmarschall, daß ich mich ihm rückhaltlos hingab.

»Hast du ein Kondom?« entfuhr es mir auf einmal, und ich wurde mir meiner Worte erst bewußt, nachdem sie mir über die Lippen gekommen waren.

Er erstarrte.

»Ein Kondom?« wiederholte er. »Wozu? Hast du Angst, schwanger zu werden?«

»Sei nicht dumm, natürlich nicht. Aber ... Hervé ...«

»Vertraust du mir nicht mehr?«

Er hätte sonst etwas sagen können, und es hätte nichts ausgemacht, denn in dem Moment war ich bereit, alles zu vergessen, aber diese Frage traf mich, als hätte er mich in einen Teich mit eiskaltem Wasser geworfen. Vertrauen! Wie konnte ich Raúl noch vertrauen? Ich rückte von ihm ab und sprang aus dem Bett. Nein. Ich konnte ihm nicht vertrauen. Nicht mehr. Nie mehr.

»Es sollte mein Abschiedsgeschenk sein«, sagte er vom Bett aus, aus dem Dunkeln heraus.

Ich glaube, ich sagte: »Es ist besser so.«

Ich legte mir einen Morgenmantel über die Schultern und trat ans Fenster. Die Straße war leer, wie ausgestorben, wie nach der Explosion einer Atombombe. Papiere fegten, von dem eisigen Wind getrieben, am Rinnstein entlang.

»Was hältst du von einem Blutspakt? Willst du nicht einen Blutspakt mit mir schließen, damit wir in alle Ewigkeit vereint sind?«

»Wir drei vereint? Ich weiß, daß du das mit Hervé gemacht hast. Er hat es mir erzählt, glücklich wie ein kleiner Junge.«

»Hervé war ein kleiner Junge.« Raúls Stimme klang auf einmal traurig und müde, als hätte er viel geweint.

»Gute Nacht, Raúl.«

»Bis morgen, Stassin.«

Er stand auf, suchte in der Düsternis seine Kleider zusammen und ging aus dem Zimmer. Als ich mich schlafen legte, war das Bett noch warm von Raúls Körper, doch die Tränen waren alle von mir.

~

Aus dem aufgerissenen Umschlag fielen zwei weitere versiegelte Umschläge auf den Tisch. Einer davon war für André bestimmt. Auf dem anderen stand: »Für alle, die es etwas angeht«.

Diesmal zögerte er nicht. Ohne nachzudenken, öffnete er den zweiten Umschlag und zog zwei von Raúl mit Hand beschriebene Briefbögen heraus. Zum ersten Mal sah er einen so langen handschriftlichen Text von Raúl, und zunächst kam es ihm vor, als tue er etwas Unschickliches, Unverzeihliches, doch das legte sich schon bald. Schließlich konnte der Brief sehr wohl für ihn bestimmt sein, denn ihn ging er etwas an, wahrscheinlich sogar mehr als jeden anderen Menschen auf der Welt.

Die ersten Leser dieses Briefs werden, so nehme ich an, meine Freunde André Terrasse und Yves Durand sein, doch früher oder später werden andere Menschen diese Zeilen lesen, und so soll es auch sein, denn es handelt sich um einen offenen Brief an alle, die mit der Aufklärung meiner Todesumstände zu tun haben.

Wenn alles so ausgegangen ist, wie von mir in die Wege geleitet, haben der Untersuchungsrichter oder die zuständigen Polizeibeamten einen handschriftlichen Brief gelesen, den sie bei meiner Leiche gefunden haben und in dem ich meine Ex-Frau Amelia Gayarre des Mordes an mir beschuldige. Hiermit möchte ich klarstellen, daß dieses Schriftstück, obwohl von mir verfaßt und unterschrieben, falsch ist.

In dem Brief habe ich Amelia wissentlich und fälschlicherweise die Schuld an meinem Tod zugeschrieben, aus Gründen, die nur sie versteht und auf die ich nicht im einzelnen eingehen werde. Nur soviel: Ich halte Amelia an einem Verbrechen für schuldig, das viele Jahre zurückliegt und bis heute nicht verfolgt wurde, und darum beschloß ich, sie zu bestrafen, damit sie wenigstens für einige Zeit die Folgen ihrer Tat zu spüren bekommt, allerdings kann ich nicht zulassen, daß sie für einen Mord bestraft wird, den sie nicht begangen hat. Ich habe aus freiem Willen meinem Leben ein Ende gesetzt, und Amelia hatte damit nichts zu tun.

Diesen Brief werde ich in der Wohnung von André Terrasse hinterlegen, und er wird garantiert Himmel und Erde in Bewegung setzen, um Amelia zu entlasten. Gewiß wird André dieses Dokument finden und dem zuständigen Richter vorlegen. Ich schwöre, daß das, was ich hier schreibe, die reine Wahrheit ist und daß meine Ex-Frau weder an meinem Entschluß noch an den Vorbereitungen meines Selbstmordes beteiligt war.

Ich weiß, daß ich dieses Dokument auch bei meinem Notar hätte hinterlegen können, aber dann wären die Umstände allzu rasch geklärt gewesen, und ich wollte doch Amelia wenigstens einmal im Leben die Angst vor der Strafe spüren lassen.

Dem gibt es wohl nichts mehr hinzuzufügen, aber folgende Punkte möchte ich der Klarheit halber noch zusammenfassen:

- *Den Revolver, mit dem ich meinem Leben ein Ende setzen werde, habe ich am 17. Oktober dieses Jahres über einen Bekannten, den ich nicht belasten möchte, gekauft.*
- *Um Amelia bei einem Polizeiverhör zusätzlich zu belasten, habe ich ganz bewußt Yves Durand gegenüber erwähnt, daß sie einen Revolver besitzt.*
- *Die letzten Tage meines Lebens verbringe ich in unbeschwerter, fröhlicher Stimmung, so daß keiner meiner Freunde, die ich zum Abschied noch einmal treffe, auf die Idee käme, ich hätte unter Sorgen oder Ängsten gelitten und wäre deshalb in den selbstgewählten Tod gegangen.*
- *Ich werde meine Selbsttötung vollziehen, ohne daß Amelia den geringsten Verdacht über mein Vorhaben hegen wird.*

Ich hoffe, diese Worte genügen, um Amelia Gayarre zu entlasten, aber weil es nicht schaden kann, schwöre ich vor Gott und auf die Bibel, daß meine Ex-Frau an meinem Tod unschuldig ist.

Gezeichnet: Raúl de la Torre

Als Ari alles gelesen hatte, zitterten ihm so sehr die Hände, daß er die Blätter auf der Computertastatur ablegen mußte; dann verschränkte er die Arme und steckte die Hände so lange unter die Achseln, bis das Zittern nachließ und er noch einmal mit mehr Ruhe Raúls Geständnis lesen konnte.

Es war ihm unbegreiflich, was für ein diabolisches Spiel der seiner Meinung nach größte Schriftsteller des Jahrhunderts getrieben hatte; jedenfalls hatte er Amelia etwas Ungeheuerliches antun wollen. Wie dem Brief zu entnehmen war, hatte er alles so arrangiert, daß sein Selbstmord wie Mord aussehen sollte; zusätzlich hatte er der Polizei einen Brief hinterlassen, in dem er Amelia belastete. Die Frage war nur, was mit diesem Brief geschehen war, denn soweit er Bescheid wußte, war Raúls Tod vom ersten Moment an als Selbstmord akzeptiert und Amelia nie in irgendeiner Form verdächtigt worden.

Er mußte mit ihr reden, unbedingt, er brauchte Antworten auf diese Fragen, die noch dringlicher waren als das Rätsel um Amandas Tod, das er ja schon so gut wie gelöst hatte. Aber um ein Uhr nachts würde sie nicht ans Telefon gehen. Er würde bis zum nächsten Tag warten müssen, dann wollte er ihr von seiner Entdeckung erzählen und sie irgendwie überreden, sich mit ihm zu treffen. Über diese Angelegenheit konnte er nicht am Telefon reden; er mußte sie sehen, er mußte es herausfinden.

Und sobald er es geschafft haben würde, Amelia eine Antwort zu entringen, wollte er André den an ihn gerichteten Brief bringen und ihn bitten, ihn ebenfalls lesen zu dürfen. Doch noch wußte André nichts von der Existenz dieses Briefs. Weder Yves noch André. Er könnte den Brief lesen und ihn ihnen einfach vorenthalten wie die Fotos aus Armands Saxophonkasten; er brauchte seine Erkenntnisse nicht zwingend mit jemandem zu teilen, und wenn der Brief neue Fragen aufwarf, die nur André beantworten konnte, könnte er ihm den Brief immer noch zeigen und ihm verschweigen, daß sie in einem versiegelten, an ihn adressierten Umschlag gesteckt hatte; er könnte einfach sagen, er habe ihn in einem großen Umschlag gefunden, auf dem gestanden habe: »Für alle, die es etwas angeht«. Und selbst wenn André ihm nicht glaubte, könnte er nicht beweisen, daß Ari log.

Ari befühlte den Brief an André und wünschte, die Lasche, die elf Jahre lang zugeklebt gewesen war, möge sich durch Zauberhand öffnen, der Siegellack möge zerbröckeln und auf seinen Schreibtisch rieseln und die Briefbögen mögen sich vor seinen Augen auseinanderfalten, ohne daß seine Hände das sie umschließende Papier zerreißen müßten. Er schaffte es einfach nicht. Er hatte schon an zu vielen fremden Geheimnissen gerührt. Wenigstens wollte er bis zum nächsten Tag warten, bis er wieder halbwegs klar denken konnte, bis er wieder ungestüm sein wollte. Das waren ihm zu viele starke Gefühle auf einmal.

~

Seitdem Amelia die Durchschrift von Raúls belastendem Brief gefunden hatte, fragte sie sich immer wieder, wo er das Original wohl aufbewahrte, schließlich mußte sie ihn rechtzeitig und unbemerkt mit dem anderen Brief vertauschen, den er ihr zu lesen gegeben hatte. Nur wenn sie Raúls Pläne bis ins kleinste Detail durchschaute, könnte sie die Farce weiterspielen; andernfalls müßte sie ihm sagen, daß sie ihre Meinung geändert habe und nicht daran denke, ihm bei der Durchführung seines Selbstmordes zu helfen. Zwei schreckliche Tage lang quälte sie der Gedanke, was ihn nur zu diesem Schritt gegen sie geführt haben mochte, und in diesen zwei Tagen zog sie ihre Stärke nur aus ihrer Wut auf ihn und aus der Überzeugung, auch nach Jahren der Trennung der einzige Mensch auf der Welt zu sein, der ihn wirklich kannte.

Doch sie kam einfach nicht dahinter, warum er ihr so sehr schaden wollte. Gut, als Hervé schon sehr krank und auf eigenen Wunsch hin nach Hause entlassen worden war, weil man im Krankenhaus nichts mehr für ihn hatte tun können, hatte Raúl ihr vorgeworfen, daß sie ihm Morphium spritzte, das wußte sie. Obwohl der Arzt ihr ausdrücklich die Erlaubnis gegeben hatte, fand Raúl, sie ginge mit dem Medikament zu freizügig um. Als Hervé dann friedlich, ohne aus seinem Schlaf zu erwachen, an Herzversagen gestorben war, hatte Raúl ihr als einziger Anwesenden die Schuld gegeben, das wußte sie. Aber sie konnte nicht glauben, daß ihr früherer Mann deswegen einen solchen Haß auf sie entwickelt haben sollte. In dem Brief schrieb er, daß Amelia schon allzuoft ihren Willen durchgesetzt habe und daß die Stunde gekommen sei, Gerechtigkeit walten zu lassen. Was für eine Gerechtigkeit? Wann hatte sie denn ihren Willen durchgesetzt? Was ging in Raúl vor, daß er sie bestrafen wollte? Wofür wollte er sie bestrafen? Wie kam er darauf, sie für Amandas Tod bestrafen zu wollen, während sie doch sicher war, daß er ihn selbst herbeigeführt hatte? Oder warf er ihr etwa vor, daß sie ihn hatte gehen lassen, daß sie nicht gegen Amanda um ihn gekämpft und ihn somit diesem neuen Leben ausgeliefert hatte, das er doch so verabscheute? Raúls Denken, das schon immer etwas Kindliches gehabt hatte, hatte bedenkliche und geradezu unheimliche Züge angenommen. Ein Spieler war er immer gewesen, das hatten sie gemeinsam: einen besonderen Sinn für die spielerische Seite des Lebens wie der Literatur. Aber dieses Spiel hier wurde ihr zu gefährlich, denn es konnte sie das Leben und die Freiheit kosten. Offenbar wollte Raúl sterben, konnte aber gleichzeitig nicht akzeptieren, daß sie weiter das Leben genießen wollte.

Am Abend vor dem geplanten Selbstmord kam sie auf einmal dahinter, was Raúl vorhatte, und es erschien ihr so simpel, daß sie laut lachen mußte. Raúl wollte einfach die Umschläge austauschen, er wollte den entlastenden Brief verschwinden lassen, vielleicht verbrennen oder in kleine Schnipsel reißen und diese von einer Brücke in die Seine streuen, und sich dann den handgeschriebenen Brief, in dem er sie für seinen Tod verantwortlich machte, in die Tasche stecken. Sie würde den Unterschied nicht bemerken, denn beide Briefe waren zugeklebt und an den Herrn Untersuchungsrichter adressiert. Er hatte ihr auch nur deshalb angeboten, den Brief aufzubewahren, weil er wußte, daß sie den Umschlag nicht berühren wollte und ihm sagen würde, er solle ihn bei sich behalten. Auch Raúl kannte sie gut.

Die Sache war ganz einfach. Sie würde mit ihm reden, ohne ihm zu verraten, daß sie von dem zweiten Brief wußte, und ihm auf diese Weise die Gelegenheit geben, sein Vorhaben noch einmal zu ändern. Wenn er es nicht tat, würde sie ihn für den Verrat bestrafen und wüßte sie, was sie zu tun hatte: Sie würde wie vereinbart den Schuß abgeben, anschließend aber den Brief aus der Tasche seines Sakkos öffnen. Sollte es tatsächlich der sie anklagende Brief sein, würde sie ihn vernichten und durch einen anderen, mit der Maschine geschriebenen ersetzen. Raúls Unterschrift zu fälschen war ein leichtes, sie hatte es schon oft genug getan. Der Text entspräche dem, den sie sich gemeinsam überlegt hatten, sie wußte ihn auswendig. Der Richter oder zuständige Kommissar würde Raúls Erklärung entnehmen, daß sie mit seinem Selbstmord nichts zu tun hatte, und alles wäre gut.

Noch am selben Abend, sie war wieder einmal allein, schrieb sie auf Raúls alter mechanischer Schreibmaschine den Brief, unterschrieb ihn mit ruhiger Hand, steckte ihn in einen Umschlag mit selbstklebender Lasche und hob ihn in ihrer Handtasche auf, immer noch in der Hoffnung, Raúl würde nach einem Gespräch mit ihr vielleicht alles noch einmal überdenken und seine Pläne aufgeben.

~

Yves war allein zu Hause. André hatte für diesen Abend eine Lesung organisiert, doch Yves hatte es, anstatt ihn zu begleiten, vorgezogen, ein paar Stunden lang seine Ruhe zu haben, Musik zu hören und vielleicht die Videos aufzuräumen, die sich in den letzten Wochen angesammelt hatten. Nachdem er geduscht hatte und in einen alten Jogginganzug geschlüpft war, beschloß er, auf das Abendessen zu verzichten und nur einen großen Teller Trauben und Erdbeeren zu essen, die er aus dem Delikatessengeschäft gegenüber seiner Arbeitsstelle mitgebracht hatte.

Während er das Obst aß und im Fernsehen die Nachrichten anschaute, waren seine Gedanken auf einmal wieder bei André und Amelia, den beiden »As« in seinem Leben. Irgendwie verhielten sie sich seltsam in letzter Zeit. André seit dem Abendessen am Samstag und Amelia ... wie Amelia sich gegenüber Ari verhalten hatte, war wirklich merkwürdig, als wollte sie ihn für ein Vergehen bestrafen, dessen sich Ari offenkundig nicht bewußt war.

Doch die größte Sorge bereitete ihm André, seine lächerlichen Anstrengungen, so zu tun, als wäre nichts, dabei sah er ihm an, daß ihn irgend etwas bedrückte. Er hatte ihn mehrmals gefragt, aber immer die gleiche typische Antwort bekommen, die man gibt, wenn etwas tatsächlich nicht stimmt: »Nichts, es ist wirklich nichts.«

Seit sie herausgefunden hatten, daß keiner seiner beiden Freunde Amanda umgebracht hatte, schien André irgend etwas durch den Kopf zu gehen. Dauernd runzelte er die Stirn und antwortete auf alle Fragen einsilbig. Und was Amelia betraf, hatte André Ari ins Gewissen geredet, wie gefährlich es sei, im Schlamm zu wühlen. Und welcher Schlamm war in ihm selbst aufgewühlt worden? Welche Erinnerungen aus der Zeit, bevor sie sich kannten, keimten in André auf?

Das Gedächtnis ist wie ein dunkler Garten, dachte Yves, wie ein schattiger, nach Norden ausgerichteter Garten, in dem nur wenige Pflanzen gedeihen, Schattengewächse, die nur zögerlich sprießen und wachsen, mit Mühe nach oben streben zu dem spärlichen, ihnen zugestandenen Licht.

Wie schon oft bedauerte er, daß sich bestimmte Geheimnisse der ansonsten so aufschlußreichen Autopsie verschlossen.

Er war bei Raúls Autopsie dabeigewesen und erinnerte sich noch eigentümlich präzise an seine Gedanken und Gefühle von damals. Er sah sich vor den Füßen des verstorbenen Freundes stehen, konzentriert auf Étiennes Handgriffe und Bemerkungen, der den Befund für den Bericht diktierte. Schon damals hatte er sich gefragt, warum es nicht möglich war, jetzt, da Raúl vollkommen schutzlos vor ihnen lag, aus ihm herauszubringen, was zeit seines Lebens in ihm vorgegangen war und warum er mit einem Schuß in die Schläfe allem ein Ende setzen wollte, was er für André, für Amelia, für ihn gefühlt hatte. Stückchen für Stückchen hatte der Körper seine Geheimnisse preisgegeben – seine Gewohnheiten, seine Laster, seine Abnutzungen –, außer dem Gehirn: Die darin eingeschlossenen Gedanken waren mit ihm gestorben. Er erinnerte sich noch genau, wie es sich angehört hatte, als sie ihm den Schädel aufsägten – das Sirren hatte schriller, kreischender geklungen als gewöhnlich, vielleicht, weil er das Opfer gekannt hatte –, und er fragte sich nun wie schon damals, was in diesem Gehirn vorgegangen sein mochte, welche seine letzte Erinnerung gewesen war, bevor er gestorben war, bevor die Kugel seinen Schädel durchbohrt hatte, die – dessen war er sich sicher – nicht durch den Druck seines eigenen Fingers abgeschossen worden war.

Zwei Tage vor der Autopsie, wenige Stunden vor Bekanntwerden von Raúls Selbstmord, hatte Amelia ohne Ankündigung bei ihnen vorbeigeschaut. An jenem Vormittag war nur Yves zu Hause gewesen, weil er wegen einer leichten Grippe ein paar Stunden länger als sonst im Bett geblieben war. Er erinnerte sich nicht mehr, was sie ihm als Grund für ihren Besuch genannt hatte, wahrscheinlich hatte sie mit André sprechen wollen, doch warum sie dann nicht in den Verlag gegangen war, war ihm entfallen.

In sein Gedächtnis eingegraben hatte sich ihm nur, daß Amelia leichenblaß gewesen war und eiskalte Hände gehabt hatte und daß sie während ihres kurzen Besuchs die ganze Zeit nervös mit ihren schwarzen Lederhandschuhen gespielt und diese schließlich auf der Konsole am Eingang liegengelassen hatte. Die Handschuhe hatten stark nach Schießpulver gerochen, und auch wenn sich dieser Geruch nach elf Jahren bestimmt verflüchtigt hatte, könnte jedes Polizeilabor bestätigen, daß diese Handschuhe beim Abziehen einer Waffe getragen worden waren.

Darum war er nicht überrascht gewesen – obwohl er es vorgab –, als André ihm nach seinem Telefonat mit Amelia mitteilte, Raúl habe sich in der Wohnung auf der Île Saint-Louis eine Kugel in den Kopf gejagt. André war entsetzt und fassungslos gewesen und wiederholte immer wieder: »Jetzt, da er die Sache mit Hervé überstanden hat. Es ging ihm doch so gut. Er war so unternehmungslustig und gesellig wie noch nie. Das kann doch nicht sein, mein Gott, das kann doch nicht sein.«

Aber es war so gewesen. Die Waffe, die die Polizei in Raúls Hand fand, ein Damenmodell, wie von Raúl ein paar Wochen zuvor beschrieben, hatte seinem Leben ein Ende gesetzt. Yves wußte, was sich hinter diesem angeblichen Selbstmord eigentlich verbarg. Dank der vergessenen Handschuhe hätte er beweisen können, daß nicht Raúl – zumindest nicht er allein – den Abzug betätigt hatte. Aber das konnte er André nicht sagen, und er wollte auch der Polizei nichts sagen, bevor er nicht bei der Autopsie etwas überprüft hätte, denn eine Autopsie würde auch gegen Raúls Willen durchgeführt werden müssen.

Als sie am Nachmittag, nachdem der Richter die Leiche freigegeben hatte, Amelia besuchten, hatte sie sich umgezogen, und obwohl sie noch immer blaß war, wirkte sie sehr viel gefaßter als bei ihrem Besuch bei Yves am Vormittag.

»Hast du das erwartet?« war Andrés erste Frage.

Sie zuckte mit den Schultern und sah weg: »Ja«, sagte sie schließlich mit sehr leiser Stimme. »Warum, glaubst du, wollte er dauernd mit euch ausgehen? Raúl hat es mehrmals angedeutet, halb im Scherz, halb im Ernst; er redete ständig von seinem

Abschied, darum war ich auch überhaupt nicht in der Laune, mit ihm um die Häuser zu ziehen.«

»Und warum zum Teufel hast du mir nichts davon gesagt? Ich hätte ...«

»Nichts hättest du«, unterbrach sie ihn brüsk. »Du hättest nichts machen können. Was glaubst du, wer du bist? Raúl hatte seine Entscheidung getroffen. Weder ich noch du hätten etwas machen können. Du hast dir nichts vorzuwerfen. Wir sind, wir waren nicht so wichtig für ihn.«

»Aber warum? Warum, Amelia?«

Wieder zuckte sie mit den Schultern: »Vielleicht wollte er uns bestrafen. Man sagt, das spiele in jeden Selbstmord mit hinein: das Bestrafen derjenigen, die weiterleben.«

»Hat er keinen Brief hinterlassen?«

»Doch. Die Polizei hat ihn mitgenommen.«

»Was schreibt er?«

»Das übliche: Daß er im vollen Besitz seiner geistigen Kräfte sei, daß es seine freie Entscheidung sei, daß niemand beschuldigt werden soll, daß man ihm die Unannehmlichkeiten nachsehen möge ... und so weiter. Für einen großen Schriftsteller ist es ein ziemlich klischeehafter Abschiedsbrief.«

»Wie grausam du sein kannst, Amelia!«

»Es ist auch nicht sehr geschmackvoll, sich in meiner Wohnung zu erschießen, er hätte es auch bei sich machen können. Oder meinetwegen bei euch.«

»Er muß verzweifelt gewesen sein.«

»Ach was.«

»Hat er dir nicht irgendeinen Grund angedeutet?«

»Er hat mir vieles angedeutet. Zu viel. Das Leben ohne Hervé, das Alter, wieviel Zeit wir verloren haben, in der wir hätten glücklich sein können ... was weiß ich.«

»Hat er mich erwähnt?« fragte André mit erstickter Stimme, ohne sie anzusehen.

»Er sagte, daß du sein treuester Freund warst, irgend so etwas«, log Amelia, ohne zu erröten.

André preßte die Lider zusammen und wischte sich mit einem Taschentuch über die Augen.

»Wird man eine Autopsie durchführen? Er wollte es nicht.«

»Ich fürchte, da kann man auf seinen Wunsch keine Rücksicht nehmen«, antwortete Amelia. »Nicht wahr, Yves? Aber du wirst dabeisein, wie er es sich gewünscht hat, und überwachen, daß sie es gut machen.«

Viel mehr gab es nicht zu sagen, aber sie wollten Amelia nicht in der Wohnung, aus der gerade erst Raúls Leiche weggeschafft worden war, allein lassen, und so überredeten sie sie, wenn sie schon nicht bei ihnen übernachten wollte, doch wenigstens mit ihnen zum Abendessen zu gehen.

»Das ist mein Zuhause, hierher muß ich zurück, wenn nicht heute abend, dann morgen oder übermorgen. Wozu soll ich es vor mir herschieben. Früher oder später werde ich mich mit dem Gedanken anfreunden müssen, meine Wohnung mit Raúls Gespenst zu teilen. Vielleicht wollte er das: mich als Strafe für immer mit seinem Gespenst allein lassen... Aber uns Hexen können Gespenster nicht erschrecken.«

Bei der Beerdigung auf dem Friedhof Père-Lachaise, der viele Menschen beiwohnten, neben der Crème de la Crème der Pariser Intellektuellen eine Menge Schaulustige und ein beachtlicher Teil der Homosexuellen-Community von Paris, trug Amelia neue beigefarbene Lederhandschuhe. Die anderen, aus schwarzem Leder, lagen nach wie vor bei Yves in der Schublade, zusammen mit seinen kostbarsten Besitztümern, und im Lauf der Jahre waren die Handschuhe zu einem Symbol der Liebe und Treue geworden. Der Liebe, die Amelia für Raúl empfunden hatte, und der Treue eines Freundes zu Amelia.

KAPITEL 10

Um Punkt zehn Uhr morgens wählte Ari Amelias Nummer, er wollte sie unbedingt noch am selben Tag sehen. Wenn er sie anders nicht dazu überreden könnte, würde er ihr von Raúls Brief erzählen, den er in dem Koffer gefunden hatte, und mit diesem Köder würde er sie bestimmt aus der Reserve locken. Er war sich absolut sicher, daß es Amelia auch Jahre nach Raúls Tod noch reizte, etwas von ihm zu lesen, das sie noch nicht kannte.

Zum ersten Mal, seitdem er Amelia kannte, sprang nach dem dritten Klingeln der Anrufbeantworter an. Die Ansage war auf französisch und so typisch Amelia, daß er trotz der unerwarteten Komplikation lächeln mußte: »Ich sage meinen Namen nicht, schließlich werden Sie schon wissen, wen Sie angerufen haben. Ich bin reiten gegangen und werde erst am Nachmittag zurück sein. Wenn es dringend ist, was ich für außerordentlich geschmacklos hielte, können Sie sich mit meinem Verleger in Verbindung setzen. Aber lieber wäre mir, Sie versuchen es ein anderes Mal, wenn mir langweilig ist.«

Als er aufgelegt hatte, verging ihm sein Lächeln, und er fuhr sich mit der Hand über die Stirn. Wieder ein Plan, aus dem nichts würde. Anstatt auf der Stelle hinauszugehen und sich mit Amelia zu treffen, wie er es sich vorgestellt hatte, müßte er in seinen elenden vier Wänden sitzen bleiben und an dem verfluchten Buch schreiben, dabei drängten so viele Fragen in ihm nach einer Antwort. Er hatte nicht den geringsten Vorwand, um in ein Archiv oder eine Bibliothek zu gehen, Yves oder André konnte er nicht anrufen, weil sie zur Arbeit gegangen waren, und Nadine anzurufen kam nicht in Frage: Es wäre wieder einmal eine Notlösung, und abgesehen davon arbeitete bestimmt auch sie. Er konnte noch nicht einmal in irgendeiner Buchhandlung ein Buch abholen, und falls er sich zu einem freien Vormittag oder einem Museumsbesuch entschlösse, würde ihm sein Pflichtbewußtsein alles verderben. Es gab also tatsächlich keinen Grund, das Zimmer zu verlassen, doch er war bereits geduscht, rasiert und angezogen, so daß er sich irgendeine Unternehmung ausdenken mußte, damit ihm nicht die Decke auf den Kopf fiel.

Plötzlich hatte er eine hervorragende Idee. Seit Monaten hob der Antiquar in Saint-Sulpice die Bücherkiste aus Armands Nachlaß für ihn auf; falls er es nicht leid geworden war, sie aufzubewahren, und die Bücher an jemand anderen verkauft hatte. Jetzt war der passende Moment für einen ausgedehnten erfrischenden Spaziergang durch das bereits frühlingshafte Paris, von dem er erschöpft und mit der Bücherkiste zurückkehren würde.

Bevor er es sich doch noch anders überlegte, ging er hinaus in den frischen sonnigen Morgen. Er nahm die Metro bis Saint-Germain und spazierte durch die Rue Bonaparte zu dem Antiquariat, begleitet von dem ebenso verlockenden wie bangen Gedanken, Nadine könnte ihm über den Weg laufen und sagen, sie habe den ganzen Tag frei. Aber an ihrer Wohnung waren die Fensterläden geschlossen, und als er an dem Haus vorbeiging, trat auch kein Bewohner durch die Eingangstür.

Das kleine Geschäft war unverändert seit seinem ersten Besuch: sonnig, staubig und menschenleer. Der Antiquar hatte sich genau wie damals in den Hinterraum zurückgezogen, und auch das Klingeln des Glöckchens lockte ihn nicht hervor. Die goldfarbenen Schriftzüge der alten Folianten verströmten einen matten, ruhigen Glanz, und die Stille knisterte, als setzte sie sich aus winzigen, vom Gehör nicht zu trennenden Geräuschen zusammen.

Ari ging eine Weile zwischen den Regalen umher, las hier und dort einen Titel auf lateinisch, französisch, italienisch und wartete geduldig auf den Antiquar, um ihn nach seiner Kiste mit den alten Romanen zu fragen. Nach ein paar Minuten streckte der Mann endlich den Kopf heraus und lächelte ihn an: »Brauchen Sie Hilfe, oder wollen Sie sich umsehen?«

»Danke. Ich weiß nicht, ob Sie sich an mich erinnern. Ich habe bei Ihnen eine Kiste Bücher gekauft, die eine Frau von nebenan Ihnen heruntergebracht hatte. Es ist Monate her. Es würde mich nicht überraschen, wenn Sie sie nicht mehr hätten.«

»Aber sicher! Natürlich! Keine Sorge, ich habe sie aufgehoben. Aber besonders groß scheint Ihr Interesse daran nicht zu sein, wenn Sie sie so lange hiergelassen haben.« Er hob auf geradezu diabolische Art eine weiße, struppige Braue.

Ari lachte, die Grimasse des Alten gefiel ihm: »Sie haben recht. Das Buch, das mich am meisten interessiert hat, habe ich mitgenommen, und an die anderen habe ich nicht mehr gedacht. Bis heute.«

»Ja. Ich weiß, was es heißt, ein Buch unbedingt haben zu wollen. Aber, wissen Sie was? Vielleicht finden Sie unter den anderen auch noch die eine oder andere Kostbarkeit.«

»Schön wär's. Aber das glaube ich nicht.«

»Kommen Sie. Möchten Sie einen Tee? Ich habe gerade eine Kanne aufgesetzt.«

Ari nahm die Einladung spontan an und lehnte am Bücherregal, während der Antiquar auf einem kleinen Herd Wasser erhitzte und die Teeblätter in eine tönerne Teekanne gab.

»Und womit beschäftigen Sie sich?« fragte ihn der Mann über die Schulter.

»Ich bin Philologe.«

»Das habe ich mir gedacht.«

»Wieso?«

»Wegen der Romane, die Sie bei mir gekauft haben. Daß Sie kein Theologe sind, war mir klar; sonst hätten Sie hier viele interessante Dinge gefunden. Was ist Ihr Spezialgebiet?«

»Erzählende Literatur der Gegenwart. Ich schreibe gerade an einer Biographie über Raúl de la Torre.«

»Ein exzellenter Schriftsteller.«

»Sie kennen ihn?«

»Sicher. Ende der siebziger Jahre war er in Paris sehr bekannt. Überall sah man sein Foto. Wenn ich mich nicht täusche, war das Buch, das Sie mitgenommen haben, sein zweiter Roman.«

Ari spürte, wie ihm das Blut in den Kopf schoß.

»Sie brauchen sich nicht dafür zu schämen, das begehrte Buch gefunden zu haben«, der Mann goß die Teeblätter mit kochendem Wasser auf, legte den Deckel auf die Teekanne und zog eine goldene Uhr aus seiner Jackentasche. »Drei Minuten, dann ist er fertig.«

»Warum haben Sie mir das damals nicht gesagt?«

»Was? Daß Sie nicht diese ganzen Romane zu kaufen brauchen, wenn Sie es nur auf einen davon abgesehen haben? Das hat Ihnen eine Prise Abenteuer verschafft und mir ein paar zusätzliche Francs, die ich bitter nötig habe. Oder hätten Sie für diesen einen Roman nicht durchaus so viel bezahlt wie für die ganze Kiste?«

Ari nickte: »Es war in der Tat ein Schnäppchen.«

»Na also, dann sind wir beide zufrieden. Nehmen Sie Zukker?«

»Nein, danke. Ich trinke den Tee pur.«

»Und wie geht es mit der Biographie? Bestimmt sind Sie schon zu der Erkenntnis gelangt, daß Sie sich etwas Unmögliches vorgenommen haben.«

Ari antwortete nur mit den Augen, er hatte sich mit dem Tee den Mund verbrannt.

»Alles, was man schreibt, ist Fiktion«, sprach der Antiquar weiter, während er in kleinen Schlückchen seinen Tee trank. »Man kann sich mit Fakten absichern, soviel man will, sobald man anfängt zu schreiben, beginnt man zu fabulieren, und am Ende hat man entgegen aller Absicht dann doch einen Roman geschrieben, auch wenn es nicht so aussieht.«

»Darum befrage ich die Menschen, die Raúl de la Torre am besten gekannt haben.«

»Aber auch diese Leute fabulieren.«

»Sie erinnern sich.«

»Was ist die Erinnerung anderes als Geschichten, die wir uns selbst erzählen, in denen wir einzelne in unserem Gedächtnis verankerte Szenen aneinanderknüpfen? Manchmal erinnern wir uns sogar, ohne alle Fakten im Gedächtnis zu haben, also ohne uns wirklich bewußt zu sein, daß das Erzählte zum großen Teil unsere Erfindung ist. Das ist Fabulieren.«

»Ich sollte es also besser sein lassen.«

»Nein, um Gottes willen! Aber Sie müssen sich Ihrer Grenzen bewußt sein, und irgendwann, wenn Sie mit Ihrer Biographie fertig sind, sollten Sie einen Roman schreiben und darin alles unterbringen, was Sie sich vorstellen, aber nicht sicher wissen, oder auch das, was Sie wissen und aus Rücksicht auf andere verschwiegen haben.«

»Sehen Sie«, sagte Ari und richtete sich auf dem Stuhl auf. »Genau das hat mir vor ein paar Monaten Raúls Ex-Frau in einem Gespräch gesagt. Aber sie ist Schriftstellerin.«

»Sie sind auch Schriftsteller.«

»Nein, ich schreibe wissenschaftliche Studien. Ich schreibe Sachtexte, Faktenwissen, verstehen Sie? Und nicht Fiktion.«

»Glauben Sie immer noch, daß es da einen Unterschied gibt?

Sehen Sie, ich habe vor vielen Jahren eine Biographie über Jean Parisot de la Valette geschrieben, den Großmeister des Johanniterordens während der berühmten Türkenbelagerung Maltas im sechzehnten Jahrhundert. Ich habe sämtliche Quellen konsultiert, die mir in die Hände kamen, und das waren viele, glauben Sie mir. Ich habe über ein Jahr auf Malta verbracht, um in der Bibliothek zu arbeiten und sämtliche Schauplätze zu besuchen, an denen La Valette gewesen ist. Meine Biographie ist mit eine der ausführlichsten, die es gibt, aber als ich fertig war, wußte ich, obwohl ich tadellose Arbeit geleistet hatte und auf das Ergebnis stolz sein konnte, daß es eine Menge Dinge gab, die ich nicht hatte schreiben können. Die Jahre vergingen, ich wehrte mich gegen mein Bedürfnis, dann schrieb ich endlich einen historischen Roman über dieselbe Persönlichkeit. Weil ich mir so vieles selbst erklären mußte. Weil ich das Bedürfnis hatte, frei von jeglichem Rechtfertigungsdruck zu fabulieren, verstehen Sie?«

»Und hat es sich gelohnt?« fragte Ari, gefesselt von dem, was der Antiquar erzählte.

»Persönlich war es eine große Erleichterung. Gelohnt hat es sich vor allem wirtschaftlich.« Er stieß einen kurzen Lacher aus. »An meine Biographie erinnern sich heute noch drei oder vier Wissenschaftler, die sie zu widerlegen versucht haben. Von dem Roman haben sich fünfzehntausend Exemplare in sieben Auflagen verkauft. Erst vor ein paar Wochen hat ein Verlag sein Interesse angemeldet, ihn neu aufzulegen, allerdings soll ich ihn stilistisch überarbeiten. Ich habe ihn Ende der fünfziger Jahre geschrieben, das ist eine ganze Weile her.«

»Sie raten mir also, nach der Biographie noch einen Roman zu schreiben.«

»Nur wenn der Stoff Sie noch beschäftigt. Wenn Sie das Gefühl haben, aus irgendwelchen Gründen vieles verschwiegen zu haben. Da Sie über jemanden schreiben, dessen Freunde und Verwandte noch leben, ist es für Sie unter Umständen noch schwieriger als für mich, obwohl der Johanniterorden bis heute ungebrochen existiert und alles kontrolliert, was über einen Großmeister wie La Valette veröffentlicht wird.«

Das Glöckchen klingelte, und ein älterer Herr mit randloser Brille und Stock trat ein. Der Antiquar stand mit einer entschuldigenden Geste auf: »Guten Tag, Professor Béthouart. Ich glaube, ich habe endlich gefunden, was Sie suchen. Warten Sie kurz.«

Ein Lächeln erhellte das Gesicht des Mannes, das auf den Antiquar, auf Ari und sämtliche Regale um ihn herum ausstrahlte. Der Antiquar verschwand in den Tiefen des Ladens und kam kurz darauf mit Aris Kiste und einem dicken Wälzer obendrauf wieder zurück.

»Hier haben Sie es«, sagte er und reichte dem Professor das Buch, »und hier sind Ihre Bücher. Kommen Sie doch wieder einmal auf eine Tasse Tee vorbei. Ich habe viel freie Zeit.«

Ari nahm die Kiste, bedankte sich für den Tee und das Gespräch und beschloß, im Jardin du Luxembourg den Inhalt der Kiste durchzusehen. Der Professor setzte sich auf den Stuhl, den er freigemacht hatte, und Ari warf durchs Schaufenster einen letzten Blick auf die beiden lachenden, Tee trinkenden älteren Herren.

~

Amelia war erschöpft, obwohl sie keine zwei Stunden durch den Bois de Boulogne geritten war. Und wie jedesmal, wenn sie sich nach einer leichten körperlichen Anstrengung schlecht fühlte, war sie übler Laune, doch sie kannte sich gut genug, um zu wissen, daß sie sich nur eine Weile im Club an einem kleinen Tisch in der Sonne ausruhen müßte, um sich innerlich wieder aufzurichten, und so bestellte sie ein leichtes Mittagessen und dazu ein Glas Weißwein, sah zu den Wipfeln der hohen, die Terrasse säumenden Bäume hinauf und versuchte zu entspannen. Zumindest war es ihr gelungen, eine Weile zu reiten und an nichts zu denken, was bereits ein Fortschritt war, aber ihr taten von der Anstrengung alle Muskeln weh, und sie mußte sich selbst eingestehen, daß sie nicht mehr das Alter und auch nicht mehr die Konstitution für derlei sportliche Aktivitäten hatte. Sie wäre besser zu Hause geblieben und hätte endlich diesen verdammten Roman zu Ende geschrieben, den letzten aus der Hexenserie, den letzten in ihrem Leben.

Sie spürte, wie ihr die Tränen kamen, und versuchte, sie zurückzuhalten, dann leerte sie das Weinglas in einem Zug und ließ sich mit einer Geste, die der Kellner sofort verstand, noch eines kommen. Sie brauchte sich keine Sorgen mehr zu machen, daß sie Alkoholikerin werden könnte oder daß die Zigaretten oder irgendein anderes Laster sie umbrächten. So gesehen war es eine neue Form der Freiheit.

Vielleicht war Raúl deshalb in seinen letzten Wochen so euphorisch gewesen: Zu wissen, wie viele Tage einem noch bleiben, kann eine ganz neue Erfahrung von Freiheit sein, die Erkenntnis, daß man Macht über das eigene Leben hat, anstatt wie sonst alles auf sich zukommen zu lassen.

Darum war Raúl am Morgen vor seinem Tod wohl auch so nervös geworden, als sie ihn bat, ihr noch einmal den Brief an den Richter zu zeigen, den sie zusammen geschrieben hatten. Damit wollte sie ihm seine Absicht entlocken und erreichen, daß er aus Scham von seinem schändlichen Plan Abstand nehmen würde.

Raúl war sichtlich nervös geworden und hatte in seiner üblichen Art mit der Schuhspitze über den Boden gescheuert, während sein Gehirn vermutlich auf Hochtouren lief, um irgendein Argument vorschieben zu können, damit er ihr den

Brief nicht zu zeigen brauchte. Denn wahrscheinlich hatte er den ursprünglichen sicherheitshalber schon vernichtet.

»Aber, meine Liebe, du hast doch selbst gesehen, wie ich ihn in den Umschlag gesteckt und den Umschlag verschlossen habe, oder etwa nicht? Ich habe ihn hier in der Sakkotasche, du kannst ihn gern sehen, aber dafür müßte ich ihn noch einmal aufreißen.«

»Raúl, sag mir die Wahrheit. Ist dieser Brief wirklich derselbe, den wir beide geschrieben haben?«

»Du wirst allmählich paranoid, Amelia. Natürlich ist es derselbe, welcher sonst?«

»Es könnte doch sein, daß du deine Meinung geändert hast.«

»Du weißt, wenn ich einen Text abschließe, dann ändere ich nichts mehr dran. Keine Korrekturen mehr und auch sonst keine Änderungen. Wenn er fertig ist, ist er fertig.«

»Schwörst du mir, daß alles gutgehen wird?«

Er nahm ihre Hand und drückte sie an sein Herz: »Ich würde dir niemals etwas antun wollen, Amelia. Wenn ich es irgendwann in meinem Leben getan habe, dann war es ohne Absicht, und ich schwöre dir, daß ich jeden Schmerz, den ich dir zugefügt habe, aufrichtig bereue.«

Das war alles. Raúl hatte mit unglaublicher Unverfrorenheit gelogen, und sie geriet so in Rage, daß sie ihn auf der Stelle, so wie er in der Küche vor ihr stand, hätte umbringen können. Wie hatte er sie bloß so schamlos anlügen können, ohne rot zu werden oder ihrem Blick auszuweichen! In dem Augenblick wäre es ihr viel leichter gefallen, den Schuß abzugeben, als vierundzwanzig Stunden später, in dem Moment, den sie in den letzten Wochen aus ihren Gedanken verbannt hatte.

Raúl hatte sich geduscht und rasiert, dann war er ohne Frühstück hinuntergegangen, um die Zeitung zu kaufen, hatte die Überschriften überflogen und sich anschließend an den kleinen Tisch im Erker gesetzt, sein Blick war starr auf die Seine gerichtet, und mit der Hand strich er über den Rand des Briefs. Dann sagte er, ohne sich umzudrehen: »Ich bin bereit, Stassin.«

»Wieso Stassin?« fragte sie mit einem Kloß im Hals.

»Das ist der korrekte Name.«

»Ist es nicht. Hauteclaire Stassin beging mit ihrem Geliebten, dem Grafen von Savigny, gemeinsam einen Mord, um mit ihm glücklich werden zu können.«

»Du hast recht. Das Zitat ist nicht korrekt. Ich habe diese Geschichte schon lange nicht mehr gelesen. Los, Amelia, bringen wir es hinter uns! Bei Gott, hilf mir, ich kann nicht mehr!«

Sie trat von hinten an ihn heran und legte ihm die Hände auf die Schultern. Vor ihnen auf dem Tisch aus poliertem Holz leuchtete der weiße Brief. Sie sah ihn fest an, in der Hoffnung, er schüre so sehr ihre Wut, daß sie den Mut hätte, das zu tun, was sie tun mußte. Er griff mit zitternder Hand danach und wollte ihn einstecken.

»Ich habe mir gedacht, du läßt den Brief besser offen liegen«, sagte sie, noch bevor der Brief in der Sakkotasche verschwand. »So machen es Selbstmörder doch, oder nicht?«

Er blickte auf und sah sie an: »Wir haben doch alles überlegt, Amelia. Hör jetzt auf. Aber wenn es dir lieber ist, steck ihn mir hinterher in die Tasche.«

Raúl holte die Pistole hervor, die winzig aussah in seiner großen Hand, und streichelte Amelias Hand, als wollte er ihr Mut machen. Dann führte er die Waffe an die Schläfe, zitternd, und wartete in dieser Haltung, daß sie ihre Hand auf die seine legen würde.

»Ich kann nicht, Raúl. Ich kann nicht.«

Sie wich ein paar Schritte nach hinten zurück, ihr Atem war flach. Der dünne Regenmantel, den sie sich übergezogen hatte, knisterte bei jeder Bewegung wie harscher Schnee, und er war auch so kalt. Ihre Hände sahen in den Handschuhen aus wie schwarze Spinnen.

»Komm und tu es endlich, verdammt! Ich verlange nicht zu viel. Denk doch, du kannst dich für alles rächen, was ich dir angetan habe. Für Amanda, für Hervé, für deine Romane. Bitte, bitte, Amelia. Das ist das letzte, was ich von dir will. Danach bist du für immer frei.«

Frei. Für immer frei! Dabei hatte er versucht, die Sache so hinzudrehen, daß man sie wegen Mordes festnehmen und für die restlichen Jahre ihres Lebens ins Gefängnis sperren würde. Oder vielleicht doch nicht? Vielleicht hatte er diesen belastenden Brief in einem Anfall von Wut geschrieben und hinterher zerrissen. Hatte er ihr darum so überzeugt sagen können, daß er ihr nie etwas antun würde? Gern hätte sie geglaubt, daß es so war.

Raúl keuchte leicht: Sie sah, wie sich sein Rücken und seine Schultern unter dem schweren Atem hoben und senkten. Der weiß leuchtende Brief lag noch immer auf dem Tisch wie ein Schrei. Warum war es Raúl so wichtig, daß man ihn in seiner Tasche und nicht wie bei allen anderen Selbstmördern auf dem Tisch finden würde?

Da kam ihr der Geistesblitz: Wenn es der eigentliche Brief war, der, den er ihr gezeigt hatte, konnte er ihn offen vor sich hinlegen. Wenn es aber der andere Brief war, der, in dem er sie des Mordes beschuldigte, konnte er natürlich nicht zulassen, daß er auf dem Tisch lag. Denn damit würde es sich von selbst erklären, daß er nicht das Opfer war, das er behauptete zu sein, sondern bei dem Plan mitgewirkt hatte. Wenn er als unschuldiges Opfer gelten wollte, das den Mord an sich selbst aufklären will, mußte er den Brief verborgen am Körper tragen, um der Polizei glaubhaft zu machen, daß sie, Amelia, nichts von dem Brief wußte. Raúl hatte an alles gedacht, er hatte sie belogen, er wollte ihr Leben für immer zerstören. Der Mann, den sie über all die Jahre geliebt hatte, war zum Monster geworden.

Sie trat wieder an ihn heran, diesmal von der Seite, legte die behandschuhte Hand auf die seine und schoß, ohne ein Wort des Abschieds.

Der Knall war nicht so schrecklich, wie sie es sich vorgestellt hatte. Raúls Kopf zuckte zur entgegengesetzten Seite; ein wenig Blut tropfte aufs Parkett, es gab keineswegs die rote Explosion, die sie befürchtet hatte; seine linke Hand krallte sich kurz ins Hosenbein und erschlaffte sofort, und plötzlich war alles vorbei. Der Kopf sank ihm auf die Brust, die rechte Hand hing, nachdem sie sie losgelassen hatte, parallel zum Stuhlbein nach unten, die Waffe schlitterte über den Boden, und in das Zimmer kehrte wieder Ruhe ein.

Mit zitternden Händen nahm sie den Umschlag an einer Ecke, trug ihn in die Küche und öffnete ihn über der Spüle, als enthielte er Gift. Es war der Brief, den sie befürchtet hatte, das Original des handgeschriebenen Textes, den sie auf Raúls Schreibtisch entdeckt hatte und in dem er sie des Mordes beschuldigte. Sie verspürte den Drang, ins Wohnzimmer zurückzukehren und auf seine Leiche zu spucken, aber sie hielt sich zurück. Sie zerriß den Brief samt Umschlag in winzige Schnipsel, nicht größer als Konfetti, schüttete sie in eine Plastiktüte und steckte diese in ihre Handtasche, aus der sie nun den von ihr vorbereiteten Brief nahm und ihn vor Raúl auf den Tisch legte. Dann zog sie sich den Regenmantel aus, knüllte ihn zusammen und stopfte ihn in eine Tüte eines Dessousgeschäfts. Das alles tat sie, ohne sich die Handschuhe auszuziehen. Nun zog sie ihren Mantel über, nahm ihre Handtasche und verließ die Wohnung, die sie wie immer zweimal abschloß. Sie ging ins *Café de Guy*, trank einen Tee, wechselte ein paar konfuse Sätze mit Guy, was ihn nicht wunderte, denn wenn Frau Gayarre arbeitete, war sie mit dem Kopf immer woanders. Anschließend holte sie ihr Auto aus der Garage, ging in ein Warenhaus, kaufte ein Sweatshirt und eine Hose, Strümpfe und Unterwäsche, stopfte sämtliche Kleidungsstücke, die sie anhatte, in die Tüte, die sie von Zuhause mitgenommen hatte, fuhr zu einer Sammelstelle der Caritas, packte die Kleider um in eine Tüte der Hilfsorganisation und warf sie durch den Schlitz des Containers zu Dutzenden anderen gleichen Tüten.

Dann fuhr sie etwas planlos zu André und hoffte, er sei aus irgendeinem Grund zu Hause. Wenn nicht, war es auch kein Problem, dann wäre eben niemand da. Yves fing jeden Morgen um acht Uhr an zu arbeiten.

Darum war sie überrascht, als Yves ihr die Tür öffnete. Plötzlich wußte sie nicht, was sie sagen und wie sie ihren Besuch begründen sollte. Als sie auf ihn zuging, um ihn mit einem Kuß zu begrüßen, fiel sie fast in Ohnmacht, denn sie hatte immer noch die schwarzen Handschuhe an, die sie eigentlich mit in der Caritastüte hatte entsorgen wollen. Sie zog sie aus und nestelte unsicher an ihnen herum. Diese Handschuhe durften auf keinen Fall bei ihr zu Hause gefunden werden, auch nicht in ihrer Handtasche, überhaupt an keinem Ort, den man mit ihr in Verbindung bringen konnte, auch wenn sie sicher glaubte, daß die Polizei keine weiteren Nachforschungen anstellen würde. Vielleicht war Yves' und Andrés Wohnung überhaupt der beste Ort. Niemand würde die beiden verdächtigen. Nicht nur, daß Yves und André Raúls beste Freunde gewesen waren, es gäbe auch kein Motiv.

Wenn sie die Handschuhe einfach liegenließ, würde Yves sie bis zu ihrem nächsten Besuch in irgendeiner Schublade aufheben und ihr wiedergeben, wenn alles vorbei wäre.

Yves bot ihr einen Tee an, doch sie lehnte ab, aus Angst, ihre Hände würden so sehr zittern, daß die zarte Porzellantasse ihren inneren Aufruhr verriete. Sie bat ihn um ein großes Glas Wasser, und während er in die Küche ging, warf sie die Handschuhe auf den Boden unter die Mäntel, so daß es aussah, als wären sie beim Aufhängen ihres Mantels hinuntergefallen. Dann ging sie ins Wohnzimmer, hielt das Glas mit beiden Händen fest und zwang sich, das Wasser zu trinken, während Yves ihr erzählte, er habe noch ein paar Stunden im Bett gelegen, weil er die ersten Anzeichen einer Grippe spüre, aber sie hätten ihn dauernd von der Arbeit aus angerufen, so daß er beschlossen habe, aufzustehen und hinzugehen.

So hätte Yves wenigstens ein Alibi, sollte die Polizei später nachforschen, wo er sich zum Zeitpunkt von Raúls Tod aufgehalten hatte.

Als Amelia sich nach ein paar Minuten wieder verabschiedete, ahnte sie schon, daß ihr Auftritt nicht besonders überzeugend gewesen war, aber notfalls könnte sie Yves und André immer noch im Vertrauen sagen, sie habe beim Verlassen der Wohnung bereits gewußt, daß Raúl sich in ihrer Abwesenheit erschießen würde, da es ihr nicht gelungen war, ihn von seinem Entschluß abzubringen, so daß sie schon damit gerechnet habe, bei ihrer Rückkehr seine Leiche vorzufinden. Aus diesem Grund sei sie so nervös gewesen. Das müßte reichen. Für alles andere war es eh zu spät. Geschehen war geschehen.

Jetzt mußte sie nur noch die Papierschnipselchen loswerden, die sie in der Plastiktüte dabeihatte, eine leichte Übung, denn sie würde sie einfach auf verschiedene Papierkörbe verteilen und die letzten von der Brücke neben dem Eiffelturm in den Wind streuen, eine Geste, die ihr ironischerweise sehr à la Raúl vorkam. Hinterher würde sie dort in der Gegend etwas essen und nach Hause gehen, und damit würde der letzte Akt beginnen.

~

Ari saß im Jardin du Luxembourg auf einer Bank in der Nähe des Teichs und genoß mit geschlossenen Augen die Mittagssonne, während ihm das Lachen und Quietschen der kleinen Kinder an die Ohren drang. Der Park war bevölkert von jungen

Müttern und Kindermädchen mit kleinen Kindern vom Babyalter bis zu sechs Jahren, die größeren waren noch in der Schule. Er sah den Kindern zu und erinnerte sich, daß Amelia ihm genau an diesem Ort vor Monaten gesagt hatte, ihr hätten eigene Kinder nie gefehlt, da Kinder sie, obwohl sie Jugendromane schrieb, nie interessiert hätten. Er fragte sich, wo Amelia gerade sein mochte und wann sie sich endlich entschließen würde, ihn anzurufen. Es gefiel ihm selbst nicht, daß er sie so vermißte, daß ihre Abwesenheit ihn wie eine offene Wunde schmerzte. Er mußte sie sehen, egal, mit welcher Entschuldigung, er mußte sie noch an diesem Abend sehen, sonst würde er vor Verzweiflung noch heulen.

Die Kiste mit den alten Büchern aus dem Antiquariat stand neben ihm, er hatte keine Ahnung, was er damit anfangen sollte. Es war unsinnig, alle diese Bände nach Hause zu schleppen – die meisten waren ehemalige Bestseller –, aber auf einer Bank im Park stehenlassen wollte er sie auch nicht. Etwas Eßbares hätte er für die *clochards* hierlassen können, aber begeisterte Leser waren die Pariser Stadtstreicher bestimmt nicht, und irgendeine Stadtteilbibliothek zu suchen, der er die Bücher schenken konnte, hatte er keine Lust. Er wollte sie rasch durchsehen, falls irgend etwas Lohnendes darunter war, und den Rest unter einem Papierkorb zurücklassen. Schließlich lag der Park nur ein paar Schritte von der Universität entfernt, und vielleicht interessierte sich irgendein Student für einen der Romane.

Er sah die Bücher durch wie ein Karteikartenregister einer Bibliothek, und obwohl ihm von vornherein klar war, daß sie wertlos waren, überkam ihn wieder diese dumme Zärtlichkeit für alte Bücher. Das letzte entlockte ihm ein Lächeln; es war der Roman des Antiquars: *Der Großmeister*, siebte Auflage, 1965. Er schlug es auf, falls der Buchhändler ihm – auch wenn sie nur kurz in dessen Hinterzimmer zusammengesessen hatten – eine Widmung hineingeschrieben hatte, und tatsächlich las er: »Von

Biograph zu Biograph, um ein Beispiel zu geben. Jean Paul Boissonet.« Und zu seiner Überraschung hatte der Antiquar in die Mitte des Buchs ein paar vergilbte, aus einem Schulheft herausgerissene Seiten gesteckt, die mit Raúls unverwechselbarer Handschrift beschrieben waren.

Ari hatte erneut das Gefühl, daß ihm die Realität entglitt. War es möglich, daß diese Blätter die ganze Zeit über in irgendeinem von Armands Büchern gesteckt hatten? Wahrscheinlich hatte der Buchhändler sie beim Durchsehen von Nadines Bücherkiste gefunden, und weil er nicht gewußt hatte, was er mit ihnen anfangen sollte, hatte er sie erst einmal beiseite gelegt. Nach ihrer Unterhaltung in der Buchhandlung mußte er erkannt haben, welchen Wert sie für ihn besaßen, und so hatte er sie ihm zusammen mit seinem historischen Roman geschenkt. Jetzt wäre es natürlich interessant zu wissen, was auf ihnen stand, aber zu seiner eigenen Verwunderung spürte er keinen Drang, die Blätter sofort zu lesen. Er hatte in der jüngsten Vergangenheit allzu viele Mitteilungen aus dem Reich der Toten bekommen, und das daraus entstandene Bild von Raúl gefiel ihm immer weniger. Seine glanzvolle Vorstellung von dem Autor, die am Anfang seiner Arbeit an der Biographie gestanden hatte, trübte sich immer mehr ein. Wenn er sich zum Schreiben hinsetzte, hatte er in letzter Zeit zunehmend das Gefühl, einer lästigen Pflicht nachzukommen, mehr noch, er konnte vor sich selbst nicht mehr leugnen, daß er log, daß er Tatsachen unterschlug, um Raúls Andenken nicht zu beschmutzen, als schriebe er eine Lobeshymne und nicht eine Biographie.

Ganz nebenbei hatte er dann doch die Blätter über dem Roman des Antiquars auseinandergefaltet und begann zu lesen:

Geliebte, meine über alles geliebte Amelia!
Ich verspüre den Drang, Dir zu schreiben, auch wenn ich fürchte, daß Du diese Zeilen nie zu lesen bekommst, und ich

vielleicht auch gar nicht möchte, daß Du erfährst, was ich hier niederschreibe.

In meinem Leben ist etwas geschehen, was so überwältigend ist, wie ich es mir nie auszudenken gewagt hätte, und obwohl ich es gern mit Dir teilen möchte, wie ich alles mit Dir geteilt habe in den Jahren, die wir zusammen sind, ist es doch etwas so Intimes, etwas so Unerwartetes und noch dazu so Umstürzendes, daß ich dafür keine Worte finde. Und das, obwohl ich von den Worten, für die Worte lebe.

Aber ich erschrecke Dich nur, meine Liebe, und das möchte ich ganz und gar nicht. Und so laß mich Dir, bevor ich fortfahre, sagen, daß sich zwischen uns nichts ändern wird, daß Du und ich eins bleiben wie eh und je und daß nichts, was immer auch geschehen mag, an dieser grundlegenden Wahrheit etwas ändern kann. Das Schicksal hat es gewollt, daß Du meinen Weg kreuzt, und ich werde an Deiner Seite gehen bis ans Ende meiner Tage, solange ich atme.

Aber ich bin jemandem begegnet ... wie soll ich es ausdrükken? Wie soll ich Worte finden für das, was ich fühle, wenn ich ihn ansehe und er mich ansieht, wenn er mich berührt und ich alles, was ich einmal war, vergesse, ohne daran zu denken, was nun werden soll?

Du bist die Frau meines Lebens, Amelia, die einzige, die endgültige, ich werde Dich auf immer und ewig lieben. Er dagegen ist ... ich weiß nicht. Er ist nicht der Mann meines Lebens. Aber im Moment ist er alles für mich, er erfüllt meine Stunden mit Freude und Licht. Überrascht Dich das? Schockiert es Dich, daß ich nach all den Gesprächen mit André, in denen ich ihm so oft seine »Verirrung« vorgeworfen habe, nun selbst in das, was ich verurteilt habe, hineingeschlittert bin? Das zuzugeben fällt auch mir nicht leicht. Der neue Raúl, der sich selbst in den Armen eines Mannes entdeckt hat, schämt sich keineswegs, aber der alte: Der alte Raúl zittert vor Angst bei dem Gedanken, wie

Du es aufnehmen wirst. Was mache ich, wenn Du mich verachtest, wenn Du mich verläßt? Was mache ich, wenn die Leute, meine Leser, meine Kritiker, meine Freunde über einen Raúl lachen, der sich wie eine Kurtisane einem Mann hingibt?

Ich habe Angst, Amelia. Ich habe Angst, weil das, was ich für ihn empfinde, brennender Durst ist, aber nicht Liebe. Wäre es Liebe, würde ich alles für ihn aufgeben, würde ich meine Stimme gegen den Wind erheben und mich heiser schreien, allen zurufen, daß ich ohne ihn nicht leben kann. Und trotzdem kann ich ihn nicht verlassen. Es ist zu neu, zu intensiv. Obwohl Du die Oase bist, nach der ich mich immer gesehnt habe, wäre es, als kehrte ich in die Wüste zurück, nachdem ich das Meer gesehen habe.

Darum bitte ich Dich, mir Verständnis entgegenzubringen. Und Geduld. Irgendwann wird der Moment in meinem Leben kommen, an dem ich mich so akzeptieren werde, wie ich bin. Dann werde ich auf das, was ich kürzlich entdeckt habe, blicken können, ohne zu zittern, und dann werde ich weitersehen. Aber soweit bin ich noch nicht. Ich kann nicht ohne ihn und ich kann nicht ohne Dich.

Ich bin nicht stark, Amelia, Du weißt es, meine Liebe. Ich werde diesen Brief nicht beenden, ihn Dir nicht übergeben, weil ich Angst vor Deiner Reaktion habe, weil ich Angst vor Deiner Verachtung habe, vor Deinem Spott und besonders weil ich Angst davor habe, daß Du mich verläßt.

Ich werde Dir weiter etwas vormachen, so gut ich kann, Dich belügen, die Du mich nie belogen hast, damit Du nicht entdeckst, was mit mir los ist. Sobald ich für ein paar Stunden von ihm getrennt bin, sobald ich mit Abstand auf mein Leben blicke, schäme ich mich maßlos.

Wahrscheinlich würdest Du es akzeptieren, so wie ich auch immer akzeptiert habe, daß Du in der Zeit, als wir uns körperlich voneinander entfernten, Deine Liebhaber hattest, aber ich werde wahnsinnig bei der Vorstellung, Du könntest nun von mir denken, ich sei ein ... Welches Wort würdest Du wählen, Du, die Du so reich an Worten bist?

Ich werde alles tun, um Dir diesen schrecklichen Moment zu ersparen, um nicht die Überraschung und vielleicht den Ekel in Deinen Augen sehen zu müssen. Ich will Dir das nicht antun, und darum werde ich schweigen und abwarten, bis das, was mir jetzt alles bedeutet, der Vergangenheit angehört und seine Bedeutung verloren hat.

Amelia, Amelia, ich weiß nicht, was ich noch schreiben soll, ich weiß nicht, warum ich überhaupt diesen Brief schreibe, wenn ich ihn Dir doch nie geben werde. Er ist kurz weggegangen, um uns beiden etwas zum Mittagessen zu holen; er wird gleich zurück sein und dann ... mir zittern die Hände, wenn ich daran denke.

Verzeih mir, meine Liebe. Es tut mir gut, es mitzuteilen, es zu schreiben, auch wenn Du es nie lesen wirst.

Ich höre den Schlüssel in der Tür ...

Die letzten Worte waren so eilig hingeschrieben und vielleicht auch mit zittrigen Händen, daß Raúls Schrift kaum zu erkennen war. Das letzte r lief in einen langen Tintenstrich aus, und dahinter stand nichts mehr, weder auf dieser noch auf der nächsten Seite. Es fehlten auch Datum und Unterschrift. Es war nur ein unvollendeter Brief, den er Amelia nie überreicht hatte und der mehr als zwanzig Jahre in einem der Bücher steckte, die Raúl in Armands Wohnung zurückgelassen hatte. Dieser Brief hätte Amelia viele peinigende Jahre erspart, in denen sie Hypothesen aufgestellt und zugesehen hatte, wie diese wieder in sich zusammenfielen.

Jetzt hatte er einen echten Grund, Amelia zu sehen, denn nach der Lektüre dieses Briefs bräuchte er ihr nicht die Fotos aus dem Saxophonkasten zu zeigen. Der Brief allein lieferte die

Erklärung: Amanda, die Armands beste Freundin war, hatte deren homosexuelle Beziehung entdeckt und Raúl gedroht, damit an die Öffentlichkeit zu gehen. Raúl hatte so sehr Angst davor, daß er sich auf alles eingelassen hätte, um das zu verhindern. Amandas politisches Motiv kannte Amelia bereits, und dank des Briefs würde sie nun erfahren, auf welche Weise Amanda es angestellt hatte, Raúl zu »bekehren«. Damit wäre ein Kapitel ihres Lebens abgeschlossen, und sie hatte endlich ihren Frieden.

Er würde Amelia einen Brief aus der Vergangenheit bringen, den Brief, auf den sie ihr Leben lang gewartet hatte. Das wäre der Passierschein zu einem neuen Anfang, zu einem neuen Glück. Endlich einmal würde Raúl zwei Menschen, die ihn geliebt hatten, etwas Gutes tun.

~

Als Amelia nach Hause kam, ging sie für ganze zwei Stunden ins Bad. Mit den Jahren und der Einsamkeit hatte sie Freuden entdeckt, die sie in ihrer Jugend verachtet hätte: stundenlang bis zum Hals in warmem und seidenweichem Wasser zu liegen, die Augen im schwachen Licht des Kerzenscheins zu entspannen, mit einer Fangopackung unter dem Rücken und einer Gesichtsmaske auf einer Liege zu ruhen, gute Musik zu hören und sich später die schmerzenden Muskeln mit ihren Crèmes zu massieren, sich mit dem Fön auf niedrigster Temperaturstufe langsam die Haare zu trocknen, sich nach und nach wieder herzurichten wie ein altes Gemälde, dem ein Fachmann Textur und Farben zurückgibt. Es ging ihr nicht mehr darum, sich schön, für fremde Augen attraktiv zu machen, sondern darum, sich selbst, ihren eigenen Körper, zu spüren, wie er sich warm und pulsierend herausschälte aus der alten und verbrauchten Hülle, in der sie sich nach Hause geschleppt hatte.

Um sieben fühlte sie sich, abgesehen von der bleiernen Müdigkeit, die für sie das schlimmste Symptom ihrer Krankheit war, fast wie neugeboren. Sie warf einen Blick auf den Anrufbeantworter und entdeckte mit gemischten Gefühlen, daß Ari sie zwar zu erreichen versucht, aber keine Nachricht hinterlassen hatte. Hatte er ihr etwas zu sagen, oder wollte er sie einfach nur sehen? Gern hätte sie seine Stimme gehört, aber er hatte leider nichts auf das Band gesprochen, und jetzt lag es an ihr, ihn anzurufen. Einen Vorwand hätte sie; sie könnte ihn fragen, was er von ihr wolle, ob etwas Besonderes passiert sei und ob er auf ein Glas vorbeikommen wolle. Nein, lieber doch nicht. Ein Mann in seinem Alter hatte bestimmt andere Pläne für den Feierabend, und riefe sie ihn an, würde er sich nur verpflichtet fühlen, seine Verabredungen abzusagen und sich mit ihr zu treffen.

Sie schaltete den Anrufbeantworter ab und ging sich anziehen, und währenddessen fiel ihr ihre Vereinbarung ein, daß sie ihn anrufen würde; es konnte also sehr gut sein, daß er sich nicht getraut hatte, etwas zu sagen, und darauf wartete, daß sie sich mit ihm in Verbindung setzte.

Warum mußte alles so schwierig sein? Warum benahm sie sich mit ihren fast vierundsechzig Jahren wie ein dummes kleines Mädchen, das sich ziert, als erste anzurufen, damit er nur nicht denken würde, sie bräuchte ihn? Was war so schlimm daran, jemanden zu brauchen?

Sie ging zurück ins Wohnzimmer und war entschlossen, den ersten Schritt zu tun, als das Telefon klingelte. Es war ein Anruf von Aris Handy. Nervös wartete sie das dritte Klingeln ab und bangte gleichzeitig, daß es aufhören könnte.

»Amelia.« Sie täuschte so viel Sachlichkeit vor, wie sie konnte.

»Gott sei Dank! Endlich erreiche ich Sie! Wie war Ihr Ausritt?«

Sie wollte ihn schon fragen, woher er davon wußte, doch da

erinnerte sie sich an die Ansage, die sie am Morgen aufgesprochen hatte.

»Ich bin etwas aus der Übung. Mir tut alles weh, aber was soll's.«

»Haben Sie heute abend schon etwas vor?«

»Nein. Sollte ich?«

»Sie wissen nicht, wie sehr ich mich freue. Können wir uns sehen?«

»Im Prinzip schon. Gibt es etwas Besonderes?«

Es entstand eine Pause, doch dann hatte er eine Eingebung.

»Ja, aber das ist nicht der eigentliche Grund.«

»Nein?«

»Der eigentliche Grund ist, daß ich Sie sehen muß, Amelia. Ich muß Sie endlich sehen. Bitte.«

Amelia durchlief ein Schauder.

»Einverstanden. Was schlagen Sie vor?«

»Darf ich Sie zum Abendessen einladen?«

»Wohin?«

»Wohin Sie wollen. Ich kenne fast nichts in Paris, der Ort ist auch nicht so wichtig, Hauptsache, ich bin mit Ihnen zusammen.«

»Ich möchte heute nicht mehr weit laufen. Mögen Sie die thailändische Küche?«

»Ja.«

»Kennen Sie sie?«

»Nein.«

Amelia lachte: »In einer halben Stunde erwarte ich Sie vor Notre Dame. Dort in der Nähe gibt es ein sehr nettes Lokal.«

»Also um Viertel vor acht vor Notre Dame.«

»Exakt am Kilometer Null der französischen Nationalstraßen. Verspäten Sie sich nicht.«

Amelia legte auf und umarmte sich selbst, ein Strahlen breitete sich über ihr Gesicht. Das wäre geschafft. Sie ging zurück ins Schlafzimmer und von dort in ihr Ankleidezimmer, und in dem Wissen, daß sie fünf Minuten Zeit hatte, um ein Kleid auszusuchen, und zehn Minuten, um sich zu schminken, wählte sie schließlich das blaßrosa Kleid von der verpatzten Verabredung mit Ari, obwohl sie sich geschworen hatte, es nie wieder anzuziehen.

~

Diesmal entschied sich Ari für einen Frühlingsstrauß aus roten Tulpen, orangefarbenen Gerbera und kleinen blauen Blümchen, deren Namen er nicht kannte. Er stellte sich schon darauf ein, daß sie seine Blumen wie immer nicht annehmen würde, aber das war fast schon so etwas wie ein Ritual. Am liebsten hätte er ihr einen Strauß langstieliger roter Rosen mitgebracht, aber dann schreckte er doch vor dieser allzu offenen Aussage zurück und entschied sich zu fröhlicheren, in ihrer Bedeutung nicht so festgelegten Blumen.

Fünf Minuten vor ihrer Verabredung fand er sich mit dem Blumenstrauß vor Notre Dame ein und ging unter den vergnügten Blicken der Touristen auf und ab. Es war ihm unerklärlich, warum ein Mann, der mit einem Strauß Blumen in der Hand irgendwo wartete, immer für Spott sorgte; sicher kamen von einigen Frauen auch neugierige und sogar neidische Blicke, aber die meisten sahen ihm spöttisch aus den Augenwinkeln nach, als wollten sie ihm sagen: »Und wenn sie nicht kommt, was gedenkst du dann mit deinen Blumen zu machen, Casanova?« Aber sie würde kommen, dieses Mal würde alles gut werden, so hatte sie es ihm versprochen.

Er tastete noch einmal nach der Innentasche seines Sakkos, in der die Kopie von Raúls Brief steckte. Allerdings war er sich noch unschlüssig, ob er sie ihr jetzt oder nicht doch lieber ein anderes Mal zeigen wollte. Amelia war nun nicht mehr nur

Raúls Ex-Frau und seine Hauptinformationsquelle, sondern die Frau, mit der er den Abend verbringen wollte, der er die Blumen schenken und in deren grauen Augen er versinken wollte, um an nichts anderes mehr zu denken.

Er stellte sich mit dem Rücken vor die Kathedrale, um möglichst alle hierher führenden Straßen im Blick zu haben; darum war er so überrascht, als ihm auf einmal jemand auf die Schulter tippte. Als er sich umdrehte, erkannte er, daß sie es war, die von hinten gekommen war.

»Sie wären ein miserabler Spion«, sagte sie und lächelte. »Sagen Sie bloß, die sind für mich. Sie sind wirklich hartnäckig.«

»Ich dachte, dann hätte ich wenigstens Gesellschaft, wenn Sie doch nicht kommen würden.«

»Los, geben Sie sie mir. Die Leute haben Sie doch schon lange genug angesehen.«

Der Abend war lau und windstill, und die Straßen waren voller Menschen, die wie sie zum Essen gingen oder von der Arbeit oder dem Unterricht nach Hause. Amelia nahm ihn am Arm, während sie in ihrer Rechten den Blumenstrauß hielt.

»Erzählen Sie, wie läuft es mit dem Buch?«

»Gut. Ich komme voran. Aber ich bin auf ein paar unerwartete Dinge gestoßen, und jetzt muß ich einige Kapitel neu aufbauen.«

»Wie, Sie sind auf ein paar Dinge gestoßen? Was soll das heißen?«

»Erzähle ich Ihnen gleich. Einiges davon wird Sie vielleicht interessieren.«

»Wollen Sie mir nichts verraten?«

»Wenn wir irgendwo Platz genommen haben. Genießen Sie doch den Spaziergang!«

»Daß Sie mich begleiten, auch?«

»Wenn Sie können ...«

Sie warf lachend den Kopf zurück, und er mußte sich sehr zurückhalten, um sie nicht an Ort und Stelle, mitten auf der Straße, zu umarmen.

»Ich habe Sie so vermißt, Amelia«, sagte er statt dessen.

Sie drückte leicht seinen Arm.

»Ich auch. Aber in meinem Fall gehört nicht viel dazu, ich habe mich in der Schweiz nämlich entsetzlich gelangweilt.«

»Sie hätten mir schreiben können.«

»Sie mir auch.«

»Ich wußte nicht, wie ich Sie hätte ausfindig machen können. André sagte mir, es sei unmöglich und daß Sie in der Schweiz die völlige Abgeschiedenheit suchten. Da habe ich nicht länger nachgebohrt, weil ... nun ... weil ich dachte, ich habe nicht das Recht.«

»Und wer gibt einem das Recht, einer Frau zu schreiben?«

»Die Frau. Nur sie. Und Sie haben mir während des Frühstücks gesagt – wissen Sie es noch? –, Sie haben mir gesagt, daß diese Nacht ein Scherz gewesen sei.«

»Das habe ich gesagt?« Sie tat überrascht. »Wie grausam!«

Ari blieb auf der Stelle stehen und sah sie an: »War es denn kein Scherz?«

Amelias Augen wirkten feuchter und größer als noch ein paar Sekunden zuvor.

»Man sollte nicht alles, was ich sage, so ernst nehmen. Auch wir Hexen sind verletzlich und müssen uns schützen, verstehen Sie?«

»Sie müssen sich vor mir nicht schützen, Amelia.« Ari nahm ihre Hand, die noch immer auf seinem Arm lag, und küßte sie. Sie schluckte und sah weg.

»Da sind wir schon, schauen Sie, dort drüben, auf der anderen Straßenseite ist es.«

»Amelia«, sagte er, ohne sich ablenken zu lassen, »warum sprechen wir uns nicht aus?«

»Später, Ari, später. Wir haben noch Zeit genug, um uns auszusprechen. Ich muß mich jetzt erst einmal setzen.«

Sie überquerten schweigend die Straße und nahmen an einem kleinen Tisch am Fenster Platz. Amelia bestellte eine Vase für die Blumen, anschließend studierten sie ausführlich die Karte, obwohl Ari gar keinen Appetit hatte. Eigentlich wollte er sie nur sehen, zum Essen eingeladen hatte er sie nur, weil sich das so gehörte, und, wer wußte es schon, vielleicht würde sich das Wunder noch einmal wiederholen. Er war sich bewußt, daß er allmählich in die untergeordnete Rolle rutschte, die Amelia gegenüber Raúl innegehabt hatte: Der Stärkere konnte größte Freude geben und wieder nehmen. Und wenn es von ihrer Laune abhing, ob sie zusammen waren oder nicht, so mußte er das hinnehmen. Dagegen konnte er nichts tun.

Sie warf ihm über die Speisekarte hinweg immer wieder kurze, intensive Blicke zu, und das schürte sein Begehren nur noch mehr.

»Haben Sie großen Hunger?« fragte Amelia auf einmal.

»Um ehrlich zu sein, nein. Aber wenn Sie irgend etwas Bestimmtes bestellen wollen, schließe ich mich Ihnen an.«

»Ich habe gerade überlegt ...«, sprach sie wie beiläufig weiter, sah ihn dabei aber fest an, »daß ich zu Hause noch ein paar leckere Kleinigkeiten habe, die ich auf dem Heimweg vom Reiten gekauft habe und die für uns beide vielleicht reichen. Es sei denn, Sie haben einen Bärenhunger.«

Er stand auf der Stelle auf. Sie lachte erfreut.

»Das sollte kein Befehl sein, mein Lieber. Wir können auch hier essen und später noch bei mir zu Hause etwas trinken. Wie Sie wollen ...«

»Wenn ich es mir aussuchen darf, bin ich dafür, daß wir gleich gehen.«

»Ohne die thailändische Küche probiert zu haben?« Sie lächelte schelmisch.

»Ich habe mehr Lust zu tanzen«, sagte er und hoffte, daß sie die Botschaft verstand und nicht zu unverblümt fand.

Daraufhin erhob sie sich und reichte ihm die Hand: »Tanzen wir also.«

Sie verließen das Restaurant und ließen einen sprachlosen Kellner zurück, der erkennen mußte, daß dieses seltsame Paar, das er für Mutter und Sohn gehalten hatte, nichts mehr von der Welt um sich herum wahrnahm. Er sah ihnen hinterher, wie sie eng umschlungen hinausgingen und sich dabei anblickten, als hätten sie einander gerade erst entdeckt, und er beschloß, sie nicht darauf aufmerksam zu machen, daß sie den Blumenstrauß auf dem Tisch zurückgelassen hatten.

~

»Ich frage mich, was Ari in Raúls Koffer gefunden hat«, sagte Yves, während er in der Werbepause eines Films, den sie sich gerade im Fernsehen anschauten, André einen Cognac einschenkte.

André sah ihn erstaunt an: »Wovon redest du?«

»Von Raúls Koffer. Als er das letzte Mal hier war, hat er einen Koffer dagelassen und mich gebeten, ihn im Keller aufzuheben, erinnerst du dich nicht mehr?«

»Jetzt, wo du es sagst, ja, kann sein. Und was ist mit dem Koffer?«

»Ich habe ihn Ari geschenkt, als er kürzlich da war, vor einer oder zwei Wochen, glaube ich, als er sich vorsichtig bei mir erkundigte, ob ich schon etwas von der *Sûreté* wüßte. Ich habe dir doch erzählt, daß Ari mir geholfen hat, den Krempel in den Keller zu tragen und ein paar Sachen heraufzuholen, weißt du nicht mehr? Bei der Gelegenheit habe ich den Koffer wiederentdeckt, und da wir nie an ihn gedacht haben, habe ich ihn ihm gegeben.«

»Du hättest mich schon fragen können.«

»Du hättest sowieso nein gesagt. Ich kenne dich, Liebling, du kannst dich doch von nichts trennen. Ohne mich würdest du irgendwann im Müll ersticken. Ich dachte, er freut sich darüber. Sei ehrlich, wir wußten beide gar nicht mehr, daß es ihn gibt.«

»Und wenn etwas Vertrauliches darin ist?«

»Wenn du es bis jetzt nicht vermißt hast, wirst du es elf Jahre nach Raúls Tod auch nicht mehr brauchen. Und überhaupt: Sollte irgend etwas darin sein, was für dich bestimmt ist, wird er es dir schon geben.«

»Und wenn etwas ... ich weiß nicht ... etwas darin ist, von dem kein Fremder erfahren soll. Etwas ... Kompromittierendes?« André war sichtlich nervös; so sehr, daß er sogar den Fernseher ausschaltete, obwohl der Film ihn durchaus interessierte.

»Kompromittierend, für wen denn?«

»Was weiß ich.«

»Glaubst du, es gibt etwas, was dich kompromittieren könnte? Hast du etwas getan, von dem ich nichts weiß?« Yves redete noch immer locker dahin, obwohl Andrés Angespanntheit ihn allmählich auch nervös machte.

»Nein, ach was.«

»Also. Laß ihm doch das Vergnügen. Wahrscheinlich findet er eh nichts anderes als Wäsche zum Wechseln und irgendein Buch, das Raúl damals gerade las. Autoren schleppen doch keine unveröffentlichten Werke oder geheimen Tagebücher mit sich herum, wenn sie für ein paar Tage die Wohnung verlassen.«

»Aber Raúl wußte, daß er nie wieder in seine Wohnung zurückkehren würde.«

»Wenn mich nicht alles täuscht, haben du und Amelia doch seine Wohnung aufgelöst und alles gefunden und aufgehoben, was irgendwie von Wert war.«

»Ja.« André fuhr sich mit der Hand über die Stirn und nahm einen großen Schluck Cognac. »Amelia hat alles an sich genommen. Es würde mich nicht wundern, wenn sie es verbrannt hätte. Ari hat sie erzählt, es sei nichts Nennenswertes dabeigewesen.«

»Stimmt das denn?«

»Woher soll ich das wissen? Da waren ein, zwei Schubladen mit Papieren, Notizen, angefangenen Texten ... Sie hat sie mich noch nicht einmal in Ruhe durchsehen lassen. Das war ihr gutes Recht, denn sie ist die Erbin von Raúls geistigem Eigentum. Und ich war nicht in der Verfassung, in seinen Sachen herumzuschnüffeln.«

»Sein Tod hat dich sehr getroffen, nicht?«

»Er war mein bester Freund. Uns verband eine fast vierzigjährige Freundschaft.«

»Mit Höhen und Tiefen.«

»Wie in jeder Beziehung, oder nicht?« Andrés Tonfall klang zuletzt beinahe aggressiv. Yves wußte, daß dies kein passendes Thema für einen entspannten Abend zu Hause war, aber er konnte es nicht lassen; obwohl sie schon so viele Jahre in einer stabilen Beziehung lebten, stand Raúl doch immer zwischen ihnen und in verstärktem Maß, seit Ari mit seinen Recherchen begonnen hatte.

»Ich konnte dir Raúl nie ersetzen«, sagte Yves mit erstickter Stimme und schenkte sich noch ein Glas ein, wobei er André den Rücken zukehrte.

»Niemand kann Raúl jemals ersetzen.«

Yves schloß die Augen und hielt das Glas so fest, daß es ihm in der Hand zu zerspringen drohte. Er war selbst schuld. Er hatte diese Bemerkung bewußt fallenlassen, in der Hoffnung, André würde ihm widersprechen und etwas sagen wie »Raúl war mein Freund, und du bist meine Liebe« oder »Euch beide kann man nicht vergleichen«, womit alles offengeblieben wäre, oder »Du bist der Mann meines Lebens« oder sogar »Was redest du für dummes Zeug!« André aber hatte nichts dergleichen gesagt, sondern einfach zugestimmt. Und das tat weh. Es tat so weh, daß er das Glas am liebsten gegen die Wand geschleudert hätte und türenschlagend aus der Wohnung gerannt wäre, aber das tat er nicht, er blieb einfach mit dem Rücken zu André sitzen und nahm kleine Schlucke Gin, die ihm in der zusammengeschnürten Kehle brannten.

»Yves, was ist los?« fragte André nach ein paar Minuten Schweigen. »Was habe ich falsch gemacht?«

»Nichts«, kam als automatische Antwort. »Ich gehe schlafen.«

Er hätte ihm sagen sollen, was er fühlte, was es in ihm auslöste, wenn André von Raúl wie von einem übernatürlichen Wesen redete. Seit langem schon wollte er André endlich einmal all das sagen, was er seit elf Jahren verschwieg, um ihm nicht weh zu tun, damit André das Bild, das er von seinen beiden besten Freunden hatte, nicht vollkommen revidieren und sich eingestehen müßte, daß sie nicht die waren, für die er sie immer gehalten hatte. Er hätte ihm sagen sollen, daß Amelia eine Mörderin war, daß es ihre Hand gewesen war, die die tödliche Kugel abgeschossen hatte, daß – obwohl er mit der Zeit ihre Gründe verstanden und beschlossen hatte, für immer zu schweigen – an ihren Händen das Blut ihres ehemaligen Mannes klebte. Er hätte André erzählen sollen, daß Raúl, daß der göttliche, wunderbare, unschuldige Raúl zuerst Amelia gebeten hatte, ihn umzubringen, und gleichzeitig versucht hatte, sie in Schwierigkeiten zu bringen, indem er ihm, Yves, mitteilte, sie hätte eine Pistole in der Nachttischschublade; daß Raúl in seinen letzten Wochen nur so getan hatte, als hätte er den Schmerz über Hervés Tod überwunden, damit die Polizei zu dem Schluß käme, er hätte kein Motiv gehabt, sich umzubringen, und es folglich nicht Selbstmord gewesen wäre, sondern Mord. Wahrscheinlich wußte André das alles sogar, hatte es aber nie zu einem klaren Bild zusammenfügen wollen, anders als er selbst, für den es zur beruflichen Routine gehörte, Fakten zu analysieren und zu interpretieren, damit sie ein stimmiges Bild ergaben. Aus irgendeinem Grund, den er nie restlos durchschaut hatte, hatte Raúl Amelia dazu überredet, ihm bei seiner Tötung zu helfen, und gleichzeitig hatte er alles so vorbereitet, daß die polizeilichen Ermittlungen sie als Mörderin ausweisen würden. Er selbst hätte ein wichtiger Zeuge sein sollen, um Amelia zu belasten, wenn Raúls Pläne aufgegangen wären. Er hätte aussagen sollen, daß Raúl ihm erzählt habe, Amelia bewahre in ihrer Kommode eine Pistole auf, außerdem, wie unbeschwert und fröhlich er in den letzten Wochen gewesen sei und daß Amelia in etwa zur Zeit von Raúls Tod bei ihnen zu Hause vorbeigekommen sei, blaß und nervös, und mit nach Schießpulver riechenden Handschuhen. Aber er sagte nichts. Am Anfang hatte er nichts gesagt, weil er André nicht noch mehr belasten wollte; Raúls Verlust war schon schlimm genug für ihn, da mußte er nicht auch noch erfahren, daß Amelia an seinem Tod schuld war. Und später hatte er nichts gesagt, weil er, nachdem er den Autopsiebericht mit einem erst wenige Wochen zurückliegenden Untersuchungsbericht von Raúls Hausarzt verglichen hatte, begriff, daß Amelia aus Liebe gehandelt hatte.

Die Polizei hatte die Ermittlungen sofort eingestellt, weil ein klares Selbstmordmotiv vorlag. Nichts deutete auf das Mitwirken einer weiteren Person hin, und der Brief an den Richter ließ keinen Zweifel an Raúls Absicht und war nur deshalb auf der Schreibmaschine geschrieben, weil Raúl seine Briefe, auch die privaten, immer mit der Maschine geschrieben hatte, was alle seine Freunde und Bekannten bezeugen konnten. Der Fall wurde zu den Akten gelegt, ohne daß der geringste Verdacht aufgekommen war. Er allein wußte, was wirklich geschehen war, aber aus Liebe zu André und zu Amelia war er dem nicht weiter nachgegangen und hatte darauf verzichtet, das Geschehene bis in alle Einzelheiten verstehen zu wollen. Er hatte beschlossen, daß das Andenken an Raúl und das weitere Leben Amelias ungetrübt bleiben sollten.

Aber wenn André anfing, von dem verstorbenen Freund wie von einem Heiligen zu sprechen, wie von einem Engel, der zur Erde herabgestiegen war, überkam ihn jedesmal eine derartige Wut, daß er am liebsten alles herausgeschrien hätte, alles, was er wußte, was er sich vorstellte, was er, wenn er wollte, jetzt noch beweisen könnte.

Obwohl Yves sich also über seine eigene Dummheit im klaren war, nahm er eine Schlaftablette mit einem Schluck Gin, legte sich ins Bett und hoffte, daß der nächste Tag eine Entschuldigung von André bringen möge. Oder zumindest eine zärtliche Geste.

~

Während Amelia sich duschte, hatte Ari es sich mit mehreren Fotoalben und einem Glas Orangensaft auf dem Sofa gemütlich gemacht. Der luxuriöse Herrenmorgenmantel, den er trug, stammte offenbar von John, Amelias amerikanischem Ehemann, und danach hatte auch Raúl ihn getragen, wenn er zeitweilig in ihrer Wohnung wohnte. Zunächst war ihm der Gedanke unangenehm gewesen, ein Kleidungsstück anzuziehen, das schon zwei Männer vor ihm getragen hatten, als reihte er sich damit in die Liste von Amelias Männern ein, aber wer sich in eine über sechzigjährige Frau verliebte, konnte nicht erwarten, der erste zu sein. Eher schon der letzte, wenn er Glück hatte.

Er schlug fast gelangweilt die Seiten um, als wäre das, was ihm noch vor kurzem alles bedeutet hatte, nun nur mehr ein Zeitvertreib. Nachdem er so viele Korrekturen an seinem Bild von Raúl hatte vornehmen müssen, war ihm längst klar, daß der Mann, dessen Leben er rekonstruierte, ein ganz anderer war als der Raúl, den er so bewundert und verehrt hatte. Und seit seiner Begegnung mit Amelia, seit sie ihm vor wenigen Stunden gestanden hatte, daß auch sie ihn liebte, war alles andere bedeutungslos geworden, und was ihn tags zuvor noch vollkommen vereinnahmt und in Beschlag genommen hatte wie ein Vampir, war nun zur täglichen Pflichtübung verkommen. Beim Betrachten der Fotos ertappte er sich dabei, daß er nun ihr Gesicht darauf suchte, nicht mehr das von Raúl, und sich wünschte, er wäre zwanzig Jahre eher geboren worden und hätte Amelia getroffen, als sie beide jung gewesen waren. Doch wären sie dann wahrscheinlich nie zusammengekommen, denn dann hätte er gegen Raúl antreten müssen, und obwohl er so viel Ernüchterndes über Raúl herausgefunden hatte, war er noch immer davon überzeugt, daß niemand gegen ihn hätte gewinnen können. Jedenfalls nicht bei Amelia und André. Daß er nun mit ihr zusammensein und sich eine gemeinsame Zukunft vorstellen durfte, war nur möglich, weil Raúl nicht mehr lebte.

Er nahm das Fotoalbum und das Glas Orangensaft und zog an den kleinen Tisch im Erker um, weil dort besseres Licht war, aber anstatt sich auf die Fotografien zu konzentrieren, glitt sein Blick über die wellige Wasserfläche der Seine, und er dachte an die zurückliegende Nacht und daran, was die nächsten Nächte und Tage wohl bringen würden. Er war glücklich, er war erfüllt, und gleichzeitig hatte er noch immer Angst, sie könnte ihre Meinung ändern und ihn verlassen. Und auch das Gegenteil erschreckte ihn: daß Amelia sich entscheiden könnte, für immer bei ihm zu bleiben, denn trotz aller Sehnsucht war er sich nicht sicher, ob es ihm gelänge, immer und auch vor anderen Leuten zu ihr zu stehen. Er wußte, daß das lächerlich war, daß bei Beziehungen nun einmal die Persönlichkeiten und nicht die Geburtsdaten entscheidend sind, aber er würde sich daran stören, wenn jeder sie für Mutter und Sohn hielt. Er stellte sich vor, wie er Amelia seinen Kollegen und seinen Heidelberger Freunden vorstellte, und wenn er an die Kommentare dachte, die hinter seinem Rücken wahrscheinlich gemacht würden, an das Kichern und die Witze, grollte er innerlich. Was würden seine Eltern sagen? Was würde Rebecca sagen, wenn sie sie kennenlernte? »Zwischen uns konnte es ja nicht klappen, wenn du immer nur eine Mutter gesucht hast. Jetzt hast du sie gefunden.« Er hörte geradezu Rebeccas herablassenden Ton, der ihn schon immer zur Raserei gebracht hatte.

Trotzdem liebte er Amelia, er liebte sie so unwiderruflich, so stürmisch, wie er es von sich nie gedacht hätte, er, der sich immer für so leidenschaftslos gehalten hatte. Die jugendliche Verliebtheit hatte er spät erfahren, aber er hatte sie erfahren und wollte um nichts in der Welt darauf verzichten. Bei dem Gedanken, daß Amelia in ein paar Minuten, nach ihrem Lieblingsparfüm duftend, aus der Dusche kommen und er sie umarmen würde, wurde er innerlich ganz schwach und ein Lächeln überzog sein Gesicht. Am besten würde er an nichts mehr denken, beschloß er, und sich dem Geschehen hingeben, ohne vorauszuschauen oder irgend etwas lenken zu wollen. Er wollte das Leben seinen Lauf nehmen lassen, es würde sich schon alles von allein lösen. Wenn Nadine, sollte er sie überhaupt wiedersehen, in ihrer giftigen Art zu ihm sagen würde: »Jetzt bist du also doch bei der Alten gelandet«, würde er lächeln und ja sagen. Ganz einfach, ohne weitere – Erklärungen. Ja. Bei Amelia. Und wenn Yves und André es erführen ... natürlich würden sie es erfahren, und vielleicht würden sie sich mit ihnen freuen und es mit einem opulenten Abendessen feiern.

Vom Flur aus sah die barfüßige und in einen Morgenmantel gehüllte Amelia Ari an dem Tisch im Erker sitzen, aber sie lächelte nicht. Er hatte genau dort Platz genommen, wo Raúl im

Augenblick seines Todes gesessen hatte, und wie Raúl wartete er auf sie. Seitdem waren elf Jahre und vier Monate vergangen, und seit damals mußte sie jedesmal, wenn sie diesen Stuhl sah, daran denken, daß er dort auf sie gewartet hatte, damit sie seinem Leben ein Ende setze.

Sie schüttelte den Kopf, als könnte sie so die sie beherrschenden Todesgedanken verscheuchen. Was für eine Verrücktheit sie begangen hatte. Sie hatte Ari in ihr Herz und ihr Leben gelassen, dabei war sie gerade mit allem ins reine gekommen, empfand keinen Schmerz mehr. Und jetzt würde sie erneut leiden, und er wegen ihr. Aber sie konnte nichts dagegen tun. Allein wenn sie ihn so sah, von hinten, wie seine Umrisse sich gegen den strahlenden Morgen abzeichneten, schnürte es ihr die Brust zusammen und überkam sie das Verlangen, an ihn heranzutreten, ihn zu berühren, ihm in die Arme zu sinken.

»Die Dusche ist frei«, sagte sie so fröhlich, wie sie konnte.

Ari drehte sich lächelnd zu ihr um, stand auf und ging auf sie zu, um sie zu umarmen.

»Ich habe dich vermißt«, flüsterte er ihr ins Ohr.

»Schon?«

Sie schauten sich lachend in die Augen.

»Glaubst du, du überlebst die zehn Minuten, während du duschst und ich uns etwas zu essen mache?«

»Ich bin mir nicht sicher. Begleite mich doch, und hinterher machen wir zusammen das Frühstück.«

»Nein. Geh du nur ins Bad, und gib mir diese Papiere, von denen du mir gestern erzählt hast, und wenn du fertig bist, können wir bei Kaffee und Toast darüber reden. Was meinst du?«

Ari ließ sie los und zuckte mit den Schultern: »Irgendwie bin ich es leid, daß diese Geschichte immer zwischen uns steht.«

»Aber du fängst doch die ganze Zeit damit an!«

Wieder zuckte Ari mit den Schultern: »Du hast recht. Ich gebe sie dir gleich. Wenn ich mein Jackett gefunden habe.«

Sie lächelte ihn schelmisch an: »Such auf dem Boden, in Richtung Schlafzimmer.«

Nach einer halben Minute kam er, mit irgendwelchen Blättern wedelnd, zurück, die er auf den Tisch legte und erklärte: »Beides habe ich in Raúls Koffer gefunden, du weißt schon, den Yves mir überlassen hat. Das hier ist eine Erzählung, Raúls letzte, nehme ich an, und das hier ist ein Brief, auf dem stand ›Für alle, die es etwas angeht‹, darum habe ich ihn geöffnet. Ich glaube, du liest besser zuerst die Erzählung. Der Brief ist, finde ich, ziemlich schwer verdaulich, und wenn du gar nichts von der Angelegenheit weißt, wird es für dich recht hart sein.«

»Ist das alles?«

»Es gibt noch etwas, das ich dir später zeigen will, wenn du das alles gelesen hast und wir darüber gesprochen haben. Einverstanden?«

»Ist gut.«

Ari ging ins Bad, und als er eine Viertelstunde später zurückkam – nachdem er sich geduscht und mit dem kleinen Apparat, den sie ihm hingelegt hatte, rasiert hatte –, saß sie noch immer am selben Platz neben dem Erker, hatte den Kopf in die Hand gestützt, und Tränen liefen ihr über die Wangen. Er hockte sich neben sie und trocknete sie ihr mit dem Ärmel seines Morgenmantels.

»Warum weinst du? Ist die Erzählung schuld oder der Brief?«

»Beides«, sagte sie nach einer Weile. »Ich weine, weil er mich geliebt hat, verstehst du? Jetzt weiß ich, daß er mich bis zum Ende geliebt hat, trotz allem.«

»Wieso geliebt hat? Wenn ich den Brief richtig verstanden habe, hat Raúl alles getan, was in seiner Macht stand, daß man dich des Mordes an ihm beschuldigte.«

Sie nickte und hörte nicht auf zu weinen.

»Wußtest du das?«

»Natürlich wußte ich es. Es ist nur ganz anders gelaufen, als er es sich vorgestellt hat.«

»Du wußtest, daß Raúl dir die Schuld an seinem Tod zuschieben wollte und damit in Kauf nahm, daß du den Rest deines Lebens im Gefängnis verbringst?«

Wieder nickte Amelia.

»Und obwohl du das wußtest, liebtest du ihn immer weiter?« Ari war empört.

»Ich konnte nicht anders. Ich haßte ihn damals mit aller Kraft. Ich habe ihn seitdem oft gehaßt, aber irgendwie, ich verstehe es selbst nicht, habe ich ihn immer weiter geliebt.«

»Warum?«

»Ich weiß nicht. Wegen unserer Vergangenheit, nehme ich an. Für das, was wir einmal waren.«

»Ja. Das schreibt er auch in der Widmung der Erzählung.« Ari stand auf und ging ziellos im Zimmer auf und ab; dabei kam er sich schrecklich lächerlich vor in Raúls ehemaligem Morgenrock, aber er wollte sie jetzt nicht allein lassen, um sich umzuziehen.

»Seine letzte Erzählung hat er mir gewidmet.«

»Wem hätte er sie sonst widmen sollen?« Ari machte es rasend, zuzusehen, wie sie angesichts ein paar vor elf Jahren geschriebener Zeilen vor Glück dahinschmolz. »Jemand anderen hatte er nicht mehr.«

Amelia antwortete, als hätte sie die Wut in Aris Stimme nicht gehört: »In seinen letzten Jahren wurde er oft zu Vorträgen und Lesungen nach Österreich eingeladen. Ein Professor dort war in seine Texte vernarrt und verhalf ihm immer wieder zu Einladungen von Universitäten und Kulturvereinen. Aber daß er etwas geschrieben hat, das in Innsbruck spielt, wußte ich nicht. Was für ein hübscher Titel, finden Sie nicht? *Ein leiser Schrei.*«

Unbemerkt hatte Amelia ihn wieder gesiezt, und Ari spürte, wie es ihm die Kehle zuschürte. Sie blickte verloren, als sähe sie Dinge, von denen er noch nicht einmal eine Vorstellung hatte.

»Was für ein wunderschönes Geschenk!« sagte sie leise.

»Du findest es wunderschön, daß Raúl dich fast lebenslänglich ins Gefängnis gebracht hätte?«

Amelia sah etwas überrascht zu ihm auf: »Nein, natürlich nicht. Aber das ist Vergangenheit. Zum Glück habe ich es rechtzeitig bemerkt und konnte es noch verhindern. Es fiel nicht der geringste Verdacht auf mich.«

»Aber wenn es stimmt, was in dem Brief steht, hatte er bereits einen anderen Brief geschrieben, in dem er dich beschuldigte.«

»Das ist über elf Jahre her. Es hat keine Bedeutung mehr.« Amelias Gesichtsausdruck war hart, fast streng geworden. Es war offensichtlich, daß sie über die Angelegenheit nicht mehr reden wollte.

»Ich muß das verstehen.«

»Ich wüßte nicht, warum. Das geht Sie nichts an.« Amelia war aufgestanden und blickte ihn herausfordernd an, und obwohl sie nur ihren einfachen weißen Bademantel trug, strahlte sie eine Autorität aus, als hütete sie einen Königsschatz.

»Sind wir wieder zum ›Sie‹ zurückgekehrt? Was willst du, den Abstand zwischen uns erneuern, damit ich wieder vor dir auf die Knie fallen muß, wenn ich etwas brauche?«

»Diesen Ton lasse ich mir nicht gefallen. Erst recht nicht in meinem Haus. Dazu hast du überhaupt kein Recht.«

»Klar. Du allein bestimmst, wozu ich das Recht habe, und wenn du nicht mehr willst, entziehst du es mir wieder. Für wen hältst du dich eigentlich? Für meine Mutter?«

»Verlasse augenblicklich meine Wohnung.«

Sie sahen sich stumm an, wie zwei Kämpfer, die ihren Gegner abschätzen und zu bestimmen versuchen, wer den ersten Schlag tun wird.

»Wenn du mich rauswirfst, komme ich nicht wieder.«
»Ich habe sechzig Jahre ohne dich gelebt. Deine Abwesenheit wird mich nicht umbringen.«
»Na, dann.« Er drehte sich um und ging durch den Flur in Richtung Schlafzimmer. Er wollte nur noch weg von hier, und in diesem Augenblick machte ihm der Gedanke, sie nie wiederzusehen, überhaupt nichts aus.

Als er angezogen aus dem Schlafzimmer kam, war Amelia nicht mehr im Wohnzimmer. Er rief nach ihr, um sich zu verabschieden, bekam aber keine Antwort, also sandte er einen Abschiedsgruß in die Leere hinein und zog hinter sich die Tür zu.

Mit einer tauben, ihn verzehrenden Wut kehrte er in sein Zimmer im Studentenwohnheim zurück. Wieder hatte Raúl gewonnen. Wie der Cid gewann Raúl auch nach seinem Tod noch Schlachten. Und Amelia nahm ihn immer weiter in Schutz wie eine dumme Gans, sie glaubte noch immer blind an seine süßen Worte, sie war ihm derartig verfallen, daß sie ihm alles nachsah, als wäre sie eine selbstlose Mutter mit einem mißratenen, ja verbrecherischen Sohn. Nie könnte er sich mit Raúl messen, das stand nun fest. Was auch immer Amelia für ihn fühlte, sobald Raúl ins Spiel kam, hatte er bei ihr nichts mehr zu melden. Sie hatte sich von dem Zauber des Augenblicks, von der günstigen Gelegenheit mitreißen lassen, aber im Grunde fühlte sie nichts für ihn. Sie hatte ihn aus der Schweiz nicht angerufen, sie hatte sich nach ihrer Rückkehr nach Paris nicht mit ihm getroffen, ihn noch nicht einmal angerufen. Er hatte sich um den Kontakt zu ihr bemüht, er hatte ihr Blumen mitgebracht, die sie noch nicht einmal angenommen hatte, er war so idiotisch gewesen, an ihre Liebesschwüre zu glauben, an ihre vorgespielte Hingabe. Dabei hatte sie immer nur Raúl gesucht, dem ihre Liebe galt, jetzt und für alle Zeiten. Sie hatte mit Raúl geschlafen und sich dafür seines Körpers bedient, seines Lächelns, das sie an Raúl in früheren Zeiten erinnerte. Sie wußte, daß Raúl ein hinterhältiger Mensch war, und hatte ihm verziehen, wohingegen er selbst nur ein kleiner braver Junge war, dank dem sie den Verlust des Mannes, den sie in Wirklichkeit liebte, leichter ertrug. Er fühlte sich benutzt, betrogen, schmutzig.

Als er sein Handy herausholte, sah er, daß auf der Mailbox eine Nachricht war, und im selben Moment haßte er sich, weil ihm als erstes der Gedanke durch den Kopf geschossen war, daß Amelia sich vielleicht bei ihm entschuldigen wollte, doch die Nachricht war von André, und seine Stimme klang ernst, besorgt und eine Spur aggressiv, als könnte er nur schwer einen Wutausbruch zurückhalten: »Ari, ich bin's, André. Yves hat mir erzählt, daß er dir den Koffer gegeben hat, und ich möchte dich bitten, mir so schnell wie möglich alle Papiere oder Unterlagen auszuhändigen, die du darin gefunden hast. Ich wußte nichts von diesem verdammten Koffer, und Yves hat ihn dir, so scheint es, etwas voreilig gegeben, ohne mich vorher zu fragen. Wahrscheinlich liest du sowieso nichts, was nicht für dich bestimmt ist, trotzdem möchte ich die Sachen gern haben und selbst entscheiden, ob du es verwenden darfst oder nicht, einverstanden? Ruf mich so schnell wie möglich an.«

Er war so verdutzt, daß er für einen Augenblick sogar seine Wut auf Amelia vergaß. Was zum Teufel ging in ihnen allen eigentlich vor? Am Anfang hatten sie ihn unterstützt und ermuntert, diese verdammte Biographie über Raúl zu schreiben, und jetzt auf einmal, kaum daß sich ein paar Puzzleteilchen zu einer stimmigen Geschichte fügten, traf er nur noch auf Mißtrauen und Verbote. Wovor hatten sie plötzlich Angst? Was war es, was alle wußten, was sie ihm aber nie erzählt hatten? Was war es, was er nicht entdecken sollte? Wußte André vielleicht auch, was Amelia wußte, daß Raúl versucht hatte, ihr die Schuld an seinem Tod zuzuschieben?

Er ging an seinen Schreibtisch, nahm den versiegelten, an André gerichteten Brief, und ohne auch nur eine Sekunde länger nachzudenken, brach er das Siegel und öffnete den Umschlag.

Lieber André!

In den Briefen, die wir uns von unseren verschiedenen Aufenthaltsorten schrieben, teiltest Du mir immer wieder mit, es sei Dir eine große Ehre und Freude, daß ich Dir schreibe. Nun, dies hier ist der letzte Brief, den Du in Deinem Leben von mir erhalten wirst; lies ihn aufmerksam, denn – das nehme ich mir jedenfalls vor – ich möchte Dir viele Dinge mitteilen, die ich nie ausgesprochen habe. Betrachte diesen Brief als einen, der von Herzen kommt, oder vielmehr aus diesem dunklen Loch links unterhalb des Herzens, in das die Seele hinabfließt.

In erster Linie möchte ich Dir in diesen Zeilen erklären – was Du Dir vielleicht schon denken kannst, wenn Du das beiliegende Blatt gelesen hast –, warum ich gegenüber Amelia so gehandelt habe. Womöglich bist du noch immer fassungslos oder sogar empört, wie ich es wagen konnte, Amelia so etwas anzutun, wenn sie doch die wichtigste Frau in meinem Leben war – und es vielleicht noch immer ist –, die einzige, die ich je geliebt habe. Trotzdem war es notwendig, zumindest für meine geistige Ruhe oder meinen Sinn für ›poetische Gerechtigkeit‹, wie du es auch nennen möchtest.

Bestimmt erinnerst Du Dich an jenen unheilvollen Sommer auf Mallorca vor vielen Jahren. Ich war so verzweifelt, wie ein Mensch nur sein kann, wegen dieser Harpyie, die in mein Leben getreten war und es Stück für Stück auseinandernahm. Damals habe ich Dich angerufen und Dich um Deine Hilfe gebeten, und Du bist nicht gekommen; ich bin mir sicher, daß Du das nicht vergessen hast. Mir jedenfalls ist es nie gelungen –

obwohl ich mit den Jahren vieles verstanden und mit dem Schmerz zu leben gelernt habe –, Dir Deine Treulosigkeit und Deine Feigheit zu vergeben, so zumindest erschien mir damals Dein Verhalten, dafür, daß Du Dich meinen besten Freund nanntest und gern sogar mehr gewesen wärest, glaube mir, das ist mir nicht entgangen.

Jedenfalls hast Du mir in jenem unglückseligen Telefonat, an das ich mich auch nach so vielen Jahren noch in allen Einzelheiten erinnere, deutlich zu verstehen gegeben, daß Du mir nicht zu Hilfe zu kommen gedenkst. Daraufhin habe ich natürlich trotz Deines ausdrücklichen Verbots Amelia angerufen. Ich hatte sonst niemanden, und auch wenn Du es nicht glaubst, ich suchte verzweifelt Hilfe, irgendeine Hilfe, und sei es nur jemand, der kommen und mit mir reden würde, der meine Hand nehmen und mich davon überzeugen würde, daß es einen Ausweg aus dieser tödlichen Falle gab, in der Amanda mich gefangen hatte.

Amelia – Gott segne sie – kam am Tag nach meinem Anruf, denn ihr habe ich immer so viel bedeutet, daß sie alles für mich getan hätte, und außerdem – das kann ich, glaube ich, wohl behaupten – hat sie Amanda gehaßt und bekam jetzt die Gelegenheit, sich an ihr zu rächen. Zufällig ergab es sich, daß ich Amelia von meinem Hotelzimmer aus sah, sie mich jedoch nicht.

Ich stand am Fenster, weil ich wußte, daß sie kommen würde, und freute mich schon über die günstige Gelegenheit, denn Amanda war zum Tennisspielen gefahren. Auf einmal tauchte Amelia auf dem Hotelparkplatz auf und hielt neben Amandas gemietetem Cabrio, das seltsamerweise noch dort stand, obwohl Amanda eigentlich schon längst auf dem Weg zu ihrer Tennisverabredung hätte sein müssen.

Aus irgendeinem Grund, den ich vergessen habe, verließ ich kurz meinen Beobachtungsposten, und bei meiner Rückkehr sehe ich Amelia, wie sie unter Amandas Auto mit irgendwel-

chen Werkzeugen herumhantiert. Genaueres kann ich vom Fenster aus allerdings nicht erkennen. Du kennst Amelias handwerkliches Geschick. Ich frage mich natürlich, was zum Teufel sie unter dem Auto zu suchen hat, und laufe hinunter in die Hotelhalle, aber als ich dort angekommen bin, sind Amelia und ihr Seat 600 verschwunden und genauso Amanda und ihr Cabrio. In meiner Hilflosigkeit drehe ich eine Runde durch den Garten, mit der schrecklichen Vorahnung, daß irgend etwas Entsetzliches passieren wird.

Ein paar Stunden später teilt die Verkehrspolizei mir den tödlichen Unfall meiner Frau mit und erzählt irgendeine seltsame Geschichte von versagenden Bremsen, und nach ein paar weiteren Stunden ruft mich Amelia an und sagt mir, sie sei gerade auf Mallorca angekommen und könne demnächst bei mir im Hotel sein.

Das ist neu für dich, nicht wahr, André? Du hast nie erfahren, daß Amelia auf Mallorca war, während sie offiziell von Ischia aus für ein paar Tage an die amalfitanische Küste gefahren war. Darum hast Du meine Anspielungen ihr gegenüber auch nie verstanden und konntest Dir nicht erklären, wie ich so sicher sein konnte, daß Amelia Amanda ermordet hat.

Ja, gut, vielleicht war sie davon überzeugt, daß ich genau das wollte. Ich bin nicht so dreist zu behaupten, daß ich mich über Amandas Tod nicht gefreut hätte. Und wie ich mich freute. Es war, als wäre mein Flehen erhört worden, und doch war für mich nach einem ersten Augenblick der Euphorie die Vorstellung, daß Amelia, meine Amelia, es fertiggebracht hatte, für mich zu töten, zutiefst schmerzhaft. Ich hätte gejubelt, wenn ein Blitz auf Amanda hinabgefahren wäre und mich erlöst hätte, aber ich war nicht darauf vorbereitet, mich in die Rolle eines Grafen von Savigny zu fügen, in die Amelia mich drängte, während sie selbst mit einemmal zu einer wahrhaftigen Hauteclaire Stassin geworden war.

Sie muß gedacht haben, daß wir nach dem Ende der Geschichte wieder zusammensein könnten und alles wäre wie früher. Aber das war mir nicht mehr möglich. Jedesmal wenn ich ihr in die Augen blickte, erkannte ich in ihr die Mörderin. Und auch wenn ich sie damals vor der Polizei in Schutz nahm und kein Wort über ihren Aufenthalt auf Mallorca verlor, störte es mich mit den Jahren dann doch immer mehr, daß ihr Verbrechen unbestraft geblieben war. Vor allem wegen ihres Hochmuts, glaube ich; weil sie mich jedesmal so offen ansah, wenn das Thema zur Sprache kam; weil sie nie den Anstand oder die Demut oder was weiß ich was besessen hat, um mir ihr Verbrechen zu gestehen und mich um Verzeihung zu bitten. Nie, André. Noch nicht einmal in diesen letzten Tagen, als ich sie bat, mir die Wahrheit über das, was geschehen war, zu sagen. Sie hat einfach geschwiegen, und das Sprichwort sagt doch, wer schweigt, gibt es zu, nicht wahr?

Ich möchte einfach, daß sie wenigstens einmal die Angst verspürt, die ihr damals erspart geblieben ist. Daß sie um ihr Leben fürchtet, um ihre Freiheit, daß sie wenigstens ein bißchen dafür bezahlt, daß sie ein Menschenleben auf dem Gewissen hat. Aber ich will nicht, daß sie für etwas verurteilt wird, an dem sie keine Schuld trägt – meinen Tod, in diesem Fall. Ich allein habe beschlossen zu sterben und werde ohne irgend jemandes Mithilfe in den Tod gehen, aber in meinem Brief – den die Polizei bei meiner Leiche finden wird – klage ich sie an, und sie wird die Ermittlungen über sich ergehen lassen müssen wie ich damals auf Mallorca, als man mich für den möglichen Mörder Amandas hielt. Doch dann wirst Du mit dem hier beiliegenden Brief kommen und alles aufklären, wie der Held auf dem weißen Pferd, der die Prinzessin aus einem schlimmeren Schicksal als dem Tod errettet.

Ich schreibe diese Zeilen, mein lieber André, weil ich möchte, daß Du mein Verhalten und die Gründe dafür ver-

stehst, und Du sollst wissen – warum soll ich es Dir nicht mitteilen, schließlich werde ich tot sein, wenn Du diesen Brief liest –, daß Deine Träume, wärst Du damals nach Mallorca gekommen, daß Deine Dich über Jahre hinweg begleitenden Träume vielleicht Wirklichkeit geworden wären. Jetzt, da ich die Liebe eines Mannes kennengelernt habe, kann ich mir vorstellen, daß Du und ich damals glücklich geworden wären, wenigstens eine Zeitlang. Ob wir hinterher Freunde geblieben wären, vermag ich nicht zu sagen, auf jeden Fall wäre für Dich ein Traum in Erfüllung gegangen, doch das sollte nicht sein, weil Du Dich nicht trautest, auf meinen Hilferuf hin zu mir zu eilen, oder weil du mich für meine Gleichgültigkeit oder aus irgendeinem anderen seltsamen Grund bestrafen wolltest. Jetzt ist es für alles zu spät, André. Mir bleibt nur noch zu sterben.

Ich umarme Dich als Freund, der ich trotz allem immer gewesen bin,
Raúl

P.S.: Möglicherweise hast Du noch viele Fragen, aber mach dir nichts draus, Alter. So ist das Leben.

Als Ari den Brief zu Ende gelesen hatte, raste ihm derartig das Herz, daß ihm angst und bange wurde. Er ging ins Bad und wusch sich Gesicht und Nacken mit kaltem Wasser, um sich wieder zu beruhigen. Natürlich hatte André Angst vor dem, was er in dem Koffer finden könnte. Da waren zu viele Dinge begraben, die niemand ans Licht holen wollte, da waren zu viele Fragen, auf die sie, wenn überhaupt, nur gemeinsam eine Antwort fänden; allmählich zeichnete sich ab, daß jeder der Beteiligten etwas wußte, was zur Lösung dieser verworrenen Geschichte beitragen würde, wenn sie sich nur untereinander verständigten. Vielleicht wußte sogar Yves etwas; schließlich war er inzwischen länger als fünfzehn Jahre mit André zusammen und hatte Raúl noch gekannt.

Er mußte unbedingt erreichen, daß sie sich alle zusammensetzten und offen aussprachen, denn nur so fänden alle Teilchen des Mosaiks ihren richtigen Platz und würden sich zu einem stimmigen Bild zusammenfügen. Der Zeitpunkt dafür war denkbar schlecht. Amelia wollte ihn nie wiedersehen, und wenn er ehrlich war, konnte auch er fürs erste gut auf sie verzichten. André schien wegen der Angelegenheit mit dem Koffer ernsthaft verstimmt zu sein, und dabei hatte er ihm noch gar nicht gestanden, daß er einen intimen Brief an ihn gelesen hatte, in dem offen die Rede von Andrés Gefühlen für Raúl war. Und Yves würde nicht in Opposition zu André gehen wollen, da sie sich anscheinend schon wegen des Koffers gestritten hatten. Es war vernünftiger abzuwarten, bis die Lage sich beruhigt haben würde, und dann ein solches abschließendes Treffen vorzuschlagen, denn stattfinden müßte es schon. Dann würde er seine Sachen packen, aus Paris abreisen und sein Buch in Heidelberg fertig schreiben. Und danach könnte er Raúl ein für alle Mal aus seinen Gedanken verbannen.

Er blickte sich im Badezimmerspiegel an, und obwohl er eine Nacht nicht geschlafen und sich vielleicht endgültig mit Amelia zerstritten hatte, fand er sich attraktiv, jung, frisch, als gäbe ihm das alles eine Lebenskraft, die er vorher nicht besessen hatte. Auf einmal piepste sein Handy, er hatte eine SMS bekommen, und er ging mit einem Kloß im Hals zurück ins Zimmer. Vielleicht war es Amelia. Und wenn sie es wirklich war... was wollte er dann tun?

Er wußte nicht mehr, wo er sein Handy hingelegt hatte, wühlte die Taschen seines Sakkos durch und räumte dann die Papiere auf seinem Schreibtisch zur Seite, die entgegen seiner Gewohnheit seit Tagen durcheinander herumlagen.

Schließlich fand er das Telefon auf einem verschlossenen Briefumschlag, den er glaubte, noch nie gesehen zu haben. Er war von einer Fluggesellschaft, von *Swissair*, an ihn gerichtet, und auf der Rückseite stand nichts außer einem Namen: Amelia. Wann hatte er einen Brief von Amelia erhalten und ihn nicht geöffnet? Das war vollkommen unmöglich! Er konnte höchstens am Tag zuvor angekommen sein, als er nicht da war, und irgendwer hatte ihn ihm hingelegt. Aber es hatte niemand den Schlüssel zu seinem Zimmer, und der Umschlag stammte aus einem Flugzeug. Er sah sich nach dem Brieföffner um und riß dann den Umschlag mit einer Hast auf, die ihm selbst lächerlich erschien, als schüttelte ein anderer, entspannter Ari darüber den Kopf, wie eilig er es hatte, Amelias Nachricht zu erfahren. »Lieber Ari«, las er, »wenn Sie nichts Besseres zu tun haben, erwarte ich Sie morgen, am Freitag, gegen sieben Uhr abends bei mir zu Hause. Es gibt noch so viel, was ich Ihnen erzählen muß. Nachdem ich so lange in der Schweiz war, wünsche ich mir, unsere Gespräche wieder aufzunehmen. Herzlich, Amelia.« Der Brief trug das Datum 11. Februar.

Er schloß die Augen und spürte, wie ihm schwindlig wurde. Wie war es möglich, daß er diesen Brief nicht gleich, als er ihn bekam, gelesen hatte? Sie hatte ihn noch im Flugzeug auf ihrer Rückreise nach Paris geschrieben, und das hieß, daß sie als allererstes, noch bevor sie nach Hause gekommen war, an ihn gedacht hatte. Er war nicht zu der Verabredung gekommen, weil er von ihrer Einladung nicht das geringste ahnte. Er glaubte sich zu erinnern, daß er an dem Abend in Ermangelung einer Alternative mit Nadine ausgegangen war, um irgendwem vom Fund der Papiere in dem Koffer erzählen zu können. Amelia hatte offenbar zu Hause gesessen und vergeblich auf ihn gewartet, und irgendwann war sie zu der Überzeugung gekommen, ihm läge nichts an ihr. Darum war sie am Tag darauf bei André so kalt gewesen.

Er stützte den Kopf auf die Faust, und hätte der andere Ari, der ihn von außen sah, das alles nicht so absurd gefunden, hätte er sich selbst geohrfeigt. Das Leben war ein einziges Mißverständnis. Die Fakten erzählten eine Sache und die Worte eine andere, die Blicke wieder etwas anderes, und die Körper ... vielleicht waren die Körper die einzigen, die nicht logen. Er mußte Amelia sagen, was vorgefallen war, selbst wenn es nicht wiedergutzumachen war, selbst wenn es vielleicht noch nicht einmal mehr von Bedeutung war, er mußte es klären, bevor in seinem Herzen noch eine weitere Wunde schwären und sich mit einer stinkenden und widerlichen Flüssigkeit anfüllen würde.

Er nahm sein Handy, er mußte sie trotz ihres Streits von vorhin unbedingt auf der Stelle anrufen, da las er die SMS; sie entrang ihm zunächst ein Lächeln, dann brach er in schallendes Lachen aus:

Ewig, Ari, in Rage, warum? Ruf mich an, wenn ich dir noch etwas bedeute. Bitte.

Diese Frau war unglaublich. Trotz allem war sie noch immer die schöne Hexe, in die er sich verliebt hatte. Sie spielte in ihrer Nachricht mit den Buchstaben seines Namens, damit er lachte und seine Wut vergaß, bevor er ihrer Bitte nachkommen und sie anrufen würde.

Er wählte ihre Nummer und lachte immer noch, und kaum hatte sie abgehoben, redete er drauflos: »Amelia, du mußt mir verzeihen. Ich will dir etwas erklären.«

»Ich auch, Ari.«

»Wunderbar. Treffen wir uns im Luxembourg?«

»In einer halben Stunde. Auf derselben Bank wie beim letzten Mal.«

Er legte auf, räumte die Sachen auf seinem Tisch zusammen und steckte eine Fotokopie von Raúls unvollendetem Brief ein, den der Buchhändler seinem eigenen Roman beigelegt hatte. Ari wollte Amelia nun doch in alles einweihen, was er wußte, auch wenn dieser Brief, in dem Raúl ihr seine ewige Liebe und auch die wahren Gründe seines Weggehens erklärte, der Auslöser werden könnte, daß Amelia sich für immer ihrer Erinnerung an Raúl hingab und sich von ihm endgültig trennte. Aber es war besser, Bescheid zu wissen, als ihr den Brief nicht zu zeigen und jahrelang in dem Zweifel zu leben, ob sie bei ihm geblieben wäre. Nur die Fotos aus Armands Saxophon würde er für immer unter Verschluß halten. Alles andere würde er auf den Tisch legen wie ein Roulettspieler, der in seiner Verzweiflung alles, was er hat, auf eine einzige Zahl setzt. Sollte er gewinnen, gewänne er sauber. Sollte er verlieren, verlöre er alles und müßte von vorn anfangen.

~

André saß in seinem Büro und versuchte vergeblich, sich auf ein Manuskript zu konzentrieren, das sein bester Lektor in höchsten Tönen gelobt hatte, doch er fand den Stil so staubig, daß ihm dieser Text auch nach einer Stunde noch nichts sagte.
Die Angelegenheit mit Raúls Koffer hatte ihn die ganze Nacht nicht schlafen lassen, und er verstand nicht, warum Ari immer noch nicht angerufen und mit allem, was er in dem verdammten Koffer gefunden hatte, herausgerückt war. Er war sich sicher, daß Ari etwas gefunden hatte. Raúl war ein alter Fuchs, und er hatte den Koffer bei seinem letzten Besuch zu ihm gebracht; von Amelia wußte er, daß Raúl kurz vor seinem Tod gesagt hatte, er habe ihn als seinen treuesten Freund angesehen. Bestimmt hatte er etwas für ihn hinterlassen und angenommen, er, André, würde sich gleich nach seinem Tod auf die Suche nach seinem Vermächtnis machen. Was er nicht getan hatte. Die Tage unmittelbar vor und nach der Beerdigung wa-

ren wie unter dichtem Nebel an ihm vorbeigezogen, und hinterher war er für eine Woche mit Yves nach Zypern gereist, um neuen Mut zu schöpfen für ein Leben, das nun für immer ohne Raúl sein würde. Bei seiner Rückkehr hatte er sich, um nicht nachzudenken, wie ein Verrückter in seine Arbeit gestürzt und war abends entsprechend erledigt gewesen, und so war er nie auf den Gedanken gekommen, daß im Keller seines Hauses möglicherweise ein letzter Brief von Raúl auf ihn wartete, der Abschiedsbrief des besten Freundes, den er jemals gehabt hatte, des Mannes, den er sein ganzes Leben lang liebte.

Und jetzt hatte Yves Ari den Koffer einfach gegeben, so daß der vielleicht Dinge erfahren hatte, die so intim waren, daß ihn allein schon der Gedanke daran erzittern ließ. Es gab Dinge, die hatte er selbst Yves nie eröffnet, wie etwa seine bedingungslose Liebe zu Raúl, die ihn von innen aufzehrte und die noch nicht einmal dessen Tod hatte auslöschen können. Er liebte Yves, und sie waren auch schon eine Ewigkeit zusammen, aber es gibt Dinge, die man nicht teilen kann. Man kann nicht als glückliches Paar zusammenleben, wenn der Partner weiß, daß er mit einer so starken Liebe konkurrieren muß. Yves ahnte, daß André früher einmal an Raúl interessiert gewesen war, als Raúl seine Homosexualität noch nicht entdeckt hatte und darum eine Annäherung von vornherein ausgeschlossen gewesen war. Aber daß seine Gefühle zu Raúl so intensiv waren, ahnte Yves nicht; er hatte ihm zwar hin und wieder unbequeme Fragen gestellt, sich letztlich aber immer damit zufriedengegeben, daß ihn und Raúl eine Freundschaft verbunden hatte, die mit Sex und gar mit Liebe nichts zu tun hatte. Niemand wußte, daß er Raúl verfallen war, höchstens Amelia. Aber sie zählte nicht; sie konnte ihn verstehen, denn sie befand sich in der gleichen Lage. Raúl hatte sie beide gezeichnet, gebrandmarkt wie ein Pferd, damit jeder weiß, daß es einen Herrn hat.

~

Ari sah sie schon von weitem auf derselben Bank sitzen wie beim letzten Mal; in ihrem Frühlingskleid und der Strickjacke über den Schultern saß sie da wie das Mädchen, das sie einmal gewesen war. Sie spielte an dem Griff ihrer Handtasche und blickte auf ihre Schuhspitzen, mit denen sie im Sand scheuerte, und auf einmal spürte er eine unendliche Zärtlichkeit, die ihn wie warmes, weiches Wasser durchfloß. Unvorstellbar, daß er sie eben erst angeschrien und ihr gedroht hatte, sie nie wieder besuchen zu kommen, daß er gegangen war, ohne sie ein letztes Mal zu umarmen; jetzt hatte er nur den einen Wunsch, so schnell wie möglich zu ihr zu laufen und sie in die Arme zu schließen, damit er spürte, daß sie wieder eins waren.

Sie blickte auf und lächelte ihn traurig an, fast unsicher: »Ich bin schrecklich«, sagte sie.

»Du bist eine Hexe, und Hexen kann man bekanntlich nie trauen.«

Ari setzte sich neben sie, und nach kurzem Zögern legte er ihr den Arm um die Schultern. Sie schmiegte sich mit geschlossenen Augen an ihn.

»Hat dir das Wortspiel gefallen?«

»Es hat seinen Zweck erfüllt und mich zum Lachen gebracht.«

»Bist du nicht mehr böse?«

»Schon. Aber auf Raúl.«

»Auf Raúl?« Ihre Stimme klang aufrichtig überrascht.

»Er hat dich ernsthaft in Gefahr gebracht, und es spielt keine Rolle, daß seitdem viele Jahre vergangen sind. Ich weiß nicht, ob du eine Sache schon bemerkt hast: Raúl gewinnt immer. Selbst nach seinem Tod schafft er es, uns auseinanderzubringen.«

»Nein, nicht mehr.«

»Warum nicht?«

»Weil ich es nicht will.«

In der daraufhin eintretenden Stille überlegte Ari, ob dies nicht der geeignete Augenblick war, um ihr Raúls Brief zu geben und damit der Ungewißheit endlich ein Ende zu setzen.

»Sagtest du nicht, du willst mir etwas erklären?«

Im ersten Moment wußte er nicht, wovon sie sprach. Doch dann fiel ihm die schiefgelaufene Verabredung wieder ein, und er erklärte es ihr so aufrichtig, wie er konnte.

»Es tut mir furchtbar leid, Amelia«, sagte er abschließend. »Du glaubst mir doch, daß mir nichts mehr bedeutet hätte, daß ich mir nichts so sehr gewünscht hätte, wie dich an dem Abend zu sehen, aber ich habe den Brief nicht bekommen. Verzeih mir.«

Sie seufzte: »Mit dir ist alles so anders, Ari! Du gibst zu, wenn du dich geirrt hast, du erklärst es und bittest um Verzeihung. Das bin ich nicht gewöhnt.«

»Hat Raúl nicht gern geredet?«

Sie lachte auf: »Raúl hat unentwegt geredet, sogar im Schlaf. Aber er hat die ganze Zeit gelogen oder, besser gesagt, er hat zwischen Lüge und Wahrheit nicht so genau unterschieden. Man konnte ihm nicht trauen.«

»Und mir schon?«

»Du bist real, Ari.«

»Das verstehe ich jetzt nicht.«

»Doch, hör zu. Als ich dich kennenlernte, habe ich wie immer gleich nach möglichen Anagrammen deines Namens gesucht. Es mag verrückt klingen, aber so kann ich in etwa abschätzen, woran ich bei jemandem bin. Raúl hat kein Anagramm, wußtest du das? Aus den vier Buchstaben seines Namens kann man kein anderes Wort bilden, jedenfalls nicht in seiner Sprache, dem Spanischen, und darum ist er in gewisser Weise nicht real; er ist ein Gespenst, ein Trugbild, eine Chimäre, verstehst du? Nun, ein Wort gibt es schon: Ural, was seine

Persönlichkeit auch recht gut zum Ausdruck bringt. Sein Nachname, de la Torre, heißt soviel wie ›des Turms‹ oder ›vom Turm‹, aber er war viel mehr als das, er war ein ganzes Gebirge an Stolz und Selbstsucht. Aber ein Substantiv, ein Verb, ein Adjektiv, das sein Wesen oder sein Handeln beschriebe, läßt sich aus seinem Namen nicht bilden.

Tatsächlich sagt der Turm aus seinem Nachnamen am meisten über ihn. Kennst du dich mit Tarot ein wenig aus?«

Ari schüttelte verwirrt den Kopf.

»Der Turm ist der sechzehnte Arkan und wird mit einem zerstörten Turm dargestellt, in den ein Blitz eingeschlagen hat. Heraus stürzen zwei Figuren, die im nächsten Moment auf dem Boden aufprallen werden. Für eine bevorstehende Reise bedeutet das einen Unfall; für die Liebe, Betrug, für alle anderen Lebenssituationen, Katastrophe.« Amelia lächelte schwach.

»Das meinst du doch nicht im Ernst.«

»Ich meine es halb im Ernst. Du sollst es wissen. Und kurios ist es schon, das mußt du doch zugeben.«

Ari schwieg ein paar Sekunden und ging alles, was er über Raúls Leben wußte, für sich noch einmal durch, dabei erschien ihm jetzt alles, was Raúl betraf, zweitrangig. Ihn interessierte viel mehr, was sie über ihn selbst zu sagen hatte.

»Du hast gesagt, ich sei real, aber du bist mir noch eine Erklärung schuldig.«

»Bei dir kam mir natürlich als erstes Ariel, der Luftgeist, die Figur aus Shakespeares *Sturm*, in den Sinn, und ich dachte schon, o weh, schon wieder ein Gespenst. Dann fiel mir ein fast vollkommenes Anagramm ein: irreal, das genau in die gleiche Richtung geht, und noch eines auf spanisch, *erial*, was soviel heißt wie wüst, leer. Da bin ich vorsichtig geworden. Aber ein anderes auf spanisch, das ebenfalls perfekt ist, und einfach wunderbar ist: *real y*, also ›real und‹. Wunderbar, weil es dich im Kern trifft und dazu noch auf etwas hinweist, was noch nicht abgeschlossen ist; wie mein eigenes, erinnerst du dich? *Malea y.* Mein Lieber, du bist real.«

»Ob mir das behilflich sein wird, um mich von Raúls Gespenst zu lösen?«

Wieder seufzte sie: »Wenigstens wird es dich wappnen.«

Sie sahen sich in die Augen und küßten sich, während vor ihnen im Park die Kinder unter der Aufsicht ihrer Mütter und Kindermädchen spielten und die Frühlingssonne schien.

»Ich muß dir etwas zeigen«, sagte Ari, als sie sich aus der Umarmung lösten.

»Etwas Schlimmes?«

»Etwas, das für dich vielleicht wichtig ist und das du nicht erwartet hast.«

»Mach mich nicht nervös.«

»Zuerst muß ich dich etwas fragen. Und sag mir nicht, daß es mich nichts angeht.« Sie schüttelte den Kopf, und er fuhr fort: »Alles, was dich bewegt, geht mich etwas an. Was hat Raúl zu dir gesagt, als er dich für Amanda verließ?«

Amelia schloß die Augen, legte den Kopf in den Nacken und atmete langsam und bewußt aus.

»Er sagte mir«, sie sprach langsam, als dächte sie nach und wägte jedes Wort ab, »daß wir uns trennen müssen.«

»Er gebrauchte diese Worte?«

»Ja. Es ist mir nie gelungen, sie zu vergessen.«

»Hat er dir gesagt, warum?«

»Er hat mir nur zu verstehen gegeben, daß es so sein muß, daß es aus und vorbei ist. Dann habe ich angefangen zu fragen, was man eben so fragt, ob es um eine andere Frau geht, ob ich sie kenne, wie sie heißt ... Bis ich ihn schließlich soweit hatte, vor mir zuzugeben, daß es tatsächlich eine andere Frau gab.«

»Aber sagte er dir, er habe sich in sie verliebt?«

»Nein. Weder damals noch irgendwann später. Ganz im Gegenteil, in einem Telefongespräch, als er mich anrief, weil ... nun, das ist nicht so wichtig, damals sagte er jedenfalls zu mir, er habe sie nie geliebt, wie ich überhaupt darauf käme. Das hat mir viele Jahre lang Kraft gegeben und mich nach Amandas Tod zu dem Gedanken verleitet, wir könnten vielleicht wieder zusammenkommen. Aber es ging nicht.«

»Weil er glaubte, daß du sie umgebracht hast.«

»Warum hätte er so etwas Aberwitziges glauben sollen?«

»Du weißt, daß es so war.«

»Ich habe immer gedacht, daß er sie umgebracht hat und mir in der Öffentlichkeit oder in der Halböffentlichkeit, wenn wir mit André zusammen waren, die Schuld zuschieben wollte.«

»Aber jetzt weißt du, daß er es nicht war. Er nicht und du auch nicht.«

»Ja. Was für eine Ironie. Unser ganzes restliches Leben lang hat uns ein dummes Mißverständnis entzweit, von dem ich nie erfahren habe, wie es zustandegekommen ist.«

»Wenn er dich, nur als Beispiel, neben Amandas Auto gesehen hätte, hätte er auf den Gedanken kommen können ...«

»Das kann nicht sein.«

»Sicher?«

»Sicher. Er kann mich nicht neben Amandas Auto gesehen haben, weil ich auf Ischia war.«

»Die ganze Zeit?«

»Außer den beiden Tagen, an denen ich die amalfitanische Küste erkundet habe. Du bist wie ein Kommissar.«

»Tut mir leid.«

»Zeigst du mir jetzt das, was du für mich hast?«

Ari holte den kopierten Brief heraus und hielt ihn ihr hin. Sie erkannte sofort Raúls Schrift und nahm ihn mit zitternden Händen.

»Wo hast du das gefunden?«

»Erinnerst du dich noch an diesen gemeinsamen Freund von

Raúl und Amanda, nach dem ich dich vor Monaten gefragt habe? Armand, der Saxophonist, der in Saint-Sulpice gewohnt hat?«

»Dunkel.«

»Diese Seiten steckten in einem Buch aus seiner Wohnung. Um genau zu sein, befanden sie sich in einem Antiquariat, in das Armands Nichte die Bücher gebracht hatte, um sie loszuwerden. Es ist ein Brief an dich, er ist unvollendet.«

Ari stand auf, ging zu dem Brunnen und setzte sich an den Rand, während sie auf der Bank den fünfundzwanzig Jahre zuvor geschriebenen Brief las. Als er an ihrer Körperhaltung erkannte, daß sie fertig war, ging er langsam auf sie zu, um ihr die Chance zu geben, ihn abzuweisen, wenn sie ihn vorerst nicht bei sich haben wollte. Sie tat nichts, um sein Näherkommen zu verhindern.

»Das Leben ist seltsam«, sagte sie mit neutraler Stimme.

»Ja. Es muß komisch für dich sein, einen Brief aus der Vergangenheit zu bekommen.«

»Für dich nicht?«

»Ich beschäftige mich seit Monaten mit nichts anderem.«

»Er hat mich also für Armand verlassen?«

»Nein. Hier schreibt er es doch: Er war in Armand verknallt und betört von seiner Entdeckung, aber er hätte dich nie für ihn verlassen.«

»Aber, was hat Amanda dann mit alldem zu tun?«

»Sie hat ihn erpreßt. Würde er zu ihrem Verlag wechseln und sie heiraten, würde niemand etwas erfahren. Wenn nicht, würde sie damit an die Öffentlichkeit gehen.«

»Er hätte es abstreiten können.«

»Von dem, was über einen gesagt wird, bleibt immer etwas haften. Außerdem gab es vielleicht belastende Fotos.«

»Es gibt Fotos?« Amelia sah ihn mit geweiteten Augen an und faßte sich an den Hals, wie um sich zu schützen.

»Nein. Soweit ich weiß, nicht. Aber für mich ist die böse Absicht eindeutig.«

»Er hat mich verlassen, damit ich nichts von seiner Homosexualität erfahre, und zehn Jahre danach macht er keinen Hehl daraus und zieht mit Hervé zusammen.«

»Da warst du auch nicht mehr Hauteclaire, erinnerst du dich? Du warst Stassin.«

»Die Mörderin«, sagte sie mit dünner Stimme.

»Die glückliche Mörderin.«

»Wer weiß sonst noch etwas darüber?«

»Niemand.«

»Auch André nicht?«

»Niemand. Aber ich würde mir wünschen, daß wir vier, Yves und André, du und ich, uns treffen, denn wir haben viele Dinge zu klären. Jeder von uns weiß etwas, das sonst niemand weiß, und würden wir alles zusammentragen, würde sich so manches erhellen; ich würde mein Buch beenden, und wir könnten die ganze Sache endlich vergessen.«

»Dir geht es nur um dein verdammtes Buch, stimmt's?«

»Nein, Amelia. Vor allem möchte ich verstehen, was alles geschehen ist. In meinem Buch schreibe ich, was ihr wollt. Es bedeutet mir nichts mehr. Aber ich muß es für mich wissen.«

Ohne noch etwas darauf zu sagen, holte Amelia ihr Handy heraus, wählte Andrés Nummer und befahl ihm mehr oder weniger, noch am selben Abend mit Yves zu ihr nach Hause zu kommen. Nachdem sie das Gespräch beendet hatte, sagte sie zu Ari: »Bring den Koffer und dein ganzes Material mit. Heute abend klären wir alles, und dann können wir endlich in Ruhe leben.«

KAPITEL

II

Als Yves und André um Punkt sieben Uhr abends bei Amelia vor der Tür standen, machte Ari ihnen auf, während sie in der Küche damit beschäftigt war, das Abendessen, das sie aus ihrem Lieblingsrestaurant hatten kommen lassen, noch mit einer letzten persönlichen Note zu versehen. Falls einer von beiden sich gewundert haben sollte, daß Ari sich nach der offensichtlichen Distanzierung zwischen Amelia und ihm nun als Gastgeber präsentierte, ließ er es sich nicht anmerken. Nicht zu leugnen hingegen war, daß eine fast unerträgliche Spannung in der Luft lag, die kein noch so belangloses Gesprächsthema zu vertreiben vermochte. Ari hatte André noch nie so nervös gesehen; er hatte den Eindruck, als wäre André lieber ohne Yves zu diesem Treffen gekommen. Yves merkte man seine Sorge um André an, er war sichtlich bemüht, ihn aufzuheitern, und wahrscheinlich wäre er selbst in dem Moment lieber woanders gewesen, obwohl er natürlich auch neugierig war, schließlich sollten all die dunklen Stellen in der Vergangenheit des Mannes, mit dem er zusammenlebte, nun erhellt werden.

»Macht es dir etwas aus, für einen Moment in die Küche zu gehen, Yves?« fragte André plötzlich während ihrer oberflächlichen Unterhaltung. »Ich habe kurz etwas mit Ari zu besprechen.«

Yves stand ohne ein Wort auf, und kaum war er hinter der Küchentür verschwunden, hörte man ihn auch schon mit Amelia scherzen, die noch gar nicht zur Begrüßung herausgekommen war.

»Hast du etwas für mich Bestimmtes gefunden?« fragte André geradeheraus, bevor Ari irgend etwas sagen konnte.

Ari nickte und reichte ihm den Brief, den er in dem Koffer gefunden hatte.

»Hast du ihn gelesen?«

Er nickte wieder.

André faltete die beiden Blätter auseinander, sah Ari noch einmal an und sagte sehr ernst: »Du bist ein Schwein. Dieser Brief ist an mich gerichtet. Das kann dir wohl kaum entgangen sein.«

»Ich habe noch einen weiteren Brief gefunden, auf dem stand ›Für alle, die es etwas angeht‹. Beide steckten zusammen in einem Umschlag. Nimm, lies sie beide. Ich bin in der Küche, wenn du mich brauchst.«

Ein paar Minuten darauf rief André ihn ins Wohnzimmer. Ari entschuldigte sich bei Yves und Amelia und ging zu ihm.

»Ari, wenn du schon die unverzeihliche Taktlosigkeit besessen hast, einen persönlichen, einen sehr persönlichen Brief zu lesen, wie du bemerkt haben dürftest…«, Ari ließ den Kopf hängen und sah weg, »dann solltest du jetzt zumindest meinen Wunsch respektieren. Ich will nicht, daß irgendwer etwas von dem erfährt, was Raúl mir hier schreibt, verstehst du? Niemand. In letzter Zeit hat es zwischen Yves und mir einige Schwierigkeiten gegeben. Wenn jetzt diese Geschichte von vor mehr als dreißig Jahren herauskommt … weiß ich nicht recht, wie er reagieren wird. Ich will ihn nicht verlieren. Versprich mir, daß du ihm niemals etwas davon erzählen wirst.«

»Was Raúl über deine Gefühle für ihn andeutet, das meinst du doch, oder?«

André nickte und sagte kein Wort.

»Da kannst du beruhigt sein. Ich habe schon mitbekommen, daß Raúl nicht immer die Wahrheit gesagt hat.«

Ein leichtes Lächeln zeigte sich auf Andrés Gesicht: »Danke. Und was den anderen Brief angeht ... hat Amelia ihn gelesen?«

»Ja. Vor ein paar Stunden. Aber wir haben noch nicht darüber geredet. Wir sollten ihn jetzt erst einmal Yves geben, finde ich, damit wir alle auf dem gleichen Wissensstand sind, fast jedenfalls«, schloß er mit einem vorsichtigen Lächeln.

»Einverstanden. Ich gehe Amelia begrüßen, und dann sollten wir essen und die Sache über die Bühne bringen. Diese Geschichte treibt mich noch in den Wahnsinn.«

»Raúl hatte offenbar die Gabe, den Menschen, die ihm nahestanden, das Leben schwerzumachen. Noch über seinen Tod hinaus.«

»Inzwischen würde ich alles darum geben, wenn du nur nie mit dieser verdammten Biographie angefangen hättest. Es gab viele ungeklärte Fragen, die wir längst abgehakt hatten. Und jetzt ... alles wieder von vorn.«

»Wenn wir Glück haben, müssen wir heute das letzte Mal darüber reden. Dann können wir diese ganze Geschichte vergessen.«

»Amelia auch?«

»Auch sie. Sie ist schon dabei.«

»Wie es scheint, hat sie ihr Dessert gefunden.«

»Ihr Dessert?«

»Sag bloß, du erinnerst dich nicht an *Amor a Roma*.«

Ari lächelte offen: »Darauf bin ich noch gar nicht gekommen. Aber das kann schon sein.«

»Ich freue mich für euch beide. Amelia war sehr allein. Los, gib Yves den Brief, und kommen wir zu einem Ende.«

Während Yves las, trugen die anderen Tabletts und Getränke auf, in einer scheinbaren Ungezwungenheit, von der sie noch weit entfernt waren.

»Jungs«, sagte Amelia, als sie alle am Tisch saßen, »wir sind hier nicht bei einer Beerdigung. Wollen wir nicht endlich über das reden, weswegen wir uns getroffen haben, anstatt immer weiter so zu tun, als ob nichts wäre? Los, Ari, fang an.«

»Das ist kein Roman von Agatha Christie, Amelia, und ich bin auch nicht Hercule Poirot.«

»Einer muß anfangen, und du bist von uns allen derjenige, der in der wunderbaren Geschichte des großen Raúl de la Torre die meisten Fäden zusammenführen konnte.«

»Also gut«, gab Ari nach und legte die Serviette neben den Teller. »Wir müssen drei Momente in Raúls Leben klären, die alle in gewissem Maß auch euch betreffen. Erstens: den Moment, als Raúl Amelia verließ, um Amanda zu heiraten und zu ihrem Verlag zu wechseln; zweitens: Amandas Tod auf Mallorca im Sommer '79 und alle sich daraus ergebenden Mißverständnisse; drittens: Raúls Selbstmord und sein ebenso düsteres wie erfolgloses Vorhaben, Amelia als Mörderin hinzustellen. Wo wollen wir anfangen?«

»Von vorn«, sagte Yves. »In chronologischer Reihenfolge, finde ich jedenfalls, allerdings habe ich damals weder Raúl noch irgendeinen von euch gekannt.«

Alle hatten aufgehört zu essen und sahen Ari an, als erwarteten sie von ihm eine Enthüllung.

»Gut. Anfang des Jahres 1976 knüpfte Raúl über Maurice Laqueur Kontakte zur Jazzszene und insbesondere zu einem fast zwanzig Jahre jüngeren Saxophonisten namens Armand Laroche. Dieser Armand war eng befreundet mit der Frau, die später Raúls Verlegerin und zweite Ehefrau wurde, Amanda Simansky, und über die wir jetzt alle viel mehr wissen, als es ihr lieb gewesen wäre. Aber der Jazz und das Nachtleben waren nicht Raúls einzige Entdeckungen damals. Raúl entdeckte noch etwas, was für sein zukünftiges Leben viel wichtiger war.«

André beugte sich zu Ari vor und hing geradezu an dessen

Lippen, während Amelia sich mit halbgeschlossenen Augen und angespanntem Mund zurückgelehnt hatte. Yves sah jeden von ihnen ausdruckslos an, als hielte er die drei Gesprächspartner fotografisch in seinem Kopf fest.

»Irgendwann 1976, möglicherweise im Frühling, entdeckte Raúl, daß er homosexuell oder, genauer gesagt, bisexuell war.«

André entglitt eine Art Stöhnen, woraufhin er sich die Hand vor den Mund hielt und den Kopf senkte. Yves sah ihn an und machte kurz Anstalten, ihm den Arm um die Schultern zu legen, aber da sprach Ari schon weiter: »Vor allem entdeckte er seine große Leidenschaft für Armand.«

»Sag bloß, Armand war Aimée!« rief Yves aus.

»Als ich anfing zu recherchieren«, fuhr Ari mit seiner Zusammenfassung fort, »fand ich eine spanische Erstausgabe von *De la Torre hoch zwei* mit einer leidenschaftlichen Widmung an eine gewisse Aimée. Wir haben ziemlich lange gegrübelt, wer diese Frau gewesen sein könnte« – er deutete auf die beiden Männer – »und auch dir, Amelia, sagte der Name nichts. Ich erfuhr, daß Armand dieses Buch von Raúl geschenkt bekommen hatte, und vor ein paar Tagen erst fand ich einen unvollendeten Brief von Raúl an Amelia, in dem er ihr gesteht, die Liebe in den Armen eines Mannes entdeckt zu haben, und er schreibt weiter, wie sehr er sich vor Amelia und vor allem vor der öffentlichen Ablehnung fürchtet, sollte die Sache ans Licht kommen.«

»Du hast es nicht bemerkt, Amelia?« fragte André perplex. »Dir ist wirklich nichts aufgefallen?«

Sie schüttelte langsam den Kopf. Ihre Augen standen voller Tränen.

»Dir doch auch nicht, oder?«

André sah sie einige Sekunden lang fest an und senkte dann den Blick. Ari sprach in das Schweigen hinein weiter: »Armand muß es Amanda erzählt haben, und sie suchte schon seit einiger

Zeit nach einer Möglichkeit, Raúl zu kriegen; also erpreßte sie ihn mit der Drohung, seine Homosexualität an die Öffentlichkeit zu bringen. Der Preis für ihn war, den Verlag zu wechseln, sich von Amelia scheiden zu lassen und Amanda zu heiraten. Raúl tat alles.«

»Elender Feigling!« zischte Yves zwischen den Zähnen hindurch.

»Das waren noch andere Zeiten«, sagte André und starrte auf den erloschenen Kamin. Seine Augen sahen durch die Brille auf einmal riesengroß aus.

»Kaum hatte er sie geheiratet«, fuhr Ari fort, »spielte Amanda sich wie eine Tyrannin auf; sie zerrte Raúl in die Politik, zwang ihm ein Arbeitspensum auf, das er nicht gewohnt war, und machte ihm insgesamt das Leben zur Hölle.«

»Aber sie hat ihn nicht dazu gebracht, einen weiteren Roman zu schreiben«, fuhr André bitter und zugleich stolz dazwischen.

Amelia lachte kurz auf. Alle blickten zu ihr, als erwarteten sie eine Erklärung, aber sie fächelte sich einfach mit der Hand Luft zu und trank einen Schluck Wein.

»Wir kommen also zum Sommer '79, in dem Raúl und Amanda ein paar Wochen Urlaub auf Mallorca machen. Wir alle wissen, was geschieht. Amanda hat einen tödlichen Unfall, die Polizei nimmt Ermittlungen auf, weil der Unfall kein Unfall war; nach ein paar Tagen scheidet Raúl als Hauptverdächtiger aus und kehrt nach Paris zurück. Allerdings scheint er, ohne daß wir die Gründe kennen, davon überzeugt zu sein, daß Amelia Amandas Mörderin ist, und verhält sich ihr gegenüber, als wollte er sie strafen.«

»Mir gegenüber auch«, ergänzte André. »Allen seinen Freunden gegenüber, als hätten wir uns allesamt in sein Leben eingemischt, ohne daß er uns gerufen hätte.«

»Aber er hat uns gerufen«, sagte Amelia, »mich hat er jedenfalls auf Ischia angerufen.«

»Mich auch.«

»Aber wir sind seinem Ruf nicht gefolgt.«

»Nein.«

»Es war nicht mehr nötig«, fuhr Ari fort. »Jemand kümmerte sich schon darum, Amanda aus dem Weg zu räumen, die Gründe haben wir vor kurzem herausgefunden, ihr erinnert euch sicher.«

»Amanda, die geheimnisvolle Sowjetagentin«, sagte Yves und schob sich ein Kanapee in den Mund.

»Der Rest ist soweit klar, auch wenn alles sehr merkwürdig ist. Raúl hielt eine ganze Weile bewußt Abstand von seinen guten Freunden, und wenn er sie sah, verhielt er sich abweisend. Nach einiger Zeit heiratete Amelia wieder und verlor weitgehend den Kontakt zu Raúl. Der lernte bald darauf Hervé kennen, erklärte öffentlich seine Homosexualität und lebte mit Hervé eine Liebesgeschichte wie aus dem Film. Vier Jahre später starb Hervé, und zwei Jahre darauf beschloß Raúl, seinem Leben ein Ende zu setzen. Womit wir bei Raúls Selbstmord angelangt wären. Ist bis hierher alles klar?«

Die drei nickten zerstreut, als hinge jeder von ihnen seinen eigenen Gedanken nach und bekäme nicht viel um sich herum mit. Ari nutzte das, um eine Pause zu machen, einen Schluck Wein zu trinken und sich ein Kanapee zu nehmen.

»Ich denke, hier machst besser du weiter, Amelia«, sagte Ari, als er das Kanapee gegessen hatte. »Von hier an gibt es zu viele Dinge, die ich nicht verstehe.«

Amelia räusperte sich, trank einen Schluck Wein und blickte nach oben, als läse sie das, was sie sagen wollte, von der Zimmerdecke ab.

»Raúl blieb hin und wieder für einige Zeit hier, wie ihr wißt. Manchmal ging er auch zu euch und verbrachte dort ein paar Tage, bevor er in seine Wohnung zurückkehrte, aber seit Hervés Tod war er mehr oder weniger zum Nomaden geworden.

Anfang November '91 zog er ganz hierher und machte immer häufiger Andeutungen über den Tod im allgemeinen und ganz speziell über Selbstmord, allerdings schloß er sie immer mit den Worten ab: ›Gib nichts drauf, meine Liebe, ich rede nur Blödsinn.‹« Sie zitierte ihn auf spanisch und ahmte seinen argentinischen Akzent nach. »Ich fing an, mir Sorgen zu machen, paradoxerweise zu dem Zeitpunkt, als er, der jahrelang ein ruhiges Leben geführt hatte und höchstens hin und wieder zum Essen oder zu einer Lesung gegangen war, auf einmal jeden Tag etwas vorhatte. Er ging ständig aus, hatte eine Menge Verabredungen, lachte ohne Grund, trank übermäßig ... kurz und gut ... wie soll ich sagen? Er strahlte eine Euphorie aus, als bereitete er eine große Überraschung vor. Ich ging damals immer weniger aus und beobachtete Raúls Entwicklung jeden Tag besorgter. Du, André, warfst mir vor, ich könnte nicht akzeptieren, daß Raúl sein Leben ohne mich wieder in den Griff bekommen hätte, und daß ich nur eifersüchtig wäre.«

»Ich wußte das alles nicht, Amelia«, sagte André geknickt.

»So ist es. Du hast ihn auch nur in seiner Euphorie erlebt; ich mußte seine depressiven Phasen ertragen, seine Spitzen, seine finsteren Blicke. Aber gut, vorbei ist vorbei. Eines Tages kam ich müde und erschöpft vom Reiten zurück. Er war schon weg. Ich mußte aus dem Schrank in seinem Zimmer Handtücher fürs Bad holen, und da sah ich auf seinem Schreibtisch einige weiße Blätter liegen: Offensichtlich hatte er etwas mit der Hand geschrieben. Das war schon seltsam genug, schließlich schrieb Raúl sonst nie mit der Hand, und so ging ich, von Neugierde getrieben, hin und versuchte, etwas zu entziffern. Ihr wißt schon, er hatte mit dem Stift so fest aufgedrückt, daß das Geschriebene sich in die darunter liegenden Blätter prägte.«

Alle nickten stumm. Sie fuhr sich über die Stirn und trank einen Schluck.

»Es war ein Brief an einen Richter, eine Art Nachlaß.« Sie

machte eine Pause. »Aber nicht ein Brief in der Art, wie man ihn erwartet hätte, in dem steht, daß er im vollen Besitz seiner geistigen Kräfte beschlossen hätte, seinem Leben ein Ende zu setzen und so weiter, nein, es war ein schmutziger Brief, in dem er dem Richter mitteilte, daß es kein Selbstmord gewesen wäre, sollte man ihn mit einer Pistole in der Hand und einer Kugel im Kopf finden, sondern Mord. Daß ich ihn umgebracht hätte, um mich für die vielen Demütigungen zu rächen, und es als Selbstmord hätte erscheinen lassen wollen.«

André sprang empört auf.

»Das glaube ich nicht, Amelia! Das kann ich nicht glauben! Raúl konnte unerträglich sein, aber er war nicht böse. Er hätte es nicht fertiggebracht, so etwas zu tun«, echauffierte sich André, als hätte er nicht eine halbe Stunde zuvor Raúls eigenhändig geschriebene Erklärung gelesen.

Sie lächelte. Es war ein eisiges Lächeln, wie von einem Totenschädel. Dann stand sie auf und ging aus dem Zimmer. Ein paar Minuten später kam sie mit einem mit Bleistift schraffierten Bogen Papier zurück, auf dem man in aller Deutlichkeit lesen konnte, was Raúl geschrieben hatte.

»Lies das, und überzeug dich selbst.«

Sie setzte sich wieder an den Tisch und hielt Aris Hand, während André las. Als er fertig war, war er blaß und seine Lippen zitterten. Er schob den Brief Yves hin, der ihn nun ebenfalls las.

»Das kann nicht sein!« sagte André mit leiser Stimme immer wieder wie zu sich selbst.

»Aber damit es nicht ganz so böse ist, hat er, bevor er sich umbrachte, noch den anderen Brief geschrieben, den Ari in dem Koffer gefunden hat. Er wußte, wenn man mich des Mordes anklagte, würdest du alles tun, um entlastende Beweise zu finden. Raúl ging davon aus, daß du oder Yves euch an den Koffer erinnern und in ihm nach irgend etwas Brauchbarem suchen würdet.«

»Und warum ist es dann nicht so gelaufen?« fragte Yves und beugte sich mit funkelnden Augen zu ihr hin.

Amelia seufzte schwer: »Weil ich, als ich diesen Brief gesehen hatte, nach langen Überlegungen beschloß, einen anderen Brief zu schreiben, auf der Schreibmaschine, wie Raúl es sonst immer getan hatte; ich fälschte seine Unterschrift – eine leichte Übung – und tauschte meinen Brief gegen den aus, den Raúl geschrieben hatte.«

»Das heißt also, als du an dem Tag zu uns kamst«, fuhr Yves fort, »wußtest du bereits, daß Raúl sich erschossen hatte, und hattest den Brief schon ausgewechselt.«

»Nein. Als ich zu dir kam, vermutete ich, daß Raúl die Tat ausführen würde. Er hatte mich die ganze Zeit gedrängt, er wolle allein sein, und meine Nervosität, die du mir wahrscheinlich angemerkt hast, rührte von meiner Angst, jemand könnte durch einen dummen Zufall vor mir die Leiche entdecken, so daß mir keine Zeit mehr bliebe, die Briefe auszutauschen.«

»Aber du hattest bei seinem Tod nicht die Hand im Spiel?«

»Ich? Weshalb? Was hätte ich von seinem Tod gehabt? Ich wollte nur sichergehen, daß man mich nicht wegen etwas beschuldigen würde, das ich nicht getan hatte.«

»Und er? Warum hat er sich umgebracht, Amelia?« fragte André verzweifelt. »Wegen Hervé, wie wir damals alle vermuteten?«

»Ihr habt das vermutet, weil ich in meinem gefälschten Brief Hervés Tod als Motiv angab. Mir ist kein anderes eingefallen, und ich dachte, so würde Raúls Tod mit etwas Romantik umweht, was ihm sicher nicht mißfallen hätte.«

»Aber wenn dieses Motiv von dir erfunden war, was war dann der wahre Grund?« fragte nun Ari, und André pflichtete ihm bei.

Stille senkte sich auf sie, während einer den anderen auf der Suche nach einer Antwort ansah. Endlich räusperte sich Yves:

»Ich glaube, jetzt kann ich auch eine nützliche Information beitragen. Raúl hatte einen gewichtigen Grund, sich umzubringen. Wir haben es bei der Autopsie entdeckt, sein Hausarzt hat es bestätigt, und die Polizei erachtete es als ausreichend schwerwiegend, um nicht weiter zu ermitteln.« Er machte eine Pause, sich sehr wohl bewußt, daß alle seinen Worten lauschten: »Raúl war HIV-positiv.«

André und Amelia rangen kurz und erstickt nach Atem.

»Er wußte es?« fragte Amelia nach einer Weile, so eindringlich, daß alle sie ansahen. Bei dem, was man über Raúl wußte, mußte es ihnen unerhört vorkommen, daß es Amelia überhaupt noch kümmerte, ob er es gewußt und darunter gelitten hatte.

Yves nickte. »Sein Hausarzt hat es uns bestätigt. Raúl wußte es seit einigen Wochen und war in Panik. Er wollte nicht sterben, wie Hervé gestorben war.«

Amelias Gesicht verzog sich, als hätte ihr jemand ein gallebitteres Gift eingeflößt; ihre Haut wurde grünlich blaß, so daß Ari kurz fürchtete, sie würde ohnmächtig. Dann vergrub sie das Gesicht in den Händen und brach in Weinen aus. André legte ihr den Arm um die Schultern und sagte leise: »Mein Gott, wir haben ihn nie gekannt; die wirklich wichtigen Dinge haben wir nie von ihm erfahren. Wir haben unser Leben mit einem Unbekannten geteilt.«

»So ist es wohl öfter«, bemerkte Ari und seufzte.

»Ich habe euch damals nur nichts gesagt, um meine Schweigepflicht nicht zu verletzen«, fuhr Yves fort. »Na ja, und weil ich annahm, es würde euch noch mehr zusetzen als mir. Schließlich gab es keine Notwendigkeit, warum ihr es hättet wissen müssen. Wenn Amelia des Mordes angeklagt worden wäre, wäre das natürlich eine wichtige Information gewesen, aber so ... wenn der Selbstmord an sich außer Frage stand, wozu brauchte man dann das Motiv?«

Amelia trocknete sich die Tränen und versuchte, sich wieder zu beruhigen: »Du hast nie die Handschuhe gefunden, die ich bei euch vergessen habe, nicht wahr, Yves?«

Yves' Antwort kam prompt und ohne daß er nachgefragt hätte, von welchen Handschuhen sie auf einmal sprach.

»Nein, Amelia. Du mußt sie woanders liegengelassen haben. Nach elf Jahren werden sie wohl kaum noch auftauchen.«

»Wovon redet ihr?« fragte André mit einer Geste, als wäre er schwerhörig.

»Nicht wichtig«, antwortete Yves. »Als wir gerade über diesen Tag geredet haben, ist uns beiden der gleiche Gedanke gekommen, oder, Amelia?«

Sie lächelte, streckte die Hand über den Tisch und drückte kräftig die seine.

»Wie dumm von uns, daß wir uns wegen einer alten, längst überwundenen Geschichte all diese Leckereien entgehen lassen, meine Lieben. Greift zu! Habt ihr die mit Lachs und grünem Spargel probiert?«

Yves hob sein Glas: »Auf die Freundschaft! Laßt uns die Vergangenheit begraben, auf daß sie keine Macht mehr über uns hat!«

Sie stießen an, tranken Wein und lächelten sich zu. Ihre Geselligkeit täuschte darüber hinweg, daß es Dinge gab, die sie niemals würden teilen können.

~

André konnte nicht schlafen. Zwei Stunden zuvor hatte sich Yves nach ihrem Liebesspiel umgedreht und war sofort eingeschlafen. André hörte seinen gleichmäßigen Atem, und von Zeit zu Zeit berührte er in dem dunklen Zimmer sein Bein oder seinen Arm, wie um sich zu versichern, daß er auch wirklich da war, und so die nötige Beruhigung zu finden, um sich entspannen und ebenfalls einschlafen zu können; aber ihm gingen so viele Bilder und Stimmen aus vergangenen Zeiten durch den Kopf, daß er nicht zur Ruhe kam.

Einerseits war er froh, auf viele der Fragen, die er sich so viele Jahre lang gestellt hatte, Antworten gefunden zu haben, andererseits hätte er in dem Tümpel lieber nicht den Schlamm aufgewühlt, denn das, was dabei zutage getreten war, würde ihn nun nie wieder loslassen.

Raúls letzter Brief ging ihm unablässig durch den Kopf, die darin enthaltene Aussicht, die niemals Wirklichkeit geworden war. Und trotzdem ließ ihn der Gedanke nicht los, was aus ihnen hätte werden können. Hätte er vierzig Jahre Freundschaft zu Raúl gegen eine kurze Leidenschaft getauscht? Diese Frage quälte ihn immer wieder, weil ihn die Antwort zutiefst beschämte.

Ja. Er hätte alles gegeben für ein paar Nächte mit Raúl, dafür, sein Liebhaber gewesen zu sein wie Armand, wie Hervé, wie wahrscheinlich viele andere, von denen er nie etwas erfahren hatte. Viele, nur er nicht, sein bedingungsloser Freund, der einzige Mensch, der bereit gewesen wäre, alles für Raúl zu geben.

Er stand vorsichtig auf, um Yves nicht zu wecken, und im schwachen Schein der Straßenlaternen, der durch die Lamellen der Jalousie im Wohnzimmer fiel, schenkte er sich einen Cognac ein und trat ans Fenster. Die Kirchturmuhr zeigte zwei Uhr zwanzig, und die Nacht war ruhig und still, ins orangefarbene Licht der Straßenbeleuchtung getaucht. Er schloß die Augen und lehnte sich mit der Stirn an die Scheibe, damit das kühle Glas seine innere Hitze besänftige, eine beklemmende fiebrige Hitze, die ihn an den heißen Sommer '79 auf Ischia erinnerte.

In jener Nacht nach Raúls Anruf hatte er ebenfalls nicht schlafen können: Stundenlang hatte er sich im Bett hin- und hergewälzt, schweißnaß, hatte sich eingeredet, daß er die richtige Entscheidung getroffen hatte, daß er recht getan hatte, Raúl zu sagen, er denke nicht daran, zu kommen und ihm die Kastanien aus dem Feuer zu holen; doch Rauls Worte waren ihm nicht aus dem Kopf gegangen, sein verzweifeltes Bitten, sein Hilfeschrei.

Um vier Uhr morgens in jener Augustnacht, als das erste gelbe Morgenlicht ins Zimmer schien, hatte er die nötigsten Dinge in eine kleine Tasche gepackt und Amelia eine Nachricht hinterlassen, daß er für ein paar Tage zu Julien ins Hotel am anderen Ende der Insel zöge. Dann nahm er die erste Fähre und traf um zwei Uhr nachmittags am Flughafen von Rom ein, wo er sich die schnellstmögliche Reisemöglichkeit nach Mallorca suchte.

An die Reise erinnerte er sich kaum mehr, außer an die Hitze, die Anspannung, die schreckliche Angst, daß er vielleicht zu spät käme, um Raúl zu helfen, schließlich rechnete der nicht mit ihm; und er erinnerte sich an seine unzähligen Überlegungen, was er zu Amanda sagen könnte, wenn er sie vor sich hätte, wie er sie davon überzeugen sollte, daß sie Raúl menschlich behandeln müßte, welche Argumente er anführen würde, um ihr bewußt zu machen, mit wem sie verheiratet war. Es würde unmöglich sein, sie von irgend etwas zu überzeugen, denn Amanda war nicht so feinfühlig, daß die Bedürfnisse der anderen ihr etwas bedeutet hätten. Er konnte nur etwas erreichen, wenn er Druck auf sie ausüben könnte, aber ein solches Druckmittel hatte er nicht in der Hand. Der einzige Nutzen seiner Reise wäre vielleicht, daß Raúl in ihm den echten Freund erkannte, der im Bewußtsein seiner Machtlosigkeit trotzdem auf seinen Hilferuf herbeigeeilt war. Seine Reise wäre nicht mehr als ein Freundschaftsbeweis, ein Zeichen der Solidarität, aber vielleicht würde auch das Raúl ein bißchen helfen.

Er kam um elf Uhr abends auf Mallorca an, und da er seelisch wie körperlich erschöpft war, entschied er sich, mit seinem Besuch bis zum nächsten Morgen zu warten; er mietete sich ein Auto, ein gelbes Cabrio, bezog in Palma ein Hotelzimmer und wachte am nächsten Tag zu später Stunde mit einem Bärenhunger auf; und so gönnte er sich ein extragroßes Frühstück und danach eine kalte Dusche, bevor er einen Stadtspaziergang unternahm, um eine Straßenkarte und ein paar neu erschienene spanische Romane zu kaufen. Dann endlich machte er sich in der schlimmsten Mittagshitze auf den Weg, so daß er nach dem Essen, zur Kaffeezeit, ankäme.

Er fand das Hotel auf Anhieb, obwohl es halb verborgen in einem mediterranen Garten voller leuchtend bunter Bougainvilleen und Palmen lag, die wie Metall in der Sonne glänzten. Er stellte den Wagen auf dem Hotelparkplatz neben einem anderen gelben Cabrio ab, das genauso aussah wie seines, und während er sich noch den Schweiß abwischte, ging er zur Rezeption, wo er nach Herrn de la Torre fragen wollte, als er auf einmal Amanda in Tenniskleidung den Aufzug verlassen sah.

Mit einem Schlag war ihm ganz und gar nicht mehr heiß, sondern ihn durchfuhr ein Schauder, der seinen ganzen Körper mit Gänsehaut überzog. Amanda hatte ihn gesehen und ging geradewegs auf ihn zu, dabei schwenkte sie ihre Sporttasche und trug ein provozierendes Lächeln auf ihren knallroten, ihr Gesicht wie eine Verletzung durchschneidenden Lippen.

»Na so was, da kommt uns ja der kleine Dedé besuchen«, rief sie ihm aus ein paar Metern Entfernung entgegen. »Gehst du mit mir einen Kaffee trinken, oder willst du gleich zu Raúl wie ein gutes Schoßhündchen?«

Amanda war die einzige, die ihn Dedé nannte, und allein das weckte in ihm schon Mordgelüste. Er hatte es immer bedauert, ihr nicht gleich im selben Moment eine Ohrfeige gegeben zu haben, statt dessen nickte er einfach nur, und sie gingen zusammen zur Bar, die auf der Meerseite zum Garten hin lag und wo sich bis auf den Kellner, der ihnen Kaffee mit Eiswürfeln servierte und daraufhin verschwand, kein Mensch aufhielt.

»Du bist unglaublich schnell gewesen«, sagte sie, noch bevor sie ihren Kaffee mit den Eiswürfeln umrührte.

Irgend etwas stimmte hier nicht. Raúl hatte ihm doch gesagt, wie verzweifelt er sei, daß er Hilfe brauche, daß Amanda von seinem Anruf nichts wisse. Warum redete sie jetzt mit ihm, als wüßte sie, daß er kommen wollte?

»Du hast mich erwartet?« fragte er verwirrt.

»Na klar, Dedé, wir beide haben dich erwartet. Wir wollten einfach nur wissen, ob du kommen würdest und wann.«

Das konnte nicht sein! Amanda flunkerte. Es konnte nicht anders sein, als daß sie ihm offen ins Gesicht log.

»Na ja. Hier ist es nicht ganz so vergnüglich, wie wir dachten, obwohl wir schon ein paar Termine mit angelsächsischen Verlegern hatten. Heute abend werde ich wahrscheinlich einen guten Vertragsabschluß mit einem dicken Fisch machen; er bekommt alles, was Raúl bisher geschrieben hat, und dazu die Option auf seinen nächsten Roman. Aber, ehrlich gesagt, langweilen wir uns hin und wieder ein bißchen. Und da sind wir an einem der letzten Abende irgendwie darauf gekommen, eine Wette abzuschließen.«

»Eine Wette?« André kam sich dumm vor, als er Amandas Worte wie ein Echo wiederholte, aber er fühlte sich zu etwas anderem nicht in der Lage.

»Wir haben um ein Abendessen gewettet. Raúl sagte, wenn er dich anrufen und so tun würde, als bräuchte er dringend deine Hilfe, würdest du dir den Arsch aufreißen, um herzukommen. Ich sagte, nein, so dumm seiest du auch wieder nicht. Offenbar habe ich mich geirrt und werde meinem Mann ein Abendessen spendieren müssen.«

»Du lügst doch.«

»Glaubst du? Wir können Raúl anrufen – er hält oben Siesta –

und ihn bitten, herunterzukommen und dir das zu bestätigen, aber du weißt ja, wie er ist; bestimmt wird er nervös werden, dich unschuldig wie ein braver Junge anlächeln und sich irgendwie herausreden: daß du das alles nicht so ernst nehmen sollst und er nur wollte, daß du uns besuchst. Aber wenn du willst...« Amanda stand auf. »Ich bin jetzt jedenfalls zum Tennis verabredet.«

»Nein, warte. Das mußt du mir erklären.«

»Dedé, Dedé«, Amandas Stimme klang nachsichtig und ein wenig gelangweilt wie die einer Lehrerin, die es mit einem unterdurchschnittlich intelligenten Kind zu tun hat: »Wieso verstehst du das denn nicht? Du warst immer davon überzeugt, jemand Besonderes in Raúls Leben zu sein, stimmt's? So langsam könntest du begreifen, daß du nichts bist. Für Raúl, verzeih mir meine offenen Worte, bis du nichts weiter als eine armselige Schwuchtel, die mehrmals versucht hat, ihn abzuschleppen, jedesmal ohne Erfolg. Als Verleger bist du keinen Pfifferling wert, als Liebhaber... was soll ich dir sagen? Du brauchst nur in den Spiegel zu schauen. Und als Freund magst du vielleicht für die arme Amelia unersetzlich sein, aber was Raúl betrifft...«

Das Blut war ihm in den Kopf geschossen. Die Bar, der Garten, die Palmen, der Brunnen auf der Terrasse – über allem lag ein roter Schleier, und der Schweiß, der ihm auf die Stirn getreten war, rann ihm wie heiße Tränen über die Wangen.

»Schau, für eine Sache bist du doch nützlich«, fuhr sie fort, während sie von ihrem Kaffee trank. »Du weißt nicht, wie schallend wir dank deiner gelacht haben. Gestern abend erst, im Bett«, sie warf den Kopf in den Nacken und stieß ein schrilles verletzendes Wiehern aus.

Wenn sie log, machte sie es verdammt gut. Aber log sie wirklich? Dabei wußte er selbst, wie grausam Raúl sein konnte, daß es ihm zuzutrauen war, daß er mit seiner neuen Frau über ihn lachte, wenn niemand ihnen zuhörte. Er besäße niemals den

Mut, ihm das ins Gesicht zu sagen, aber im Bett, nach ein paar Drinks ... Konnte er sich nicht durchaus vorstellen, wie Raúl mit seiner tiefen und tragenden, so männlichen Stimme über ihn sagte: »Armes Schoßhündchen, arme kleine Schwuchtel, ist so verrückt nach mir und traut sich nicht, es zuzugeben, weil er weiß, daß ich ihn rauswerfen würde?« Möglich war es, natürlich war es möglich.

Amanda stand auf und strich sich das weiße Röckchen glatt, das den Blick auf ihre extrem langen braungebrannten Beine freigab.

»Na schön, war nett, mit dir zu reden, aber ich muß jetzt los. Wenn du willst, gehe ich vorher noch kurz zu Raúl hoch und sage ihm Bescheid, daß du hier auf ihn wartest. Wahrscheinlich wird er auf der Stelle runterkommen, er muß nämlich etwas für eine Zeitschrift schreiben, wozu er überhaupt keine Lust hat; jeder Vorwand, seine Arbeit zu unterbrechen, wird ihm willkommen sein.«

André stand ebenfalls auf. Ihm war schwindlig, alle Muskeln taten ihm vor Verkrampfung weh, und er fühlte, wie ihm das Hemd am Körper klebte. Er konnte kaum atmen. Jedes Wort kostete ihn Mühe. Amanda entging das nicht, sie sah ihn genüßlich durch die halbgeschlossenen Lider an, hob die linke Augenbraue und lächelte verächtlich. Selbst in den flachen Tennisschuhen war sie ein paar Zentimeter größer als er und blickte von oben auf ihn hinab.

»Nein, laß ihn. Ich komme lieber später zum Abendessen.«

»Zum Abendessen sind wir mit dem Verleger, von dem ich dir eben erzählt habe, verabredet, in Deià. Bleibt also nur morgen ...«

Er mußte diese Bar verlassen, in der es so stickig war, daß er kaum Luft bekam. Er mußte auf der Stelle raus.

»Sag ihm nicht, daß ich hier war«, hörte er sich zu seiner eigenen Überraschung sagen.

»Wie du willst. Dann muß er mir ein Abendessen bezahlen. Soll ich dir ein Taxi bestellen?«

Er schüttelte den Kopf: »Ich habe ein Auto gemietet.«

»Laß mich raten: einen roten Sportwagen. Auch eine Art Ersatzbefriedigung!« Wieder ertönte ihr schrilles Lachen, während sie durch den Garten zum Parkplatz gingen. »Wir haben ein gelbes Cabrio, wie du siehst, auch nicht gerade diskret. Ach!« rief sie aus und verzog verärgert das Gesicht, »ich habe meine Sporttasche in der Bar liegengelassen. Aber du findest sicher allein hinaus.«

André packte sie an ihrem braungebrannten, sehnigen Arm: »Könnt ihr das Abendessen heute nicht verschieben? Ich würde ihn trotz allem gern sehen, ein wenig später, wenn es nicht mehr so heiß ist.«

»Du verstehst nichts, Dedé. Raúl will dich nicht sehen, ich will dich nicht sehen, und das Abendessen heute ist der Beginn von Raúls großer Karriere, die du ihm nicht bieten konntest. Vergiß uns! Geh und tröste die arme Dumme, die immer noch nicht kapiert hat, daß sie für Raúl nicht gut genug ist! Ihr paßt hervorragend zusammen: du, ein halbes Hemd, als Geschäftsmann vollkommen untauglich, und sie ein naives Mädchen aus gutem Hause mit intellektuellen Ansprüchen.«

André zog die Hand zurück, als hätte sie ihn gebissen, und Amanda durchquerte den Garten, ohne sich noch einmal nach ihm umzublicken. Sie hatte ihm alles weggenommen: Raúls Freundschaft, seine Anerkennung, sein Werk, das er entdeckt und verlegt hatte. Sie hatte ihn gekränkt, sie hatte ihn erniedrigt, und, was das Schlimmste war, sie hatte ihm die Augen dafür geöffnet, daß Raúl ihn verachtete und verhöhnte. Es war vollkommen sinnlos gewesen, nach Mallorca zu kommen. Wäre er doch nur von seinem Nein, das ihm so schwer über die Lippen gegangen war, nicht abgerückt und mit Amelia auf Ischia geblieben, dann hätte er zumindest seine Würde bewahrt.

Während er zum Parkplatz hinunterging, fühlte er eine nie gekannte Schwere auf der Brust, als lastete ein Stein auf seinem Herzen. Der Anblick der beiden gelben Cabrios brachte ihm das Bild der hochmütigen und grausamen Amanda wieder, sie war wie die böse Stiefmutter im Märchen. Er mußte fort von hier, diese Demütigung, diese Niederlage hinter sich lassen. Er versuchte, den Schlüssel ins Zündschloß zu stecken, und erst da bemerkte er, daß er im falschen, in ihrem Auto saß. Da kam ihm eine Idee.

Er konnte den Wagen manipulieren. Es war eine Sache von höchstens zwei Minuten. Die beiden Wagen waren das gleiche Modell in der gleichen Farbe: Jeder, der ihn zufällig sähe, dächte, er würde etwas am Motor seines eigenen Wagens einstellen. Die Motorhaube zu öffnen und die Bremskabel zu durchtrennen war ein leichtes. Noch am selben Abend würde sich auf der Straße nach Deià ein Unfall ereignen, und wenige Stunden darauf brächten die Zeitungen die Nachricht vom Tod Raúl de la Torres und seiner Ehefrau während ihrer Urlaubsreise auf Mallorca. Da wäre er schon längst wieder auf Ischia bei Amelia. Er würde ihr nie etwas davon erzählen. Niemals würde Amelia erfahren, daß er auf Raúls Anruf hin zu ihm geeilt war.

Seitdem waren zweiundzwanzig Jahre vergangen, und er hatte seinen Schwur gehalten. Wenn es sich irgendwann in all diesen Jahren angeboten hatte zu erzählen, was wirklich auf Mallorca im Sommer '79 geschehen war, dann heute bei diesem Abendessen zu viert. Aber er hatte geschwiegen, und nun müßte er für den Rest seines Lebens schweigen. Noch nicht einmal Yves könnte er es jetzt noch erzählen. Er müßte auf immer verbergen – wie er es bisher getan hatte –, daß er nach Mallorca gereist war, um einem Freund zu helfen, und als Mörder von dort zurückgekehrt war. Raúl hatte es niemals erfahren. Wenn er es ihm erzählt hätte, wäre vielleicht alles anders geworden, wie er es in seinem Brief angedeutet hatte. Jetzt war ihm klar, daß Amanda gelogen hatte, daß sie ihm etwas vorgemacht hatte, um ihn loszuwerden, daß das mit der Wette nicht gestimmt hatte, daß Raúl nie diese Dinge über ihn gesagt hatte, zumal Raúl damals, wie er jetzt wußte, seine eigene Homosexualität bereits entdeckt hatte.

Um ein Haar hätte er Raúl zusammen mit Amanda getötet. Das war das einzige, was sein Gewissen belastete, daß er Raúl auch fast getötet hätte. Amandas Tod hatte er nie bereut, er bedauerte nur, daß er das Wissen darüber mit niemandem teilen konnte, aber es gibt eben Dinge, die man nicht teilen kann, sie müssen im Herzen verwesen, bis sie zu Staub zerfallen und der Wind sie zerstreut.

Jetzt, da er Raúls letzten Brief gelesen hatte, wußte er, daß auch Amelia ihm auf Mallorca zu Hilfe geeilt war, und die Ironie des Schicksals hatte es gewollt, daß Raúl sie vom Fenster seines Zimmers aus gesehen hatte, wohingegen er nie erfahren hatte, daß auch er dagewesen war, auf demselben Parkplatz, nur ein paar Minuten früher. Darum hatte Raúl stets sie beschuldigt und wäre niemals auf die Idee gekommen, daß er, André, mit der Angelegenheit irgend etwas zu tun hatte. Niemand hatte es jemals erfahren, und jetzt war es zu spät, um es zu beichten. Warum sollte er das auch tun, wenn noch nicht einmal Amelia die Wahrheit gesagt hatte, obwohl sie doch an Amandas Tod völlig unschuldig war? Vielleicht würde er irgendwann mit ihr reden, wenn sie beide allein waren: Sie waren die einzigen, die Raúl wirklich geliebt hatten, die einzigen, die für ihn zu allem bereit gewesen wären. Bald würde auch Amelia nicht mehr da sein, und dann gäbe es nur noch ihn, der die Geheimnisse bewahren würde, die Erinnerungen, die dunklen Erinnerungen im Irrgarten des Gedächtnisses.

Er trank den Cognac aus, der in seiner Hand warm geworden

war, warf einen letzten Blick auf die dunkle und leere Straße, dann ging er zurück ins Bett, zu Yves.

~

Ari und Amelia waren auf den Friedhof Père-Lachaise gegangen, um Raúls Grab zu besuchen, was Ari schon seit Monaten hatte tun wollen, aber immer wieder aus dem einen oder anderen Grund verschoben hatte. Der Frühling hatte den Friedhof in einen blühenden Garten verwandelt, auch wenn auf den meisten Gräbern keine frischen Blumen standen, und es war ein so strahlend schöner Tag, daß sie beide Sonnenbrillen trugen.

Raúls Grabstein war aus Granit und frei von christlicher Symbolik, er war die einzige laizistische Skulptur inmitten all der Engel, Heiligen und Christusfiguren, ein ziemlich großer Vogel in einer bedrohlichen Gebärde mit ausgebreiteten Schwingen und offenem Schnabel.

»Das ist aber ein merkwürdiger Adler!« bemerkte Ari.

»Das ist kein Adler. Es ist ein Phönix. Oder das, was sich der Bildhauer unter einem Phönix vorstellt. Raúl hatte ihn für Hervés Grab in Auftrag gegeben, das auch sein Grab hätte werden sollen, aber die Familie des Jungen stellte sich dagegen, und so liegt er woanders begraben. Raúl wünschte sich den Phönix auf seinem Grabdenkmal, wie er es nannte. Ich persönlich finde ihn ziemlich geschmacklos, also typisch für ihn.«

»Du willst keinen Phönix?« fragte Ari und lächelte. »Lieber eine Sirene?«

»Warum eine Sirene?«

»Weil Sirenen gefährlich sind, sie locken die Unschuldigen an und stürzen sie ins Verderben.«

Kurz hatte es den Anschein, als hätte Amelia seine Bemerkung ernst genommen, und Ari zuckte innerlich zusammen, doch sie lächelte sogleich wieder.

»Nein. Bei mir steht bereits alles fest. Ich habe die Skulptur zu Hause; irgendwann zeige ich sie dir. Es ist eine kleine Hexe, die auf ihrem Besen vor dem zunehmenden Mond tanzt. Ein Schmuckstück.«

»Dann wird dies also auch dein Grab sein?«

Sie zuckte mit den Schultern, seufzte und setzte sich auf die Steinbank neben Raúls Grab.

»Was bleibt mir anderes übrig! Ich möchte eingeäschert werden, und wenn es nach meinem Wunsch ginge, würde meine Asche über dem Meer verstreut werden, aber da das Gesetz das nicht erlaubt, werde ich mich wohl damit abfinden müssen, daß meine Urne hier beigesetzt wird und obendrauf die kleine Hexe, um der ganzen Angelegenheit ein wenig die Feierlichkeit zu nehmen.«

»Raúl und Amelia, vereint bis in alle Ewigkeit«, murmelte Ari.

»Stört dich das?«

»Willst du die Wahrheit wissen? Ja. Sehr. Ich weiß, daß ich wahrscheinlich nicht das Recht dazu habe, aber es stört mich.«

Amelia stand auf, nahm seine Hand und blickte ihm in die Augen: »Ach, mein geliebter Ari, wenn ich tot bin, spielt das doch alles keine Rolle mehr. Was jetzt ist, ist viel wichtiger.«

»Hören wir damit auf, Amelia. Ich bin eigentlich nicht abergläubisch, aber mir ist nicht wohl dabei, vor einem Grab von so etwas zu reden, das bringt nur Unglück. Wir haben noch viel Zeit.«

Sie drehte sich brüsk um und betrachtete die goldenen Ziffern, die den Vorübergehenden die beiden Daten mitteilten, die nach allgemeiner Konvention die wichtigsten in einem Menschenleben sind: das Geburts- und das Todesdatum. Raúl hatte kein sehr langes Leben gehabt, und dennoch hatte er fünf Jahre länger gelebt, als es nun ihr in Aussicht stand. Hätte sie doch noch fünf Jahre vor sich ...! Sie würde alles geben, um weitere fünf Jahre auf dieser Erde bleiben zu dürfen.

»Komm, wir gehen! Ich habe es mir lange genug angesehen.« Aris Stimme riß sie aus ihren Gedanken.

Sie nahmen sich an der Hand und gingen langsam in Richtung Ausgang, während sie gelegentlich einen Blick auf die Engel an ihrem Weg warfen.

»Erzählst du mir irgendwann alles, was du mir noch nicht gesagt hast, Amelia?« fragte Ari zärtlich und bemüht, daß seine Bitte so wenig fordernd wie möglich klang.

Sie zuckte mit den Schultern: »Es gibt nicht viel mehr zu erzählen.«

»Doch, gibt es. Das weißt du doch.«

»Ich möchte nicht mehr über die Vergangenheit reden, Ari. Ich will nur noch an die Zukunft denken.«

Er legte ihr den Arm um die Schultern, was ihm immer selbstverständlicher vorkam.

»Vielleicht setze ich mich hin und schreibe dir einige meiner Erinnerungen auf, die du dann lesen kannst, wenn ich nicht mehr da bin«, sagte sie nach einer Weile.

»Was soll denn der Unsinn! Du bleibst immer bei mir.«

»Einverstanden. Ich werde tun, was sich machen läßt.«

Beide lachten, und als sie wieder auf die Straße kamen, wo ein Blumenstand war, fragte Ari: »Möchtest du einen Strauß?«

»Friedhofsblumen? Sehr romantisch!«

»Ist es denn gar nicht möglich, dir Blumen zu schenken?«

Sie blickte zu der Stelle, wo sie ihr Auto geparkt hatten: »Los, renn, vielleicht können wir den Verkehrspolizisten noch daran hindern, den Strafzettel auszustellen!«

Amelia sah zu, wie er über die Straße sprintete, jung und beweglich, wie er die Autotür öffnete und flink ausparkte, vor den Augen des Verkehrspolizisten, der das Protokoll nicht mehr unter den Scheibenwischer hatte klemmen können. Sie hatte ihr Dessert gefunden, und auch wenn sie es nur noch ein paar Monate lang genießen könnte, wollte sie dieses Mal allen Saft aus der Frucht des Lebens pressen.

Paris, Anfang April

Lieber, allerliebster Ari!

Jetzt, da ich glücklich bin, komme ich kaum noch dazu, Dir Episoden aus meinem Leben aufzuschreiben, wie ich es seit einigen Monaten hin und wieder mache, auch wenn ich mir noch unschlüssig bin, ob ich Dir die Texte am Ende geben werde. Ich weiß, irgendwann werde ich entscheiden müssen, was ich Dir zum Lesen gebe und was nicht, denn, wie Jorge Manrique so treffend gesagt hat, der Ruf lebt fort, und ich möchte, daß Du weiterhin gut von mir denkst, auch wenn ich nicht mehr bei Dir bin. Einige Fragen werden Dich vielleicht, da ich sie Dir nicht mehr beantworten kann, ein Leben lang quälen, aber so ist es eben, und Du selbst weißt, mein geliebter Biograph, daß einzelne Dinge immer im dunkeln bleiben.

Bald, fürchte ich, wird der Zeitpunkt gekommen sein, an dem ich Dich nicht mehr an meiner Seite haben kann. Ich werde Dich dazu überreden, nach Heidelberg zurückzugehen und dort Dein Buch zu Ende zu schreiben. Und wenn es fertig ist und Du nach Paris kommst, um es mit mir zu feiern, wirst Du mich nicht mehr finden. Diese Zeilen sollen Dir a posteriori als Erklärung dienen: Du sollst wissen, daß ich Dir nur das Schlimmste habe ersparen wollen, daß ich Dich nicht fortgeschickt habe, weil ich nicht mehr mit Dir zusammensein wollte, sondern weil ich nicht wollte, daß Du mit mir so etwas durchmachen mußt wie ich mit Hervé. Ich bin eitel, ja, das gebe ich zu, und ich will, daß Du mich als fröhliche, gesunde und für ihr

Alter vielleicht immer noch hübsche Frau in Erinnerung behältst und nicht als dahinsiechende Alte.

Irgendwann Anfang des Sommers werde ich Dir sagen, daß ich für ein paar Wochen in die Schweiz gehe und nicht gestört werden möchte. Vermutlich werde ich auch Deine Briefe nicht mehr beantworten können, und obwohl ich schon jetzt weiß, daß ich Dich schrecklich vermissen werde und es manchmal ein innerer Kampf für mich sein wird, Dich nicht zu mir zu bitten, werde ich Yves und André einschärfen, daß sie nicht auf mein Klagen hören und Dich nicht anrufen sollen. Ich möchte nicht, daß Du monatelang in einer Klinik verweilst und zusiehst, wie ich mich langsam von der Welt und von Dir löse. Vielleicht denkst Du, ich hätte Dich das selbst entscheiden lassen müssen, aber das geht nicht. Einmal in meinem Leben will ich stark sein und habe für uns beide diese Entscheidung getroffen. Wenn der Herbst beginnt, wird es aller Voraussicht nach vorbei sein. Dann wirst Du mein Vermächtnis bekommen.

André wird, wie schon so oft, mein Bote sein. Er wird Dir die Papiere geben, die ich für Dich aufbewahre, alles, was ich im Lauf der Monate geschrieben habe und vielleicht noch schreiben werde, zusammen mit meinem unveröffentlichten Roman, den der gute André sich geweigert hat zu verlegen, weil er dachte, er wäre ein Geschenk von Raúl an seine so eitle Frau. Mach damit, was Du willst, aber lies ihn, bitte. Darin werde ich zum letzten Mal bei Dir sein.

Ansonsten möchte ich nicht, daß meine Abwesenheit Dir das Leben bitter macht. Wir haben eine wunderbare Zeit zusammen gehabt, viel wunderbarer, als ich es zu hoffen gewagt habe, und dafür danke ich Dir. Ich habe Dich sehr geliebt, Ari, aber die Stunde des Abschieds ist nah.

Lies meine Aufzeichnungen, und nimm meine Fotos, behalt mich in liebevoller Erinnerung und urteile über mich nicht zu streng. Wenn Dein Leben auf sein Ende zugehen wird, wirst

Du verstehen, daß die Lüge manchmal notwendig ist und daß die Geheimnisse eine Bürde sind, die wir tragen müssen, damit sie nicht den Menschen, die wir lieben, im Wege stehen.
   Mit meiner ganzen Liebe
   Amelia

EPILOG

Abends um Viertel nach acht klingelte bei Yves und André das Telefon. Yves ging ran, während André noch mit der Zubereitung des Abendessens beschäftigt war.

»Wenn es für mich ist, ich bin nicht da«, rief er aus der Küche.

»*Allô*!«

»Ich stehe bei euch vor dem Haus; ich bin gerade in Paris angekommen und auf eine barmherzige Seele angewiesen, die etwas zu essen für mich hat und vielleicht auch einen Schlafplatz auf dem Sofa.«

»Ari, mein Junge, was für eine Überraschung! Was machst du in Paris?«

»Wenn du mir aufmachst, erzähl ich dir alles. Es schüttet wie aus Kannen, weißt du?«

»Warte, ich sag dir die neuen Zahlen. Wir haben den Türcode geändert.«

»Ja, das habe ich schon bemerkt. Warte, ich schreibe sie mir auf.«

Ein paar Minuten später stand Ari im klatschnassen Trenchcoat vor ihnen, und während seine beiden Freunde ihn freudestrahlend ansahen, stellte er seine Reisetasche ab, dann schüttelte er den Hut über dem Waschbecken aus.

»Daß es so schüttet!«

»Es ist November.«

»Habt ihr etwas zum Aufwärmen für mich?«

»Du kannst einen Whisky haben, wenn du willst, und gleich

gibt es eine köstliche Kürbissuppe, und das *Saltimbocca* ist auch schon fast fertig, was sagst du dazu?«

André verschwand in der Küche, während Yves mit Ari ins Wohnzimmer ging und ihm einen Drink einschenkte.

»Jetzt erzähl schon! Was verschafft uns die Ehre? Du hast uns gar nicht gesagt, daß du nach Paris kommen willst.«

Ari machte es sich mit dem Whisky in der Hand auf dem Sofa bequem: »Ich habe es auch erst gestern beschlossen. Es gibt ein paar Dinge, über die ich mit euch gern reden will.«

»Hast du gute Nachrichten? Hast du eine Professur bekommen?«

Ari schüttelte den Kopf: »Ich habe mich doch noch gar nicht beworben. Damit hat es nichts zu tun. Warten wir auf André.«

»Das Warten hat schon ein Ende«, sagte André, der gerade mit der dampfenden Suppe aus der Küche kam. »Yves, bitte, hol noch das Kürbiskernöl. Und du, erzähl.«

Ari setzte sich an seinen gewohnten Platz, die Lücke links neben ihm wies ihn schmerzlich auf Amelias Fehlen hin. Er mußte schlucken und trank dann den Whisky in einem Zug.

»Ich kann mich nicht daran gewöhnen, daß sie nicht mehr da ist«, sagte er mit erstickter Stimme.

André sah ihn einige Sekunden lang an, als wäge er ab, ob er ihm die Hand drücken sollte oder nicht, dann glitt sein Blick zu dem Sisley, der über dem Kamin hing.

»Uns geht es genauso. Komm, ich servier dir einen Teller Suppe. Du hast doch keine schlimmen Nachrichten für uns, oder?«

Ari schüttelte den Kopf: »Schlimm nicht gerade. Nur etwas verstörend. Jedenfalls für mich. Ihr erinnert euch doch bestimmt, daß Amelia mir diese Aufzeichnungen hinterlassen hat ... die du mir letzten Monat bei der Lesung gegeben hast.«

»Erzähl«, drängte Yves.

»André«, begann Ari, »im Jahr 1972 ist Amelia mit einem

Roman zu dir gekommen, sie wollte, daß du ihn veröffentlichst, und du hast es abgelehnt.«

»Ja.«

»Warum?« fragte Yves, der offenbar zum ersten Mal davon hörte. »War er nicht gut?«

André grunzte ärgerlich: »Er war exzellent. Das habe ich ihr damals auch gesagt. Nur leider hatte sie ihn nicht geschrieben; es war ganz offensichtlich, daß der Roman von Raúl war und Amelia ihn als ihren verkaufen wollte. Und wenn er doch von ihr war, war er eine reine Kopie von Raúls Stil, seinem Denken, seinen Wortspielen. Wenn wir ihn unter ihrem Namen veröffentlicht hätten, hätten sie uns gelyncht.«

»Und dir ist nie der Gedanke gekommen, daß es vielleicht umgekehrt war?«

»Umgekehrt? Ich verstehe dich nicht.«

»Daß Raúls Romane von Amelia geschrieben wurden.«

»Das ist doch lächerlich!« André tauchte den Löffel entschlossen in die Suppe. »Die Suppe wird noch kalt.«

»André«, setzte Ari geduldig noch einmal an, »Amelia hat mir eine ganze Reihe Texte hinterlassen – ich weiß nicht, ob ich sie Briefe nennen soll –, die sie seit unserer ersten Begegnung für mich geschrieben hat. In einem von ihnen erzählt sie mir, wie sie in Rom ihren ersten Roman schreibt und wie Raúl ihn zu seinem eigenen macht.«

»Alles Unsinn! Du glaubst wohl, du kannst uns alles erzählen, jetzt, da wir mit ihr nicht mehr reden können!«

»Hast du selbst uns nicht erzählt, daß du diesen Roman Raúl entlockt hast; daß es, als er ihn dir erzählte, den Anschein hatte, als entwerfe er nicht einen im Entstehen begriffenen Roman, sondern erinnere sich an einen, der bereits existierte? Genau so war es nämlich. Er erzählte dir Amelias Roman und konnte danach keinen Rückzieher mehr machen.«

»Das glaube ich nie im Leben. Amelia war gut; wenn sie sich

nicht für Kinderbücher entschieden hätte, hätte sie irgendwann bestimmt gute Romane für Erwachsene geschrieben, aber sie war nicht wie Raúl, sie war nicht genial.« André hatte die Stirn gerunzelt, und mit jedem Löffel Suppe, den er sich in den Mund schob, schien er sagen zu wollen, daß das Gespräch für ihn beendet sei.

»Und wenn ich dir beweise, daß sie von ihr sind, daß die drei Romane *Amor a Roma*, *De la Torre hoch zwei* und *Labyrinth der Palindrome* aus derselben Feder stammen?«

»Das ist nicht schwer zu beweisen. Ihre Einheitlichkeit in Stil und Denkart ist offensichtlich.«

»Und wenn ich dir beweise, daß alle drei von Amelia sind?« ließ Ari nicht locker.

Yves sah sie beide abwechselnd an, als schaute er ihnen beim Tischtennisspiel zu.

»Wie willst du mir das beweisen? Mit deiner deutschen Literaturwissenschaft?«

»Nein. Viel einfacher. Mit Amelias Hilfe. Hast du *Amor a Roma* hier?«

»Klar.«

»Hol es her. Und bring Papier und Bleistift.«

André stand zähneknirschend auf und suchte das Buch im Regal, während Yves ein Blatt Papier holte und seinen Füller aus der Hemdtasche zog.

»Erinnerst du dich, daß ein Kapitel so anfängt: ›Und so machten sie es.‹ Und ein anderes so: ›Überhaupt war es‹?«

»Und ob ich mich daran erinnere! Damals war das unerhört modern.«

»Nun, ich weiß jetzt, warum die Kapitel so anfangen. Und du wirst es gleich erfahren. Los, Yves, du schreibst auf, was André dir diktiert. Und du, André, suchst den ersten Buchstaben des ersten Kapitels, den ersten des zweiten Kapitels und so weiter.«

André blickte argwöhnisch zu Ari und tat, was dieser ihm aufgetragen hatte. Die Teller mit der Suppe standen vergessen in der Mitte des Tischs.

»D, I, E, S, E, N, R, O ... Soll ich weitermachen?«

»Bis zum Ende, bitte.«

»Dürfte man erfahren, was dieser Unsinn soll?«

»Du weißt besser als alle anderen, wie besessen die beiden von Wortspielen waren. Mach weiter. Es ist eine Botschaft an die Nachwelt.«

André tat, was man von ihm verlangte.

»Yves, kannst du vorlesen, was du da stehen hast?«

Stotternd buchstabierte Yves: »›Diesen Roman hat Amelia geschrieben und ihrem Ehemann Raúl als Liebesbeweis überlassen.‹«

André riß ihm das Blatt Papier aus der Hand und las es mehrere Male, bis er so sehr zitterte, daß er nicht weiterlesen konnte.

»Das ist nicht möglich«, sagte er mit erstickter Stimme.

»Du willst doch nicht behaupten, daß das Zufall ist.«

André schwieg. Die anderen beiden sagten ebenfalls nichts, während er die Nachricht langsam verdaute. Nach einer Weile sagte Ari: »Ich möchte jetzt diesen, Amelias dritten Roman veröffentlichen, André. Das schulden wir ihr.«

»Du willst einen Skandal provozieren?« fragte der Verleger verwirrt. »Du willst bekanntmachen, daß Raúl nicht der Autor seiner Romane ist?«

»Das weiß ich noch nicht, aber ich will Amelia ihren Platz geben und zumindest ihren dritten Roman unter ihrem Namen herausbringen. Und ich will, daß du mir dabei hilfst.«

»Vergiß es!«

»Ich werde nicht Ruhe geben, bis ich es erreicht habe, und wenn du mir nicht hilfst, gehe ich eben zu einem anderen Verleger und erkläre ihm die ganze Geschichte. Raúl war als Autor von Erzählungen großartig und als Lyriker akzeptabel, aber er hat nie einen Roman geschrieben. Du brauchst dir nur noch einmal die Interviews mit ihm durchzulesen; wenn er nach seinen Romanen gefragt wird, sagt er jedesmal, daß Amelia mehr darüber weiß. Und nachdem sie sich getrennt hatten, hat er nie wieder etwas geschrieben, das länger war als zehn oder zwölf Seiten.«

»Schon gut, das hast du bewiesen. Und wie geht's jetzt weiter?«

»Jetzt essen wir zu Ende, und du denkst darüber nach«, schaltete Yves sich ein.

André füllte in jeden der Teller zum Aufwärmen ein wenig Suppe nach, und für ein paar Minuten sagte niemand etwas.

»Unsere Hexe hat uns ja alle ziemlich sprachlos gemacht!« sagte André nach einer Weile. »Fehlt nur noch, daß du auch noch mit einem eigenen Roman ankommst.«

Ari errötete und fächelte sich Luft zu, als gäbe er der heißen Suppe die Schuld.

»Also, wenn du es schon ansprichst...«

»Ach ja?« Yves sah ihn spöttisch an. »Und was genau? Erotik?«

Ari hätte fast die Suppe ausgespuckt, die er im Mund hatte.

»Ich folge dem Rat, den mir der Antiquar in Saint-Sulpice gegeben hat«, sagte er endlich, als er die Sprache wiedergefunden hatte. »Wenn man von seinem biographischen Material besessen ist, aber genau weiß, daß man nicht alle Fragen lösen kann, die das Leben der betreffenden Person einem aufgibt, verarbeitet man es besser in einem Roman; so kann man sich alles von der Seele schreiben und braucht sich nicht vorzuwerfen, sich nicht an die Fakten zu halten.«

»Du hast uns alle also zu Romanfiguren gemacht«, faßte André in sachlichem Ton zusammen, während er die Teller ineinanderstellte. »Willst du uns das sagen?«

»Mehr oder weniger. Ich bemühe mich, der Wahrheit treu zu bleiben.«

»Welcher Wahrheit?« André brüllte beinahe. »Meiner? Amelias? Raúls? Deiner eigenen, die du dir selbst zusammengereimt hast? Kannst du die Dinge nicht auf sich beruhen lassen, jetzt, da Raúl und Amelia nicht mehr unter uns sind? Reicht es dir nicht, die Biographie fertig zu haben? Nach was suchst du? Was willst du noch?«

»Nein, André, es reicht mir nicht, die Biographie über Raúl geschrieben zu haben, weil sie auf einer Lüge basiert, auch wenn es außer uns niemand weiß oder wissen will. Ich habe mich geirrt. Ich habe mich in allem geirrt. Wie du. Außerdem interessiert mich Raúl nicht mehr. Ich möchte Amelia zu ihrer Geltung verhelfen, wie schon gesagt: ihr in gewisser Weise ihren Platz geben; ihrer Sicht auf ihr gemeinsames Leben eine Stimme geben. Ich bin es satt, daß Raúl immer das Zentrum des Universums ist.«

»Ich auch, um ehrlich zu sein«, schaltete sich Yves ein. »Der Mann, den ich kennengelernt habe, war so toll auch wieder nicht. Entschuldige, André, aber das ist meine Wahrheit. Was Raúl angeht, bist du blind: Das warst du immer, und es ist auch dein Recht, ich will das überhaupt nicht in Frage stellen; aber der Raúl, den ich kennengelernt habe, hat diese völlige Selbstaufgabe nicht verdient. Weder deine noch Amelias.«

Nachdem André die Teller ineinandergestellt hatte, hatte er wieder Platz genommen; er saß nun mit aufgestützten Ellenbogen und dem Kopf zwischen den Händen am Tisch, als wollte er von dem Abendessen nichts mehr wissen.

»Vielleicht ist es tatsächlich so, daß ich mich geirrt habe, daß wir alle uns geirrt haben, aber das spielt jetzt keine Rolle mehr. Wieviel hast du schon geschrieben?« fragte er müde.

»Ich weiß nicht genau. Um die dreißig Seiten. Ein Teil handelt davon, was in dem Sommer damals auf Mallorca passiert ist, und dann habe ich noch ein paar frühere Episoden aus der Zeit in Rom beschrieben; wie Amelia dir ihren Roman angeboten hat ... ein paar einzelne Szenen eben.«

»Natürlich kann ich dir nicht verbieten zu schreiben, aber ich darf doch hoffentlich davon ausgehen, daß du zumindest die Namen der Protagonisten änderst.«

»Daran habe ich noch nicht gedacht.«

»Wenn du das nicht tust, zeige ich dich an. Es ist meine Pflicht, das Ansehen meiner Freunde zu schützen. Abgesehen von meinem eigenen, schließlich muß ich annehmen, daß auch ich zur Romanfigur geworden bin.«

»Mein Gott, André, niemand will Raúls oder Amelias Ansehen schaden. Du scheinst meine Bewunderung für ihn und meine Liebe zu Amelia vergessen zu haben. Und du bist mein Freund.«

»Ich hoffe, du vergißt das nie.«

»Außerdem will ich erst einmal nur schreiben. Übers Veröffentlichen habe ich mir noch überhaupt keine Gedanken gemacht. Zuerst sollt ihr den Roman lesen, wenn ich ihn überhaupt zu Ende bringe, und dann wird man weitersehen.«

André stand vom Tisch auf, noch immer mit gerunzelter Stirn und zusammengekniffenen Lippen: »Wenn jemand ein Dessert will, in der Küche ist Obst.«

»Und das *Saltimbocca*?« fragte Yves, bemüht, die Stimmung aufzulockern.

»Eßt ihr nur. Mir ist der Appetit vergangen.«

»Mein Gott, André«, sagte Ari und stand auf. »Es ist doch nur Fiktion, ein reiner Zeitvertreib, damit ich mich näher an Amelia fühle. Verstehst du das denn gar nicht? Ich habe sie geliebt. Ich liebe sie noch immer. Sie hat mir die letzten beiden Monate ihres Lebens gestohlen, und ich denke ständig an sie. Ich sehe mir immer wieder die Fotos an, die sie mir hinterlassen hat, ihre Briefe, ich kenne ihren Roman fast auswendig, die Erinnerung an sie nimmt mich vollkommen ein, verstehst du das nicht? Während ich sie mit Hilfe von dem, was ich weiß, lebendig werden lasse, habe ich sie noch ein wenig bei mir.«

André nickte, ohne etwas zu sagen.

»Bitte, André, hilf mir.«

»Gib mir zu lesen, was du geschrieben hast. Morgen sage ich dir Bescheid. Und ändere noch heute die Namen.«

Yves stand schweigend auf, räumte die Suppenteller ab und kam mit der Fleischplatte zurück.

»Kommt, wir wollen manierlich zu Abend essen, wie Amelia es mochte«, sagte er.

Sie hoben früh, fast ohne Dessert, die Tafel auf, nachdem Ari André seine ausgedruckten Seiten gegeben hatte.

Er bekam das Gästezimmer, in dem auch Raúl zeitweise gewohnt hatte, ein schlicht und geschmackvoll eingerichtetes Zimmer in Ockertönen und Flaschengrün, mit einem großen Bett und einem mittelgroßen Schreibtisch. Er hängte sein Sakko in den Schrank, holte sein Notebook heraus und schaltete es fast aus Gewohnheit an. Er war nicht müde, also wollte er noch ein wenig schreiben und suchte sich eine Szene, in der seine geliebte Amelia durch die Worte noch einmal zum Leben erweckt würde, so daß er sie, die er sich so herbeisehnte, ihren Sinn für Humor, ihre versteckte Zartheit, ihre Leidenschaft noch einmal erleben könnte.

In diesem Zimmer hatte wahrscheinlich auch Raúl an sie gedacht, an ihre gemeinsamen Jahre, an die Mißverständnisse, die sie entzweit hatten, an die Worte und Verhaltensweisen, die ihnen gemeinsam waren. Er öffnete die Datei seines Romans mit dem Arbeitstitel *Stassin* und klickte, ohne weiter nachzudenken, auf den Befehl »Suchen und Ersetzen«, und obwohl er es gewissermaßen als Verrat an der Frau empfand, die er gekannt und geliebt hatte, machte er sich daran, die Namen auszutauschen: aus Amelia wurde Clara, von Hauteclaire; aus

Raúl wurde Serlon, nach dem Grafen von Savigny, der zusammen mit seiner geliebten Hauteclaire seine Ehefrau vergiftet hatte; aus Amanda wurde Aimée, aus reiner Ironie; aus André wurde Mathieu, aus Yves Guy und aus Hervé Jean Claude, weil das die Namen waren, die ihm als erstes einfielen. Vielleicht hätte er diese kuriose Übereinstimmung, daß alle Hauptfiguren einen Namen hatten, der mit A begann, beibehalten sollen, aber was man im wirklichen Leben als vom Zufall gewollt hinnimmt, erscheint in der Fiktion wenig glaubwürdig.

Ihm zitterte nur kurz die Hand, als er die Taste drückte, um Amelias Namen zu ersetzen, denn für einen Moment war es, als lösche er damit schlagartig ihre Existenz. Aber André hatte recht. Wenn er mit dem Gedanken spielte, seinen Roman eines Tages zu veröffentlichen, falls er ihn abschlösse, gab es keinen anderen Weg, als die Hauptfiguren hinter den Masken anderer Namen zu verstecken. Irgendwann würde schon ein eifriger Studiosus das Verborgene ans Licht bringen. Aber war das überhaupt wichtig?

Wenn sein Buch die Richtung nähme, die ihm vorschwebte, würde es ein Kriminalroman werden, ein *polar*, wie es auf französisch heißt, aber auch das hatte keine allzu große Bedeutung. Zu guter letzt war es ja auch die Geschichte eines nie aufgeklärten Verbrechens und eines weiteren Todes unter verworrenen Umständen. Und es war die Geschichte zweier Romane mit Welterfolg, deren Urheberschaft geraubt war. Und einer Erpressung. Was konnte er dafür, daß Amelias und Raúls Leben in dieses Fahrwasser geraten waren? Aber es waren nicht mehr die Leben von Amelia und Raúl; jetzt war es einfach eine fiktive Geschichte, die er sich anhand des ihm zugänglichen Materials erzählte.

Er erstellte eine neue Datei, nannte sie »Titelseite« und schrieb, was er schon so oft in unzähligen Romanen gelesen hatte:

Alle Personen und Begebenheiten in dieser Geschichte sind frei erfunden. Jegliche Übereinstimmung mit toten oder lebenden Personen ist rein zufällig.

Ariel Lenormand

~

Der Friedhof war wie das Negativ des Bildes, das sich Ari von seinem letzten Besuch mit Amelia eingeprägt hatte. Im feinen Nieselregen war alles weiß, schwarz und grau, eine unendliche Variationsbreite an Grautönen, von Dunkelanthrazit bis zu dem silbrigen Ton nassen Schiefergesteins. Auf den meisten Gräbern lagen noch die Reste der Blumen, die die Angehörigen, wie es der Brauch verlangte, an Allerheiligen gebracht hatten, doch durch sie wirkte die Anlage, die sich besser mit der mineralischen Würde der Grabsteine und Gedenkstätten begnügt hätte, nur noch trister.

Die Wege und Alleen waren wie ausgestorben, was zum Teil daran lag, daß Montagmorgen war, doch sicher auch daran, daß viele Besucher wegen des Feiertags erst vor weniger als drei Wochen dagewesen waren und erst im Frühling wiederzukommen gedachten.

Amelias Fehlen fühlte er stärker als sonst in einem warmen, pochenden Schmerz, denn das einzige Mal, das er auf diesem Friedhof gewesen war, hatte sie ihn durch das Labyrinth der Graballeen geführt; darum verlief er sich auch mehrmals und fand erst wieder die Orientierung, als er die hochragende Figur eines steinernen Erzengels mit ausgebreiteten Flügeln erblickte. Von Raúls Grab aus, das jetzt auch Amelias Grab war, sah man die Flügel dieses Erzengels von hinten, als kehre er ihnen absichtlich den Rücken zu.

Endlich stand er vor dem Grab, wo am Fuß eines schönen

polierten und tiefschwarzen Marmorblocks noch ein paar regennasse Veilchen leuchteten, die bestimmt Yves und André gebracht hatten. Auf dem Marmor tanzte die kleine, ebenfalls schwarze Hexe ihren ewigen Tanz auf dem Mond; in den Stein gemeißelt war, ihrem Wunsch entsprechend, nur ihr Name – Amelia –, ohne Lebensdaten.

Eine Weile lang blickte er wie in Trance auf das Grab, er konnte überhaupt nicht glauben, daß die Frau, die er gekannt hatte, jetzt hier war, zu Asche geworden, unter diesem schwarzen Menhir mit der tanzenden Hexe und den im Regen wie Edelsteine glänzenden Veilchen. Er schlug den Kragen seines Mantels hoch, das Wasser lief ihm über den Nacken den Rücken hinunter. Und der davon ausgelöste Schauder erinnerte ihn daran, daß er lebte. Trotz aller Leere – er lebte.

Nie wieder könnte er mit ihr scherzen, nie wieder würde er ihr seine Fragen stellen und ihre Antworten bekommen, und er würde nie wieder mit geschlossenen Augen mit ihr Tango tanzen. Für immer waren ihre schönen grauen Augen verschwunden, ihr schelmisches Lächeln, ihre fließenden Bewegungen einer Fechtmeisterin und Amazone. Alles, was Amelia gewesen war, war nun in ihren Büchern. Und in ihm. Für immer, solange er lebte.

»Hören Sie mit diesem Unsinn auf«, meinte er sie sagen zu hören, spielerisch, leicht, ihn siezend wie in ihrer ersten Zeit. »Du wirst kitschig, mein Lieber. Tut mir leid, daß ich dir das so deutlich sagen muß. Sind die schon wieder für mich? Was für ein originelles Mitbringsel!«

Er lächelte, während ihm Tränen in die Augen stiegen. Er wickelte die Blumen aus, kniete vor dem Grab nieder, als verbeuge er sich vor einer Prinzessin, und legte sie vor den Grabstein auf die nasse Erde. Zwei Dutzend rote Rosen und ein Band mit den Worten »Die Liebe ist Sieger, rege ist sie bei Leid«, seine bescheidene Mitwirkung bei dem Spiel dieser Frau, die er noch immer liebte, sein bescheidenes Palindrom, seine Wahrheit.

»Diesmal wirst du mich nicht auf ihnen sitzenlassen, Amelia.«

Ein letztes Mal blickte er auf das Rot vor dem Schwarz, verschwommen durch die Tränen, dann wandte er sich um, noch immer lächelnd, und ging durch den Regen fort.

ANMERKUNGEN DER AUTORIN

Ich komme aus einer Familie von begeisterten Lesern. Meine Mutter brachte mir, als ich vier Jahre alt war, das Lesen bei, und seitdem haben mich Texte, hat mich die Literatur fasziniert. Deswegen habe ich auch Philologie studiert. Während des Studiums habe ich selbst angefangen zu schreiben – noch ohne Absicht, daraus einen Beruf zu machen; meine erste Erzählung wurde 1981, mein erster Roman 1989 veröffentlicht.

Von Anfang an habe ich mich vom Außergewöhnlichen, vom Phantastischen angezogen gefühlt, da ich davon überzeugt bin, daß die Literatur entstanden ist, weil die Menschen von dem »Nicht-Alltäglichen«, dem anderen, dem Besonderen hören wollen. Zuerst habe ich also Science-Fiction geschrieben, dann einen Horror-Roman, später Krimis, Jugendliteratur und phantastische Erzählungen – und jetzt mit *Das Rätsel der Masken* einen »realistischen« Roman.

Allerdings wird der Leser auch bei diesem Text feststellen, daß es um die unterschiedlichen Versionen der Wahrheit geht, um verschiedene Zugänge zu vergangenem und gegenwärtigem Leben. Ich liebe Geheimnisse, die tief in der Vergangenheit verborgen liegen, und mir gefallen Rätsel. Von allen Rätseln ist für mich der Mensch das größte und faszinierendste. Besonders spannend finde ich auch, wie Erinnerungen immer wieder neu entdeckt, konstruiert und interpretiert werden und wie die Menschen mit den negativen wie positiven Überraschungen, die ihnen das Leben bringt, umgehen. Die Liebe – in allen Formen und Erscheinungen – ist für mich ebenfalls ein wesentliches Thema; sie ist immer ein Abenteuer und deshalb wert, daß man davon erzählt.

Das alles findet der Leser in *Das Rätsel der Masken*.

Ich schreibe, weil ich wirklich nicht anders kann, als Geschichten zu erfinden. Ich genieße das Erzählen und möchte mit meinen Texten meine Leser bereichern: Ich möchte, daß sie Vergnügen empfinden, intellektuelles Vergnügen und solches, das aus dem Spielerischen kommt, ich möchte sie unterhalten, überraschen, zum Nachdenken anregen, ihnen die Welt – die Welten – durch meine Augen zeigen, ihnen Mut machen, ihnen erlauben, für ein paar Stunden irgendwo anders, irgend jemand anderes zu sein. Ich möchte ihnen, mit anderen Worten, genau das geben, was auch ich selbst als Leserin so schätze.

Ich glaube an die Magie der Erzählung, an das Wunder der Kommunikation zwischen Menschen durch das geschriebene Wort, durch erfundene Geschichten, die, obwohl erfunden – und also Lügen? –, doch die Wahrheit über uns erzählen.

Elia Barceló

Elia Barceló

Das Geheimnis des Goldschmieds

Roman. Aus dem Spanischen von Stefanie Gerhold. 96 Seiten.
Serie Piper

Celia, die Frau, die er nie vergessen konnte, seit sie ihn verführt und wenig später fortgeschickt hat: Ihr widmet der erfolgreiche Schmuckdesigner die schönsten Stücke seiner Kollektion. Und wenigstens ein einziges Mal muß er Celia noch wiedersehen ... Kann die eine große Liebe die Gesetze der Zeit sprengen, die Realität besiegen? Mit ihrem melancholischen Roman gelang Elia Barceló nicht nur in Spanien ein fulminanter Überraschungserfolg.

»Die Spanierin Elia Barceló hat ein Schmuckstück an Textkunst geschmiedet. Geschickt verflicht sie die Zeitebenen, schürt sie die Sehnsucht, bis man es glaubt: Wahre Liebe stirbt niemals.«
Brigitte

Shan Sa

Kaiserin

Roman. Aus dem Französischen von Elsbeth Ranke. 416 Seiten.
Serie Piper

Ihr Name wurde geschmäht, ihre Geschichte gefälscht, ihr Gedächtnis gelöscht: »Licht«, das Mädchen, das in der Tang-Dynastie im siebten Jahrhundert zur einzigen Kaiserin von China und mächtigen Herrscherin über ein Weltreich aufsteigt. Dunkel hingegen sind die Machenschaften und Hofprotokolle in der Verbotenen Stadt und grausam die Rache der Männer an der Frau, die es wagte, Kaiserin zu sein. Zum ersten Mal nach dreizehn Jahrhunderten öffnet Shan Sa die Tore der Verbotenen Stadt zur Zeit der »Roten Kaiserin«.

»Eine unglaublich spannende Sittengeschichte aus dem alten China – geschildert von einer hochbegabten jungen Erzählerin mit großem Wissen, voll Kraft und Poesie.«
Asta Scheib

SERIE PIPER

Maarten 't Hart
In unnütz toller Wut
Roman. Aus dem Niederländischen von Gregor Seferens. 352 Seiten. Serie Piper

Die junge Lotte Weeda ist Photographin und will in einer kleinen katholischen Ortschaft die zweihundert markantesten Persönlichkeiten porträtieren. Kaum einer kann der Bitte einer so verblüffend schönen Frau widerstehen. Doch nicht nur Abel, der Graf, soll bald bereuen, ihr eine Zusage gegeben zu haben …

Elegant, leichthändig und unerhört spannend erzählt Maarten 't Hart diese augenzwinkernde Geschichte und zeichnet ein skurriles Porträt der Bewohner, die offensichtlich nicht nur der Liebe, sondern zunehmend dem Wahn verfallen sind.

»Mysterienspiel aus der niederländischen Provinz, ein literarischer Krimi und als solcher einer der besten des Jahres. Doch das Buch ist viel mehr.«
Focus

Unai Elorriaga
Der Traum vom Himmel über Nepal
Roman. Aus dem Spanischen von Karl A. Klewer. 192 Seiten. Serie Piper

Der ungewöhnliche Beginn einer wirklich ungewöhnlichen Freundschaft: Als die hochbetagten Geschwister Lucas und María aus dem Krankenhaus zurückkehren, hat sich der Straßenmusiker Marcos in ihrer Wohnung eingenistet. Der junge Marcos darf bleiben, und schon bald wird aus ihnen ein eingeschworenes Trio, das mit Leichtigkeit und feinem Humor den Hindernissen des Älterwerdens begegnet.

»Aus kleinen poetischen Szenen und Notizen hat der junge baskische Autor seinen warmherzigen, humorvollen Roman geknüpft. Das Alter einmal nicht als etwas Bedrückendes, Bedauer- und Befremdliches. Sondern als ein etwas wunderliches Wunder.«
Brigitte

PIPER

Emili Rosales
Tiepolo und die Unsichtbare Stadt

Roman. Aus dem Katalanischen von Kirsten Brandt.
336 Seiten. Gebunden

Der junge Architekt Andrea Roselli kann sein Glück nicht fassen, als er im Jahr 1759 an den Königshof nach Madrid gerufen wird. Dort herrscht seit kurzem König Karl III., ein ehrgeiziger Bauherr und Förderer der Künste. Rosellis erster Auftrag wird es sein, den großen italienischen Maler Giambattista Tiepolo nach Madrid zu holen. Dies gelingt, und das Ansehen Rosellis steigt. So ist er einer der ersten, der an den Plänen des Königs beteiligt wird, im Ebrodelta eine prächtige Stadt nach dem Vorbild Sankt Petersburgs zu bauen. Doch dann verliebt sich Roselli in die falsche Frau und bringt sich damit in tödliche Gefahr. Ein unglaubliches historisches Abenteuer um ein atemberaubendes Bauvorhaben, dessen Überreste bis heute existieren. Und die Geschichte einer verbotenen Liebe, in der ein skandalöses Gemälde Tiepolos eine entscheidende Rolle spielt.

01/1636/01/R